BASTEI
LÜBBE

BARBARA J.ROCKLIFF

DER SHANGHAI DIAMANT

Aus dem Englischen von
Jürgen Bavendam

BASTEI
LÜBBE

BASTEI-LÜBBE-TASCHENBUCH
Band 12 212

Titel der englischen Originalausgabe:
Firestone
Erschienen bei Headline, London

Lizenzausgabe: Gustav Lübbe Verlag GmbH, Bergisch Gladbach
Printed in Germany September 1994
Einbandgestaltung: K. K. K.
Satz: hanseatenSatz-bremen, Bremen
Druck und Bindung: Elsner-Druck-Berlin
ISBN 3-404-12212-7

Der Preis dieses Bandes versteht sich einschließlich
der gesetzlichen Mehrwertsteuer.

Prolog

In dem Tunnel, der den nördlichen Teil Hongkongs mit dem südlichen verbindet, herrschte nur wenig Verkehr. Der Fahrer des alten Ford hielt Abstand zu dem Laster vor ihm, um dem dichten Dieselqualm zu entgehen, der schwarz aus dessen Auspuff quoll. Er legte den Arm auf den Fensterrand und klopfte mit den Fingern der anderen Hand auf den Lenker. Sein Begleiter holte ein Päckchen Kaugummi aus der Tasche und hielt es ihm hin. Er schüttelte den Kopf. Der Beifahrer wickelte ein Kaugummi aus und begann schmatzend zu kauen. Er sah den Fahrer von der Seite an. »Wie lange noch bis Aberdeen?«

»Nicht mehr lange.«

»Glaubst du, sie wird da sein?«

Der Fahrer lachte auf. »Wenn nicht, ist sie tot. Das weiß sie.«

Der Hafen Aberdeen hatte früher Piraten als Schlupfwinkel gedient. Der Ort, den die Briten dort vor langer Zeit gegründet hatten, um Boots- und Schiffswerften anzusiedeln, hatte sich zu einer geschäftigen Touristenattraktion entwickelt und war so modernisiert worden, daß kaum noch etwas an die historischen Ursprünge erinnerte. Der Hafen selbst war voll von schwimmenden Restaurants, doch in dieser Stunde vor Morgengrauen lag alles still. Die letzten Gäste und Touristen waren schon lange aufgebrochen. Der Ford rollte an den Restaurantanlegern vorbei zu den alten Bootswerften. Der Fahrer schaltete die Scheinwerfer aus und hielt an. Sein Begleiter stieg aus und trat an den Rand des Hafenbeckens.

Die Frau, die in dem Sampan saß, trug das landesübliche schwarze Überkleid, dazu eine Pluderhose und um den Kopf ein schwarzes Tuch. Sie stand auf und ging zum Heck des Bootes. In diesem Teil des Hafens brannten kaum Lichter, und sie bemühte sich, im Dunkeln etwas zu erkennen. Da trat der Mann aus der Schwärze und rief: »Bist du soweit?«

»Schon seit einer Viertelstunde.«

Der Mann beugte sich am Rand des Anlegers nach unten und reichte ihr eine kleine Rolle Geldscheine. »Den Rest kriegst du später.« Die Frau schob das Geld in die Hosentasche und ging zum Bug des Bootes.

Der Sampan schaukelte von einer Seite zur anderen, als der Fahrer des Ford und sein Begleiter ein in eine Wolldekke gewickeltes großes Bündel an Bord brachten. Der Fahrer rief der Frau leise zu, sie solle losfahren. Sie nahm den langen Riemen aus der Dolle und tauchte ihn in das dunkle Wasser. Mit überraschender Kraft stakte sie den Sampan vom Anleger weg, manövrierte geschickt an den sanft schaukelnden Dschunken vorbei, bis das Boot in den Kanal von Aberdeen hinausglitt.

In der Mitte des Kanals, immer noch ein Stück von der Insel Ap Lei Chau entfernt, befahl der Fahrer der Frau, unter der Brücke zwischen den beiden Inseln zu halten. Sie zog den Riemen aus dem Wasser und stützte sich, dankbar für die kurze Pause, darauf. Die beiden Männer wickelten die Leiche aus der Wolldecke. Einen Augenblick lang starrten sie auf den verstümmelten Körper eines Mannes Mitte Dreißig. Der Fahrer schüttelte den Kopf. »Idiotisch, Mr. Song so zu reizen.« Sein Begleiter lachte. Die Frau drehte sich beim Geräusch des ins Wasser fallenden Körpers nicht um, sie starrte weiter ins Dunkel. Das alles ging sie nichts an, schon deshalb nicht, weil die beiden Männer Mitglieder der berüchtigten Bärentatzenbande waren.

Der Fahrer gab der Frau ein Zeichen, sie zum Hafen zurückzubringen. Die wendete den Sampan. Als sie den Anleger erreichten, gab der Fahrer der Frau weitere Geldscheine. Sie zählte sie rasch nach.

»Keine Sorge, alte Hexe, es stimmt.«

Als die Frau zu ihm aufblickte, strich er kurz mit dem Finger über seine Krawattennadel, eine kleine silberne Bärentatze. »Und halte den Mund.«

Sie starrte einen Moment auf die Nadel, nickte dann. »Sie können sich auf mich verlassen.«

Sie beobachtete, wie die beiden Männer in der Dunkelheit verschwanden, und ging dann in den überdeckten Teil des Bootes und setzte sich hin.

Als der Ford in die schmale Straße bog und die Scheinwerfer zweimal kurz aufblitzten, öffnete ein Mann das Eisentor von Song-Mietwagen. Der Wagen rollte schnell auf den Hof, und der Mann schloß das Tor wieder. Der Fahrer stieg aus, und der Mann sagte: »Mr. Song mußte weg. Sie sollen ihn vom Büro aus anrufen. Die Nummer liegt auf dem Schreibtisch.«

Der Fahrer nickte und eilte die Treppe hinauf.

Im Büro brannte nur eine Lampe. Der Fahrer nahm das Blatt Papier neben dem Telefon und wählte die Nummer, die darauf stand. »Hallo, Mr. Song?«

»Ja.«

»Mui Shenlu hat eben auf dem Fluß einen Ausflug angetreten.«

»Gut. Ich hoffe, es gab keine Probleme?«

»Nein, Mr. Song.«

Song Enlai legte auf. Der Fahrer knipste die Lampe aus, verließ das Büro und lief rasch die Treppe hinunter.

Erster Teil

Martina Van den Fleet parkte ihren Wagen und stieg aus. Sie schaute zum Himmel und beugte sich dann nach unten, um ihren Regenschirm herauszuholen. Sie nahm die Abkürzung über die Huidevetterstraat, bog in eine der schmalen Seitenstraßen ein und erreichte, als der Regen sich gerade zum Wolkenbruch steigerte, den Eingang von Van den Fleet & Co.

In Antwerpen sind die Unternehmen, die mit Diamanten handeln und Steine schleifen und bearbeiten, auf ein kleines Quartier in der Pelikanstraat und einigen Straßen ringsum konzentriert. Van den Fleet war eine der ältesten und angesehensten dieser Firmen. Größten Anteil am Umsatz hatte der Handel mit Industriediamanten, der An- und Verkauf von Schmucksteinen spielte eine Nebenrolle. Die Firma war von Martinas Ururgroßvater gegründet worden und wurde nun von ihrem Vater, Erasmus Van den Fleet, geleitet. Wegen seines schlechten Gesundheitszustands hatte er die täglichen Geschäfte, wenn auch widerwillig, Martina übertragen. Die Arbeit machte ihr inzwischen große Freude.

Nach dem Abitur war Martina als Lehrling bei Van den Fleet eingetreten. Ihre erste Aufgabe bestand darin, guten Kaffee zu kochen und Schriftstücke abzulegen. Im nächsten Jahr hatte sie an der Seite ihres Vaters ihre Meinung zur Güte und zum Wert von Steinen äußern dürfen. Von ihrem sechsten Lebensjahr an hatte ihr Vater ihr beigebracht, wie man eine Lupe handhabt und wie man die verborgenen Qualitäten eines ungeschliffenen Diamanten einschätzt.

Während des zweiten Lehrjahrs arbeitete sie bei Conrad Van den Fleet, dem Vetter ihres Vaters. Conrad galt als einer der besten Diamantenschleifer und -polierer in Europa. Bei ihm hatte sie gelernt zu verstehen, was die Diamanten ihr »sagten«. Sie begriff, wenn sie ihr beispielsweise verrieten, wo die natürliche Stelle für eine Facette war, wo die Spaltlinie verlief, wie der Stein schließlich in seiner erwünschten Form wirken würde. Es war eine Kunst, die sie nie restlos zu beherrschen gelernt hatte, aber ihr Wissen reichte, um Schliff und den Glanz von Brillanten mit großer Genauigkeit zu beurteilen. Ihr wahres Talent jedoch war ihr Verhandlungsgeschick. Wie ihr Vater hatte auch sie die ans Unheimliche grenzende Fähigkeit, die Verhandlungstaktik von Kunden zu durchschauen, frühzeitig zu wissen, wann die Steine zu ihrem Vorteil präsentiert wurden und wann nicht, und zu erkennen, wie weit ein Kunde von ihrem Wunschpreis entfernt war.

Das Telefon klingelte, als sie gerade die Tür vom Büro ihres Vaters geschlossen hatte. Sie lief zum Schreibtisch und nahm ab. »Ja, Astrid?«

»Ich hab Mr. Daniel Schmidt aus Tel Aviv in der Leitung.«

»Danke. Stellen Sie ihn durch.« Martina zog sich den Schreibtischsessel heran und setzte sich.

»Martina, hier Daniel. Wie geht es Ihnen?«

»Sehr gut. Und Ihnen?«

»Ich kann nicht klagen. Hören Sie, ich komme heute abend rüber nach Belgien. Haben Sie interessante Industriesteine für mich?«

»Was immer Sie wünschen.«

»Gut. Ich interessiere mich für drei oder vielleicht vier Lots, Klassifikation ›J‹.«

»Haben wir.«

»Sehr gut. Paßt es morgen früh um zehn?«

»Ja. Bis dann. Guten Flug.« Martina legte auf und machte sich eine Notiz für ihren Terminkalender.

Inzwischen war Astrid ins Zimmer gekommen.

»Wenn Sie bitte die Abzüge des Rundbriefs durchsehen könnten, Fräulein Van den Fleet. Ich habe der Druckerei versprochen, daß sie die korrigierten Abzüge heute abend wiederhaben werden. Der Brief muß Freitag rausgehen.«

»Warum haben wir so lange gewartet?«

Astrid warf ihr einen Blick von der Seite zu. »Ah . . . Ich glaube, Sie wollten noch einige Zahlen von der Wirtschaftsabteilung der Diamantenbörse haben.«

»Ach ja. In Ordnung. Ich sehe die Abzüge gleich durch, und würden Sie Justus bitte sagen, er soll bis morgen früh vier Lots ›J‹ für Daniel Schmidt zusammenstellen.«

»Sofort, Fräulein Van den Fleet.«

Hongkong litt mehr als gewöhnlich unter schlechtem Spätsommerwetter, einer ausgesprochen unangenehmen Kombination von sintflutartigen Wolkenbrüchen und einer Luftfeuchtigkeit um die 95 Prozent. James Wu ging eilig die Eingangsstufen des Gebäudes im Stadtzentrum hinunter, in dem sein kleines Büro lag. Er war Diamantenhändler und verdiente genug, um sich eine luxuriöse Eigentumswohnung in Stanley, auf der südlichen Seite der Insel, leisten zu können. Als er seinen Wagen erreichte, klebte ihm das Oberhemd schon am Rücken. Er ließ den Motor hastig an, schaltete die Klimaanlage ein und fädelte sich in den dichten abendlichen Verkehr zum Aberdeen-Tunnel ein.

Anna Wu hörte den Schlüssel im Schloß und eilte in die Diele, um ihren Bruder zu begrüßen. James ging sofort in sein Schlafzimmer. Er hatte gerade noch Zeit, schnell zu duschen, ehe er sich eines der leckeren Gerichte seiner Schwester schmecken lassen würde.

»James, Mr. Chan hat vor zehn Minuten angerufen.«

James sah sie erwartungsvoll an.

»Er hat versucht, dich im Büro zu erreichen, aber du warst schon weg. Er will es nachher noch mal versuchen.«

»Hat er gesagt, was er wollte?«

»Nein.«

James nickte. Wieder ein Anruf von Chan Chunling. Gewöhnlich hatte er mit Mui Shenlu zu tun. Sonderbar.

Wie viele andere gutsituierte Bewohner Hongkongs hatte James zweierlei getan, als die Briten sich mit der Volksrepublik China geeinigt hatten, daß die Kronkolonie 1997 unter chinesische Herrschaft kommen sollte. Zum einen war er zu dem Schluß gekommen, Hongkong würde für Peking wirtschaftlich zu wichtig sein, um seine Bürger – sofern sie den neuen Herren genehm waren – zu Reisbauern umzuerziehen. Zum andern hatte er jedoch für alle Fälle 100 000 US-Dollar in ein australisches Bergwerksunternehmen investiert, um so die Staatsbürgerschaft des fünften Kontinents zu bekommen. Aus seiner ersten Überlegung praktische Konsequenzen zu ziehen, hatte dann einiges Geschick erfordert.

Wie konnte er sich das Wohlwollen der künftigen Machthaber sichern? Glücklicherweise hatte er einen Herrn namens Mui Shenlu kennengelernt, der angeblich ein Diamantenhändler aus Schanghai war und einige sehr wichtige Persönlichkeiten in sehr hohen Positionen kannte. Dieser Mui hatte ihm einen Vorschlag gemacht, und er hatte großes Interesse bekundet. Bei ihrem ersten Zusammentreffen hatten sie sich nur ganz allgemein über eine geschäftliche Zusammenarbeit unterhalten. Eine Woche später hatte Mui ihn bereits gebeten, auf dem freien Markt eine erhebliche Menge von Industriediamanten zu kaufen. Er hatte die Steine sofort bezahlt. Gegen Ende des Monats rief Mui ihn wieder an und bat ihn, ein kleines Lot von geschliffenen und polierten Diamanten der Güteklasse H, die seine Kunden nicht brauchten, zu verkaufen. James hatte keine Schwierigkeit, die Steine an den Mann zu bringen, und Mui sagte ihm, seine Kunden seien sehr zufrieden. James könne so gut wie sicher sein, daß weitere Geschäfte folgen würden.

Im nächsten Monat wurde er wieder beauftragt, ein kleines Lot von polierten Steinen zu verkaufen. Er führte die

Transaktion prompt aus, und als Mui ihm mitteilte, er habe einen Auftrag für ihn, der absolute Diskretion erfordere, aber sehr lukrativ sei, glaubte er bereits, bei den maßgeblichen Funktionären in Peking einen Stein im Brett zu haben. Mui hatte eine große Kollektion geschliffener und polierter Steine zu veräußern. James war mehr als überrascht, als er davon erfuhr. Er hatte geglaubt, Mao Tse-tungs Kulturrevolutionäre hätten in den siebziger Jahren alles zerstört oder verschleudert, was irgendwie von Wert gewesen sei, und sagte es. Mui fixierte ihn ausdruckslos, und er bereute es sofort, so vorlaut gewesen zu sein. Dann ließ Mui seinerseits das Wort Kambodscha fallen. James starrte ihn einige Sekunden verwirrt an. Mui erwiderte seinen Blick vielsagend. James nickte dann, als habe er alles verstanden, obgleich er keine Ahnung hatte, warum Peking sich mit dem Verkauf antiker Schmucksteine der alten Könige von Kambodscha abgeben sollte. Ihm war nur klar, daß die Volksrepublik ganz sicher nicht den gegenwärtigen Herrschern Kambodschas, den Vietnamesen nämlich, behilflich sein wollte. James war ein Opportunist, und er versicherte Mui rasch, er würde in dieser Angelegenheit schweigen wie ein Grab.

James ging ins Wohnzimmer. Er schaltete den Fernseher ein und ließ sich aufs Sofa fallen. Chan Chunlings Anruf beschäftigte ihn weiter. Der erste Anruf war Anfang der Woche gekommen. Chan hatte sich als Muis Partner vorgestellt. Was James überraschte, da Mui zuvor nie etwas von einem Partner erwähnt hatte. Chan hatte erklärt, daß Mui bedauerlicherweise indisponiert sei. Nichts Ernstes, aber es bedeute, daß James sich im Moment an ihn, Chan, wenden solle, falls er etwas über das wissen wolle, was Chan ihre »kleine Transaktion« nannte. James streckte die Beine aus. Muis Krankheit beruhte wahrscheinlich darauf, daß seine einflußreichen Gönner in Peking beschlossen hatten, ihn für ein paar Tage ins Bett zu stecken, damit Chan ihn, James, auf Herz und Nieren prüfen konnte.

In diesem Moment klingelte das Telefon. James nahm ab. »James Wu. Guten Abend, Mr. Chan. Wie ich höre, haben Sie schon mal angerufen.«

Chan Chunling erläuterte, Mui gehe es immer noch nicht besser und er, Chan, würde die Steine übermorgen selbst nach Hongkong bringen. James erhob sich und ging auf und ab. »Ich habe Mr. Mui gesagt, daß ich die früheren Lots mit meinen eigenen Zertifikaten an meine Privatkunden verkauft habe, aber dieser . . . äh . . . dieser Auftrag ist einfach zu groß für meine Kunden, und die Steine müssen auf dem internationalen Markt verkauft werden, um einen guten Preis zu erzielen.« Er hielt inne, um Chan Gelegenheit zu geben, etwas zu erwidern, fuhr aber, da dieser schwieg, nach einer kurzen Pause fort. »Wenn Sie die nötigen Papiere nicht selbst besorgen können, müssen wir sie von jemand anderem als mir klassifizieren und bewerten lassen. Auf dem internationalen Markt muß man solche Unterlagen vorlegen können. Sie verstehen?«

»Ja. Tun Sie bitte, was Sie für erforderlich halten, um die Papiere zu besorgen, Mr. Wu.«

»In Ordnung«, entgegnete James. »Um Diskretion zu wahren, wäre es vielleicht am besten, wenn wir die Steine in kleine Lots aufteilten. Ein großes Angebot würde zuviel Aufmerksamkeit erregen, vor allem bei der Interkontinentalen Diamantenbörse. Man würde bestimmt nach der Herkunft fragen. Sie verstehen?« James kratzte sich am Kopf. »Ich schlage vor, wir teilen sie in vier Lots und lassen eines von Erasmus Van den Fleet in Antwerpen, eines von Tony Bergman in New York, eines von Chaim Eichler in Tel Aviv und das letzte vielleicht von Mark Singh in Bombay begutachten. Sie haben alle einen ausgezeichneten Ruf. Zertifikate von ihnen werden den Marktwert der Steine erheblich steigern.«

»Gut. Ich werde Donnerstag um zehn Uhr in Ihrem Büro sein, Mr. Wu. Guten Abend.«

James zog die Augenbrauen hoch, als er den Hörer auflegte. Im Gegensatz zu dem liebenswürdigen Mui Shenlu war Chan kein Mann, der viele Worte machte. James schenkte sich einen Drink ein. Wichtige Leute hatten es sich offenbar anders überlegt, was den Einsatz von Mui betraf. Er schwenkte das Glas mit dem Whisky und den Eiswürfeln sachte hin und her. Vielleicht war Diskretion noch wichtiger, als er ohnehin angenommen hatte.

Erasmus Van den Fleet schlitzte behutsam den Umschlag auf und zog den monatlichen Rundbrief der Interkontinentalen Diamantenbörse heraus. Er blätterte ihn rasch durch und schnaubte verächtlich. Er rief Martina zu: »Komm doch mal her, sieh dir das an.«

Martina trocknete sich die Hände und verließ die Küche. Sie seufzte ärgerlich, als sie sah, daß ihr Vater seinen Teller Suppe nicht angerührt hatte. »Vater, die Suppe ist kalt geworden.«

»Ich mag keine Gemüsesuppe. Warum kann ich nicht eine oder zwei Scheiben Schinken haben oder ein bißchen Wurst?«

»Du weißt doch, was der Arzt gesagt hat. Du darfst nicht mehr soviel Fleisch und Salz essen. Oder ist dir vielleicht nach einem neuen Herzanfall?«

»Hm, meinetwegen. Sieh dir das an.« Erasmus wedelte mit dem Rundbrief. »Die Diamantenbörse teilt uns mit, daß sie gegen Ende des Jahres zuversichtlich größere Umsätze erwarten. Der Nordamerikanische Diamantenhändlerverband hat bekanntgegeben, daß die Umsätze in Amerika und Japan im letzten Quartal um 20 Prozent gestiegen sind. Was, meine Liebe, soll uns das in Antwerpen nützen?« Er knallte das Mitteilungsblatt auf den Tisch. »Ich werde Christian Debilius persönlich schreiben. Er ist zuversichtlich? Nun, ich bin es nicht.«

»Was in Amerika und Japan geschieht, wirkt sich letztlich auch auf Europa aus, Vater. Wir haben in letzter Zeit sehr gute Abschlüsse mit den Israelis gemacht.«

»Du meinst, die Israelis haben gute Abschlüsse gemacht. Wir müssen von der Diamantenbörse gegen bar kaufen und in Dollar zahlen. Wir verkaufen mit einem Zahlungsziel, das die Kunden praktisch selbst bestimmen. Wir sind keine Diamantenhändler mehr, wir sind Kreditmakler. Und wir sind es wegen unserer eigenen Dummheit!«

»Vater, reg dich bitte nicht auf. Zuviel Aufregung ist schlecht für dich. Die Israelis sind gute Kunden. Sie zahlen pünktlich, sonst würde ich keine Geschäfte mehr mit ihnen machen.«

»Hm. Ich schreibe Christian Debilius trotzdem. Als Vorsitzender des Europäischen Diamantenhändlerverbands habe ich die Pflicht, unsere Meinung zu sagen. Übrigens, Martina, solltest du nicht wieder ins Büro? Es ist fast zwei.«

»Ich bin schon unterwegs.« Martina gab ihrem Vater einen Kuß auf die Schläfe. Sie nahm Regenmantel und Aktentasche und ging hinaus. Ihr Vater sorgte sich ohne Grund. Sie hatten in den letzten beiden Monaten außergewöhnlich gute Umsätze gemacht. Sie schloß die Wohnungstür sorgfältig.

Erasmus wartete, bis die Tür ins Schloß gefallen war, stand dann auf und brachte das Tablett in die Küche. Er schüttete die Suppe in den Ausguß, ging zum Kühlschrank und holte eine Wurst heraus. Er schnitt drei dicke Scheiben davon ab. Er schimpfte leise vor sich hin, als er die Wurst in den Kühlschrank zurücklegte. Kein Salz. Kein Fleisch. Keine tierischen Fette. Suppenhuhn und Salat. Salat und Suppenhuhn. Das Leben lohnte nicht mehr, gelebt zu werden. Er ging mit dem Teller ins Eßzimmer zurück und las den Rundbrief noch einmal, während er sich sein verbotenes Mahl schmecken ließ.

Chan Chunling schaute desinteressiert aus dem Fenster, während das Taxi sich hupend einen Weg zwischen den nach Haus radelnden Arbeitern hindurch bahnte. Seine gelassene Miene ließ nichts von seinen Gedanken ahnen. Er war viel mehr, als der Diamantenhändler James Wu aus Hongkong annahm. Chan war der Direktor der Technischen Forschungsgruppe Schanghai und hatte einen besonders delikaten Auftrag. Mit ein bißchen Glück würde er die letzte Maschine nach Schanghai bekommen. Er wollte die Nacht nicht in diesem scheußlichen Industriekaff verbringen. Nach jedem Zusammentreffen mit Li kam er sich vor wie ein Schuljunge mit zweifelhaften Fähigkeiten.

Die gewaltigen Stahlkochereien von Anshan spien ohne Unterlaß dicken schwärzlichen Rauch aus, der die Luft mit stechendem Schwefelgeruch erfüllte. Chan gab dem Taxifahrer ein Zeichen zu halten und zahlte. Er blickte angewidert zu dem rauchgeschwängerten Himmel hoch und legte dann mit schnellen Schritten die paar hundert Meter zu Professor Lis Büro im Institut für Ton und Oszillation zurück.

Als Institutsleiter hatte Professor Li ein eigenes Arbeitszimmer, aber er benutzte es nur selten. Er führte Chan hinein, bot ihm einen Stuhl und die obligatorische Tasse Tee an. Er warf Chan einen Blick zu, um sich zu vergewissern, daß seine Zuvorkommenheit den Besucher daran erinnerte, daß er es mit jemandem zu tun hatte, dessen Lebensart außer Frage stand. Li sah auf seine Uhr. »Die Diamanten sind verpackt, und Sie können sie mitnehmen, Direktor Chan.«

»Vielen Dank, Professor Li.«

Li sah ihn an, als rechnete er damit, Chan würde sofort aufspringen.

»Haben Sie schon etwas von Mui gehört?«

Chan schüttelte den Kopf. »Nein. Das könnte vielleicht ein Problem sein.«

Li starrte ihn an. »Vielleicht? Da gibt es kein Vielleicht. Es *ist* ein Problem. Wo ist er? Was hat er gemacht?«

»Ich weiß es nicht. Als ich ihn das letztemal sah, wollte er gerade James Wu in Hongkong besuchen. Das war vor acht Tagen. Seitdem haben wir nichts mehr von ihm gehört, was selbst für Mui ein bißchen ungewöhnlich ist.«

Li schob seinen Stuhl vom Schreibtisch zurück und stand auf. »Wir müssen ihn finden. Ist Ihnen das klar?«

»O ja. Die Leute vom Amt für öffentliche Sicherheit, die unser Anliegen unterstützen, suchen ihn bereits.«

Li fing an, im Büro hin und her zu gehen.

»Es ist natürlich möglich, daß er einen Unfall gehabt hat.«

Li blieb stehen. »Oder er ist von Sicherheitsleuten entführt worden, die unser Anliegen *nicht* unterstützen. Haben Sie die Möglichkeit auch bedacht?«

Li ging wieder auf und ab. »Wenn irgend jemand dahinterkommt, können wir von Glück sagen, wenn wir nur in Ungnade fallen.«

»Keiner von uns ist so dumm, das geschehen zu lassen, Professor Li.«

Li überhörte die Bemerkung. »Wenn Mui gezwungen worden ist, Informationen über –« er machte eine nervöse Handbewegung »– über unser Arrangement preiszugeben, ist alles verloren.«

Chan zündete sich eine Zigarette an. »Sie meinen, für Sie.«

Li ballte die Hände und öffnete sie wieder. »Sie vergessen wohl, daß ich fast mein ganzes Leben meiner Arbeit geopfert habe. Ich bin dem Ziel nahe, das . . .« Er hielt inne und senkte den Kopf, als zweifelte er an Chans Fähigkeit, seine schwierige Lage zu begreifen. »Sie müssen verstehen. Jetzt alles zu verlieren, das wäre eine entsetzliche Katastrophe.«

Chan zog den Aschenbecher zu sich her. »Wenn ich mir erlauben darf zu widersprechen . . . Sie machen sich zuviel Sorgen, Professor Li.«

»Es war ein Fehler, Mui nach Hongkong zu schicken. Er ist unzuverlässig. Es war ein schlimmer Fehler.«

Zornig, daß seine Fähigkeit so unverhüllt in Frage gestellt wurde, rutschte Chan auf seinem Stuhl hin und her. »Mui hat seine Schwächen, zum Beispiel das Spielen, aber es gab keine Alternative. Ich habe ihn nach Hongkong geschickt, weil er einer der ganz wenigen Männer in der Volksrepublik ist, die etwas von Diamanten verstehen. Verstünde er nichts davon, hätte James Wu ihn sofort durchschaut. Mui hat gute Arbeit geleistet. Mui hat uns eine Brücke zum Westen gebaut. Der einzige Fehler, der hier gemacht wird, ist Ihr Zweifel, Professor Li.« Chan rückte seinen Stuhl nach hinten und stand abrupt auf. »Sie sagten, die Diamanten seien verpackt?«

»Ja, ja, ich werde sie bringen lassen. Sie müssen entschuldigen, aber ich mache mir größte Sorgen um Muis Verschwinden. Größte Sorgen, Direktor Chan. Es wäre eine Katastrophe, wenn . . .«

Chan unterbrach ihn grob. »Es wird *keine* Katastrophe geben, Professor. Ich bringe die Diamanten selbst nach Hongkong.« Li nickte widerstrebend und läutete nach seinem Assistenten.

Simon Klugers Anruf war kurz und nicht unfreundlich, aber der Juwelier warnte Martina, daß er sich ernsthaft überlegen müßte, ob er nicht mit ihrem Vater reden sollte, falls sie ihm noch einmal eine Kundin wie Frau Schapper schicken würde.

Martina schmunzelte, als er ihr sagte, die Frau habe ihn beinahe dazu gebracht, sich die wenigen Haare auszuraufen, die er noch hatte. Er habe ihr aus Mitleid und wider besseres Wissen ein sehr großzügiges Angebot für das Collier gemacht, worauf sie in Tränen ausgebrochen sei und ihm vorgeworfen habe, er wolle sie berauben.

Martina bedankte sich, legte auf und drückte den Summer, mit dem sie ihre Sekretärin rufen konnte. Astrid zwängte sich mit einem ganzen Bündel Computerausdrukken durch die Tür. Martina schnitt eine Grimasse und zeigte auf einen freien Platz auf dem Schreibtisch.

»Die Buchführung vom letzten Jahr, Fräulein Van den Fleet. Und Herr Witt hat angerufen, als Sie auf der anderen

Leitung sprachen.« Astrid hielt inne und schlug ihr Notizbuch auf. »Er soll sechs geschliffene und polierte herzförmige Diamanten für ein Collier beschaffen. Er hat gefragt, ob er morgen kommen könne, um sich ein paar ungeschliffene Steine anzusehen. Ich habe gesagt, ich würde ihn zurückrufen.«

»Ich ruf ihn heute abend von zu Haus an. Und jetzt lassen Sie uns diesen Papierkrieg vom Tisch schaffen.«

Erasmus richtete sich jäh auf; ihm wurde erst nach einem Moment bewußt, daß er nach dem Essen eingenickt war. Er ging in die Küche, um sich ein Glas Wasser zu holen und wieder eine von den Tabletten zu nehmen, die der Arzt ihm verschrieben hatte. Er lehnte sich gegen die Arbeitsplatte und redete sich ein, daß der schwere Druck in seiner Brust nichts als die Nachwirkung der Wurst war. Er senkte den Kopf und starrte auf die Bodenfliesen. Er durfte nicht länger zögern. Er mußte mit Hendrik sprechen. Wer weiß, ob er nicht morgen schon tot sein würde?

Erasmus ging langsam ins Wohnzimmer zurück und blieb vor dem Telefon stehen. Er zauderte einige Sekunden, schüttelte dann den Kopf über sich selbst. Die Entscheidung lag nicht mehr bei ihm. Hendrik mußte heimkommen. Er nahm ab und meldete ein Gespräch nach Zaire an. Er fluchte leise, als die Vermittlung ihm sagte, die Leitungen nach Zaire seien alle besetzt. Er setzte sich in seinen Sessel und lehnte sich zurück. Wenn er mit Hendrik gesprochen hatte, würde er mit Martina reden.

Erasmus hatte jeden Gedanken an Heirat beiseite gedrängt, bis er dreißig war. Es lag nicht daran, daß er nicht die richtige Frau gefunden hätte, nein, aber es gab im Leben so vieles, das man mitmachen und auskosten sollte, ohne gebunden zu sein. Dann hatte er schließlich doch geheiratet, eine Frau, mit der seine Eltern uneingeschränkt einverstanden waren. Clarice war eine entfernte Verwandte, und sie hatte nichts, was ihn jemals faszinieren könnte, aber sie würde eine gute Ehefrau sein.

Als sie fünf Jahre verheiratet gewesen waren, fand Erasmus sich mit der Tatsache ab, daß sie ihm nie ein Kind schenken würde, obwohl die Ärzte ihm versichert hatten, daß körperlich alles in Ordnung mit ihr sei. Sie adoptierten einen kleinen Jungen, den sie Paul Hendrik tauften, und sie beschlossen, ihn Hendrik zu rufen, nach Clarices Großvater. In dem Jahr, in dem Erasmus seinen fünfzigsten Geburtstag feierte, stellte Clarice dann fest, daß sie schwanger war, und sie gebar am Heiligabend eine Tochter. Er war außer sich vor Freude und kaufte seiner Frau den schönsten Brillanten, den er sich leisten konnte. Seine Freude schwand ein wenig, als sich die Tochter, der sie den Namen Martina gaben, als ein ausgesprochen unruhiges und anfälliges Kind erwies.

Nach einigen Wochen begann Erasmus, jedes Wochenende lange Ausflüge mit Hendrik zu machen. Sie wanderten. Sie ruderten. Sie fuhren Rad. Er tat gern alles, was Hendrik wollte, wenn es sich nur außerhalb der Wohnung abspielte. Alles war besser, als Martinas fortwährendes Quengeln zu hören. Er sagte Clarice, jetzt, da sie endlich ein eigenes Kind hätten, sei es wichtig, daß Hendrik nicht das Gefühl habe, von seinem Vater vernachlässigt zu werden. Clarice, geduldig und fügsam wie immer, nickte nur, während sie im Wohnzimmer auf und ab ging und versuchte, das schreiende Baby in ihren Armen zu beruhigen. Sobald Erasmus und Hendrik die Wohnung verlassen hatten, hörte das Schreien dann wie durch ein Wunder auf.

Die Pendüle auf dem Kaminsims schlug die Viertelstunde und riß Erasmus aus seinem unruhigen Traum. Er stand auf und ging zum Telefon. Diesmal kam er schnell nach Zaire durch. Er mußte sehr laut sprechen, um das Rauschen und Knacken zu übertönen und der Person am anderen Ende der Leitung zu sagen, der Vater von Hendrik Van den Fleet wolle seinen Sohn sprechen. Er fluchte leise, als Hendriks Sekretärin ihm antwortete, Hendrik sei nicht im Büro, und ob sie etwas ausrichten könne. Er sagte, sein Sohn solle ihn bitte sofort anrufen, wenn er wieder zurück sei. Es sei sehr wichtig.

In der Eingangshalle des Leichenschauhauses von Hongkong stand ein Kriminalbeamter in Zivil, ein Mann vom Amt für öffentliche Sicherheit der Stadt Schanghai, an den Schreibtisch gelehnt. Er klappte einen gefälschten Ausweis auf, der ihn als einen Beamten der Kripo von Hongkong identifizierte. Der Angestellte warf einen kurzen Blick darauf und bat ihn, ihm zu folgen.

Der Angestellte sah sich zu ihm um. »Wen suchen Sie?« fragte er.

»Das werde ich erst wissen, wenn ich ihn sehe. Ein verschwundener Ehemann. Die Frau ist überzeugt, daß er tot ist.«

Der Angestellte knipste das Licht an und begann, große Metallschubfächer aus der Wand zu ziehen. »Das ist alles, was wir im Moment da haben.« Der Polizist nickte und betrachtete eingehend jeden einzelnen Leichnam. Dann ging er zum letzten der Fächer und sah auf eine Leiche, die offensichtlich eine Zeitlang im Wasser gelegen hatte. In die Stirn des Toten war eine Bärentatze geritzt. Der Polizist zog eine an den Ecken geknickte Fotografie aus der Tasche und verglich sie. Der Angestellte kam herbei und zeigte mit dem Daumen auf das Mal auf der Stirn. »Eine Mahnung, Spielschulden zu bezahlen, oder?«

Der Polizist lachte. Er blickte sich um. »Ist das alles?«

»Ja. Kein Glück?«

Der Polizist schüttelte den Kopf. »Sieht nicht so aus.«

»Kommen Sie Ende der Woche wieder. Wenn Sie wollen, können Sie das Foto hier lassen, und ich ruf Sie an, wenn er eingeliefert wird.«

»Äh . . . Nein, ich habe nur dieses eine, und ich brauche es. Ich werde ein anderes bringen lassen.«

»In Ordnung.«

Der Kriminalbeamte wartete im Hauptpostamt geduldig darauf, daß eine Telefonzelle frei wurde. Er ließ sich mit dem Amt für öffentliche Sicherheit in Schanghai verbinden. »Hallo, sind Sie es, Cao? Vermißte Person. Ein gewisser Mui Shenlu. Stellvertretender Direktor der Exportabteilung Metalle und Mineralien der Technischen Forschungsgruppe Schanghai. Habe ihn gefunden. Er liegt im Leichenschauhaus, mit einer eingeritzten Bärentatze auf der Stirn. Was soll ich tun? Gut. Ich nehme die nächste Maschine zurück nach Schanghai.« Der Sicherheitsbeamte hängte ein. Er drehte sich um und lächelte das hübsche Mädchen an, das vortrat, um zu telefonieren.

Hendrik Van den Fleet war ein großer, kräftig gebauter Mann. Er hatte die Neigung, immer etwas zu wenig Abstand zwischen sich und den Frauen zu lassen, entweder, um sie zu dominieren, oder um sie in seinen Bann zu ziehen. Er blieb unmittelbar neben dem Drehstuhl seiner Sekretärin stehen und stemmte die Hände in die Hüften. »Jane, habe ich nicht darum gebeten, mir sofort Bescheid zu sagen, wenn mein Vater anruft?«

Jane lehnte sich defensiv zurück, wie um sich vor der stämmigen Gestalt zu schützen. »Entschuldigung, Hendrik, aber ich habe versucht, Sie überall zu erreichen.«

Sie unterließ es zu erwähnen, daß sie es nicht in der Wohnung des französischen Handelsattachés versucht hatte, wo Hendrik jede Woche ein paar Nachmittage mit der Frau des Attachés verbrachte.

»Schon gut, schon gut. Verbinden Sie mich jetzt mit meinem Vater.« Er setzte sich auf den Rand des Schreibtisches und steckte sich eine Zigarette an.

Beim dritten Versuch wurde sie mit Antwerpen verbunden, und sie reichte Hendrik den Hörer, wobei sie nicht vermeiden konnte, seine kräftigen warmen Finger zu berühren.

»Hallo, Vater? Du mußt bitte lauter sprechen. Ich habe eine schlechte Verbindung.«

Jane rollte mit dem Drehstuhl ein Stück zurück und stand auf, aber Hendrik legte ihr die Hand auf die Schulter und bedeutete ihr zu bleiben. »So ist es besser. Jetzt kann ich dich hören. Wie geht es dir?«

Jane verschränkte die Arme vor der Brust, während seine ausdruckslosen hellen Augen ihren Körper taxierten. »Meine Sekretärin sagte, du wolltest mich dringend sprechen. Ist etwas nicht in Ordnung?«

Jane sah zu ihm auf, als er langsam aufstand.

»Hm, ich glaube, du hast die richtige Entscheidung getroffen, Vater. Besser, einen angenehmen Lebensabend verbringen, solange du noch gesund und bei Kräften bist. Nein, nein, ich habe es mir nicht anders überlegt. Ich habe ja gesagt, ich würde Van den Fleet übernehmen, wenn die Zeit gekommen wäre. Du brauchst dir keine Sorgen zu machen. Gerry, mein Partner, kennt meine Situation. Ich muß hier natürlich ein paar Dinge erledigen, aber ich kann wahrscheinlich Ende der Woche in Antwerpen sein. Gut. Das wäre also klar.« Hendrik hielt kurz inne. »Du hast schon mit Martina darüber gesprochen? Ich verstehe. Hm, ich denke, du solltest es ihr gleich sagen. Du weißt ja, wie sie ist. Sie hat immer etwas gegen meine Stellung in der Familie gehabt. Nein, nein, mach dir keine Sorgen, Vater. Es wird keine Schwierigkeiten geben, jedenfalls nicht von meiner Seite. Wenn es welche gibt, wird sie die Schuld haben. In Ordnung. Ich ruf dich morgen wieder an und regele hier alles. Auf Wiedersehen.« Hendrik legte auf. Er lächelte vor sich hin. Dann sah er Jane an. »Was machen Sie heute abend?«

Die Antwort kam wie einstudiert. »Ich wasche mir die Haare.«

»Und danach?«

Sie zögerte und versuchte, eine neutrale Antwort zu formulieren.

Er fuhr mit den Fingern unter ihrem Kinn entlang. »Dies ist Ihre letzte Chance. Ich gehe zurück nach Belgien. Mein Vater zieht sich aus dem Geschäft zurück. Ich übernehme die Firma.«

Sie sah ihn an. »Für immer?«

»Für immer.«

»Und wer wird hier Ihr Nachfolger?«

Er zuckte mit den Schultern. »Vielleicht Roger. Obgleich Gerry eine Weile versuchen könnte, den Laden allein zu schmeißen. Ich glaube, der Gedanke wird unwiderstehlich für ihn sein.«

Jane sah ihn besorgt an. Gerry hatte bereits eine Sekretärin und einen Assistenten. »Und was wird dann mit mir?«

Er lächelte wissend. »Na ja, wenn Sie versprechen, sich die Haare an einem anderen Abend zu waschen, könnte ich vielleicht ein gutes Wort für Sie einlegen.«

Sie zögerte kurz, nickte dann widerstrebend. Er lachte leise. »Ich hab schon immer gewußt, daß Sie intelligenter sind, als Sie aussehen, Jane.« Er drehte sich um und verließ das Büro. Der Anruf seines Vaters war genau das, worauf er gewartet hatte. Das einzige Haar in der Suppe war Martina, aber er würde sie über kurz oder lang rausekeln.

Hendrik war in der väterlichen Firma in Antwerpen zum Diamantenhändler ausgebildet worden. Sein Entschluß, Belgien zu verlassen und in Zaire zu arbeiten, war durch den Tod seiner Mutter und das Bedürfnis, auf eigenen Füßen zu stehen, entstanden. Die alles erstickende Trauer, die damals zu Hause herrschte, hatte ihn fast verrückt gemacht. Weder sein Vater noch seine Schwester schienen zu bemerken, daß auch er um sie trauerte. Außerdem hatte er das Bedürfnis gehabt, aus dem Schatten seines Vaters zu treten. Sein Vater hatte ihm nie erlaubt, eine geschäftliche Entscheidung zu treffen, ohne ihn vorher zu konsultieren.

Erasmus Van den Fleet hatte sich ohne große Einwände abgefunden mit Hendriks Wunsch, im Ausland zu arbeiten, seinem Bedürfnis, alles hinter sich zu lassen. Es war ein gutes Zeichen, daß ein junger Mann seinen eigenen Ehrgeiz verwirklichen und selbst ein Vermögen machen wollte. Und Erasmus wollte, um die Wahrheit zu sagen, allein um seine Frau trauern. Das Geräusch jugendlicher Betriebsamkeit machte ihn nervös. Der Tod seiner Frau hatte ihn tiefer getroffen, als er erwartet hatte.

Nachdem Hendrik die väterliche Zustimmung bekommen hatte, verlor er keine Zeit, seine Pläne in die Tat umzusetzen. Mit Hilfe von Christian Debilius, dem Leiter der Interkontinentalen Diamantenbörse, sicherte er sich eine Anstellung bei einem Grubenunternehmen in Zaire. Die Arbeit als Qualitätskontrolleur der Diamantenförderung bot gute Chancen für Beförderungen, und da er wußte, daß Christian Debilius ihn schon jetzt als gutes »IDB-Material« vorgemerkt hatte, festigte sie seine Verbindung zur Diamantenbörse. An seinem letzten Tag bei Van den Fleet hatte sein Vater ihm das Versprechen abgenommen, zurückzukommen und die Firma zu übernehmen, wenn er, Erasmus, in den Ruhestand treten würde.

Hendrik hatte mit 19 Jahren herausgefunden, daß er adoptiert war. Die spitze Bemerkung einer Freundin seiner Mutter hatte ihn stutzig gemacht: Hendrik sei ja zu einem so attraktiven jungen Mann herangewachsen, so *blond* und so *groß*. Noch größer als sein Vater. Clarice hatte nervös gelächelt und hastig von etwas anderem gesprochen.

Je länger Hendrik darüber nachdachte, um so offensichtlicher war es. Er mußte zugeben, daß er nicht die geringste Ähnlichkeit mit seinen Eltern hatte. Zuerst hatte er seine Mutter gefragt, aber sie geriet aus der Fassung und sagte, er müsse warten und seinen Vater fragen. Als sein Vater kam, setzten seine Eltern sich auf das Sofa und forderten ihn auf, sich zwischen sie zu setzen.

Hendrik hatte ein sonderbares Gefühl, als er es von den beiden erfahren hatte; er kam sich zunächst vor wie ein Fremder, aber da er ein pragmatischer Mensch war, fand er sich schnell mit der Tatsache ab. Seine Eltern hatten ihn stets aufrichtig geliebt. Seine Mutter weinte sogar ein wenig, als sie ihm erzählte, was für ein Gefühl es gewesen sei, ihn zum erstenmal auf den Arm zu nehmen. Und was seinen Vater betraf, so war er immer für ihn da gewesen. Hendrik hatte alle Privilegien genossen, die dem einzigen Sohn zustanden. Er hatte nicht die leiseste Absicht, all das aufzugeben, um die zweifelhafte Ehre zu erfahren, wer seine natürlichen Eltern waren. Es gab noch einen weiteren Grund, warum er die Nachricht von seiner Adoption ziemlich gleichmütig aufnahm. Martina. Jetzt brauchte er keine Zuneigung mehr für das verzogene kleine Ding zu heucheln. Sie war schließlich gar nicht seine richtige Schwester.

Martina beobachtete, wie Justus, der Bürovorsteher, sich vergewisserte, daß alle Diamantentabletts in dem deckenhohen Safe verstaut waren. Er kam heraus und schloß die schwere Stahltür. Martina nickte ihm zu und gab auf der computerisierten Uhr an der Wand eine Zahlenkombination ein. Die Tür konnte erst morgen früh um halb zehn Uhr wieder geöffnet werden.

Justus wünschte ihr einen guten Abend, und sie ging zurück in ihr Büro. Sie steckte eine Aufstellung des Cash-Flows der Firma, die sie ihrem Vater nachher zeigen wollte, in ihre Aktentasche und zog ihren Mantel an. Sie würde gerade noch genug Zeit haben, am Supermarkt vorbeizufahren. Die Aussicht auf ein Steak, obgleich es ein sehr kleines sein mußte, würde ihren Vater fürs erste von dem Rundbrief der Diamantenbörse ablenken. Er würde sicher nörgeln, daß das Steak nicht von einem großen Klacks Butter gekrönt sein würde.

Martina hatte ihren Vater nie »jung« gekannt. Er hatte schon graue Haare, als sie zur Welt kam. Bis zu seinem ersten Herzanfall hatte sie einfach nicht bemerkt, daß er körperlich nachließ und allmählich ausgesprochen mürrisch wurde. Es gab Tage, an denen ihm nichts von dem, was sie tat, recht war. Aber er lehnte es ab, sich nach Mutters Tod von jemand anderem versorgen zu lassen. Sie sorgte dafür, daß immer frische Schnittblumen auf dem Tisch standen, daß die Zeitung sorgsam gefaltet auf dem Tisch neben seinem Sessel lag, daß ein Glas mit weißem Portwein bereitstand, sobald er den Schlüssel im Schloß drehte. Manchmal lachte er dann und nannte sie »kleine Mutter« und sagte, er wisse nicht, was er ohne sie anfangen solle. Dann gab sie ihm einen Kuß auf die Wange und antwortete, dieses Problem werde nie auftreten. Sie würde immer für ihn dasein.

Nach seinem zweiten Anfall war er sehr verängstigt. Mitten in der Nacht fuhr er, von Angstzuständen gepackt, aus dem Schlaf und dachte daran, der nächste Anfall könnte der letzte sein. Manchmal war es so schlimm, daß er Martina rief, nur um Trost in der Gewißheit zu finden, daß er nicht allein war.

Als die Ärzte Erasmus Van den Fleet schließlich wieder erlaubten, in die Firma zu gehen, war klar, daß er sein Arbeitspensum reduzieren müßte. Ohne je darüber zu sprechen, entwickelten er und Martina eine neue Arbeitsroutine, die ihnen beiden zupaß kam. Erasmus kam zwei- oder dreimal in der Woche für einige Stunden ins Büro. Martina übernahm die täglichen Geschäfte, scheinbar unter seiner Leitung, doch in Wahrheit hatte sie weitgehend freie Hand. Erasmus' Freunde hielten mit ihrer Bewunderung für Martina nicht hinter dem Berg. Sie sagten Erasmus, er könne sich glücklich schätzen, eine so tüchtige Tochter zu haben.

Die Arbeit bei Van den Fleet machte Martina Spaß. Die Verantwortung hatte ihren Geschäftssinn geschärft. Innerhalb eines Jahres hatte sie gute Geschäftsbeziehungen zu allen wichtigen Kunden aufgebaut. Alles lief so gut, daß ihr Vater gelegentlich darüber klagte, selbst seine ältesten Kunden schienen lieber mit ihr Geschäfte zu machen als mit ihm. Es war eine Klage, die er allerdings nicht ernst meinte.

Das Institut für Ton und Oszillation in Anshan war in einem gesichtslosen Betongebäude untergebracht, das nichts von seinem wahren Zweck verriet. Es beschäftigte sich vor allem damit, superleitfähige Materialien der sechsten Generation zu entwickeln.

Professor Li winkte mit der Hand ab, als sein Assistent zu ihm trat. »Gehen Sie, gehen Sie. Sehen Sie nicht, daß ich zu tun habe?«

Der Assistent räusperte sich. »Es ist dringend, Professor.«

»Was ist dringend?«

»Ein Mann ist beim Abladen der neuen Ultraschallausrüstung verletzt worden.«

Li sah seinen Mitarbeiter an. »Die Ausrüstung ist doch nicht beschädigt, oder?« Er stand auf. »Ja oder nein?«

»Nein, Herr Professor, aber einer von den Männern ist schwer verletzt.«

»Wenn der Generator nicht beschädigt ist, warum stören Sie mich dann? Was kann ich dagegen machen, daß irgendein dummer Bauer sich verletzt hat?«

Der Assistent räusperte sich wieder. »Sie glauben, daß der Mann sich die Wirbelsäule gebrochen hat, Herr Professor. Der Lastwagen vom Güterbahnhof hatte eine Panne, und sie mußten einen Reifen wechseln. Der Wagenheber drohte abzurutschen. Der Mann kroch unter den Wagen, um ihn abzustützen, und da fiel das Chassis auf ihn.«

»Hmmm.« Li setzte sich und wandte seine Aufmerksamkeit dem Bildschirm zu.

»Sein Zustand ist sehr ernst. Die Leute wissen nicht, was sie tun sollen.«

»Hmmm. Da, lesen Sie den Bericht über die Fortschritte der Franzosen. Es ist sehr ermutigend. Sie hinken bei den Versuchen über Ultraschall und Schwerkraft um wenigstens zwölf Monate hinter uns her.«

Sein Assistent seufzte tief. »Ja, Professor.«

»Und dieser zweite Generator muß bis heute abend betriebsbereit sein.«

»Ja.«

»Und jetzt gehen Sie. Sie werden nicht dafür bezahlt, daß Sie hier herumstehen und mir zusehen.«

Der Assistent verbeugte sich und ging zur Tür.

Li wirbelte auf seinem Drehstuhl herum und nahm das Fachblatt, das ihm ein wohlmeinender Kollege aus Holland geschickt hatte. Er strich sich über das Kinn. Sie waren den Franzosen um mindestens ein Jahr voraus. Eine Tatsache, die der Leitung des Komitees für Hochtechnologie zur Kenntnis gebracht werden sollte. Eine Tatsache, die das Komitee veranlassen könnte, seine Gesuche um mehr Forschungsmittel für seine Experimente wohlwollend zu erwägen.

Als Martina nach Hause kam, war der Tisch zum Abendessen gedeckt, und in der Küche lagen sechs nicht sehr fachmännisch geschälte Kartoffeln in einer Schüssel. Erasmus hatte nicht nur die Zeit gehabt, seinen Brief an Christian Debilius von der Diamantenbörse aufzusetzen, er hatte darüber hinaus noch eine kleine Rede einstudiert, die er seiner Tochter halten wollte. Hendrik hatte recht gehabt. Er mußte es Martina sofort sagen, wenn sie von der Arbeit heimkam.

Martina hängte ihren Mantel an die Garderobe und legte das Fleisch in den Kühlschrank. Dann forderte Erasmus sie auf, sich zu setzen und ein Glas Portwein mit ihm zu trinken. Martina versprach es, aber zuvor müsse sie rasch einen Anruf erledigen. Johannes Witt wolle sich morgen einige ungeschliffene Steine ansehen. Erasmus wartete geduldig. Der Anruf bei Witt hatte ihn auf eine Idee gebracht.

Martina sprach kurz mit Johannes Witt und setzte sich dann ihrem Vater gegenüber in den Sessel. Erasmus verschränkte die Hände zwischen den Knien. »Martina, ich habe nachgedacht. Es ist Zeit, daß wir über deine Zukunft sprechen. Du bist jetzt siebenundzwanzig. Es ist höchste Zeit, daß du an Ehe und Kinder denkst. Ich bin mir bewußt, daß ich sehr egoistisch geworden bin. Ich raube dir jede Chance, dich um diese Dinge zu kümmern.«

Sie lachte. »Vater, was redest du da? Du bist kein bißchen egoistisch.«

»O doch. Es ist egoistisch von mir, zuzulassen, daß du soviel für mich tust. Das Geschäft leiten. Für mich sorgen. Du hast deshalb so gut wie keine Zeit und Gelegenheit, Johannes öfter zu sehen.«

Sie lachte wieder. »Das war nur ein geschäftlicher Anruf. Ich möchte Johannes gar nicht öfter sehen. Wenn ich es wollte, täte ich es. Worauf willst du eigentlich hinaus, Vater?«

»Ich meine . . . Ich meine, daß ich deinem künftigen Glück auf keine Weise im Weg stehen möchte. Es ist Zeit, daß du und Johannes heiraten. Johannes ist ein guter Mann. Ich vertraue ihm. Er wird ein idealer Ehemann sein. Und er hat offensichtlich nicht den geringsten Zweifel, daß du eine ideale Ehefrau sein wirst.«

Martina zog die Augenbrauen hoch.

»Hör zu, Martina. Alles, was ich mir jetzt noch wünsche, wo ich meinem Tod nahe bin . . .«

»Hör bitte auf, so zu reden, Vater.«

»Hör mir zu. Ich gehe auf die Achtzig zu. Ich habe zwei Herzanfälle hinter mir. Ich habe ein schönes Leben gehabt. Ich beklage mich nicht. Jetzt möchte ich nur noch, daß du glücklich verheiratet bist. Mein größter Wunsch wäre es, ein Enkelkind in den Armen zu halten, ehe ich sterbe.«

Erasmus sah seine Tochter an. Seine sorgfältig einstudierte Rede traf nicht auf die dankbare Aufnahme, die er erhofft hatte. Im Gegenteil. Martina hatte eine störrische Miene aufgesetzt.

Sie stellte das Glas, das sie mit beiden Händen umklammert hatte, auf den Tisch. »Vater, ich habe keine Ahnung, wieso du heute abend mit all dem anfängst. Aber ich kann keinen Mann heiraten, den ich nicht liebe. Ich nehme an, ich werde eines Tages heiraten, aber nicht Johannes. Er ist ein guter Freund. Nicht mehr.«

Erasmus runzelte ärgerlich die Stirn. »Für eine Frau in deinem Alter ist es ein Fehler, allzu wählerisch zu sein.«

Martina rollte die Augen nach oben. »Danke, Vater. Vielen Dank. Vielleicht hast du recht, aber das Risiko gehe ich ein.«

Erasmus erhob sich aus seinem Sessel und trat ans Fenster. »Jetzt bist du diejenige, die egoistisch ist. Wie kann ich meine Angelegenheiten regeln, wenn ich nicht sicher sein kann, daß deine Zukunft gesichert ist?«

»Ich werde mich selbst um meine Zukunft kümmern, Vater. Du brauchst dir keine Sorgen zu machen.«

»Hm. Das bleibt abzuwarten.« Er drehte ihr den Rücken zu und starrte aus dem Fenster. »Na ja, du kannst es ebensogut jetzt erfahren. Ich habe beschlossen, mich ganz zur Ruhe zu setzen.«

Sie stieß einen Seufzer der Erleichterung aus. Jetzt war ihr klar, worum das Gespräch sich in Wahrheit drehte. »Vater, mach dir bitte keine Sorgen um die Zukunft. Ich bin sehr gut imstande, allein mit allem fertig zu werden. Ich werde die Firma so weiterführen, wie du es mir beigebracht hast. Und ich werde sie in deinem Sinn weiterführen.«

Er steckte die Hände in die Hosentaschen. »Ich habe heute nachmittag mit Hendrik gesprochen. Er kommt Ende der Woche zurück.«

»Warum?«

Er sah auf seine Schuhspitzen hinunter. »Um die Leitung der Firma zu übernehmen.«

»Was?«

»Ich habe ihn darum gebeten, und er hat ja gesagt.«

Sie starrte ihn ungläubig an. Er zuckte mit den Schultern. »Ich weiß, ihr beide habt euch nicht immer verstanden, aber du darfst dich nicht davon beeinflussen lassen.«

»Vater, ist dir klar, was du da sagst?«

»Ja.«

Eine Welle von Zorn überkam sie, und sie sprang auf. »Ich denke nicht. Hendrik hat nie das geringste Interesse für die Firma gezeigt. Er ist viel zu sehr mit sich selbst beschäftigt. Und du glaubst, er soll Van den Fleet leiten. Entschuldige, Vater, aber du mußt von Sinnen sein.«

Er fuhr herum und sah sie an. »Und du bist von Sinnen, daß du so mit mir sprichst.«

Sie strich sich mit der Hand über die Stirn. »Verzeih mir, Vater. Wenn du meinst, es sei an der Zeit, dich ins Privatleben zurückzuziehen, verstehe ich das. Aber die Idee, Hendrik die Leitung der Geschäfte zu übertragen, ist lächerlich. Die Hälfte unserer Kunden kennt ihn nicht einmal.« Sie nahm ihr Glas. »Ich tue jetzt das Steak auf den Grill. Wenn wir gegessen haben, können wir vernünftig über all das sprechen.«

»Ich möchte nichts essen, und es gibt nichts mehr zu besprechen. Ich habe meine Entscheidung getroffen.«

Sie umfaßte das Glas fester. »Ohne mit mir darüber zu reden?«

»Ich brauche dich nicht zu fragen.«

»Ich denke doch.«

»Dann irrst du dich.«

Sie verlor die Geduld. »Wer sich hier irrt, bist du. Wer hat denn all die Arbeit getan, als du krank warst? Wer hat den Umsatz in den letzten zwölf Monaten beinahe verdoppelt? Ich habe ein Recht, gefragt zu werden.«

Erasmus Van den Fleet versuchte, seinen wachsenden Ärger zu zügeln. »Ich leugne nicht, was du alles getan hast, aber ich habe meine Entscheidung getroffen. Hendrik wird die Firma leiten.«

»Warum er?« Sie hob unwillkürlich die Stimme. »Warum?«

»Martina, ich habe gesagt, daß ich meine Entscheidung getroffen habe. Laß uns die Sache damit beenden.«

Sie gab jeden Versuch auf, ihren Zorn zu unterdrücken.

»Nein, Vater, wir können die Sache nicht damit beenden.

Warum er? Warum sollte ich die Firma nicht leiten? Ich tue es praktisch schon. Warum er?«

»Weil er ein Mann ist.«

Sie lachte spöttisch. »Ist das das einzige Kriterium für die Leitung von Van den Fleet? Warum hast du dir die Mühe gemacht, Hendrik nach Hause zu zitieren? Warum hast du nicht einfach den nächstbesten Passanten auf der Straße gefragt?«

Erasmus' Gesicht rötete sich. »Wie kannst du es wagen, so mit mir zu reden? Ich bin dein Vater.«

»Und ich bin deine Tochter. Die Tochter, der du das Klassifizieren von Diamanten beigebracht hast, als sie sechs Jahre alt war. Die Tochter, der du die Leitung der Firma anvertraut hast.«

Erasmus hob die Stimme. »Ich weiß das alles, und du weißt genausogut wie ich, daß du als Frau nicht von der Interkontinentalen Diamantenbörse aufgenommen werden wirst. Wer sonst, wenn nicht Hendrik, wird die Genehmigung bekommen, Steine von der Börse zu begutachten, von Kaufen ganz zu schweigen? Wenn Hendrik die Firma nach meinem Ausscheiden nicht weiterführt, wird Van den Fleet in einem Jahr aus dem Geschäft sein.«

»Das stimmt nicht, Vater.«

»Doch, und du weißt es. Du hast immer nur aus unseren Beständen verkauft. Ich habe dir bis jetzt erlaubt, die Firma zu leiten, weil ich wußte, daß unsere Bestände mehr als ausreichend waren, um uns über die Runden zu bringen. Jetzt müssen sie dringend aufgefüllt werden. Ich werde nicht zusehen, wie eine der ältesten und angesehensten Diamantenhandel der Welt zugrunde geht. Das mußt du verstehen.« Er legte ihr kurz die Hand auf die Schulter, ehe er zu seinem Sessel zurückging und sich wieder setzte. Das Gespräch hatte ihn erschöpft, und der schmerzhafte Druck auf seiner Brust schien von Sekunde zu Sekunde stärker zu werden. Er legte die Arme auf die Lehnen und holte tief Luft. »Hendrik muß mein Nachfolger werden. Es gibt niemand anderen. Niemanden.«

Martina trat zu seinem Sessel und kniete sich hin. »Vater, hör mir bitte zu. Die Dinge haben sich geändert. Die Börse kann Frauen nicht länger diskriminieren. Sie muß auch Frauen aufnehmen. Alles andere wäre gegen das Gesetz. Ich werde sie *zwingen*, mich aufzunehmen.«

Er schüttelte langsam den Kopf. »Sei keine Närrin, Martina. Keiner kann die Diamantenbörse zwingen, etwas zu tun, was sie nicht will.«

»Ich werde es. Hör gut zu, Vater. Ich werde sie zwingen. Gib mir nur die Chance, es dir zu beweisen. Du brauchst Hendrik nicht. Du hast mich.«

Er schüttelte wieder den Kopf. »Es ist nicht genug. Hendrik ist mein Sohn. Die Diamantenbörse wird ihn sofort akzeptieren. Er ist ein Van den Fleet.«

Martina stand abrupt auf. »Dein Sohn? Was redest du da? Er ist nicht dein Sohn.« Sie hob zornig die Stimme. »Er ist kein Van den Fleet und wird nie einer sein.« Und der Zorn riß sie fort. »Ist ein Bastard besser als eine Frau? Ist es das, was du mir sagen willst?« Sie schlug mit der Faust auf den Tisch. »Willst du mir vielleicht sagen, daß die Diamantenbörse einen Mann ohne einen Tropfen Blut der Van den Fleets nehmen und *mich* ablehnen wird?«

Erasmus' Kopf sank auf die Brust. Eine Träne lief seine Wange hinunter. Martina holte krampfhaft Luft. Ein Teil von ihr wollte zu ihm, ihn in die Arme nehmen, aber der andere blieb kalt entschlossen.

Erasmus wischte sich die Träne vom Gesicht. »Das darfst du nie wieder sagen. Niemand außerhalb der Familie darf wissen, daß Hendrik adoptiert ist. Es war der Wunsch deiner Mutter.« Er redete leise, wie mit sich selbst.

»Es war der Wunsch meiner Mutter, daß ich eine ebenso gute Ausbildung erhielt wie Hendrik. Es war der Wunsch meiner Mutter, daß ich meinen Beruf selbst wähle.« Martina lachte bitter. »Seit wann haben die Wünsche meiner Mutter eine Rolle für dich gespielt?«

Erasmus hob den Zeigefinger. Seine Hand zitterte. »Du bist böse. Hörst du? Böse. Wie kannst du es wagen, so etwas zu sagen?«

Martina preßte die Lippen aufeinander. Dann sagte sie: »Ich wage es.«

Er stieß mit dem Finger in die Luft. »Du wirst mir gehorchen, junge Frau. Ich bin das Oberhaupt der Familie, und du wirst mir gehorchen.« Sein Gesicht war vor Zorn rot angelaufen. »Du wirst Johannes heiraten, und Hendrik wird die Firma führen. Ich werde nicht dastehen und zusehen, wie du dich irgendeinem Strolch an den Hals wirfst, der nur daran denkt, die Firma in die Hand zu bekommen.« Seine Stimme war schrill geworden. »Hendrik ist vielleicht kein Van den Fleet, aber er steht seinen Mann. Er hat es immer getan. Er ist der einzige, der die Firma weiterführen kann.«

Martina nickte sehr langsam. »Ich verstehe. Der Strolch in der Familie ist dir lieber als der, den ich nach Hause bringen könnte. Ich hätte es natürlich wissen müssen. All dieses Gerede von Johannes und meinem künftigen Glück. Du wolltest mich nur unter irgendeinem Vorwand aus dem Weg haben, damit Hendrik hier freie Bahn hat. Verheirate Martina einfach mit irgend jemandem, damit sie uns nicht lästig wird. Dir liegt gar nichts an mir. Ich bin nur ein Arbeitstier, das tut, was man ihm sagt. In Wahrheit liegt dir nur etwas an Hendrik.«

Erasmus wollte etwas sagen, aber sein Mund öffnete sich, als ränge er nach Luft. Er griff sich an die Brust, als ein furchtbarer Schmerz über ihn kam. Er langte nach der Sessellehne, verlor aber das Gleichgewicht und fiel hin. Martina schrie entsetzt auf.

Zwei Pfleger sprangen aus dem Krankenwagen und zogen, die vorderen und die hinteren Räder gleichzeitig ausklappend, die Bahre heraus und liefen dann durch die bereits geöffneten Türen der Intensivstation. Martina kletterte wie benommen aus dem Wagen und eilte hinter ihnen her. Die Pfleger riefen den Krankenschwestern, die ihnen entgegenkamen, klinische Einzelheiten über Erasmus' Zustand zu, und dann wurde Erasmus in das Untersuchungszimmer gerollt. Irgend jemand ergriff Martina am Arm und hielt sie zurück. Sie ließ sich in einen kleinen Warteraum führen und setzte sich hin.

Später kam eine Schwester mit dem zuständigen Arzt. »Das ist die Tochter von Herrn Van den Fleet, Doktor.«

Martina erhob sich. »Mein Vater, wird er . . .« Sie verstummte.

»Sein Zustand ist im Augenblick stabil. Wenn wir die Ergebnisse der weiteren Untersuchungen haben, werden wir mehr wissen.«

»Kann ich ihn sehen?«

»Ja, aber nur eine Minute, und reden Sie bitte nicht mit ihm.«

Martina drückte das Gesicht an die gläserne Trennwand der Intensivstation. Ihre Augen füllten sich mit Tränen. Erasmus lag wie schlafend da, die Arme schlaff am Körper, das Gesicht grau und blaß. Als ihr plötzlich jemand die Hand auf den Arm legte, drehte sie sich um. Die Oberschwester sagte leise: »Am besten, Sie fahren jetzt nach Hause und ruhen sich ein wenig aus. Wenn sein Zustand sich ändert, rufen wir Sie sofort an.«

Martina schüttelte den Kopf. »Nein. Ich bleibe hier.«

Chan Chunling gab dem Fahrer ein Zeichen, auf halber Strecke am Suzhou zu halten. Er ging mit schnellen Schritten den Fluß entlang, ohne auf das Gewimmel ringsum zu achten. Mui war tot. Die einfachste Erklärung lautete, daß seine krankhafte Spielsucht sein Ende herbeigeführt hatte. Die einfachste Erklärung, aber nicht unbedingt die zutreffende.

Chan schlug den Kragen seines Regenmantels hoch.

Muis Verschwinden hatte ihn ins Rampenlicht gestellt, alles andere als angenehm. Jetzt mußte er selbst nach Hongkong. Er wäre lieber anonym geblieben, wie man ihm versprochen hatte. Er schaute auf die Uhr, während er sich den gelben Außenmauern des Tempels des Jadebuddhas näherte und sich den wartenden Touristen anschloß.

Ein edelsteingeschmückter weißer Jadebuddha bildete den Mittelpunkt der Tempelanlage. Chan blieb ein kleines Stück hinter den Touristen zurück, die das Standbild bewunderten, und trat dann, als sie weitergegangen waren, vor, als wollte er den Gott aus nächster Nähe betrachten. Ein erneuter Blick auf die Uhr sagte ihm, daß es noch etwas zu früh für sein Treffen mit dem »Gesichtslosen« war. Er ging langsam zu den drei goldbelegten Buddhas im Hauptsaal. Er wandte den Kopf zur Seite, als jemand ihn ansprach, der hinter dem Buddha unmittelbar rechts von ihm stehen mußte.

Für Chan war Fang Ka-Shing der Gesichtslose, weil er ihn nie, nicht einmal für den Bruchteil einer Sekunde, zu Gesicht bekam. Alles, was er über Fang wußte, war, daß er ein hoher Kader in Schanghai war, Direktor des Außenhandelsverbands der Volksrepublik China in Hongkong. Eine Position, die in dem Maße wichtiger – und geheimer – wurde, in dem die Volksrepublik China ihren Krakengriff um Hongkong verstärkte. Fang hatte einen direkten Draht zum Zentralkomitee der Kommunistischen Partei Chinas. Er hatte auch einen direkten Draht zu seinem Vetter Pa Jiaming, dem Leiter der Zentralen Militärkommission zur Förderung der Wissenschaft. Blutsbande und Habgier ließen Fang ohne Zögern bei einer Sache mitmachen, die Vetter Pa als ein »kleines privates geschäftliches Unternehmen« bezeichnete. Korruption war ein Wort, das Fang nie in den Sinn kam. Die Pflicht der Familie gegenüber ging über alles, und wenn man dabei auch noch einen materiellen Vorteil hatte, um so besser. Das private Unternehmen, dem Pa den Codenamen »Leuchtender Berg« gegeben hatte, erforderte seine Beteiligung, doch als vorsichtiger Mann paßte er auf, daß seine eigene Stellung nicht gefährdet würde, falls eines der schwächeren Glieder in der Kette nachgeben sollte.

Fang blickte sich in der Halle um. Niemand schien auf den Mann zu achten, der vor den Statuen stand. Er beugte den Kopf vor. »Dieser Störfaktor ist bedauerlich, aber ein Team von Abteilung A ist nach Hongkong geschickt worden, um die Bärentatzenbande aufzuspüren und zu eliminieren. Alle Informationen, die sie aus Mui herausbekommen haben können, werden zusammen mit ihnen sterben.«

Chan fuhr sich mit dem Handrücken über den Mund. »Es ist wichtig, daß alles unauffällig erledigt wird, Genosse. Wenn Muis Tod bekannt wird, ist meine Stellung bei James Wu gefährdet.«

»Er wird nicht bekannt werden. Welche anderen Nachrichten haben Sie für mich?«

Chan räusperte sich. »Ich kann zu meiner Freude berichten, daß das Kontingent von Diamanten vollständig ist, Genosse. Ich hatte ein Treffen mit Professor Li in Anshan, alles läuft nach Ihrem Plan. Ich werde Wu am Montag eine weitere Sendung Diamanten übergeben. Er hat von sich aus empfohlen, sie in einige kleine Lots aufzuteilen und von vier der angesehensten westlichen Diamantenhändlern begutachten zu lassen. Sie sind alle Mitglieder der Interkontinentalen Diamantenbörse.«

Fang nickte befriedigt. »Sie haben gute Arbeit geleistet. Die Schätze des Leuchtenden Berges werden uns allen Glück bringen.«

»In der Tat, Genosse.«

Fang lachte leise. »Viel Vergnügen in Hongkong.«

Chan blickte nach rechts, als eine Gruppe von Touristen den Saal betrat. »Ich glaube, ich gehe jetzt besser. Leute nähern sich.«

»Gut.«

»Ich werde Ihnen Bericht erstatten, sobald die Steine begutachtet worden sind.«

Die Cocktailparty bei Christian Debilius hatte den Geräuschpegel erreicht, der anzeigte, daß die Gäste entschlossen waren, sich zu amüsieren. Der Diener näherte sich Christian und wartete.

»Ja, Samson?«

»Ein Hendrik Van den Fleet ist am Telefon, Herr.«

»Legen Sie es ins Arbeitszimmer.«

Christian Debilius besaß eine Menge alten Geldes und altmodischen Charmes. Seine kerzengerade Haltung bewirkte, daß er größer erschien, als er war. Er hatte Macht und Einfluß. Er hatte die Interkontinentale Diamantenbörse seit ihrer Gründung nach dem Preisverfall Anfang der achtziger Jahre geleitet und ihr zu ihrem jetzigen Ansehen verholfen. Jetzt waren die Namen Debilius und IDB gleichbedeutend mit Erfolg. Obgleich die IDB keine Bilanzen veröffentlichte, waren viele Fachleute der Meinung, sie habe sogar die Erfolge von De Beers Zentraler Verkaufsorganisation übertroffen.

Christian wartete, bis der Diener die Tür hinter sich zugemacht hatte, und nahm ab. »Hendrik?«

»Christian, wie geht es Ihnen? Ich hoffe, ich störe nicht bei einer wichtigen Sache.«

Christian lachte höflich. »Dafür ist es ein bißchen früh am Abend. Was kann ich für Sie tun?«

»Eigentlich nichts. Ich dachte nur, ich sollte Ihnen Bescheid sagen, daß mein Vater sich zurückzieht. Ich komme zurück nach Antwerpen, um die Firma zu übernehmen.«

»Ausgezeichnet. Meinen Glückwunsch, Hendrik. Ich darf vielleicht sagen, daß es fällig war. Ich habe den allergrößten Respekt vor Erasmus' früherer Arbeit, aber irgendwann kommt für jeden die Zeit, nicht wahr?«

»In der Tat. Es fällt ihm sicher nicht leicht, sich von allem zu trennen, aber er packt es sehr vernünftig an.«

»Sehr gut. Ich nehme an, er wird in einer beratenden Eigenschaft weiter am Wohlergehen der Firma teilhaben?«

»O ja. Es war das erste, was ich ihm vorgeschlagen habe. Nichts allzu Anstrengendes. Einmal im Monat ein kleiner Besuch im Büro mit anschließendem Lunch. In dem Sinn.«

»Ausgezeichnet. Die IDB legt immer großen Wert auf die Kontinuität des Geschäfts. Hm, Hendrik, wir müssen Sie sehen und feiern. Sieht man Sie irgendwann in New York?«

»Ich habe daran gedacht, dort kurz Zwischenstation zu machen, ehe ich nach Antwerpen komme. Aber ich muß zuerst noch hier in Zaire einige Dinge mit meinem Partner Gerry erledigen.«

»Ich verstehe. Hören Sie, rufen Sie mich an, wenn Sie in New York ankommen. Wir können dann beim Lunch oder beim Dinner über die Zukunft von Van den Fleet sprechen.«

»Danke, Christian. Ich freue mich.«

»Ganz meinerseits.«

Christian legte auf und nickte vor sich hin. Hendriks Anruf hatte ein Problem gelöst, das er dem Direktorium bei der nächsten Sitzung hatte vorlegen wollen. Wegen Erasmus' gesundheitlicher Probleme hatten sie übersehen, daß Van den Fleet an fünf Optionstagen hintereinander nicht vertreten gewesen war; so konnte es nicht weitergehen. Optionsträger waren entweder aktiv, oder sie wurden durch den nächsten Namen auf der fünfjährigen Warteliste ersetzt.

Christian nahm wieder ab und tippte eine Antwerpener Nummer ein. »Georg? Hier Christian. Ganz kurz. Erasmus Van den Fleet zieht sich zurück. Sein Sohn Hendrik übernimmt die Firma. Ja, damit ist das Problem für uns vom Tisch. Hendrik Van den Fleet ist ein tüchtiger Mann. Ich denke, wir können uneingeschränkt Vertrauen zu ihm haben. Gut. Dann gute Nacht.«

Als Christian ins Wohnzimmer zurückkehrte, blieb er

kurz im Türrahmen stehen und sah sich um. Er schritt um eine Gruppe von Gästen in der Mitte des Zimmers herum und trat ans Fenster zu dem Mädchen, das ihm vor einer halben Stunde ins Auge gefallen war. Er berührte ihren Ellbogen und manövrierte sie in eine Ecke. Er wandte dem Raum absichtlich den Rücken, um Störenfriede abzuschrecken. Sie starrte wie hypnotisiert von seinem zärtlichen, einladenden Blick zu ihm auf. Er fuhr mit den Fingern leicht ihren Unterarm entlang. »Ich bin Christian Debilius.« Die Erklärung war überflüssig. Sie wußte genau, wer er war.

Die Krankenschwester faßte Martina leicht an der Schulter. Martina schlug sofort die Augen auf. Die Schwester lächelte beruhigend. »Ihr Vater ist jetzt wach, Fräulein Van den Fleet. Der Arzt sagt, Sie könnten ihn für ein paar Minuten sehen.«

Martina stand auf. »Wie geht es ihm?«

»Sein Zustand ist stabil.«

Erasmus drehte den Kopf zur Seite und lächelte schwach, als er Martina neben dem Bett sah. Sie betrachtete besorgt sein Gesicht. »Wie fühlst du dich?«

Er antwortete mit leiser, belegter Stimme. »Als ob ich von einem Rudel Pferde getreten worden wäre, aber sonst einigermaßen.«

Sie setzte sich auf den Stuhl am Bett und nahm seine Hand in ihre beiden Hände. »O Vater, ich hab mir solche Sorgen um dich gemacht.«

»Sei unbesorgt. Diesmal werde ich noch nicht sterben. Die Ärzte sagen, ich hätte neun Leben, wie eine Katze.«

»Vater . . . Das, was gestern abend passiert ist, tut mir leid.«

»Deine Mutter hat immer gesagt, seinen Zorn zu beherrschen, sei ein Zeichen von Reife. Demnach scheinen wir beide nicht reif genug zu sein, nicht wahr?«

Sie sah ihn flehend an. »Verzeih mir bitte.«

»Psst. Es gibt nichts zu verzeihen.«

»Doch. Ich habe Dinge gesagt, die unentschuldbar sind . . .«

»Nein, nein. Es gibt nichts zu verzeihen. Versprich mir nur, daß wir uns nie wieder streiten werden.«

»Ich verspreche es.«

»Und versprich mir, daß du Hendrik als Chef der Firma akzeptieren wirst.« Er drückte zärtlich ihre Finger. »Für mich, Martina. Tu es für mich. Es ist alles, worum ich dich bitte.«

Sie senkte den Kopf. Es war das schwerste Versprechen, das sie geben konnte. »Ja, Vater, ich verspreche es.«

Martina trat aus der Duschkabine und trocknete sich rasch ab. Sie ging in ihr Schlafzimmer und nahm das erstbeste Kostüm aus dem Schrank. Unter der Dusche hatte sie noch einmal über ihren ursprünglichen Entschluß nachgedacht, Hendrik anzurufen und ihm zu sagen, daß ihr Vater krank sei. Vielleicht sollte sie warten, bis sie noch einmal im Krankenhaus gewesen wäre. Es könnte beruhigende Nachrichten geben. Als sie sich hastig anzog, sagte sie sich jedoch, eigentlich sollte sie Hendrik sofort anrufen. Falls das Schlimmste geschah und sie ihn nicht informiert hätte, würde er ihr zeit seines Lebens Vorwürfe machen. Nein. Vielleicht war es doch besser, noch zu warten. Er würde ihr nicht danken für Panikanrufe. Sie betrachtete sich im Spiegel. Um Gottes willen, hör auf. Ruf ihn schon an. Sie redete jetzt laut mit sich selbst. Tu es. Ruf ihn von der Firma aus an. Zufrieden, das Problem gelöst zu haben, strich sie die Kostümjacke glatt und nahm ihre Handtasche vom Bett.

Die Sekretärin sah sie besorgt an, als Martina das Büro betrat. »Ist etwas nicht in Ordnung, Fräulein Van den Fleet?«

Martina nickte resigniert. »Mein Vater hat wieder einen Herzanfall gehabt.«

»Oh, das tut mir leid. Ich mache Ihnen einen Kaffee. Sie sehen aus, als könnten Sie einen gebrauchen. Wie geht es ihm?«

»Die Ärzte sagen nur, den Umständen entsprechend gut.«

»Das ist wenigstens etwas.«

Martina nickte wieder.

»Übrigens, der Anwalt von Herrn Erasmus hat angerufen und gesagt, die Papiere, die er für Herrn Erasmus vorbereiten sollte, seien fertig zum Unterzeichnen.«

Martina sah sie an. »Hat er gesagt, was für Papiere es sind?«

»Nein.«

Martina zog sich ihren Drehsessel heran. Es konnte sich nur um Papiere handeln, die die Übertragung der geschäftlichen Vollmachten an einen anderen regelten. Sie hatte umsonst mit ihrem Vater gestritten. Er hatte bereits getan, was er sich vorgenommen hatte.

»Und Herr Hendrik hat aus Zaire angerufen. Ich habe gesagt, Sie seien noch nicht im Büro. Er sagte, er würde es in der Wohnung versuchen.« Das Telefon klingelte, und Astrid griff mechanisch zum Hörer. Sie legte die Hand auf die Muschel. »Herr Hendrik.«

Martina nahm widerstrebend den Hörer. »Ja?«

»Ich freue mich zu hören, daß du beschlossen hast, endlich im Büro zu erscheinen. Was, zum Teufel, ist dort los? Ich habe schon vor einer Stunde angerufen.«

Beim Klang der harten Stimme umkrampfte Martina unwillkürlich den Hörer.

»Hallo? Bist du noch da? Martina?«

»Ja. Vater hat wieder einen Herzanfall gehabt. Ich bin die ganze Nacht im Krankenhaus gewesen.«

Am anderen Ende der Leitung entstand eine Pause. Dann: »Hat er dir gesagt, daß ich nach Hause komme?«

»Ja.«

»Hat er die Papiere aufsetzen lassen, damit er und ich unterschreiben können?«

»Ich glaube, ja.«

»Gut, dann ist ja alles in Ordnung. Wie lange wird er im Krankenhaus bleiben?«

»Ich weiß es nicht. Der Arzt will sich nicht festlegen.«

»Hm, sag dem Anwalt, er soll die Papiere ins Krankenhaus bringen. Sie müssen unterschrieben werden.«

Martina holte tief Luft. »Vater ist nicht in dem Zustand, irgend etwas zu unterschreiben. Er ist sehr krank, Hendrik.«

»Tu es trotzdem. Das heißt, ich werde selbst mit dem Anwalt reden. Dann weiß ich wenigstens, daß es gemacht wird.«

Martina sah das Telefon angewidert an, als Hendrik grußlos auflegte. Er hatte nicht einmal gefragt, wie es Vater ging.

Die Sekretärin sah Martina fragend an, schien jedoch nicht allzu überrascht zu sein.

»Mein Bruder wird Van den Fleet übernehmen.«

»Werde ich weiterhin für Sie arbeiten, Fräulein Van den Fleet?«

»Ja, jedenfalls bis auf weiteres. Ich weiß noch nicht, was für Pläne mein Bruder hat. Sie haben doch nichts dagegen, zunächst für uns beide zu arbeiten?«

»Nein. Ich habe Herrn Hendrik nie kennengelernt, aber nach seiner Stimme muß er sehr nett sein.«

Martina nickte. »Was haben wir für heute morgen auf dem Terminkalender?«

»Nicht viel. Ein Brief von der Diamantenbörse, an Sie.«

Martina nahm den Brief und überflog ihn. Es war eine höfliche Ablehnung ihres fast drei Monate alten Gesuchs, sie als Optionsberechtigte aufzunehmen. Sie warf das Schreiben zornig in den Papierkorb.

»Und Mr. Schmidt hat einen Termin um zehn Uhr. Es ist jetzt kurz vor zehn.«

Martina schlug sich mit der Hand auf die Stirn. »Gott, ich habe ihn vollkommen vergessen.«

»Justus kann mit ihm sprechen, wenn Sie möchten?«

»Nein. Ich werde es tun.«

Daniel Schmidt kam um Punkt zehn Uhr. Er eilte Martina mit ausgestreckter Hand entgegen. »Martina, schön, Sie zu sehen. Viel Arbeit?«

»Ja. Wir haben dieses Quartal einige ausgezeichnete Abschlüsse gemacht.« Martina verschränkte die Hände. »Hm, wenn Sie bitte mitkommen würden ins Ausstellungszimmer, dann kann ich Ihnen zeigen, was wir für Sie haben.«

Auf dem Tisch im Ausstellungszimmer standen schon vier Tabletts mit »J«-Diamanten bereit. Sie waren zu unvollkommen, um geschliffen und poliert und an Juweliere verkauft zu werden, stellten aber dennoch einen erheblichen kommerziellen Wert dar und würden schließlich als Industriediamanten bei verschiedenen technischen Verfahren verwendet werden. Daniel holte seine Lupe aus der Tasche und untersuchte die Steine auf den einzelnen Tabletts eingehend. Er zog drei Tabletts an den Tischrand. »Der Preis?«

»Zweihunderttausend Dollar.«

Er sog hörbar Luft zwischen den Zähnen ein. »Wie bitte?«

»Zweihunderttausend Dollar.«

»Hören Sie, Martina. In London kann ich billiger kaufen.«

»Dann hätten Sie vor dem Abflug aus Tel Aviv auf Ihre Boardingkarte schauen sollen.«

Er beugte sich nach unten und betrachtete die Steine auf einem der Tabletts noch einmal. »Irgend jemand ist sehr großzügig gewesen, als er die hier als ›J‹ klassifiziert hat.«

»Sie sind ›J‹ von der höchsten Qualitätsstufe, Daniel, das wissen Sie, und sie werden in London nicht billiger sein.«

»Ich kann hunderttausend sagen.«

Sie lächelte ein wenig. »Es sieht Ihnen gar nicht ähnlich, eine vergebliche Reise zu machen. Zweihunderttausend Dollar.«

Er steckte die Hände in die Taschen und wippte langsam auf den Absätzen vor und zurück. Martina wartete unbewegt. Daniel würde auf den Teppich zurückkehren, er brauchte nur seine Zeit. Er wandte sich halb vom Tisch fort, um sie anzusehen. »Hundertfünfzigtausend Dollar?«

Sie schüttelte den Kopf. Er atmete laut durch die Nase aus, fast wie ein schnaubendes Pferd. »Hören Sie, ich bin ein guter Kunde.«

»Es gibt noch andere.«

Er wandte sich wieder zum Tisch und betrachtete die Diamanten erneut. »Wie wäre es mit zweihunderttausend einschließlich des vierten Tabletts?«

»Ich würde sagen, meinetwegen, aber nur, weil Sie es sind.«

Er lächelte breit. »Wenn ich naiv wäre, würde ich Ihnen glauben, aber Sie sagen das zu allen, Martina.« Er streckte die Hand aus, und sie schlug ein. »Zahlung am Ende des Monats, wie gewöhnlich?«

»Sehr gut.« Sie brachte ihn zur Tür und verabschiedete ihn.

Oben am Ende der Treppe traf sie Astrid. »Fräulein Van den Fleet, Mister Yasim hat eben angerufen. Er hat gesagt, er würde es noch einmal versuchen.«

Martina runzelte ärgerlich die Stirn. »Warum sind Sie nicht hereingekommen und haben mir gesagt, daß er am Apparat ist? Er ist mein wichtigster Kunde. Das wissen Sie doch, Astrid.«

»Entschuldigung, aber er hat vom Flughafen Genf aus angerufen. Er konnte nicht warten.«

»Hat er eine Nummer hinterlassen?«

»Nein, aber er hat ausdrücklich gesagt, er würde wieder anrufen. Und er hat gesagt, er freue sich auf ein längst fälliges Wiedersehen mit Ihnen.« Ein vielsagendes Lächeln huschte über Astrids Gesicht.

Martina sah sie streng an. »Bilden Sie sich nicht Dinge

ein, die nicht existieren. Es ist eine schlechte Angewohnheit von Ihnen.«

»Entschuldigung, Fräulein Van den Fleet.«

Martina unterdrückte ein Lächeln über die zerknirschte Miene der Sekretärin. Beni Yasim war fraglos ein sehr attraktiver Mann, und er wußte es, aber er war viel mehr als das. Er kam nur zweimal oder vielleicht dreimal im Jahr, um Diamanten zu kaufen, aber er kaufte erste Qualität für arabische Interessenten, und das bedeutete große Umsätze für Van den Fleet.

Die Tango-Bar war ein homosexuelles Bordell im Vergnügungsviertel Mong Kok in Kowloon. Der rote Neonschriftzug über der Tür tauchte den schmalen Gang zwischen ihr und dem Nachbarhaus in grelles Licht. Der Besitzer warf die Zigarette in den Rinnstein und ging wieder hinein. Er blickte sich in dem halbleeren Lokal um. Abgesehen von den vier Männern, die das Doppelte des üblichen Preises für ein Hinterzimmer im ersten Stock bezahlt hatten, war das Geschäft flau. Er ging hinter die Theke und trat in ein kleines Büro. Nachdem er sich gesetzt hatte, warf er einen Blick durch den falschen Spiegel, ehe er die Zeitung aufschlug und die Rennergebnisse studierte.

Die drei Männer vom Amt für öffentliche Sicherheit der Stadt Schanghai, Abteilung A, sahen gelassen zu, wie der auf das Bett gefesselte vierte Mann langsam wieder zu Bewußtsein kam. Abteilung A befaßte sich mit allem, was die Volksrepublik China als ausländische Aktivitäten wertete. Die drei Männer befaßten sich zu einem bestimmten Preis auch mit Dingen, die Fang Ka-Shing als störend betrachtete. Was die Beschaffung von Informationen betraf, waren sie besonders tüchtig. Ob Informationen von einem Spion, einem regimekritischen Studenten oder, wie in diesem Fall, von jemandem, der als Mitglied der Bärentatzenbande verdächtigt wurde. Der Mann hatte ihnen bisher nichts von Belang mitgeteilt, nur, daß er Jimmy hieß, daß er noch nie von einem Mann namens Mui Shenlu gehört hatte und daß er nicht wußte, wovon sie redeten. Einer der Männer trat vor und packte ihn an den Haaren und schüttelte ihn. Jimmy wimmerte leise, als er allmählich wieder zu Bewußtsein kam. Der Mann schüttelte ihn wieder. »Wer ist euer Anführer?«

Jimmy wandte den Kopf. Der Mann fuchtelte mit dem Kolben seiner Pistole vor seinem Gesicht. Jimmy stöhnte. »Wer ist der Anführer der Bärentatzenbande?«

Jimmys Kopf fiel zur Seite. »Bringt mich endlich um, tut es doch.«

Jimmy war den Männern vom Amt für öffentliche Sicherheit in die Hände gefallen, als er seiner gewohnten Tätigkeit nachging und in den Nebenstraßen der Nathan Road Drogen verkaufte. Er dachte zuerst, sie seien vom Rauschgiftdezernat der Polizei von Hongkong, aber dann wurde ihm zu seinem Entsetzen klar, daß sie sich gar nicht für den Inhalt seiner Taschen interessierten. Sie interessierten sich für die Informationen, die sein Gedächtnis gespeichert hatte. Die eine Stunde, die er in ihrer Gesellschaft verbracht hatte, war furchtbar gewesen. Nun wollte er nur noch sterben. Wenn er ihnen sagte, was sie wissen wollten, mußte er ohnehin sterben. Dafür würde Song Enlai sorgen.

Jimmy keuchte und rang nach Luft, als er mit Wasser begossen wurde. Unter den zugequollenen Lidern sah er, wie der Mann, der an der Wand lehnte, sich aufrichtete und zum Bett kam. Er zündete langsam eine Zigarette an.

Jimmy schauderte. Der Mann war der Teufel aller Teufel. Jimmy bewegte die Lippen. Er sagte die Worte, ohne sich dessen bewußt zu sein. »Song. Song Enlai.«

Der Mann schüttelte ihn wieder. »Lauter!«

Jimmy befeuchtete sich die Lippen. »Der Anführer der Bärentatzenbande ist Song Enlai.« Er drehte das Gesicht zur Wand. Jetzt war alles egal.

Der dritte Mann, der die ganze Zeit geschwiegen hatte, nickte kurz. Er wandte sich zur Tür und verließ das Zimmer. Die beiden anderen Männer drückten ein Kissen auf Jimmys Gesicht.

Astrid steckte den Kopf in Martinas Büro. »Entschuldigung, Fräulein Van den Fleet, ob Sie Herrn Erasmus wohl diese Blumen von mir mitbringen können?«

Martina schob die vor ihr liegenden Akten zur Seite und stand auf. »Oh, Astrid, das ist lieb von Ihnen. Danke.«

»Kann ich noch etwas für Sie tun, Fräulein Van den Fleet?«

»Nein. Sie können nach Hause gehen, Astrid.«

Das Telefon läutete. Martina hob die Hand. »Ich mach das schon. Bis morgen.«

»Danke, Fräulein Van den Fleet. Guten Abend.«

Martina nahm ab. »Ja?«

»Martina, ich bin's, Hendrik.«

Sie lehnte sich zurück und schloß die Augen.

»Ja, Hendrik?«

»Der Anwalt hat mich eben angerufen. Vater hat die Papiere unterschrieben. Jetzt ist nur noch meine Unterschrift nötig.« Er hielt kurz inne. »Willst du mir nicht gratulieren?«

»Meinen Glückwunsch zu allem, was immer du feierst.«

»Sei nicht spitz, Martina, darin warst du noch nie gut. Und solltest du nicht etwas mehr Respekt vor dem neuen Chef von Van den Fleet zeigen?«

»Und du nicht etwas mehr Interesse für Vaters Zustand? Du hast nicht mal gefragt, wie es ihm geht.«

»Das brauche ich auch nicht. Ich weiß es bereits. Ich habe mir die Mühe gemacht, seinen Arzt anzurufen. Was du offensichtlich nicht für notwendig gehalten hast.«

Sie preßte die Lippen aufeinander und zählte langsam bis drei. »Ich hätte es schon noch getan, aber ich mußte mich schließlich auch um das Geschäft kümmern. Das nur zu deiner Information. Und ich war die ganze Nacht auf.«

»Schon gut, hör auf zu jammern. Wann gehst du zu Vater?«

»Jetzt gleich.«

»Kauf ein paar Blumen und Obst und bring es ihm, von mir. Und sag ihm, er soll sich keine Sorgen machen. Übrigens, ehe ich es vergesse, laß mein Zimmer für mich vorbereiten.«

Martina umklammerte den Hörer. Sie antwortete so höflich, wie ihr Zorn es erlaubte. »Ich werde es morgen der Putzfrau sagen. Und was Vater betrifft, er braucht sich keine Sorgen zu machen. Ich habe die Firma in den letzten zwölf Monaten gut geführt.«

»Das möchte ich dir auch geraten haben. Wenn nicht, kannst du was erleben. Hör zu, ich hab noch keinen Flug gebucht, aber ich sag dir rechtzeitig Bescheid, damit du mich vom Flughafen abholen kannst. Bis dann, Schwesterherz.«

Martina legte auf. Sie vergrub den Kopf in den Händen. Hendrik war nicht zu ertragen.

Song Enlai und einige langjährige Mitglieder der Bärentatzenbande hatten sich in einem Hinterzimmer von Song-Mietwagen versammelt. Sie mußten über die Botschaft sprechen, die ihnen jemand offenbar unter großem Aufwand signalisiert hatte. Sie hatten in den letzten paar Tagen vier Mitglieder verloren. Jedes von ihnen war gefoltert und dann erstickt worden.

Die Bärentatzenbande war eine der geheimen Triade-Gesellschaften, die die Unterwelt von Hongkong regierten. Alle Bosse betrieben legale Unternehmen als Tarnung für die ihnen zugewiesenen kriminellen Operationen. Nötigung und Erpressung von »Schutzgeldern«. Prostitution. Heroin. Generationenlange Tradition und alte Rituale schmiedeten sie in einer Loyalität zusammen, die erst mit dem Tod endete.

Song Enlai säuberte sich mit dem spitzen Ende einer Nagelfeile den Daumennagel. »Seid ihr sicher, daß es das Werk der Bande des Dritten Mondes ist?«

Der neben ihm sitzende Mann nickte. »Keine Frage. Sie haben seit einiger Zeit versucht, ihre Operationen auszudehnen.«

Song nickte. Er legte die Nagelfeile auf den Tisch. »Hm. Sie glauben, sie könnten auf unsere Kosten expandieren, indem sie uns angst machen.« Er sah die am Tisch Sitzenden der Reihe nach an. »Sie irren sich. Wir werden ihnen beweisen, wie sehr sie sich irren.«

Die Männer am Tisch murmelten zustimmend. Song sah seinen Chauffeur und Leibwächter an. Der Mann nickte schnell. »Wir könnten als Anfang acht von ihnen erledigen, Mister Song.«

Song sah wieder die anderen an, und wieder nickten sie zustimmend. Er stand auf. »Wenn die Bande des Dritten Mondes Krieg will, kann sie ihn haben.« Er zeigte auf einen Mann, der am anderen Ende des Raums an der Wand lehnte. »Inzwischen nimmst du Jimmys Platz ein.« Dann ging er langsam zur Tür und kehrte in sein Büro zurück. Die Männer verließen den Raum im Gänsemarsch.

Song zündete sich eine Zigarette an und trat zum Safe. Er öffnete ihn und nahm einen kleinen gelbbraunen Lederbeutel heraus. Er schüttete eine Handvoll Brillanten heraus, wählte einen aus und hielt ihn gegen das Licht. Dann steckte er ihn in die Tasche. Er hatte einen bereitwilligen Käufer dafür. Die anderen Steine tat er in den Beutel zurück. Schade, daß Mui Shenlu hatte sterben müssen. Er war nützlich gewesen.

Mui war ein Spieler gewesen. Er hatte immer geglaubt, der nächste Wurf würde ihn, wenn nicht reich machen, so doch wenigstens einen Schritt weiterbringen. Wenn er in Hongkong war, hatte er oft eine der illegalen Spielhöllen der Bärentatzenbande besucht, und nach einer besonders schlimmen Pechsträhne hatte er die dort geltenden Kreditregeln entdeckt. Sie hatten ihm ein Messer an die Kehle gehalten, bis er sie davon überzeugt hatte, daß er zahlen konnte. Er hatte versprochen, genügend Diamanten zu beschaffen, um seine Spielschulden zu begleichen.

Mui war töricht gewesen. Trotz einer nachdrücklichen Mahnung hatte er es versäumt, den Betrag zu zahlen. Er hatte sogar die Dreistigkeit besessen, um Zeit zu bitten. Es gebe keine Diamanten mehr. Seine Quelle sei versiegt. Doch niemand belog Song Enlai, alle beglichen ihre Schulden auf diese oder jene Weise. Er nahm den Hörer ab und tippte rasch eine Nummer. »Ist Joey Heung noch da? Gut. Sagen Sie ihm, Mister Song möchte ihm einen Drink spendieren.« Er legte auf und drückte auf den Knopf der Gegensprechanlage. »Bring in fünf Minuten die Limousine. Zum Cortina Club.«

Anna Wu begrüßte Chan Chunling mit allem Respekt, der einem der wichtigsten Kunden ihres Bruders gebührte. Sie entschuldigte sich, daß James offensichtlich zu spät zu dem vereinbarten Termin heimkommen würde, und bot Chan die Wahl unter vier verschiedenen Getränken an. Er nahm ein Glas schottischen Whisky.

James kam nach Hause, als Chan sich gerade auf das Sofa setzte und Anna sich für die bescheidene Möblierung der Wohnung entschuldigte. James warf sein Jackett über einen Stuhl und gab Anna ein Zeichen, das Zimmer zu verlassen. Sie floh hastig in die Küche. Chan leerte sein Glas, zog ein kleines Päckchen aus der Tasche seines Regenmantels und gab es James. James nahm seine Jacke vom Stuhl und suchte in den Taschen nach seiner Lupe. Dann ging er mit dem Päckchen zu einem Tisch am Fenster und wickelte es aus. Er starrte einen Moment auf die Diamanten. Sie waren von erster Qualität. Er blickte wieder zu Chan.

»Wie geht es Mr. Mui?«

»Ich fürchte, er ist immer noch indisponiert.«

James nickte und nahm einen der Steine hoch. Er untersuchte ihn, legte ihn wieder hin und nahm einen anderen.

»Ich glaube nicht, daß wir große Probleme haben werden, sie begutachten zu lassen. Das heißt, soweit ich sehen kann, nicht das geringste Problem.«

»Gut.« Chan nahm seinen Regenmantel. Er holte ein Blatt Papier aus der Brusttasche seines Sakkos und legte es auf den Tisch. »Rufen Sie mich bitte unter dieser Nummer an, wenn Sie die Zertifikate haben.« Er schritt bereits zur Tür, als James sich umdrehte.

Anna wartete hinter der Küchentür, bis sie die Wohnungstür ins Schloß fallen hörte. Sie steckte den Kopf heraus. »Wann möchtest du essen, James?«

»Gib mir fünf Minuten. Ich muß noch einen Anruf erledigen.« Er runzelte die Stirn.

»Ist etwas nicht in Ordnung, James?«

»Nein, nein, ich versuche nur, mir einen Aktionsplan zurechtzulegen. Ich muß vier Händler aufsuchen. Die Route ist ganz logisch, Bombay, Tel Aviv, Antwerpen, New York, aber . . .« Er kratzte sich hinter dem Ohr. »Aber ich denke, ich werde zuerst nach Antwerpen fliegen. Wenn Van den Fleet die Steine begutachtet, müßten die anderen es auch tun. Wenn nicht, habe ich die Mühe gespart, um die halbe Welt zu fliegen.«

»Warum Van den Fleet, James?«

»Weil sie die angesehensten Diamantenhändler in Europa sind, Anna. Darum.«

Sie machte ein bekümmertes Gesicht. Ihr Bruder betrachtete ihre Frage offenbar als dumm. »Ich gehe jetzt in die Küche und putze das Gemüse.«

Er runzelte wieder die Stirn, als dächte er angestrengt nach, und schlug sein kleines Telefonverzeichnis auf. Er wählte die Nummer von Van den Fleet, und am anderen Ende wurde schon nach dem ersten Klingelzeichen abgenommen. »Ich möchte bitte Erasmus Van den Fleet sprechen. Oh, ich verstehe. Ja, dann geben Sie mir bitte Miss Van den Fleet.« Er klopfte mit den Fingerspitzen auf den Tisch, während er darauf wartete, verbunden zu werden.

»Martina Van den Fleet. Was kann ich für Sie tun?«

»Guten Tag, Miss Van den Fleet. Mein Name ist James Wu. Ich rufe aus Hongkong an. Ich wollte eigentlich mit Ihrem Vater sprechen.«

»Es tut mir leid, aber er ist für einige Tage verreist. Kann ich Ihnen helfen?«

James biß sich auf die Unterlippe. »Hm . . . ja, vielleicht. Ich möchte ein Lot Diamanten begutachten lassen.«

»Gewiß. Das können wir machen.«

»Miss Van den Fleet, mein Kunde möchte anonym bleiben. Ich . . .«

»Ich verstehe, Mr. Wu. Sie können sich auf unsere Diskretion verlassen.«

»Ja. Natürlich.« James kratzte sich am Kopf. »Ich könnte in zwei Tagen in Antwerpen sein.«

»Das würde passen, Mr. Wu. Lassen Sie mich wissen, wann Sie ankommen, und ich werde dafür sorgen, daß Sie einen Termin bekommen.«

»Danke, Miss Van den Fleet.« James legte auf und ging zum Sideboard, um sich einen Drink zu machen.

Pa Jiaming drückte seine Zigarette aus, während seine Limousine in schneller Fahrt nach Zhongnanhai brauste. Es war ein Viertel genau westlich vom Kaiserpalast in Peking, das seinen Namen den beiden kleinen Seen verdankte, die innerhalb seiner Grenzen lagen. Es hatte einmal zur alten Kaiserstadt gehört, aber nun wohnten dort Mitglieder des Zentralkomitees der Kommunistischen Partei der Volksrepublik China. Als die schwarze Limousine an den bewaffneten Posten vorbei durch das Südtor fuhr, nahm er seinen neben ihm liegenden Regenmantel. Die Machtverhältnisse in Peking waren so wechselhaft wie die Erscheinungsformen einer Wolke, und nicht einmal Fang Ka-Shing wußte, daß sein Vetter Pa nicht nur die Zentrale Militärkommission zur Förderung der Wissenschaft leitete, sondern auch Stellvertretender Vorsitzender der Führungsgruppe für

Hochtechnologie war. Aufgrund seiner Funktion hatte Pa Zugang zu Informationen, an die er andernfalls nicht herangekommen wäre, und genoß einen Einfluß, um den sein Vetter Fang ihn beneidet hätte.

Das junge Mädchen im Vorzimmer senkte in einem höflichen Gruß den Kopf. Ihr ehrfürchtiger und bewundernder Blick folgte Pa, während er sich entfernte. Der Stellvertretende Vorsitzende Pa war ein mächtiger Mann. Darauf wies schon der makellose Schnitt seiner Anzüge hin.

Pa ging langsam zum Fenster. Er starrte zum blauen Himmel hinauf. Tage wie dieser würden seltener werden. Bald würde der Winter kommen mit den stürmischen Nordwinden, die den trockenen Staub aufwirbeln und alles mit einer gelblichen Schicht überziehen würden. Die Gewinne vom Leuchtenden Berg lagen sicher auf dem Konto einer Bank in Österreich, deren Diskretion die der Schweizer noch übertraf. Es war an der Zeit, eine Auslandsreise für sich zu beantragen. Hatte Konfuzius nicht gesagt, man solle »sein Wissen in der passenden Jahreszeit erwerben und benutzen«? Er trat an seinen Schreibtisch und nahm den Hörer ab. »Verbinden Sie mich sofort mit Direktor Fang Ka-Shing in Hongkong.«

Zweiter Teil

Die Büros der Technischen Forschungsgruppe in Schanghai lagen am Bund. Chan Chunlings Büro bot einen ungehinderten Blick über die einstige Prachtstraße auf den Hwangho. Er stand gerade mit dem Telefonhörer am Ohr beim Fenster und wartete darauf, daß Professor Li gefunden wurde.

Endlich meldete sich eine atemlose und gereizte Stimme. Chan wandte sich vom Fenster ab und setzte sich an seinen Schreibtisch. »Sie sollen einige Gäste aus Peking empfangen, Professor Li. Diese interessieren sich sehr dafür, Ihre Fortschritte selbst in Augenschein zu nehmen.«

Ein sonderbar zischender Ton drang aus dem Hörer. »Machen Sie keine Witze mit mir, Direktor Chan. Was hat das zu bedeuten?«

»Nehmen Sie sich zusammen, Li. Sie wollen nur das Verfahren sehen, bei dem Sie mit Hilfe von Ultraschall Diamantfilm machen.«

Li seufzte erleichtert. »Ach so.«

»Und Sie sorgen einfach dafür, daß die Leute nur das sehen, was sie sehen dürfen.«

»Ahnen sie etwas?«

»Selbstverständlich nicht. Passen Sie auf, daß sie den Leuchtenden Berg nicht entdecken. Er ist nur für unsere Augen bestimmt.«

»In der Tat. Keine Sorge, Direktor Chan, ich werde dafür sorgen, daß sie angemessen bewirtet und unterhalten werden. Wann treffen sie ein?«

»Sie werden aus Peking informiert.«
»Gut.«

Professor Li ging langsam in seinem Büro auf und ab. Er mußte alles für den Empfang der Besucher vorbereiten, unverzüglich.

Die westlichen Fortschritte bei der Entwicklung einer neuen Generation von Hochtemperatur-Superleitern aus Keramik, eine Technologie, die die Amerikaner den Chinesen vorenthalten hatten, hatten die Volksrepublik gezwungen, ihre Forschungsarbeit auf anderen Gebieten zu verstärken, um neue Arten der Kohlenstoff-Elektronik zu finden. Li und sein Team hatten zwei Jahre lang an der Anwendung von Ultraschalltechniken gearbeitet. Da Li es nicht geschafft hatte, so viel zu leisten wie das Forschungszentrum in Shenzhen, dessen Wissenschaftler einen Diamantfilm mit Plasma, einem weitgehend ionisierten Gas, entwickelt hatten, war er von Pa Jiaming, dem Stellvertretenden Vorsitzenden der Führungsgruppe für Hochtechnologie, getadelt worden. Die Praxis sei das einzige Kriterium der Theorie. Li solle immer daran denken, wenn seine Theorien nicht in die Praxis umgesetzt werden könnten, würden seine Forschungsmittel eben in andere Institute fließen. Aus Sorge um den Verlust der Gelder und entschlossen, seine Rivalen in Shenzhen in den Schatten zu stellen, entwickelte Li ein Ultraschallverfahren zur Herstellung künstlicher Diamantkristalle. Das Ergebnis war ein industrieller Diamantfilm von bemerkenswerter Qualität, der alle Voraussetzungen erfüllte, um in der Mikroelektronik als Superleiter verwendet zu werden.

Als Li das Verfahren Pa Jiaming seinerzeit demonstrierte, war er mit Recht stolz auf seine Leistung und behauptete etwas vorschnell, er könne sogar ein massives Diamantkristall produzieren. Viele Kristalle. Einen vollständigen Diamanten. Pa hatte ein Gesicht gemacht, als hielte er ihn für verrückt. Li hatte nicht locker gelassen. Einen Diamanten, der nicht von einem echten Stein zu unterscheiden wäre. Der einzige Unterschied sei, daß echte Diamanten Millionen von Jahren brauchten, um zu entstehen. Seiner dagegen entstehe in zwölf Stunden. Pa war ein habgieriger Mann mit einer Neigung zum Luxus. Die Vorstellung, perfekte künstliche Diamanten zu produzieren, war ungeheuer verlokkend. Er lachte und sagte, er könne das einfach nicht glauben. Diamantfilm, ja. Einen richtigen Diamanten, nein. Das sei ein Hirngespinst. Er zweifelte so lautstark an Lis Worten, daß Li sich schließlich dazu verleiten ließ, ihm einen großen ungeschliffenen Diamanten zu zeigen. Pa starrte den Kunststein mit wachsender Erregung an. Li betrachtete ihn triumphierend. Pa sah aus, als sei er Zeuge eines Wunders. Li fragte ganz beiläufig, ob er noch einen Beweis brauche – etwa den Rohdiamanten in geschliffenem und poliertem Zustand. Es würde nicht lange dauern. Ein computergestütztes Schleifprogramm mit Hilfe von Laserinstrumenten könne das im Handumdrehen erledigen. Etwa zehn Minuten später hatte Pa einen der schönsten Brillanten in der Hand, den er je gesehen hatte. Seine sonst so unbewegte Miene hatte einen Ausdruck höchster Spannung angenommen. Er sah Li an und fragte, wer den Laser denn nun geführt habe, um den Stein so vollkommen zu schleifen. Li hatte gelächelt. Der Computer, der den Laser lenke, sei mit Koordinaten gefüttert worden, die nach dreidimensionalen Bildern von Brillanten berechnet worden seien. Die Kunst der wenigen Meisterschleifer sei automatisiert worden.

Nachdem Li den Diamanten hergestellt hatte, fand er Pas Begeisterung dafür eher lästig. Ihm lag daran, mehr Forschungsmittel für sein neuestes Projekt loszueisen, die Erzeugung von Energielöchern durch Aufhebung der Schwerkraft mittels Ultraschall. Pa nickte alle paar Minuten und gab unverbindliche einsilbige Antworten, während er fortfuhr, auf den Diamanten zu starren. Sein Verstand hatte die unvermeidliche Bitte um mehr Forschungsgelder registriert, aber er beschäftigte sich mit den unbegrenzten Möglichkeiten für ein kleines privates Unternehmen, die nun vor ihm lagen. Er teilte Li mit, er werde den Diamanten selbstverständlich von Experten untersuchen lassen, um sich endgültig vom Erfolg des Experiments zu überzeugen. Li zuckte mit den Schultern, als wolle er sagen, Pa könne mit dem künstlichen Stein machen, was er wolle.

Vier Tage später suchte Pa den Professor wieder auf. Er hatte die Wissenschaftler in Shenzhen, gewissermaßen als einen persönlichen Gefallen, vertraulich damit beauftragt, den Stein eingehend zu prüfen, und wenn sie ihn dabei zerstören müßten. Als sie die Untersuchung beendet hatten, informierten sie ihn, alle Tests seien positiv verlaufen. Der Diamant sei echt. Bei einer Tasse Tee in Lis Büro gestand Pa, er sei außerordentlich beeindruckt von der Arbeit des Professors, doch es gebe da ein kleines Problem. Das Forschungszentrum in Shenzhen benötige zusätzliche Mittel, um seine Arbeit fortzusetzen, doch um diese Mittel bereitzustellen, müsse man den Etat des Instituts für Ton und Oszillation wahrscheinlich entsprechend kürzen. Li protestierte nachdrücklich, sein Institut sei im Begriff, Gläser zu entwickeln, die die Herstellung von Kapseln für Fusionsreaktoren revolutionieren würden, und die Volksrepublik würde sich nicht mehr erniedrigen müssen, um die Unterstützung des korrupten und ausbeuterischen Westens zu gewinnen. Pa erwiderte, er sei nur der Stellvertretende Vorsitzende der Gruppe. Er könne nicht für alle ihre Mitglieder sprechen. Li müsse sich über die Machtkämpfe in Peking im klaren sein. Das Institut in Shenzhen werde von einigen Mitgliedern des konservativen Flügels eindeutig bevorzugt.

Pa ließ Li eine Weile über seine Schwierigkeiten und die Benachteiligung seines Forschungszentrums jammern und teilte ihm dann mit, er werde mehr Diamanten benötigen. Li starrte ihn verblüfft an. Pa nahm den Diamanten, den Li für ihn gemacht hatte, aus der Tasche und ließ ihn in der Hand hin und her rollen. Er werde noch eine ganze Menge davon brauchen. Wenn Li sie liefern könne, werde man vielleicht einen Weg finden, um die weitere Finanzierung des Instituts für Ton und Oszillation zu gewährleisten. Pas Andeutungen benötigten eine gewisse Zeit, um von ihrem Adressaten verdaut zu werden, doch als Li endlich begriffen hatte, war er wie gelähmt vor Furcht, Furcht davor, in etwas verwickelt zu werden, das nichts anderes war als Diebstahl am Staat, auf den wahrscheinlich der Tod stand, und Furcht vor dem Mann, der ihm gegenüberstand. Es stimmte nicht, daß Pa Jiaming nicht genug Einfluß auf die Führungsgruppe für Hochtechnologie hatte. Er hatte sie praktisch in der Hand.

Li schluckte einige Male, ehe er langsam nickte. Pa lächelte. Er hatte keine Sekunde gezweifelt, wie Li reagieren würde. Wissenschaftler waren alle gleich. Ihre Wünsche mußten um jeden Preis erfüllt werden. Pa rieb sich die Hände. Li würde ihm einen Leuchtenden Berg von Diamanten anhäufen, der ihm und seiner Familie alles verschaffen konnte, was sie sich wünschten – und noch mehr.

Pa verließ das Büro, um draußen im Gang eine Zigarette zu rauchen, was im Institut ausdrücklich verboten war. Als er einige Minuten später wieder zu Li ging, hatte dieser sein anfängliches Entsetzen überwunden und eine pragmatische Haltung zu seinem Vorschlag angenommen. Er erklärte sich bereit, Pa mit künstlichen Diamanten zu versorgen, aber unter einer Bedingung: Sein Name müsse geschützt werden. Pa hatte gelacht. Die Bedingung war in Anbetracht der Umstände nicht unangemessen. Li habe nichts zu befürchten, erklärte er, vorausgesetzt, er spiele seine Rolle bei dem kleinen Spiel. Pa hatte sich bereits für einen passenden Mittelsmann entschieden, der den Transfer der Steine von Anshan zu ihrem Bestimmungsort, wo sie verkauft werden sollten, überwachen würde. Er kannte den richtigen Mann.

Die Technische Forschungsgruppe Schanghai war erst kürzlich der Führungsgruppe für Hochtechnologie unterstellt worden. Pa wettete, daß auch ihr Direktor, Chan Chunling, seine Position benutzte, um sein Gehalt durch kleine Geschenke von westlichen Firmen aufzubessern, denen etwas daran lag, mit der Volksrepublik ins Geschäft zu kommen. Selbst wenn es nicht der Fall sein sollte, wußte Pa, wie er bewerkstelligen konnte, daß es dazu kam.

Er sorgte dafür, daß ein Kontingent von Farbfernsehern und Videorecordern an bestimmte Angehörige der Polizei von Schanghai ging. Diese Männer wiederum teilten Chan Chunling mit, seine wie immer gearteten Vergehen der Bestechlichkeit würden einem der Teams gemeldet werden, die der Generalsekretär der Kommunistischen Partei gebildet habe, um Korruption auszumerzen, es sei denn, er sei bereit, mit einem ungenannten, sehr einflußreichen Genossen zusammenzuarbeiten.

Pas kleine Investition zahlte sich aus. Die Aussicht, vor grinsenden Bauern in den Hinterkopf geschossen zu werden oder sich viele Jahre in einem Straflager in der Provinz Quinghai durch harte Arbeit umerziehen zu lassen, erschreckte Chan zutiefst. Er erklärte sich bereit, mit wem auch immer zu kooperieren. Man erklärte ihm, der einflußreiche Genosse werde sich mit ihm in Verbindung setzen. Zwei Tage später geschah eben dies. Es war Pas Vetter Fang Ka-Shing. Chan stellte zu seiner Erleichterung fest, daß die ihm zugedachte Aufgabe weniger gefährlich zu sein schien, als er befürchtet hatte. Er sollte entsprechend den Anweisungen Diamanten bei Professor Li in Anshan abholen und sie von einem Kurier seiner Wahl nach Hongkong bringen lassen. Der Kurier würde sich dann diskret mit James Wu & Co. in Verbindung setzen. Chan zögerte nicht lange bei der Wahl seines Vertrauensmannes. Auf Mui Shenlu konnte er sich verlassen. Er war mit Chans Nichte verheiratet.

Martina nahm den Blumenstrauß und einen kleinen Korb mit Obst auf den linken Arm und klappte die Wagentür mit der freien Hand zu. Die Schwester am Empfang fuhr mit dem Zeigefinger den Terminkalender hinunter. »Für wann haben Sie den Termin mit Dr. Rensburg vereinbart?«

»Er hat gesagt, ich solle irgendwann nach vier Uhr kommen.« Martina sah auf die Uhr an der Wand. Es war gerade vier. Sie hoffte, sie würde nicht warten müssen. »Ich muß um fünf wieder im Büro sein.«

»Ich sage Dr. Rensburg sofort Bescheid. Würden Sie bitte dort drüben Platz nehmen? Ich bin sicher, daß es nicht lange dauern wird.«

Martina setzte sich auf einen der Stühle. Sie hatte heute nachmittag eine gute Nachricht bekommen. Hendrik hatte noch einmal angerufen und gesagt, er werde für ein paar Tage in New York Station machen, ehe er nach Antwerpen zurückkomme. Er müsse dort ein Geschäft perfekt machen. Der verhängnisvolle Augenblick war indes nur aufgeschoben, aber sie war froh über die gewonnene Zeit.

Dr. Rensburg stellte rasch klar, daß Erasmus' Genesung durch seine geschäftlichen Sorgen gefährdet werde. Er müsse noch eine Zeitlang im Krankenhaus bleiben, weil seine Wiederherstellung nur dort gewährleistet sei. Martina rutschte unbehaglich auf ihrem Stuhl hin und her. Irgend etwas an Dr. Rensburgs Auftreten ließ darauf schließen, daß er sie auf irgendeine Weise für die Sorgen ihres Vaters verantwortlich machte, und sie fühlte sich veranlaßt, zu erläutern, daß die Befürchtungen ihres Vaters keinen konkreten Grund hätten. Sie habe die Firma in den letzten zwölf Monaten erfolgreich geführt. Widerstrebend berichtete sie, ihr Bruder Hendrik kehre aus Zaire zurück, um die Firma zu übernehmen. Es entspreche dem Wunsch ihres Vaters, und es würde ihn zweifellos beruhigen. Dr. Rensburg nickte kurz, wie um zu sagen, er halte das für eine ausgezeichnete Idee, und erklärte, wenn sie ihren Vater jetzt sehen wolle, könne sie zu ihm.

Erasmus schlug die Augen auf, als Martina sich über ihn beugte und ihm einen Kuß auf die Wange gab. Er blinzelte und sah sie einige Sekunden lang an, ehe er lächelte und nach ihrer Hand griff. Martina zog den Stuhl ein Stück vom Bett fort und setzte sich. »Wie geht es dir?«

»Danke, gut. Wie läuft es in der Firma?«

»Keine Probleme. Wir haben gerade einen sehr guten Abschluß mit Daniel Schmidt gemacht.«

»Fein. Hast du etwas von Hendrik gehört? Wann kommt er?«

»Bald. Er hat vorhin angerufen, er würde ein paar Tage später kommen. Er fliegt vorher nach New York. Offenbar muß er dort etwas Geschäftliches erledigen.«

Er nickte und wandte den Kopf ab und schloß die Augen.

»Dr. Rensburg sagt, du hättest dir Sorgen gemacht. Das brauchst du nicht, Vater. Wir haben gerade die Zahlen vom letzten Jahr ausgewertet. Sie sind sehr gut.«

Erasmus antwortete nicht. Martina betrachtete sein Gesicht. Es hatte mehr Farbe. Das beängstigende fahle Grau war verschwunden. Aber alles, woran ihm wirklich lag, war Hendrik. Es beschäftigte ihn mehr als alles andere.

Eine Krankenschwester kam und stellte die Blumen, die Martina mitgebracht hatte, in eine Vase auf dem Tisch am Fuß des Bettes. Sie deutete auf Erasmus. »Ich denke, Sie sollten jetzt gehen, Fräulein Van den Fleet. Ihr Vater braucht viel Ruhe.«

Martina stand auf und küßte ihren Vater wieder auf die Wange. Sie blickte zu den Blumen hin. »Ich habe ganz vergessen, ihm zu sagen, daß die Blumen und das Obst von meinem Bruder sind.«

»Keine Sorge. Wenn Ihr Vater aufwacht, werde ich es ihm ausrichten.«

Martina nahm ihre Handtasche und ging leise, wieder mit dem Gefühl, nicht wirklich gebraucht zu werden, aus dem Zimmer. Sie sah auf ihre Uhr und beschleunigte ihre Schritte. Sie hatte versprochen, ihre schönsten ungeschliffenen Diamanten um fünf Uhr für Johannes zurechtzulegen. Es war bereits fünf.

Johannes Witt hatte schütteres Haar und eine rasch wachsende kahle Stelle auf dem Schädel. Seine Angewohnheit, alle paar Minuten dorthin zu fassen, um sich zu vergewissern, daß sie notdürftig von den Haaren bedeckt wurde, die noch ringsum wuchsen, ließ ihn nervös erscheinen.

Martina trat an den Ausstellungstisch, während er die vor ihm liegenden Steine eingehend untersuchte. Sie machte die Augen zu, als seine Hand mechanisch zu der kahlen Stelle fuhr. Sie wünschte, er würde damit aufhören. Es ging ihr auf die Nerven.

»Martina, ist alles in Ordnung?«

Sie öffnete die Augen und stellte fest, daß er sie besorgt anstarrte. »Ja, ich bin nur ein bißchen müde.«

Er kam zu ihr und legte ihr den Arm um die Schultern. »Weißt du, du darfst dir keine Sorgen wegen Hendrik machen.«

Sie nickte.

»Ich meine, er hat sich wahrscheinlich geändert. Er ist sicher nicht mehr so wie früher.« Er drückte ihre Schulter. »Probier einfach aus, wie es mit euch gehen wird.«

»Sprechen wir nicht davon. Es ist meine Schuld, daß du warten mußtest, aber Justus möchte sicher für heute schließen.«

»In Ordnung. Ich wollte dir nur helfen.«

»Ich weiß. Danke.«

Sie hatten einander seit ihrer Kindheit gekannt, und als sie beide über zwanzig waren, waren sie nach einer Party, als die anderen Gäste fort waren, zusammen ins Bett gegangen. Sie hatten ein kurzes Verhältnis gehabt, obgleich, wie Martina fand, Verhältnis eigentlich ein zu großes Wort war, um das zu beschreiben, was zwischen ihnen gewesen war. Die kleine Affäre war schließlich eingeschlafen, und sie entdeckte zu ihrer Erleichterung, daß er ganz zufrieden damit war, als sie die Beziehung wieder auf eine rein platonische Stufe stellte.

Johannes nahm einen der Diamanten und wog ihn in der Hand. »Ich denke, der wird sich sehr gut als Blickfang eignen.« Er fuhr mit den Fingerspitzen fast liebevoll über die ungeschliffene Oberfläche des Steins.

Martina lächelte ein wenig. Diamanten erregten Johannes mehr als Frauen. Bei einem Diamanten fühlte Johannes sich ganz sicher, da wußte er instinktiv, wie er das verborgene Feuer herausholen mußte.

Johannes legte sein Vergrößerungsglas auf den Tisch. »Sie sind hervorragend. Ich denke, ich werde sie ohne allzu große Mühe zu zwei identischen herzförmigen Anhängern verarbeiten können. Danke, Martina. Du hast gut für mich gewählt.«

»Wer ist denn die glückliche Empfängerin, oder darf ich das nicht fragen?«

Er zuckte mit den Schultern. »Sicher eine Frau, deren Häßlichkeit durch die Schönheit der Steine unterstrichen wird.«

Sie lachte gereizt. »Johannes, du bist ein Schandmaul.«

Er zuckte wieder mit den Schultern. »Vielleicht, aber so ist es doch meistens. Könnten wir morgen über den Preis reden? Ich möchte vorher die Kosten kalkulieren, die ich selbst haben werde.«

»Selbstverständlich.«

»Ein gutes Geschäft für uns beide, nicht wahr?«

»O ja.« Martina drückte auf den Klingelknopf an der Wand, um Justus Bescheid zu geben, und trat dann wieder zum Tisch, um die Steine einzusammeln, die Johannes ausgesucht hatte. Beni Yasim hatte sich wider Erwarten noch nicht wieder gemeldet, aber wenn er es tat, würde der Abschluß mit ihm diese Transaktion mit Johannes wie einen kleinen Fisch erscheinen lassen.

Johannes räusperte sich nervös. Martina war heute so sonderbar. Er streckte die Hand aus und berührte sie am Arm. »Martina, ich weiß, du machst dir Sorgen um deinen Vater, aber du solltest heute abend nicht allein zu Haus sein. Komm doch zu mir, und wir essen eine Kleinigkeit zusammen.«

»Vielen Dank, Johannes, aber ich bin im Moment keine gute Gesellschaft.«

»Unsinn. Komm doch.«

»Hm . . . also gut . . .«

Als Song Enlai den Cortina Club verließ, näherte sich seine Limousine und hielt wenige Meter vor ihm am Bordstein. Er erstarrte, denn plötzlich tauchten zwei Männer vom Amt für öffentliche Sicherheit neben ihm auf, und einer drückte ihm eine Pistole in die Seite. Sie drängten ihn zum Wagen. Am Steuer saß nicht sein Chauffeur, sondern ein fremder Mann.

Das Tor der rückwärtigen Einfahrt von Song-Mietwagen wurde geöffnet, und als der Fahrer auf dem Hof hielt, sprang er aus dem Auto und baute sich an der Hintertür auf. Song brauchte keine Aufforderung, sich so zu benehmen, als ob nichts geschehen wäre. Er stieg aus und ging ohne Eile mit den drei Männern zu seinem Büro. Der junge Mann am Empfang, der eine Flinte mit abgesägtem Lauf auf den Knien hatte, sah neugierig auf die Gruppe. Song sagte nur: »Geschäfte. Ich möchte nicht gestört werden.«

»Ja, Mr. Song.« Der junge Mann wandte sich wieder dem Herrenmagazin zu, in dem er geblättert hatte, und die vier anderen gingen die Treppe hinauf.

Der Mann, der die Limousine gefahren hatte, deutete auf Songs lederbezogenen Managersessel. Song setzte sich und legte die Arme auf die Lehnen. Aus den Augenwinkeln bemerkte er, wie einer der Männer nach hinten trat, um sich hinter dem Sessel aufzubauen. Der Chauffeur setzte sich auf eine Schreibtischecke. »Gehen die Geschäfte gut?«

Song nickte.

»Wir haben einen gemeinsamen Freund. Mui Shenlu. Er hat Ihnen etwas gegeben, das ihm nicht gehörte, Mr. Song.«

Song rutschte hin und her. Unter seinem Gewicht machte das Lederpolster ein leises seufzendes Geräusch. Er sah zu dem Mann an der Tür, der bisher kein Wort gesagt hatte.

Sie gehörten zu keiner Bande, die er kannte, und sie waren auch keine Polizisten, aber die Erfahrung sagte ihm, daß sie ihr Handwerk perfekt beherrschten. Er zeigte auf den Wandsafe. »Das habe ich nicht gewußt, aber sie sind dort drin.«

»Aufmachen.«

Song stand auf und ging langsam zum Safe. Er öffnete ihn und holte den Beutel mit den Diamanten hervor, den Mui Shenlu ihm gebracht hatte.

»Legen Sie sie auf den Schreibtisch.«

Song ging zurück zum Schreibtisch und legte den Beutel darauf.

»Setzen Sie sich.« Song tat es.

Der Fahrer schüttete die Diamanten aus dem Beutel und zählte sie rasch. Er hob den Kopf und sah Song an. »Wo sind die anderen zwanzig?«

Song umklammerte die Sessellehnen. »Ich bin kein . . .«

Eine Hand legte sich auf seinen Mund, und Song entfuhr ein gedämpfter Schrei, als der Mann hinter dem Sessel seinen Arm nach hinten riß und ihm den kleinen Finger brach. Er sackte zur Seite und rang nach Luft. Der Chauffeur nickte dem Mann hinter dem Sessel zu. Song hob seinen anderen Arm. »Das ist nicht nötig. Ich werde es Ihnen sagen.«

Der Chauffeur nickte.

James Wu blickte sich um, als er in dem schwach beleuchteten, holzgetäfelten Büro saß. Vier Generationen von Van den Fleets blickten von ihren Porträts streng auf ihn herunter. Er wandte rasch den Kopf, als die Tür aufging und Astrid hereinkam. »Entschuldigung, daß Sie warten mußten, Mr. Wu. Fräulein Van den Fleet ist am Telefon aufgehalten worden. Sie kommt sofort.«

»Danke.« James zog seine Aktentasche näher zu sich.

Martina kam herein und streckte die Hand aus. »Guten Morgen, Mr. Wu. Verzeihen Sie bitte, daß ich Sie warten ließ.«

James stand auf und ergriff ihre Hand. Ein frischer Blumenduft umwehte ihn, als sie sich umdrehte und ihm die Tür öffnete.

Die geschliffenen und polierten Diamanten wurden auf dem Tisch aufgereiht. Martina zog sich ihren Stuhl her und nahm für den ersten Augenschein eine Lupe aus einem Lederetui. Ihr erster Eindruck war gut. Mr. Wu handelte mit Qualität. Sie hob nicht den Kopf, als Astrid mit einem Kaffeetablett hereinkam. Astrid warf einen Blick auf sie und stellte das Tablett seitlich vor James' Stuhl auf den Tisch. Sie flüsterte: »Milch und Zucker, Mr. Wu?«

»Für mich bitte schwarz. Vielen Dank.« Er flüsterte ebenfalls.

Astrid schenkte ihm eine Tasse ein und verließ den Raum auf Zehenspitzen.

Martina nahm den ersten Stein der Reihe und untersuchte ihn durch das Vergrößerungsglas. Geschliffene Diamanten werden, beginnend mit »D«, nach den Buchstaben des Alphabets bewertet. Alles in allem gibt es etwa 5000 Klassifikationen, je nach den Kombinationen von Reinheit, Farbe und Schliff. Martina hob den Kopf und stellte das Vergrößerungsglas auf zehnfache Vergrößerung. Sie sah wieder auf den Stein. Sie drehte ihn langsam um 360 Grad und nickte bedächtig. Keine sichtbaren Einschlüsse. Sie notierte rasch etwas in dem Block neben ihr. Farbe »D«, River, hochfein. Reinheit IF, lupenrein. Sie legte den Stein in die Schale einer kleinen Messingwaage, wog ihn und machte wieder eine Notiz. James nahm seine Tasse und trank einen Schluck.

Eine knappe halbe Stunde später war der letzte Stein geprüft und gewogen worden. Martina steckte die Lupe wieder in das Lederetui. »Wir stimmen mit Ihrer Beurteilung der Steine überein, Mr. Wu. Das Zertifikat wird morgen für Sie bereitliegen.«

James stand auf und reckte unauffällig die Schultern.

Sein Nacken hatte sich vor Spannung verkrampft. »Danke, Miss Van den Fleet. Ich danke Ihnen für Ihre Hilfe.«

Sie nahm einen der Diamanten und betrachtete ihn noch einmal. Die Facetten waren so angeordnet, daß sie die größtmögliche Menge Licht reflektierten. »Er ist wundervoll, Mr. Wu.«

Er lächelte. »Wir in Hongkong nennen solche Brillanten ›Feuersteine‹. Ein alter Name, und sehr treffend, finde ich.«

Sie nickte und legte den Diamanten wieder auf den Tisch. Sie lächelte vor sich hin. Ein merkwürdiger, aber nicht unpassender Ausdruck für das makellose, weiße und strahlende Licht. »Hm, Mr. Wu . . .«

James erstarrte innerlich. Jetzt die neugierigen Fragen. Er hatte damit gerechnet.

»Sie haben da ein ungewöhnlich schönes Lot von Steinen. Ihr Kunde wird keinen Mangel an Interessenten haben, wenn er je daran denken sollte, sie zu verkaufen.«

»Ich habe im Moment nicht den Auftrag, mich um einen Käufer zu bemühen.«

»Nun, wenn es soweit sein sollte, habe ich einen Kunden, der sehr interessiert wäre.« Sie streckte die Hand aus. »Vielen Dank, daß Sie zu uns gekommen sind, Mr. Wu. Es war mir ein Vergnügen.«

James entspannte sich. Seine Kontakte hatten recht gehabt. Sie war außerordentlich diskret. Keine Fragen nach der Herkunft der Diamanten. Kein indirekter Versuch, den Eigentümer in Erfahrung zu bringen. Er nahm ihre Hand und drückte sie.

Die Tür des Zimmers wurde aufgestoßen. Martina drehte sich überrascht um, und ihr sank das Herz, als sie Hendrik erblickte. Sie sah ihn verblüfft an. »Was machst du denn hier?«

Hendrik lachte kurz auf. »Fragt man das einen liebenden Bruder?« Er nickte James freundlich zu und trat zu Martina.

Sie versuchte, seinem Wangenkuß auszuweichen, und verzog das Gesicht, als sein Geruch von Schweiß, Zigarettenrauch und abgestandenem Eau de Cologne sie traf.

»Ich konnte eher von New York fort, als ich gedacht hatte.« Hendrik sah Wu an, dann wieder Martina. »Möchtest du mich nicht vorstellen?«

»Ja, natürlich. Mr. Wu, das ist mein Bruder, Hendrik. Hendrik, das ist James Wu aus Hongkong. Mr. Wu hat uns gebeten, ein Lot Diamanten für ihn zu begutachten.«

Hendrik streckte die Hand aus. »Schön, daß Sie zu uns gekommen sind. Ich nehme an, meine Schwester hat Ihnen gesagt, daß ich die Firma übernommen habe. Mein Vater tritt in den Ruhestand. Nun, sind es die?« Er zeigte auf die Diamanten.

Martina trat vor. »Ich habe sie gerade begutachtet, Hendrik.«

Hendrik ignorierte sie und setzte sich an den Tisch. Er wandte sich zu James um. »Es wird nicht lange dauern. Sehen wir mal, was wir da haben.«

Martina preßte die Lippen aufeinander und zählte bis drei. »Hendrik, sie sind bereits geprüft.«

Hendrik blickte zu ihr hoch. Seine hellen Augen musterten sie kühl. »Mr. Wu hat sicher nichts gegen ein Zertifikat vom Chef der Firma.« Er schaute zu James.

James schüttelte den Kopf, sagte aber nichts.

Im Gegensatz zu Martina gab Hendrik fortwährend Kommentare ab, während er die einzelnen Steine untersuchte. Er fragte James nach der Herkunft. Er redete sich, — aber nicht James ein, sie hätten sich vor einigen Jahren irgendwo kennengelernt.

Martina schaute angestrengt zur Decke. Hendrik benahm sich, als wäre sie nicht im Raum. Nichts hatte sich geändert. Sie blickte auf seinen Bauch. Ein dicker Flegel. Die Jahre in Zaire hatten ihn nur noch schlimmer gemacht. Sie sah mit wachsendem Zorn zu, wie er ihre Klassifizierungen ostentativ abhakte. Dann steckte er seine Lupe in die Tasche und schob seinen Stuhl zurück. »Eine schöne Kollektion haben Sie da, James. Ich werde Ihnen morgen einen Käufer besorgen.«

Martina griff ein. »Ich habe Mr. Wu bereits gesagt, wir wären interessiert, wenn er sie verkaufen möchte.«

Wieder starrten seine hellen Augen sie an, wie um ihr zu sagen, daß sie abermals ohne Erlaubnis geredet habe. James räusperte sich. »Ich habe keinen Verkaufsauftrag ... äh, aber ich werde gegebenenfalls auf Ihr Angebot zurückkommen.«

Hendrik reichte ihm wieder die Hand. »Sehr gut, sehr gut.« Er blickte über die Schulter hinweg zu Martina. »Diktier doch bitte gleich das Zertifikat, ja?«

Martina erwiderte seinen Blick und ging dann zu dem Klingelknopf an der Wand und drückte ihn.

James schüttelte Hendrik die Hand und schaute dabei neugierig zu Martina. Wenn er sich nicht täuschte, würde sie jeden Moment explodieren. Martina schaffte es, zwischen die beiden zu treten. Sie drehte Hendrik den Rücken und lächelte James an. »Es war mir ein Vergnügen, Ihre Steine zu sehen, Mr. Wu. Wie ich schon sagte« – sie betonte diese Worte – »werde ich dafür sorgen, daß das Zertifikat morgen früh für Sie bereitliegt.«

»Vielen Dank, Miss Van den Fleet. Ich hoffe, wir machen irgendwann Geschäfte miteinander.«

Hendrik schritt zur Tür, und Martina stieß einen kleinen Schmerzenslaut aus, als er ihr auf den Fuß trat. Er packte sie am Arm, um sie festzuhalten. Sie biß sich auf die Lippe und wußte nicht, was schlimmer war, der Schmerz in ihrem Fuß oder der brutale Druck um ihren Arm. Sie löste sich mit einem Ruck von ihm. Wenn sie ihn nicht besser kennte, hätte sie geglaubt, es sei ein Versehen gewesen. Er entschuldigte sich mit ein paar gemurmelten Worten und ging vor James zur Tür. James drehte sich im Hinausgehen um und lächelte Martina mitfühlend an. Sie wartete, bis die beiden das Zimmer verlassen hatten, ehe sie sich bückte und sich den Fuß massierte. Es war eine Unverschämtheit, sie vor einem Kunden wie ein kleines Lehrmädchen zu behandeln.

Astrid lächelte ein bißchen zu strahlend, und in ihren Augen war ein Glanz, den Martina nicht kannte. Martina blickte hinüber zu Hendrik, der bereits das Büro seines Vaters in Besitz genommen und die Füße auf den Schreibtisch gelegt hatte. Sie würde nie verstehen, was Frauen auch nur im entferntesten reizvoll an ihm finden konnten.

»Oh, Fräulein Van den Fleet, Herr Hendrik hat mich gefragt, ob ich seine persönliche Sekretärin werden will.«

Martina nickte. »Ich hoffe, Sie wissen, worauf Sie sich einlassen.«

Astrid kicherte albern. Hendrik nahm die Füße vom Schreibtisch und stand auf. »Hören Sie nicht auf meine Schwester, Astrid. Als ich Zaire verließ, hat meine Sekretärin dort unten geweint.«

Martina nickte wieder. »Vor Erleichterung.«

Hendrik rang sich ein Lächeln über ihre spitze Bemerkung ab. Er zog sich die Hose höher über den Bauch. »Nun aber Schluß mit dem Geschwätz. Astrid und ich haben zu tun. Bringen Sie mir bitte einen Ausdruck von unserer Versandliste, ja?«

»Sofort, Herr Hendrik.«

»Und Kaffee.«

»Ja, Herr Hendrik.«

Hendrik sah Astrid lüstern nach, bis sie die Tür hinter sich zumachte. Er schlug sein Jackett zurück und stemmte die Hände in die Hüften. »Was hältst du von unserem chinesischen Freund?«

Martina zuckte mit den Schultern. »Schwer zu sagen.«

»Los, Martina, wo bleibt die weibliche Intuition? Wu war zugeknöpft wie eine zwölfjährige Jungfrau.«

»Na ja, wenn es Hongkong ist, muß es ein wohlhabender Chinese sein, der sich irgendwo im Westen niederlassen will.«

Hendrik nickte langsam. »Ich glaube, du hast es erfaßt, Schwesterherz. Glaubst du, für uns liegt ein Verkauf drin?«

»Ich bezweifle es. Die Steine sind eher eine Art Versicherung.«

Hendrik reckte sich und gähnte laut. »Gott, ich fühle mich saumäßig. Wenn ich dieser niedlichen kleinen Astrid den Brief gegeben habe, in dem wir unseren Kunden meine Rückkehr mitteilen, werde ich nach Haus fahren und etwas Schlaf nachholen.«

Er nahm seine Aktentasche und seinen Trenchcoat. »Bring die Bilanzen vom letzten Jahr mit nach Haus, ja? Ich werd sie mir heute abend ansehen.«

Nachdem die drei Männer vom Amt für öffentliche Sicherheit mit Song Enlai fertig waren, fuhren sie getrennt zum Flughafen Kai Tak, um eine Maschine nach Schanghai zu nehmen. Mui Shenlus Indiskretionen konnten nicht mehr schaden. Song Enlai war mit seinem eigenen Wagen in die Luft geflogen. Sein unglücklicher Käufer der Diamanten, Joey Heung, der Anführer der Tausendwolkenbande, war erschossen worden und trug nun das Mal der Bärentatze auf der Stirn.

Der Mann, der am letzten Abend als Fahrer fungiert hatte, hielt seine Aktentasche, die die restlichen fünfzig Diamanten enthielt, an seine Seite gedrückt. Er trank eine Tasse Kaffee und sah mit erkennbarem Desinteresse die Nachrichten auf dem Fernsehschirm hinter der Theke. Der Sprecher verlas eine kurze Zusammenfassung der wichtigsten Ereignisse und berichtete dann ausführlich über einen neuen Bandenkrieg, der offensichtlich gestern abend zwischen den Triade-Geheimbünden ausgebrochen war. Sein Bild wurde durch eine Aufnahme der Überreste von Songs Wagen ersetzt. Die Stimme im Off verlas die Namen der Opfer, während das Bild anschließend einen Toten zeigte, der aus einem Krankenwagen geholt wurde. Das Laken war teilweise zurückgezogen worden, so daß man das blutige

Zeichen auf der Stirn sah. Dann teilte der Sprecher mit, man werde nun zu einem Live-Interview zum Polizeipräsidium schalten.

Der Sprecher der Polizei von Hongkong redete mit fester, beruhigender Stimme. Ein größerer Schlag gegen gewalttätige Banden werde bereits vorbereitet. Die in dem explodierten Wagen gefundenen menschlichen Überreste seien identifiziert worden, bei dem Toten handele es sich um Song Enlai, den Anführer der Bärentatzenbande. Zwei Mitglieder der Bande des Dritten Mondes seien verhaftet und des Mordes an Song Enlai beschuldigt worden.

Der Flug nach Schanghai wurde aufgerufen, und die Passagiere wurden aufgefordert, sich am Flugsteig registrieren zu lassen. Der Mann in der Kaffeebar leerte seine Tasse und nahm seine Aktentasche. Er blickte sich unauffällig um. Seine Kollegen waren schon vorausgegangen. Er schob die Aktentasche unter den rechten Arm. Ein verächtlicher Ausdruck huschte über sein Gesicht, als er noch einmal zu dem Fernseher hinter der Theke schaute. Die Polizei von Hongkong war genauso schlecht wie ihr Ruf.

Erasmus saß in einem Armstuhl und sah fern, als Martina und Hendrik kamen. Martina spürte einen kleinen Stich, als sie das erleichterte und freudige Gesicht sah, das ihr Vater beim Anblick seines Adoptivsohnes machte.

Hendrik nahm Erasmus' Hand. »Wie ich sehe, hast du gut gewählt. Die kleine Schwester da draußen ist nicht zu verachten.«

Erasmus lachte. »Du solltest erst mal die Nachtschwester sehen.«

Hendrik knuffte ihn freundschaftlich an der Schulter. »Wie fühlst du dich?«

»Gut. Sie sagen, ich würde bald wieder auf den Beinen sein.«

»Schön für dich.«

Erasmus wandte den Kopf. »Hallo, Martina. Komm, setz dich hierher. Gegenüber von Hendrik.«

Sie wollte etwas sagen, aber Erasmus hatte sich schon wieder zu Hendrik gewandt. »Schön, daß du wieder zu Haus bist. Bist du schon in der Firma gewesen?«

»Ja, ich bin gleich vom Flughafen hingefahren. Mach dir keine Sorgen. Es ist alles unter Kontrolle.«

Martina sah Hendrik böse an. Hendrik legte den Arm über die Rückenlehne seines Stuhls. »Ich hatte heute einen ganz interessanten Kunden. James Wu. Hast du von ihm gehört?«

Erasmus starrte ein paar Sekunden vor sich hin. »Hongkong?«

Hendrik lachte. »Genau, Vater. Du hast offensichtlich nichts vergessen.«

Erasmus lächelte stolz.

»Er hatte ein interessantes Lot Diamanten dabei, das er begutachten lassen wollte. Beste Qualität. Wenn ich mich nicht täusche, könnte ein Verkauf drinliegen.«

Martina sagte: »Ich habe die Steine begutachtet, Vater. Ich war sehr beeindruckt, aber ich glaube nicht, daß James . . .«

Hendrik unterbrach sie. »Ich denke, wie gesagt, daß ein Verkauf drinliegen könnte.«

Erasmus richtete sich in dem Armsessel auf, denn Hendriks Worte hatten seine Aufmerksamkeit geweckt. »Jetzt fällt mir ein, ich habe ihn mal in der Diamantenbörse kennengelernt. Ja. Ich erinnere mich, daß er erzählte, sein Großvater sei Schotte gewesen, oder Engländer.«

»Apropos Diamantenbörse, Vater. Ich habe in New York mit Christian Debilius gegessen. Ich soll dir seine besten Wünsche ausrichten.«

Martina verschränkte die Hände im Schoß, als Erasmus und Hendrik sich angeregt unterhielten. Sie tippte auf die Plastikschachtel auf ihren Knien. Vater hatte nicht einmal gefragt, was sie ihm mitgebracht hatte. Sie blickte angewidert fort, als Hendrik ihm einen Witz über ein Mädchen aus Hongkong mit einem außergewöhnlichen und unaussprechlichen Talent erzählte. Erasmus lachte so sehr, daß er anschließend nach Luft rang. Sie war erleichtert, als die Krankenschwester kam und sagte, es sei Zeit, daß sie gingen. Sie stand auf und gab ihrem Vater einen Kuß auf die Wange. »Übrigens, ich habe dir ein paar Weintrauben mitgebracht. Ohne Kerne.«

»Oh, gut. Ich hasse die mit Kernen.«

Hendrik versprach, am nächsten Tag wiederzukommen. Sie drehte sich um, als sie und Hendrik die Tür erreichten, und lächelte aufmunternd und winkte, aber Erasmus unterhielt sich bereits mit der Schwester.

Martina und Hendrik betraten die Wohnung; sie hatten auf dem Weg vom Krankenhaus kaum ein Wort gewechselt. Sie ging in die Küche und schenkte sich ein Glas Wein ein, ging ins Wohnzimmer und schaltete den Fernseher an.

Hendrik kam ihr nach, trat zu dem Gerät und schaltete es wieder aus, ehe er eine Aktenmappe, die die Buchhaltungsunterlagen der Firma enthielt, auf den Tisch neben Erasmus' Sessel warf.

Martina starrte ihn an. »Was soll das?«

Hendrik fläzte sich in den Sessel und zog den Reißverschluß der Mappe auf. »Was meinst du?«

Sie stand auf und schaltete den Fernseher wieder an.

»Mach bitte das Ding aus. Ich kann mich bei dem Geplärr nicht konzentrieren.«

»Ich möchte die Nachrichten sehen.«

»Guck dir die Spätausgabe an. Ich will, daß du die Bilanzen mit mir durchgehst.«

Martina war entschlossen, das Spiel nicht mitzumachen und sich nicht wie eine kleine Angestellte behandeln zu lassen. Sie stand auf. »Wenn du etwas nicht verstehst, mach dir eine Notiz. Ich wasche mir jetzt die Haare.«

Hendrik starrte ihr nach, als sie das Zimmer verließ. Sie

hatte sich immer für etwas Besseres gehalten, hatte ihn keine Sekunde lang vergessen lassen, wer er wirklich war. Sie war eine echte Van den Fleet, und damit stand sie näher bei Gottvater. Es war Zeit, daß die kleine Schwester endlich ein paar längst fällige Lektionen lernte. Er nahm die Jahresbilanz und studierte sie aufmerksam.

Martina sah sich angewidert im Badezimmer um. Auf dem Boden lagen zwei feuchte Frotteetücher, eine Unterhose hing aus dem Wäschekorb. Sie trat die Frotteetücher zur Seite und ging zum Waschbecken.

Hendrik stieß die Tür zum Badezimmer auf. »Was soll das?« Martina sah ihn zornig an. »Raus mit dir!«

Hendrik lehnte sich an den Türrahmen. »Was gibt es zu essen?«

Martina wandte sich ab. »Warum fragst du mich? Ich bin nicht deine Dienerin. Wenn du etwas essen möchtest, mach dir selbst was.«

Sein Mund wurde vor Zorn schmal. »Hör zu, ich werde mir das nicht gefallen lassen. Es ist mein erster Tag zu Haus, und bisher hast du alles getan, um mich so unfreundlich wie möglich zu empfangen.«

Sie schraubte den Shampoodeckel sorgfältig wieder auf die Flasche. Sie bekam leichte Gewissensbisse. Vielleicht war sie tatsächlich etwas kindisch gewesen. Außerdem war sie nicht in der Stimmung, einen seiner Wutanfälle zu ertragen. »Was möchtest du denn essen?«

»Irgend etwas. Was du da hast.« Von ihrer freundlicheren Haltung besänftigt, verließ er das Bad. »Ich mache uns einen Drink.«

Fang Ka-Shing fuhr zum Victoria Peak, zu seiner Geliebten, die er zweimal in der Woche besuchte. Die schönen Villen an dem steilen Hang waren ursprünglich für die britischen Kolonialherren gebaut worden, die der feuchten Hitze Hongkongs zu entkommen suchten. Als er zwei Drittel der Strecke zum Gipfel zurückgelegt hatte, bog er in eine schmale Zufahrt, die zu einer kleineren Villa führte. Das elektronisch gesteuerte Tor öffnete sich.

Fangs Herz setzte einen Schlag aus, als er die Eingangsdiele betrat. Candy erwartete ihn in einem schwarzen, sehr weit ausgeschnittenen Negligé, und sie hatte sich nach westlicher Art geschminkt. So richtete sie sich nur selten her; es hing davon ab, ob ihr die Geschenke, die er ihr geschickt hatte, gefielen oder nicht. Er überreichte ihr einen Blumenstrauß und wurde mit einem raschen feuchten Kuß auf die Wange belohnt. »Hast du mein Geschenk bekommen, Candy?«

Sie küßte ihn wieder auf die Wange. »Natürlich, mein Bär.«

»Warum trägst du es dann nicht?«

Sie lachte schrill. »Kein Mensch trägt zu Hause einen Pelzmantel.« Sie hakte sich bei ihm unter. »Du mußt groß mit mir ausgehen, dann werde ich ihn für dich tragen.«

Er blickte sich um, um sicherzugehen, daß das Hausmädchen nicht mehr in der Diele war, und vergrub dann das Gesicht in Candys lockendem, duftendem Ausschnitt. Sie seufzte zufrieden. Das Restaurant des Jockey Clubs: Dort würde sie ihren neuen Pelzmantel tragen. Sie überlegte, wie sie das Etikett, das den Pelz als echten russischen Zobel auswies, für möglichst viele Leute sichtbar zeigen könnte. Es hatte nicht viel Sinn, so einen Mantel zu tragen, wenn niemand wußte, worum es sich handelte.

Fang hatte nicht gezögert, Pas Aufforderung zur Teilnahme an seinem kleinen privaten Unternehmen nachzukommen. Das Honorar für die Überwachung von Chan Chunlings Tun und Treiben in Schanghai und Hongkong war groß genug, um Candy mit teuren Dingen für ihre Gunst zu belohnen. Sie griff nach der Flasche mit dem duftenden Öl auf dem Nachttisch, rieb ihn damit ein und massierte ihn auf eine Weise, um die ihn jeder liebestolle Tourist in den Striplokalen beneiden würde. Wenn er gerade nicht lustvoll stöhnte, fragte Candy freundlich, was ihr sehr gescheiter und wichtiger Liebhaber denn heute gemacht habe. Die Informationen, die sie auf diese Weise bekam, erschlossen ihr eine weitere Quelle von Geschenken.

Der hingerichtete Joey Heung, Anführer der Tausendwolkenbande, war entfernt mit Candy verschwägert. Sein legales Unternehmen war eine florierende Anwaltskanzlei gewesen. Fangs »Bettgeflüster«, das Candy ihm treulich hinterbrachte, hatte ihm wertvolle Insider-Kenntnisse verschafft, die er nutzbringend verwerten konnte, wenn er für westliche Firmen, die ihn gut bezahlten, mit dem Außenhandelsverband der Volksrepublik China verhandelte. Das Geschenk, mit dem Joey sich bei Candy für ihre Informationen revanchierte, waren monatliche Zahlungen, die er in seiner Kanzlei als PR-Beraterhonorar verbuchte – und sein persönlicher Schutz, den sie als Verwandte genoß.

Fang erwachte langsam aus seinem Schlummer, als der kleine Vogel auf der bunt emaillierten Spieluhr sich langsam um die eigene Achse drehte, während sein Lied die nahende sechste Stunde ankündigte. Er rieb sich die Augen und sprang aus Candys fellbedecktem Bett. Er sah einen Moment auf seinen schlaffen Penis hinunter und blickte dann zu Candy. Sie zu wecken, hieße sein Fleisch aufs neue zu wecken. Fang seufzte und bückte sich, um seinen Slip aufzuheben. Die Diskretion verlangte, daß er das Haus verließ, während die Villenstraße noch frei von Autos war. Candy drehte sich auf den Rücken und reckte die Arme. Sie schlug entschlossen die Augen auf. Normalerweise stand sie erst mittags auf, aber heute war ein wichtiger Tag.

Astrid stellte eine Tasse Kaffee auf Hendriks Schreibtisch. Unsicher, ob es angebracht war, etwas zu sagen, sah sie ihn an. Gestern war sie rasch seiner erotischen Ausstrahlung verfallen, aber heute schien Distanz am Platze zu sein. Er war schlechtgelaunt ins Büro gekommen und ließ seine schlechte Laune an allen aus. »Äh, Herr Hendrik, die Druckerei hat eben die Rundbriefe gebracht.«

Er blickte von der vor ihm liegenden Akte auf. »Bringen Sie sie rein. Ist meine Schwester schon da?«

»Nein.«

»Sagen Sie ihr, sie soll sofort zu mir kommen, wenn sie da ist.«

»Ja, Herr Hendrik.«

Zwei Portionen von Martinas erstklassigem indischen Curry und zuviel Alkohol gestern abend hatten bewirkt, daß sein Magen sich wie eine Zementmischmaschine anfühlte. Er war spät aufgewacht, mit stechenden Kopfschmerzen, und hatte feststellen müssen, daß Martina schon mit ihrem Wagen fort war. Er hatte zwanzig Minuten lang versucht, ein Taxi zu bekommen, hatte dann eine Viertelstunde lang in einem Stau gesteckt und war mit einem unbezähmbaren Drang, jeden umzubringen, der ihm im Weg stand, ins Büro gekommen.

Wenig später steckte Martina den Kopf in die Vorzimmertür. »Guten Morgen, Astrid. Ist Post für mich da?«

»Ja, Fräulein Van den Fleet. Oh, Herr Hendrik hat gesagt, Sie sollen zu ihm kommen, sobald Sie da sind.«

Martina nickte kurz.

Hendrik starrte Martina an, als sie sein Büro betrat. Sie tat so, als bemerke sie es nicht, und nahm vor dem Schreibtisch Platz. Er rieb sich die Stirn, suchte dann in der Tasche nach seinen Aspirintabletten. »Die Bilanz vom letzten Jahr. Ich nehme an, ich sollte dankbar sein, daß du die Firma nicht zahlungsunfähig gemacht hast.«

»Was . . .?«

»Sei still und hör zu. Soweit ich sehen kann, bist du die ganze Zeit, die Vater krank war, auf irgendeinem Egotrip gewesen.« Er nahm einen der monatlichen Rundbriefe. »Ist das der Mist, den du unseren Kunden schickst?«

Sie machte den Mund auf, aber er gab ihr keine Chance. »Zitat. Wir haben gute Geschäfte gemacht. Zitat beendet. Wen willst du für dumm verkaufen, Martina? Dich selbst?«

»Wovon redest du überhaupt?« Sie preßte die Lippen aufeinander.

»Ich rede von der Tatsache, daß ich an einem Tag mehr Umsätze mache als du in einem ganzen verdammten Jahr.« Er steckte sich eine Zigarette an. »*Gute* Geschäfte. Was zum Teufel verstehst du von guten Geschäften? Du würdest sie nicht mal erkennen, wenn sie vor deinen Füßen lägen.«

Martina stand auf, und Zornesröte stieg ihr ins Gesicht. »Ich verbiete dir, so mit mir zu sprechen. Wofür hältst du dich eigentlich?«

Das Telefon klingelte, und Hendrik nahm ab. »Ja.«

»Herr Debilius ist in der Leitung, und Mister Wu ist gekommen und möchte zu Fräulein Van den Fleet.« Astrids Stimme war beinahe furchtsam.

»In Ordnung.« Hendrik bedeckte die Sprechmuschel mit der Hand. »Wu ist da. Übernimm ihn gefälligst.«

Das Rot in ihren Wangen vertiefte sich. Sie ballte die Hände und sagte eisig: »Das werde ich. Er ist ohnehin mein Kunde, falls du es vergessen hast.«

James Wu sprang auf, sobald Martina an der Türschwelle erschien, und reichte ihr die Hand. »Guten Morgen, Miss Van den Fleet.«

Sie begrüßte ihn kurz. »Guten Morgen.«

Er musterte sie neugierig. Sie hatte denselben Ausdruck im Gesicht wie gestern. Aufgeregt. Ärgerlich. Gereizt. Irgend etwas hatte sie außer Fassung gebracht.

»Die Sekretärin wird das Zertifikat sofort bringen.« Martina drehte sich um, als sie Schritte hörte. »Da ist sie schon.« Sie nahm die Papiere entgegen und überflog sie rasch, ehe sie sie James reichte. »Ich denke, daß alles in Ordnung ist, Mr. Wu.«

»Vielen Dank.« James setzte sich und studierte das Dokument sorgfältig, um es dann in seine Aktentasche zu stecken. Er lächelte. »Alles in bester Ordnung. Soll ich das Honorar jetzt gleich zahlen?«

»Ich bitte Sie, Mr. Wu. Wir werden Ihnen Ende des Monats eine Rechnung schicken.«

Er stand wieder auf. »Hm . . . Vielen Dank für Ihre Hilfe. Ich . . .« Er verstummte und drehte sich um, als Hendrik die Tür aufstieß.

»James, schön, Sie noch mal zu sehen.« Hendrik schüttelte dem Besucher übertrieben freundlich die Hand. »Sie haben das Zertifikat?«

»Ja, danke.«

»Keine Probleme?«

»Nein.«

Martina wollte nicht, daß Hendrik das Gespräch an sich riß. »Vielen Dank, daß Sie zu uns gekommen sind. Wir schicken Ihnen wie gesagt die Rechnung.« Martina machte einen Bogen um Hendrik, als sie zur Tür schritt. »Wie lange bleiben Sie in Antwerpen?«

»Nur noch bis morgen früh. Ich wollte . . .« James wurde wieder unterbrochen, diesmal von Astrid, die den Kopf durch die Tür steckte.

Sie hob die Hand. »Entschuldigen Sie bitte die Störung, aber da ist ein dringender Anruf aus Zaire, Herr Hendrik.«

Hendrik blickte gen Himmel. »Es ist immer dringend.« Er reichte James wieder die Hand. »Ich rufe Sie an, James.« Er drehte sich um und lief aus dem Raum.

James sah Hendrik nach, während dieser den Korridor entlangeilte. Wenn er sich nicht irrte, hatten Bruder und Schwester es fertiggebracht, sich kein einziges Mal anzusehen, geschweige denn ein Wort zu wechseln. Sonderbar. Er wandte sich um und lächelte Martina an. »Ich habe mich gefragt, ob Sie und Ihr Bruder vielleicht mit mir zu Mittag essen würden.«

»Das ist sehr freundlich von Ihnen.« Martina brauchte nicht einmal eine Sekunde, um Hendrik das Konzept zu verderben. »Ich fürchte, mein Bruder ist furchtbar beschäftigt. Aber ich denke, wir können wenigstens einen Van den Fleet aufbieten, um Ihnen Gesellschaft zu leisten.«

James lachte. »Wenn es heute mittag nicht paßt, vielleicht heute abend? Ich würde mich sehr freuen.«

Sie überlegte kurz. »Warum nicht? Eine gute Idee.« Sie ging mit James zur Haustür und ließ ihn hinaus, als sie Hendriks Stimme im Korridor hörte. Wenn auch nur die geringste Chance bestand, daß James Wu die Diamanten verkaufte, würde sie diejenige sein, die ihm einen Käufer beschaffte. Ganz sicher nicht Hendrik. Sie wußte besser als er, wie man das meiste aus einem Geschäft herausholte, besser, als er es je lernen würde.

Astrid prallte gegen Hendrik, als sie aus dem Vorzimmer stürzte. Ihre Augen weiteten sich vor Überraschung, als seine Hände sie umfaßten, aber nicht, um sie festzuhalten, sondern um nach ihren Brüsten zu tasten. Sie zwängte sich an ihm vorbei und entdeckte Martina, die gerade die Treppe hinaufging. »Fräulein Van den Fleet, Mr. Yasim möchte Sie sprechen. Ich habe gesagt, Sie bringen gerade einen Kunden zur Tür. Er wollte warten.«

Martinas Gesicht hellte sich auf. »Gut. Ich habe schon befürchtet, er hätte es sich anders überlegt.« Sie lief in ihr Büro und nahm ab. »Hallo, Beni. Hier Martina.«

»Schön, Ihre Stimme zu hören. Ich dachte schon, Sie ließen sich verleugnen.«

»Glauben Sie wirklich, das brächte ich fertig?«

»Eigentlich nicht. Wie geht es Ihnen?«

»Danke, gut. Und selbst?«

»Danke, ich kann nicht klagen. Hören Sie, meine Geschäfte haben mich länger festgehalten, als ich dachte. Ich reise heute von Genf ab, aber ich werde gegen Ende des Monats wiederkommen. Haben Sie inzwischen etwas gefunden, das meinen Klienten interessieren könnte?«

Sie machte ein enttäuschtes Gesicht. Sie hatte einen festen Auftrag erwartet. Sie beschloß, sich nicht festzulegen. »Ich habe vielleicht etwas, wenn Sie wieder da sind.«

»Großartig. Ich habe Ihrer Sekretärin meine Telefonnummer gegeben. Ich muß jetzt Schluß machen, Martina, meine Maschine startet in einer Stunde. Ich hoffe, wir sehen uns bald.«

»Ja, natürlich. Und guten Flug.« Sie legte auf. Wenn. Wenn. Sie biß sich auf die Lippe. Die Diamanten, die sie für James Wu begutachtet hatte, waren genau die Ware, die Beni auf den ersten Blick kaufen würde. Wenn Wu tatsächlich verkaufte, würden die Steine so schnell den Besitzer wechseln, daß Hendrik außen vor blieb. Sie lächelte grimmig.

Frankie Heung schulterte seine Reisetasche und betrat das Hauptgebäude des Flughafens von Hongkong. Seine Feinde nannten ihn »Heung, die Frühlingsrolle«, weil er als zweiter Mann der in San Francisco operierenden Einhornbande dafür zu sorgen hatte, daß die von den Besitzern chinesischer Restaurants erpreßten Schutzgelder eingetrieben wurden.

Das Mädchen am Informationsschalter hob den Kopf, als Frankie seine Tasche auf den Tresen stellte. Sie registrierte mit einem raschen Blick das auffallend karierte Jakkett, die protzige goldene Armbanduhr und die brillantenbesetzten Manschettenknöpfe. Kein Zweifel: ein reicher Amerikaner. Sie lächelte ihn strahlend an. »Guten Morgen, Sir, kann ich etwas für Sie tun?«

»Warum nicht? Ich sollte hier abgeholt werden. Mein Name ist Heung. Frankie Heung.«

Irgend etwas am Ton seiner Stimme machte unmißverständlich klar, daß er ein Mann war, den man sehr ernst nehmen mußte. Sie lächelte wieder. »Einen Augenblick bitte, Mr. Heung. Ich werde sehen, was ich tun kann.« Sie beugte den Kopf, um eine Durchsage zu machen, und blickte hoch, als ein hagerer Mann auf den Schalter zueilte.

Er berührte Frankie leicht am Arm. »Entschuldigen Sie, daß ich Sie warten ließ, Mr. Heung. Wenn Sie mir bitte folgen würden.«

Heung folgte dem anderen zum Ausgang und sagte drohend: »Wenn du mich noch mal warten läßt, laß ich dich in den verdammten Parkplatz einzementieren. Kapiert?«

Der Mann drückte die Reisetasche an die Brust. »Ja, Mr. Heung. Es tut mir leid, aber der Verkehr war . . .«

»Ich interessiere mich nicht für den verdammten Verkehr. Okay?«

»Ja, Mr. Heung.«

Candy fuhr sich mit der Zungenspitze über die Lippen und strich ihren Rock glatt. Die Art, wie Frankie sie gemustert hatte, deutete auf eine Möglichkeit hin, daß ihr größter Wunsch vielleicht in Erfüllung gehen konnte: in die Vereinigten Staaten zu kommen und dort zu leben. Onkel Joey hatte ihr einen Reisepaß und ein Visum für Australien besorgt, aber Amerika war tausendmal besser.

Frankie schob sich eine Zigarre in den Mund und wartete darauf, daß der Mann, der neben ihm stand und seinen leisesten Wink befolgte, ihm Feuer gab. Frankie lehnte sich in seinem Sessel zurück. Sein Vater, Joey, war gestorben. Ein rascher Blick in die Bücher hatte gezeigt, daß die Tausendwolkenbande neu organisiert werden mußte – bei allem Respekt für den Heimgegangenen. Die Kundschaft mußte inzwischen glauben, sie lebe in Disneyland. Frankie paffte an der Zigarre. »Ich werde der Nachfolger meines Vaters. Möchtest du auch für mich das tun, was du für meinen Vater getan hast, Candy?«

Sie lächelte bestrickend und tippte mit einem langen spitzen Fingernagel auf sein Knie. »Was Sie wollen, Frankie.«

Er zog das Knie fort. »Eins will ich gleich klarstellen. Ich schlafe nicht mit Nutten.«

Sie zog die Hand weg, als sei der Finger verbrannt worden. »Sie brauchen nicht so mit mir zu reden, Frankie.«

»Okay, ich wollte nur, daß du weißt, wo du stehst. Dieser Typ, dieser Fang, ich brauche persönliche Informationen über ihn. Du wirst sie liefern, okay?«

»Okay, Frankie.«

Er stand auf und gab seinem Helfer ein Zeichen, ihm aus dem Zimmer zu folgen.

Candy nahm ihre Tasche. Sie starrte finster vor sich hin. Ihre Träume, in den Vereinigten Staaten zu leben, verflüchtigten sich schnell.

James Wu blieb stehen und blickte zur Kathedrale unserer Lieben Frau auf. »Wunderschön. Wann ist sie erbaut worden?«

Martina schürzte die Lippen. »Um die Mitte des vierzehnten Jahrhunderts. Sie sollte eigentlich zwei Türme bekommen, aber wir haben den zweiten nicht geschafft.«

James lachte. Er fing an, die Gesellschaft seines attraktiven Gastes und dessen trockenen Humor zu genießen.

»Ich muß Sie leider in Ihrer Andacht stören, James. Die Leute vom Restaurant können ein bißchen ungnädig werden, wenn wir uns zu sehr verspäten.«

»Ja, natürlich.«

Sie überquerten den Platz. Martina zog sich den Trenchcoat fester um die Schultern. Nach dem Regenguß war die Luft angenehm frisch, aber es war merklich kälter geworden. Ein Gefühl des Behagens überkam sie. Der schreckliche Tag im Büro lag hinter ihr. Sie hatte sich nicht einmal einen Vorwand einfallen lassen müssen, damit Hendrik ihr nicht ins Gehege kam. Er war nach jenem Anruf aus Zaire in seinem Büro geblieben.

James studierte konzentriert die Speisekarte, während Martina die einzelnen Gerichte erklärte. Er hatte zu ihrer Erleichterung behauptet, daß es ihm Vergnügen bereite, die Spezialitäten des Landes zu probieren, das er gerade besuche. Also bestand sie darauf, daß er die Waldschnepfen-Mousse bestellte, sie sei köstlich.

Als der Kellner die Bestellung entgegengenommen hatte, fand James, es sei an der Zeit, vorsichtig zu sondieren. Martina wirkte noch immer ein bißchen verkrampft, und er hatte den Verdacht, daß es etwas mit dem überraschenden

Eintreffen ihres Bruders gestern zu tun hatte. Von da an hatte sie etwas Gespanntes, Gezwungenes bekommen, das vorher nicht da gewesen war. Er nahm sein Glas Wermut und trank einen kleinen Schluck. »Es tut mir leid, daß Ihr Bruder nicht mitkommen konnte. Er hat sich bestimmt gefreut, nach so langer Zeit aus Zaire heimzukehren. Es waren zehn Jahre, nicht wahr?«

»Ja, fast zehn Jahre.«

Er trank wieder einen kleinen Schluck. »Und Ihr Vater wird sich gewiß freuen, daß die Familie nun wieder im Unternehmen vereint ist.«

Sie unterdrückte ein Lächeln. Er war neugierig. Aber er stellte es diskret an. Sie nahm ihr Glas. Warum sollte er nicht die Tatsachen erfahren? »In Wahrheit geht mein Vater in den Ruhestand, James.«

»Oh, ich verstehe, und Sie und Hendrik werden die Firma gemeinsam führen?«

Sie trank einen Schluck. »Nein, Hendrik übernimmt die Firma.«

James starrte sie an, fing sich aber schnell. »Damit wäre Van den Fleet dann in der sechsten Generation, oder? Als ich in Ihrem Büro war, habe ich die Porträts Ihrer Ahnen bewundert.«

Sie drehte das Glas zwischen den Fingern hin und her. »Ja, es ist die sechste Generation.«

Der Kellner brachte den ersten Gang. James beschloß, das Gespräch einen Moment ruhen zu lassen. Er hatte bereits genug erfahren, um Stoff zum Nachdenken zu haben. Er kostete von der Mousse und nickte begeistert. »Ausgezeichnet.« Er tupfte sich den Mund mit der Serviette ab. »Ich wünschte, Anna wäre hier und könnte das auch probieren.«

»Verzeihen Sie meine Neugier, aber wer ist Anna?«

»Meine Schwester. Wir wohnen zusammen. Sie ist eine erfolgreiche Schmuck-Designerin. Sie führt mir den Haushalt, wenn ich so sagen darf, und ich empfehle sie dafür meinen Kunden, wenn sie ein interessantes Stück arbeiten lassen wollen.«

Martina gab dem Kellner ein Zeichen, ihre Teller abzuräumen. Das Thema Familie und Verwandtschaftsbeziehungen hatte sie leicht deprimiert. Sie nahm ihr Glas. »Reisen Sie viel, James?«

»Es kommt darauf an. Ich muß natürlich ab und zu nach New York an die Diamantenbörse.«

»Wie finden Sie die Stadt?«

»Sehr aufregend, aber man braucht einen guten Führer.«

Sie lachte. »Ja, New York kann furchteinflößend sein, wenn man allein ist. Ich weiß.«

Das Gespräch wurde vom Kellner unterbrochen, der mit dem Hauptgang kam. »Und Sie, sind Sie auch oft in New York?«

»Nein. Ich bin erst ein- oder zweimal da gewesen. Mit meinem Vater. Er mußte zur Diamantenbörse und hat mich mitgenommen.«

»Sehr eindrucksvoll, nicht wahr?«

»Ich weiß nicht. Ich bin nicht drin gewesen.«

Er sah sie erstaunt an.

»James, ich bin nicht optionsberechtigt. Ich kenne keine Frau, die es ist.«

Er nickte. Er betrachtete das Essen auf seinem Teller. Natürlich, wie dumm von ihm. Deshalb also hatte Hendrik Van den Fleet die Firma übernommen. Er spießte sorgfältig ein Nierenstückchen auf seine Gabel. »Und wie gehen die Geschäfte? In Hongkong haben wir in den letzten zwölf Monaten ein großes Umsatzplus gehabt.«

»Hier auch. Wir haben eine Menge guter Abschlüsse mit den Israelis gemacht.«

Er seufzte. »Manchmal finde ich, zuviel Arbeit kann auch ein Nachteil sein. Mein Handelsvolumen wächst so schnell, daß ich es kaum noch bewältigen kann. Was uns in Hongkong fehlt, sind Top-Leute.« Er legte die Gabel hin. »Ich hoffe, Sie nehmen es mir nicht übel, wenn ich frage, aber ich wäre Ihnen sehr dankbar, wenn Sie jemanden wüßten, der sich vielleicht dafür interessieren würde, mit mir in Hongkong zusammenzuarbeiten. Ich wäre bereit, ihn am Gewinn zu beteiligen. Es müßte allerdings eine erstklassige Kraft sein. Jemand wie Sie, zum Beispiel.«

»Ich werde sehen, was sich machen läßt.«

Er zog eine Geschäftskarte aus der Tasche und schrieb seine Privatnummer darauf. »Rufen Sie ruhig zu Hause an, wenn ich nicht im Büro bin. Und wenn ich auch da nicht bin, hinterlassen Sie eine Nachricht bei Anna.«

Sie steckte die Karte in die Handtasche. Sie würde sich umhören. Im Augenblick fiel ihr zwar niemand ein, aber es könnte durchaus sein, daß sich jemand dafür interessierte, und ein kleiner Dienst konnte den geschäftlichen Beziehungen nicht schaden. Sie nahm ihr Weinglas und betrachtete es. »James, ich muß sagen, nach den Steinen zu urteilen, die Sie gestern gebracht haben, handeln Sie zweifellos mit erster Qualität. Ich möchte wirklich nicht aufdringlich sein, aber wenn Sie sie verkaufen wollen, hätte ich einen Kunden.«

Er lächelte trocken. »Ich auch.«

Sie lachte. »Ich verstehe, aber ich mußte es zumindest versuchen.«

»Ich bitte Sie, Sie brauchen sich nicht zu entschuldigen. Wir sind doch beide Geschäftsleute.« Er zündete sich eine Zigarette an und lehnte sich behaglich zurück. Martina Van den Fleet war eine sehr attraktive Frau und hatte ihm den ersten Teil seiner Aufgabe ziemlich leichtgemacht.

Eine Limousine bog in die Zufahrt zum Institut für Ton und Oszillation in Anshan ein. Professor Li stand am Fenster seines Büros und blickte hinaus. Ein angewiderter Ausdruck huschte über sein Gesicht, als drei gepflegte Herren in erstklassig geschnittenen dunkelblauen Anzügen aus dem Wagen stiegen. Er schnaufte verächtlich und trat vom Fenster zurück. Zeitverschwendung. Das war es. Sie würden, wenn überhaupt, nur sehr wenig begreifen, aber bei ihrer Rückkehr nach Peking denken, sie seien kompetent genug, um an seiner Arbeit herumzumäkeln.

Im Vortragsraum waren die ersten Waffen aufgebaut, mit denen Li seine Besucher attackieren würde: Stühle, die so unbequem waren, daß selbst einem interessierten Gast schnell unbehaglich werden würde. Der nächste Angriff war ein langweiliges Referat über die natürliche Entstehung von Diamanten. Danach waren Besucher gewöhnlich dankbar, wenn man sie aufforderte, ins Labor zu kommen. Dort standen sie dann geschlagene fünfzehn Minuten herum und sahen und hörten gar nichts. Nur selten hatte jemand den Mut zu fragen, was hier eigentlich geschehe, aber er wurde umgehend mit einem Schwall von wissenschaftlichem Kauderwelsch zum Schweigen gebracht. Vernünftige Gäste begnügten sich dann damit, ein interessiertes Gesicht zu machen und einfach zu warten. Sie wurden mit einer Einladung zum Mittagessen belohnt.

Li betrachtete die drei Männer. Er legte das hölzerne Lineal, das er als Zeigestock benutzt hatte, auf den Tisch neben sich. »Wie wir eben deutlich gesehen haben, sind Diamanten nichts weiter als eine allotrope Manifestation des Kohlenstoffs.« Er verschränkte die Hände hinter dem Rükken. »Rekapitulieren wir also kurz unsere Ergebnisse. Nummer eins: Kohlenstoff. Nummer zwei: Hitze. Nummer drei: Druck.« Aus den Augenwinkeln heraus registrierte er, daß einer der drei sein Gewicht von einer Gesäßbacke auf die andere verlagerte. Er zeigte auf das Bild eines Diamanten auf der Leinwand hinter ihm. »Jetzt wissen Sie, wie man Diamanten herstellt. Ganz einfach, nicht wahr?«

Intelligentere Leute hätten an diesem Punkt über seinen kleinen Scherz geschmunzelt. Die drei vor ihm verzogen keine Miene. Einer der Stühle knackte, als der Mann darauf hin und her rutschte. Er würde sie bestrafen, indem er den Vortrag um weitere zehn Minuten verlängerte.

Schließlich war er fertig, und die Männer erhoben sich

steif. »Professor Li, meine Kollegen und ich fanden Ihren Vortrag sehr interessant. Leider ist unsere Zeit hier beschränkt. Dürfen wir jetzt bitte sehen, wie Ihr Verfahren funktioniert?«

Li erwiderte den Blick des Mannes, der gesprochen hatte, aber der ließ sich nicht einschüchtern. »Sehr wohl.« Li schaltete den Diaprojektor aus. »Wenn Sie mir bitte folgen würden.«

Lis Assistent hielt sich im Labor bereit. Li nickte ihm zu und beschrieb, zu seinen Gästen gewandt, mit der Hand, einen Halbkreis. »Wenn Sie sich bitte hierher stellen würden.«

Die drei Männer taten es.

»Das Verfahren zur Herstellung einer Beschichtung aus Diamantfilm, das ich entwickelt habe, entspricht im wesentlichen dem Prozeß der Natur. Kohlenstoff. Hitze. Druck. Es gibt jedoch einen Unterschied. Die Zeit. In diesem Labor können wir an einem einzigen Tag produzieren, wozu die Erde dreitausend Millionen Jahre benötigt.«

Die drei Männer traten näher, um sich die Anlage genauer anzuschauen. Li legte die Hände hinter dem Rücken zusammen. »Ich werde nun so einfach, wie es mir möglich ist, die einzelnen Stadien des Verfahrens erklären. Wenn der Brennofen eingeschaltet wird, bombardieren einander überschneidende Strahlen zahllose Kohlenstoffatome. Die Energie, mit der ein Atom mit einem anderen kollidiert, reicht aus, um sie miteinander verschmelzen zu lassen. Ich habe vorhin die kristalline Natur natürlicher Diamanten erklärt, und Sie werden sich vielleicht erinnern, daß kein auf natürliche Weise entstandener Diamant vollkommen makellos ist?«

Die drei Besucher nickten pflichtschuldigst.

»Sehr gut. Makel oder Unreinheiten, und seien es noch so winzige, sind an den Stellen zu entdecken, wo einzelne Kristalloberflächen aufeinandertreffen. Der Diamantfilm, den wir hier herstellen, hat nicht die regelmäßige kristalline

Struktur natürlicher Diamanten. Was wir produzieren, läßt sich deshalb als perfekter Diamantfilm bezeichnen. Dichter. Härter. Ohne jede Unreinheit.«

Die Männer standen beeindruckt und schwiegen, bis Lis Assistent zehn Minuten später eine kleine Luke an der Seite des Brennofens öffnete. Die Männer beugten sich vor.

»Da ist unser Diamantfilm, meine Herren.« Li erlaubte sich ein bescheidenes Lächeln.

Die Männer richteten sich wieder auf und blickten sich an. Li betrachtete sie verächtlich. Sie hatten kein Wort verstanden.

Einer der Besucher räusperte sich. »Eine sehr aufschlußreiche Demonstration, Professor.«

Li steckte die Hände in die Taschen seines weißen Kittels. Aufschlußreich. Das war alles, was sie zu sagen hatten. Aufschlußreich. Seine Geduld war am Ende, und er erklärte, es sei an der Zeit, einen kleinen Imbiß zu nehmen.

Hendrik hielt mitten im Satz inne, als Martina die Wohnzimmertür öffnete. Er zwinkerte Johannes kurz zu. Sie starrte die beiden an. Hendrik hatte sicher gerade einen seiner vulgären Witze zum besten gegeben. Er leerte sein Whiskyglas und stand auf. »Zeit, daß ich mich verziehe.«

Johannes lachte nervös. »Hör zu, warum bleibst du nicht? Ich möchte nicht, daß du denkst . . .«

»Ich würde mir nicht einfallen lassen, ein Souper meiner kleinen Schwester zu ruinieren. Ich kenne meinen Platz.« Er schlug Johannes auf die Schulter. »Viel Spaß, und denk daran, seid vorsichtig, wenn ihr schon nicht brav sein könnt.« Martina blickte genervt zur Decke. Wenn Hendrik noch eine einzige Anspielung machte, würde sie ihn ohrfeigen. Johannes lachte gequält. »Gleichfalls, Hendrik.«

Martina seufzte erleichtert, als die Wohnungstür mit einem Knall ins Schloß fiel.

Johannes stand auf. »Kann ich dir in der Küche helfen?«

»Nein, vielen Dank, das Essen ist praktisch fertig.«

Johannes schob die Hände in die Taschen. Er glaubte, etwas sagen zu müssen, obgleich sie ein bißchen gereizt wirkte. »Es geht mich zwar nichts an, aber ich finde, du hättest Hendrik bleiben lassen sollen. Ich hätte nichts dagegen gehabt.«

»Aber ich«, erklärte sie mit Nachdruck. »Du vergißt, daß ich den ganzen Tag mit ihm arbeiten muß. Und dann erwartet er, daß ich nach Haus komme und ihn bediene. Ich brauche eine *Atempause*, Johannes.«

Er leerte sein Glas. »Was du brauchst, ist Urlaub.«

Sie sah ihn warnend an. »Was soll das heißen?«

»Es heißt, daß du mal weg mußt von allem. Du hast das ganze letzte Jahr wie eine Sklavin geschuftet. Diese Sache mit deinem Vater setzt dir sehr zu. Du bist erschöpft. Darf ich dich als guter Freund vielleicht daran erinnern, daß man unter solchem Dauerstreß Gefahr läuft, die Dinge nicht mehr in der richtigen Perspektive zu sehen? Hendrik ist nicht schlecht, weißt du. Versuch einfach, dich nicht immer mit ihm zu streiten.«

»Wer streitet mit wem?«

»Du weißt, was ich meine, Martina. Ihr beide habt miteinander gestritten, solange ich zurückdenken kann. Sicher, er ist ein Machotyp. Ignoriere ihn doch einfach.«

Sie lachte. »Hendrik ist ein Schlappschwanz. Große Klappe und nichts dahinter.«

»Das kann ich nicht beurteilen. Ich erinnere mich aber, daß er mich mal davor bewahrt hat, von ein paar Jungs von der anderen Seite des Flusses verprügelt zu werden. Als Junge habe ich ihn beneidet.«

»Du! Hendrik beneidet! Worum könnte man Hendrik beneiden?«

»Er war gut in allem. In der Schule. Beim Sport. Bei den Mädchen. Bei den Sachen, bei denen ich nicht gut war.«

»Du bist ein sehr guter Freund, Johannes. Das ist das, worauf es ankommt.«

»Dann hör auf mich. Weißt du, wann dein Vater aus dem Krankenhaus entlassen wird?«

»In ein paar Tagen, wenn er weiter so gute Fortschritte macht.«

»Wenn er wieder zu Hause ist, machst du ein paar Tage Urlaub.« Er drückte ihren Arm. »Du hast es nötig.«

Sie schüttelte den Kopf. »Es geht nicht, wirklich nicht. Wenn ich es tue und zurückkomme, werde ich wahrscheinlich feststellen, daß in meinem Büro ein anderer sitzt.«

»Das ist doch lächerlich.«

»Sei nicht so sicher. Er redet fortwährend von Änderungen. Ich habe den Verdacht, daß ich eine davon sein werde.«

»Das würde dein Vater nicht zulassen, und du weißt es.«

»Ich weiß es leider nicht.« Sie blickte ihn von der Seite an. »Dir ist doch auch klar, daß ich nur Lückenbüßerin war.«

Johannes seufzte. »Ich weiß, die Entscheidung deines Vaters ist schlimm für dich, aber . . . wenn man die Sache logisch betrachtet, hatte er kaum eine andere Wahl.«

Sie rieb sich die Augen. »Ich habe es satt, ewig diejenige zu sein, die alles logisch betrachten soll. Die Dinge logisch zu betrachten, heißt doch nur, zu allem ja und amen zu sagen, was Vater und Hendrik wollen.«

»Komm, setz dich hin. Martina, ich weiß, wir wollten eigentlich nie wieder darüber sprechen. Aber wenn du willst, daß wir heiraten, hätte ich nach wie vor nichts dagegen.«

Sie sah ihn verblüfft an. »Warum sollten wir denn?«

»Ich dachte nur, es sei vielleicht das, was du möchtest. Wir sind gute Freunde, und ich bin sicher, es würde funktionieren.«

Sie sah zu Boden. Wenn sie heiratete, würde sie mehr als Freundschaft von ihrem Mann haben wollen und sich nicht damit zufriedengeben, daß es funktionierte. Das Gespräch erinnerte sie an die Unterhaltung, die sie mit ihrem Vater gehabt hatte. Martina trank einen Schluck von dem weißen

Portwein. Sie konnte Johannes nicht sagen, was sie wirklich dachte, es würde ihm weh tun. Sie seufzte leise und lächelte ihn herzlich an. »Ich denke, wir geben bessere Freunde als Ehepartner ab.«

Er drückte ihre Hand. »Aber was willst du tun?«

»Tun?«

»Ja, tun! Martina, du mußt dich entscheiden. Bist du bereit, dich mit der Situation abzufinden und mit Hendrik zu arbeiten, oder fühlst du dich imstande, dich abzunabeln?«

Sie starrte ihn an. »Du meinst, mich von Van den Fleet zu trennen?«

»Es ist eine Möglichkeit, die man erwägen sollte.«

Sie machte ein Gesicht, als hätte sie die Bedeutung seiner Worte noch nicht recht erfaßt. Dann stellte sie ihr Glas auf den Beistelltisch neben dem Sofa. »Du bist manchmal sehr sonderbar, Johannes. Du sagst die ungewöhnlichsten Sachen.«

»Was ist ungewöhnlich an dem, was ich gesagt habe?«

Sie überlegte einen Moment und lachte dann gezwungen. »Nichts, wenn man ernsthaft darüber nachdenkt.« Sie griff nach seiner Hand. »Komm, essen wir.«

Er ließ sich vom Sofa ziehen. »Und beim Essen werden wir deinen Urlaub planen.«

Sie nickte. Als sie an der Tür waren, kam ihr plötzlich ein Gedanke. »Ich denke, wenn Vater nach Hause gekommen ist, könnte ich in der Tat das Angenehme mit dem Nützlichen verbinden. Ich könnte für ein verlängertes Wochenende nach Genf fliegen.«

Er grinste. »Aha, Mr. Yasim ist wieder im Lande, stimmt's?«

»Das trifft sich doch gut, oder?« Sie öffnete die Küchentür und drehte sich dann zu ihm um. »Du magst ihn nicht, wie?«

Er zuckte mit den Schultern. »Ich finde die Kombination von Reichtum und Arroganz abstoßend.«

Sie lächelte vor sich hin. Nicht, wenn sie mit einer unwiderstehlichen erotischen Anziehungskraft verbunden war.

Als der Kellner zum Tisch geeilt kam, zeigte Christian Debilius auf die beiden leeren Cognacschwenker. »Bitte noch mal das gleiche, Royston.«

»Sehr wohl, Sir.«

Christian sah Beni Yasim an, der vis-à-vis am Tisch saß. »Was halten Sie von diesem Lokal?«

Beni neigte den Kopf. »Ich wußte gar nicht, daß es in New York einen so hervorragenden Service gibt.«

Christian lachte. »Es gibt ihn auch nur hier. Der Laden gehört nämlich mir.«

»Aha. Das also ist Ihr Geheimnis.« Beni hielt seine Zigarre behutsam über den Rand des Aschenbechers und ließ die Asche hineinfallen. »Sind Restaurants neuerdings Ihr Hobby, oder soll man mehr daraus schließen?«

Christian lachte wieder. »Ich habe nicht die Absicht, vorzeitig in den Ruhestand zu gehen, wenn Sie das meinen.«

»Wenn ja, wäre es ein großer Verlust für die Diamantenbörse.«

»Sie würde es überstehen. Niemand ist unersetzlich.«

Der Kellner kam zurück. »Ihr Cognac, Mr. Debilius.« Beni wärmte den Cognac mit seiner Hand. »Vergessen wir nicht, daß Sie die Börse zu dem gemacht haben, was sie ist, Christian. Die Mitglieder würden es keinen Moment bestreiten, selbst wenn sie finden, daß Sie dann und wann auf ihre Kosten gehandelt haben.«

Christian lehnte sich mit einem amüsierten Ausdruck zurück. Er zog an seiner Zigarre und blies einen perfekten Rauchring in die Luft. »Niemand wird gezwungen, drin zu bleiben, wenn er nicht will. Das wissen alle.«

»Das Problem ist aber, daß sie nicht wissen, wohin sie sonst gehen sollten, mein Freund.«

»Vielleicht. Übrigens, kennen Sie Van den Fleet in Antwerpen?«

»O ja. Wir machen regelmäßig Geschäfte miteinander. Sie haben die attraktivste Diamantenhändlerin, die mir je über den Weg gelaufen ist.«

»Ah, die Tochter. Ja, da muß ich Ihnen recht geben. Übrigens, ihr Bruder Hendrik ist kürzlich aus Zaire zurückgekommen. Er übernimmt die Firma. Der alte Van den Fleet zieht sich ins Privatleben zurück. Nicht zu früh, wenn ich das sagen darf. Er war zu seiner Zeit ein guter Mann, aber ... Sie wissen schon.«

Beni sah ihn überrascht an. Er hätte erwartet, daß Martina ihm diese Neuigkeit berichtet hätte. Aber andererseits war es vielleicht verständlich. Sie redete so gut wie nie über ihren Bruder.

»Sie scheinen überrascht zu sein, Beni.«

Beni zuckte mit den Schultern. »Ja, ein wenig. Sie sagen, er übernimmt die Firma. Ich hätte gedacht, sie würde von beiden Kindern weitergeführt.«

»Ich nehme an, bis zu einem gewissen Grad wird sie das auch. Hendrik wird Martina sicher das Administrative überlassen. Wäre eine vernünftige Lösung.«

»Er ist optionsberechtigt, nicht wahr?«

»Ja.« Christian beugte sich vor. »Unter uns gesagt, das ist ein Teil des Geschäfts von Van den Fleet, der dringend erweitert werden muß. Hendrik weiß das natürlich. Ein guter Mann. In vieler Hinsicht wie sein Vater.«

Beni ließ seinen Zigarrenstummel in den Ascher fallen. Da das Thema Geschäfte angeschnitten war, war es an der Zeit, seinen Begleiter über die Unzufriedenheit seiner Klienten zu informieren.

Beni war Direktor einer internationalen Wirtschaftsberatung mit Sitz in Paris. Es war ein vollkommen legales Unternehmen, das nebenbei die Fassade für seine Tätigkeit als persönlicher Unterhändler der Arab Trustee Corporation abgab. Diese Organisation war von einer Gruppe Kuwaitis gegründet worden, um unauffällig in westliche Unternehmen investieren zu können; sie glaubten, Geheimhaltung sei eine Voraussetzung für Erfolg.

Beni hielt seinen Cognacschwenker unter die Nase und atmete das köstliche Bouquet ein. »Es freut mich zu hören, daß Sie sich für eine Expansion des Geschäfts interessieren, mein Freund.«

Christian kniff die Augen ein wenig zusammen. Beni gehörte zu den Leuten, die nicht die kleinste Gelegenheit verpaßten.

»Meine Klienten sind besorgt, weil die Verhandlungen mit Ihnen noch kein beiderseitig zufriedenstellendes Ergebnis gezeitigt haben.«

»Sie werden es. Beide Seiten brauchen nur ein bißchen Zeit.«

»Wieviel ist ein bißchen?«

»Ein paar Monate. Es kommt darauf an.«

»Worauf?«

»Darauf, daß Ihre Klienten sich mit der Tatsache abfinden, daß ihnen nicht auf Kosten anderer eine Vorzugsbehandlung zuteil wird.«

»Wäre das zwangsläufig der Fall?«

»Hören Sie!« Christian seufzte gereizt. »Ihre Leute wollen, daß die Diamantenbörse ihnen dreißig Prozent mehr Rohware liefert. Ihr Kontingent ist bereits um zehn Prozent höher als das der anderen Mitglieder.«

»Liegt das nicht daran, daß sie mehr verkaufen können als andere Mitglieder, mein Freund? Meine Klienten finden, daß sie für die Schaffung eines größeren Marktes bestraft werden. Um die unzulänglichen Zuteilungen der Diamantenbörse zu kompensieren, müssen Sie auf dem freien Markt kaufen. Gute Nachrichten für die attraktiven und cleveren Martina Van den Fleets dieser Welt. Schlechte Nachrichten für meine Klienten.«

»Es sind nicht nur gute Nachrichten für die Händler, Beni. Das wissen Ihre Klienten sehr gut. Sie machen Gewinne. Aber wenn das Geschäft nachläßt, was es manchmal tut, beklagen sie sich dann etwa, weil sie mit großen Lagerbeständen dasitzen? Ihre Klienten sollten eine Lektion von ihnen lernen. Sie sollten lernen, daß es in der Branche auf und ab geht. Es ist kein Spiel für Leute mit schwachen Nerven.«

Beni schwenkte sein Glas. Es war ihm recht, einem Vortrag von Christian zuzuhören, wenn damit eine wichtige Frage beantwortet wurde.

Christian zog sich den Aschenbecher her und drückte den Stummel seiner Zigarre heftig aus. »Ich bin dieses fortwährenden Klagelieds wirklich überdrüssig.«

Beni nickte. »Sie wissen, daß ich nur der Übermittler der Nachrichten bin.«

»Natürlich. Ich nehme es Ihnen nicht übel.«

»Meine Klienten reagieren normalerweise nicht auf Gerüchte, aber es gibt da ein begründetes Gerücht . . ., daß die Diamantenbörse nämlich beabsichtigt, die Kontingente der Israelis zu erhöhen.«

Christian sah ihn scharf an. »Begründet? Wenn Ihre Klienten einen Beweis haben, dann auf den Tisch damit. Was mich betrifft, so kommt es überhaupt nicht in Frage, die Quote der Israelis zu erhöhen. Was glauben Sie, warum die Verhandlungen mit Ihren Klienten so diskret geführt werden? Wenn die Börse ihnen auf einem Tablett servierte, was sie haben wollen, würden die Israelis Zeter und Mordio schreien.«

Beni entkrampfte seine Schultern. Er hatte genau das gehört, was er hören wollte; die Reise nach New York und das Dinner mit Christian waren aus eben diesem Grund geplant worden.

Christian faltete die Hände und preßte die Finger aneinander. »Ich wünschte, die Leute würden sich mehr nach Fakten richten und weniger nach Gerüchten. Ohne Kontingentierung, ohne feste Preise würde der Diamantenmarkt morgen zusammenbrechen. Die Börse sorgt dafür, daß das Preisniveau gehalten wird. Das ist der Schutz, den wir geben.« Er wiegte seine gefalteten Hände auf dem Tisch hin und her. »Wenn jemand austreten und die Katastrophen Anfang der achtziger Jahre noch einmal erleben möchte, bitte. Ansonsten wird er sich nach den Beschlüssen der Diamantenbörse richten müssen.«

Beni nickte wieder, als stimme er all dem uneingeschränkt zu. Er fuhr mit dem Daumen am Glas entlang. Es war gut, daß auch die Israelis offenbar nicht ihren Willen bekommen würden.

Beni sah auf seine Uhr. »Wenn Sie mich nun entschuldigen würden, mein Freund.«

Christian gab dem Kellner ein Zeichen. »Ich bitte Sie, Beni. Wann startet Ihr Jet?«

»Um Mitternacht.«

»Ich werde Sie zum Flughafen bringen.«

»Vielen Dank.«

Die beiden Männer blieben einen Moment auf den Eingangsstufen des Restaurants stehen. Christian schaute die stille Straße hinauf und hinunter. »Ah, da kommt ja unser Wagen.«

Vor ihnen hielt ein metallicgrauer Cadillac, und der Chauffeur stieg aus, um ihnen die hintere Tür zu öffnen. Christian gab Beni ein Zeichen, vor ihm einzusteigen. »Übrigens, Hendrik Van den Fleet wird im nächsten Monat groß kaufen. Wenn Sie interessiert sind, werde ich es ihm gegenüber erwähnen.«

»Mir wäre es lieber, wenn Sie mein Interesse an seiner Schwester erwähnten. Ich finde ihn nicht so attraktiv wie sie.«

Christian schmunzelte. »Viel Glück. Ich habe es einmal bei ihr versucht, aber ich muß gestehen, leider ohne großen Erfolg.«

»Bei Frauen ist es keine Frage des Glücks, sondern des richtigen Zeitpunkts, mein Freund. Die richtige Zeit und die richtige Umgebung, das ist alles.«

Christian zog den Kopf ein und stieg zu Beni in den Cadillac. Als Debilius Platz genommen hatte, sagte Beni: »Es würde meine Geschäfte übrigens sehr erleichtern, wenn ich meinen Klienten mitteilen könnte, daß das Kartell definitiv zugesagt hat, die Quoten der Israelis nicht zu erhöhen.«

Christian wandte den Kopf und schaute aus dem dunkel beschichteten Seitenfenster. »Ich habe etwas gegen diese Formulierung, Beni.«

»Verzeihen Sie. Daß die *Interkontinentale Diamantenbörse* die Quoten der Israelis nicht *definitiv* erhöhen wird?«

»Das können Sie Ihren Klienten ruhig sagen.«

»Danke, mein Freund. Ich bin Ihnen einen Gefallen schuldig.«

»Ich werde daran denken.«

Das New Yorker Diamantenzentrum lag zwischen der Fifth Avenue und der Sixth Avenue, an der 47. Straße. Tony Bergman, der Leiter des amerikanischen Diamantenhändlerverbands, gehörte zu seinen wichtigsten Repräsentanten. Er war ein stämmiger Mann Anfang Fünfzig, der sich betont leutselig gab, in der Branche jedoch den Ruf eines knallharten Händlers hatte.

James Wu sah gespannt auf, als Roz, Tony Bergmans Assistentin, zurückkam. »Entschuldigen Sie, Mr. Bergmans Anruf dauert außergewöhnlich lange, Mr. Wu. Kann ich Ihnen noch eine Tasse Kaffee bringen?«

»Nein, vielen Dank. Ich habe diese noch nicht einmal ausgetrunken.«

Sie lächelte und warf einen Blick auf das Telefon auf ihrem Schreibtisch. Die Leitung war immer noch besetzt. Als das rote Licht endlich erlosch, stand sie rasch auf. »Ich glaube, Mr. Bergman ist jetzt frei. Ich schaue nur schnell nach, Mr. Wu.«

»Vielen Dank.« James leerte seine Tasse. Sein Gehirn vermittelte das Gefühl, als habe jemand seinen Schädel mit leichten Hammerschlägen bearbeitet.

Roz kam aus Tonys Büro zurück, und Tony überholte sie

mit schnellen Schritten. Er streckte beide Hände aus: »James! Es ist lange her. Schön, Sie wiederzusehen. Ich hoffe, Roz hat Sie nicht vernachlässigt.«

James wirbelte der Kopf, als er versuchte, die Fragen in der richtigen Reihenfolge zu beantworten. Er gab es auf und begnügte sich damit, dem Amerikaner die Hand zu drücken. Er biß die Zähne zusammen und lächelte krampfhaft, als einer seiner Knöchel unter dem schraubstockhaften Druck knackte.

»Entschuldigen Sie, daß ich Sie warten ließ. Kommen Sie doch in mein Büro.«

James folgte Tony. Er verlor beinahe das Gleichgewicht, als Tony unvermittelt stehenblieb. »Lunch im Club, okay, James?«

»Äh . . . ja. Danke.«

Tony zeigte auf das Telefon. »Meinen Stammtisch, Roz. Für halb eins.« Er drehte sich um und öffnete die Tür zu seinem Büro, trat dann zur Seite und ließ James vorgehen.

Die Diamanten waren erstaunlich rasch begutachtet worden und lagen nun vor Tony aufgereiht. Er sah James an, als stellten sich ihm eine Menge Fragen und er sei mit den Antworten nicht glücklich. »Sie haben da Qualitätsware, James.«

James lächelte rasch. »Ich handele nur mit Qualität.«

»Sicher. Sie sind glücklich mit der Quelle?«

»Ja, natürlich.«

»Wer ist es?«

»Das darf ich nicht sagen.«

»Verkaufen Sie?«

»Bis jetzt habe ich keinen Auftrag.«

Tony bewegte die Lippen, als kaute er auf etwas herum. Sein Instinkt sagte ihm, sicherheitshalber einen anderen Fachmann zu Rate zu ziehen. Wenn er nicht den Verstand verloren hatte, waren die Steine echt, aber diese Typen aus Hongkong waren gerissen, und er hatte keine Lust, als obskurer Gutachter zu enden. Er schob seinen Stuhl zurück, stand auf und zog seine Hose hoch. »Was dagegen, wenn ein Kollege einen Blick auf die Steine wirft, James? Ich gebe dem Nachwuchs gerne Gelegenheit, Erfahrungen zu sammeln.«

»Nein, nicht im geringsten.« James spannte die Schultern an. Bergmans Begründung war eine Lüge gewesen. Er war sich offenbar nicht sicher. James' Mund fühlte sich plötzlich trocken an. Ihm war bewußt, daß Bergman ein Problem werden würde.

»Okay, James, geben Sie mir ein paar Minuten. Roz wird Ihnen einen Kaffee bringen.« Bei dem Gedanken an noch mehr Kaffee stieg eine leichte Übelkeit in James auf.

Tony beugte sich nach unten und flüsterte Roz ins Ohr: »Die Diamantenbörse, aber bitte schnell.«

Ihre Hand bewegte sich zum Hörer, als er noch nicht einmal ausgeredet hatte.

»Ist Max frei?«

»Er bekommt in fünf Minuten einen Kunden.«

»Hinhalten. Ich brauche Max für zehn.«

»In Ordnung.«

Max war Tonys Vetter zweiten Grades. Er sah auf, als Tony in sein Büro platzte.

»Geht es schnell? Ich habe in einer Minute einen Kunden. Der Mann ist pünktlich wie die Uhr.«

Tony hielt eine Hand hoch. »Ich weiß. Was würdest du sagen, wenn ein Händler aus Hongkong dich bittet, ein Lot Steine zu begutachten, und derselbe Händler hat laut den neuesten Unterlagen der IDB sein ihm zustehendes Kontingent schon komplett verkauft?«

Max zog die Augenbrauen hoch. »Ich würde sagen, er hat Schwein gehabt.«

»Max!«

»Schon gut. Ich würde ihm ein paar freundliche Fragen stellen.«

»Das habe ich eben getan, und ich habe ein paar unfreundliche Antworten gekriegt.«

»Diskretion ist der Name des Spiels, Onkel. Was stört dich?«

»Was soll das heißen, was stört mich? Hör zu, mein Name unter einem Zertifikat steigert den Verkaufspreis um fünfzig Prozent, oder bin ich zu bescheiden?«

»Du kannst sechzig sagen.«

»Und es bedeutet, daß Debilius aus den Latschen kippt, wenn diese Klunker plötzlich auf den Markt kommen, ohne die Diamantenbörse passiert zu haben. Vielleicht wird er dann dafür sorgen, daß auch ich aus den Latschen kippe, wenn mein Name auf dem Zertifikat steht.«

Max verschränkte die Hände hinter dem Kopf. »Wie wir hören, sind siebzig Prozent der geschliffenen und polierten Steine in den Büchern registriert. Nach dem Zusammenbruch der Börsencomputer sind es vielleicht nur noch fünfzehn. Wie auch immer. Du siehst dir also einen Teil der nicht dokumentierten dreißig Prozent an. Es ist nicht dein Problem. Er ist das Problem der IDB.«

Tony fuhr sich mit den Fingern durchs Haar. »Es ist jedermanns Problem. Wenn diese Steine aus China kommen, gibt es da noch mehr? Wir haben schon genug Schwierigkeiten damit, daß die Russen versuchen, den Markt mit geschliffener Ware zu überschwemmen. Max, als Leiter des Verbands muß ich verantwortlich handeln.«

»Soll ich sie begutachten?«

»Nein, ich werde den Burschen ein bißchen schwitzen lassen. Vielleicht macht ihn das gesprächiger. Aber ich würde nicht nein sagen, wenn du einen Blick auf die Steine werfen möchtest.«

»Gut. Gib mir zwanzig Minuten, und ich komme.«

»In Ordnung.«

James ließ seine Daumen im Uhrzeigersinn umeinander rotieren, dann im Gegenuhrzeigersinn. Er schob den Jakkenärmel hoch und sah auf die Uhr. Wenn Bergman sich aus irgendeinem Grund weigerte, ein Zertifikat auszustellen, wäre das ein schwerer Schlag für James' Ruf. Sein Gesicht rötete sich vor nervöser Anspannung, als er sich vorstellte, wie überall auf der Welt Telefone klingelten und ein roter Strich unter den Namen James Wu gezogen wurde. Die Tür wurde geöffnet.

»Tut mir leid, daß ich Sie habe warten lassen, James. Mein Kollege wird länger aufgehalten, als ich dachte. Sollen wir einen frühen Lunch nehmen?«

»Ich . . . äh . . . Ich würde die Sache gern so schnell wie möglich erledigen.«

»Klar. Legen wir eine kleine Pause ein. Mein Kollege, Max, ist um eins frei. Ich möchte, daß er das Lot sieht, das Sie uns gebracht haben.« Tonys sonst so leutseliger Ton hatte etwas Unerbittliches bekommen.

James gab sich geschlagen.

Max ließ sich bei der Prüfung der Steine Zeit. Einige untersuchte er ein zweites Mal, aber er gab dabei keinen Kommentar ab. Als er schließlich fertig war, blickte er zu James hoch. »Hübsche Ware haben Sie da.«

»Ja, nicht schlecht.«

»Chinesisch?«

»Man hat mir nichts über den Ursprung gesagt.«

»Hätte auch nicht gedacht, daß es so etwas noch gibt in China. Nicht nach der Kulturrevolution.«

Tony sah Max an, und Max nickte fast unmerklich.

Nachdem er mit James ins Büro zurückgegangen war, hatte Tony seinen Neffen rasch über die Unterhaltung im Club informiert. Er hatte hart arbeiten müssen, um James' fernöstliche Zurückhaltung zu brechen, aber er hatte ihn zuletzt dazu gebracht, seine persönliche Meinung zu äußern: Die Diamanten könnten aus Rußland stammen. Nur eine Möglichkeit, eine von mehreren. Die Russen waren dafür berüchtigt, geschliffene Steine ohne Wissen der Interkontinentalen Diamantenbörse auf den freien Markt zu schleusen, aber James hatte das Gefühl, jemand versuche nur, sich zu vergewissern, daß ihre Versicherung noch gültig sei. Es passierte von Zeit zu Zeit.

Max' kurzes Nicken bedeutete, daß er mit Tony übereinstimmte: Die Diamanten waren echt, und es war nicht ihre Aufgabe, den Namen des Eigentümers an die Wand der Diamantenbörse zu schreiben. Tony legte James die Hand auf die Schulter. »Das Zertifikat kann in einer halben Stunde fertig sein.«

James streckte die Hand aus. »Ich danke Ihnen für Ihre Hilfe.«

»Ich bin jederzeit für Sie da. Sie brauchen nur ein Wort zu sagen.« Tony ergriff James' Hand und schüttelte sie einige Male. »Und vergessen Sie nicht, was ich gesagt habe. Wenn Sie verkaufen wollen, wir wollen kaufen. Das erste Angebot an mich, okay?«

»In Ordnung, Tony.« James legte die Hände hinter den Rücken und massierte diskret die Hand, die Tony in seinen Schraubstockgriff genommen hatte. Zwei hatte er erledigt, zwei lagen noch vor ihm. Chaim Eichler in Tel Aviv und Mark Singh in Bombay.

Candy Lai rauschte in das Schmuckgeschäft »Fascination« und sah die junge Verkäuferin von oben herab an. »Guten Morgen, Miss Lai, nicht wahr?«

»Ja.«

»Darf ich Ihren Mantel nehmen, Madam?«

»Nein. Wo ist Anna?«

»Sie ist hinten in der Werkstatt, Miss Lai. Sie ist im Moment sehr beschäftigt. Sie arbeitet an einem besonderen Auftrag.«

»Wirklich?« Candy blickte sich um, als fände sie die Mitteilung höchst belanglos.

»Wenn Sie einen Augenblick warten würden, Miss Lai, werde ich sie holen.«

»Danke.« Candy wartete, bis das Mädchen den Verkaufsraum verlassen hatte, und zog dann ihren Zobel aus. Sie legte ihn so über einen Stuhl, daß das innen eingenähte Etikett zu sehen war.

Anna schob ihre Schutzbrille hoch, als Sin-Mei den Kopf durch die Tür steckte. »Entschuldigen Sie, Miss Wu, aber Miss Lai ist im Laden.«

Anna runzelte ärgerlich die Stirn. »Können Sie sie nicht bedienen? Ich habe zu tun. Wer ist sie überhaupt?«

»Sie wissen doch, Miss Wu, die mit dem Zobelmantel.«

»Ach, *die.* Sie hält einen nur auf. Als sie letztes Mal kam, hat sie sich eine halbe Stunde lang alles zeigen lassen und kein einziges Stück gekauft.« Anna seufzte. »Sagen Sie ihr, ich komme.«

»Ja, Miss Wu.«

Anna strich ihre Haare zurück. Candy Lai würde wahrscheinlich wieder nichts kaufen, aber wenn man sie zuvorkommend behandelte, könnten Freunde von ihr kommen und Geld dalassen.

Anna Wu hatte eine Goldschmiedelehre gemacht und eine Schule für Schmuckdesign besucht. Ihre Entwürfe verkauften sich einigermaßen, aber Geld hatte sie vor allem damit verdient, daß sie die Entwürfe anderer, und sei es nach Schmuckanzeigen aus einem Magazin, meisterhaft kopierte.

Drei Jahre nach der Eröffnung stand »Fascination« in dem Ruf, erstklassigen Schmuck zu einem Bruchteil des Preises zu liefern, der in Paris oder New York verlangt wurde. Anna war außerdem bekannt für ihre Diskretion. Sie sorgte wenn irgend möglich dafür, daß gute Kundinnen einander nie mit dem gleichen Schmuckstück begegneten.

Anna lächelte höflich. »Guten Morgen. Kann ich Ihnen helfen?«

Candy zog ein Seidenkleid aus einer Tasche und warf es über einen Stuhl. »Ich habe es bei Jooles gekauft. Ich wollte nur etwas Einfaches für den Jockey Club haben.« Sie hielt inne, damit die Information auch ankam. »Wir haben immer eine Party zur Feier des ersten Rennens der Saison. Von meinem Schmuck paßt nichts dazu.«

Anna blieb kühl und nahm das Kleid hoch. »Würden Sie es sich vielleicht anhalten? Ich glaube, ich habe da etwas.«

Candy hielt sich das Kleid vor. Sie glättete den Besatz des tiefen V-förmigen Ausschnitts. Anna nickte vor sich hin. »Ja, ich habe eine Perlenkette mit einer wunderschönen, mit einem rosa Brillanten besetzten Schließe.« Sie schnippte mit den Fingern in Richtung Sin-Mei. »Holen Sie mir die Kette ›Ewige Rose‹.«

Sin-Mei eilte aus dem Raum.

»Wenn Sie bitte hierherkommen und sich vor den Spiegel setzen würden.« Anna lächelte zuckersüß. Sie war entschlossen, sich für die verschwendete Zeit beim letzten Besuch zu entschädigen.

Sie legte Candy die Perlenkette um. Candy betrachtete ihr Bild im Spiegel. Ihr Herz klopfte schneller. Die Kette war perfekt. Die Farbe des Brillanten war einen Ton heller als das Kleid. Die Kette wurde abgenommen und vor Candy auf den Tisch gelegt. Anna lächelte wieder. »Wir hätten auch eine Paradiesvogelbrosche, die sehr gut zu dem Kleid passen würde, aber Perlen schmeicheln dem Teint so ungemein, nicht wahr?«

Candy spähte nach dem ärgerlich kleinen Preisschild an der Kette und wandte den Blick ab. Sie kostete mehr als das neue Auto, das Fang Ka-Shing ihr letzten Monat geschenkt hatte.

»Sie ist ein Einzelstück. Ich kann Ihnen garantieren, daß niemand etwas tragen wird, das ihr auch nur entfernt ähnelt, Miss Lai.«

Candy sah wieder auf ihr Bild im Spiegel und machte einen Schmollmund. Fang wollte natürlich stolz auf sie sein im Jockey Club. Ihr Finger glitt liebkosend über die Brillantschließe. »Ich nehme sie.« Sie stand auf und ging zu ihrem Mantel. »Lassen Sie sie morgen bringen.«

Sin-Mei eilte zu ihr und half ihr, den Zobel über ihre Schultern zu legen. Anna lächelte wieder zuckersüß und wagte nicht, an ihr Glück zu glauben. »Wir könnten sie Ihnen auch heute nachmittag bringen, Miss Lai.«

Candys Augen weiteten sich einen Moment lang begehrlich. Doch sie mußte Fang Ka-Shing erst sprechen, ehe sie das Collier zahlen konnte. »Hm ... nein. Ich bin mit Freunden verabredet. Morgen paßt es besser.«

»Sehr wohl, Miss Lai.«

Auf der Straße schaute Candy auf ihre Uhr und beschloß, im La Traviata, dem neuen italienischen Restaurant in Lan Kwai Fong, zu Mittag zu essen. Nach einigen Schritten nahm sie den Mantel wegen der drückenden Schwüle von den Schultern und legte ihn über den Arm. Wenige Meter vor ihr hielt ein goldfarbener Mercedes am Bordstein; sie schaute hin. Das hintere Seitenfenster glitt herunter. Frankie Heung steckte den Kopf ins Freie. »Irgendwas sagt mir, daß du Hunger hast, Süße.«

Sie kicherte nervös.

»Steig ein.«

Die hintere Tür wurde geöffnet, und sie stieg schnell ein. Frankie legte den Arm auf die Rückenlehne. »Wann siehst du deinen Freund?«

»Äh ...« Sie glättete den Pelz mit der Hand.

»Du erinnerst dich doch an unser kleines Gespräch, Candy.« Seine Hand glitt zu ihrem Nacken und drückte ihn so fest, daß sie zusammenzuckte.

»O ja, Frankie. Ich erinnere mich an jedes Wort. Ich sehe ihn heute abend.«

»Gut.« Er nahm die Hand fort. »Ich spendiere dir 'nen Hamburger im Rib Shack.«

»Es gibt ein neues italienisches ...«

»Ich sagte im Rib Shack, Süße. Besorg mir was über Fang, und ich werde darüber nachdenken, ob wir die Preisklasse wechseln können. Okay?«

»Ja, Frankie.« Sie sah schmollend auf ihren Pelzmantel hinunter. Nach einigen Sekunden ließ sie sich beruhigt zurücksinken. Ihr war eingefallen, daß Fang ihr alles würde kaufen müssen, was sie wollte, wenn sie ihn ein bißchen erpressen könnte.

Hendrik Van den Fleet schob die Schultern vor und sah zornig aus dem Fenster. Er hatte in seiner Naivität geglaubt, ein vernünftiges Gespräch mit Martina führen zu können, aber sie hatte wieder einen ihrer Wutanfälle bekommen. Er hatte sie nur gebeten, um Vaters willen aus der Wohnung auszuziehen.

Martina saß auf dem Sofa und warf einen angewiderten Blick in seine Richtung. Hendrik hatte stets logische Gründe parat, daß andere Leute tun sollten, was er sagte. Sie war indessen eher wütend auf sich als auf ihn, denn sie hatte sich ins Unrecht setzen lassen.

Hendrik zufolge hatte der Spezialist, der Erasmus behandelte, strikte Bedingungen für die Entlassung ihres Vaters aus dem Krankenhaus gestellt. Er brauche unbedingt eine friedliche Atmosphäre ohne irgendwelche Spannungen. Und er brauche rund um die Uhr jemanden, der sich um ihn kümmere.

Also war es nur selbstverständlich, daß Martina ausziehen mußte, um Platz für eine Haushälterin zu schaffen. Hendrik kam dafür schließlich nicht in Frage. Wenn er auszog, würde Vater sich isoliert vorkommen.

Hendrik wandte sich vom Fenster ab. »Nun? Soll ich dem Arzt sagen, alles sei bereit für Vaters Rückkehr, oder soll ich ihm sagen, er soll ihn im Krankenhaus behalten?«

Martina starrte ihn zornig an. »Ich sehe immer noch nicht, warum es notwendig sein soll. Warum sehen wir uns nicht nach einer größeren Wohnung um? Vater braucht mich genausosehr wie dich.«

Er schüttelte den Kopf. »Hörst du mir denn nicht zu? Ein Umzug würde Vater zu sehr zusetzen. Er hat Gott weiß wie lange hier gewohnt. Er würde nicht nur die Wohnung verlassen müssen, er würde auch alle seine Erinnerungen zurücklassen müssen. Es würde ihn umbringen.« Er fing an, im Zimmer auf und ab zu laufen. »Und es ist auch zu deinem eigenen Nutzen. Du kannst nicht beides schaffen, einen Ganztagsjob und die Pflege.« Er blieb stehen und zündete sich wieder eine Zigarette an. »Ich muß gestehen, ich verstehe Frauen manchmal nicht. Vielleicht macht es dir Spaß, die Märtyrerin zu spielen?«

»Das überlasse ich dir. Du spielst den Sohn, der uneigennützig an den heimischen Herd zurückkehrt, meisterhaft.«

»Hör auf, sei nicht kindisch.«

Sie verlor den Kampf der Logik klar nach Punkten. Vaters Bedürfnisse kamen zuerst. Dagegen konnte sie nichts einwenden. »Werde ich genug Zeit haben, um mich nach etwas Passendem umzusehen, oder ist das zuviel verlangt?«

Ein erleichterter Ausdruck huschte über sein Gesicht. Die Kapitulation kam überraschend schnell. »Johannes weiß da eine Wohnung, die demnächst frei wird. Ich glaube, ein Freund von ihm heiratet. Scheint sehr hübsch zu sein.«

Sie starrte ihn an. »Johannes? Was hat er damit zu tun?«

»Ich sage es doch. Er kennt jemand, der seine Wohnung loswerden will.«

»Ich meine, hast du hinter meinem Rücken mit ihm darüber gesprochen, bevor du mich nach meiner Meinung gefragt hast?«

»Nein, natürlich nicht. Ich habe ihn nur gefragt, ob er zufällig eine Wohnung wüßte.«

Sie drehte sich um und lief an ihm vorbei aus dem Zimmer, vor Wut kochend über die vollendete Tatsache.

James Wu setzte sich aufs Bett und schlug seinen Terminkalender auf. Er preßte die Lippen aufeinander, während er auf die Telefonnummer von Chaim Eichler starrte. Er seufzte und nahm den Hörer. Zwei waren erledigt, zwei standen ihm noch bevor. Er seufzte wieder, diesmal vor Ärger, weil das Besetztzeichen ertönte. Aber wenigstens war jemand zu Hause.

Chaim Eichler war einer der wenigen alteingesessenen

Diamantenhändler, die es noch in Tel Aviv gab. Viele Händler hatten den weltweiten Verfall der Diamantenpreise Anfang der achtziger Jahre nicht überstanden, weil sie Ende der siebziger zu viel Ware auf Lager genommen hatten, um einen schnellen Reibach zu machen. Ihr Platz wurde nun von Männern eingenommen, die zwanzig Jahre jünger waren als Chaim und deren Philosophie lautete: schneller Umschlag der Lagerbestände, kleine Gewinnmargen.

James richtete sich auf, als er hörte, wie sich eine ziemlich mürrische Stimme meldete. »Guten Abend, spreche ich mit Mr. Eichler?«

»Welchen Eichler möchten Sie? Wir haben hier eine ganze Menge.« Die Stimme lachte rauh und kehlig.

»Hm . . . Mr. Chaim Eichler, bitte. Mein Name ist Wu, James Wu.«

»Einen Moment bitte.«

James hob den Kopf, als eine leise, kultivierte Stimme sagte: »Hier Chaim Eichler. Guten Abend, Mr. Wu.«

»Oh, guten Abend, Mr. Eichler. Ich bin James Wu aus Hongkong. Ich glaube, wir sind uns ein paarmal an der Diamantenbörse in New York begegnet. Ich bitte um Entschuldigung für die späte Störung, aber . . .«

»Keine Ursache. Was kann ich für Sie tun?«

»Ich habe ein Lot Steine, die begutachtet werden müssen. Da Sie bei uns in Hongkong sehr angesehen sind, habe ich mich gefragt, ob Sie es vielleicht machen würden?«

Die Schmeichelei hatte Erfolg, und Chaim antwortete ohne Zögern: »Natürlich. Wann?«

»Wann immer es Ihnen paßt, Mr. Eichler.«

»Sie können sie sofort bringen.«

»Vielen Dank. Ich werde in einer Viertelstunde bei Ihnen sein.«

»Bis dann.«

James atmete hörbar aus, als er auflegte. Er schaute sich in dem einfach möblierten Hotelzimmer um und ging im Geist die Antworten durch, die er auf noch gar nicht gestellte Fragen geben würde. Er zuckte zusammen, als ein stechender Schmerz seinen Unterleib durchzuckte. Er hätte in New York nicht diesen Fisch essen sollen.

Mrs. Eichler war sehr dick, aber man sah immer noch, daß sie in ihrer Jugend eine Schönheit gewesen war. Sie begrüßte James überschwenglich und bot ihm mehrmals Kaffee und Kuchen an. James sah sich um. Zwei wunderschöne Bronzestatuen, die in einer Nische in der Ecke gegenüber hervorragend zur Geltung kamen, fielen ihm ins Auge. Die Eichlers waren reich. Er ließ zu, daß Mrs. Eichler seinen Arm nahm und ihn ins Wohnzimmer führte, wo Chaim ihn vor weiteren Überschwenglichkeiten bewahrte. Er ging mit James in sein Arbeitszimmer.

»Sagen Sie bitte Chaim zu mir.« Eichler musterte ihn einen Moment aufmerksam. »Ja, ich erinnere mich an Sie. Als wir telefonierten, hatte ich Ihr Gesicht nicht vor Augen, aber jetzt erkenne ich Sie.«

James öffnete seine Aktentasche und nahm ein kleines, in Öltuch gewickeltes Päckchen heraus.

Chaim prüfte die einzelnen Steine in aller Ruhe. Bei einem verweilte er besonders lange. Er war kleiner als die anderen, und selbst bei zehnfacher Vergrößerung konnte er keine Einschlüsse entdecken. Er hob den Kopf. »Dieser ist schön. Sehr schön.«

James nickte schnell. »Ja, das finde ich auch.«

Chaim senkte wieder den Kopf und fuhr mit der Untersuchung fort.

»Wie gehen die Geschäfte, James?«

»Ausgezeichnet, wie ich zu meinem Vergnügen sagen kann.«

Chaim lachte vor sich hin. »Bei solcher Ware erübrigt sich die Frage eigentlich.«

James räusperte sich. »Und bei Ihnen?«

»Schrecklich, schrecklich. Wissen Sie, was sie jetzt mit uns machen?«

»Die Diamantenbörse?«

»Nein, nein. Unsere Regierung. Sie beißt die Hand, die sie füttert. Sie hat uns gerade mitgeteilt, daß sie unsere Umsatzsteuer um zehn Prozent erhöht. Als nächstes wird sie uns sagen, daß wir ohne Gewinn arbeiten müssen.«

»Aber Sie haben doch ganz gut zu tun, nicht wahr?«

Chaim hob den Kopf. »Ganz gut zu tun . . .? Die Steuern bringen uns um. Die IDB lehnt es ab, unsere Quote zu erhöhen. Antwerpen zieht uns über den Tisch, wenn wir dort kaufen.« Er schüttelte verzweifelt den Kopf und nahm dann den letzten Diamanten und legte ihn unter die Lupe. »Wann wollen Sie das Zertifikat haben, James? Es könnte morgen früh fertig sein.«

»Das wäre sehr gut, vielen Dank.«

Chaim steckte die Lupe in die Tasche. »Verkaufen Sie?«

»Ich habe keinen Auftrag.«

»Wenn doch, kommen Sie zu mir. Wir können sehr gute Geschäfte zusammen machen.«

»Danke.«

»Ich habe einen Kunden, der sofort kaufen würde.«

»Ich auch.«

Chaim lachte. Er legte die Diamanten sorgfältig wieder in den Beutel zurück. »Was wissen Sie von der Herkunft der Steine?«

»Nichts.«

»Natürlich, natürlich, aber unter uns beiden, im Vertrauen, hm?«

»Ich weiß ehrlich gesagt nicht einmal den Namen des Besitzers. Er läßt sich von einem Mittelsmann vertreten.«

Chaim zuckte mit den Schultern. »Jeder hat das Recht auf seine Geheimnisse.« Er gab James den Beutel mit den Steinen zurück. »Ich wette, sie haben eine interessante Geschichte.«

James lächelte unverbindlich.

»Ich nehme an, sie sind eine Weile aus dem Verkehr gewesen.«

Chaim sah ihn leicht spöttisch an. James nickte. Dann steckte er den Beutel wieder in die Aktentasche. Es war Zeit, den Neugierigen mit einer Information zu füttern. »Unter uns, Chaim, ich habe schon gedacht, daß sie aus Rußland sind. Der Schliff ist altmodisch.«

Chaims Augen funkelten. »Aha, der Kreml braucht ein paar Rubelchen.«

James hob abwehrend die Hand. »Das habe ich nicht gesagt.«

»Natürlich nicht.« Chaim schob die Hände in die Hosentaschen. »Hoffen wir, daß er nur ein paar Rubelchen braucht. Wenn die Russen anfingen, den Markt mit geschliffenen Steinen zu überschwemmen, könnte die IDB nichts machen. Und es wären schlechte Zeiten für uns alle.«

Chaim senkte die Stimme zu einem Flüstern. »Haben Sie schon von der Katastrophe bei der IDB gehört?«

»Katastrophe?«

»Ja. Ich habe es von guten Freunden in New York.« Chaim trat ein Stück näher zu James. »Gehen Sie bitte nicht damit hausieren, aber Sie wissen doch, daß die IDB alles speichert, was im Diamantenbusineß passiert?«

»Ich habe davon gehört.«

»Letzte Woche ist ihr Computer abgestürzt und zwei Backup-Systeme ebenfalls. New York glaubt, daß die IDB die Hälfte ihrer Daten verloren hat.«

James zog die Augenbrauen hoch. »Das habe ich nicht gewußt.«

Chaim tippte sich mit dem Finger an die Nase. »Behalten Sie es für sich, James.«

James sah auf die Uhr. »So, ich muß gehen.« Er streckte die Hand aus. »Vielen Dank für die Hilfe.«

Der letzte Name auf James Wus Liste war Mark Singh.

Astrid rückte das Aufnahmegerät in der Mitte des Tisches zurecht. Dann stellte sie eine Karaffe Wasser und zwei Gläser an das eine Ende. Das Zimmer wurde normalerweise als

Ausstellungsraum für Kunden benutzt, aber auf Hendriks Anweisung war es in einen Konferenzraum umgewandelt worden. Seine Besprechung mit Martina war auf drei Uhr angesetzt.

Hendrik steckte den Kopf durch die Tür. »Alles fertig, Astrid?«

»Ja. Ich wollte nur noch den Recorder einschalten, um zu sehen, ob er geht.«

»Kluges Mädchen. Ist meine Schwester schon zurück?«

»Äh . . . Sie müßte jede Minute dasein, Hendrik.«

»In Ordnung.«

Astrid pulte an der Folie, in die die Kassette eingeschweißt war. Bei einem leckeren Geschäftsessen mit Hendrik hatte sie die Anweisung bekommen, das »Herr« wegzulassen, wenn sie mit ihm sprach. Die Neuerung, die für sie am meisten zählte, war ihre Beförderung zu seiner persönlichen Assistentin mit einer entsprechenden Gehaltsaufbesserung. Ihre erste Aufgabe war gewesen, Hendrik beim Entwurf einer neuen Firmenstruktur zu assistieren, die er seiner Schwester bei der bevorstehenden Besprechung erläutern wollte. Die Vorschläge waren innovativ und radikal, vor allem, was Martina betraf. Die Änderungen liefen darauf hinaus, daß Martina Van den Fleet alle Befugnisse in der Firma verlor. Astrid sagte ein paar Worte ins Mikrofon, spulte die Kassette zurück und ließ sie ablaufen. Als sie sich vergewissert hatte, daß der Recorder funktionierte, schaltete sie ihn aus.

Martina sah mißtrauisch auf den roten Einband, der den Entwurf für die neue Firmenstruktur enthielt. Die aufwendige Hülle hätte besser zu einem internationalen Konzern gepaßt, genau wie die Pseudo-Konferenz, die Hendrik hier inszenierte. Sie sah zu ihm hoch. Sie hätten sich ebensogut in seinem Büro treffen können.

Hendrik zog seinen Lehnstuhl vom Tisch zurück und setzte sich. »Hast du dir die Wohnung schon angeschaut?«

»Nein. Johannes kommt erst heute abend zurück.«

»Wann willst du sie besichtigen?«

»Heute abend.«

Er rückte näher zum Tisch. »Sehr gut. Fangen wir an.«

Martina legte die Hände auf den Tisch und verschränkte sie. Sie würde sich geduldig anhören, was er zu sagen hatte.

Sie brauchte nur wenige Minuten, um Hendriks betriebswirtschaftliches Kauderwelsch zu deuten und sich darüber klarzuwerden, daß sie zustimmen sollte, in der Hierarchie von Van den Fleet künftig noch unter Justus, dem Bürovorsteher, zu rangieren. Sie holte bebend Luft, um den Zorn zu unterdrücken, der in ihr aufstieg, und nicht aufzuspringen und zu fragen, was zum Teufel Hendrik sich eigentlich einbilde.

Hendrik drückte seine Zigarette aus. »Martina, hörst du überhaupt zu? Es ist wichtig.«

Martina fixierte ihn. Ihre Zunge lag ihr plötzlich bleischwer im Mund. Sie wählte ihre Worte mit Bedacht. »Ich höre zu, und ich bin mir der Wichtigkeit dessen, was du sagst, sehr bewußt.«

»Gut. Jetzt brauche ich dir nur noch mitzuteilen, daß ich alle diese Änderungen mit Christian Debilius abgestimmt habe und daß er versprochen hat, Van den Fleet bei der nächsten Sicht für die Optionsberechtigten eine bessere Zuteilung zu verschaffen. Und ich habe der guten Form halber auch Vater eingeweiht. Ich glaube, er fand meine Expansionspläne für die Firma sehr gut. Er hat sich Sorgen darüber gemacht, daß das Geschäft allmählich immer mehr stagnierte.«

Martina fürchtete nun, ihren Zorn nicht länger zügeln zu können. »Ich möchte nur wissen, warum du diese sogenannte neue Firmenstruktur mit Christian Debilius und mit Vater, wahrscheinlich sogar mit der Sekretärin besprochen hast, aber nicht mit mir.«

»Ich bespreche sie doch mit dir.«

»Nachdem du mit allen anderen darüber geredet hast?

Ich weiß, was du vorhast, Hendrik, aber du wirst nicht damit durchkommen.«

»Ich weiß nicht, wovon du redest«, sagte Hendrik lauernd.

»Dann will ich es dir sagen.« Sie umklammerte die Tischkante. »Du glaubst, du könntest mich mit dieser ... dieser sogenannten neuen Firmenstruktur abschieben. Das ist doch der Zweck des Ganzen, nicht wahr? Du denkst, du könntest mich wieder vor vollendete Tatsachen stellen. Wie der Rauswurf aus der Wohnung, damit du Vater besser beeinflussen kannst. Ich will dir was sagen. Daraus wird nichts. Diesmal nicht.« Sie schluckte schnell, damit ihre Stimme nicht belegt klang. »Das gebe ich dir schriftlich.«

Hendrik schaute über sie hinweg auf die Wand. »Ich weiß wirklich nicht, wovon du redest, Martina.«

Sie öffnete den Mund, um etwas zu erwidern, aber in diesem Augenblick kam Astrid mit dem Kaffeetablett herein.

Astrid registrierte Martinas zorniges Gesicht mit einem Blick. Sie stellte das Tablett auf den Tisch. »Soll ich einschenken, Hendrik?«

»Ich denke, das machen wir gleich selbst.«

Astrid schaute ihn fragend an, aber er ignorierte sie. Sie lächelte kurz in Martinas Richtung und verließ den Raum fast auf Zehenspitzen.

Martina stand auf und trat zu dem Tablett. Die Bewegung löste die Verkrampfung in ihr, und sie merkte, daß ihre Beine schwach und zittrig waren. Sie nahm die Kaffeekanne und eine der Tassen. Das mitleidige Lächeln ihrer Sekretärin war demütigend. Sie schenkte die Tasse sorgfältig voll, dann die andere, und dabei nutzte sie die Zeit, um ihre Gedanken ein wenig zu ordnen. Sie stellte eine Tasse vor Hendrik auf den Tisch, kehrte zu ihrem Platz zurück und setzte sich wieder hin. »Ich habe eine ganz einfache Frage, Hendrik. Warum bekomme ich, nachdem ich die Firma ein Jahr lang ganz allein geleitet habe, eine Stelle, die mir die Kompetenz einer Registraturangestellten einräumt?«

Hendrik breitete die Hände aus und betrachtete die Handflächen. »Du hast die Stelle nicht ganz richtig definiert, aber die Antwort auf deine Frage lautet: Veränderung. Wandel, Martina. Es ist etwas, woran wir uns alle gewöhnen müssen.«

»Warum hast du Justus praktisch meine bisherigen Kompetenzen übertragen?«

»Weil er die Fähigkeit hat und eine Chance braucht, um sie auszuschöpfen. Ich kann erwarten, daß ein Mann gute Arbeit leistet, wenn er die entsprechende Position und das entsprechende Gehalt bekommt. Ich kann es mir nicht leisten, ihm *und* dir das Gehalt eines leitenden Angestellten zu zahlen. Ich habe vor, diese Firma erfolgreicher zu machen, als sie je gewesen ist, und Justus ist der Mann, der mir dabei helfen kann.«

»Du meinst, ich könnte das nicht?«

Er seufzte laut. »Wir haben das alles doch schon mal besprochen. Kein Mensch behauptet, du hättest nichts zur Zukunft von Van den Fleet beizutragen. Kein Mensch behauptet, du hättest hier keine Rolle mehr zu spielen. Ich sage nur, daß wir etwas ändern müssen, wenn wir die Marktbedingungen erfüllen und von ihnen profitieren wollen. Es reicht nicht, wenn wir uns damit zufriedengeben, dann und wann ein Lot Diamanten zu verkaufen, das wir aus den Beständen irgendeines Händlers gekauft haben, der zufällig hier aufgekreuzt ist. Wir müssen den japanischen Markt erschließen. Die Amerikaner machen auf dem japanischen Markt so viel Geld, daß sie nicht wissen, wohin damit, und der japanische Markt zeigt nicht das kleinste Zeichen von Schwäche. Ich habe nicht die Absicht, draußen vor zu bleiben.«

»Ich auch nicht. Du scheinst die Abschlüsse, die ich letztes Jahr gemacht habe, absichtlich zu übersehen.«

»Es waren keine internationalen Abschlüsse. Du hast uns nur noch tiefer in einem einzigen Markt eingegraben. Sicher, du hast den Umsatz mit den Israelis um ungefähr sechzig Prozent vergrößert, aber wenn ihr Markt zusammenbricht, gehen wir mit ihnen baden. Und behaupte bloß nicht, daß das nicht passieren kann. Sie stehen unter Druck. Die Asiaten unterbieten sie überall.«

Sie schloß einen Moment die Augen. »Meinetwegen. Handeln wir mit den Japanern, wenn du das für gut hältst.«

Endlich sah er sie mit seinen wäßrigblauen Augen an. »Nicht *wir*, Martina. Du könntest es nicht. Du wärst in einem fremden Revier.«

Sie lachte verächtlich. »Na und?«

»Wirklich, Martina. Sie kennen dich nicht. Sie machen nicht gern Geschäfte mit Leuten, an die sie nicht gewöhnt sind. Ich habe Jahre gebraucht, um ihr Vertrauen zu gewinnen. Außerdem ... ich weiß, daß es beleidigend klingt, aber es muß mal gesagt werden: Sie würden nicht gern mit einer Frau zu tun haben.«

Sie nickte vor sich hin. »Ich verstehe. Du benutzt die Japaner also als Vorwand, um mich auszubooten?«

»Nein. Du wirst wie gesagt eine wichtige Rolle spielen, indem du die administrativen Dinge übernimmst. Ich könnte nicht ohne dich auskommen, selbst wenn ich wollte.«

Sie verzog den Mund. »Bitte nicht so überheblich, Hendrik. Ich bin eine ausgebildete und erfahrene Händlerin und keine Bürovorsteherin. Und wenn du glaubst, ich ließe mich widerspruchslos abservieren, irrst du dich. Du hast die Fakten zu deinen eigenen Zwecken verzerrt und hingebogen. Nun, ich werde kein einziges davon akzeptieren. Ich weiß nicht, mit welchen Methoden du Vater dazu bringst, all dem zuzustimmen, aber ich werde selbst mit ihm reden und ...«

»Das wirst du nicht tun.« Er streckte die Hand aus und

schaltete den Recorder ab. »Wenn du Vater aufregst, werde ich dich zur Verantwortung ziehen, das ist mein Ernst.« Seine Augen funkelten zornig.

»Hör zu, Hendrik, wage bloß nicht, mir zu drohen, wenn ich . . .«

Er hob die Stimme und übertönte sie: »Hör mir jetzt endlich zu! Ich habe es satt, mir dein verdammtes Geschrei anzuhören. Als ich aus Zaire zurückgekommen bin, dachte ich, du hättest dich vielleicht geändert. Das war ein Fehler. Ich dachte, du hättest deine kindische Einstellung abgelegt. Aber das hast du offensichtlich nicht.« Er zeigte mit dem Zeigefinger auf sie. »Du denkst immer noch, du könntest alles so haben, wie du es willst, nicht? Alles andere ist dir schnurzegal, ja?«

Ihre Wangen röteten sich vor Zorn. »Wofür hältst du dich eigentlich, Hendrik? Dein Adoptionskomplex, dein . . .«

»Mein was?« Er sprang auf.

Sie sah in eine andere Richtung. Er beugte sich über den Tisch und zog sie am Arm hoch. »Mein was, Martina?« Sein Nacken rötete sich, und die Farbe breitete sich wie Feuer zu seinem Gesicht hin aus.

Der Klang seiner Stimme sagte ihr, daß sie zu weit gegangen war. »Es tut mir leid. Ich habe es nicht sagen wollen.«

Er sah sie starr vor Zorn an. »Hättest du doch den Mund gehalten. Bei Gott, hättest du doch den Mund gehalten.«

Hendrik ließ ihren Arm so unvermittelt los, daß sie um ein Haar das Gleichgewicht verloren und nach vorn gefallen wäre. Er schob seinen Stuhl an den Tisch und nahm seine Akte. »Ich muß ein paar Anrufe machen und Astrid etwas diktieren. Ich bin heute abend nicht zu Haus. Du brauchst nichts für mich zu kochen.« Er sprach abgehackt, als gäbe er einem Kammerdiener Routineanweisungen. »Ich habe morgen früh von neun bis elf eine Besprechung. Danach werde ich etwa eine halbe Stunde frei sein. Sag mir dann, wie du dich entschieden hast.« Er beugte sich über den

Tisch, nahm die Kassette aus dem Recorder und steckte sie in die Jackentasche.

Martina beobachtete, wie er hinausging und die Tür mit übertriebener Behutsamkeit schloß. Sie schlug mit der Faust auf den Tisch. Sie hatte sich hinreißen lassen. Sie klappte die Akte auf und blätterte zu der Seite mit ihrer Arbeitsplatzbeschreibung. Leitender Verwaltungs-Controller. Sie klappte die Akte zu. Ein eindrucksvoller Titel für jemanden, der dafür sorgen mußte, daß immer genug Kaffee und Zucker da sind.

Fang Ka-Shing starrte mißmutig in seinen Whisky-Soda. Die Finger, die seinen Schenkel entlanggeglitten waren, erregten ihn nicht. Candy ließ sich zurücksinken. Sie seufzte übertrieben. Fang war heute überhaupt nicht nett. Was konnte ihm das Geld für eine kleine Perlenkette ausmachen? Manchmal fragte sie sich, warum sie sich überhaupt die Mühe machte, ihm zu gefallen, wenn er sie dafür nur beschuldigte, ihn mit ihrer Verschwendungssucht in den Ruin zu treiben. Sie betrachtete ihn aus den Augenwinkeln heraus. Sie würde sich nicht demütigen lassen. Es war undenkbar, die Bestellung bei »Fascination« rückgängig zu machen. Candy zog sich das Kleid entschlossen über die Knie. Sie würde sich nicht vor dieser hochnäsigen und wichtigtuerischen Anna Wu erniedrigen.

Fang leerte das Glas und wartete, daß Candy aufsprang und ihn fragte, ob sie ihm noch einen Drink machen solle. Als sie keine Anstalten traf, seufzte er und stand selbst auf. »Du mußt verstehen, daß ich nicht in Geld schwimme. Ich habe eine Frau und Kinder zu ernähren.«

Candy lächelte triumphierend. Er wurde weich. »Ich weiß, ich weiß. Ich dachte nur, daß du stolz auf mich sein möchtest, wenn wir in den Jockey Club gehen.« Sie verzog die Lippen zu einem Schmollen. »Aber was für eine Rolle spielt es schon, wenn die Leute sehen, daß der Direktor des Außenhandelsverbands der Volksrepublik China ein armer

Mann ist? Daß er es sich nicht einmal leisten kann, seiner Freundin einen lächerlichen kleinen Schmuck zu kaufen?« Sie zuckte ein wenig mit den Schultern und sagte nichts mehr.

Bei dem Gedanken an eben dies stieg in Fang eine Welle der Scham auf, aber sie legte sich schnell, als er sich bewußt machte, daß das, was sie haben wollte, kein lächerlicher kleiner Schmuck war. Er konnte es sich schlicht nicht leisten, ihr die kostbare Perlenkette zu schenken. Jedenfalls nicht diesen Monat. Seine Provision von Pa Jiaming war erst in sechs Wochen fällig. Er seufzte wieder laut, und dann ging ein erregendes Prickeln durch seinen Körper, denn eben war ihm eingefallen, wie er seine Probleme mit einem Schlag lösen könnte. Eine Handvoll Diamanten vom Institut in Anshan würde weniger kosten als eine Taxifahrt zum Jockey Club. Sein Gesicht entkrampfte sich, die Linien auf seiner Stirn wurden weich. Er würde darüber nachdenken, wie er sich die Steine beschaffen konnte. Jeder Seitenstraßenjuwelier in Kowloon würde sie in weniger als vierundzwanzig Stunden in jedes gewünschte Schmuckstück verwandeln. Candy und das Glück würden ihm zu einem sehr geringen Preis gewogen bleiben.

Als er Candy die Hand aufs Knie legte, sah sie ihn mißtrauisch von der Seite an. Er liebkoste die Schenkel zärtlich. »Ich habe ein Geheimnis, das ich dir verraten muß.«

»Wenn es kein gutes Geheimnis ist, möchte ich es nicht hören.«

Er massierte ihr Knie, als hielte er es für das physische Zentrum ihres Mißvergnügens, das er einfach durch den Druck seiner Hand vertreiben könnte. »Es ist ein sehr gutes Geheimnis. Ich wollte es dir eigentlich noch nicht sagen, aber ich hatte vor, dir etwas ganz Besonderes zu schenken, um die drei glücklichen Monate seit unserer Begegnung zu feiern. Es ist sehr teuer.« Er seufzte lange und bekümmert. »Aber dieses Geschenk und dazu noch die Perlenkette, die du haben möchtest, kann ich mir leider nicht leisten.«

Sie neigte den Kopf, als überlegte sie seine Worte gründlich. »Sagst du mir auch die Wahrheit?«

»Du weißt, daß ich dich nie belüge.«

»Was ist das also für ein Geschenk?«

»Komm.« Er beugte sich vor und faßte sie um die Taille. »Setz dich auf meinen Schoß, und ich sage es dir.«

Sie rutschte auf seine Knie und legte züchtig die Hände zusammen. Er zog sie an sich. »Brillanten. Nur Brillanten sind deiner Schönheit würdig, Candy.«

Sie wandte rasch den Kopf und sah ihn an.

»Ich habe einen der besten Juweliere beauftragt, ein Brillantencollier für dich zu entwerfen, meine Sonne. Es wird ein Schmuck ohnegleichen sein. Du wirst nirgendwo ein schöneres Collier finden.« Er leckte ihr Ohrläppchen. »Oder möchtest du immer noch diese Perlenkette haben?« Er betonte das Wort Perlen verächtlich.

Sie entschied sich schnell und umschlang seinen Nacken. »Ich war ein sehr törichtes Mädchen, nicht wahr? Wie konnte ich bloß glauben, daß mein großer Fang nicht nett zu mir ist?«

Johannes machte sich in der Küche und im Wohnzimmer zu schaffen und hörte zu, wie Martina ihre Probleme ausbreitete. Sie lief wie ein kleines Hündchen hinter ihm her. »Zuerst vertreibt er mich aus der Wohnung. Und jetzt will er mich aus der Firma ekeln.«

Er ging wieder in die Küche und nahm einen Teller mit zwei Kalbskoteletts aus dem Kühlschrank. »Ich gebe zu, daß es so aussehen muß.«

»Aussehen!«

»Na ja, ich verstehe, was du durchmachst, aber ich sehe auch Hendriks Schwierigkeiten mit der Firma.« Er tat etwas Butter in die Bratpfanne. »Ich kenne euch beide. Ich nehme an, das macht es mir leichter, beide Seiten des Problems zu sehen.«

»Was meinst du damit?«

»Hendrik muß expandieren. Du fühlst dich ausgebootet.« Er drehte die Koteletts um, um sie von der anderen Seite zu braten. »Ich finde es verständlich, daß er mit den Japanern handeln will, aber warum läßt er dich nicht weiter die Verbindungen pflegen, die du in Europa aufgebaut hast, wo es kein Hindernis ist, eine Frau zu sein?«

»Siehst du es denn nicht, Johannes? Er will mich loswerden.«

»Vielleicht hast du recht, aber wenn Hendrik versucht, dich loszuwerden, machst du es ihm sehr leicht.«

»Was soll das heißen?« Sie biß sich auf die Lippe. Sie hatte, ohne es zu wollen, einen scharfen Ton angeschlagen.

»Du hättest es kommen sehen müssen. Sieh doch mal die grundlegenden Fakten. Die Firma braucht jetzt, wo dein Vater sich zurückzieht, einen anderen Optionsträger. Hendrik ist optionsberechtigt. Du bist es nicht und wirst es, offen gesagt, wahrscheinlich auch nie sein, weil du eine Frau bist. Du untergräbst deine eigene Stellung, indem du naive Empörung über Hendriks Rückkehr zeigst.« Er sprach langsam, um seinen Worten Nachdruck zu verleihen. »Du hättest dir rechtzeitig einen Aktionsplan für diesen Fall zurechtlegen müssen.« Er warf ihr einen mitfühlenden Blick zu. »Ich weiß, es klingt hart, Martina, aber mit Tatsachen muß man sich abfinden. Wenn du das nicht tust, wirst du gegen Hendrik verlieren.«

»Ich weiß.« Sie senkte den Kopf und starrte auf den Fußboden. »Ich weiß, daß das, was du sagst, richtig ist, aber ich nehme an, ich wollte einfach nicht daran denken.« Sie lächelte bekümmert. »Ich bin mein schlimmster Feind, nicht wahr?«

Er lächelte herzlich. »Nur manchmal.«

Sie schlang die Arme um ihre Seiten. »Aber das ändert nichts an dem, was Hendrik jetzt versucht. Ich habe nicht gedacht, daß ich mir einen Plan zurechtlegen müßte. Ich dachte, wir würden die Firma gemeinsam führen. Als gleichberechtigte Partner.« Sie umschlang sich fester. »Ich verstehe nicht, warum Hendrik das nicht will.«

»Vielleicht betrachtet er dich als eine Bedrohung seiner Autorität.«

»Wieso?«

»Weil du gegen ihn kämpfst, Martina. Du bist nicht bereit, mit ihm zu verhandeln. Hendrik muß glauben, daß er alles und jeden unter Kontrolle hat. Er ist nun mal solch ein Mensch. Vielleicht ist er deshalb so erfolgreich gewesen, als er auf eigenen Füßen stand.«

Johannes sah Martina einige Zeit schweigend an. Dann fragte er sie: »Was wirst du tun, Martina?«

Sie drehte ihr Glas hin und her. »Ich glaube, mir bleiben eigentlich nur zwei Möglichkeiten: Entweder ich finde mich mit der Situation ab, oder ich muß einen Schlußstrich ziehen. Ich glaube, Hendrik hat mir den Entschluß abgenommen.«

»Du klingst ein bißchen resigniert.«

»Ich glaube, das bin ich auch, nachdem ich mit dir über alles gesprochen habe. Ich bin Händlerin, Johannes. Kein Verwaltungsmensch. Ich kann Hendriks Bedingungen nicht akzeptieren. Das weiß er. Und er scheint Vaters uneingeschränkte Unterstützung zu haben. Ihn anzugreifen, hieße Vater aus der Fassung bringen, und das würde ich nie tun. Hendrik weiß auch das. Es sieht also aus wie ein sauberer Schlußstrich, nicht wahr?«

»Bist du wirklich sicher? Jobs sind nicht leicht zu finden.«

»Hier nicht, das stimmt.«

»Denkst du an etwas Bestimmtes?«

Sie lehnte sich zurück. »Ich bin, ehrlich gesagt, eben erst darauf gekommen. Wir haben in Hongkong einen Kunden, der einen Händler sucht. Wenn er den richtigen findet, ist er sogar bereit, ihn als Partner zu nehmen.«

»Dazu würde wohl Geld gehören?«

»Ich hatte den Eindruck, ihm geht es mehr um einen

wirklich guten Händler als um eine Kapitalspritze. Andererseits habe ich immer noch das Geld, das ich von meiner Großmutter geerbt habe, und das, das meine Mutter mir vermacht hat.«

»Hongkong ist weit weg, Martina. Was ist mit deinem Vater?«

»Ich weiß nicht. Ich denke, er wird nichts dagegen haben, wenn es zu meinem Besten ist. Oder findest du, ich bin egoistisch?«

»Nein. Außerdem finde ich, daß es gar nicht schlecht ist, ab und zu egoistisch zu sein. Wer sich dauernd selbst aufopfert, wird mit der Zeit zum Fußabstreifer.«

Anna Wu schlüpfte beim plötzlichen Läuten der Türglokke in einen seidenen Morgenmantel und eilte aus dem Schlafzimmer. Sie erwartete keine Gäste, und da sie gerade gebadet hatte, war sie nicht darauf vorbereitet, Besuch zu empfangen. Sie drückte auf die Taste der Sprechanlage. »Hallo?«

»Guten Abend, Miss Wu, hier Chan Chunling. Könnte ich für einen Moment hinaufkommen?«

Ihre Augen weiteten sich vor Schreck. James' neuer und außerordentlich wichtiger Kunde stand unten, und sie war halb nackt. »Äh . . . James ist nicht da, Mr. Chan.«

»Ich weiß.«

Sie lächelte verlegen, als stünde er vor ihr. »Ja, natürlich, wie dumm von mir. Kommen Sie bitte.«

»Danke.«

Sie wirbelte herum und lief ins Schlafzimmer.

Als Chan an der Wohnungstür stand, trug Anna ein seidenes Wickelkleid und hatte sich die Haare lose im Nacken zusammengesteckt. Sie lächelte, hielt ihm die Tür auf und deutete zum Wohnzimmer: »Bitte, Mr. Chan.«

Sein Blick wanderte rasch über ihren Körper und blieb an ihren Brüsten haften. Sie schlug die Augen nieder.

Chan folgte ihr ins Wohnzimmer und betrachtete genießerisch die Umrisse ihrer Gesäßbacken, die sich bei jedem Schritt unter der dünnen Seide abzeichneten. Sie nahm seinen Mantel und forderte ihn auf, Platz zu nehmen. »Darf ich Ihnen etwas zu trinken anbieten, Mr. Chan?«

»Ja, gerne.« Er musterte die Flaschen auf dem Sideboard. »Bitte einen Whisky, wenn Sie welchen da haben. Ich hoffe, mein unangemeldeter Besuch stört Sie nicht. Ich war gerade in der Nähe und dachte, Sie hätten vielleicht etwas von James gehört.«

»Ja. Er hat aus New York angerufen. Er war gerade auf dem Weg nach Tel Aviv.«

»Hat er etwas gesagt, das Sie mir ausrichten sollen?«

»Nein.« Sie drehte sich besorgt um. »Hätte er das tun sollen?«

Er schüttelte den Kopf. »Nicht unbedingt, wenn alles nach Plan geht.«

Sie brachte ihm ein Glas Whisky auf einem kleinen Tablett. Er fixierte die Stelle, wo sich die beiden Bahnen des Kleids über dem Brustansatz schnitten. Die Chance, Anna Wu in aller Ruhe, ohne die lästige Gegenwart ihres Bruders, noch einmal betrachten zu können, war die Fahrt nach Stanley wert gewesen.

Er nahm einen Schluck und stellte das Glas auf das Tablett zurück. »Ich habe Glück gehabt, daß Sie zu Haus waren, als ich klingelte. Ich hatte schon befürchtet, Sie seien ausgegangen.«

Anna setzte sich in einen Sessel und strich sorgsam das Kleid über ihre Knie, um nicht zuviel zu zeigen. »Ich mußte noch eine Arbeit fertigstellen und habe sie mit nach Hause genommen.«

»Ich verstehe. Sie entwerfen Schmuck, nicht wahr?«

»Ja. Und ich habe eine kleine Boutique aufgemacht.« Ihre Stimme bekam einen stolzen Unterton.

Chan nickte vor sich hin, als sei er sehr beeindruckt. »Ich würde mich sehr dafür interessieren, Ihre Entwürfe zu sehen.« Er lehnte sich zur Seite und nahm wieder sein

Glas. »Ich kenne viele wichtige Leute, die Ihnen nützlich sein könnten.«

»Sehr freundlich von Ihnen, Mr. Chan.« Anna bemühte sich, einen sehr beunruhigenden Gedanken zurückzudrängen. Er gefiel ihr, wenn überhaupt, nicht sehr, aber sie durfte nicht daran denken, weil es sich sonst in ihrem Gesicht abzeichnen könnte, und das wäre sehr unhöflich.

Chan strich seine Krawatte glatt. »Ich glaube, sie könnten Ihnen wirklich sehr nützlich sein, Miss Wu. Essen wir doch demnächst einmal zusammen, dann können wir in aller Ruhe darüber reden.«

»Vielen Dank für die Einladung, Mr. Chan.« Annas Miene blieb unverbindlich und höflich. Viele Männer, die sie kennenlernte, behaupteten schon nach wenigen Augenblicken, sie hätten Kontakte, die nützlich für sie wären, und warum sie nicht zusammen essen sollten, um darüber zu sprechen? Sie blickte unauffällig auf die Uhr. Sie hatte ihr Repertoire von belanglosen Artigkeiten erschöpft und Chan zweimal nachgeschenkt, aber er traf keine Anstalten zu gehen. Das Läuten des Telefons riß sie aus ihren besorgten Gedanken. In der Hoffnung, es wäre James, stand sie rasch auf. »Wenn Sie mich bitte entschuldigen würden, Mr. Chan, ich gehe nur rasch ans Telefon.«

Er nickte.

Annas Hoffnung schwand beim Klang einer Frauenstimme, die ihren Bruder zu sprechen wünschte. »Es tut mir leid, aber er ist nicht in Hongkong. Er ist im Ausland. Ich denke, er wird zum Wochenende wieder dasein.« Sie nahm den Kugelschreiber, der neben dem Apparat lag. »Ja, ich richte ihm gern etwas aus. Miss Van den Fleet. Aus Antwerpen. Ja, ich bin Anna, seine Schwester. Er hat mir von Ihnen erzählt und gesagt, wie freundlich Sie ihn empfangen haben. Ich weiß, daß er Sie sofort zurückrufen wird, wenn er wieder da ist. Ich bitte Sie, Sie haben nicht gestört, Miss Van den Fleet. Vielen Dank, auf Wiederhören.« Sie legte auf und riß das obere Blatt des Notizblocks ab. Sie wollte sich gerade bei Chan entschuldigen, sah aber zu ihrer Erleichterung, daß er aufstand.

»Ich muß morgen wieder zurück nach Schanghai, Miss Wu, aber ich werde bald wieder nach Hongkong kommen. Ich hoffe, Sie werden meine Einladung zum Essen dann annehmen.«

»Vielen Dank für Ihre freundliche Einladung, Mr. Chan.«

»Sie müssen Chunling zu mir sagen.«

Sie trat von ihm zurück und drehte sich dann um und öffnete ihm die Tür. »Ich werde James sagen, daß Sie hier waren, und ich bin sicher, daß er sich sofort mit Ihnen in Verbindung setzen wird.«

Martina schreckte aus dem Schlaf hoch und sah, daß die Nachttischlampe noch brannte und daß das Buch, das sie zum Einschlafen gelesen hatte, aufgeklappt auf ihrer Brust lag. Sie drehte sich auf die Seite und nahm den Hörer ab und schaute gleichzeitig zum Wecker. Es war kurz vor ein Uhr morgens. Wenn sich jemand verwählt hatte, würde sie ihn umbringen.

James Wu entschuldigte sich: »Ich hoffe, ich rufe nicht zu einer sehr ungelegenen Zeit an, Miss Van den Fleet.«

»Nein, ich bitte Sie«, antwortete Martina und gähnte verhalten.

»Oh, das freut mich. Ich habe gerade mit meiner Schwester telefoniert, und sie hat mir Ihre Nachricht ausgerichtet, und da dachte ich, ich rufe am besten sofort zurück.«

Sie richtete sich auf. Sie hatte nicht damit gerechnet, daß er sich so schnell melden würde, und sich deshalb nichts zurechtgelegt. »Sie ... Sie haben erwähnt, daß Sie einen Händler brauchen, Mr. Wu.«

»Ja, ja! Haben Sie jemand Geeigneten gefunden?«

»Hm, ich habe offen gesagt an mich gedacht, Mr. Wu. Ich brauche einen großen Tapetenwechsel und dachte, wir würden vielleicht gut zusammenarbeiten können.«

James verarbeitete die unerwartete Neuigkeit, so daß eine kurze Pause entstand. »Ich freue mich sehr über das Angebot, Miss Van den Fleet. Ich bin sicher, daß wir uns schnell einigen werden, wenn wir die Einzelheiten besprechen.« Er hielt wieder inne und überlegte, wie er das heikle Thema am besten anschneiden sollte. »Miss Van den Fleet, wenn ich mir die Bemerkung erlauben darf ... Ihr Ausscheiden aus der Firma muß doch ein großer Verlust für Van den Fleet sein.«

Sie zögerte einen Augenblick. Wie diplomatisch sollte sie antworten? »Ich denke nicht, Mr. Wu. Mein Vater hat sich offenbar sehr gut erholt und kommt am Wochenende wieder nach Hause. Sie wissen ja, daß mein Bruder Hendrik zurückgekommen ist und die Firma übernimmt. Es ist für mich ein guter Zeitpunkt, um internationale Erfahrungen zu sammeln.« Sie hoffte, daß die Erklärung überzeugend klang.

»Ich verstehe. Darf ich sagen, daß eine solche Einstellung auf eine dynamische Persönlichkeit schließen läßt?«

»Danke, Mr. Wu. Ich habe allerdings ein Problem mit Referenzen. Die Auskunft meines Vaters wäre nicht unbedingt objektiv, aber wenn Sie mit einem meiner Kunden sprechen wollen, würde ich mich freuen.« Sie schnitt eine Grimasse. Das hatte fast etwas devot geklungen.

»Der Name Van den Fleet ist die beste Referenz, die es geben kann. Hm ... Wo und wann können wir uns treffen, um das Weitere zu besprechen?«

»Ich werde ein paar Tage Urlaub machen und könnte nach Hongkong kommen. Würde Ihnen das passen?«

»Sehr. Ich hoffe, Sie werden mir erlauben, Ihr Führer zu sein. Ich fliege am Wochenende heim. Könnten Sie es dann einrichten?«

»Ja, natürlich.«

»Wenn Sie Ihren Flug gebucht haben, geben Sie bitte Anna Bescheid.«

»Danke.«

»Ich freue mich auf unsere Zusammenarbeit, Miss Van den Fleet.«

Martina lächelte vor sich hin, als sie auflegte. Sie freute sich noch viel mehr. Hendrik bootete sie zwar aus, aber sie hatte jetzt die Gelegenheit, einen würdigen Abgang zu machen. Sie lehnte sich ans Kopfende und konnte der Gedanken, die ihr durch den Kopf wirbelten, nicht Herr werden. Sie schlug die Daunendecke zurück und stand auf. An Schlaf war nicht mehr zu denken.

James schlenderte die Straße entlang, die zu dem Geschäft von Singh & Co. führte. Es war unklug, sich allzusehr zu verausgaben nach dem anstrengenden Flug von Tel Aviv, den er weitgehend auf der Toilette verbracht hatte, um sein Inneres von den Folgen des schlechten Fisches zu befreien, den sie ihm in New York vorgesetzt hatten. Er blickte zu den Wolkenkratzern hoch. Nariman Point war für Bombay das, was Manhattan für New York war, wenn auch kleiner und schmutziger, aber genauso laut. Er sah auf die Uhr und beschleunigte seine Schritte.

Mark Singh war fast einen Kopf größer als James und trug einen hervorragend geschnittenen Anzug mit Weste. Er lächelte kurz und reichte James die Hand. »Wir freuen uns, Sie zu sehen, Mr. Wu. Ich hoffe, Sie hatten einen guten Flug.«

»Danke, es geht.«

»Nehmen Sie doch Platz.«

James setzte sich und beobachtete Mark, während dieser zu seinem Schreibtisch zurückkehrte. Der Mann stand in dem Ruf, eiskalt und höflich zu sein und sich britischer zu geben als die Briten.

Mark zupfte an seiner Hose, ehe er ein Bein über das andere schlug. Er war bei der Interkontinentalen Diamantenbörse in New York recht angesehen, galt jedoch als Einzelgänger. Sein reserviertes, aristokratisches Auftreten machte ihn zur Zielscheibe der Londoner Händler: sie hatten ihm den Spitznamen »Vizekönig« gegeben. Mark faltete die Hände im Schoß und fixierte James. James war beunruhigt, als ihm bewußt wurde, daß Mark erwartete, er würde als erster reden. Er öffnete seinen Aktenkoffer. »Ich bin sehr dankbar, daß Sie mir helfen wollen, Mr. Singh.«

»Es schmeichelt mir, daß Sie soviel Wert auf mein Urteil legen.«

James sah einen Moment über den Rand des Koffers hinweg. Irrte er sich, oder hatte die Stimme wirklich einen ironischen Unterton? Er nahm den Beutel mit den Diamanten heraus und legte ihn auf den Tisch. »Sie gelten als einer der besten Händler der ganzen Branche, Mr. Singh.«

Mark nickte, als wüßte er das bereits. James schob den Beutel ein Stück weiter in seine Richtung.

»Darf ich Ihnen einen Tee anbieten, Mr. Wu?«

»Ja, vielen Dank. Sehr freundlich.«

Ein sehr dunkelhäutiger und ernst dreinblickender junger Mann stellte ein Teetablett auf einen niedrigen Messingtisch. Ohne auch nur ein Wort zu sagen, servierte er James und Mark eine Tasse Tee. Das Schweigen, das jetzt bei der Prüfung der Diamanten im Raum lastete, war so intensiv, daß James befürchtete, sein Atmen könnte störend wirken. Er starrte auf das überaus gepflegte schwarze Haar, das im Schein der nach unten gezogenen Deckenlampe wie gelacktes Leder glänzte. James griff nach seiner Tasse und blickte angewidert hinein. Sie hatten Milch hinzugefügt, ohne ihn vorher zu fragen. Er trank einen kleinen Schluck. Der Tee war brühheiß, sehr stark und scheußlich süß. Er stellte die Tasse auf den Schreibtisch. Die Höflichkeit verlangte, das widerliche Gebräu irgendwann zu trinken. Schon beim bloßen Gedanken rührte sich sein Magen.

Der ernste junge Mann, der den Tee gebracht hatte, legte die Steine sorgfältig in den Beutel zurück. Mark nahm den Teelöffel von der Untertasse und rührte seinen Tee ausgiebig um. »Wir werden in ein paar Minuten einen

Computerausdruck haben, Mr. Wu.« Es klopfte, und James blickte auf. »Ah, ich glaube, da kommt er.«

James kam sich vor wie in einer Zeitfalle, als er gleichzeitig mit dem Diamantenbeutel, einem Zertifikat und Marks ausgestreckter Hand konfrontiert wurde. Er steckte den Beutel in den Aktenkoffer, warf rasch einen Blick auf das Zertifikat und legte es ebenfalls hinein und ergriff dann die Hand. Der kurze Kontakt mit der warmen, trokkenen Haut überzeugte ihn, daß er die letzte Viertelstunde nicht geträumt hatte.

»Wenn Sie verkaufen, gehen Sie bitte davon aus, daß wir interessiert sind, Mr. Wu.«

»Äh . . . Ich habe im Moment keinen Auftrag.«

Mark nickte, auch diesmal so, als hätte er es bereits gewußt.

Die Fahrstuhltür glitt auf, und James betrat die leere Kabine und lehnte sich an die Wand. Er zog sein Taschentuch heraus und wischte sich die Stirn. Die Begutachtung der Steine hatte keine zwanzig Minuten gedauert, und sie hatten kaum mehr als ein Dutzend Worte gewechselt. Er tupfte sich den Nacken ab und steckte das Taschentuch wieder ein. Keine Fragen. Nicht das geringste Interesse. Singh war ein sonderbarer Mann, und James selbst war sehr erleichtert; er hatte alles, was er brauchte.

Hendrik schenkte sich Whisky nach und ging mit dem Glas in die Küche. Ein behutsames Verhör seiner kleinen Schwester war fällig. Sie führte irgend etwas im Schilde, das stand fest. Als er heimgekommen war, war der Tisch festlich gedeckt für zwei, samt frischen Schnittblumen, und aus der Küche drang der Duft von *carbonnade flamande.*

Martina sah sich um, als Hendrik die Küche betrat. »Es dauert nicht mehr lange. Nur ein paar Minuten.«

»Keine Eile. Du hättest nicht auf mich zu warten brauchen. Ich hätte mir selbst etwas machen können.« Er lehnte sich neben der Tür an die Wand. »Entschuldige meine Neugier, aber was soll das Ganze?«

»Bitte?«

»Blumen auf dem Tisch und diese Entfaltung deiner Kochkünste.«

»Johannes findet, daß wir uns wie Kinder benehmen, weil wir fortwährend streiten. Ich dachte nur, ich sollte versuchen, zu beweisen, daß er sich irrt.«

»Er sollte sich um seine eigenen Angelegenheiten kümmern. Ich wußte gar nicht, daß er sich nebenbei noch als Familienberater betätigt.« Hendrik trank einen Schluck Whisky. »Kann ich etwas tun?«

»Hm, du könntest vielleicht die Soße für den Salat machen, wenn du willst.«

Er leerte sein Glas und stellte es auf die Arbeitsplatte. »Ich war vorhin im Krankenhaus, Vater zeigte sich ganz aufgekratzt. Er hat mir berichtet, daß du ihn besucht und ihm etwas von einem Besuch in Hongkong erzählt hast.« Er sah sie von der Seite an. »Ein bißchen exotisch, nicht?«

Sie langte nach einem Küchentuch und wischte sich die Hände ab. »Ich wollte beim Essen mit dir darüber reden.«

»Machen wir es jetzt.«

Sie schaute sich nach ihrem Weinglas um, während sie ein letztes Mal überlegte, wie sie es am besten sagen sollte. In einem zweiten Anruf hatte James Wu sie gedrängt, so schnell wie möglich nach Hongkong zu kommen, wenn sie immer noch an einer Partnerschaft interessiert sei. Nach dem Gespräch hatte sie sich als ernsthafte Anwärterin auf die Position betrachtet. Sie drehte das Glas zwischen den Fingern. »Es ist eigentlich kein richtiger Urlaub, Hendrik. Das habe ich nur zu Vater gesagt, damit er sich keine Sorgen macht. James Wu hat mir angeboten, in seine Firma einzutreten. Ich fliege nach Hongkong, um die Einzelheiten zu klären.« Sie blickte zu ihm hoch und empfand so etwas wie Schadenfreude, als sie sah, daß er plötzlich einen starren Blick bekommen hatte. Sie beobachtete sein Mienenspiel: zuerst Verblüffung, dann Erleichterung.

Er streckte die Hand aus und nahm ihr Glas. »Laß mich nachschenken.«

Sie unterdrückte den Impuls, triumphierend zu lächeln. Auf seinem Gesicht hatte sich zuletzt Neugier mit einem Hauch von Neid abgezeichnet. Sie verschränkte die Arme und beobachtete, wie er zum Kühlschrank ging und die Weinflasche herausnahm.

Er schenkte ihr neu ein und stellte die Flasche in den Kühlschrank zurück. Er hatte nicht damit gerechnet, daß sie die Courage haben würde zu gehen, aber es machte ihm auch nichts aus, daß sie es tat. Er hielt einen Moment den Griff der Kühlschranktür fest. Sie ein für allemal loszuwerden, hatte seine Vorteile. Dann hätte er ein Problem weniger am Hals. Ein feines Lächeln umspielte seine Lippen. Er brauchte ihr nur alle Hindernisse aus dem Weg zu räumen, um zu gewährleisten, daß sie wirklich ging. »Hör zu, Martina, ich möchte nicht, daß du denkst, du würdest aus der Firma gedrängt. Vielleicht einigen wir uns darauf, daß Vaters Rückzug ins Privatleben uns in eine . . . eine Art Zwickmühle gebracht hat?«

Sie unterdrückte die Antwort, daß sie diejenige sei, die in einer Zwickmühle stecke. Sie biß sich auf die Unterlippe. Denk daran, was Johannes gesagt hat. Ein klein wenig nachgeben.

Hendrik reichte ihr das Glas. »Weißt du, Vater hätte uns beiden einen Gefallen getan, wenn er nicht mit seinem Entschluß gewartet hätte, bis er diesen Herzanfall bekam.«

»Wie meinst du das?«

»Ich will sagen, daß wir seinetwegen gezwungen waren, eine Menge schneller Entscheidungen zu treffen. Du mußt tun, was du für richtig hältst. Es ist nicht leicht. Wenn du eine Arbeit in Hongkong annimmst, ist es für dein Renommee an der Diamantenbörse nicht gut. Sie werden denken, du räumst das Feld.«

Sie drehte das Glas hin und her. Das war also der Grund für seine Versöhnungsversuche – die IDB.

Hendrik zündete sich eine Zigarette an. Die kleine Schwester war beunruhigend wortkarg. Das mußte bedeuten, daß sie alles zu ihrem Vorteil festgemacht hatte. Er machte einen Zug und atmete den Rauch tief ein. »Wenn du wirklich gehst, wünsche ich dir natürlich alles Gute und viel Erfolg, aber ich denke, wir sollten uns um unser beider willen und auch wegen Vater in aller Freundschaft trennen.«

»Es gibt keinen Grund, das nicht zu tun.«

»Was hast du diesem Wu gesagt?«

Sie musterte ihn. Nun kamen sie endlich zu dem Punkt, der ihm wirklich Sorgen machte. »Nicht viel. Er sagte, sein Geschäft expandiere so schnell, daß er unbedingt jemanden brauche. Er sagte, wenn es der Richtige sei, wäre er bereit, ihm eine Partnerschaft anzubieten. Ich habe mich selbst ins Spiel gebracht. Er ist äußerst interessiert.«

»Er hat doch sicher gefragt, warum du Van den Fleet verläßt?«

»Mmm. Ich habe gesagt, jetzt, wo du wieder da seist, biete sich für mich eine gute Gelegenheit, meine Basis zu verbreitern, internationale Erfahrungen zu sammeln.« Hendrik ließ sichtlich erleichtert die Schultern sinken.

»Also, denk bitte nicht, du müßtest den erstbesten Job nehmen, der dir angeboten wird. Was weißt du überhaupt von ihm?«

»Nicht viel.«

Er betrachtete eingehend seine Hand. »Wenn du willst, spreche ich mit Christian Debilius.«

Sie sah ihn an. Der ausgebuffte selbstlose Hendrik. Dann hättest du Gelegenheit, Debilius deine Version der Sache aufzutischen. »Nicht nötig, Hendrik. Ich werde alles erfahren, was ich wissen muß, wenn ich in Hongkong bin.«

»Es macht mir nichts aus. Vorgewarnt ist vorgewappnet. Und du solltest vorsichtig sein, wenn du dort bist. Hongkong ist nicht gerade das richtige Pflaster für eine alleinreisende junge Dame.«

»Um Himmels willen, Hendrik, Hongkong ist nicht Zaire!«

»Ich weiß. Es ist viel schlimmer.«

»Woher willst du das wissen? Bist du schon mal da gewesen?«

»Nein, aber ich kenne jemanden, der sich auskennt.«

»Wen?«

»Ein Mädchen, das ich mal in New York kannte. Sie fand es überaus spannend, nach Hongkong zu fahren, und dann ging ihr schnell das Geld aus. Sie landete schließlich in einer von diesen billigen Touristenabsteigen, und dann kam ein Mann, sehr nett und überaus charmant; und bot ihr einen Job als Model an. Fünfhundert Dollar waren zu verlokkend, um nein zu sagen. Dann erfuhr sie, daß sie noch mal fünfhundert Dollar verdienen könnte, wenn sie sich für einen Abend mit einem Freund von ihm träfe. Als sie ablehnte, wurde der nette und charmante Mann sehr böse. Sie mußte abhauen, um ihre Haut zu retten.«

»Hör auf, Hendrik, das hast du eben selbst erfunden.«

»Es ist wahr. Sie gehört nicht zu der Sorte, die leicht in Panik gerät, sie ist praktisch um die halbe Welt gereist, aber damals bekam sie es echt mit der Angst zu tun. Sei also gewarnt.«

»Ich werde nicht allein sein. James hat eine Schwester. Man wird gut auf mich aufpassen.« Sie stellte ihr Glas auf den Tisch. »Aber wie dem auch sei, essen wir, sonst trocknet das Fleisch aus.«

Er drückte seine Zigarette im Spülbecken aus. Es klappte garantiert. Wenn man Martina riet, irgend etwas zu lassen, würde sie darauf bestehen, es gerade zu tun. Er sah auf die Uhr. »Eine Minute, ich muß nur schnell einen Anruf machen.«

»Wen willst du denn anrufen?«

»Christian Debilius.«

»Es ist nicht nötig, Hendrik.«

»Ich mache es gern.«

Sie seufzte hörbar.

»Hör auf zu meckern. Das Essen verdirbt in den paar Minuten nicht.« Er nahm den Hörer ab und wählte Christians Nummer. Es war besetzt, also mußte er zu Haus sein. Er lehnte sich an die Wand, als er endlich das Freizeichen hörte. »Hallo? Christian Debilius bitte. Hier Hendrik Van den Fleet.« Er gab Martina ein Zeichen. »Er kommt an den Apparat.« Beim Klang von Christians leiser, akzentuierter Stimme richtete er sich unwillkürlich auf. »Hallo, Christian, ich bin's, Hendrik. Ich hoffe, ich störe nicht. Ich brauche eine kleine Information.«

»Kein bißchen, Hendrik. Worum geht es?«

»Hören Sie, meine Schwester erwägt, einen Job bei James Wu in Hongkong anzunehmen.«

»Wirklich?« Christians Stimme wurde etwas schärfer, was vielleicht daran lag, daß die Nachricht ihn überraschte. »Darf ich fragen, warum? Es ist ziemlich unerwartet, oder?«

Hendrik lachte auf. »Das kann man wohl sagen. Aber im Ernst, Martina und ich haben lange über die Firma diskutiert, seit ich zurückgekommen bin, und sie findet, daß sie sich verändern sollte. Sie denkt, internationale Erfahrungen könnten nützlich für sie sein. Ich habe gesagt, daß ich ihr nicht im Weg stehen würde.«

»Wird ihr Ausscheiden nicht eine Lücke hinterlassen, die schwer zu schließen sein wird, Hendrik?«

Hendrik runzelte die Stirn. Das war nicht die Antwort, die er erwartet hatte. »Wir haben es wie gesagt lang und breit besprochen. Martina wird uns natürlich sehr fehlen, aber es wird schon irgendwie gehen.«

Martina zog die Augenbrauen hoch. Sie lehnte sich ans Spülbecken und verschränkte die Arme. Das war die Übertreibung des Jahrhunderts gewesen. Hendrik zog eine Schulter hoch, als spüre er ihren Blick. »Ich werde Sie noch offiziell über die Änderungen unterrichten, die ich in diesem Zusammenhang in der Firma vornehmen möchte, ich rufe jetzt eigentlich nur wegen Martina an. Wu hat ihr wohl eine Partnerschaft angeboten, und ich dachte, ich sollte mich ein bißchen umhören, ehe sie ihr Geld in eine Firma steckt.«

»Ja, natürlich. Einen Moment, Hendrik, ich frage schnell meinen Computer. Auf Anhieb würde ich sagen, daß Wu in Ordnung ist, aber Kontrolle ist besser.«

»Danke, Christian.« Hendrik legte die Hand auf die Sprechmuschel und drehte sich um. »Er checkt Wu auf seinem Computer.«

Sie nickte.

Er drehte sich wieder um. »Ja, Christian?«

»Keine Sorge, Hendrik. Wu ist finanziell sehr gesund. Ein sehr aktiver Optionsberechtigter. Wir müssen sogar ernsthaft erwägen, seinen Status zu verbessern. Man kann unbesorgt Geld in seine Firma stecken.«

»Sehr gut.«

»Übrigens, Hendrik, vermutlich habt ihr schon darüber gesprochen, welche Kunden sie mitnimmt?«

Hendrik antwortete nicht gleich. Was ihn betraf, würden die Kunden von Van den Fleet Kunden von Van den Fleet bleiben. »Ich versichere Ihnen, das wird kein Problem sein, Christian.«

»Das hoffe ich. Ihre Schwester hat nämlich ihre Bewunderer. Sie ist eine sehr tüchtige junge Dame, und sie ist darüber hinaus außerordentlich attraktiv, wenn ich mir die Bemerkung erlauben darf. Ich könnte mir vorstellen, daß zumindest ein Kunde von Van den Fleet mit ihr geht. Ein sehr wichtiger Kunde, wenn ich mich nicht irre.«

Hendrik räusperte sich. Er begann, seinen impulsiven Anruf zu bereuen. »Tut mir leid« – er lachte gezwungen –, »aber ich bin über Martinas Privatleben nicht ganz auf dem laufenden.«

»Im Ernst, Hendrik.« Christians Stimme bekam mehr

Nachdruck. »Ich spreche von Beni Yasim. Er hält sehr viel von Martina. In jeder Hinsicht, wenn Sie verstehen, was ich meine.«

»Keine Sorge. Martina ist absolut cool. Sie weiß, was läuft.«

»Yasim auch. Und zwar sehr. Er ist der Mittelsmann der Arab Trustee Corporation.«

»Ich muß gestehen, das habe ich nicht gewußt. Ich fürchte, ich muß mich erst wieder mit den europäischen Gegebenheiten vertraut machen.«

»Ich rate Ihnen, es möglichst schnell zu tun. Vielleicht hätten wir dieses Gespräch eher führen sollen. Zum einen ist Martina in Europa sehr angesehen, und zum anderen hat Wu die Möglichkeit, billiger zu verkaufen als Sie, Hendrik. Diese Kombination dürfte für ihre Getreuen unwiderstehlich sein.«

In Hendriks Gesicht zuckte ein Muskel. Wu war nicht der einzige, den Christian eben auf seinem Computer gecheckt hatte. »Keine Sorge, ich . . .«

»Ich mache mir keine Sorge, aber Sie sollten sich welche machen. Ich sehe, warum Wu darauf erpicht ist, daß Martina bei ihm einsteigt. Mit ihrer Erfahrung wird sie seine Position auf dem europäischen Markt ganz erheblich verbessern. Ich frage mich, ob es klug von Ihnen ist, sich Martina von ihm wegschnappen zu lassen.«

Hendriks Nacken färbte sich rot. Er lachte bellend. »Vielleicht, aber ich kann Ihnen versichern, daß sich das Problem, das Sie andeuten, nicht stellen wird.«

»Ist Martina gerade bei Ihnen?«

»Ja.«

»Könnte ich kurz mit ihr sprechen?«

Hendriks Lippen verzogen sich. »Ja, natürlich. Augenblick.« Er verwünschte sich im stillen. Er hatte Christian hellwach gemacht. Er hielt die Sprechmuschel wieder zu. »Martina, schnell. Christian möchte mit dir reden.« Er senkte die Stimme. »Paß um Gottes willen auf, was du sagst. Er wird alles mögliche hineinlegen, und wer weiß, was für Folgen das für uns hat.«

Martina ging langsam zum Telefon. »Was will er?«

»Ich weiß es nicht. Er hat nur gesagt, er möchte mit dir reden.«

Martina nahm den Hörer. »Guten Abend, Herr Debilius.«

»Sagen Sie bitte Christian zu mir, Martina, ich denke, wir kennen uns nun lange genug. Guten Abend. Ich erfahre eben von Hendrik, daß Sie eventuell vorhaben, nach Hongkong zu gehen?«

»Ja, ich fliege am Wochenende hin, um die Details zu besprechen.«

»Hendrik sagt, Sie möchten ein paar internationale Erfahrungen sammeln, und ich freue mich über diesen Standpunkt, aber warum haben Sie nicht mit mir darüber gesprochen? Sie können nirgendwo bessere Erfahrungen sammeln als in New York. Ich hätte Ihnen einen idealen Job suchen können.«

»Sehr freundlich von Ihnen, Christian. Als Optionsberechtigte?« Sie lächelte, als sie vom anderen Ende der Leitung ein leises Geräusch hörte, und zuckte dann heftig zusammen, weil Hendrik sie in den Arm kniff.

»Nicht unbedingt, Martina, ich fürchte, das liegt nicht in meiner Macht. Die Bewerbungen werden in der Reihenfolge behandelt, in der sie eingehen, und nach den Prioritäten, die das Direktorium bestimmt, aber das wissen Sie ja.«

Sie lächelte sarkastisch und dachte bei sich: Sie sind zufällig der Vorsitzende dieses Direktoriums, und Bewerbungen von Frauen wandern grundsätzlich in den Papierkorb.

»Ich habe keinen Zweifel, daß Sie irgendwann optionsberechtigt werden, aber ich könnte mir denken, daß Sie in der Zwischenzeit eine administrative Position an der IDB einnehmen könnten. Sie würden feststellen, daß es eine herausfordernde Aufgabe ist, bei der man eine Menge lernen kann.«

»Vielen Dank für das Angebot, Christian. Ich werde darüber nachdenken.«

»Gut.« Christian schien sich ein wenig über die kühle Antwort zu ärgern. »Hm, rufen Sie mich an, wann immer Sie wollen, und wir werden sehen, was wir für Sie tun können.«

»Danke. Möchten Sie noch einmal mit Hendrik sprechen?«

»Nein, wir haben alles beredet.«

»Dann guten Abend.«

»Ja, guten Abend.«

Hendrik griff nach dem Hörer, bevor sie auflegte, aber er kam zu spät. Er sah sie mißtrauisch an. »Was hat er gesagt?«

»Er hat mir eine Stelle angeboten. Ich habe gar nicht gewußt, wie begehrt ich bin.«

Hendrik ging ans Fenster und zog den Vorhang zurück. Wenn er nicht aufpaßte, konnte er sich womöglich zum Narren machen. Er hatte Martina zu weit getrieben und Christians Reaktion unterschätzt. Er hatte sie unter Kontrolle halten wollen, mehr nicht. Statt dessen hatte er offenbar einen Sack voll Flöhe geöffnet. Er hätte wissen müssen, daß sie gehen würde. Schlimmer war, daß Christian so tat, als ob Van den Fleet von einem Tag zum anderen Schwierigkeiten bekommen würde, wenn sie ginge. Sein Verstand arbeitete. Ja, das war's – Christian hatte ihm eine Lösung für das Problem gezeigt. Er wandte sich ab vom Fenster, als Martina ihn rief, zum Essen zu kommen. Der Job, den Christian ihr angeboten hatte, war dazu gedacht, sie unter Verschluß zu halten – das hätte er sofort sehen müssen. Er mußte sie nur noch überreden, ihn anzunehmen.

Anna machte leise ihre Schlafzimmertür zu und lehnte sich dagegen. Ihr Gesicht war nach dem Wortwechsel mit James immer noch gerötet.

James klopfte leise an die Tür. »Anna, ich muß mit dir reden. Mach bitte auf.«

Anna drückte die Handflächen an die Wangen, um sie abzukühlen; dann drehte sie sich um und öffnete die Tür. Als sie das angespannte und müde Gesicht ihres Bruders sah, empfand sie Scham. »Es tut mir leid, James. Ich hätte nicht so reden sollen. Es war nicht richtig.«

Er fuhr sich mit den Fingern durchs Haar. »Ich habe auch falsch reagiert. Wenn Chan Chunling dich belästigt, dann mußt du ihn nicht auch noch begrüßen und bewirten. Ich sollte die Gefühle meiner Schwester respektieren.«

Anna drängte Tränen der Dankbarkeit zurück. »Du bist so müde, James, ich sollte dich nicht mit diesen Dingen belasten.«

»Ach, laß nur, es ist die Zeitverschiebung. Mehr nicht.«

»Ich weiß, es ist egoistisch von mir, einen wichtigen Kunden nicht zu begrüßen, aber ich mag Mr. Chan nicht.«

»Keine Sorge, Anna. Du hast recht, wenn du meinst, es sei besser, Chan nicht zu sehen.« Er fuhr sich durchs Haar. »Wir haben beide eine schwierige Woche hinter uns, nicht wahr?« Er lächelte bekümmert. »Obgleich meine lohnender war. Es tut mir leid, daß Candy Lai die Bestellung für die Perlenkette rückgängig gemacht hat. Das Geschäft hätte dir sicher über kurz oder lang weitere Aufträge eingebracht.«

»Ich mache mir keine Sorgen, James. Ich hatte halb damit gerechnet. Sie verschwendet jedesmal nur meine Zeit. Zum Glück habe ich viele Kundinnen, die anders sind als sie.«

Es klingelte, und beide, James und Anna, zuckten bei dem Geräusch zusammen. »Das ist sicher Chan. Bleib hier drin. Ich empfange ihn allein.«

Anna lächelte dankbar. Sie blieb an der Tür stehen und horchte auf die Stimmen in der Diele.

Chan Chunling schaute sich im Wohnzimmer um, dann sah er James an. James ignorierte den fragenden Blick. »Ich habe die Echtheits- und Gütezertifikate alle bekommen, Mr. Chan, aber wenn ich Ihnen zuerst etwas zu trinken anbieten dürfte?«

»Danke.«

»Nehmen Sie bitte Platz, Mr. Chan.«

»Danke.« Chan setzte sich auf den Sofarand. »Ich hoffe, es geht Ihnen gut.«

»Ja, sehr gut.«

»Und Ihrer Schwester, Miss Wu?«

»Ihr geht es auch gut, danke für die freundliche Nachfrage.«

Chan strich seine Krawatte glatt. »Es tut mir leid, daß ich heute offenbar nicht die Gelegenheit habe, sie zu begrüßen.«

James reichte ihm ein Glas Whisky. »Anna hat noch zu tun.« Chan sah sich wieder im Zimmer um, als wüßte er nicht, was er als nächstes sagen solle.

James ging zu dem Tisch am Fenster und holte die Zertifikate. »Hier sind die Gutachten, Mr. Chan, und die Diamanten. Prüfen Sie bitte alles nach.«

Chan stellte sein Glas hin und nahm die Zertifikate und studierte sie eingehend. »Sie haben gute Arbeit geleistet. Sind irgendwelche Fragen gestellt worden?«

James lächelte kurz. »Neugier ist eine große Schwäche der Edelsteinbranche, aber es gab keine Fragen, mit denen ich nicht fertig geworden wäre.«

»Was für welche gab es?«

James zuckte mit den Schultern. »Die üblichen. Ob die Diamanten verkäuflich seien. Ihre Herkunft.«

Chan blickte rasch auf. »Was haben Sie ihnen gesagt?«

»Daß ich keinen Verkaufsauftrag hätte und daß ich persönlich vermutete, sie könnten vielleicht aus Rußland stammen.«

Chan blickte ihn weiter intensiv an, als überzeuge ihn die Erklärung nicht.

»Keine Sorge, Mr. Chan, es ist eine sehr plausible Theorie, aber es ist fast unmöglich, sie nachzuprüfen. Die Russen sind dafür bekannt, daß sie gern um ein paar Ecken herum handeln. Sie fühlen sich nicht verpflichtet, die Interkontinentale Diamantenbörse über jede Transaktion zu unterrichten, und deshalb bekommen sie überall den Schwarzen Peter, ob berechtigt oder nicht.«

Chan nickte. Er tat die Diamanten in seine Aktenmappe. Seine Enttäuschung, Anna nicht zu Gesicht zu bekommen, trübte seine Freude über den positiven Ausgang der Mission. Er trank sein Glas aus und stellte es auf den Tisch neben dem Sofa. »Ich bin sehr zufrieden mit Ihrer Arbeit. Es ist möglich, daß ich bald weitere Aufträge für Sie habe.«

»Ich würde mich freuen, Mr. Chan, zögern Sie bitte nicht, mich anzurufen.«

Chan stand auf. »Richten Sie Ihrer Schwester bitte meine guten Wünsche aus. Wir hatten uns vorgenommen, gelegentlich zusammen zu essen. Ich habe einige geschäftliche Kontakte, die nützlich für sie sein könnten. Ich hoffe, Sie haben keine Einwände?«

James lächelte höflich. »Ich würde mir keine Einwände anmaßen, Mr. Chan. Die Entscheidung liegt ganz allein bei Anna.«

Chan nickte befriedigt. Er schritt zur Tür. »Ich werde mich mit Ihnen in Verbindung setzen.«

Anna öffnete die Schlafzimmertür einen Spalt weit, als sie hörte, wie James dem Besucher einen angenehmen Abend wünschte und die Wohnungstür geöffnet und wieder geschlossen wurde. Sie eilte die Diele entlang und sah James besorgt an. »Was hat er gesagt?«

James rieb sich die Hände. »Meine Bemühungen scheinen Früchte zu tragen, Anna. Ich glaube, daß Chans Kunden die Diamanten verkaufen wollen.«

Sie sah ihn aufgeregt an. »Das würde eine große Provision für dich bedeuten, James.«

Er lächelte breit. »Ich habe gewußt, daß das Glück mir hold sein wird. Ich habe es gefühlt, als ich die Diamanten anfaßte.« Er berührte sie am Ellbogen. »Laß uns feiern. Oh, beinahe hätte ich es vergessen: Chan hat gesagt, ihr hättet euch verabredet, zusammen zu essen.«

Sie sperrte erschrocken den Mund auf. »Das stimmt nicht. Ich habe dir doch gesagt, er hat mich eingeladen, aber ich habe nicht angenommen.«

»Ich weiß, ich weiß. Es war nur ein Scherz. Er hat mich gefragt, ob ich etwas dagegen hätte.«

»Und was hast du geantwortet?«

»Ich habe gesagt, die Entscheidung liege ganz allein bei dir.« Er gab ihr einen sanften Schubs zum Wohnzimmer hin. »Vielleicht solltest du Mr. Chan doch keinen Korb geben, er könnte dir ebenso nützlich sein wie mir.«

Sie nickte voll trüber Vorahnungen.

James platzte los. »Anna, du siehst aus, als ob ein Essen mit Chan schlimmer wäre als eine Nacht mit tausend Foltern.«

»Ich mag die Art nicht, wie er mich betrachtet.«

»Vielleicht brauchst du seine Blicke nicht mehr sehr lange zu ertragen. Wenn Martina Van den Fleet hier ist, verliert er womöglich das Interesse an dir.«

Ihre Augen weiteten sich bei dem Gedanken, James' wichtigen Gast zu empfangen. »Wir müssen ein traditionelles Bankett für sie bestellen, James.«

»Ja, das ist eine gute Idee, aber ich finde, sie sollte zuerst auf einen Drink hierherkommen, damit ihr euch ein wenig kennenlernen könnt.«

Sie stieß einen überraschten Ausruf aus. »Das geht nicht, James. Unsere Wohnung ist viel zu bescheiden für eine so wichtige Person.«

»Hör auf damit, Anna. Du bist so schrecklich altmodisch. Die Europäer legen nicht soviel Wert auf solche Dinge.«

»Wie sieht sie eigentlich aus, James? Du hast mir noch gar nichts erzählt.«

»Sie ist etwas größer als du. Braune Augen, dunkelblond.« Er hielt einen Augenblick inne. »Nein, nicht dunkelblond. Wenn die Sonne auf ihr Haar fällt, sieht es aus wie Herbstlaub.«

Anna sah ihn von der Seite an. James fand Miss Van den Fleet offenbar sehr interessant, stellte sie fest.

Pa Jiaming eilte zu seinem Schreibtisch und nahm den Hörer ab. Seine Sekretärin teilte ihm mit, daß der Direktor des Außenhandelsverbands der Volksrepublik China ihn zu sprechen wünsche. Pa sagte ihr, sie solle Fang Ka-Shing durchstellen, und holte seine Zigaretten aus der Tasche.

»Jiaming, hier Ka-Shing. Können wir reden?«

»Ja, aber beeil dich. Ich habe in fünf Minuten eine Besprechung.« Pa zog eine Zigarette aus der Schachtel und zündete sie an.

»Chan hat mir gesagt, er habe die Zertifikate bekommen.«

»Hat es Probleme gegeben?«

Fang lachte. »Ich glaube, sie waren alle viel zu geblendet vom Anblick des Leuchtenden Bergs. Die Experten interessierten sich mehr dafür, ob die Ware zu verkaufen sei.«

»Typisch für die Barbaren.«

Pa zog an der Zigarette und blies einen perfekten Rauchring in die Luft. »Sag Chan Chunling, er soll die Ware verkaufen und den Erlös wie vereinbart deponieren.«

Fang hob aufgeregt die Stimme: »Ich werde sofort nach Schanghai fahren und mit ihm reden.«

»Sehr gut. Je schneller du es tust, desto eher können wir unseren Lohn vom Leuchtenden Berg teilen. Ich muß jetzt Schluß machen, halt mich auf dem laufenden.«

»Ja, Jiaming. Ich rufe aus Schanghai an.«

Pa legte auf und lehnte sich zurück. Die Diamantentransaktion würde vielleicht einen Monat dauern. Es war an der Zeit, die Führungsgruppe für Hochtechnologie über die Notwendigkeit seiner Teilnahme an einer UNCTAD-Konferenz in Genf zu unterrichten. Bis dahin würden Gelder von den Cayman-Inseln seinem privaten Konto gutgeschrieben sein. Er langte über den Schreibtisch, drückte eine Taste der Gegensprechanlage und teilte seiner Sekretärin mit, sie müsse heute Überstunden machen. Er habe einen Report auszuarbeiten.

Martina betrachtete die auf dem Bett ausgebreiteten Kleider und tippte sich mit dem Zeigefinger an den Mund. James hatte gesagt, in Hongkong werde es warm und sehr regnerisch sein. Wenn sie dennoch fror, konnte sie dort etwas Geeignetes kaufen.

Als sie gerade den Koffer gepackt hatte, läutete das Telefon. Sie stöhnte und griff über das Bett zum Hörer. »Hallo.«

»Martina, Ihre Sekretärin sagte, Sie seien zu Haus.«

Die stets ein bißchen heisere Stimme Beni Yasims war unverkennbar. »Guten Tag, Beni, wie geht es Ihnen?«

»Danke, gut. Und selbst?«

»Danke.«

»Fein. Ich bin übrigens gerade nach Haus gekommen und habe Ihre Nachricht auf dem Anrufbeantworter abgehört. Ich war nicht sicher, ob es dringend ist oder nicht.«

»Oh, tut mir leid. Ich wollte Ihnen nur mitteilen, daß ich für ein paar Tage verreise, nur für den Fall, daß Sie versuchen, mich zu erreichen. Ich habe es in Ihrem Hotel in Genf versucht. Man sagte mir, Sie seien nicht da.«

»Eigentlich hätte ich vor zwei Tagen wieder in Genf sein sollen, aber ich bin in Paris aufgehalten worden. Wie dem auch sei, darf ich fragen, wohin Sie fahren?«

»Nach Hongkong.«

»Normalerweise wagen Sie sich doch nicht so weit fort von Antwerpen, nicht wahr?«

»Es ist offensichtlich höchste Zeit, daß ich es endlich tue. Ich möchte ein paar Tage ausspannen, und . . .« Sie wußte nicht recht, ob sie weitersprechen sollte oder nicht.

»Reisen Sie allein oder mit einer Gruppe?«

»Allein.«

»Wie lange werden Sie bleiben?«

»Zwei oder drei Tage.«

Er stöhnte. »Was für ein Jammer. Ich habe in Hongkong etwas Geschäftliches zu erledigen. Wenn ich es gewußt hätte, hätte ich es auf denselben Termin legen können. Die Bescheidenheit verbietet mir natürlich, zu sagen, daß ich ein hervorragender Fremdenführer bin.«

»Natürlich.«

»Aber ich werde Sie trotzdem sehen. Könnten Sie nach Genf kommen, sobald Sie wieder zurück sind? Ich habe einen Auftrag für Sie. Zehn Lots der höchstklassifizierten Industriesteine zu Ihrem bestmöglichen Preis.«

Sie machte große Augen. Das war eine Bestellung, für die heimzukommen sich lohnte. »Ja, kein Problem. Paßt es Ihnen im Lauf der nächsten Woche?«

»Rufen Sie mich an, wenn Sie zurück sind. Ich verspreche Ihnen, daß ich dann in Genf sein werde.«

»Sehr gut. Bis dann.«

»Martina, einen Moment, mir ist gerade etwas eingefallen. Wenn Sie allein nach Hongkong fahren, möchte ich Ihnen eine Empfehlung an einen guten Freund von mir geben. Vielleicht ist es nützlich für Sie. Er heißt Piers Paulinson. Er ist der Vorstand von Paulinson Pacific.«

»Beni, einen Augenblick, ich notiere es mir. Jetzt. Piers Paulinson, ja?« Sie kritzelte schnell den Namen und die Telefonnummer auf ein Stück Papier.

»Ich rufe Piers an und sage ihm Bescheid, daß Sie sich mit ihm in Verbindung setzen werden.«

»Aber nur, wenn ich ihm nicht zur Last falle, Beni.«

»Bestimmt nicht. Er und seine Frau sind sehr charmant und gastfreundlich. Sie werden sich freuen, Sie ein wenig herumführen zu können.«

»Vielen Dank.«

»Gute Reise und viel Spaß, Martina. Wir sehen uns dann nächste Woche in Genf.«

Chan Chunling sah sich in der Halle der goldenen Buddhas um. Es war mitten in der Woche, und zu seinem Glück waren nur wenige Touristen da. Er nahm das kleine Päckchen aus der Tasche und legte es neben die Statuengruppe, an den Fuß des ruhenden Buddhas. Er sah sich wieder um, trat ein paar Schritte zurück und wartete.

Chan war von Fang, dem Gesichtslosen, in den Tempel bestellt worden. Abgesehen von der Tatsache, daß er eine kleine Anzahl von Steinen mitbringen sollte, war daran nichts Ungewöhnliches. Fang hatte die Anweisung nicht weiter erläutert. Chan blickte abermals um sich. Vielleicht war der Gesichtslose nicht mehr mit seiner Arbeit zufrieden und hatte beschlossen, selbst mit anderen in Kontakt zu treten. Er befeuchtete sich die Lippen.

Chan sah, wie das Päckchen langsam fortgezogen wurde. Er hörte ein leises Rascheln und trat vor, um die neuen Anweisungen in Empfang zu nehmen.

»Sagen Sie Wu, er soll die Diamanten verkaufen.«

»Ja, Genosse.«

»Sie wissen, was mit dem Kaufpreis geschehen soll?«

»Ja, Genosse. Das Geld soll auf die Bank in Österreich überwiesen werden.«

»Sehr gut.«

Chan befeuchtete sich erneut die Lippen.

»Ist alles zu Ihrer Zufriedenheit gegangen, Genosse?«

»Ja. Geben Sie mir Bescheid, wenn die Diamanten verkauft worden sind. Das ist alles.«

Als Chan den Tempelbezirk verlassen hatte, holte er seine Zigaretten heraus und zündete sich eine an. Er atmete den Rauch tief ein. Diese Besuche waren sehr gefährlich für ihn. Viele Leute würden bemerken, daß er sie regelmäßig machte, und würden vielleicht Fragen stellen. Fragen, die er nicht beantworten konnte, wenn er am Leben bleiben wollte.

Candy Lai drückte ihr Haar mit den Fingerspitzen zurecht

und strich den kurzen, engen Rock ihres Kostüms glatt. Sie lehnte sich auf dem harten Stuhl zurück und schlug die Beine übereinander. Sie hatte ihre monatliche Pauschale bei Heung & Co. abgeholt, aber man hatte sie gebeten, noch zu warten. Mr. Frank Heung habe gerade eine Besprechung, aber er wünsche sie zu sehen.

Wenig später betrat sie sein Büro.

Frankie blätterte in einer Akte. Er sah Candy an, die auf der anderen Seite des Schreibtisches Platz nahm. »Du stehst jetzt schon eine ganze Zeit auf unserer Gehaltsliste, Candy.«

Sie betrachtete ihre Fingernägel. »Ja, die Zeit fliegt, nicht wahr?«

»Werd bloß nicht frech.«

Sie machte große Augen. »Das bin ich nicht, Frankie.«

»Okay. Ich möchte dich was fragen. Findest du, daß du eine kosteneffektive Mitarbeiterin dieser Firma bist?«

Sie riß die Augen noch weiter auf. »Kosteneffektiv? Ich weiß nicht, was Sie meinen, Frankie.«

»Ich meine mit kosteneffektiv, ob wir etwas dafür bekommen, daß wir dir jeden Monat ein Fixum zahlen. Bisher haben wir nur einen Haufen Mist bekommen, soweit ich es sehen kann.«

Sie schmollte. »Das ist nicht fair, Frankie. Ich habe Ihnen berichtet, daß Fang Ka-Shing nächsten Monat Angebote für die Errichtung eines computerisierten Systems in Lo Wu einholt.« Ihre Lippen begannen zu zucken, als würde sie gleich losweinen. »Und ich habe berichtet, daß Erwin Klein ihm im Namen des deutschen Konsortiums ein wertvolles Geschenk gemacht hat.«

»Ja, ja. Sensationell. Zeig mir einen Kerl auf der Insel, der nicht dann und wann etwas geschenkt kriegt.« Er zeigte mit dem Finger auf sie. »Was du uns nicht berichtest, ist Persönliches. *Persönliches.* Verstehst du, Candy?«

»Klar, Frankie.«

»Schön, denn wenn du nicht bald was lieferst, wird dein Name nicht mehr lange auf unserer Gehaltsliste stehen.«

»Onkel Joey hat gesagt . . .«

»Hör auf, meinen Vater ›Onkel‹ zu nennen.« Seine Augen funkelten. »Du bist keine Blutsverwandte. Er ist nie dein Onkel gewesen. Du bist mit uns verschwägert, das ist alles.« Er legte einen Arm nach hinten über die Lehne. »Was wirst du also tun, Candy? Möchtest du dich langsam nach einer anderen Beschäftigung umsehen?«

Sie ließ den Kopf hängen. »Es ist so schwierig, Frankie. Wenn ich zu viele Fragen stelle, wird Fang mißtrauisch werden. Der verstorbene Mr. Heung hat immer gesagt, ein paar kleine Informationen seien besser als gar keine Informationen.«

Frankie atmete zwischen zusammengebissenen Zähnen aus, so daß ein leises pfeifendes Geräusch entstand.

»Ich sehe Fang heute abend, Frankie. Er hat mir etwas Besonderes geschenkt. Er redet meist eine Menge, wenn er mir etwas geschenkt hat, und« – sie kicherte – »dann schenke ich ihm, was er haben will.«

Er nickte verdrossen.

Sie zupfte nervös an ihrem Daumen und fragte sich, was sie noch anführen sollte, um ihn milde zu stimmen. »Er geht mit mir am Wochenende in den Jockey Club. Ich glaube, er fängt an, mir wirklich zu vertrauen. Er hat mir ein Brillantcollier geschenkt, das extra für mich angefertigt worden ist.«

»An welchem Abend?«

Sie zuckte leicht mit den Schultern. »Ich glaube, Sonnabend.«

»Scheiße. Hör zu, tu mir einen Gefallen, okay? Ich esse am Sonnabend mit ein paar sehr wichtigen Leuten im Club. Wenn du mich siehst, tu so, als kennst du mich nicht. Kapiert?«

»Ja, Frankie.«

»Und was ist an dieser Kette so Besonderes?«

»Sie ist aus Brillanten. Er hat gesagt, es gibt auf der ganzen Welt keine, die so schön ist wie sie. Ich habe Ihnen doch eben gesagt, er hat sie extra für mich anfertigen lassen. Er ist richtig süß, nicht wahr?«

Er nickte. »Richtig süß.« Er sah sie spöttisch an. »Sind sie echt?«

»Aber ja, Frankie. Ich habe sie begutachten lassen. Sie sind echt.«

Er nickte wieder und drehte sich auf seinem Schreibtischsessel zum Fenster.

»Was ist los, Frankie?«

»Halt den Mund. Ich denke nach.«

Candy seufzte schwer, um zu zeigen, daß ihr das lange Schweigen auf die Nerven ging. Frankie drehte sich langsam zum Schreibtisch zurück. »Ich muß verrückt sein, daß ich deine Arbeit für dich mache. Die Klunker, die waren doch lose, ja?«

»Äh . . .«

»Okay. Immer eins nach dem andern. Er hat die Kette nicht fertig gekauft, sagst du. Also muß er die Steine ungefaßt gekauft haben. Richtig?«

»Oh! Ja, Frankie.«

»Schritt zwei. Stell fest, wo er die Brillanten gekauft hat.«

Sie sah ihn zweifelnd an.

»Hör zu, das kann nicht weiter schwer sein. Wenn du ihn befriedigt hast und Süßholz raspelst, frag ihn ganz nebenbei, welcher Juwelier die Kette gemacht hat, ja?«

»Gut, Frankie.«

»Bring mir die Information Montag und mach keinen Mist. Und jetzt raus mit dir. Ich muß ein paar Anrufe machen.«

Sie nahm ihre Tasche und schlang sie um die Schulter. Sie warf ihm einen verwirrten Blick zu, als sie zur Tür ging. Er nahm den Hörer ab. »Gib mir Ronnie Lee. Versuch's im Cortina Club.«

Hendrik wuchtete den Koffer in den Kofferraum des Wagens und nahm dann Martinas Reisetasche. »Was sagtest du, wie lange willst du fortbleiben?«

»Drei Tage, schätze ich.«

Er knallte den Kofferraumdeckel zu. »Gott sei Dank, daß du nicht für einen Monat fährst. Dann würdest du einen Laster für dein Gepäck brauchen.«

»Könnten wir jetzt endlich zum Flughafen fahren, bitte.«

»Keine Panik. Wir haben mehr als genug Zeit.« Er setzte sich ans Steuer. Martina stieg ein.

Als die Lichter des Flughafens in Sicht kamen, bog Hendrik von der Schnellstraße auf den Zubringer ab. Martina biß sich auf die Lippe und war plötzlich wieder voller Zweifel. Sie hätte bleiben sollen, bis Vater wieder zu Hause war. »Paß bitte auf, daß die Haushälterin Vater nicht herumkommandiert. Sie macht einen rigorosen Eindruck. Vater ist seine eigene Einteilung gewohnt, wenn er zu Haus ist.«

Hendrik seufzte. »Mach dir keine Sorgen. Er braucht jemanden, der eine starke Persönlichkeit hat. Du weißt doch, wie er ist. Wenn sie keine guten Nerven hätte, würde sie nach einigen Tagen ihren Koffer packen.«

Sie nickte widerstrebend.

Johannes drängte sich zwischen den Leuten hindurch, die in der Abflughalle warteten. Er entdeckte Martina und Hendrik und winkte heftig. Martina sah ihn und winkte zurück. »Hendrik, da ist Johannes.«

Als Johannes vor ihnen stand, gab sie ihm die Hand. »Du hättest dir wirklich nicht die Mühe machen sollen, eigens herzukommen.«

Johannes gab ihr einen Kuß auf die Wange. »Zuerst dachte ich, ich würde es nicht schaffen. Der Verkehr ist eine Katastrophe.«

Hendrik nahm Martinas Reisetasche, als ihr Flug aufgerufen wurde. »Es ist Zeit.«

»Gute Reise, Martina.« Johannes drückte ihr die Hand und sah sie aufmunternd an.

»Danke. Hoffentlich geht alles gut.«

»Ich bring dich zum Flugsteig.« Johannes nickte Hendrik zu. »Ich nehme die Tasche.«

Hendrik überließ ihm die Tasche und gab Martina rasch einen Kuß auf die Wange. Sie zog überrascht die Augenbrauen hoch und kam zu dem Schluß, daß er es vor allem wegen Johannes getan hatte. Hendrik warf sich den Regenmantel über die Schulter. »Ich kann nicht länger bleiben, Martina, ich muß jetzt zurück und eine Arbeit zu Ende machen.«

»Vielen Dank, daß du mich zum Flughafen gebracht hast.«

»Keine Ursache.« Er steckte die Hände in die Taschen und sah zu, wie Johannes mit einer beschützenden Geste Martinas Schulter umfaßte und sie durch die Menge bugsierte.

James Wu nahm ab und schaltete gleichzeitig den Ton des Fernsehers aus. »Oh, hallo, Mr. Chan.« Er lauschte einige Sekunden aufmerksam und lächelte dann verständnisvoll. »Natürlich, Mr. Chan. Kein Problem. Die Steine haben viel Interesse erregt. Gut. Äh . . . Ja, sie ist da. Ich hole sie.« James erhob sich vom Sofa und ging zur Tür. »Anna, ein Anruf für dich.« Er wartete, bis sie kam, und zeigte dann auf das Telefon. »Es ist Chan, er will die Diamanten verkaufen, und« – er lächelte sie an – »er möchte mit dir sprechen.«

Sie richtete den Blick gen Himmel. Er schubste sie sanft ins Wohnzimmer.

Anna strich sich das Haar aus dem Gesicht, ehe sie den Hörer nahm. »Guten Abend, Mr. Chan, hier Anna Wu.«

»Guten Abend, Miss Wu. Ich freue mich, Sie anzutreffen. Jetzt können wir vielleicht einen Tag für das Essen vereinbaren. Ich habe mit einem Kollegen über Sie gesprochen. Er hat großes Interesse für Ihre Entwürfe bekundet.«

Anna sah James verzweifelt an. Er formte mit den Lippen ein paar Worte, aber sie verstand nicht. »Würden Sie mich einen Moment entschuldigen, Mr. Chan?«

»Ja, aber nicht, was die Verabredung betrifft.« Er lachte, um zu verstehen zu geben, daß er die Worte halb im Scherz gesagt hatte.

James kritzelte etwas auf den Telefonblock. Anna blickte angestrengt auf die Notiz und nickte dann. »Mr. Chan, entschuldigen Sie bitte, daß ich Sie warten ließ. Ich fürchte, Sie *werden* mich entschuldigen müssen. James bekommt morgen wichtigen Besuch, eine Diamantenhändlerin aus Belgien, und ich muß hier sein, um sie während ihres Aufenthalts zu betreuen.«

Chan lachte wieder. »Wenn es eine Dame ist, wird Ihr Bruder sie doch lieber allein unterhalten wollen.«

Chan Chunling hatte wirklich immer und für alles eine Antwort parat.

James kritzelte wieder etwas auf den Block und zupfte sie am Arm. Sie blickte hinunter, und ihr Gesicht färbte sich vor Erleichterung rot. »Mr. Chan, mein Bruder James hat eben vorgeschlagen, daß wir vielleicht alle zusammen essen gehen sollten. Wir würden dann einen Tisch für vier bestellen. Wären Sie damit einverstanden?«

Chan antwortete nicht gleich. Vier war zuviel, aber besser als nichts. »Ich werde mich geehrt fühlen, Ihr Tischherr zu sein, Miss Wu.«

Sie lächelte in dem Glauben, es würde ihrer Stimme eine natürliche Wärme geben. »Danke, Mr. Chan.«

»Könnte ich noch einmal mit Ihrem Bruder sprechen?«

»Gewiß.« Anna reichte James den Hörer. Sie blieb neben ihm stehen und sah ihn bewundernd an. Er war so einfallsreich. Wenn sie zu viert waren, konnte Mr. Chan sie nicht mit Annäherungsversuchen in Verlegenheit bringen.

James kratzte sich am Ohr. »Ja, ich freue mich. Ich werde Sie anrufen, wenn unser Gast da ist.«

James legte auf und ging zum Sideboard, um sich einen

Drink einzuschenken. Anna folgte ihm. »Wird es schwer sein, die Diamanten zu verkaufen?«

Er lachte wieder. »Nein, ich könnte sie gleich viermal verkaufen. Aber es wird interessant sein zu sehen, ob Martina Van den Fleet hält, was sie versprochen hat.«

»Glaubst du, sie wird?«

»Ich möchte darauf wetten.« Er kippte den Whisky hinunter. »Du brauchst für mich kein Essen zu machen, ich esse im Club.« Er nahm sein Jackett von der Sofalehne. »Und warte nicht auf mich.«

Dritter Teil

Der Kai-Tak-Flughafen am Rand von Kowloon war einer der größten Knotenpunkte für den asiatischen Luftverkehr. Martina schaute sich in dem Meer von Gesichtern um, das sie umgab, und geriet einen Moment lang in Panik, da sie glaubte, sie würde James unter all den Asiaten nicht wiedererkennen. Ein Amerikaner mittleren Alters, der ein Gespräch mit ihr angefangen hatte, als sie beide auf ihr Gepäck gewartet hatten, tippte ihr auf die Schulter. »Hallo, da sind Sie ja wieder. Sie können Ihre Leute auch nicht finden, ja?«

Sie sah ihn mit wachsender Erleichterung an. Er hatte ihr gesagt, er sei Bauingenieur und könne ein paar Worte Kantonesisch. Wenn sie James Wu nicht fand, würde er sie wenigstens zu einem Taxi bringen und dem Fahrer die Adresse ihres Hotels sagen können. Der Amerikaner schlang den Trageriemen seiner Reisetasche um die Schulter. »Oh, ich glaube, ich habe sie eben entdeckt.« Er streckte die Hand aus. »Schätze, ich verabschiede mich.«

Als Martina sich halb umwandte, um seine Hand zu nehmen, erblickte sie plötzlich ein großes Stück weiße Pappe, das jemand hochhielt, mit ihrem Namen darauf. »Gott sei Dank. Ich habe meinen Abholer auch entdeckt.«

Martina eilte zu dem weißen Stück Pappe. »Mr. Wu, Mr. Wu!«

James ließ das Schild sinken und lächelte breit. »Willkommen in Hongkong, Miss Van den Fleet.«

»Danke, vielen Dank, daß Sie gekommen sind, um mich abzuholen. Ich weiß Ihre Mühe sehr zu schätzen.«

»Es ist mir eine Ehre und ein Vergnügen.«

Der Verkehr im Hafentunnel zwischen Kowloon und Hongkong war so dicht, daß die Fahrzeuge nur im Schnekkentempo vorankamen. James lächelte, um Entschuldigung heischend. »Ich fürchte, es ist oft so.«

Martina blickte durch die Windschutzscheibe nach vorn. »Wie zu Haus.«

James zündete sich eine Zigarette an. »Wissen Sie, es ist schade, daß Leute, die zum erstenmal Hongkong besuchen, nicht mehr mit dem Schiff ankommen. Dann kann man nämlich die Schönheit des Duftenden Hafens am besten auf sich einwirken lassen.«

»Duftender Hafen?«

»Das ist die Übersetzung des Wortes Hongkong. Obgleich man an ihrer Genauigkeit zweifeln kann, wenn man ein wenig schnuppert.«

Sie lachte fröhlich.

Das Continental Hotel lag in einer einigermaßen ruhigen Seitenstraße im Stadtzentrum. Ein sehr kleiner, junger Boy eilte zum Wagen. Er machte einen Diener und nahm Martinas Gepäck. Sie sah zu dem häßlichen grauen Gebäude hoch. Es entsprach nicht ganz ihren Vorstellungen von einem Hotel.

Als sie das Foyer betrat, atmete sie auf. Es war sehr klein, aber peinlich sauber, und überall standen Schalen mit hübschen Blumengestecken. Die Frau hinter dem Empfang kam ihr entgegen. »Willkommen in Hongkong und im Continental Hotel, Miss Van den Fleet. Wir hoffen, Sie werden sich bei uns wohl fühlen.«

Martina unterdrückte ein Lächeln über die falsche Aussprache ihres Namens. Der junge Boy, der ihr Gepäck aus dem Wagen geholt hatte, stand in Habtachtstellung, ohne die Reisetasche und den Koffer losgelassen zu haben, am Tresen. Martina wandte sich James zu und reichte ihm die Hand. »Vielen Dank für die Einladung zum Drink. Bis nachher.«

James schüttelte ihre Hand überschwenglich. »Ich werde

um Punkt sechs Uhr hier sein. Anna freut sich sehr darauf, Sie kennenzulernen.«

»Danke. Auch ich freue mich.« Martina folgte dem Boy in den Fahrstuhl. Er war sehr klein, und sie schaffte es mit knapper Not, sich neben dem Jungen und ihrem Gepäck hineinzuzwängen.

Sie schaute sich rasch im Zimmer um und gab dem Boy zehn Hongkong-Dollar. Er langte sofort in die Tasche und holte Kleingeld heraus.

»Nein, nein, es ist gut so.«

Er lächelte strahlend und machte wieder einen Diener. »Vielen Dank.«

Als er die Tür hinter sich geschlossen hatte, inspizierte Martina rasch Zimmer und Bad. Auch hier war alles sehr sauber und ordentlich. Sie rieb sich die Augen und war auf einmal hundemüde. Sie öffnete die Mini-Bar und nahm eine Flasche Mineralwasser heraus. Sie trank in fast gierigen Zügen. Dann schaute sie sich wieder um und wünschte, sie wäre in ihrem großen hellen Schlafzimmer daheim.

Das Telefon summte leise.

»Miss Van den Fleet? Ein Anruf für Sie. Mr. Piers Paulinson.« Die Rezeptionistin sprach den Namen mit so etwas wie Ehrfurcht in der Stimme aus.

»Danke. Stellen Sie ihn durch.«

»Miss Van den Fleet, hier Piers Paulinson. Wie geht es Ihnen? Unser gemeinsamer Freund, Beni Yasim, hat Sie angekündigt.«

Martina lächelte. »Danke, daß Sie anrufen, Mr. Paulinson.«

»Keine Ursache. Ich weiß, daß Sie nach dem langen Flug ausruhen möchten, aber wann können wir uns sehen? Darf ich heute abend vorschlagen? Meine Frau und ich freuen uns darauf, Sie kennenzulernen.«

»Das ist sehr freundlich von Ihnen, aber ich habe heute schon eine geschäftliche Verabredung.«

»Dann morgen, zum Mittagessen?«

»Ja, gern.«

»Wunderbar. Sagen wir, um halb eins? Mein Chauffeur wird Sie abholen.«

»Ich freue mich.«

Anna strich sich sorgfältig die Schläfen glatt und achtete darauf, daß kein widerspenstiges Haar hervorstand. Dann hörte sie, wie James die Wohnungstür öffnete.

James lachte, als er die Tür zum Wohnzimmer aufstieß und einen Blick hineinwarf. »Anna, komm und sag unserem Gast aus Europa guten Tag.« Er zeigte auf Anna. »Meine Schwester, Anna. Miss Martina Van den Fleet.«

Anna senkte den Kopf. »Guten Tag, Miss Van den Fleet.«

Martina streckte die Hand aus. »Ich freue mich sehr, Sie endlich kennenzulernen, James hat mir viel von Ihnen erzählt.«

James eilte zum Sideboard. »Martina, was möchten Sie gern trinken?«

Anna riß die Augen auf, als sie hörte, daß James die Besucherin mit ihrem Vornamen anredete. Sie sah ihn verstohlen von der Seite an. Eine derartige Vertrautheit gegenüber einer Fremden war in ihren Kreisen unhöflich. Sie senkte wieder den Kopf und deutete auf das Sofa. »Bitte, Miss Van den Fleet, wenn Sie Platz nehmen würden.« Sie verschränkte die Hände. »James und ich müssen uns für unser allzu bescheidenes Heim entschuldigen.«

Martina sah sie überrascht an. »Sie brauchen sich wirklich nicht zu entschuldigen.« Sie schaute sich im Raum um. »Ich finde, es ist ein wunderschönes Zimmer.« Sie lächelte freundlich. »Und sagen Sie bitte Martina zu mir.«

»Danke.«

Martina setzte sich auf das Sofa. James hatte sie gewarnt, seine Schwester sei nicht so weitgereist wie er und sie sei nach alter chinesischer Sitte übertrieben zurückhaltend. Sie war froh, daß er es gesagt hatte. Die Zurückhaltung seiner Schwester grenzte fast an Kälte. James fragte noch einmal, was sie trinken möchte. Sie entdeckte auf dem Bord eine Flasche halbtrockenen Wermut. »Wenn ich bitte einen Wermut haben könnte?«

»Mit Eis?«

»O ja, bitte.« Sie blickte Anna, die kerzengerade auf dem Rand eines Sessels saß und die Hände im Schoß verschränkte, von der Seite an. Sie wirkte verkrampft.

James reichte Martina ein Glas Wermut und gab dann seiner Schwester ein Glas Orangensaft. Martina deutete auf die Schale mit Blumen, die auf dem Tisch stand. »Was für schöne Blumen. Sie sind wunderbar arrangiert.« Sie sah Anna an. »Haben Sie das gemacht?«

Anna nickte.

»Ich wünschte, ich wäre so begabt wie Sie.«

Anna lächelte zum erstenmal von Herzen. Martina trank einen kleinen Schluck Wermut. Sie wünschte auch, sie hätte Annas Knochenbau. Die Züge des Mädchens waren so fein gemeißelt wie die einer Statue. Anna fing ihren Blick auf und lächelte wieder. Martina stellte ihr Glas vorsichtig auf eine freie Ecke des Tisches. »James hat mir erzählt, daß Sie Schmuck entwerfen. Ich hoffe, Sie werden mir einige von Ihren Arbeiten zeigen.«

»Ja, natürlich, es wird mir eine Ehre sein, Ihre Meinung dazu zu hören.«

»James sagt, Sie hätten auch ein Geschäft.«

»Ja. Es freut mich, sagen zu können, daß es recht gut geht.«

Martina nickte. »Was für Entwürfe machen Sie, Anna? Kreieren Sie sie selbst, oder sagen Ihre Kunden Ihnen, was sie haben wollen?«

Anna überlegte einen Moment. »Ich nehme an, es ist beides. Meist bringen die Kundinnen ein Abendkleid mit, wenn sie den Schmuck für einen bestimmten Anlaß brauchen, oder, wenn sie ihn jemandem schenken wollen, beschreiben sie die Dame.«

»Und welche Materialien verarbeiten Sie?«

»Ich habe seit meiner Ausbildungszeit am liebsten mit Gold und Brillanten gearbeitet. Mögen Sie Brillanten, Miss Van den Fleet?«

»Ich muß leider sagen, daß meine Antwort ein bißchen merkwürdig klingen wird. Ich glaube nämlich nicht, daß ich ein Auge für ihre eigentliche Schönheit habe. Ich achte vor allem auf die Qualität und den Wert. Ich nehme an, meine Arbeit läßt mir nicht genug Zeit, um sie wirklich zu bewundern.«

James brach sein freiwilliges Schweigen und zeigte auf den Ring an Martinas Finger. »Das ist ein sehr schöner Stein, Martina.«

Martina hielt die Hand hoch, als sähe sie den Ring zum erstenmal genauer. »Er ist sehr klein, aber er ist River und Grad ›D‹, VVS.«

»Das heißt, er ist sehr, sehr weiß und hat nur sehr, sehr kleine innere Merkmale«, erläuterte James zu seiner Schwester gewandt.

Ein ärgerlicher Ausdruck huschte über Annas Gesicht, als James sprach. Sie senkte den Kopf und sagte nichts mehr. Ihr Bruder hatte sie gedemütigt. Martina Van den Fleet würde sie für unwissend halten. Martina spürte eine leichte Mißstimmung und bemühte sich, etwas Höfliches zu sagen. »Ich denke, Sie als Entwerferin können Steine bestimmt ebensogut beurteilen wie die Experten.«

Anna hob den Kopf. »Ja, das kann ich, und ich finde Ihren Ring wunderschön.«

»Danke. Eigentlich ist es der Ring meiner Mutter. Mein Vater hat ihn ihr geschenkt, als ich geboren wurde.« Sie hielt inne, als sie sah, daß Bruder und Schwester einen raschen Blick wechselten.

Anna stand auf. »Wenn Sie mich jetzt bitte entschuldigen würden, Sie haben etwas mit James zu besprechen. Ich habe mich sehr gefreut, Sie kennenzulernen.«

»Ich mich auch.« Martina zwang sich zu lächeln. Sie hatte ihr Staunen über Annas unterwürfige Reaktion auf einen kurzen Blick ihres Bruders noch nicht überwunden.

James wartete, bis seine Schwester das Zimmer verlassen hatte, und sprang dann auf und nahm Martinas Glas. »Lassen Sie mich nachschenken. Ich dachte, wir könnten uns vielleicht morgen bei mir im Büro treffen, damit Sie sich ein wenig umsehen können. Und sehen, was Sie von meinem Geschäft halten.«

»Ja, das würde ich gern. Danke.« Martina lehnte sich zurück. Nach dem anstrengenden Small talk kamen sie nun endlich zur Sache.

»Ich weiß nicht, was für Gehaltsvorstellungen Sie haben, aber mir schwebt jemand mit einem Beraterstatus vor, mit ungefähr zweihunderttausend Hongkong-Dollar und einem Gewinnanteil, sagen wir fünfzig Prozent.« Er sah sie an. »Was würden Sie davon halten?«

Sie rechnete es schnell im Kopf in belgische Francs um. »Klingt annehmbar.« Sie schlug die Beine übereinander und ließ sich tiefer ins Sofa sinken. Es war mehr, als sie bei Van den Fleet verdiente, und dort war stillschweigend vorausgesetzt worden, daß sie jede Verkaufsprovision, die ihr gutgeschrieben wurde, umgehend wieder in die Firma steckte. Sie mußte sich jedoch nach den Lebenshaltungskosten in Hongkong richten, vor allem nach den Mieten.

»Selbstverständlich würden Sie einen höheren Provisionssatz für alle neuen Kunden bekommen, die Sie im ersten Jahr bringen.«

»Sie brauchen neue Kunden, James?«

Er kam zum Sofa zurück und gab ihr das Glas. »Ich muß unsere Basis erweitern. Ich möchte auf dem europäischen Markt mehr umsetzen. Ich mache viele Geschäfte mit den Japanern, aber ich wäre wie gesagt glücklicher, wenn wir eine breitere Basis hätten.«

Sie lächelte vor sich hin. Hendrik wollte von Europa nach Japan expandieren. James wollte von Japan nach Europa. »Darf ich Sie etwas fragen, James?«

»Gern.«

»Verhandeln Sie noch mit anderen über eine Partnerschaft?«

»Ich bin ganz ehrlich. Nein.« Er rieb sich langsam die Hände. »Ich habe die Frage in den letzten Monaten mit ein oder zwei Leuten angeschnitten, aber es ist nichts daraus geworden. Man kann nicht sicher sein, was nach 1997 mit Hongkong wird, verstehen Sie?«

»Was wird Ihrer Meinung nach geschehen?«

»Ich denke, daß sich sicher vieles ändern wird, wenn die Insel wieder an China zurückgegeben wird, aber ich glaube nicht, daß die Verhältnisse sich unbedingt zum Schlechten ändern. Es wäre ein großer Gesichtsverlust für Peking, wenn es mit der Wirtschaft der Insel bergab gehen sollte. Es würde sich gegenüber den Briten blamieren, die ja eine blühende und expandierende Wirtschaft hinterlassen werden. Außerdem argumentieren viele, ich übrigens auch, daß Hongkong das Pekinger Fenster zum freien Welthandel sein wird. Sie brauchen uns mehr als wir sie.« Er klappte die Zigarettendose auf dem Tisch auf. »Möchten Sie eine?«

»Nein, danke.«

Er nahm eine Zigarette und zündete sie an. »Was ich gesagt habe, bedeutet natürlich nicht, daß ich Sie als eine Art Rettungsanker betrachte. Ich brauche einfach jemanden, und ich habe die allergrößte Achtung vor Ihrem Wissen und Ihrer Erfahrung. Ich konnte mein Glück kaum fassen, als Sie mich anriefen.« Er machte einen Zug. »Entschuldigen Sie, wenn ich frage, aber haben Sie sich schon mit Ihrem Bruder geeinigt, wie Sie Ihre Kunden unter sich aufteilen wollen?«

»Nein. Ich denke, die Frage wird sich nicht stellen.« Sie nahm ihr Glas. »Das werden wohl eher die Kunden entscheiden, nicht wir. Kunden denken nur an zwei Dinge, Qualität und Preis. Loyalität zu einem Händler spielt keine Rolle.«

Er schürzte zweifelnd die Lippen. »Ich denke, Sie sind zu bescheiden, Martina. Die Ehrlichkeit und Integrität eines Händlers fallen ins Gewicht, und ich glaube, Ihre wiegen ziemlich schwer.«

Sie lächelte. »Das ist sehr freundlich von Ihnen.«

»Es ist die Wahrheit. Sie sind sehr angesehen, vor allem bei den Israelis.«

»Aha, wir haben Nachforschungen angestellt, nicht wahr?«

Er lächelte ein bißchen verlegen. »Verzeihen Sie mir.«

»Ich bitte Sie. Ich hätte an Ihrer Stelle das gleiche getan. Wieviel Kapital müßte ein Partner Ihrer Meinung nach einbringen?«

Er zuckte mit den Schultern. »Das ist für mich nicht besonders wichtig. Jedenfalls nicht im Moment. Nach einem Zeitraum von einem halben Jahr oder einem Jahr, wenn man gesehen hat, wie es läuft, dann könnte man darüber verhandeln.«

Sie nickte.

»Haben Sie noch andere Fragen, die Sie mir stellen möchten?«

»Im Augenblick nicht, James. Das könnten wir vielleicht bis morgen in Ihrem Büro verschieben?«

»Ja, sehr gut.«

Sie blickte auf ihre Uhr. »Entschuldigung, ich war mir nicht bewußt, wie spät es ist. Ich gehe jetzt besser.«

Anna erschien unaufgefordert, um Martina zu verabschieden. Da fiel James noch etwas ein.

»Oh, Martina, wir haben uns gefragt, ob es Ihnen vielleicht Freude machen würde, während Ihres Aufenthalts an einem traditionellen chinesischen Essen teilzunehmen?«

»O ja, sehr.«

»Gut. Anna wird auch einen Gast mitbringen. Er ist zufällig auch ein Kollege von mir.«

»Ich freue mich darauf, ihn kennenzulernen.«

Martina folgte ihm zur Tür. Der Mann war ein Organisator, vor allem, was Frauen betraf. Er stand Hendrik kaum nach.

Erasmus starrte auf den Fernsehschirm, dann und wann drohten ihm die Augen zuzufallen. Er saß in einem Sessel vor dem Gerät, und neben ihn hatten sie einen Tisch gestellt, auf dem alles griffbereit war, was er brauchte, seine Lesebrille, die Zeitung, ein Glas Wasser, die Fernbedienung.

Er hätte Martina nicht dazu ermutigen sollen, Urlaub zu machen. Ihr munteres Geplauder fehlte ihm. Die Haushälterin tat nichts anderes, als Anweisungen zu geben. Er schnitt eine Grimasse und wandte seine Aufmerksamkeit wieder dem Geschehen auf dem Bildschirm zu.

Die Haushälterin kam ins Zimmer. »Zeit, ins Bett zu gehen, Herr Van den Fleet.«

»Wo ist Hendrik?«

»Er wird gleich wieder hier sein. So, ich helfe Ihnen hoch.«

Erasmus schüttelte die Hand von seinem Oberarm. »Ich gehe zu Bett, wann ich will.«

»Kommen Sie, Herr Van den Fleet, Sie wissen doch, was der Arzt gesagt hat. Ruhe ist erste Bürgerpflicht. Sie haben Sie nur unter der Bedingung aus dem Krankenhaus entlassen, daß Sie immer schön ruhen.«

In seinen Augen brannten Tränen. Warum versetzten sie ihn dann nicht für immer in Schlaf, dann wären sie ihn los. Die Haushälterin ging neben dem Sessel in die Hocke. »Was ist, Herr Van den Fleet?« Sie tätschelte seine Hand. »Sie dürfen sich nicht aufregen.«

Er zog seine Hand weg. »Ich rege mich nicht auf. Sie regen mich auf. Gehen Sie. Ich will Sie nicht hier haben.«

Die Haushälterin seufzte laut und richtete sich auf. »Meinetwegen. «

Als Hendrik zurückkam, begrüßte sie ihn in der Diele. »Sie sagten, nur zehn Minuten, Herr Hendrik. Ihr Vater hat mehrmals nach Ihnen gefragt.«

»Tut mir leid, aber ich bin aufgehalten worden.«

»Ihr Vater scheint sich über etwas aufgeregt zu haben und weigert sich, zu Bett zu gehen. Er sagt, er will mich hier nicht mehr haben.«

»Überlassen Sie das mir. Ich gehe zu ihm und rede mit ihm.«

Erasmus blickte Hendrik gereizt an, als er das Wohnzimmer betrat.

»Tut mir leid, daß es so lange gedauert hat, Vater. Ich hab jemanden getroffen.« Hendrik schaute zum Fernseher. »Was siehst du da?«

Erasmus zuckte mit den Schultern und antwortete nicht.

»Ich dachte, du würdest das Spiel sehen. Müßte ein gutes Spiel sein.«

»Wann kommt Martina zurück?«

»In ein paar Tagen.«

»Sie kann sich kaum große Sorgen um mich machen, wenn sie einfach wegfährt.«

Hendrik blickte ihn scharf an. »Ich bitte dich, Vater. Du hast ausdrücklich gesagt, es sei gut, wenn sie mal andere Tapeten sähe.«

Erasmus schnaubte. »Sie brauchte nicht lange überredet zu werden, nicht wahr?«

Hendrik schob die Hände in die Hosentaschen. »Ich habe sie fast mit Gewalt überreden müssen. Ich habe darauf bestanden, daß sie ausspannt. Hör zu, wenn du nicht fernsehen möchtest, kann ich dir doch helfen, zu Bett zu gehen. Ich bleibe dann bei dir sitzen, bis der Nachtpfleger kommt. Er müßte etwa in einer halben Stunde dasein.«

Erasmus schloß die Augen. Er war umgeben von Fremden. Fremde, die in ihm nichts anderes sahen als einen lästigen alten Körper, der gewartet werden mußte wie eine klapprige Maschine.

»Los, Vater, es ist dein erster Tag zu Haus. Du darfst nicht übertreiben. Wenn du dich morgen etwas kräftiger fühlst und das Wetter gut ist, fahren wir aufs Land.«

Erasmus nickte müde.

Der Nachtpfleger öffnete leise die Schlafzimmertür und trat ein. Hendrik sah von der Bibel auf, aus der er seinem Vater vorgelesen hatte, und klappte sie zu. Der Pfleger ging auf Zehenspitzen zu ihm. »Schläft er schon lange?«

»Keine Ahnung. Wahrscheinlich nicht.«

Erasmus schlug die Augen auf. »Ich bin noch ganz da, hört also auf zu tuscheln.«

Der Pfleger lächelte freundlich. »Guten Abend, Herr Van den Fleet, ich heiße Paul. Ich werde die Nacht über bei Ihnen bleiben, machen Sie sich also keine Sorgen.«

Erasmus wandte den Kopf ab. Der Pfleger flüsterte Hendrik ins Ohr: »Sie können jetzt gehen. Ich werde ihn beruhigen. Er mag fromme Sprüche, ja?« Hendrik nickte kurz. Er stand auf und bog erleichtert das Kreuz durch. Er hatte entschieden kein Talent dafür, alte und reizbare Leute zu bemuttern.

Die Haushälterin hielt ihm den Hörer hin, als er ins Wohnzimmer trat. »Ihre Schwester ist am Apparat, Herr Hendrik.«

»Danke.« Hendrik rieb sich die Augen. Das hatte ihm noch gefehlt. Er nahm den Hörer. »Ja, Martina?«

»Oh, Hendrik, entschuldige, daß ich so spät anrufe. Ich konnte nicht früher durchkommen. Wie geht es Vater?«

»Sehr gut. Er ist ziemlich aufgekratzt.«

»Gott sei Dank. Kann ich mit ihm sprechen?«

»Äh, er ist gerade zu Bett gegangen. Verständlich. Ist sein erster Tag zu Haus.«

»Ja, natürlich. Tut mir leid, daß ich nicht eher anrufen konnte.«

»Keine Sorge. Alles unter Kontrolle. Wie ist Hongkong?«

»Interessant.«

»Wie läuft es mit Wu?«

»Kein Problem. Er scheint sehr erpicht darauf zu sein, mich zu bekommen. Er sagt, er will seine europäische Basis verbreitern. Er hat mir ein sehr gutes Gehalt plus Gewinnanteil angeboten.«

Er lachte rauh. »Wenn du mich neidisch machen willst, ist es dir gelungen. Er braucht nicht zufällig noch einen Händler?«

»Ich werde ihn fragen.«

»Hm, freut mich, daß bis jetzt alles geklappt hat.«

»Wie kommt Vater mit der Haushälterin zurecht?«

Er lachte wieder. »Ich denke, man sollte fragen, wie die Haushälterin mit ihm zurechtkommt. Sie hat fast den ganzen Tag ein Gesicht gemacht, als wäre sie von einer Bombe getroffen worden.«

»Gut zu wissen, daß Vater wieder in Form ist.«

»Ihm geht es gut. Du brauchst dir keine Sorgen zu machen.«

»Also dann, ich mach jetzt Schluß. Sag ihm bitte, daß ich angerufen habe, ja?«

»Sicher. Wiedersehen.« Hendrik legte auf und atmete langsam aus. Er ging zum Sideboard und schenkte sich einen großen Whisky ein. Er hatte geglaubt, Martina sei sein Hauptproblem. Nun sah es ganz so aus, als würde Vater das wahre Problem sein.

Der Cortina Club war eine Bar mit Oben-ohne-Bedienung und einem Hinterzimmer, das für illegales Glücksspiel benutzt wurde. Frankie Heung betrat das Lokal, warf einen gelangweilten Blick auf die Mädchen, die sich müde zu Discomusik drehten, und ging dann zur Tür am anderen Ende und klopfte zweimal. Er wartete einige Sekunden, und dann machte der Mann, der ihn durch den Spion begutachtet hatte, die Tür auf. »Einen schönen Abend, Mr. Heung.«

»Gleichfalls.« Frankie sah sich um. »Ist Ronnie Lee da?«

»Am mittleren Tisch, Mr. Heung.«

»Danke.« Frankie schlenderte zu dem Tisch, an dem Ronnie Fan-tan spielte, und wartete darauf, daß er aufschaute. Als es soweit war, hob er kurz den Kopf.

Ronnie nickte und sammelte seinen Gewinn ein. Er räumte seinen Platz und trat zu Frankie in die Ecke des Raumes. »Wie läuft's, Frankie?«

»Okay. Hör zu, du hast mir doch mal von einem Burschen erzählt, der immer in einen von deinen Clubs kam? Und mit Diamanten bezahlte? Als er letztesmal aufkreuzte, mußtest du ihn ein bißchen hart anfassen.«

Ronnie legte die Stirn in Falten.

»Du sagtest, er hätte sich plötzlich in Luft aufgelöst. Hättest ihn nie wiedergesehen.«

»Ach ja. Ein verrückter Kerl.«

»Wie heißt er?«

»Nennt sich Mui. Mui Shenlu. Warum, was ist das Problem?«

»Ich muß die Spur von jemandem verfolgen. Weißt du noch, wie er aussieht?«

Ronnie zuckte mit den Schultern. »Ganz normal. Weiß nicht, ob ich ihn auf der Straße wiedererkennen würde.«

»Und auf einem Foto?«

»Wahrscheinlich.«

»War er Stammgast?«

Ronnie wiegte die Hand hin und her. »Nicht unbedingt. Er war einer von denen, die dauernd auf Geschäftsreise gingen. Dann verging vielleicht ein Monat, bis man ihn wiedersah, dann kam er ein paar Abende hintereinander, und dann war er wieder weg.«

»War je ein Typ namens Fang Ka-Shing in einem von deinen Läden?«

Ronnie schürzte die Lippen. »Nicht daß ich wüßte. Ich werd's nachprüfen lassen.«

»Danke, Ronnie. Ich wäre dir sehr verbunden.«

»Möchtest du 'nen Drink?«

»Ja, aber einen schnellen, ich muß weiter.«

»Dann geh ich wieder zu meiner Pechsträhne.«

Frankie lachte.

Der Barkeeper kam zum Ende der Theke, als Frankie auf einen Schemel kletterte. »Guten Abend, Mr. Heung. Das Übliche?«

»Danke.«

Der Barkeeper bückte sich und holte eine Flasche Bourbon unter der Theke hervor. Frankie drehte sich um und betrachtete zwei Tänzerinnen. Eine von ihnen ließ ungeschickt ein paar Quasten kreisen, die an ihren Brüsten befestigt waren;

Der Barkeeper stellte ein Glas mit Bourbon und Eiswürfeln vor Frank auf die Theke. »Gute Show heute abend, Mr. Heung?«

Frankie drehte sich zu ihm. »Jede Peking-Ente hat bessere Titten.«

Der Barkeeper lachte unsicher. Frankie nahm das Glas und betrachtete es. Nach Candy Lai, dieser dummen Gans, die er bezahlte, machte der Typ, der sie aushielt, jeden Monat eine Geschäftsreise. Er nahm einen Schluck Bourbon und behielt ihn im Mund. Und vielleicht ließ er sich von seinen Freunden Mui Shenlu nennen.

Martina sah sich in James' Büro um. Sie trat zu einem Kunstwerk an der Wand und betrachtete es einige Sekunden, ehe ihr klar wurde, daß es ein Flachrelief der Insel war, auf der Hongkong lag. James kam in den Raum zurückgeeilt. »Entschuldigen Sie, daß ich Sie allein gelassen habe. Manche Kunden bilden sich ein, sie könnten jederzeit unangemeldet vorbeikommen, was sie natürlich können.« Er lachte und rieb sich die Hände. »Wie dem auch sei, haben Sie sich inzwischen die Bilanzen vom letzten Jahr ansehen können? Was meinen Sie?«

»Sehr beeindruckend, James.« Sie suchte nach den passenden Worten. Ihr Selbstvertrauen hatte sich so gut wie verflüchtigt. Sie schaute sich um. Vielleicht hatte Hendrik recht, und sie hatte sich etwas vorgemacht. James hatte im letzten Quartal mehr Umsätze gemacht als sie in einem ganzen Jahr. Sie zwang sich zu einem strahlenden Lächeln. »Ich kann sehen, warum Sie jemanden brauchen, der Ihnen hilft. Dieses Arbeitspensum geht über die Kräfte eines einzelnen.«

Er zuckte mit den Schultern. »Das macht mir nichts aus. Arbeit ist mein größtes Hobby.« Er sah auf seine Hände hinunter. »Wäre es möglich, daß Sie sich rasch entscheiden? Ich bin immer dafür, alles möglichst schnell zu regeln.«

Sie betrachtete das Hongkong-Relief an der Wand. Sie würde alles darum geben, wieder in einer vertrauten, sicheren

Umgebung zu sein, aber was gab es jetzt noch groß zu überlegen? Sie brauchte den Job. Bei Van den Fleet zu bleiben, kam nicht in Frage. Sie drehte den Ring an ihrem Finger. »Sie haben gestern abend gesagt, Sie würden in sechs oder zwölf Monaten über eine Partnerschaft nachdenken. Sollten wir uns nicht auf eine Probezeit von einem halben Jahr einigen, mit beiderseitigem anschließendem Kündigungsrecht?«

Er begann zu strahlen und streckte die Hand aus. »Willkommen bei James Wu and Company.«

Sie schlug ein. »Ich hoffe, ich werde zu Ihren Erfolgen beitragen können, James.«

Er ließ ihre Hand los und trat zu seinem Schreibtisch. Er nahm eine Akte aus einer Schublade und brachte sie ihr. »Ich habe schon einen Arbeitsvertrag aufsetzen lassen. Wenn Sie ihn vielleicht gleich lesen würden, könnten wir beide unterschreiben, natürlich nur, wenn Sie mit allem einverstanden sind.«

Sie unterdrückte ein Lächeln. James verlor wirklich keine Zeit. Sie nahm das Dokument und las es ruhig und aufmerksam durch.

»Wenn Sie einen Anwalt zu Rate ziehen wollen, habe ich selbstverständlich nichts dagegen, Martina.«

»Ich glaube nicht. Es scheint vollkommen in Ordnung zu sein.«

»Zufrieden?«

»Ja.«

»Ich sage nur schnell meiner Sekretärin Bescheid, damit sie unsere Unterschriften beglaubigt.« Er drückte auf die Sprechtaste zum Vorzimmer. Sekunden danach kam die Sekretärin herein, und er nahm einen Füllhalter aus der Innentasche seines Jacketts. »Wenn Sie bitte hier auf der letzten Seite unterschreiben würden, Martina.« Sie nahm den Füllhalter, zögerte jedoch einen Moment, ehe sie ihren Namen schrieb, denn plötzlich wurde ihr schwach in den Knien. Wenn Hendrik nicht gewesen wäre, dann wäre sie nicht hier. Sie beugte sich vor und unterschrieb schnell.

James lächelte seiner Sekretärin kurz zu, und sie verließ das Büro. Er gab Martina eine Ausfertigung des Vertrags und legte die andere in die Akte. »Ich habe noch eine wichtige Frage. Wann können Sie anfangen?«

»Ich werde mit Hendrik darüber sprechen müssen, aber ich denke, bald. Wann immer es Ihnen und mir paßt. Er hat bereits einen Nachfolger für mich.« Sie verstummte und bereute, sich auf diese Weise gehengelassen zu haben.

»Sofort wäre am besten, aber sprechen Sie mit Ihrem Bruder und sagen Sie mir Bescheid, wann es soweit sein wird.« Sein Gesicht wurde ausdruckslos. »Verzeihen Sie, aber ich habe noch eine zweite wichtige Frage. Sie ist persönlicher Natur, und ich hoffe, ich trete Ihnen nicht zu nahe, aber wenn wir eng zusammenarbeiten wollen, müssen wir ehrlich miteinander sein.« Er senkte den Kopf und redete zum Fußboden hin: »Ich hatte, vielleicht fälschlicherweise, den Eindruck, es gebe ein Problem zwischen Ihnen und Ihrem Bruder, und Sie hätten sich deshalb mit mir in Verbindung gesetzt.«

»Ich bin nicht ganz sicher, was ich darunter verstehen soll. Ein Problem?«

Er senkte den Kopf bis auf die Brust. »Verzeihen Sie bitte, aber als ich bei Ihnen in der Firma war, spürte ich, daß Sie beide sehr zornig aufeinander waren. Ich erwähne es nur deshalb, weil ich nicht möchte, daß ein Problem in Ihrer Familie Auswirkungen auf unsere Arbeitsbeziehung hat, die ganz sicher sehr fruchtbar sein wird.«

Sie traf wieder eine rasche Entscheidung. James war ein kluger Mann. Seiner Aufmerksamkeit schien kaum etwas zu entgehen. Es hatte keinen Sinn zu lügen. »Es wird sich auf keinen Fall auswirken, James, aber ich gebe zu, daß es Schwierigkeiten gegeben hat.«

Er hob den Kopf und sah sie an. Zum erstenmal, seit er das Thema angeschnitten hatte, wurde ihr klar, daß er entsetzlich verlegen war. »Es ist ganz einfach, James. Mein Bruder und ich sehen die Dinge fast nie mit denselben Augen. Fremde können deshalb leicht den Eindruck haben, daß wir immerfort in Streit liegen. Das wahre Problem ist jedoch, daß seit dem Ausscheiden meines Vaters eine Lücke in der Firma entstanden ist, die ich nicht ausfüllen kann. Ich bin nicht optionsberechtigt. Abgesehen davon, sieht Hendrik noch Probleme darin, einen weiblichen Händler zu haben. Er möchte auf den japanischen Markt vorstoßen.«

»Entschuldigung, das verstehe ich nicht. Was für Probleme sollte es auf dem japanischen Markt geben?«

»Hendrik zufolge handeln sie lieber mit Männern.«

Er nickte langsam.

»Deshalb hat er beschlossen, unseren Bürovorsteher zum Händler zu befördern. Er sagt, er könne es sich nicht leisten, ihm und auch mir Spitzengehälter zu zahlen, und so stand ich vor der Alternative, eine reine Verwaltungstätigkeit anzunehmen oder die Firma zu verlassen.«

James rollte eine Zigarette zwischen den Fingern hin und her. »Van den Fleet ist nicht groß genug für Sie beide?«

Sie lachte leise. »So kann man es ausdrücken.«

»Ich bin froh, daß wir darüber gesprochen haben, Martina. Ich danke Ihnen für die Offenheit, mit der Sie mich in eine private Angelegenheit eingeweiht haben.«

»Nun ja, wie Sie vorhin sagten – wenn wir zusammenarbeiten wollen, müssen wir ehrlich miteinander sein.«

Er nickte wieder. Er zündete die Zigarette an. »Was werden Sie als nächstes tun, Martina?«

»Ich fliege für ein paar Tage nach Hause, wenn Sie nichts dagegen haben, und rede mit meinem Vater. Er ist schwer krank gewesen, und Hendrik und ich haben diese Dinge noch nicht mit ihm besprochen. Wenn alles klappt, kann ich Ende nächster Woche wieder hier sein, wahrscheinlich schon früher.«

Er musterte ihr Gesicht, als fände er den zuversichtlichen Ton in ihrer Stimme übertrieben. »Hm, ich überlasse es ganz Ihnen, Martina. Ich freue mich natürlich, wenn Sie möglichst schnell wieder hier sein werden.« Er sah an ihr vorbei. »Der guten Ordnung halber sollte ich die Interkontinentale Diamantenbörse über diese Änderungen in der Firma unterrichten.«

Sie fühlte Zorn in sich aufsteigen. »Könnten Sie vielleicht warten, bis ich mit Christian Debilius geredet habe, James? Er hat mir einen Posten angeboten, und ich habe mir die Möglichkeit offengelassen, bis wir uns einig sein würden.«

»Ja, natürlich. Verzeihen Sie. Ich wußte nicht, daß man Ihnen eine Position an der Diamantenbörse angeboten hat.«

Sie hatte die Genugtuung, daß er plötzlich hellwach war und um ein paar Zentimeter kleiner zu werden schien.

Eine sonderbare Kühle nahm von ihrem Verstand Besitz, als ob sie die Szene auf einmal als Außenstehende beobachtete. James hatte offensichtlich geglaubt, sie habe keine anderen Möglichkeiten; das stimmte zwar, aber sie wollte sich nicht in Abhängigkeiten begeben. Sie brauchte eine Arbeit, aber sie würde sich nicht wie ein kleines Mädchen behandeln lassen.

James sah auf die Uhr. »Wie wäre es mit einem Lunch?«

»Oh, vielen Dank, aber ich habe mich mit Freunden von einem Kunden von mir zum Essen verabredet.«

»Ja, natürlich.« Wieder wirkte er plötzlich unsicher.

»Es ist ein bißchen kompliziert, weil ich sie noch nie gesehen habe, aber sie haben darauf bestanden, mit mir zu essen.«

»Darf ich fragen, wie sie heißen? Vielleicht kenne ich sie.«

»Die Paulinsons. Piers und . . .«

Er atmete mit einem leisen, fast zischenden Geräusch aus.

»Ist etwas nicht in Ordnung, James?«

»Nein, nein. Ich hatte keine Ahnung, daß Sie Verbindung zu den Paulinsons haben.«

Sie sah ihn an. Warum reagierte er so sonderbar? Er hatte fast den gleichen ehrfürchtigen Unterton in der Stimme wie die Empfangsdame des Hotels. »Kennen Sie sie?«

»Das wäre zuviel gesagt. Ich bin ihnen allerdings ein paarmal begegnet.«

»Was können Sie mir über sie sagen? Ich wäre Ihnen sehr dankbar.«

Er lachte. »Sie brauchen nur zwei Dinge über die Paulinsons zu wissen. Sie sind die reichste britische Familie auf der Insel, und Paulinson Pacific ist die erfolgreichste britische Handelsgesellschaft. «

»Ich verstehe.«

Er zog an seiner Zigarette. »Sie haben gesagt, ein Kunde habe den Kontakt hergestellt. Darf ich fragen, wer?«

Sie zögerte einen Moment, kam aber zu dem Schluß, sie könnte Beni mit Recht als ihren Kunden bezeichnen. Normalerweise kamen Kunden durch eine Empfehlung von der Diamantenbörse, aber sie hatte Beni durch einen Zufall bei einer Diamantenauktion kennengelernt. »Er heißt Beni Yasim.«

Er starrte sie erneut an.

Sie sah auf ihre Uhr. »Ich denke, ich gehe jetzt besser, James. Ich darf diese wichtigen Leute nicht warten lassen, nicht wahr?«

»In der Tat.«

James schlug die Tür des Taxis zu und trat zurück auf den Gehsteig. »Essen Sie nicht zuviel. Denken Sie daran, daß Ihnen heute abend ein chinesisches Bankett bevorsteht.«

Sie lachte. »Ehrenwort.«

»Ich hole Sie um sechs Uhr im Hotel ab, ja?«

»Danke. Bis nachher.« Sie winkte noch einmal, als das Taxi anfuhr.

Astrid nahm nach dem ersten Klingeln ab und reichte den Hörer dann rasch zu Hendrik hinüber. »Es ist Ihre Schwester.«

Hendrik nahm den Hörer, während er eine Akte zuklappte und in den Ablagekorb warf. »Ja, Martina?«

»Ich dachte, ich sollte dir als erstem Bescheid sagen, daß ich mich mit James Wu geeinigt habe.«

»Verstehe. Hör zu, einen Moment bitte, ja?« Er legte die Hand auf die Sprechmuschel. »Lassen Sie mich ein paar Minuten allein, Astrid.«

»Natürlich.« Astrid sammelte hastig ihre Unterlagen ein.

Hendrik wartete, bis sie den Raum verlassen hatte, ehe er

weiterredete. »Hallo, Martina, entschuldige bitte. Ich mußte nur Astrid loswerden. Was hast du gesagt?«

»Ich habe den Job bei James Wu angenommen.«

»Ist das nicht eine etwas übereilte Entscheidung? Was ist mit Christians Angebot?«

»Es war praktisch das gleiche wie deines. Ich bin Händlerin und kein Verwaltungsmensch. Bei James kann ich die Arbeit machen, die ich liebe und beherrsche.«

»Schon gut, wenn es das ist, was du willst, meinetwegen. Und was geschieht als nächstes?«

»Ich komme morgen nach Hause. Ich habe Angst davor, mit Vater zu sprechen, aber ich muß. Wie geht es ihm?«

»Gut. Hör zu, du brauchst nicht extra zurückzukommen, nur um mit Vater zu reden. Ich kann ihm alles erklären.«

»Danke, aber ich sollte es ihm selbst sagen. Außerdem muß ich zurückkommen. Ich habe einen Termin mit Beni Yasim. Er hat offenbar einen größeren Auftrag.«

»Yasim? Davon hast du mir nichts gesagt.« Hendrik richtete sich kerzengerade auf.

»Tut mir leid, ich habe es verschwitzt. Wie dem auch sei, es wird ein guter Abgang von Van den Fleet sein.« Sie lachte schwach. »Mit einem Paukenschlag gewissermaßen.«

»Was will er haben?«

»Ich glaube, zehn Lots beste Industriediamanten.«

»Hm, gut, daß du mir es gesagt hast. Ich werde Justus sofort dran setzen.« Hendrik nahm seine Zigarette und machte einen Zug, ehe er sie ausdrückte. »Das heißt, vielleicht wäre es gut, wenn ich das selbst übernähme. Es gibt mir Gelegenheit, Yasim kennenzulernen und ihn mit Justus bekannt zu machen und eine gewisse Kontinuität herzustellen. Wann kommt er?«

Sie lachte wieder. »Beni kommt nicht zu uns. Wir gehen zu Beni.«

»Aha, ich verstehe.«

»Hendrik, überlaß das mir. Beni ist mein Kunde, und noch habe ich Van den Fleet nicht verlassen. Ich möchte ihm selbst sagen, daß ich gehe. Er ist schließlich mein wichtigster Kunde. Er sollte es aus erster Hand erfahren.«

»Was soll das heißen? Er ist ein Kunde von Van den Fleet.«

»Nein, Hendrik, er ist mein Kunde. Ich habe ihn aufgetan. Ich habe ihn in die Firma eingeführt. Ich war diejenige, die mit ihm gearbeitet hat. Immer.«

Hendriks Gesicht lief rot an. Er zählte langsam bis fünf. »Ich gehe davon aus, daß alle Kunden, die in unseren Büchern stehen, unsere Kunden bleiben.«

»Müssen sie das nicht selbst entscheiden?«

»Hör zu, Martina, ich denke, wir sprechen besser darüber, wenn du zurück bist. Solche Dinge erörtert man nicht am Telefon. Sag Bescheid, wann deine Maschine ankommt, und ich hol dich ab.«

»Du brauchst dir nicht die Mühe zu machen, ich werde schon abgeholt. Von Johannes.«

»Wir müssen reden, Martina.«

»Ich ruf dich an, sobald ich zu Hause bin.«

»Und wo ist das?«

»Bei Johannes. Das hab ich dir doch gesagt.«

»Nein, das hast du nicht.«

»Hendrik, ich muß jetzt Schluß machen. Wir sehen uns, wenn ich komme und mit Vater spreche. Bis dann.«

»Wiedersehen.« Hendrik knallte den Hörer auf. Er stand auf und trat ans Fenster. Er hätte sich doch mehr anstrengen müssen, um sie in der Firma zu halten, oder sie wenigstens dazu überreden, den Job bei der Diamantenbörse anzunehmen. Er rieb sich die Stirn. Christian hatte ihn gewarnt, und er hatte recht gehabt. Er ging zurück an den Schreibtisch und drückte auf die Sprechtaste. »Geben Sie mir Christian Debilius.« Wenn sie ihm Kunden abspenstig machen wollte, dann nur über seine Leiche.

Die Paulinsons wohnten eineinhalb Kilometer weiter als Candy Lai, noch höher am Victoria Peak, in einem exklusiven

Viertel. Als die Limousine vor dem Haus gehalten hatte, kam ein Diener herbeigeeilt. Er öffnete den hinteren Wagenschlag und schützte Martina mit einem Schirm vor dem Regen, als sie ausstieg. Sie sah sich neugierig um. Der Blick über den Fluß mußte umwerfend sein, wenn es nicht gerade regnete und so bewölkt war wie jetzt.

Der Butler fragte sie nach ihrem Namen und führte sie zu den Paulinsons. Sie schaute sich wieder um. Sie wußte nicht, weshalb, aber sie hatte irrtümlich angenommen, sie würde der einzige Gast zum Mittagessen sein. Es waren ungefähr fünfzig Leute im Zimmer.

»Entschuldigung, Sir. Miss Van den Fleet.«

Piers drehte sich zu ihnen um und streckte die Hand aus. »Guten Tag, Miss Van den Fleet. Ich freue mich, daß Sie kommen konnten.«

»Vielen Dank für die freundliche Einladung.«

»Ich bitte Sie, keine Ursache.« Er taxierte sie mit einem raschen Blick. »Sie möchten sicher etwas trinken.« Er schnippte mit den Fingern einen Kellner herbei. Piers nahm ein Glas Champagner und gab es ihr. »Und jetzt müssen Sie Marietta kennenlernen. Sie ist schon sehr gespannt auf Sie.«

Piers führte sie quer durch den Raum zu den Fenstern, wo eine ziemlich große, außerordentlich gepflegte Dame stand. »Marietta, Liebling, darf ich dir Martina Van den Fleet vorstellen.«

Marietta wandte sich zu ihnen und sah Martina ausdruckslos an.

»Benis Freundin, Liebling. Du erinnerst dich doch?«

Martina sah ihn an. Der gönnerhafte Ton seiner Stimme gefiel ihr nicht. Marietta lächelte höflich. »Ja, natürlich.« Sie reichte Martina die Hand. »Benis Freunde sind immer willkommen hier.«

Martina nahm ihre Hand und hatte das Gefühl, plötzlich zu so etwas wie einem streunenden Hund degradiert worden zu sein. Sie sah Marietta an und stellte fest, daß sie von sehr großen dunklen Augen gemustert wurde. Sie trank einen

Schluck Champagner. Sie fand den Ausdruck in den Augen nicht allzu freundlich. »Vielen Dank für die Einladung zum Lunch, Mrs. Paulinson.«

»Beni bestand darauf.« Marietta warf mit einer raschen Kopfbewegung lange schwarze Locken zurück. »Wie lange kennen Sie ihn schon?«

»Es müssen jetzt ein paar Jahre sein.«

»Ach. Beni und ich sind schon sehr lange eng befreundet.«

Martina sah ihr in die Augen. »Soweit ich weiß, hat Beni viele Freunde, Mrs. Paulinson.«

Mariettas Augen funkelten. Martina warf einen Blick zu Piers Paulinson, der einige Meter von ihnen entfernt stand und ihnen den Rücken zuwandte. Marietta hatte offensichtlich irgendwann einmal mit Beni geschlafen. Sie richtete ihren Blick wieder auf die Gastgeberin. Sie war attraktiv, aber weit in den Vierzigern. Martina drehte das Champagnerglas zwischen den Fingern. Ihre Lippen verzogen sich zu einem leichten Lächeln.

»Wie lange bleiben Sie in Hongkong, Miss Van den Fleet?«

Martina wurde sich plötzlich bewußt, daß Marietta mit ihr sprach. »Äh, ich fliege morgen wieder.«

»Schade, daß Sie nicht länger bleiben können.«

»Ich habe die Absicht, bald zurückzukommen.«

Marietta legte den Kopf zur Seite wie ein Vogel. Wieder hatte Martina das Gefühl, von ihrem Blick seziert zu werden.

»Piers hat mir erzählt, was Sie machen, aber ich fürchte, ich habe es vergessen.«

»Ich bin Diamantenhändlerin, Mrs. Paulinson.«

»Wirklich.«

»Und was machen Sie?«

Mariettas Augen weiteten sich. »Machen?«

»Ja.«

Marietta lachte etwas rauh. »Ich mache nichts, meine Liebe, ich bin.«

Martina trank wieder von ihrem Champagner. Dazu fiel ihr keine höfliche Antwort ein.

Piers trat in die Mitte des Raumes und klatschte in die Hände. »Chow, wenn ich bitten darf. Zeit zum Chow.«

Die Kellner schoben Falttüren zur Seite, hinter denen sich ein anderer großer Raum auftat. In der Mitte stand ein langer Tisch mit einem kalten Buffet. Die Gäste gingen in kleinen Gruppen angeregt plaudernd hin. Marietta drehte sich um und sah Martina an. »Ich glaube, da ist etwas, das Sie wissen sollten, Miss Van den Fleet.«

»Und das wäre?«

»Sie verschwenden Ihre Zeit bei Beni.« Mariettas Züge wurden hart, und sie sah auf einmal älter aus, weniger attraktiv. »Sie sind überhaupt nicht sein Typ.«

Martina starrte sie verblüfft an und platzte dann los. »Vielen Dank für den guten Rat, Mrs. Paulinson, aber es gibt auch etwas, das *Sie* wissen sollten. Beni und ich haben eine Arbeitsbeziehung. Wir sind Geschäftskollegen, mehr nicht.«

Mariettas Blick schien sich in den ihren zu bohren.

»Sie brauchen sich wirklich keine Sorgen zu machen, Mrs. Paulinson.« Martina sprach gelassen, mit einem ironischen Unterton, und registrierte befriedigt, daß Mariettas Wangen sich langsam rot färbten.

»Ich verstehe.« Sie wandte den Blick ab. »Sie müssen mich für ziemlich töricht halten, Miss Van den Fleet.«

»Nein.«

Marietta warf ihr Haar zurück. »Wollen wir jetzt etwas essen?« Sie stellte ihr Glas ab und schritt schnell durch den Raum, ohne weiter auf Martina zu achten.

Martina ging unschlüssig zu dem Tisch mit dem Buffet. Marietta hatte es geschafft, vier oder fünf Gäste um sich zu scharen und sich auf diese Weise abzuschirmen. Ein dicklicher Mann mittleren Alters war auf einmal an Martinas Seite. »Wir haben uns noch nicht kennengelernt. Ich bin Erwin Klein.« Er streckte die Hand aus.

»Sehr erfreut. Martina Van den Fleet.«

»Darf ich Ihnen etwas zu essen holen?«

»Gerne, vielen Dank.«

Er bahnte sich ungeschickt einen Weg zum Tisch und rempelte dabei Leute an, die schon einen Teller in der Hand hatten. Martina folgte in seinem Kielwasser. Er nahm einen Teller und gab ihn ihr. »Sind Sie geschäftlich oder privat mit den Paulinsons befreundet?«

»Weder noch. Ich bin so etwas wie ein Störenfried. Ein geschäftlicher Bekannter von mir hörte, daß ich nach Hongkong wollte, und gab mir ihren Namen.«

Er sah sie neugierig an. »Darf ich fragen, wer?«

Martina sah auf ihren Teller hinunter. Sie hoffte, sie würde nicht wieder eine unangenehme Reaktion auslösen. »Beni Yasim. Kennen Sie ihn?«

»Flüchtig.« Er ging einen Schritt weiter. »Möchten Sie etwas Räucherlachs?«

»Nur eine Scheibe. Ich muß heute abend ein chinesisches Bankett überstehen.«

»Ist es Ihr erstes?«

»Ja.«

Er schüttelte sich vor Lachen. »Ein Wort zur Warnung. Es ist besser, wenn Sie nicht fragen, *was* Sie essen.«

Sie schlug den Blick gen Himmel. Auf diese Warnung hätte sie verzichten können.

»Sagen Sie, Miss Van den Fleet, was machen Sie?«

»Ich bin Diamantenhändlerin.«

»Oh.« Er redete nicht weiter und tat sich so viel Lachs auf, daß sein Teller fast bedeckt war. »Ich habe vorhin gesehen, wie Sie mit Marietta sprachen. Sie ist eine außergewöhnliche Frau, nicht wahr?«

Martina verzog ein wenig den Mund. »Ja, sehr.«

Er sah sie fragend an. »Ich nehme an, Sie mögen sie nicht.«

»Ich kenne sie nicht.«

»Aber . . .«

Sie tat ein wenig Dillsoße auf ihren Teller. »Aber sie und

ihr Mann waren so freundlich, mich heute zum Lunch einzuladen.«

Er lachte wieder. »Natürlich, Piers tut, was Yasim ihm sagt.«

»Wie meinen Sie das?«

Er beugte sich näher zu ihr. »Es geht das Gerücht, daß Paulinson Pacific zu fünfundvierzig Prozent Yasim gehört.«

Sie sah zum Ende des Tisches, wo Marietta in ein Gespräch vertieft war. Und Marietta gehört ihm zu hundert Prozent.

Als die letzten Gäste in den Salon zurückgekehrt waren, schlossen die Diener die Türen zum Speisezimmer. Ein Kellner näherte sich der Ecke, wo Martina stand, und wollte ihr Kaffee nachschenken, aber sie dankte. Sie stellte ihre Tasse hin und ging zur Eingangshalle. Der Diener, der sie bei ihrer Ankunft mit dem Schirm vor dem Regen geschützt hatte, stand an der Haustür.

»Könnte mir vielleicht jemand ein Taxi bestellen?«

Er starrte sie an, als bemühte er sich angestrengt, sie irgendwo unterzubringen. »Ah, Madame ist mit dem Wagen der Herrschaft gekommen. Ich sage dem Chauffeur Bescheid. Einen Moment bitte.«

»Nein, nein, das ist nicht nötig. Wenn ich einfach ein Taxi haben könnte.«

»Kein Problem, Madame.«

Sie seufzte und wartete.

»Miss Van den Fleet, Sie sehen ja ganz verloren aus.«

Sie drehte sich um und sah Erwin Klein einige Schritte hinter ihr. »Ich warte nur auf ein Taxi.«

»Ich gehe auch, kann ich Sie mitnehmen?«

Sie zögerte.

»Es macht mir nichts aus.«

»Hm, wenn es so ist, ja, vielen Dank.«

»Wo ist Ihr Hotel?«

»Stadtmitte. In einer Nebenstraße der Connaught Road.«

»Das liegt an meinem Weg.«

Sie wußte nicht recht, ob sie ihm glauben sollte, aber wenn er bereit war, einen Umweg zu machen, war es sein Problem. »Wenn Sie mich kurz entschuldigen würden. Ich sollte mich von den Paulinsons verabschieden.«

»Mein Wagen wird vor der Tür stehen, wenn Sie wiederkommen.«

Martina eilte zurück in den Salon. Piers stand neben seiner Frau und faßte sie um die Taille.

»Verzeihen Sie, wenn ich störe, aber ich muß gehen, und ich möchte Ihnen für die Einladung danken.«

Piers kniff die Augen halb zu und sah sie an, als wüßte er nicht gleich, wer sie war. »O ja, schön, daß Sie kommen konnten. Es war uns ein Vergnügen, nicht wahr, Marietta?«

»Selbstverständlich.« Marietta wandte sich ein wenig ab, als betrachte sie das Gespräch als beendet.

Piers streckte die Hand aus. »Werden Sie Beni bald sehen? Wenn ja, grüßen Sie ihn bitte von uns.«

»Das werde ich.« Martina blickte zu Marietta hinüber. Obgleich sie so tat, als hörte sie aufmerksam den beiden neben ihr stehenden Herren zu, war Martina sicher, daß sie auf jedes Wort horchte, das ihr Mann sagte.

Martina stieg in den Mercedes und machte es sich auf dem Beifahrersitz bequem. Erwin Klein schwenkte kurz seine brennende Zigarre. »Sie haben doch nichts gegen Zigarrenqualm, Miss Van den Fleet?«

»Nein, nicht das geringste.« Sie langte nach dem Handgriff und hielt sich fest, als Klein Gas gab und die Reifen auf dem Kies knirschten.

»Wie finden Sie Hongkong, Miss Van den Fleet?«

»Ich habe bis jetzt kaum etwas davon gesehen.«

»Dann müssen Sie wiederkommen, wenn Sie mehr Zeit haben.«

»Ich komme schon nächste Woche zurück. Ich trete hier eine Stelle an.«

Er warf ihr einen Blick zu. »Bei Beni Yasim?«

»Nein. Ich tue mich mit James Wu zusammen. Kennen Sie ihn?«

Er zuckte mit den Schultern. »Der Name kommt mir bekannt vor, aber ich kenne ihn nicht persönlich.«

»Was machen Sie?«

»Ich vertrete hier deutsche Interessen. Ich bin Wirtschaftsberater.«

»Haben Sie viel zu tun?«

Er lachte. »Kann man wohl sagen. Ich habe seit drei Jahren keinen einzigen Tag Urlaub gehabt.« Er ließ den Zigarrenstummel in den Aschenbecher fallen. »Wo werden Sie wohnen, wenn Sie hier arbeiten?«

»Keine Ahnung. Ich werde mir etwas suchen müssen.«

»Das wird nicht leicht sein. Wohnungen sind auf der Insel rar und teuer. Fast so teuer wie Diamanten, wenn Sie mir den kleinen Scherz verzeihen.«

»Ich werde eine brauchen. Ich kann und will nicht auf Dauer im Hotel wohnen.«

»Vielleicht sollten Sie sich auf einer der kleineren Inseln umschauen. In Lamma wohnen ziemlich viele Leute aus dem Westen, und die Fähre nach Hongkong ist schnell.«

»Ich werde daran denken.«

»Warum rufen Sie mich nicht an, wenn Sie wieder hier sind? Ich könnte Ihnen vielleicht helfen.«

»Vielen Dank. Ich werde es tun.«

Als sie das Stadtzentrum erreichten, hatte der Regen nachgelassen. Klein hielt vor dem Hotel und stellte den Motor ab. Martina nahm ihre Tasche und langte nach dem Türgriff. »Warten Sie, Miss Van den Fleet, ich gebe Ihnen meine Karte.« Er suchte in seiner Brusttasche, ehe er eine protzige Geschäftskarte mit Prägedruck herausholte. »Ich freue mich darauf, Sie wiederzusehen, Miss Van den Fleet. Sie werden eine willkommene und sehr attraktive Bereicherung der Insel sein, wenn ich das sagen darf.«

»Danke, und vielen Dank fürs Mitnehmen.«

Die Frau am Empfang hatte gesagt, der Central Market sei nur eine Viertelstunde zu Fuß vom Hotel entfernt. Martina sah auf ihre Uhr. Sie war schon zwanzig Minuten gelaufen und sah ihn immer noch nicht. Sie ging auf die Straße, um schneller voranzukommen als auf dem von Menschen wimmelnden Gehsteig. Sie überlegte, ob sie wirklich Geschenke für daheim kaufen sollte. Sie fühlte sich plötzlich erschöpft und schrecklich allein.

Der alte Mann an dem Stand mit Korbwaren hielt einige seiner Produkte hoch, als sie stehen blieb, um einen Blick auf die Körbe zu werfen. »Echte Körbe aus Kanton. Sie kaufen, ja?«

Sie schüttelte den Kopf und ging rasch weiter, überquerte den schmalen Gang zwischen den Ständen und blieb vor einem Stand mit Porzellanpuppen stehen. Sie lächelte belustigt, als sie eine winzige Puppe in der Tracht eines chinesischen Knaben betrachtete. Sie sah genauso aus wie Hendrik. Die gleichen Pausbacken. Die gleiche nach vorn gekämmte Haarmähne. Sie geriet in Versuchung, sie zu kaufen, kam aber zu dem Schluß, daß er den kleinen Spaß wohl kaum goutieren würde. Also ließ sie es bleiben.

Als sie zum Hotel zurückging, dachte sie wieder an die ungemütliche Lunch-Party bei den Paulinsons. Marietta war eine unausstehliche Person. Piers war ein typischer wohlgeborener Dummkopf. Beni hatte seine Freunde nicht sehr treffend beschrieben. Sie waren weder charmant, noch freuten sie sich, sie kennengelernt zu haben. Interessant war Kleins Information gewesen, daß Beni ein Teilhaber von Paulinson Pacific war. Beni war immer sehr geheimnistuerisch und hatte das Talent, über Geschäfte zu reden, ohne viel über seine eigenen preiszugeben.

Sie stieß einen erleichterten Seufzer aus, als sie den Neonschriftzug über dem Hoteleingang entdeckte.

Chan Chunling blieb an der Tür stehen, als James ihn begrüßt hatte. »Ehe wir hineingehen . . . Haben Sie schon Neuigkeiten über die Ware für mich?«

James lächelte beruhigend. »Es geht alles nach Plan. Ich habe einige Käufer, aber man muß den richtigen Zeitpunkt abwarten, um einen guten Preis zu erzielen, Mr. Chan. Dieser Zeitpunkt wird die übernächste Woche sein.«

»Sie steht unter einem guten Stern?«

»Ja. Ich war heute im Tempel. Der Fall des *sing pui* hat es bestätigt.«

Chan nickte. »Sehr gut.«

»Wenn Sie jetzt bitte kommen und meine künftige Geschäftspartnerin kennenlernen würden.«

»Geschäftspartnerin?«

»Ja. Martina Van den Fleet.«

»Die Frau, die die Diamanten in Antwerpen begutachtet hat?«

»Ja. Der *sing pui* hat befohlen, daß es so sein möge.«

Chan legte den Kopf zur Seite. »Dann möge es so sein.«

Anna stand auf, um Chan Chunling zu begrüßen. Er legte ihr einen Blumenstrauß in den Arm. »Ich freue mich, daß ich die Ehre habe, heute abend Ihr Tischherr zu sein, Miss Wu.«

Sie neigte den Kopf. »Vielen Dank für die Blumen, Mr. Chan. Sie sind sehr schön.«

Chan schaute sich um und starrte Martina an. James hastete zu ihm. »Martina, das ist Mr. Chan Chunling. Miss Martina Van den Fleet.«

Martina streckte ihm die Hand entgegen. »Guten Abend, Mr. Chan.«

»Guten Abend, Miss Van den Fleet. Wie ich von James höre, werden Sie in seine Firma eintreten.«

»Ja, ich freue mich darauf, mit James zu arbeiten.«

Chan starrte sie wieder an und rätselte, warum die Götter diese Wahl getroffen haben mochten. Eine Frau aus dem Westen war das letzte, was er erwartet hätte. Sein Blick wanderte unwillkürlich zu ihrem Busen. Jedenfalls gab es an der Wahl der Götter einiges zu bewundern. Sogar eine ganze Menge.

James trat zum Sideboard und schenkte Drinks ein. Anna entschuldigte sich und ging hinaus, um die Blumen in eine

Vase zu stellen. Martina lächelte Chan höflich zu. »Sind Sie auch in unserer Branche, Mr. Chan?«

Chan antwortete nach kurzer Überraschung: »Hm, ja, ich handle auch mit Diamanten, aber nur als Vermittler.«

»Ich verstehe.«

James gab Martina ein Glas Wermut und Chan einen Whisky. »Mr. Chan sagt nicht alles, Martina.«

Chan sah ihn beunruhigt an.

»Mr. Chan ist einer von meinen sehr wichtigen Kunden.«

Chan atmete langsam aus. Er trank seinen Whisky aus.

James streckte die Hand nach Martinas Glas aus. »Darf ich Ihnen nachschenken?«

»Danke, nein. Ich möchte nicht mehr.«

James wandte sich zu Chan. »Mr. Chan?«

»Ja, bitte.« Chan gab ihm sein leeres Glas. »Wo essen wir?«

»Im Central Royal. Dort gibt es das beste Bankett, wie ich finde.«

Martina trat zu den beiden. »Was ist eigentlich ein solches Bankett?«

»Ein großer Festschmaus mit vielen Gängen. So kann man es doch beschreiben, nicht wahr, Mr. Chan?«

Chan nickte. »Ja, meist sind es zehn oder zwölf Gänge. Man beginnt mit ein paar kalten Happen. Und nach dem Hauptgang wird eine Suppe serviert, die die Geschmacksknospen reinigen soll.«

Martina dachte an James' Vorliebe für geschmorte Bärentatzen in brauner Soße und sah den Gastgeber besorgt an. »Was wird es als Hauptgang geben, James?«

»Peking-Ente. Sie ist eine Spezialität des Central Royal.«

»Oh, Sie meinen gebratene Ente?«

»Ja, sie wird mit dünnen Fladen und einer Pflaumensoße serviert.«

»Das klingt lecker.« Sie sagte es übertrieben begeistert, so erleichtert war sie.

Hendrik lief im Wohnzimmer hin und her. Die Haushälterin steckte den Kopf zur Tür herein, um zu fragen, ob er etwas essen wolle, aber ein Blick auf sein wütendes Gesicht genügte ihr, um sich stumm zurückzuziehen. Hendrik sah auf die Uhr und ging ans Telefon. Er hatte den ganzen Nachmittag versucht, Christian Debilius zu erreichen, aber dessen Assistentin hatte ihn abgewimmelt mit der Behauptung, Debilius habe eine Konferenz, die den ganzen Tag dauere. Hendrik wählte Christians Privatnummer. Als er das Besetztzeichen hörte, legte er wieder auf. Er wartete einige Sekunden, wählte noch einmal und kam durch. »Bitte Herrn Debilius. Hier Hendrik Van den Fleet.«

»Herr Debilius ist leider nicht zu sprechen.«

Hendrik holte hörbar Luft, als er die höflich-kühle Stimme hörte. »Würden Sie ihm bitte sagen, daß Hendrik Van den Fleet am Apparat ist und daß es sehr wichtig ist.«

»Herr Debilius ist nicht im Haus.«

»Wo ist er?«

Nach einer kurzen Pause: »Herr Debilius ist nach Washington gereist. Er kommt übermorgen zurück.«

»Haben Sie eine Nummer, unter der er in Washington zu erreichen ist?«

»Ja.«

Hendrik umklammerte den Hörer, bis seine Knöchel weiß anliefen. »Könnte ich sie bitte haben?«

»Ich bin nicht befugt, sie weiterzugeben. Sie können eine Nachricht hinterlassen, und ich werde dafür sorgen, daß er sie bekommt.«

»Sparen Sie sich die Mühe.« Hendrik knallte auf und fluchte. Beni Yasim war ebenso unerreichbar gewesen wie Christian. Mr. Yasim sei auf Reisen, und man könne ihn nicht erreichen. Sogar sein Partner hatte behauptet, er dürfe die Telefonnummer nicht herausgeben, unter der er an seinem Zielort zu sprechen sei. Hendrik rieb sich die Augen. Wenn er die Situation nicht bald unter Kontrolle bekam, würden die Dinge schnell aus dem Ruder laufen, sobald Martina wieder hier war.

Die Haushälterin klopfte und trat ins Zimmer. »Entschuldigung, Herr Hendrik, aber Ihr Vater möchte Sie sprechen.«

»Schläft er denn noch nicht?«

»Nein. Ich glaube, er liest noch die Akte, die Sie ihm vorhin gegeben haben.«

»Schon gut. Ich komme gleich.« Er schenkte sich ein Glas Whisky ein, nahm dann seine Zigaretten und sein Feuerzeug und steckte beides in die Tasche.

Erasmus schob seine Brille hoch, als Hendrik sein Schlafzimmer betrat.

»Kann ich etwas für dich tun, Vater?«

»Ich möchte nur kurz mit dir reden. Diese neue Firmenstruktur. Du hast sehr ehrgeizige Pläne, nicht wahr?«

Hendrik steckte die Hände in die Taschen. »Was meinst du damit?«

»Du scheinst viel Kapital in den Einkauf investieren zu wollen.«

Hendrik wollte seine Zigaretten herausholen, aber dann fiel ihm ein, daß sein Vater nicht rauchen durfte. »Wir haben doch schon darüber gesprochen, als du im Krankenhaus warst. Du hast dem Plan zugestimmt.«

»Nur im Prinzip. Da kannte ich die Einzelheiten noch nicht.«

Hendrik setzte sich an das Fußende des Betts. »Vater, die Firma treibt dahin, gewissermaßen ruderlos. Wenn Van den Fleet seine starke Handelsposition bei der Diamantenbörse zurückbekommen will, müssen wir die Sache jetzt in Ordnung bringen.«

Erasmus blickte auf die Papiere auf seinen Knien und schüttelte zweifelnd den Kopf. Hendrik schlug die Beine übereinander und umfaßte einen Fußknöchel. »Martina hat verkauft, ohne zu kaufen. Unsere Bestände sind sehr klein. Wir müssen den Teufelskreis durchbrechen, den sie verursacht hat. Sie . . .«

Sein Vater unterbrach ihn. »Darüber wollte ich auch mit dir reden. Ich möchte nicht, daß du Martina fortwährend kritisierst. Sie ist ein tüchtiges Mädchen. Sie hat hart gearbeitet. Sie hat die Firma geführt, als ich krank war, und von all unseren Kunden ist keine einzige Klage gekommen.«

Hendrik knirschte mit den Zähnen. »Ich kritisiere nicht, Vater. Ich konstatiere nur Tatsachen. Die Firma steckt in einem Teufelskreis. Wenn wir nicht regelmäßig von der Diamantenbörse kaufen, wird die Qualität unserer Kontingente automatisch heruntergestuft. Wenn wir keine Qualitätsware anbieten können, können wir keine neuen Kunden gewinnen, und die alten Kunden wandern ab. Wenn wir nicht genug verkaufen, haben wir nicht genug Geld, um von der IDB zu kaufen.« Hendrik seufzte übertrieben laut. »Es tut mir leid, wenn das für dich nicht logisch ist, Vater, aber für mich ist es logisch.«

Erasmus nahm die Brille ab und tippte damit auf die vor ihm liegenden Papiere. »Ich verstehe sehr gut, was du meinst, und ich bin mit deinen Plänen einverstanden. Wir gehen nur nicht darin konform, was die Größenordnung dieser Pläne betrifft. Du willst dich zu schnell in zu große finanzielle Verpflichtungen stürzen. Du weißt doch, nach der Diamantenkrise von 1980 mußten wir wie alle anderen Händler zu viele Steine in den Bestand nehmen, um gegen die fallenden Preise und die schrumpfenden Umsätze anzukämpfen. Erst als die IDB eingriff . . .«

»Ich weiß, Vater, ich weiß.« Hendrik schnitt eine Grimasse.

»Hör bitte zu, was ich sage. Es ist unklug, etwas zu kaufen, das man nicht verkaufen kann, aber es ist Irrsinn, etwas zu kaufen, das man nicht so lange zurückhalten kann, bis der Markt sich erholt hat.«

Hendrik sah sich um. Wenn er nicht bald eine Zigarette rauchen konnte, würde er es nicht länger aushalten. »Vater, du übersiehst da einen Faktor. Es wird keine neue Krise geben. Der Markt wird fortwährend besser. Die große Verkaufskampagne, die die IDB in Japan gestartet hat, hat ein enormes Umsatzpotential erschlossen. Die Japaner können gar nicht genug Diamanten bekommen. Sie sind unersättlich. Wir müssen dabeisein und alles verkaufen, was wir kriegen können, Vater. Wir können es uns nicht leisten, nur in Europa und Israel Geschäfte zu machen.« Hendrik zeigte zum Fenster. »Da draußen ist eine große Welt, und Van den Fleet muß zu ihr gehören, wenn die Firma überleben will.«

Erasmus rieb sich ein Auge, um die plötzliche Müdigkeit zu vertreiben, die über ihn gekommen war. »Ich verstehe, was du sagst, Hendrik. Ich weiß, du hast recht damit, aber sei bitte vorsichtig. Nicht zu viele finanzielle Verpflichtungen.«

»Bestimmt nicht, Vater. Ich verspreche dir, das ist das letzte, was ich tun würde.«

Erasmus legte den Kopf wieder auf das Kissen und schloß die Augen.

»Alles in Ordnung, Vater?«

»Ja. Ich bin nur ein bißchen müde.«

»Gut. Ich lasse dich jetzt schlafen. Ich bin in der Küche und mach mir was zu essen, falls du mich brauchen solltest.«

Erasmus nickte. Er öffnete die Augen, als Hendrik vom Bett aufstand. Er beobachtete, wie die große, stämmige Gestalt leise das Zimmer verließ. Hendrik war nicht sein Sohn, aber er war ein guter Mann. Er machte die Augen wieder zu. Er hatte recht daran getan, ihn zurückzuholen. Van den Fleet brauchte frisches Blut, wenn es gedeihen sollte.

Martina stützte sich mit den Ellbogen auf die Terrassenbrüstung. Das nächtliche Panorama war vom Berg aus atemberaubend, genau wie James gesagt hatte. Es war zu dunstig, um über das Wasser bis nach Kowloon sehen zu können, aber die beleuchteten Wolkenkratzer von Hongkong hatten jetzt, in der Dunkelheit, die Konturen eines gewaltigen Märchenschlosses. Sie atmete die feuchte, aber angenehm kühle Luft ein. Sie hatte das Festmahl überstanden. Sie hatte die meisten der Dinge, die sie gegessen hatte, identifiziert. Sie schaute sich zu Anna und Chunling um und lächelte vor sich hin. Chan hatte sich so aufgebaut, daß Anna an der Wand stand und keinen Fluchtweg hatte. Sie drehte sich um und betrachtete wieder das Panorama der nächtlichen Stadt, und ihre Gedanken kreisten um die Frage, wie die Chinesen sich jemals menschlich näherkamen. Sie hatte sich beim Essen genügend entspannt, um Chan und Anna unauffällig zu beobachten. Seine Unterhaltung mit ihr war so höflich und verklausuliert gewesen, daß sie nicht sagen konnte, ob er ihr nun den Hof machte oder nicht.

James trat zu ihr. »Nun, was halten Sie von dem Blick?«

»Er ist wunderbar.«

»Ich dachte mir, daß Sie beeindruckt sein würden.« Er blickte sich zu seiner Schwester um.

»Ich denke, ich sollte Anna erlösen. Sie mag Chan Chunling nicht sehr.«

»Den Eindruck hatte ich auch. Entschuldigen Sie die Frage, aber warum gibt sie sich mit ihm ab, wenn sie ihn nicht mag?«

»Zum Teil meinetwegen und zum anderen, weil er geschäftliche Kontakte hat, die nützlich für sie sein könnten.«

Martina unterdrückte ein Gähnen. »Hm . . . Würden Sie mir übelnehmen, wenn ich jetzt gehe? Ich muß morgen sehr früh los.«

»Ich bitte Sie. Ich werde Sie zum Hotel bringen.«

Martina warf noch einmal einen Blick auf die Skyline. Dies würde nun ihre Heimat sein – für wie lange?

Candy parkte den Wagen so dicht an der Mauer, wie sie konnte. Sie stieg aus und ging langsam die wenigen Stufen zur Straße hinunter, zu dem älteren Häuserkomplex, wo Frankie Heung bei seiner Mutter wohnte. Sie strich ihr Haar hinten zurecht. Frankie erwartete, daß sie seine Sklavin war. Woher sollte sie die Zeit nehmen, sich für Fang Ka-Shing schön zu machen, wenn sie so plötzlich den Befehl bekam, eine dumme Fotografie zu Frankies Wohnung zu bringen?

Frankie machte ihr die Tür auf und deutete mit dem

Daumen nach hinten, um ihr zu verstehen zu geben, daß sie eintreten könne. »Hast du das Foto von Fang mitgebracht?«

»Ja, Frankie.«

»Eine Tasse Tee?«

Ihr Gesicht hellte sich auf. Vielleicht war er doch besserer Laune, als sie zunächst angenommen hatte. »Nur, wenn es keine Umstände macht, Frankie.«

»Ich mache gerade welchen für meine Mutter.«

Sie folgte ihm durch die Diele zur Küche.

Frankie betrachtete das Foto eingehend und drehte es dann um. »Was soll dieser Quatsch auf der Rückseite? Glücklich der Mann, der Glück und dich hat?«

»Oh, das bezieht sich nur darauf, wie wir uns kennengelernt haben. An dem Tag ist so viel passiert. Fang sagt, wenn es nicht passiert wäre, hätten wir uns nicht kennengelernt.« Sie kicherte. »Ich bin ihm buchstäblich in die Arme gefallen, ehrlich.«

Frankie nickte. Er drehte das Foto wieder um und starrte auf Fang Ka-Shings Gesicht. Kuan Ti, der Schutzgott der Triaden, hatte dafür gesorgt, daß sie sich kennenlernten. Er steckte das Foto in die Tasche. »Hast du den Namen des Juweliers herausbekommen, der die Kette gemacht hat?«

»Hmmm.«

»Was soll das heißen, hmmm?«

»Fang war irgendwie verlegen, als ich ihn danach fragte. Er wollte nicht darüber reden. Zuletzt hat er gesagt, es sei jemand in Tsimshatsui. Er könne mir den Namen des Mannes nicht sagen, weil er die Kette privat gemacht hat und Schwierigkeiten mit seinem Chef kriegen würde, wenn es herauskäme. Er sagte, was es eigentlich für eine Rolle spiele, wer der Mann sei. Da dachte ich, ich sollte besser nicht weiterbohren. Er schien zornig zu werden.«

»Okay. Überlaß das mir. Ich werde es herausfinden.« Er sah auf seine Uhr. »Du verschwindest jetzt besser. Ich hab was zu erledigen.«

Sie trank schnell ihren Tee und nahm ihre Handtasche. »Bis bald, Frankie.«

»Darauf kannst du wetten.«

Als Frankie die Wohnungstür zumachen wollte, trat Ronnie Lee aus dem Fahrstuhl. Er taxierte Candy mit Wohlgefallen, als sie an ihm vorbeirauschte. Frankie legte einen Finger an die Lippen, und Ronnie nickte. Frankie zog ihn in die Wohnung und schloß die Tür. »Danke, daß du hergekommen bist.«

»Kein Problem, Frankie.«

»Gehen wir in die Küche. Da können wir ungestört reden.«

Ronnie betrachtete das Foto von Fang Ka-Shing mit einem zweifelnden Gesichtsausdruck. »Ich weiß nicht, Frankie. Es könnte Mui Shenlu sein.«

»Wie viele Typen kennst du, die ihre Schulden mit losen Diamanten bezahlen?«

»Das Dumme ist, daß ich die einzelnen Gäste nicht oft genug sehe, um mir jedes Gesicht zu merken, aber einige von den Jungs könnten ihn erkennen. Kann ich es rumzeigen?«

»Sicher, aber pinn es nicht gerade an eine Reklametafel, verstanden?«

»Ja, Frankie.« Ronnie rieb sich nachdenklich die eine Seite seines Gesichts. »Siebenzehen-Wing, der Türsteher im Cha-Cha-Club. Er hat ein gutes Personengedächtnis. Ich werde ihm das Bild zeigen und geb Ihnen dann Bescheid.«

»Ich werde dir einen Gefallen schuldig sein, Ronnie.«

Ronnie lächelte zufrieden.

Der Türsteher des Cha-Cha-Clubs wischte sich den Mund mit der Hand ab und schluckte den Rest eines Kokosmilch-Drinks hinunter. »Guten Abend, Mr. Lee.«

Ronnie blickte sich um. »Wo ist Siebenzehen-Wing? Er sollte doch heute nacht Dienst haben, oder?«

»Ja, Mr. Lee. Er ist nur kurz hineingegangen, weil sich ein Gast beschwert hat.« Während der Mann sprach, erschien Wing, der einen kleineren, sich heftig wehrenden Mann am Kragen gepackt hielt. Der Mann geriet ins Taumeln, als Wing ihn unvermittelt losließ, fiel hin und schrie auf, als Wing ihm einen Tritt versetzte. Wing zog seine Jacke glatt. »Guten Abend, Mr. Lee.«

Ronnie winkte ihn zu sich. »Ich hab was, das du dir mal ansehen solltest.«

»Ja, Mr. Lee.«

Ronnie zog das Foto aus der Tasche. »Erinnerst du dich an einen Typen, der Mui Shenlu hieß? Fing an, seine Schulden mit losen Diamanten zu bezahlen.«

Wing kratzte sich am Ohr, und dann dämmerte ihm etwas. »War dann vermißt, Mr. Lee, nicht wahr?«

»Ja, das ist er.«

»Sie haben ihn gefunden, Mr. Lee?«

»Nein, aber ich möchte, daß du dir dieses Bild ansiehst. Ist das Mui Shenlu?«

Wing nahm das Foto und betrachtete es. »Könnte sein, Mr. Lee.«

»Mr. Heung möchte es genau wissen.« Ronnie sah ihn vielsagend an.

Wing nickte nachdenklich. Mr. Heung war ein sehr wichtiger Mann. Der Mann auf dem Bild hatte zwar nicht allzu viel Ähnlichkeit mit Mui, aber einem Gerücht zufolge war Mr. Heung im Begriff, die Bärentatzenbande zu übernehmen, und er, Siebenzehen-Wing, wäre arbeitslos, wenn er Mr. Heung nicht bestätigen würde, was er hören wollte. »Ja, jetzt erkenne ich ihn, Mr. Lee. Es ist Mui Shenlu. Sie können Mr. Heung sagen, daß Siebenzehen-Wing es gesagt hat.«

Ronnie nickte und nahm das Foto wieder an sich.

Martina war plötzlich schrecklich nervös. Vielleicht lag es daran, daß sie nicht recht wußte, was sie ihrem Vater sagen sollte. Sie sah sich im Flughafenterminal um. Zu allem Überfluß bekam sie auch noch Kopfschmerzen. Der Lärmpegel war unerträglich. Das war etwas anderes, womit sie leben müßte, außer dem Essen. Warum die Kantonesen nur so laut schreien mußten, wenn sie sich miteinander unterhielten? Es war eines der vielen Geheimnisse. Aber sie war ungerecht. Alle Leute, die sie kennengelernt hatte, waren trotz der Sprachbarriere außerordentlich höflich und hilfsbereit gewesen. Sie warf einen Blick auf James und Anna, die neben ihr standen. Besonders diese beiden waren sehr nett.

James deutete auf die große Uhr. Martina bückte sich und nahm ihre Reisetasche. »James, ich denke, ich sollte mich jetzt für meinen Flug anstellen. Warten Sie bitte nicht. Es wird alles in Ordnung gehen.«

»Sind Sie sicher?«

»Ja. Ich komme jetzt gut allein zurecht.«

James streckte die Hand aus. »Ich hoffe, Sie sehr bald wiederzusehen, Martina. Ich wünsche Ihnen einen guten Flug.«

»Danke.« Martina gab ihm die Hand und wandte sich dann zu Anna. »Ich freue mich darauf, Sie wiederzusehen, Anna.«

Anna überraschte sie ein wenig, indem sie ihre Hand begeistert schüttelte. »Es tut mir leid, daß die Zeit nicht gereicht hat, um Ihnen meine Entwürfe zu zeigen.«

»Wenn ich wieder hier bin, werde ich sie mir als erstes ansehen.«

Martina legte sich den Trageriemen der Tasche über die Schulter und winkte noch einmal rasch, ehe sie sich einen Weg durch die Menge bahnte.

Busy steckte das Foto von Fang in die Innentasche seines Jacketts. »Was soll ich mit ihm machen, Mr. Heung?«

»Ich möchte nicht, daß du was mit ihm machst. Noch nicht.« Frankie lehnte sich zurück und legte die Füße auf den Tisch. »Hör genau zu. Ich sage es nur einmal, kapiert?«

»Ja, Mr. Heung.«

»Ich möchte, daß du nach Kowloon fährst. Tsimshatsui. Geh zu allen Juwelieren in allen verdammten Gassen. Ich brauche den Namen des Kerls, der acht Diamanten zu einem goldenen Collier mit Anhänger verarbeitet hat. Diamanten, die der Typ auf dem Foto gebracht hat. Verstanden?«

»Klar, Mr. Heung.«

»Du kannst sagen, daß es eine Belohnung für die Information gibt. Aber auch eine Belohnung, wenn sie nicht gegeben wird.«

Busy lächelte tückisch, während er an dem Springmesser in seiner Brusttasche fingerte.

»Fang mit dem Viertel um die Nathan Road an. Du wirst einen Teil der Zeit auf dem Territorium der Bärentatzenbande sein. Sei vorsichtig. Sei höflich.«

»Ja, Mr. Heung.«

»Zeig ihnen das Foto. Sag, der Typ hat seine Schulden nicht ordentlich bezahlt. Vielleicht erkennt ihn jemand. Okay?«

»Ja, Mr. Heung. Äh ... Es könnte einige Zeit dauern, Mr. Heung.«

»Du kannst sie haben, aber komm nicht ohne den Namen des Juweliers zurück. Ist das klar?«

»Sehr klar, Mr. Heung.« Busy faßte dies als Stichwort für seinen Abgang auf.

Frankie holte eine Zigarre aus der Tasche und zündete sie an. Sobald er etwas über Fang hatte, konnte Candy sehen, wo sie blieb.

Johannes musterte Martina teilnahmsvoll. »Du siehst sehr müde aus.«

»Ich glaube, ich bin eher besorgt als müde.«

Er lud ihr Gepäck in den Kofferraum des Wagens und schlug den Deckel zu. »Du meinst, wegen deines Vaters?«

»Mmm. Ich freue mich nicht gerade darauf, ihm zu sagen, daß ich nach Hongkong gehe.«

Er legte ihr die Hand auf die Schulter. »Ich weiß nicht, ob ich es sagen sollte oder nicht, aber als ich ihn besucht habe, machte er einen niedergeschlagenen Eindruck. Er fragte mich, wann du nach Hause kämst, und er wacht nachts auf und fragt nach dir.«

Sie schloß die Augen.

»Entschuldige, Martina, aber ich dachte, du solltest es wissen.«

»Du brauchst dich nicht zu entschuldigen. Ich bin froh, daß du es mir gesagt hast.« Sie preßte die Finger an die Stirn. »Johannes, würde es dir etwas ausmachen, mich gleich nach Haus zu bringen, statt zuerst zu deiner Wohnung zu fahren?«

»Natürlich nicht.«

»Du brauchst nicht zu bleiben. Ich weiß, daß du eine Menge zu tun hast. Ich kann dann mit einer Taxe zu dir kommen.«

»Soviel habe ich gar nicht zu tun, und ich denke, ich sollte bei dir bleiben. Ich habe das Gefühl, du wirst vielleicht moralische Unterstützung brauchen.«

Sie umarmte ihn kurz. »Vielen Dank.«

Er öffnete ihr die Beifahrertür und eilte dann zur anderen Seite des Wagens.

Martina klopfte das Herz, als der Wagen in die vertraute Straße einbog. Sie senkte den Kopf und schaute zu dem Wohnblock. »Macht es dir auch wirklich nichts aus, mit hineinzukommen, Johannes?«

»Nein. Das hab ich doch gesagt.« Er drückte ihre Hand. »Keine Sorge. Dein Vater wird es verstehen.«

»Ich wünschte, ich wäre so sicher wie du.«

»Hör zu, Martina, es war seine Entscheidung, Hendrik die Firma zu übergeben, die dich zu diesem Schritt veranlaßt hat.«

»Er hatte kaum eine andere Wahl, nicht wahr?«

»Und du auch nicht. Das wird er begreifen müssen.«

Die Haushälterin nahm Martina die Reisetasche ab und stellte sie neben den Dielentisch. »Ich freue mich, Sie kennenzulernen, Fräulein Van den Fleet.«

Martina nickte freundlich. »Wie geht es meinem Vater?«

»Schon viel besser.« Die Haushälterin schlug einen vertraulichen Ton an. »Er war ziemlich deprimiert, als er aus dem Krankenhaus kam, aber ich denke, er hat sich jetzt an uns gewöhnt.«

»Uns?«

»Den Nachtpfleger und mich. Alte Leute haben nicht gern zu viele Fremde um sich. Wenn ich Ihren Mantel nehmen darf. Ich bin sicher, Sie möchten eine Tasse Kaffee oder Tee.«

Martina rieb sich die Schläfe, um das Geplapper der Haushälterin abzublocken. »Wo ist mein Vater?«

»Im Wohnzimmer, Fräulein Van den Fleet.« Die Haushälterin eilte zur Tür und machte sie auf.

Erasmus stieß einen überraschten Ausruf aus, als Martina so plötzlich über die Schwelle trat. Er streckte ihr beide Hände entgegen. »Martina, sie haben mir nicht gesagt, daß du heute zurückkommst.«

Die Haushälterin runzelte übertrieben die Stirn. »Oh, Herr Van den Fleet, das stimmt nicht. Ich habe es Ihnen gestern gesagt.« Sie flüsterte Martina zu: »Wir werden ein bißchen vergeßlich, verstehen Sie.«

Martina ging zum Sessel ihres Vaters und beugte sich vor, um ihn zu umarmen. Er griff nach ihrer Hand. »Es ist schön, daß du wieder da bist, Martina. Hol dir den Sessel her und erzähl mir, wie es in Hongkong gewesen ist.« Er wandte den Kopf und sah Johannes in der Türöffnung stehen. »Kommen Sie doch rein, Johannes.« Er zupfte an Martinas Hand. »Du hast ihm sehr gefehlt, weißt du, aber du hast uns allen gefehlt, nicht wahr, Johannes?«

Martina lachte. »Vater, ich bin nur ein paar Tage fort gewesen.«

Er zupfte wieder an ihrer Hand. »Lange genug.«

Die Haushälterin hatte Kaffee und Gebäck gebracht, aber sie hatten nichts davon angerührt. Martina und Johannes starrten betreten vor sich hin. Erasmus hatte den Kopf von ihnen abgewandt und schaute zum Fenster. In seinen Augen glänzten Tränen. Martina wollte also die Firma unbedingt verlassen. Ihm war, als hätte sich eine riesige Hand auf seine Brust gelegt und drückte nun mit aller Kraft. Er schluckte seine unvergossenen Tränen geräuschvoll hinunter und seufzte vor sich hin. »Was halten Sie davon, daß Martina einfach so gehen will, Johannes?«

Johannes verschränkte die Hände. »Ich möchte das Beste für Martina. Sie verdient es.«

Erasmus seufzte wieder. Johannes sah auf seine Hände. »Ich weiß, es ist hart für Sie, Herr Van den Fleet, aber ich denke, Martina sollte nach Hongkong gehen.«

»Aber warum?«

Sie hatten dieses Thema schon dreimal diskutiert. »Weil Martina nicht mehr als Händlerin bei Van den Fleet arbeiten kann. Aber in Hongkong hat sie eine Stelle als Händlerin.«

Erasmus schwieg. Aus den Augenwinkeln nahm er wahr, daß Johannes Martinas Hand drückte. »Ich weiß nicht, warum Sie sie nicht einfach heiraten, dann müßte sie nicht nach Hongkong gehen.«

»Vater, bitte.« Martina hob den Kopf und sah ihn an. »Du bringst Johannes in Verlegenheit.«

Erasmus schnaubte. »Na ja, ein Mädchen in deinem Alter sollte verheiratet sein.«

Die Haushälterin klopfte und kam ins Zimmer geeilt. »Oh, Sie haben keinen Kaffee getrunken? Ist etwas nicht in Ordnung?« Sie sah von einem Gesicht zum anderen und wurde sich bewußt, daß es so war. »Soll ich den Kaffee aufwärmen?«

Martina stand auf. »Ja, wenn es Ihnen nichts ausmacht. Danke.« Froh über den Vorwand, der drückenden Atmosphäre im Wohnzimmer wenigstens für einen Moment zu entrinnen, nahm sie das Tablett und folgte der Haushälterin zur Tür, wo sie sich halb zu den beiden anderen umdrehte. »Ich bin gleich wieder da, Vater. Ich hole nur schnell etwas aus meiner Tasche.«

Sie folgte der Haushälterin in die Küche. »Haben Sie vielleicht ein Aspirin? Ich habe schreckliche Kopfschmerzen.«

»Ja, einen Moment, ich hole Ihnen eins.« Die Haushälterin sah sie mitfühlend an. »Sie Ärmste. Sie sind wirklich sehr blaß. Es kommt sicher vom Fliegen.«

Martina nickte geistesabwesend.

Johannes ging durchs Zimmer und trat ans Fenster. Er schob die Hände in die Taschen. »Hendrik hat Martina kaum eine Wahl gelassen, Herr Van den Fleet. Sie können sagen, es geht mich nichts an, aber Martina hat sich lange den Kopf zermartert, um zu einer Entscheidung zu kommen. Es ist ihr sehr schwergefallen. Ihr liegt soviel an Ihnen. Ich weiß, ich sollte dies nicht sagen, aber es war Ihre Entscheidung, die Leitung der Firma Martina aufzubürden, bis Sie sich ins Privatleben zurückziehen. Und es war Ihre Entscheidung, Hendrik die Firma dann zu übergeben, ohne Martina auch nur ein Wort davon zu sagen. Finden Sie nicht, daß es an der Zeit ist, endlich Entscheidungen zu treffen, die auch in Martinas Interesse sind?«

Erasmus schloß die Augen. Johannes hatte kein Recht, so mit ihm zu reden, aber er hatte einfach nicht die Kraft, ihn darauf hinzuweisen. Er lehnte den Kopf zurück. Was der Junge sagte, war respektlos, aber es stimmte. Jetzt mußte er die schmerzhafteste Entscheidung von allen treffen.

Martina kam ins Wohnzimmer zurück. Sie sah Johannes besorgt an. Er versuchte, ihr ermutigend zuzulächeln. Erasmus blickte sich um und streckte die Hand aus. »Komm her, Martina.«

Sie ging zu seinem Sessel und kniete sich daneben. »Ich möchte nicht, daß du gehst, Martina, aber wenn es dein Wunsch ist, dann . . .« Er beendete den Satz nicht.

Sie stand auf und umarmte ihn. »Weißt du, ich werde einmal im Monat nach Hause kommen können. Es gibt regelmäßig sehr billige Flüge von Hongkong, weißt du.«

Erasmus nickte, und seine Lippen zitterten vor innerer Bewegung. Martina sah über seinen Kopf hinweg zu Johannes. Ihre Augen fragten, ob sie das Richtige getan hatte. Seine Augen sagten ja.

Christian Debilius starrte mißvergnügt auf sein Frühstückstablett und das rasch kalt werdende Essen hinunter. Er hielt den

Hörer ans andere Ohr. »Hendrik, ich glaube, ich habe mich nicht klar genug ausgedrückt. Es kommt überhaupt nicht in Frage, daß ich irgendwelchen Druck auf James Wu ausübe. Die Interkontinentale Diamantenbörse mischt sich nicht in die geschäftlichen Angelegenheiten ihrer Mitglieder ein.«

»Aber Sie meinen doch auch, daß Wu einen ungerechtfertigten Vorteil gegenüber Van den Fleet bekommt, wenn Martina für ihn arbeitet?«

»Mein Lieber, wenn Sie das finden, warum haben Sie sie dann überhaupt gehen lassen?«

»Weil ich mußte. Ich kann mir keine zwei Gehälter für Top-Leute leisten.«

Christian trank schnell einen Schluck Kaffee und fluchte, denn er hatte ein wenig auf seine Krawatte gespritzt.

»Entschuldigung, ich habe nicht verstanden, Christian.«

»Schon gut, schon gut.« Debilius zog sein Taschentuch und versuchte, den Fleck abzutupfen. »Ich verstehe Ihre Situation, aber dies ist wirklich etwas, das Sie untereinander regeln müssen. Ich bin sicher, daß an Martinas Integrität nicht zu zweifeln ist. Ich habe den allergrößten Respekt vor ihr. Wenn Sie aber wirklich befürchten, daß sie ihr Wissen um die Preispolitik von Van den Fleet zu Wus Vorteil benutzen wird, dann ändern Sie einfach Ihre Bedingungen.«

»Bei allem Respekt, Christian, aber das ist nicht der springende Punkt.«

»Was dann?«

Hendrik seufzte tief. »Ich dachte, ich hätte es erklärt.«

»Wollen Sie meine persönliche Meinung hören?«

»Bitte.«

»Ich habe den Eindruck, Sie bauschen diese Geschichte maßlos auf. Nennen Sie mir doch einen guten Grund, warum Martina auch nur den Wunsch haben sollte, etwas zu tun, was Ihnen und damit letztlich auch ihrem Vater schadet?«

»Es ist nur, daß Wu Informationen aus ihr rausholen kann, ohne daß sie sich dessen bewußt wird. Sie kennen doch diese orientalischen Typen.«

»Ich glaube nicht, daß Martina sich aushorchen lassen wird, Hendrik. Sie ist ein sehr schlaues Mädchen, wenn es ums Geschäft geht. Aber ... Dürfte ich vielleicht einen Vorschlag machen? Wenn Sie feststellen, daß Ihre Kunden scharenweise abspringen, wenn Martina nicht mehr da ist, sagen Sie mir Bescheid. Geben Sie mir Namen und Zahlen, und ich werde Wus Bücher prüfen lassen. Wenn ich herausbekomme, daß sie zu Wu gegangen sind, können wir etwas unternehmen. Die IDB begrüßt Wettbewerb, aber keinen unlauteren Wettbewerb.«

»Danke, Christian.«

»Keine Ursache. Ich muß jetzt wirklich los. Sie werden doch zum nächsten Optionstermin kommen?«

»Ganz bestimmt.«

»Gut. Dann können wir zusammen lunchen, und Sie können berichten, wie sich alles entwickelt hat.«

Martina drückte die letzten Wassertropfen aus ihrem Haar, wand sich dann ein Frotteetuch um den Kopf und zog den Bademantel über. Sie drehte sich um, als leise an die Badezimmertür geklopft wurde. Wenn es die Haushälterin war, die sich wieder wichtig machen wollte, würde sie laut schreien.

»Martina, ich bin's, Hendrik. Kann ich reinkommen?«

»Ja.«

Er öffnete die Tür und trat rasch ein. »Macht es dir etwas aus, wenn wir hier kurz reden?«

»Nein, schieß los.«

Er setzte sich auf den Badewannenrand. »Hör zu, Martina, wir müssen über dieses Kundenproblem sprechen. Es irgendwie lösen.«

Sie senkte den Kopf und rubbelte ihr Haar trocken. »Was ist da das Problem?«

»Na ja, es wäre sehr schädlich, wenn du Kunden mitnähmest, zu Wu.«

»Ich habe es dir doch schon gesagt. Ich werde keine Kunden von Van den Fleet mitnehmen. Die Entscheidung, bei wem sie kaufen oder verkaufen wollen, liegt bei ihnen.«

»Ich weiß deine Einstellung zu schätzen, aber ist dir wirklich klar, warum Wu dich haben will?«

»Was meinst du damit?«

»Dein umfassendes Wissen über unsere Preispolitik wäre sehr wertvoll für ihn.«

Sie schob das Frotteetuch höher in die Stirn und sah ihn an. »Glaubst du wirklich, ich würde ihm oder irgend jemand anderem solche Informationen geben?«

»Ich sage nicht, daß du es tun würdest, aber es könnte unbeabsichtigt geschehen.«

»Unsinn, Hendrik. Wenn ich anfange, solche Fehler zu machen, kaufe ich mir einen Schrebergarten.«

Er holte eine Zigarette aus der Schachtel und steckte sie an. »Vater scheint die Nachricht sehr gut aufgenommen zu haben.«

»Erstaunlich gut. Ich hatte schreckliche Angst vor dem Gespräch.«

Hendrik machte einen Zug und spielte mit dem Gedanken, Beni Yasim zur Sprache zu bringen, überlegte es sich aber anders. Er mußte sie bei Laune halten. Wenn sie einen von ihren Wutanfällen bekam, konnte sie Van den Fleet sehr schaden. Er hatte Christian Debilius nur die eine Hälfte der Wahrheit mitgeteilt. Hendrik konnte sich mindestens zwei Gründe vorstellen, warum Martina ihm schaden wollte. Martina richtete sich auf und nahm das Frotteetuch vom Kopf. »Ist das alles?«

»Was?«

»Ist das das Ende des Gesprächs?«

»Ich denke.«

Sie fuhr sich mit den Fingern durchs Haar und strich es zurecht. »Du klingst nicht allzu glücklich.«

Er stand auf. »Erwartest du, daß ich es bin?«

»Hör zu, Hendrik. Ich verlasse die Firma, das stimmt, aber ich habe nicht vor, ihr zu schaden, ob mit Absicht oder nicht.

Ich weiß nicht, wie ich es dir beweisen soll, ich kann nur sagen, daß ein Wort von einem Van den Fleet schon seit Jahrhunderten mehr wert ist als ein schriftlicher Vertrag.«

»Du bist ein Biest. Es hat dir Spaß gemacht, das zu sagen, stimmt's?«

»Bitte, Hendrik, ich habe es nicht so gemeint.« Sie blickte verzweifelt zur Decke. Etwas Falscheres hätte sie in dieser Situation nicht sagen können. »Hendrik, ich meine, wir sind beide so erzogen worden, daß wir zu dem stehen, was wir sagen, genau wie Vater und vor ihm sein Vater. Ich wollte dich wirklich nicht verletzen.«

Er starrte sie einen Moment schweigend an und trat dann ans Waschbecken, um die Asche von seiner Zigarette hineinzuschnippen. »Du würdest sowieso nur deine Zeit verschwenden.« Er machte auf dem Absatz kehrt und ging hinaus.

Martina stützte sich auf den Rand des Waschbeckens und sah in den Spiegel. Warum sage ich nur immer das Falsche zu ihm?

Die Golden Gate Mansions waren ein Komplex alter, ungepflegter Wohnhäuser, miteinander verbunden durch ein Labyrinth schmaler Gänge. Sie waren wie so viele andere alte Gebäude in Tsimshatsui für den Abriß vorgesehen, wurden vorerst aber weiter billig an Touristen vermietet. Sie boten nichts weiter als ein Bett für die Nacht – und preisgünstiges Heroin. Busy blieb am Imbißstand vor den Mansions stehen und zündete sich eine Zigarette an. Er blickte die Straße hinauf und hinunter und wandte sich dann an einen Mann, der Nudeln in einem dampfenden Kesseltopf umrührte. »Ich suche Vierohren-Fu. Hast du ihn gesehen?«

Der Mann blickte ihn nervös an und sah dann wieder in den Topf und rührte heftig weiter. »Ich glaube, er kassiert Miete. Das macht er montags immer.«

»Danke.« Busy beugte sich vor und spuckte in den Rinnstein, ehe er die Passage zur nächsten Parallelstraße betrat.

Vierohren-Fu steckte ein Bündel Geldscheine in sein

Hemd. Er besaß vier der Häuser der Golden Gate Mansions, vier Billardsalons in Tsimshatsui und drei Bars für Touristen, die auf Kinder standen. Er wurde Vierohren-Fu genannt, weil in dem Viertel so gut wie nichts passierte, das er nicht mitbekam. Er hob eine fettige braune Papiertüte auf und starrte die vier kleinen Mädchen, die auf einer abgewetzten alten Ledercouch hockten, finster an. »Seid ihr brav zu der *mama-san* gewesen?«

Die Mädchen nickten stumm. Fu langte in die braune Papiertüte und gab jedem der vier Mädchen einen Big Mac. »Macht weiter so.« Er knüllte die Tüte zusammen und warf sie auf den Boden.

Busy erblickte ihn, als er in einen Gang eilte, der von der Straße der Schneider ab ging. Er lief hinter ihm her und schob ein Paar Jeans beiseite, das als Aushängeschild vor dem Eckladen hing. Fu bog in einen anderen schmalen Gang ein und hastete eine Treppe hinauf. Busy fluchte, als er in eine Lache von Exkrementen trat, die aus einem defekten Abflußrohr gedrungen waren. Eine Ratte, die den Rinnstein entlanghuschte, verhielt einen Moment, quiekte schrill und verschwand in einem klaffenden Mauerspalt.

Fu fuhr herum, als jemand seinen Namen rief. Er kniff die Augen halb zu und starrte die näher kommende Gestalt an. Busy verlangsamte seine Schritte und ließ die Hände baumeln, um seine friedfertige Absicht zu signalisieren. »Mein Chef, Frankie Heung, braucht eine Information. Er wird es als Gefallen betrachten.«

Fu nickte. Busy zog das Foto von Fang Ka-Shing heraus und zeigte es ihm. »Schon mal gesehen?«

Fu warf einen Blick auf das Foto und schüttelte den Kopf.

»Ich muß ihn finden. Er hat Schulden bei uns. Er heißt Mui Shenlu. Schleppt lose Diamanten mit sich rum. Hat hier kürzlich ein Collier machen lassen. Hast du eine Ahnung, wer es für ihn gemacht haben könnte?«

Fu rieb sich langsam das Kinn.

»Wenn du es nicht weißt, sag es. Dann kann sich jemand anders einen Gefallen von Mr. Heung verdienen.«

Fu sah ihn böse an, wenn er es nicht wußte, dann wußte es niemand. Er räusperte sich und spie in den Rinnstein. »Ein Mann, der hinkt und in der Schmuckfabrik bei China Products arbeitet, ist in letzter Zeit viel in den Kneipen gesehen worden.«

Busy begann zu lächeln. »Wie heißt er?«

»Zau. Und denk daran, es ist ein Gefallen.«

»Keine Sorge.«

Busy lehnte sich an die Mauer des Eckhauses und schob sich eine Zigarette zwischen die Lippen. Er steckte die Hand in die Tasche, um sein Feuerzeug herauszuholen, und hielt inne, als ein humpelnder Mann aus einem Seitenausgang der Schmuckfabrik kam und zu dem Imbißstand ging. Er nahm die Zigarette aus dem Mund, während er beobachtete, wie Zau, eine dampfende Schale mit Nudeln an die Brust gedrückt, zur Fabrik zurückkehrte. Er lief über die Straße und holte ihn ein, als er kurz vor der Tür war. Er drängte Zau in einen Gang, drehte ihn herum, so daß er ihm ins Gesicht sah, und hielt ihm die Spitze seines Springmessers an den Hals. »Schütte das Zeug nicht auf meine Schuhe. Sie sind neu.«

Zau wimmerte etwas Unverständliches.

»Die Tausendwolken-Gesellschaft möchte etwas wissen.«

Zau verdrehte die Augen. Busy hielt ihm das Bild von Fang unter die Nase. »Du kriegst eine Belohnung für die Information, und du kriegst eine Belohnung für keine Information.« Er ritzte die Haut an Zaus Hals auf, so daß Blut hervorquoll. »Du hast ein goldenes Collier mit acht Diamanten gemacht, einer davon als Anhänger. Ist das der Mann?«

Zau machte den Mund auf, um zu antworten, aber seiner Kehle entrang sich kein Laut.

Busy verringerte den Druck des Messers. »Ist er es?«

Zau brachte ein rauhes Schluchzen hervor. »Ja, ja.«

»Wie heißt er?«

»Das hat er nicht gesagt.«

»Willst du beide Belohnungen kassieren?«

Zau schrie entsetzt und drückte die Schale so fest an seine Brust, daß sie vorkippte und er sich über und über mit Nudeln und Bohnen vollkleckerte. »Er hat nicht gesagt, wie er heißt. Ich brauchte das Geld, und deshalb habe ich nicht gefragt.«

Busy ließ ihn los. »Ich kenne dich jetzt. Denk daran.« Er trat zurück und versetzte Zau einen Tritt an sein lahmes Bein.

Zau stöhnte vor Schmerz und sackte zusammen. Busy trat ihn noch einmal, zog dann seine Jacke glatt und ging schnell zur Straße zurück. Der Mann am Imbißstand wandte den Blick ab.

Martina leerte ihre Tasse und stellte sie wieder hin. »Vielen Dank für das Frühstück, Johannes. Ich muß los. Das Taxi ist bestimmt gleich da.«

Johannes wischte sich den Mund mit der Serviette ab. »Ich wünschte, du würdest mir erlauben, dich zum Flughafen zu bringen. Es macht mir nichts aus.«

»Du hast schon mehr als genug für mich getan. Du bist gestern meinetwegen nicht ins Büro gekommen.« Sie schob ihren Stuhl zurück und stand auf. »Ich komme morgen abend zurück aus Genf, und dann werden wir feiern. Ich lade dich ein.«

Er ließ sich, wie überwältigt von dem Angebot, auf seinen Stuhl zurücksinken. »Bist du sicher, daß ich nichts für dich tun kann, während du fort bist?«

»Ja. Vaters Sonnenschein von Haushälterin hat alle meine Habseligkeiten gepackt. Ich brauche nichts mehr zu tun. Sie hat versprochen, es per Luftfracht nach Hongkong schicken zu lassen. Ich brauche nur noch meinen letzten Deal für Van den Fleet abzuschließen. Ein Abschiedsgeschenk für Hendrik, in Form einer fetten Verdienstspanne auf Kosten von Mr. Yasim. Und dann: Auf Wiedersehen, Martina.« Sie lächelte aufgekratzt und legte ihm die Hand auf die Schulter. »Schau nicht so besorgt, Johannes.«

»Ich mache mir aber Sorgen. Mir kannst du nämlich nichts vormachen, Martina. Anderen vielleicht, aber nicht mir.«

»Also gut, ich gestehe. Ich fühle mich . . .« Sie verstummte und überlegte. »Ich kann nicht recht definieren, was für ein Gefühl ich habe. Ungefähr so, als träte ich gleich von einer steilen Klippe, nehme ich an.« Sie lächelte wieder. »Ich hätte besser Drachenfliegen lernen sollen, nicht wahr?«

Er lachte wider Willen. »Du könntest dir ja ein paar Lektionen von Beni Yasim geben lassen. Er ist Spezialist für Höhenflug.«

»Bitte, Johannes, keine Schläge unter die Gürtellinie.« Sie ging zum Fenster und spähte hinaus. »Da ist das Taxi. Ich muß jetzt . . . fliegen, wenn ich es so ausdrücken darf.«

Er lachte wieder. »Ich bring dich runter.«

Beni Yasim diktierte einem Mädchen vom Sekretariatsdienst des Hotels den letzten Brief und sah auf die Uhr. »Sorgen Sie dafür, daß die Briefe nach Paris gefaxt werden, und bringen Sie jetzt bitte Mademoiselle Van den Fleet herein.« Er steckte die vor ihm liegenden Dokumente in seine Aktentasche und schloß sie. Er trat zu dem Spiegel über dem Kaminsims und zupfte sorgsam seine Krawatte zurecht.

Die Sekretärin eilte durch das Vorzimmer der Hotelsuite zu Martina. »Mademoiselle Van den Fleet, Monsieur Yasim hat jetzt Zeit für Sie.«

Martina nahm ihre Aktentasche und folgte ihr ins Wohnzimmer.

Das Geschäftsritual bei Beni lief stets gleich ab. Es beruhte auf hundertprozentigem gegenseitigem Vertrauen. Wenn er Industriediamanten kaufen wollte, handelten sie den Preis am Telefon aus, und dann wurden die Steine von einem Kurier zur Bank Christian Oertli in Genf gebracht und dort im Tresor hinterlegt. Die Transaktion beruhte auf der stillschweigenden Voraussetzung, daß die Diamanten von der vereinbarten Güteklasse waren und daß der Kaufpreis am Monatsende beglichen wurde. Um das Schriftliche zu regeln, fand Martina sich pflichtschuldigst im Hotel ein. Das Geschäftliche dauerte nicht einmal zehn Minuten, aber wenn Beni Zeit hatte, schloß sich ein ausgiebiger Lunch an.

Beni streckte beide Hände aus. »Martina, endlich sehen wir uns wieder.«

»Hallo, Beni. Sie sehen gut aus, wie immer.«

Sie gaben sich die Hand, und er führte sie zu einem der beiden bequemen Sofas am Kamin. Sie setzte sich hin und legte die Aktentasche auf die Knie. »Die Steine sind zu Ihrer Zufriedenheit ausgefallen?«

Er lachte. »Ja. Wissen Sie überhaupt, seit wieviel Jahren wir dieses Gespräch schon führen?«

»Es muß schon eine ganze Reihe sein.«

»Ja. Fünf, um genau zu sein. Ich denke, das sollte gefeiert werden, nicht wahr?«

»Oh, unbedingt.« Sie nahm die Papiere aus der Tasche und blätterte sie rasch durch.

Beni war ein Meister im Small talk, aber sie wußte aus Erfahrung, daß er sehr viel Wert darauf legte, Geschäftliches mit einem Minimum an Abschweifungen und im größtmöglichen Tempo zu erledigen.

»Wenn Sie bitte beide Ausfertigungen unterschreiben würden, Beni. Ich habe schon für Van den Fleet unterschrieben.«

Er nahm einen goldenen Füllhalter aus der Brusttasche und unterzeichnete rasch beide Blätter. Sie nahm den Vertrag und riß die obere Ausfertigung ab. »Einmal für Sie und einmal für mich.«

»Danke.« Er klappte seine Aktenmappe auf und steckte sein Exemplar hinein. »Und nun ein Drink zur Feier des Tages. Auf fünf Jahre Freundschaft muß man anstoßen.« Er trat zum Kamin und drückte auf den Klingelknopf.

Martina zögerte kurz und verzichtete dann darauf, ihre sorgfältig einstudierte kleine Rede zu halten. Sie könnten bei der Gelegenheit auch gleich auf die Neuigkeit anstoßen, die sie ihm mitzuteilen hatte. Sie strich ihren Rock glatt. »Beni, wo wir gerade feiern, möchte ich Ihnen etwas sagen und damit gewissermaßen zwei Fliegen mit einer Klappe schlagen. Ich verlasse Van den Fleet heute. Ich werde ab morgen für einen Diamantenhändler in Hongkong arbeiten.«

Benis Blick heftete sich auf sie, und der überraschte Ausdruck verschwand ebenso schnell von seinem Gesicht, wie er gekommen war. »Ist das ein Scherz?«

»Nein.«

Er näherte sich und setzte sich neben sie auf das Sofa. »Ich denke, ich sollte etwas mehr darüber erfahren, Martina.« Es klopfte leise, und er sah auf. »Einen Moment, bitte.« Dann, lauter: »Herein.«

Ein Kellner öffnete die Tür und schob einen kleinen Servierwagen mit einem Champagnerkübel herein.

Beni füllte das nun eintretende Schweigen damit aus, daß er sich ein Zigarillo anzündete. Er lehnte sich zurück und schlug die Beine übereinander. Der Kellner schenkte den Champagner ein und reichte ihm und Martina ein Glas. Beni entließ ihn mit einer Handbewegung. Als der Mann sich zurückgezogen hatte, wandte er sich halb um und ließ sein Glas an Martinas klingen. »Zuerst auf unsere Freundschaft, und dann müssen Sie mir erzählen, warum Sie Ihre Firma verlassen.«

Martina hob das Glas an die Lippen und trank einen kleinen Schluck. »Ich möchte richtig selbständig werden. Mein Vater zieht sich ins Privatleben zurück. Mein Bruder ist aus Zaire zurückgekommen, um die Firma zu übernehmen. Das war die Gelegenheit, um unabhängig Karriere zu machen.«

Er lächelte freundlich. »Wir kennen uns schon eine lange Zeit, Martina. Vielleicht möchten Sie noch einmal anfangen. Diesmal mit der Wahrheit.«

Sie lachte protestierend. »Es ist die Wahrheit. Jedenfalls in den Grundzügen. Ich möchte Sie nicht mit den Einzelheiten langweilen.«

»Langweilen Sie mich ruhig.«

Sie nahm wieder einen Schluck. »Es liegt einfach daran, daß ich nicht bei der Interkontinentalen Diamantenbörse optionsberechtigt bin. Hendrik ist es, und außerdem muß er innerhalb der Firma jemanden darauf vorbereiten, die Optionsberechtigung zu bekommen. Zu diesem Zweck hat er bereits unseren Bürovorsteher zum Händler befördert. Ich gebe zu, daß ich die Firma in den letzten zwölf Monaten nur so gut ich konnte über die Runden gebracht habe. Wir haben die ganze Zeit nicht an der IDB gekauft, weil es Vater zu schlecht ging, um nach New York zu reisen. Hendrik will expandieren, aber er kann es sich nicht leisten, zwei Leute als Top-Händler zu bezahlen. Es ist wirklich Zeit, daß ich etwas anderes mache. Auf diese Weise kann Hendrik seine Pläne ausführen, und ich kann mehr internationale Erfahrungen sammeln.«

Er musterte sie einige Sekunden. »Danke, daß Sie mir all das gesagt haben, Martina.« Er nahm sein Glas und trank. »Ich verstehe das Problem, das Van den Fleet hinsichtlich der Optionsberechtigung hat, aber zwingt Sie das wirklich, das Familienunternehmen zu verlassen?«

»Ich bin Händlerin, Beni, und kein Verwaltungsmensch.« Sie blickte sich in dem mit Blumensträußen geschmückten Zimmer um. Sie schien diese Worte in den letzten paar Wochen bis zum Überdruß gesagt zu haben.

»Natürlich, und noch dazu eine sehr angesehene Händlerin.« Er legte sein Zigarillo in den Aschenbecher neben sich und griff wieder zu seinem Glas. »Auf Sie, Martina. Ich weiß, Sie werden viel Erfolg haben.«

»Danke.«

»Für wen werden Sie arbeiten?«

»James Wu.«

»Der Name kommt mir bekannt vor.« Er stand auf und nahm den Champagner aus dem Eiskübel.

Christian Debilius hatte die Situation vollkommen falsch beurteilt. Sie war keine Frau, die sich an einen Büroschreibtisch abschieben ließ. Sie war ehrgeizig.

»Wann fangen Sie an?«

»Ich fliege in ein paar Tagen wieder nach Hongkong.«

Er schenkte nach. »Haben Sie dort eine Telefonnummer,

unter der ich Sie erreichen kann? Der Verwandte eines Scheichs hat bald Geburtstag. Ich werde dafür ein ganz besonderes Geschenk brauchen.«

Sie sah in ihr Glas hinunter. Der Wechsel von Van den Fleet zu James Wu ließ sich gut an. »Sie wollen nicht mehr bei Van den Fleet kaufen?«

»Ich mache lieber Geschäfte mit Leuten, die ich kenne. Ihren Bruder kenne ich nicht.«

»In der Hinsicht kann ich Sie beruhigen.«

»Tun Sie das nicht.« Er nahm sein Zigarillo. »Ich nehme an, Sie wollen weiter Geschäfte mit mir machen?«

Sie rutschte voller Unbehagen hin und her. »Ich bitte Sie. Selbstverständlich, Beni. Ich lege sehr viel Wert auf die Verbindung mit Ihnen, das wissen Sie.«

Er sah sie prüfend an, ehe er langsam nickte, um zu verstehen zu geben, daß er mit der Antwort zufrieden war. Sie schaute sich wieder im Zimmer um. Sie hätte ihn um ein Haar – ohne jede Absicht – beleidigt. Sie drehte das Glas hin und her. Er war sehr arrogant, aber er konnte es sich leisten.

Beni legte die Hand auf ihre. »Was ist?«

Sie sah ihn überrascht an. »Was sollte sein?«

»Sie fingern nur dann mit Ihrem Glas herum, wenn Sie nervös sind. Also. Was ist los?«

»Hm . . . Ich wollte nur feststellen, ob Sie weiterhin Geschäfte mit Van den Fleet machen möchten oder nicht, aber statt dessen habe ich plötzlich das Gefühl, daß ich Ihnen zu nahe getreten bin.«

Er lachte sehr leise. »Sie wissen ebensogut wie ich, daß Sie nicht mehr hier sitzen würden, wenn das der Fall wäre, meine liebe Martina.« Er strich mit den Fingern über ihre Hand. »Aber ich denke, es würde Ihnen sehr schwerfallen, jemanden zu beleidigen.«

Beruhigt atmete sie ganz langsam aus.

Er warf einen Blick auf seine Uhr. »Lunch, Martina.«

Der Oberkellner führte Martina und Beni zu einem Tisch in einer Nische, die vom Speisesaal des Hotels abging. Man konnte von hier aus den ganzen Raum überblicken, wurde aber von zwei Statuen, die wie Galionsfiguren aussahen, vor neugierigen Blicken geschützt. Beni entließ die Ober mit einer Handbewegung, nachdem er bestellt hatte, und stützte dann die Ellbogen auf den Tisch und legte das Kinn auf seine Hände. »Nun. Warum haben Sie sich ausgerechnet für Hongkong und James Wu entschieden?«

»Es war das einzige Angebot, das ich bekommen habe, abgesehen von der Stelle, die Christian Debilius mir anbot. Aber das war nur eine Arbeit bei der Diamantenbörse.«

Er zog mit gespielter Überraschung die Augenbrauen hoch. »Oh?«

»Eine Verwaltungstätigkeit. Doch ich bin mit Leib und Seele Händlerin.«

»Ich weiß, und ich bin froh, daß Sie Christians Angebot abgelehnt haben.«

»Warum?«

»Weil ich den Gedanken nicht ertragen könnte, daß er Sie verführt.«

Sie lachte. »Ich auch nicht.« Sie lehnte sich zurück. Flirten war für Beni so natürlich wie Atmen. Solange sie ihn nicht ernst nahm, konnte es nicht schaden, zu relaxen und das Essen seinen Lauf nehmen zu lassen.

»Christian hat einen sehr schlechten Ruf, was Frauen betrifft. Seien Sie gewarnt.«

»Sie auch.«

»Das ist nicht wahr. Ich habe einen sehr guten Ruf bei Frauen. Sie sagen es alle.«

Der Service war bemerkenswert gut. Beni wartete, bis der letzte Ober wieder fort war, und setzte das Gespräch dann fort. »Ist James Wu ein Kunde von Ihnen, oder kennen Sie ihn persönlich?«

»Ich kenne ihn so gut wie gar nicht. Er beauftragte uns vor einiger Zeit, einige Steine für ihn zu begutachten. Dabei erwähnte er, daß er unbedingt jemanden brauche, der ihm zur Seite stehen könnte.«

»Ich verstehe. Ich habe von ihm gehört, aber ich war neugierig. Soweit ich weiß, macht er meist Geschäfte mit Händlern in England. London.«

»Mmm. Das dachte ich auch, aber er redet oft von 1997, wenn die Briten Hongkong räumen werden.«

Er lachte leise. »Wenn sie hinausgeworfen werden, meinen Sie.«

»So ist es wohl. Ich glaube, James will für diesen Fall seine Marktbasis in Europa vergrößern.«

»Sehr vernünftig.« Er nahm einen Schluck Wein. »Weiß Christian, daß Sie die Firma verlassen?«

»Ja, James und ich haben mit ihm gesprochen.«

»Wie hat er reagiert?«

»Er hat James' Expansionsplänen offenbar zugestimmt.«

»Und was hat er zu Ihnen gesagt?«

»Nicht viel. Er schien ein bißchen enttäuscht zu sein, daß ich sein Angebot, zur IDB zu kommen, nicht sofort akzeptiert habe.«

»Das kann ich mir vorstellen. Christian bekommt nicht jeden Tag einen Korb.«

»Na ja, aber damals hat er einen bekommen. Das Problem bei ihm ist, daß er erwartet, alle müßten sich wie dressierte Seerobben benehmen.«

Seine Augen funkelten belustigt. »Sie haben es ihm gesagt?«

Sie schürzte die Lippen. »Ich muß meinen Lebensunterhalt verdienen, Beni.«

Beni lächelte verständnisvoll. »Gewissermaßen. Übrigens, haben die Paulinsons sich um Sie gekümmert?«

Martina strich das Tischtuch glatt. »Sie waren sehr freundlich. Sie haben mich zu einer Lunch-Party eingeladen.«

Er starrte sie an. »Das habe ich nicht gefragt.«

»Tut mir leid. Ja, sie haben sich um mich gekümmert.«

»Sie lügen, Martina. Tun Sie das nicht. Sie sind hoffnungslos, was Lügen betrifft.«

Sie lachte überrascht. »Wie furchtbar.«

»Aber es stimmt. Nun, warum mochten Sie die Paulinsons nicht?«

»Ich glaube, es war anders herum, wenn Sie unbedingt die Wahrheit hören wollen.«

»Wie kommen Sie darauf?«

»Marietta. Sie schien zu glauben, ich wolle ihr das Revier streitig machen. Ich habe erklärt, daß wir, Sie und ich, nur geschäftlich miteinander zu tun haben.« Sie sah ihn verzweifelt an. »Verstehen Sie, was ich meine?«

»Ja, und ich versuche auch, Marietta zu verstehen. Sie ist nicht meine Geliebte.«

Sie machte eine kurze Handbewegung. »Na ja, dann Exgeliebte.«

»Nein, das ist sie auch nicht. Sie ist auf ihre Weise sehr attraktiv, und sie tut mir leid, aber ich habe nie mit ihr geschlafen.«

Sie sah ihn ungläubig an.

»Es stimmt. Ich mache gewisse Geschäfte mit ihrem Mann. Ich würde nie mit einer Frau schlafen, mit deren Mann ich geschäftlich zu tun habe.«

»Warum nicht?«

»Sie sollten es wissen, Martina. Weil ich nie Arbeit mit Vergnügen vermische.« Er runzelte die Stirn. »Vielleicht hätte ich Ihnen vorher sagen sollen, daß Marietta manchmal recht sonderbar sein kann.«

Sie lachte unvermittelt. »Ja, vielleicht.«

»Es tut mir leid, daß Sie in eine peinliche Situation geraten sind. Wirklich. Ich werde mit ihr reden. Sie wird sich bei Ihnen entschuldigen.«

»Bitte nicht, Beni. Vergessen Sie es. Es ist nicht weiter wichtig.«

Er gab dem Kellner ein Zeichen.

Vor dem Hoteleingang hielt eine schwarze Limousine. Der Portier eilte hin und öffnete den hinteren Wagenschlag. Martina fröstelte, als sie einstieg. Die frische Luft wirkte nach dem überheizten Speisesaal eisig. Beni beugte sich zum Fenster und streckte die Hand hinein. »Der Fahrer wird Ihr Gepäck vom Hotel abholen und Sie zum Flughafen bringen.«

»Vielen Dank.« Martina nahm seine Hand.

Er zog sie an die Lippen. »Ich werde bald nach Hongkong kommen. Ich gebe Ihnen Bescheid, wann.« Er drückte ihre Finger. »Sie vergessen nicht, sich nach etwas Besonderem für den Scheich umzusehen, nicht wahr?«

»Nein, bestimmt nicht. Ich weiß nicht, was James auf Lager hat, aber wenn nichts Passendes dabei ist, werde ich dafür sorgen, daß er es auftreibt.«

»Gut. Auf bald.« Er trat zurück und gab dem Fahrer ein Zeichen.

Martina winkte ihm durch das Rückfenster zu, als die Limousine abfuhr. Der Besuch in Genf war erfolgreicher gewesen, als sie erwartet hatte. Sie ließ sich zurücksinken. Sie konnte James Wu jetzt einen Kunden mitbringen. Einen Kunden, der ihr Prestige bei ihm erheblich vergrößern würde. Sie zog die Aktentasche näher zu sich. Hendrik würde wahrscheinlich eine Szene machen, aber sie tat nichts Unrechtes. Beni war immer ihr persönlicher Kunde gewesen. Schon als ihr Vater noch aktiv gewesen war, hatte Beni immer darauf bestanden, mit ihr zu verhandeln. Sie schaute aus dem Fenster, ohne etwas Bestimmtes wahrzunehmen. Wenn James nichts auf Lager hatte, was Benis Wünsche erfüllte, würde sie James überreden, sich bei der Diamantenbörse um eine Genehmigung zu bemühen, aus ihren Beständen zu kaufen. Die IDB erlaubte gelegentlich, auch außerhalb der einmal im Monat stattfindenden Optionstage zu kaufen, wenn es um einen wichtigen und guten Kunden ging. Beni erfüllte beide Bedingungen.

Candy schob den Anhänger ihres Colliers zurecht. Eigentlich hatte sie ihren Pelz in der Cocktail-Bar anbehalten wollen, aber dann hatte sie es sich anders überlegt, und nun saß sie da und beobachtete zufrieden, wie der Boy, mit dem Mantel so über dem Arm, daß das Etikett zu sehen war, zur Garderobe ging. Sie lächelte den Leuten, die sich umgedreht hatten, um zu sehen, wem der auffallende Zobel gehörte, kaum merklich zu. Fang Ka-Shing zündete eine Zigarette an. »Ich sagte dir doch, du solltest den Mantel an der Garderobe abgeben. Jetzt hast du uns beide zu Narren gemacht.« Sie reckte ihre Brüste vor und warf den Kopf zurück. Er wandte seine Aufmerksamkeit wieder dem riesigen Fernsehbildschirm zu, über den eine Sendung über die Pferde und Jokkeys des nächsten Rennens flimmerte.

Candy erstarrte, als sie Frankie Heung die Bar betreten sah. Er wurde von einem Mann begleitet, der etwas größer war als er und große runde Augen hatte. Sie drehte ihnen hastig den Rücken zu und lächelte Fang strahlend an. »Welches Pferd hast du gewählt, Ka-Shing?«

»Zwei. Ich setze auf zwei.« Aus den Augenwinkeln heraus sah sie, daß Frankie näher kam. »Zwei Pferde. Wie heißen sie? Sind sie Favoriten?« Sie hielt den Atem an, als Frankie wenige Schritte von ihnen entfernt kurz stehenblieb.

Als sie wieder zur Seite blickte, war Frankie weitergegangen, Richtung Theke. Fang nahm sein Glas, trank einen großen Schluck und stellte es wieder hin. Er lächelte wissend. »Ich setze auf Sugarfly und Honeybun.«

Sie kicherte. »Was würdest du ohne mich tun, Fang Ka-Shing?«

Er platzte los. »Ich würde eine Menge Geld verlieren.«

Frankie Heung lehnte sich indessen an die Theke und sah sich im Raum um. Er nickte dem Mann neben sich zu. »Ich weiß es zu schätzen, daß Sie mich in den Jockey Club eingeladen haben, Mr. dos Santos.«

Der Mann, der einen bräunlichen Teint hatte, lächelte leicht. »Ich denke, es ist Zeit, unsere Wetten zu plazieren, nicht wahr?«

»Wie war doch gleich der Name Ihres Pferdes?«

»Navigator. Es ist der Favorit.«

Frankie lachte laut. »Das möchte ich ihm auch geraten haben. Ich verliere nicht gern Geld.«

Santos lächelte wieder. »Ich auch nicht. Ich habe einen Haufen Geld für den Gaul ausgegeben, aber ich vertraue meinem Trainer.« Er nahm sein Glas und leerte es. »Ich bin jemand, der anderen vertraut, bis sie zeigen, daß sie mein Vertrauen nicht verdienen.«

»Klar.« Frankie betrachtete Fang Ka-Shing und Candy. »Was diese andere Sache betrifft, werden Sie nicht enttäuscht werden. Ihr Klient wird sich an der Ausschreibung für den computerisierten Terminal beteiligen können. Machen Sie sich in der Hinsicht keine Sorgen.«

»Ich hoffe es, Frankie.« Frankie trank seinen Whisky aus und verließ dann mit Santos die Bar. Er blickte noch einmal in Candys Richtung, als bewundere er ein auffallend hübsches Mädchen, doch in Wahrheit hatte er nur Augen für das Brillantcollier und den Mann neben ihr. Busy hatte gute Arbeit geleistet, Mr. Fang Shenlu oder wie immer er sich nannte, würde eine bessere Investition für Heung & Co. sein als die Nutte neben ihm.

Auf dem Fernsehbildschirm blitzte der Name des Siegers auf. Fang griff nach Candys Hand. »Sieh nur, Sugarfly! Und Honeybun ist zweiter geworden. An dritter Stelle Navigator.« Sein Gesicht war von einem dünnen, glänzenden Schweißfilm überzogen.

Candy lachte zufrieden. Sie befühlte den Anhänger des Colliers. Das Glück war wieder mit ihr gewesen.

Frankie zerriß seinen Wettschein. Die Geschäfte mit Santos wurden teuer. Er hatte soeben die fünfhundert Dollar verloren, die er auf den verdammten Favoriten gesetzt hatte. Er sah Santos von der Seite an. Es schien dem Kerl überhaupt nichts auszumachen, daß sein Gaul erst als Dritter durchs Ziel gegangen war. Santos fing den Blick auf und lächelte. »Beim nächsten Mal werden wir mehr Glück haben.«

»Mir reicht es fürs erste.«

Santos lachte leise. »Gehen wir wieder in die Bar und ertränken wir unseren Kummer.« Er wandte sich um und blieb einen Moment in der Ecke der Galerie stehen, um einen Mann und eine Frau vorbeigehen zu lassen. »Werden Sie mir bald die Zahlen der Deutschen geben können, Frankie?«

»Kein Problem. Spätestens Freitag.«

»Gut. Es ist sehr wichtig, daß mein Klient den Auftrag bekommt.« Santos nickte jemandem zu, der die Glastür öffnete und weiterging. »Außerordentlich wichtig, Frankie.«

»Er hat ihn so gut wie in der Tasche, Mr. dos Santos.«

Astrid öffnete die Tür von Hendriks Büro, steckte den Kopf hinein und sagte: »Herr Witt für Sie.«

»Soll reinkommen.« Hendrik legte den Füllhalter hin und stand auf. Johannes trat ein und legte seinen Trenchcoat auf einen Stuhl. »Martina hat ihre Maschine bekommen.«

»Fein.« Hendrik rieb sich die Hände. »Vielen Dank, daß du dich für die Familie aufgeopfert hast.« Er zeigte auf die Papiere auf seinem Schreibtisch. »Ich konnte einfach nicht weg. Wie ging es ihr?«

»Einigermaßen. Der Flug hatte zwanzig Minuten Verspätung, was nicht gerade half. Ich nehme an, sie macht sich immer noch Sorgen wegen ihres Vaters.«

Hendrik sah sich um. »Ich sollte dich zum Essen einladen, aber ich hab wirklich zuviel zu erledigen.«

»Ich müßte dir sowieso einen Korb geben. Ich habe meinen beiden Assistentinnen versprochen, mit ihnen essen zu gehen.«

»Sie freuen sich bestimmt darüber, daß Martina fort ist, nicht wahr?«

Johannes lachte ein bißchen verlegen. »Gut, daß Martina das nicht hört. Übrigens, ich habe von Christian Debilius gehört, daß ich den Diamantschleifer-Preis des Jahres gewonnen habe. Es ist natürlich noch inoffiziell.«

Hendrik streckte die Hand aus. »Ich gratuliere, Johannes. Kann mir niemanden vorstellen, der es mehr verdient hätte. Wie oft hast du ihn jetzt schon bekommen?«

»Das dritte Mal. Ich nehme an, sie möchten, daß ich nächstes Jahr in den Ruhestand gehe. Es wird ein bißchen eintönig.«

Hendrik schlug ihm auf die Schulter. »Nicht fürs Geschäft, mein Lieber, nicht fürs Geschäft.« Er brachte Witt zur Tür, wo sie sich verabschiedeten.

Hendrik kehrte zu seinem Schreibtisch zurück und atmete hörbar aus. Er war einem sentimentalen Flughafenabschied von Martina entgangen, und er hatte es vermieden, zusammen mit dieser Schwuchtel, diesem Witt, im Restaurant gesehen zu werden. Das Telefon klingelte.

Als er Beni Yasims Stimme hörte, stand er auf. »Vielen Dank, daß Sie zurückrufen, Mr. Yasim.«. Er räusperte sich. »Ich wollte mich Ihnen nur kurz vorstellen und Ihnen versichern, daß Van den Fleet immer gern für Sie tätig werden wird.«

Der Anrufer antwortete nicht gleich. Dann: »Kann ich etwas für Sie tun, Mr. Van den Fleet?«

»Nein, nein, ich wollte Ihnen wie gesagt nur versichern, daß wir . . .«

Beni Yasim unterbrach. »Das wird nicht nötig sein, Mr. Van den Fleet.«

»Äh . . . Was meinen Sie damit?«

»Ich werde weiter mit Miss Van den Fleet arbeiten. Ich brauche keine anderen Verbindungen.«

Hendrik lachte gekünstelt. »Oh, ich glaube, wir reden aneinander vorbei. Ich dachte, sie hätte es Ihnen gesagt. Sie hat die Firma verlassen.«

»Ich weiß, und wir reden nicht aneinander vorbei, Mr. Van den Fleet. Wenn Sie mich jetzt bitte entschuldigen würden. Auf Wiederhören.«

Hendrik starrte auf den Hörer. Sein Atem ging schneller. Arschloch. Er knallte den Hörer auf die Gabel. Der verdammte Araber hatte aufgelegt. Er nahm den Hörer wieder hoch. »Astrid, verbinden Sie mich mit Christian Debilius.«

Er sog an seiner Zigarette, während er ungeduldig Christians langsamer, gemessener Stimme lauschte. Er drückte die Zigarette aus und zündete sich eine neue an. »Ich muß etwas dagegen unternehmen, Christian.«

»Dann tun Sie es, Hendrik.«

Hendrik ballte die Hand zur Faust. »Ich meine, die Diamantenbörse muß etwas dagegen unternehmen.«

»Warum die Diamantenbörse?«

»Weil Martina darauf besteht, daß Yasim ihr persönlicher Kunde ist, und er hat aufgelegt, als ob ich ein dummer Junge wäre!«

»Ich sehe nicht, was die IDB in dieser Angelegenheit tun kann, Hendrik. Ich finde, es war abzusehen, daß Beni Yasim sich weiter an Martina halten würde, wenn er Steine kaufen will. Ich dachte, ich hätte das neulich in unserem Gespräch klargemacht. Der Mann interessiert sich für sie. Ich kenne Beni schon ziemlich lange. Wenn er die Wahl hat, ein gutes Geschäft mit einer hübschen Frau zu machen oder mit jemand anderem, wird er sich für die hübsche Frau entscheiden.«

»Aber Martina hat es mir versprochen. Wir haben eine Vereinbarung, daß sie nicht versuchen würde, Van den Fleet Kunden wegzunehmen. Sie hat die Vereinbarung gebrochen.«

»Stimmt das wirklich? Es sähe ihr absolut nicht ähnlich. Wir haben doch schon mal über all das gesprochen, Hendrik. Ich dachte, ich hätte mich ganz klar ausgedrückt. Die IDB kann keine Streitigkeiten zwischen Bruder und Schwester schlichten. Wenn Sie keinen Beweis dafür haben, daß Ihre Schwester ihr Wissen benutzt, um Van den Fleets Marktstellung zu untergraben, kann die IDB kaum etwas tun.«

»Ist Yasim nicht Beweis genug?«

»Nein. Ich fürchte, Sie müssen sich ins Unvermeidliche fügen, Hendrik. Sie können den Yasims dieser Welt nicht befehlen, von wem sie kaufen sollen und von wem nicht. Ich wünschte, Sie hätten diese Sache mit mir besprochen, ehe Sie mit Yasim redeten. Es hätte Ihnen die Kosten für das Telefonat erspart. Wenn er einmal einen Entschluß gefaßt hat, haben weder Sie noch irgend jemand anders die geringste Chance, ihn davon abzubringen. Er ist ein mächtiger Mann, Hendrik. Er leitet die Arab Trustee Corporation. Er streitet es immer ab, aber er tut es, jedenfalls hinter den Kulissen.«

Hendrik fuhr sich mit den Fingern durchs Haar. »Also, irgend etwas kann man bestimmt dagegen machen. Wenn er regelmäßig Diamanten kauft, warum wird er dann nicht von der IDB wie ein Händler behandelt, selbst wenn er sie nur als Vermittler kauft?«

»Ich fürchte, ich kann hier nicht über Yasims Status bei der IDB sprechen, Hendrik. Das würde meine Befugnisse überschreiten. Dazu würde ich eine Genehmigung des Direktoriums brauchen. Und man würde sie mir zweifellos nicht geben.«

»Schon gut, Christian. Entschuldigung, daß ich Sie behelligt habe.«

»Keine Ursache, Hendrik.«

Hendrik legte auf. Was hieß das, »es überschritt seine Befugnisse«? Christian *war* das Direktorium. Sie machten, was er ihnen sagte. Aber Martina würde nicht ungestraft davonkommen. Sie würde ihn nicht ausbluten.

Martina strich sich das Haar aus dem Nacken. Auf dem Flughafen Kai Tak war es noch voller und schwüler als beim letzten Mal. Sie fuhr sich mit der Hand über ihren verschwitzten Nacken.

James stellte sich auf die Zehenspitzen und winkte. »Martina, hier!«

Martina hielt ihre Reisetasche vor sich, um sich einen Weg zu ihm zu bahnen. »Guten Tag, James. Wie geht es Ihnen?«

»Danke, sehr gut. Geben Sie mir die Tasche.«

»Wie geht es Anna?«

»Auch gut. Sie entschuldigt sich, daß sie nicht mitkommen konnte.«

»Sie braucht sich nicht zu entschuldigen.«

»Halten Sie sich an meiner Jacke fest, ich lotse Sie hinaus.«

Sie griff nach seinem Ärmel und ließ sich nicht abschütteln, als er sich durch das Gewimmel drängte.

Das Zimmer im Continental war das gleiche wie neulich, nur daß es einen Stock höher lag. James hatte eine Wohnung für sie gefunden. Es sei nur für sechs Monate, während die Besitzer in den USA seien, aber sie seien gute Freunde von ihm und würden sich freuen, da sie die Wohnung in guten Händen wüßten. Sie trat ans Fenster und hob den Vorhang hoch und schaute auf die schmale Straße hinunter. Sie hatte erwähnt, daß Erwin Klein sich angeboten hatte, ihr bei der Wohnungssuche zu helfen, und daß er Lamma empfohlen hatte. James hatte gemeint, Lamma sei natürlich sehr beliebt bei Leuten aus dem Westen, die in Hongkong arbeiteten. Sie hatte ihn offensichtlich beleidigt, aber wenn Erwin Klein ihr eine Wohnung besorgen könnte, würde sie andere Westler kennenlernen und sich leichter in Hongkong einleben. Der Gedanke, immerzu von Chinesen umgeben zu sein, war alles andere als verlockend.

Das Telefon auf dem Nachttisch klingelte. »Ihr Gespräch mit Mr. Klein.«

»Danke. Hallo, Mr. Klein? Hier Martina Van den Fleet. Wir haben uns letzte Woche bei den Paulinsons kennengelernt.«

Ein freundliches Lachen. »Sie brauchen nichts zu erklären. Ich kenne hier nur eine Martina.«

»Entschuldigen Sie, daß ich Sie störe, aber . . .«

»Sie stören nicht im geringsten.«

»Sie haben davon gesprochen, daß Sie mir eventuell helfen könnten, eine Wohnung zu suchen. Haben Sie vielleicht inzwischen von etwas Passendem gehört?«

»In der Tat. Ein Kollege von mir muß zurück nach Deutschland. Wären Sie interessiert?«

»Ja. Wo ist es?«

»Cheung Chau.«

»Haben Sie nicht eine der Inseln erwähnt, sie hieß Lamma, wenn ich mich recht erinnere?«

»Ja, aber dort weiß ich im Moment nichts. Cheung Chau ist sehr hübsch. Sehr ruhig, ungefähr zehn Kilometer von Hongkong entfernt. Es gibt einen ausgezeichneten Fährdienst zur Stadt und zurück. Die Wohnung ist zwar ziemlich klein, aber sehr komfortabel. Sprechen Sie zufällig ein bißchen Deutsch?«

»Ja, ein wenig.«

»Sehr gut. Soweit ich weiß, wohnen in dem Haus zwei oder drei deutsche Ehepaare. Es dürfte Ihnen nicht schwerfallen, Anschluß zu finden. Möchten Sie sie sich ansehen, vielleicht gleich heute nachmittag?«

»Wenn es Ihnen nicht zuviel Mühe macht, gern.«

»Ich muß ohnehin nach Cheung Chau. Sagen wir, um zwei in Ihrem Hotel?«

»Vielen Dank, Mr. Klein.«

Als Martina und Klein zum Fährhafen für die Außenbezirke gingen, begann es heftig zu regnen. Er nahm ihren Arm und hastete mit ihr zu der wartenden Fähre. Als sie an Bord waren, holte sie ihr Taschentuch heraus und wischte sich das Gesicht ab. »Regnet es hier immer so schrecklich?«

»Ende September eigentlich nicht. Aber im Hochsommer regnet es dafür um so mehr.« Er nahm wieder ihren Arm und brachte sie zum Bug der Fähre.

Sie setzten sich hin, und sie sah aus dem Fenster, während das Schiff losmachte. Die Wohnung kostete 6000 Hongkong-Dollar im Monat. Wenn sie einigermaßen bewohnbar war, würde sie sie nehmen. Die Wohnung auf halber Höhe des Victoria Peak, die James gefunden hatte, kostete über 6000 in der *Woche*. Sie wandte sich zu Erwin Klein. »Wie lange braucht die Fähre nach Cheung Chau?«

»Ungefähr eine Stunde. Ich fürchte, das ist ein Nachteil, obgleich viele Leute es gern in Kauf nehmen, um der Hektik und dem Lärm auf der Insel zu entfliehen.«

»Ich glaube, im Moment mache ich mir mehr Sorgen wegen der Sprache. Man hat mir gesagt, die meisten Hongkong-

Chinesen sprächen gut Englisch, aber ich kann nicht sagen, daß das der Fall ist.«

Er lachte. »Sie werden feststellen, daß ihr Englisch viel besser wird, wenn sie versuchen, Ihnen etwas zu verkaufen.«

Während sie plauderten, verging die Zeit schneller als erwartet. Als die Fähre angelegt hatte, nieselte es nur noch. Klein nahm ihren Arm. »Es ist nicht weit zu Fuß. Rechts am Wasser gibt es übrigens einige Fischrestaurants. Manche Leute sagen, daß sie viel besser sind als die in Hongkong und Kowloon.«

Sie rümpfte die Nase. »Ich bin nicht immer sicher, was die Chinesen unter Fisch und Meeresfrüchten verstehen.«

»Fragen Sie nicht, das ist der beste Rat, den ich Ihnen geben kann. Am Ende des Strandes gibt es auch ein Restaurant, wo man westliches Essen bekommt. Es ist bei den *gweilos* sehr beliebt.«

»Wer sind die *gweilos*?«

»Sie und ich. So bezeichnen uns die Chinesen. Es heißt angeblich ›fremde Teufel‹, aber die Übersetzung ist nicht ganz korrekt.« Er berührte ihren Ellbogen. »Die Straße dort hoch. Da ist das Haus.«

Sie entdeckte ein bescheidenes dreigeschossiges Gebäude. Es war von außen kaum besser als ein schäbiges Hotel.

Als sie näher kamen, bemerkte sie, daß zwei Balkone mit Blumen bepflanzt waren. Ein Hund undefinierbarer Rasse mit einem zottigen Schwanz, der an den Eingangsstufen saß, stand auf, reckte sich und kam zu ihnen, um sie zu begrüßen. Erwin Klein beugte sich nach unten und kraulte ihn am Kopf. »Hallo, Heinz, wie geht's uns heute?«

Martina mußte lachen. »Lassen Sie mich raten. Er gehört einer der deutschen Familien.«

»Nein, nein, Sie irren sich. Er gehört einer französischen Fotografin, die im Erdgeschoß wohnt. Sie hat ihn Heinz getauft, weil er gerade eine Dose Tomatensuppe der Marke Heintz ausschleckte, als sie ihn fand.«

Die Wohnung lag im zweiten Stock. Klein bückte sich und

langte unter den Fußabstreifer. Er richtete sich mit einem Schlüssel in der Hand auf und öffnete die Tür. Er forderte Martina mit einer Handbewegung auf hineinzugehen.

Sie betrat eine winzige Diele.

»Das Wohnzimmer ist geradeaus. Die Tür links geht zum Schlafzimmer. Rechts ist das Bad.«

Sie nickte und machte eine Tür nach der anderen auf. Sie schürzte die Lippen. Klein hatte nicht übertrieben, als er davon sprach, daß die Wohnung sehr klein sei. Sie hätte leicht im Wohnzimmer ihres Vaters in Antwerpen Platz gefunden.

Eine Stimme rief: »Herr Klein, sind Sie's?« Martina fuhr herum und starrte die Frau an, die in der Tür stand. »Oh, Frau Bachmann, darf ich Ihnen Fräulein Van den Fleet vorstellen? Sie interessiert sich für die Wohnung.«

Die Frau trat in die Diele. Sie hielt Martina vorsichtig die Hand hin. Martina lächelte und schlug ein. »Sehr erfreut, Frau Bachmann.«

»Oh, ganz meinerseits.« Sie musterte Martina vom Kopf bis zu den Füßen. »Dies ist ein sehr ruhiges Haus. Wir mögen keinen Lärm.«

Martina lächelte wieder. »Freut mich zu hören.«

Frau Bachmann sah ihr ins Gesicht. »Sind Sie Holländerin?«

»Nein. Ich bin Belgierin.«

»Ah.«

Martina unterdrückte ein breites Lächeln. Ihre Antwort schien die Frau aus irgendeinem Grund beeindruckt zu haben.

»Wenn ich Sie vielleicht zu einer Tasse Kaffee einladen darf, ich meine, wenn Sie sich die Wohnung angesehen haben?«

»Gern, vielen Dank.« Martina lächelte wieder höflich. Sie mußte sich aus irgendeinem Grund die Zustimmung von Frau Bachmann verdient haben.

Vom Wohnzimmerfenster aus würde man an einem klaren Tag das Wasser sehen können. Martina wandte sich vom Fenster ab und schaute sich wieder im Raum um. Erwin Klein zündete sich eine Zigarre an. »Nun, wie finden Sie es?«

»Ich werde sie nehmen, wenn der Besitzer einverstanden ist.«

»Überlassen Sie das mir. Ich werde alles arrangieren.«

»Wann ist der früheste Einzugstermin?«

»Schon morgen. Natürlich nur, wenn es Ihnen paßt.«

»Ja, es würde sehr gut passen.«

»Dann gibt es nichts weiter zu tun, abgesehen davon, Sie zum Essen einzuladen.« Er sah auf die Uhr. »Wir werden gegen halb sechs wieder in Hongkong sein. Ich hole Sie um sieben ab, einverstanden?«

Sie spielte einen Moment lang mit dem Gedanken, abzulehnen, kam aber dann zu dem Schluß, daß die Bekanntschaft mit Erwin Klein auch weiterhin nützlich sein könnte.

»Unter zwei Bedingungen.«

Er sah ihr eine Sekunde in die Augen. Sie empfand ein leichtes Unbehagen. »Ich muß um zehn wieder im Hotel sein, und ich erwarte von Ihnen, daß Sie mir alles erzählen, was in Hongkong läuft.«

Er lächelte belustigt. »Miss Van den Fleet, die erste Bedingung ist leicht zu erfüllen. Wenn Sie möchten, werden Sie schon um acht wieder im Hotel sein. Die Chinesen essen viel früher als wir im Westen. Die zweite Bedingung ist schwieriger. Ich würde den ganzen Abend und den morgigen Tag brauchen, um Ihnen alles zu sagen, was ich über Hongkong weiß.«

Sie lachte. »Das glaube ich Ihnen aufs Wort.«

»Dann machen wir uns jetzt am besten auf den Weg. Die Fähre geht in einer Viertelstunde.«

»Was ist mit Frau Bachmann? Sie hat uns doch zum Kaffee eingeladen, oder war es nur pro forma?«

»Nein, sie lädt nur ein, wenn sie es so meint, aber ich schlage vor, wir gehen einfach nicht hin. Ihr Kaffee ist furchtbar.«

Martina folgte ihm durch die winzige Diele und fragte sich, wie sie James, der sie heute morgen eingeladen hatte, mit ihm und Anna zu essen, einen Korb geben sollte. Sie würde einen Jet-lag vorschützen. Sie waren sehr gastfreundlich, aber vielleicht war es besser, wenn sie ein klein wenig mehr Distanz zu ihnen hielt, bis sie sie besser kannte. Freundschaft in der Firma sollte man nicht überstürzen.

Frankie ging schnell einen Computerausdruck der Bilanz des letzten Monats durch. »Schenk dir einen Drink ein, Busy. Ich bin in ein paar Minuten fertig.«

»Keine Eile, Mr. Heung.« Busy trat zum Aktenschrank und betrachtete die Flaschen, die darauf standen. Er nahm eine Cognacflasche und schenkte ein wenig in ein Glas. Er blickte sich zu Frankie um, leerte das Glas und schenkte sich schnell nach.

Frankie machte eine Notiz auf den Rand des Blatts. »Ich hab im Singular gesprochen, Busy. *Einen* Drink.«

»Ja, Mr. Heung.«

Frankie legte den Ausdruck zusammen und tat ihn in einen Aktenkorb. »Okay. Ich möchte, daß du diesen Burschen, diesen Fang, beschatten läßt. Du kannst drei Mann einsetzen. Ich möchte wissen, in welche Clubs er geht. Candy sagt, er hat gestern abend eine Menge beim Rennen gewonnen. Ich möchte wissen, wie er es ausgibt, ich meine das, was er nicht für sie ausgibt.«

Busy nickte. »Kein Problem, Mr. Heung.«

»Du hast die letzte Zeit gut für mich gearbeitet, Busy. Ich weiß das zu schätzen. Ich möchte, daß dieser Job schnell erledigt wird, verstanden?«

»Ja, Mr. Heung.«

Frankie schob seinen Stuhl zurück und streckte sich aus. »Ich werde einen Whisky nehmen. Kein Soda. Kein Eis.«

Busy stellte hastig sein Glas hin und langte nach der Whiskyflasche.

Frankie verschränkte die Hände hinter dem Kopf.

»Hör zu, ich will, daß Candy ab Ende der Woche kein Geld mehr von uns kriegt. Ich kann mir keine Leute leisten, die nicht kosteneffektiv sind, und sie ist es ganz bestimmt nicht.«

Busy brachte ein Glas Whisky zum Schreibtisch. »Was haben Sie mit ihr vor, Mr. Heung?«

»Nichts. Sie ist ab Ende der Woche nicht mehr mein Problem, nicht wahr, Busy?«

Busy blickte sich schnell im Raum um, während er überlegte, was sein Boß damit sagen wollte. »Kein Problem, Mr. Heung.«

James lief, den Hörer ans Ohr geklemmt, im Wohnzimmer hin und her. Er blickte einen Moment auf die stummen Gestalten auf dem Fernsehbildschirm. Er hatte geduldig zugehört, wie Martina sich entschuldigte, nicht mit ihm essen zu können, und wie sie ihm erzählte, daß sie eine Wohnung in Cheung Chau genommen hatte. Er war sonderbar mutlos. Als sie das erstemal nach Hongkong gekommen war, hatte sie einen verletzlichen und schutzbedürftigen Eindruck gemacht. Es hatte sehr anziehend auf ihn gewirkt. Jetzt war sie nichts mehr von all dem. Er ruckte seinen Hosenbund hoch, als versuchte er, das flaue Gefühl in der Magengrube zu vertreiben. »Die Wohnung am Peak ist vielleicht teurer, aber sie wäre sehr praktisch für Sie, was die Lage betrifft. Sie hätten mir sagen sollen, daß es am Geld liegt, Martina. Ich hätte Ihnen ein Firmendarlehen geben können.«

»Geld ist für mich kein Problem, James. Aber ich möchte in diesem frühen Stadium einfach nicht zu viele Verpflichtungen eingehen.«

»Ich verstehe das vollkommen.«

»Gut. Also, wir sehen uns dann morgen früh im Büro. Ich freue mich auf den ersten Arbeitstag bei Ihnen.«

»Ja, ich freue mich auch. Bis morgen.« James legte auf und starrte zum Fernseher. Martina Van den Fleet hatte einen Zug, den er bisher nicht gekannt hatte. Einen entschlossenen, unerbittlichen Zug, der keinen Kompromiß zuließ, sobald sie sich etwas in den Kopf gesetzt hatte.

Anna kam ins Wohnzimmer. »Was meinst du, James?« Sie breitete die Arme aus, um das Kleid vorzuführen, das sie trug. »Wird das gehen?«

Er sah sie kurz an. »Wir gehen nicht aus.«

»Was ist geschehen?«

»Martina hat angerufen und abgesagt. Sie will früh zu Bett gehen, um den Jet-lag zu überwinden.«

»Das ist sehr klug. Schlaf ist die beste Medizin.«

»Sie will die Wohnung nicht haben, die ich ihr besorgt habe. Jemand, den sie kennt, hat ihr woanders etwas angeboten.«

Sie schaute ihn fragend an. James übereilte immer alles und war dann jedesmal enttäuscht, wenn es nicht nach seinen Wünschen ging. »Wo wird sie denn wohnen?«

»In Cheung Chau.«

»Aha. Dort leben viele *gweilos.*« Er hätte wissen müssen, daß sie lieber unter ihren eigenen Leuten leben wollte.

Sie ging hinaus und machte leise die Tür hinter sich zu. Frauen aus dem Westen übten einen starken und dauerhaften Reiz auf James aus. Der Reiz, den er auf sie ausübte, ließ allerdings schon nach wenigen Tagen nach.

Erwin Klein hatte einen dunkelblauen Abendanzug angezogen. Martina betrachtete seinen Rücken, als er vor ihr zum Wagen ging. Er war zu füllig, um elegant zu wirken. Sie unterdrückte ein Lächeln. Ein alternder Teddybär. So sah er aus. Er öffnete die Beifahrertür und half ihr hinein, ehe er rasch zur anderen Seite des Wagens schritt. Er setzte sich ans Steuer und ließ den Motor an. »Da Sie sich nichts aus chinesischem Essen machen, würden Sie vielleicht gern etwas Ungarisches ausprobieren?«

Das Magyar wurde von bunten Glühbirnen beleuchtet, die an einer Girlande unter dem großen Namensschild aus Holz befestigt waren. Klein stieg aus dem Wagen und eilte zur anderen Seite und öffnete Martina die Tür. Sie zog kaum merklich die Augenbrauen hoch. Sie kannte nicht viele Männer, die so perfekte Manieren hatten, und unter den jüngeren gab es keinen einzigen, der ein solcher Kavalier war.

Als sie im Lokal waren, sah Klein sich um. »Haben Sie einen ruhigen Tisch für uns?« fragte er die Chefin, die sie begrüßt hatte.

»Selbstverständlich. Möchten Sie vorher einen Drink an der Bar nehmen, oder möchten Sie gleich zum Tisch?«

Er blickte Martina an. »Die Bar scheint ziemlich voll zu sein, sollen wir am Tisch einen Drink nehmen?«

»Ja, sehr gut.«

»Was möchten Sie?«

Martina drehte sich um und betrachtete die Flaschenbatterien hinter der Theke. »Einen trockenen Wermut, bitte.«

Die Chefin führte sie selbst zu einem Ecktisch und gab Martina die Speisekarte und Klein die Weinkarte. Sie bestellten und aßen.

Die Teller des Hauptgerichts waren abgeräumt, und der Weinkellner hatte den restlichen Roten eingeschenkt. Martina hatte es abgelehnt, eine von den berühmten Nachspeisen zu kosten. »Nur zwei Kaffees und zwei Cognacs, bitte«, bestellte Klein.

Klein holte eine Zigarre aus der Tasche und zündete sie an. »Sie wirken heute sehr relaxed, Martina. Ganz anders als damals, als wir uns kennenlernten.«

Sie schaute sich im Restaurant um. »Die Atmosphäre hier ist sehr entspannend.«

»Nicht wie bei den Paulinsons. Sie haben sich dort nicht wohl gefühlt, glaube ich.«

»Nicht sehr, aber lassen wir das.«

»Haben Sie vor, mit den Paulinsons ins Geschäft zu kommen?«

»Ich denke nicht. Ich habe den Auftrag, James Wus europäischen Absatz zu vergrößern.«

»Aha, ich hatte mir schon gedacht, daß er Europa-Erfahrung einkaufen wollte. Interessant. Was die Paulinsons betrifft, so brauchen Sie nur folgendes über sie zu wissen: Paulinson Pacific verkauft in aller Stille seinen gesamten Besitz. Die Firma ist illiquide. Ihre Umsätze waren in den letzten Jahren rückläufig, aber sie besitzt große, sehr begehrte Grundstücke, die sie nun mit enormem Gewinn an die Volksrepublik verkauft. Vermutlich hat sich Ihr Kollege Beni Yasim deshalb vor einem Jahr in das Unternehmen eingekauft.«

»Will er die Firma übernehmen und ausschlachten?«

Er zuckte mit den Schultern. »Das ist kein Verbrechen.«

»Ist es schwer, in Hongkong Geschäfte zu machen? Ich hatte keine Zeit, viel Hausaufgaben zu machen, ehe ich kam, aber ich stelle mir vor, daß hier alles in einem Übergangsstadium ist. Hat Peking mehr Einfluß als früher?«

»Zur ersten Frage kann ich Ihnen versichern, daß es nicht allzu schwer ist, Geschäfte zu machen, wenn man sich nach den hier geltenden Regeln richtet. Korruption ist hier allgemein üblich und nicht weiter anstößig. Wenn man einen Vertrag abschließen will, muß man einfach eine inoffizielle Prämie zahlen.«

»Prämie?«

»Ja, in Hongkong tut niemand etwas ohne einen persönlichen Profit, so daß Angebote mit einer bestimmten Summe versüßt werden müssen, ehe sie in die richtigen Hände gelangen. Zu Ihrer zweiten Frage. Wenn man Geschäfte mit der Volksrepublik macht, braucht man nur eine simple Regel zu befolgen. Erwarten Sie nie, daß die Person, mit der Sie verhandeln, eine Entscheidung trifft.«

»Ich verstehe. Es geht also darum, bis zu dem Mann an der Spitze zu kommen.«

Er lächelte. »Wenn man weiß, wer es ist. In Peking gibt es jede Menge von Ministerien, von denen sich jedes mit einer bestimmten Industrie oder Branche befaßt, aber in der Praxis überschneiden sich ihre Kompetenzen oft. Häufig gerät man unversehens in einen Machtkampf zwischen zwei Ministerien, und dann dauert es womöglich Monate oder Jahre, bis eine Entscheidung getroffen wird. Ich habe gewöhnlich mit dem Ministerium für Naturwissenschaft und Kommunikation zu tun, das von einem Mann namens Pa Jiaming geleitet wird. Er gehört zu den fortschrittlichen Leuten, und man kann gut mit ihm zurechtkommen. Er ist auf seine Weise ziemlich verwestlicht. Sein Ministerium ist verantwortlich für eine Reihe von Dingen, die mit Hochtechnologie zusammenhängen, aber wenn man dann zu den einzelnen Abteilungsleitern für bestimmte Industriesektoren kommt, hat man es abermals mit Korruption zu tun.« Er nahm seinen Cognacschwenker und wärmte den Inhalt mit der Hand. »Ich kann Ihnen also nur raten, sich zu vergewissern, wer gerade am Drücker ist und wer nicht. Es kann sich über Nacht ändern.«

»Wie erkennt man, wer am Drücker ist?«

Er lachte vor sich hin. »Am Schnitt der Kleidung. In der Hinsicht sind sie den Russen sehr ähnlich. Ein erstklassig geschnittener Anzug und ein Wagen mit Chauffeur sagen eine Menge aus.«

Martina hob ihr Glas und nahm einen Schluck. Sie spürte, daß sie gleich gähnen würde, und kämpfte unauffällig dagegen an.

»Martina, ich fürchte, ich habe Ihre erste Bedingung nicht eingehalten. Es ist kurz vor elf.«

Sie sah überrascht auf ihre Uhr. Die Zeit war geflogen. Klein gab dem Ober ein Zeichen, die Rechnung zu bringen. Sie nahm ihre Schultertasche. »Ich danke Ihnen sehr für das Essen, Erwin. Sie müssen erlauben, daß ich mich demnächst revanchiere. Wenn ich einigermaßen eingerichtet bin, werde ich Sie zum Abendessen zu mir einladen.«

Er zog die Augenbrauen hoch. »Sie können auch kochen?«

»Einfache Hausmannskost. Ich habe meinen Vater bekocht, als ich zu Hause lebte. Ich denke, ich kann Ihnen versprechen, daß Sie sich keine Magenverstimmung holen.«

Er sah sie an. Bei einem Jüngeren hätte sie bestimmt nie an Magenverstimmung gedacht. Er neigte den Kopf und holte ein paar Scheine hervor, um zu zahlen. Er war ein närrischer alter Mann, und sie hatte ihn zutreffend eingeordnet.

James saß an seinem Schreibtisch und starrte auf den Kalender. Es war Zeit, die Diamanten für Chan Chunling zu verkaufen. Er drehte seinen Füllhalter hin und her. Es waren vier Lots. Eines könnte er binnen Stunden in Hongkong verkaufen und Anna bei der Gelegenheit gleich einen Auftrag über ein wunderschönes Schmuckstück verschaffen. Das zweite würde er Chaim Eichler anbieten. Mit dem Verkauf des dritten Lots würde er Martina beauftragen. Es würde ein Test ihrer Fähigkeiten sein. Wenn sie den versprochenen Käufer auftrieb, war es gut. Er stand auf und ging ans Fenster. Bliebe das vierte Lot. Wenn Martina den ersten Test bestand, würde er ihr einen zweiten, schwierigeren Auftrag geben: die Steine Tony Bergman in New York zu verkaufen. Er lehnte sich an den Fenstersims und schaute hinunter auf die geschäftige Straße. Wenn sie bei den Tests durchfiel, konnte er immer noch auf Mark Singh in Bombay zurückgreifen.

Martina wartete im Vorzimmer von James Wu & Co., während die Sekretärin den Summer der Sprechanlage betätigte. Wenige Sekunden danach kam James mit ausgestreckter Hand aus seinem Büro geeilt. »Martina, kommen Sie bitte. Möchten Sie einen Kaffee oder eine Tasse Tee?«

»Bitte einen Kaffee, vielen Dank.« Sie folgte ihm in sein Büro.

James machte die Tür zu und forderte sie mit einer Handbewegung auf, sich zu setzen. »Haben Sie den Jet-lag ausgeschlafen?«

Sie zögerte einen Moment. Es war ratsam, bei der Wahrheit zu bleiben, wenigstens teilweise. »Ja und nein. Jemand, der einen Kollegen von mir kennt, hat angerufen und wollte mich unbedingt sehen. Ich habe sogar angegriffene Nerven vorgeschützt, aber . . .«

Er lachte. »Es wundert mich nicht, daß es nichts genützt hat. Man muß angegriffene Nerven haben, um in Hongkong zu arbeiten. Ich habe übrigens noch in Ihrem Hotel angerufen, um zu fragen, ob alles in Ordnung ist. Sie haben gesagt, Sie seien ausgegangen.«

Sie ließ sich Zeit, um ihre Tasche von der Schulter zu nehmen und an eine Stuhllehne zu hängen. Das war haarscharf, Martina. »Sie hätten sich nicht die Mühe machen sollen, aber es war sehr fürsorglich von Ihnen. Ich weiß es zu schätzen.«

Er lächelte breit und setzte sich an den Schreibtisch. Er war töricht gewesen. Sie schätzte ihn. Sie war gestern abend einfach sehr müde gewesen.

Martina nahm ihren Kaffee und rührte rasch um. »So, James, wo soll ich anfangen?«

»Ich wollte es Ihnen gerade sagen, aber ich denke, Sie möchten vorher gern den Rundbrief der Diamantenbörse sehen. Er ist heute morgen gekommen.« Er stand wieder auf und gab ihr den Rundbrief. »Auf der letzten Seite.«

Sie warf einen Blick darauf. Auf halber Höhe war eine Rubrik mit der Überschrift »Nach Redaktionsschluß«. Der Artikel darunter hatte den Titel »Ost und West tun sich zusammen« und bestand aus der Meldung, die Interkontinentale Diamantenbörse freue sich, mitteilen zu können, daß Martina Van den Fleet, einzige Tochter von Erasmus Van den Fleet in Antwerpen, in die höchst erfolgreiche Diamantenhandelsfirma James Wu & Co., Hongkong, eintrete. Dann kamen zwei Fotos; das eine zeigte sie, das andere James. Der kurze Abschnitt darunter schilderte sie als angesehene europäische Händlerin und James als einen der kommenden Männer des internationalen Diamantenhandels, einen jungen Optionsträger der IDB.

Sie blickte in sein erfreutes Gesicht. Sie wunderte sich einen Moment, daß in dem Artikel kein Wort von Hendrik stand, und blätterte dann zurück. Unter der Rubrik »Im Ruhestand« wurde mit dem Ausdruck des Bedauerns mitgeteilt, daß der angesehenste Händler Europas, Erasmus Van den Fleet, aus gesundheitlichen Gründen aus dem Geschäftsleben ausgeschieden sei. In einer Fußnote stand: »Siehe den Beitrag von Christian Debilius auf der zweiten Seite.« Sie sah ein großes Foto von Hendrik, unter dem seine Ernennung zum Chef der Firma Van den Fleet in Antwerpen bekanntgegeben wurde. Er habe einige Jahre in Zaire gearbeitet und sei die sechste Generation der Van den Fleets und einer der wichtigen Optionsträger der Diamantenbörse. Sie blätterte zur zweiten Seite, und Tränen stiegen ihr in die Augen. Die ganze Seite war ihrem Vater und seinem erfolgreichen Wirken als Vorsitzender des Europäischen Diamantenhändler-Verbands gewidmet. Die Würdigung endete damit, daß Debilius dem nunmehrigen Pensionär Glück und Gesundheit für die Zukunft wünschte.

James klatschte in die Hände. »Trinken wir noch eine Tasse und kommen wir dann zum Geschäft.«

Sie langte nach der Kaffeekanne. »Lassen Sie mich einschenken.«

Es klopfte leise, und ein junges Mädchen steckte schüchtern den Kopf ins Zimmer. »Entschuldigen Sie bitte, James, aber eben ist ein Umschlag von Miss Wu gekommen. Sie haben ihn heute morgen zu Hause vergessen.«

Er schlug sich mit der Hand an die Stirn. »Ach, ja. Legen Sie ihn bitte auf den Schreibtisch, und ich möchte die nächste halbe Stunde nicht gestört werden.«

Das junge Mädchen legte einen großen Umschlag auf den Tisch und lächelte Martina höflich zu.

James blies die Wangen auf. »Entschuldigung, Martina. Anna wollte, daß Sie ihre Entwürfe ansehen. Sie war zu schüchtern, um sie Ihnen selbst zu zeigen, und da habe ich gesagt, ich würde sie mitnehmen ins Büro, und . . .« Er schlug sich wieder an die Stirn.

Martina lachte. »Und Sie haben es vergessen.«

»Wie dem auch sei, Sie könnten vielleicht einen Blick darauf werfen, wenn Sie nachher irgendwann einen Moment Zeit haben. Ich weiß, daß Anna sehr viel Wert auf Ihr Urteil legt.« Er ging zum Schreibtisch zurück und setzte sich. »Und nun zur Arbeit. Ich habe den Auftrag bekommen, eine Kollektion erstklassiger geschliffener Steine zu verkaufen.« Er nahm den Füller aus dem Halter und rollte ihn zwischen den Fingern. »Ich kann nicht genug betonen, daß diese Transaktion äußerst diskret abgewickelt werden muß. Wenn irgend etwas an die Öffentlichkeit kommt, wird mein anonymer Kunde sich nie wieder an mich wenden.«

»Er handelt durch Vermittler?«

»Ja. Ich werde Ihnen die Diamanten zeigen. Um zu sehen, was Sie davon halten.« Er drehte sich um und öffnete einen kleinen Wandsafe hinter dem Schreibtisch. Er nahm eine Schachtel heraus und schob sie ihr hin. Sie klappte den Dekkel auf und holte die Diamanten vorsichtig heraus. Sie wandte sich halb um und nahm ihre Lupe aus der Handtasche.

James schloß die Tür des Safes. Er verschränkte die Arme und wartete, während sie die Steine betrachtete. Sie nahm die Lupe aus dem Auge und starrte auf die Diamanten hinunter. »Wenn mich nicht alles täuscht, habe ich sie doch selbst begutachtet?«

Er begann zu strahlen. Sie hatte einen Punkt verbucht. »Sehen Sie in die Schachtel.«

Sie nahm den Umschlag heraus und machte sich nicht einmal die Mühe, den Inhalt zu prüfen. Das Wappen von Van den Fleet auf der Rückseite genügte.

»Sie sagten doch, Sie hätten einen Käufer für sie. Gilt das immer noch?«

»O ja. Als ich ihn letzte Woche getroffen habe, drängte er mich übrigens, ihm etwas Besonderes zu besorgen.«

»Mr. Yasim?«

»Er handelt als Vermittler.«

»Für wen?«

»Er besteht auf Anonymität, genau wie Ihr Kunde. Ich kann Ihnen nur sagen, daß sein Auftraggeber unvorstellbar reich ist, aber das ist streng vertraulich, James.«

»Naher Osten?«

Sie lächelte kurz. »Ich werde nicht darauf antworten.«

»Ich verstehe.«

Sie sah ihn an. »Ich habe keine Informationen von Ihnen verlangt, als ich diese Steine begutachtete, aber mein Kunde wird etwas über sie wissen wollen, James.«

»Ich wünschte, ich könnte ihm den Gefallen tun.« Er stützte die Ellbogen auf die Schreibtischplatte. »Ich kann leider nur eine begründete Vermutung äußern. Ich glaube, sie kommen aus Rußland.«

Sie nahm wieder die Lupe und untersuchte einen der Diamanten noch einmal. »Wie kommen Sie darauf?«

»Dann und wann brauchen die Sowjets harte Valuta.«

Sie lachte. »Klingt plausibel.« Sie legte den Stein wieder auf den Schreibtisch. »Ich kann sie innerhalb von zweiundsiebzig Stunden verkaufen, vielleicht noch schneller, wenn ich Beni Yasim erreiche. Wieviel?«

»Eine Million Dollar.«

»Kein Problem. Was ist mit der Provision?«

Er gestikulierte mit beiden Händen. »Er ist Ihr Kunde. Sagen wir, zwei Prozent, um die Unkosten der Firma zu decken. Alles darüber hinaus ist für Sie.«

»Einverstanden, James.«

»Gut.« Er hob eine Hand an den Mund und räusperte sich diskret. »Ich muß noch ein zweites Lot verkaufen, aus derselben Quelle. Ich habe einen Händler in New York, der interessiert ist. Er hat sie selbst begutachtet. Wären Sie bereit, den Verkauf für mich zu übernehmen?«

Sie sah ihn scharf an. Er stellte sie auf die Probe. Sie lehnte sich zurück. Sie würde an seiner Stelle genau das gleiche tun. »Welcher Händler?«

»Tony Bergman. Sie kennen ihn?«

»Da dürfte es kein Problem geben, ich kenne ihn sehr gut.« Das war nicht die reine Wahrheit. Sie tröstete sich mit dem Gedanken, daß sie Tony inzwischen mehr als gut genug kennen würde, wenn sie seine vielen Einladungen angenommen hätte.

James klatschte in die Hände. »Das nenne ich einen guten Anfang.«

Martina lachte. »Lassen Sie mich zuerst meine Termine machen, ehe Sie das sagen.« Sie nahm ihre Tasche von der Lehne und zog ihren Kalender heraus. »Kann ich Ihr Telefon benutzen, oder soll ich besser draußen im Vorzimmer telefonieren?«

»Nein, nein, benutzen Sie immer dieses hier. Es hat eine direkte Amtsleitung.« Er nahm eine Akte vom Schreibtisch. »Ich lasse Sie allein.«

Sie blickte zu ihm hoch. »Das brauchen Sie nicht.«

»Schon gut, ich muß der Sekretärin ohnehin ein paar Briefe diktieren.«

Martina machte einen Kreis um Tony Bergmans Namen. Es hatte keine zehn Minuten gedauert, ihn zu erreichen und für Ende der Woche in New York einen Termin mit ihm zu vereinbaren. Nun mußte nur noch Beni zurückrufen. Sein Büro hatte gesagt, er sei auf Reisen, aber sie hätten Anweisung, jede Nachricht von ihr sofort an ihn weiterzuleiten. Sie nahm den Umschlag mit Annas Entwürfen und betrachtete sie.

Das Telefon läutete. »James Wu and Company, guten Morgen.«

Ein vertrautes Lachen antwortete ihr. »Hallo, Martina.«

»Vielen Dank, daß Sie so schnell zurückrufen, Beni. Wie geht es Ihnen?«

»Seit ich mit Ihnen spreche, viel besser. Und Ihnen?«

»Danke, gut. Die Leitung ist ziemlich schwach. Wo sind Sie, wenn ich fragen darf?«

»Irgendwo über dem Mittelmeer. Ungefähr elftausend Meter hoch, glaube ich.«

»Oh, Sie fliegen. Daran habe ich nicht gedacht. Beni, Sie haben mich gebeten, mich nach etwas Besonderem für den Scheich umzusehen. Ich habe es. Es ist ein Lot Diamanten von unvergleichlicher Qualität. Ich denke, Sie werden mir zustimmen.«

»Wenn Sie es sagen. Einen Moment, ich sehe in meinen Terminkalender.«

Sie drückte den Hörer mit der Schulter ans Ohr.

»Ich werde nächste Woche in Hongkong sein, aber das ist zu spät. Könnten Sie übermorgen in Paris sein?«

»Ja, kein Problem. Wann sehen wir uns in Ihrem Büro?«

»Hm, nicht im Büro. Ich werde erst am späten Nachmittag eintreffen. Sagen wir um sechs Uhr in meiner Wohnung, ja?«

»Gut, bis dann.«

»Werden Sie die Diamanten mitbringen?«

»Ja. Es ist nicht genug Zeit, um einen Kurier zu beauftragen.« Ihr kam plötzlich ein Gedanke. »Beni, wenn es eilig ist, wären Sie interessiert, sich auch einige Entwürfe anzusehen?«

»Ja, sicher, haben Sie was für mich?«

»Es gibt hier eine junge Entwerferin. Ihre Arbeiten sind stark orientalisch beeinflußt. Ich bin sicher, Sie werden beeindruckt sein, es ist etwas ganz Individuelles und Neuartiges.«

»Hoffentlich. Ich muß jetzt leider Schluß machen. Bis übermorgen um sechs in Paris.«

»Ja, auf Wiedersehen, Beni.« Sie legte auf und wandte ihre Aufmerksamkeit wieder Annas Entwürfen zu. Diamanten nachträglich in einen Entwurf mit geschliffenen und polierten Steinen einzufügen, konnte schwierig sein. Sie schob die Zeichnungen wieder in den Umschlag. Sie war keine Expertin, aber einer der Entwürfe von Anna könnte sich sicher gut verwenden lassen.

James sah sie mit wachsender Genugtuung an. Die *sing pui* irrten nie. Sie hatte alles wie der Blitz organisiert. Sie steckte den Kalender wieder in die Tasche. »James, mir ist etwas eingefallen. Hat Anna sehr viel zu tun?«

Er zuckte mit den Schultern. »Sie hat immer zu tun, aber warum fragen Sie?«

»Benis Kunden schwebt etwas Ungewöhnliches, Originelles als Entwurf vor. Vielleicht könnte ich ihr einen Auftrag verschaffen, wenn sie interessiert ist.«

Er machte große Augen. »Anna ist immer an Aufträgen interessiert.«

»Es gibt ein Problem. Der Kunde braucht immer alles in mehrfacher Ausführung. Soweit ich weiß, hat er eine Frau, die er anbetet, und zwei Töchter. Wenn er einer der Damen etwas schenkt, dürfen die anderen nicht leer ausgehen.«

»Aha, ich verstehe. Einen Moment, ich rufe Anna an.«

Martina trank ihren inzwischen kalt gewordenen Kaffee aus, während James Annas Nummer wählte. Er nahm eine Schachtel Zigaretten und schüttelte eine heraus, als er mit seiner Schwester sprach. »Ja, Anna, er ist sehr reich. Sehr. Gut, ich sage es ihr.« Er legte den Hörer hin und nahm die Zigarette. »Anna sagt, sie hat eine halb fertige Skizze von einem Entwurf. Wenn Sie heute abend bei uns essen möchten? Sie wird ihn bis dann fertig haben.«

»Vielen Dank. Übrigens, James, kann mir jemand eine Kuriertasche und die nötigen Dokumente besorgen? Ich muß die Steine selbst nach Paris mitnehmen.«

»Sicher. Ich sorge dafür, daß Sie heute abend alles haben.«

Anna legte die Skizzen auf dem Kaffeetisch vor dem Sofa zurecht. »Ich hoffe, sie gefallen Ihnen.« Sie kniete sich neben Martina hin. »Ich habe den Entwurf ein bißchen abgeändert, um die Form der Steine und die Wünsche des Kunden zu berücksichtigen. Sie können sehen, daß man das Collier in drei Stücke teilen kann, in zwei identische Broschen und einen Anhänger.«

Martina betrachtete die Zeichnungen aufmerksam. »Das ist sehr gut, Anna. Das ist ganz ausgezeichnet.«

Anna wurde rot. »Ich freue mich so, daß Sie einverstanden sind. Ich habe den Entwurf den Dritten Wasserfall des Himmelstors genannt.«

Martina unterdrückte ein Lächeln. Der Name war ein bißchen blumig, aber der Entwurf erinnerte in der Tat an eine Kaskade von Wassertropfen.

James beugte sich vor und sah Anna über die Schulter. Martina blickte zu ihm hoch. »Was meinen Sie, James? Ein wunderschöner Entwurf, nicht wahr?«

Er legte Anna die Hände auf die Schultern. »Ich habe eine sehr begabte Schwester.«

»Das haben Sie in der Tat.«

Anna errötete noch mehr. »Kann ich die Zeichnungen mitnehmen nach Paris, Anna?«

»O ja, das wäre sehr nett.«

»Ich verspreche Ihnen, daß ich sie nur Yasim zeigen werde. Ich möchte nicht, daß jemand Ihnen Ihre Ideen stiehlt. Ich bekomme gewöhnlich schnell eine Entscheidung von Beni. Wenn er ja sagt, wie lange würden Sie brauchen, um das Collier zu machen?«

»Eine Woche?«

Martina schürzte die Lippen. James schüttelte Anna leicht an den Schultern. »Du kannst es schneller schaffen.«

Anna sah ihn zweifelnd an. »Du weißt, daß du es kannst.«

»Ja. Wenn ich Tag und Nacht arbeite, schaffe ich es in drei Tagen.«

Martina schob die Zeichnungen zusammen. »Sind Sie sicher, Anna? Beni haßt Leute, die einen Termin festlegen und ihn dann nicht einhalten. Er ist sehr charmant, aber zugleich sehr hart.«

»Ich werde ihn nicht enttäuschen, ganz bestimmt nicht.« Anna lief wieder rot an. »Ich habe noch nie einen solchen Auftrag gehabt. Es wäre eine große Ehre, wenn er meinen Entwurf akzeptiert.«

Martina kreuzte Zeige- und Mittelfinger. »Ich werde mein Bestes für Sie tun.«

James richtete sich auf. »Trinken wir noch ein Glas.«

Anna sah auf die Uhr. »Wir dürfen nicht zu spät ins Restaurant kommen, James.«

»Wir werden pünktlich sein. Noch mal das gleiche, Martina?«

»Hm, ja. Danke. Übrigens, wo essen wir?«

»Ich dachte, Sie würden vielleicht gern das indonesische Restaurant beim Central Market ausprobieren.«

Anna faltete die Hände im Schoß. »James sagt, die Holländer essen gern indonesisch, und da dachten wir, Sie täten es vielleicht auch.«

Martina nickte langsam, obgleich ihr die Logik nicht ganz aufging.

»Belgien ist doch gleich bei Holland, nicht wahr?«

»Ach ja, das stimmt.«

Eine ältere Frau mit einem Tablett aus Pappmaché drängte sich durch die Tür und kam zum Schreibtisch. Sie stellte einen kleinen Bambuskorb und eine Teekanne vor Frankie hin. »Geschmortes Hähnchen und *keemun*, Mr. Heung.«

Frankie langte in die Hosentasche und holte einige Münzen heraus. »Da, das ist für dich.«

Sie nahm das Geld und steckte es in einen kleinen Beutel, den sie um die Taille trug.

»Sag dem Kerl draußen, daß er reinkommen soll.«

Sie klemmte sich das Tablett unter den Arm. »Ja, Mr. Heung, ich sage es ihm.«

Frankie nahm die Teekanne und füllte seine Trinkschale. Er blickte auf, als Busy das Büro betrat. »Was hast du für mich, Busy?«

»Fang.«

Frankie stellte die Kanne wieder auf den Schreibtisch. »Gute Arbeit, Busy. Setz dich. Möchtest du Tee?«

»Nein, danke, Mr. Heung. Hab gerade welchen getrunken.« Busy zog sich den Stuhl her, der neben dem Schreibtisch stand, und ließ sich darauf fallen. »Er geht in keinen von den Clubs in Hongkong oder Kowloon.«

Frankie schob sich ein Stück Huhn in den Mund. »Ich will nicht wissen, was er nicht tut, Busy.«

»Klar, Mr. Heung. Er fährt nach Macao.«

Frankie hob den Kopf.

»Er bevorzugt zwei Plätze. Das Tam-Pek-Kasino und den Macao Palace.«

Frankie schmunzelte. »Das hätte ich mir denken sollen. Wo soll jemand, der auf seinen guten Ruf achten muß, sonst hingehen?«

»Er läßt anscheinend viel Geld da, Mr. Heung.«

»Anscheinend?«

»Ich mußte in Macao ein bißchen vorsichtig sein, Mr. Heung. Die Bande des Goldenen Hahns mag es nicht, wenn Fremde zu viele Fragen stellen.«

»Das wird bald kein Problem mehr sein. Sie haben unsere brüderlichen Grüße erwidert.« Frankie schob sich noch ein Stück von dem Hähnchen in den Mund. Er stand auf und ging ans Fenster. Er wischte sich den Mund mit der Hand ab. Die Bande des Goldenen Hahns würde doch ein Problem werden. Brüderliche Grüße zu schicken, war eines, Geschäfte miteinander zu machen, etwas ganz anderes. Er wandte sich vom Fenster ab. »Sie benutzen Fang?«

»Nicht, daß ich wüßte, Mr. Heung. Ich habe das Foto rumgezeigt. Ein paar Leute waren nicht sicher, aber ein Fang Ka-Shing wurde zweifelsfrei als ein häufiger Besucher genannt. Sie sagten, er ist kein Problem. Zahlt seine Spielschulden. Scheint nicht an dicken Geschäften beteiligt zu sein.«

Frankie nickte und sog an seinen Schneidezähnen. »Okay, Busy, bring Fang her. Nein, Moment, warte, bis Candy bei ihm ist, und schaff beide her.«

»Ja, Mr. Heung.«

»Und sorge dafür, daß er sehr zugänglich ist, wenn er hierherkommt.«

Busy lächelte. »Kein Problem, Mr. Heung.«

»Und jag Candy keine Angst ein. Er kommt normalerweise mittwochs zu ihr, aber prüf das nach.«

Busy stand auf. »Ich werde sie Ihnen heute abend bringen, beide, Mr. Heung.«

»Sorg dafür, daß sie die Kette trägt, die er ihr geschenkt hat.« Frankie nahm noch ein Stück Fleisch aus dem Körbchen und aß es.

Fang erwachte mit einem Schrei, als sein Kopf an den Haaren vom Kissen gezerrt wurde und er im selben Moment ein Messer an der Kehle spürte. »Candy, was soll das, Candy?«

Busy drückte das Messer fester an das Fleisch. »Sie wartet unten auf dich.«

Fang blickte zur Seite und wurde sich bewußt, daß das Bett neben ihm leer war.

»Zieh dich an.«

Busy hielt Fang am Arm gepackt, als er ihn die Treppe hinunterstieß. Fang erblickte in der Diele einen Mann, der eine Pistole auf den Kopf des Dienstmädchens gerichtet hielt, und ihm drehte sich der Magen. Candy stand neben einem zweiten Mann. Sie war aschfahl. Als Fang unten war, sah er den Revolver, der ihr ins Kreuz gedrückt wurde. Busy hielt ihm das Messer vors Gesicht. »Jemand möchte dich kennenlernen, aber keine faulen Tricks.« Er stieß Fang gegen Candy. »Oder dein großes Glück stirbt hier und jetzt.«

Fang schluckte. »Nein, nein, ich tue nichts.«

Candy schrie: »Ka-Shing, rette mich, rette mich. Sie werden mich . . .« Der Mann riß die Faust hoch und traf sie an der Schläfe. Sie wimmerte und taumelte. Busy schob Fang vor sich her.

Als er an dem Dienstmädchen vorbeikam, streckte er die Hand aus und packte ihr Gesicht.

»Du warst noch im Bett und hast nichts mitgekriegt, verstanden?«

Sie schloß die Augen. »Ich habe nichts gesehen. Nichts.«

Busy stieß Fang durch die Tür.

Frankie zündete sich eine Zigarre an und hob Candys Brillantcollier mit einem Finger hoch. Er schwenkte es so hin und her, daß die Steine im Schein der Lampe blitzten. »Hübsches Stück.« Er ließ es wieder auf den Schreibtisch fallen. »Okay, Busy, sehen wir uns die wirkliche Ware an.«

Busy ging zur Tür und rief etwas die Treppe hinunter.

Fang wurde durch die Tür gestoßen. Er schrie, als er hinstürzte. Frankie zog seinen Sessel ein Stück vom Schreibtisch fort und setzte sich. Fang richtete sich langsam auf und preßte eine Hand gegen seine Genitalien. Mit der anderen Hand stemmte er sich vom Boden hoch. Frankie starrte ihn an und winkte Busy mit dem Finger. Busy beugte sich zu ihm hinunter. »Ja, Mr. Heung?«

Frankie nahm die Zigarre aus dem Mund. »Der Kerl macht keine guten Fotos, nicht?«

Busy zuckte mit den Schultern.

»Bist du sicher, daß Siebenzehen-Wing sich nicht geirrt hat?«

»Ronnie Lee sagt, Siebenzehen-Wing ist zuverlässig, Mr. Heung.«

»Das will ich ihm geraten haben. Laß mich das Bild noch mal sehen.«

Busy suchte in der Innentasche seines Jacketts. »Da, Mr. Heung.«

Frankie nahm das Foto und betrachtete es einige Sekunden lang. »Auf diesen Automatenbildern hätte die eigene Mutter Mühe, einen zu erkennen.« Er schaute zu Fang und musterte ihn.

»Keine Sorge, Mr. Heung. Er sieht nur im Augenblick nicht so gut aus wie sonst.« Er beugte sich zu dem Foto hinunter und zeigte darauf. »Der Goldzahn ist derselbe.«

Frankie zeigte auf den Mann, der hinter Fang stand. »Zeig mir seine Zähne.«

Der Mann kniete sich hin und zerrte Fangs Kopf hoch und zog seine Oberlippe hoch. »Okay, ich denke, Siebenzehen-Wing hat recht.«

Fang blinzelte ein paarmal, um einigermaßen klar sehen zu können. Seine Augen waren fast zugeschwollen. Er fragte, was eigentlich los sei, aber seine Worte klangen in seinen eigenen Ohren wie ein unverständliches Krächzen. Er kauerte sich zusammen, als Frankie aufstand und zur anderen Seite seines Schreibtisches ging.

»Mr. Fang, oder kann ich Sie zu meinen Freunden zählen und Mr. Mui zu Ihnen sagen?« Frankie zeigte auf die beiden Männer, die an der Tür standen. »Hebt ihn auf.«

Fang schrie wieder, als er auf die Füße gezerrt wurde.

Frankie sog an seiner Zigarre. »Sie wollen wissen, was los ist? Das ist gut. Wir wollen beide dasselbe.«

Fang verlor das Bewußtsein, als Frankie vor ihm stehenblieb. »Busy, ich hasse es, Zeit zu verschwenden, das weißt du doch. Wie soll ich mit dem Kerl reden, wenn er in diesem Zustand ist?«

»Entschuldigung, Mr. Heung.«

»Okay, aber mach was dagegen.« Frankie wandte sich angewidert ab und ging zum Fenster.

Busy zog einen Armstuhl vom Schreibtisch her, und die beiden Männer hoben Fang hinauf. Busy öffnete eine Flasche Mineralwasser und schüttete den Inhalt über Fangs Kopf.

Fang sackte auf dem Stuhl zusammen. Er machte die Augen zu, um sie vor dem Licht der Deckenlampe abzuschirmen, aber es brannte trotzdem wie Höllenfeuer in seinen Augäpfeln. Der Schmerz war real, aber das, was der Mann mit der Zigarre sagte, war nur ein Traum. Fang befeuchtete seine Lippen mit der Zunge. Er war nicht Mui Shenlu. Die Diamanten waren nur für Candy. Für niemand anderen. Er hatte Jiaming nicht bestehlen wollen. Er hatte von dem bißchen, das er genommen hatte, keinen persönlichen Nutzen gehabt. Eine Träne lief seine Wange hinunter. Sein Glück war verschwunden, abgelöst von Drachen, die mit Vernichtung drohten. Er war nicht Mui Shenlu. Er war es nicht. Er senkte den Kopf auf die Brust. Furcht nagte wie Ratten an seinem Magen.

Frankie zündete sich wieder eine Zigarre an und setzte sich auf den Schreibtisch. »Okay. Reden wir nicht drum herum. Sie nennen sich Mui Shenlu.«

Fang hob den Kopf und blickte auf die hellen Umrisse des Manns vor ihm. Er blinzelte, damit das wackelnde, verschwommene Bild deutlicher wurde. Hinten in seinem Kopf tickte eine blecherne, hartnäckige Stimme wie ein Metronom. Niemand durfte erfahren, daß die Diamanten künstlich waren. Niemand durfte es wissen. Der Leuchtende Berg mußte ein Geheimnis bleiben. Seine Hände zuckten wie im Krampf, als er den Knall der Schüsse eines Exekutionskommandos zu hören glaubte. Man würde ihn erschießen wie einen gemeinen Dieb. Pa Jiaming würde ihn nicht retten. Er hatte ihn bestohlen.

Busy trat zu Fang, um ihn als Strafe für sein Schweigen zu schlagen, aber Frankie schnippte mit den Fingern und schüttelte den Kopf. Fang blickte zu Frankie hoch und nickte langsam. Er schloß die Augen. Er mußte vorgeben, Mui zu sein, er hatte keine Wahl. Es war der einzige Weg, das Geheimnis des Leuchtenden Berges zu schützen. Frankie blies einen Qualmring in die Luft. »Du hast die Schulden, die du bei der Bärentatzenbande hattest, mit losen Diamanten bezahlt.«

Fang schluckte und nickte.

»Das Collier ist von einem Mann in Tsimshatsui gemacht worden, der Zau heißt.«

Fang nickte wieder. In seinen Augen standen Tränen. Das war das einzige, was stimmte. Er preßte die Hand an den Kopf, um den pochenden Schmerz zu lindern. Das einzige.

»Okay. Wieviel verlangen die Deutschen für den Containerterminal in Lo Wu?«

Fangs Lippen bewegten sich, als er versuchte, Worte zu formen. Frankie nahm einen Notizblock und einen Kugelschreiber vom Schreibtisch und gab ihm beides. »Aufschreiben.«

Fang hielt den Block ungeschickt mit seinem gebrochenen Daumen und seinem Zeigefinger fest. Als er zu Ende geschrieben hatte, sah er zu Frankie hoch. Frankie nahm ihm den Kugelschreiber und den nun blutbeschmierten Notizblock ab und legte sie auf den Schreibtisch zurück. »Ich werde dies nur einmal sagen, verstanden?«

Fang nickte.

»Dieses Blatt Papier wird zusammen mit dem Collier in den Wandtresor da hinten wandern. Sehen Sie ihn?«

Fang brachte es fertig, den Kopf zu wenden und zu dem Safe zu blicken.

»Wenn ich Informationen brauche, geben Sie sie mir, okay?«

Fang bewegte wieder die Lippen.

»Wenn ich Diamanten brauche, verschaffen Sie sie mir, okay?«

Fang nickte.

Frankie warf seine Zigarre in den Aschenbecher. »Okay. Diese Besuche, die Sie jeden Monat in Schanghai machen. Sie geben die Informationen einem Burschen ohne Namen. Er bezahlt Sie mit Diamanten.« Frankie sog an seinen Schneidezähnen. »Sie stellen keine Fragen. Sie glauben, der Bursche hat einen Grund dafür, daß er wissen will, was in Hongkong los ist, aber das ist nicht Ihr Problem. Der Bursche will nur ein bißchen Action, stimmt's?« Fang nickte wieder gehorsam.

Frankie lehnte sich an den Schreibtisch und verschränkte die Arme. »Ich muß Ihnen sagen, daß es nicht viele Leute gibt, die Ihre Geschichte glauben würden, aber ich tue es, da ich selbst Geschäftsmann bin. Sie haben Glück. Ich verstehe diese Dinge. Es gibt keinen Profit ohne Wachstum, ohne Expansion.« Er nickte langsam vor sich hin. »Ich denke, Ihr Freund in Schanghai weiß das vielleicht auch.« Er betrachtete die zusammengesunkene Gestalt auf dem Stuhl. »Normalerweise würde ich unmittelbar mit Ihrer Quelle in Verbindung treten, aber ich werde Ihnen einen Gefallen tun. Ich werde es nicht verderben.« Er wirbelte herum und beugte sich über Fang. »So lange, wie Sie diese Informationen liefern, klar?«

Fang starrte zu ihm auf – als Frankie ihm die Hand auf die Schulter legte, schrie er auf.

»Okay, okay. Entspannen Sie sich. Wir haben einen Deal gemacht.« Frankie gab Busy ein Zeichen. »Gib Mr. Fang einen Drink.« Er wartete, bis Busy dem anderen ein halbes Glas Cognac eingeflößt hatte. »Gib Mr. Fang eine Zigarette.«

Einer der Männer schob Fang eine brennende Zigarette in den Mund. Er hob die unverletzte Hand und hielt die Zigarette fest wie ein Rettungsseil.

Frankie verschränkte wieder die Arme. »Das deutsche Angebot auf die Ausschreibung. Möchten Sie mir dazu noch etwas erzählen?«

Fang sog gierig an der Zigarette. »Der Preis von eins Komma vier Milliarden Hongkong-Dollar schließt fünfjährige Serviceleistungen für die Software ein.«

»Danke, Mr. Fang. Gute Kommunikation ist wichtig im Geschäftsleben.« Frankie lächelte. »Aber ich nehme an, das wissen Sie bereits.«

Fang erschauerte, als Frankie hinter ihn trat. Frankie deutete in eine Ecke des Zimmers. Busy folgte ihm dorthin. Frankie redete ganz leise. »Schaff ihn weg und laß ihn irgendwo liegen, wo man ihn finden wird.«

»Ja, Mr. Heung.«

»Ist die Nutte noch unten?«

»Ja.«

»Ich möchte sie nicht wiedersehen, verstanden?«

Ein Lächeln huschte über Busys Gesicht. »Ja, Mr. Heung.«

Ein Polizist leuchtete Fang mit der Taschenlampe ins Gesicht. Fang bewegte sich und stöhnte leise. Der Polizist nahm sein Walkie-talkie heraus. »Überfall am Star-Fährhafen. Opfer braucht medizinische Hilfe. Ich bleibe hier. Danke, Ende.«

Fang wurde sich schwach bewußt, daß die Gestalt, die sich über ihn beugte, ein Polizist war. Er schloß die Augen, als er die ferne Sirene eines Krankenwagens hörte. Er klapperte mit den Zähnen und fröstelte in der kalten Nachtluft. Die Wahrheit würde ihn töten. Das Glück hatte ihn verlassen, und nun hatte er den Drachen geweckt. Er brach plötzlich in heißen Schweiß aus, als er den Atem des Drachen spürte.

Als der Himmel sich im Osten hell färbte, trat eine Frau aus der Türöffnung eines heruntergekommenen Mietshauses in den muffigen Gang. Sie stolperte über die Beine einer an der Mauer liegenden Gestalt und ließ ihren Wassereimer fallen. Sie fluchte leise und spähte im Halbdunkel nach dem Eimer. Sie zuckte zurück, als Candy Lais Oberkörper zur Seite sackte und in den Rinnstein kippte. Sie hielt den Atem an und tastete auf der Erde nach dem Henkel des Eimers. Der Körper war nackt und blutbedeckt. Die Frau sah weg. Es ging sie nichts an. Sie nahm den Eimer und hastete den Gang zur Wasserstelle hinunter.

Gegen acht Uhr bemerkte ein Streifenpolizist, der auf seinem Motorrad vorbeikam, den Körper im Gang. Nachdem er ihn kurz betrachtet hatte, ging er zum Motorrad zurück und benachrichtigte das Präsidium per Funk über einen mutmaßlichen Mord im Stadtviertel Mong Kok. Er schwang sich auf das Motorrad, stemmte beide Füße auf die Erde und wartete mit verschränkten Armen, bis eine Viertelstunde später ein Polizeiwagen neben ihm hielt. Der Fahrer steckte den Kopf zum Fenster hinaus. »Wo ist es?«

Der Polizist drehte sich um und zeigte in den Gang. »Da, auf halber Höhe. Eine Frau. Erwürgt. Viele Stichwunden. Einer ihrer Freier muß durchgedreht sein.«

Der Fahrer nickte und stieß müde die Wagentür auf.

Das Wassertaxi brauste durch den Hafen und nahm Kurs auf Macao. Frankie legte die Hand auf die Reling. »Ich freue mich über dieses Treffen, Mr. dos Santos. Normalerweise würden solche Dinge von unseren Auftraggebern erledigt, aber da es das erstemal ist, daß wir zusammen Geschäfte machen . . .« Frankie hob die Hand und beendete den Satz nicht.

Santos nickte. »Es tat mir sehr leid, als ich das mit Ihrem Vater hörte. Sehr leid. Ich habe ihn gut gekannt.«

»Vielen Dank für Ihr Mitgefühl, Mr. dos Santos. Ich weiß es zu schätzen. Aber Sie sind ein sehr beschäftigter Mann, genau wie ich, kommen wir also zum Geschäft. Die Deutschen haben eins Komma vier Milliarden Hongkong-Dollar für die Ausführung des Projekts verlangt.«

Santos lächelte befriedigt.

Frankie wandte den Kopf und sah zurück auf den Hafen.

»Wissen Sie, San Francisco ist eine wunderschöne Stadt, aber gegen dieses Panorama kommt nichts an.«

Santos zog einen dicken Umschlag aus der Tasche und reichte ihn Frankie. Frankie starrte auf den Umschlag, als wüßte er nicht, was er damit tun sollte. Dann sagte er: »Oh ... danke, Mr. dos Santos.« Er schob den Umschlag in die Innentasche seines Jacketts. »Ich hätte übrigens noch eine Information für Sie, Mr. dos Santos.«

»Was wäre das?«

Frankie zog die Mundwinkel hinunter. »Wir haben nur über den Wert des Angebots verhandelt, Mr. dos Santos.«

Santos nahm eine Schachtel Zigaretten aus der Tasche und steckte sich eine an. »Ist die Information wichtig?«

»Ich würde sagen, sie ist sehr relevant.«

»Hoffentlich, Frankie. Ich arbeite mit einem engen Budget.«

»Klar, wer tut das nicht. Sagen wir hundertfünfzigtausend Hongkong-Dollar?«

»Vielleicht. Ich muß die Information erst bewerten.«

»Der Preis ist nicht Verhandlungssache, Mr. dos Santos. Ich kann mir vorstellen, daß zwei andere Leute zu dem Preis kaufen würden.«

»Meinetwegen, schießen Sie los.«

»Das Angebot schließt einen Full-Service-Vertrag über die Software ein. Er hat eine Geltungsdauer von fünf Jahren.«

Santos wandte sich zu ihm und sah ihn an. »Stimmt das?«

»Meine Fakten stimmen immer, Mr. dos Santos. Ich bin wie Sie ein Geschäftsmann.«

Santos warf seine halb aufgerauchte Zigarette ins Wasser. »Ich werde dafür sorgen, daß Sie das Geld morgen bekommen.«

»Danke, Mr. dos Santos. Ich weiß es zu schätzen.«

Santos ging zum Bug des Wassertaxis und gab dem Fahrer Anweisung umzukehren.

Martina drückte auf den Knopf der altmodischen Messingklingel an Beni Yasims Wohnungstür, in einem prachtvollen alten Haus am rechten Ufer der Seine. Einige Augenblikke später öffnete eine auffallend elegant frisierte Frau die Tür. Martina lächelte. »Ich habe um sechs einen Termin mit Monsieur Yasim. Mein Name ist Martina Van den Fleet.«

Die Frau starrte sie an, ohne etwas zu sagen. Martina schürzte die Lippen. Die Pariser taten immer gerne so, als verstünden sie die Belgier mit ihrem Akzent nicht. Sie öffnete ihre Tasche und gab der Frau eine Geschäftskarte. »Ich bin um sechs Uhr mit Monsieur Yasim verabredet.« Sie sprach langsam und deutlich.

Die Frau nahm die Karte und betrachtete sie. Dann sah sie Martina wieder an. »Sie sind aus Belgien?«

Ihre unverhohlene Arroganz ging Martina auf die Nerven. »So ist es«, erwiderte sie kühl.

»Ah.« Die Frau musterte sie hochnäsig.

»Und Sie sind vermutlich die Haushälterin?«

»Ja.« Sie hob den Kopf. »Ich bin Madame Rochas.« Sie machte die Tür etwas weiter auf, so daß Martina eintreten konnte.

Martina wurde aufgefordert, sich auf einen unbequemen geschnitzten Stuhl in der Diele zu setzen. Monsieur Yasim sei noch nicht heimgekommen. Als Geste des guten Willens erlaubte ihr Madame Rochas, die Aktentasche auf den Stuhl neben ihr zu legen. Martina lehnte dankend ab. Madame Rochas zog eine Augenbraue hoch und schritt zu einer Tür am

Ende der Diele. Martina legte die Aktentasche sorgsam auf ihre Knie. Sie schob die Jackenmanschette hoch und sah auf die Uhr. Der Zeitmechanismus des Schlosses der metallausgeschlagenen Tasche würde in fünf Minuten deaktiviert werden. Sie lockerte ihren Griff um den Tragbügel. Die Diamanten waren doppelt gesichert, einmal durch das Zeitschloß und außerdem durch das elektronische Armband um ihr Handgelenk. Das elektronische Armband maß ihre Körpertemperatur und übermittelte sie an einen Mikrosensor im Griff der Aktentasche. Sobald der Kontakt zwischen ihren Fingern und dem Tragegriff unterbrochen wurde, würden an ihr und in der Tasche durchdringend laute Alarmsirenen ertönen, die erst dann verstummten, wenn der Kontakt wiederhergestellt wurde.

Als Beni den Schlüssel ins Schloß steckte, trat Madame Rochas wie durch einen Zauber wieder auf den Plan. Sie öffnete ihm die Tür, so weit es ging. »Willkommen daheim, Monsieur Yasim.« Sie nahm ihm lächelnd seine Aktenmappe ab. »Ich hoffe, Sie hatten einen guten Flug.«

»Es schien die Hälfte der Zeit rückwärts zu gehen. Starke Stürme über dem Atlantik.«

Als Madame Rochas die Tür schloß, sah Yasim Martina in der Diele. »Martina, entschuldigen Sie, daß ich Sie warten ließ. Die Maschine hatte Verspätung. Aber was sitzen Sie hier in der Diele?« Er wandte sich zu Madame Rochas. »Warum haben Sie Mademoiselle Van den Fleet nicht ins Wohnzimmer geführt?«

Die Haushälterin sah ihn überrascht an. »Verzeihen Sie, Monsieur Yasim. Hätte ich das tun sollen? Ich hatte keine Ahnung. Ich dachte, sie sei eine Art Vertreterin.«

Martina verstärkte ihren Griff um den Tragbügel. Natürlich. Sie sah aus wie eine Teppichverkäuferin, kein Zweifel. Beni nickte resigniert. Madame Rochas war die tüchtigste und diskreteste Haushälterin, die er je gehabt hatte. Er fuhr sich mit der Hand über den Hinterkopf. Ihre unwiderlegliche Logik war in Anbetracht dieser Tatsache ein kleiner Preis. »Gut, aber sorgen Sie künftig dafür, daß sie wie ein bevorzugter Gast behandelt wird.«

»Wie Sie wünschen, Monsieur Yasim.«

Martina starrte zur Decke. Sie wünschte, Beni und diese Person würden nicht über ihre Anwesenheit diskutieren, als sei sie ein herrenloses Gepäckstück. Beni kam zu ihr geeilt und streckte beide Hände aus. »Danke, daß Sie nach Paris gekommen sind, Martina. Die Woche vergeht einfach zu schnell. Kommen Sie bitte ins Wohnzimmer.« Martina stand auf und folgte ihm in einen hohen Raum.

Beni schloß die Augen und hielt sich einen Moment die Nase zu, um den Druck von beginnenden Kopfschmerzen zu lindern. »Setzen Sie sich, Martina. Wenn Sie mich zehn Minuten entschuldigen würden, ich möchte rasch duschen und mich rasieren? Madame Rochas wird Ihnen etwas zu trinken bringen.«

»Ja, natürlich. Lassen Sie sich Zeit.«

Martina setzte den Auslösemechanismus an ihrem Armband in Gang, dann den unter der Aktentasche. Sie ließ den Griff los und machte die Finger gerade und ballte sie zur Faust. Madame Rochas erschien und fragte, was sie zu trinken wünsche. Martina bat um trockenen Wermut mit Eis und Zitrone.

Martina blickte auf, als Beni wieder ins Zimmer geeilt kam. Er hatte eine weiche Flanellhose, ein offenes Hemd und eine Kaschmir-Strickjacke angezogen.

»Ah, sehr gut. Sie haben einen Drink bekommen.« Er sah die Haushälterin an, und sie reichte ihm fast im selben Moment ein Glas Whisky-Soda. »Danke.« Er lächelte kurz, und sie schritt zur Tür. Martina schaute ihr nach. Ein Wesen aus der Retorte, oder aber ein lebender Roboter. Vielleicht steuerte Beni sie mit Augenbewegungen.

Beni kam mit seinem Drink zum Sofa und setzte sich neben sie.

Martina nahm die Aktentasche und balancierte sie auf den Knien. Sie starrte einen Moment auf das Schloß. »Ich schlage vor, Sie halten sich jetzt die Ohren zu. Wenn ich etwas falsch mache, ist die Hölle los.« Sie schob den Schnapper behutsam zur Seite und stieß einen Seufzer der Erleichterung aus, als nur ein leises Klicken ertönte. »Bis jetzt ist es gutgegangen.«

Er beugte sich zu ihr, um die Tasche näher in Augenschein zu nehmen. »Ist das eine von den neuen mit Atomsprengkopf?«

Sie lachte. »Zum Glück sind die Japaner noch nicht so weit, aber bald werden sie die auch haben.« Sie holte die Schachtel mit den Diamanten heraus und gab sie ihm.

Beni betrachtete die Steine langsam der Reihe nach. Martina lehnte sich zurück und beobachtete ihn. Wenn er müde war, sah er mehr aus wie Mitte Vierzig. Gewöhnlich ging er für einen sehr vitalen Enddreißiger durch. Sie verschränkte die Hände im Schoß. Beni sah aus, als ob er sich über irgend etwas ärgerte. Das war ungewöhnlich. Er legte den letzten Diamanten in die Schachtel zurück und stand auf. »Was ist der Hintergrund?«

»Ich weiß es nicht. Ein anonymer Kunde. James Wu glaubt, daß die Steine aus Rußland kommen.«

Er öffnete den Umschlag mit dem Zertifikat. »Wie ich sehe, haben Sie sie selbst begutachtet?«

»Ja«

»Darf ich Ihnen nachschenken?«

»Nein, vielen Dank.«

Er nahm sein Glas und ging zum Sideboard. »Was sollen sie kosten?«

»Zwei Millionen Dollar.«

Er lachte freundlich. »Martina, wir sind hier, um ein Geschäft zu machen, nicht, um Spiele zu spielen. Das kommt später. Eine Million.«

Martina nahm ihr Glas und trank einen Schluck. Sie drehte das Glas zwischen den Fingern. Mit ein wenig Glück würde sie es auch richtig machen. Sie hatte den Preis auf zwei Millionen Dollar geschraubt, um James' Provision von zwei Prozent und ihre eigene Provision zu decken und Beni Raum zum

Handeln zu geben. Damit er das Gesicht wahren konnte. Sie konnte es sich leisten, auf eineinhalb Millionen hinunterzugehen, aber nicht weiter.

Beni kam zum Sofa zurück. »Könnten wir das schnell erledigen, Martina? Die Steine gefallen mir. Ich bin bereit, sie zu kaufen. Eine Million Dollar.«

»Leider nein, Beni. Wenn ich sie versteigern ließe, würde Ihr Angebot schnell lächerlich aussehen.«

Er überlegte kurz. »Eineinviertel Millionen.«

»Eindreiviertel.«

»Mein Klient ist ein reicher Mann, Martina, aber kein Narr.«

»Ich glaube, er ist auch ein kluger Mann. Dies sind keine Steine, aus denen man Blut preßt.«

Er lachte kurz.

Martina nahm noch einen Schluck. Wenn sie nicht alles täuschte, würde er gleich soweit sein. Zuerst hatte er die Diamanten keines Blicks gewürdigt. Jetzt schaute er immer öfter hin. Sie nahm die Schachtel und klappte den Deckel zu.

»Eineinhalb Millionen, Martina. Mein letztes Angebot.«

Sie preßte die Lippen leicht aufeinander. Wenn Beni sein letztes Angebot machte, war es sein letztes.

»In Ordnung. Eineinhalb Millionen.«

Er streckte die Hand aus. »Abgemacht.«

Sie schlug ein. Die Transaktion war rasch und glatt über die Bühne gegangen, aber nicht ohne eine gewisse Spannung.

Er nahm die Schachtel und stellte sie auf den Tisch. »Bezahlung gegen Ende des Monats?«

»Beni!«

»Paßt Ihnen morgen?«

»Sehr gut.«

Er rieb sich die Hände. »Wie wäre es mit noch einem Drink, um den Handel zu besiegeln?«

»Danke.«

»Sie sagten, Sie hätten einige Entwürfe für mich?«

»Ja. Sie können sie sofort sehen.«

Martina nahm einen Umschlag aus der Aktentasche und legte Annas Zeichnung auf den Tisch. »Er ist von James' Schwester, sie heißt Anna. Ich halte sie für außerordentlich begabt. Wie Sie sehen, hat sie ein Collier entworfen, das man in drei Teile zerlegen und auch getrennt tragen kann.«

Beni lachte. »Ihre Annahmen sind gewöhnlich zutreffend, aber ich fürchte, diesmal nicht. Ich glaube, die Diamanten sind nur für eine spezielle Dame bestimmt.«

»Wirklich?«

Er nickte. Er nahm die Zeichnung hoch und betrachtete sie.

»Es heißt ›Der Dritte Wasserfall des Himmelstors‹. Sieht tatsächlich ein bißchen so aus wie eine Fontäne, nicht wahr?«

»Das kann ich nicht beurteilen, aber der Name weckt zumindest Assoziationen an exotische und erotische Dinge.« Er sah sie vielsagend an. »Nicht wahr?«

»Mmm.« Sie nahm ihr Glas. Handeln regte Benis Libido an. Sie trank einen Schluck. Nicht, daß es dessen viel bedurfte.

Er hielt die Zeichnung hoch. »Wissen Sie, dies würde mit Aquamarinen viel besser aussehen als mit Brillanten.«

Sie starrte auf den Entwurf. »Das ist es! Ja, es wäre ein wundervoller Schmuck.«

»Kann ich die Zeichnung für den Scheich mitnehmen?«

»Bitte.«

»Ich setze mich wegen der Einzelheiten des Auftrages mit Ihnen in Verbindung, wahrscheinlich nächste Woche.«

»Ich habe übrigens eine Geschäftskarte von Anna dabei, sie muß in der Tasche sein.« Sie nahm die Tasche und suchte darin. »Da ist sie.«

»Danke.« Er steckte die Zeichnung und die Karte in den Umschlag. »Wissen Sie, das Verrückte ist, daß ich vor ein paar Wochen einige Aquamarine gesehen habe. Sie wären ideal für diesen Entwurf gewesen.« Er holte seinen Taschenkalender heraus und blätterte darin. »Ich könnte nächste

Woche nach Hongkong kommen. Ich würde Annas Arbeiten gern selbst sehen. Wann fliegen Sie zurück nach Hongkong?«

»Ich weiß es noch nicht genau. Ich nehme an, am Wochenende.«

»Was machen Sie bis dahin, wenn ich fragen darf?«

»Ich muß nach New York. Schon morgen.«

Er hob den Kopf. »Ich auch.« Seine Augen blitzten überrascht und erwartungsvoll. »Welch ein Zufall. Würden Sie mich begleiten?«

»Ich werde einen Gratisflug in Ihrem Jet doch nicht ablehnen, Beni.«

»Gut.« Das Telefon klingelte, und er stöhnte leise. »Entschuldigen Sie bitte, Martina. Ich hatte eigentlich nicht damit gerechnet, daß wir so lange ungestört bleiben würden.«

Sie überlegte schnell, wie sie es anstellen sollte, daß er ungestört reden konnte. »Äh . . . Könnte ich mir irgendwo die Hände waschen?«

»Selbstverständlich.« Er reckte sich und langte zum Hörer. »Gehen Sie hinter der Tür links. Dann die zweite Tür links.«

Martina wusch sich die Hände und trocknete sie mit einem Leinentuch ab. Sie blickte zu einer anderen Tür. Neugierig geworden, machte sie sie auf. Das Schlafzimmer wurde beherrscht von einem breiten Bett mit einer dunkelblauen Brokatdecke. Sie sah eine Fotografie auf dem Nachttisch. Sie biß sich auf die Lippe. Wie kam sie überhaupt dazu, hier herumzuschnüffeln? Sie ging auf Zehenspitzen zu dem Bett und betrachtete das Foto. Ein Junge und ein Mädchen, die ihren Blick fröhlich zu erwidern schienen. Sie sah sich um. Merkwürdig. Nirgends ein Bild von seiner Frau. Sie ging auf Zehenspitzen zur Tür zurück und machte sie leise hinter sich zu.

Chan Chunling schloß sich dem Strom der Touristen an, die um den Tempel des Jade-Buddhas zum Antiquitätengeschäft gingen. Er betrachtete die ausgestellten Miniaturgongs und die winzigen Trommeln mit respektvollem Interesse. Er schaute sich um, ehe er auf die Uhr sah. Er hatte die goldenen

Buddhas zweimal aufgesucht, aber der Gesichtslose war beide Male nicht erschienen, obgleich die Termine vereinbart gewesen waren. In einer halben Stunde, um fünf Uhr, würden die Wärter den Tempel schließen. Er konnte nur noch einen Besuch bei den Buddhas riskieren, und der nächste Treff würde dann der Yuyuan-Basar sein.

Chan ging wieder zum goldenen Buddha, der inzwischen von einer Gruppe von Schülern umringt war, die ihrem Lehrer aufmerksam lauschten. Er machte auf dem Absatz kehrt und schritt zum Ausgang. Der Gesichtslose würde nicht kommen, wenn so viele Leute in der Nähe waren. Chan sah wieder auf die Uhr und eilte hinaus. Er zögerte beim Anblick eines Taxis, beschloß aber, es nicht zu nehmen. Es war sicherer, zusammen mit Touristen in den Neunzehner-Bus zu steigen.

Der Yuyuan-Basar umgab das Wuxiting-Teehaus. Chan überquerte einige der schmalen Brücken und betrat das Teehaus. Es war wie fast immer voll von Touristen. Er entdeckte einen freien Platz an einem Fenster und eilte hin. Wenn alles klappte, würde gleich jemand kommen und ihm vorschlagen, den Fächerladen zu besuchen.

Doch es kam niemand, und er durfte nicht länger bleiben. Es würde Verdacht erregen. Er stand auf. Sein Stuhl wurde sofort von einem Jüngling und einem Mädchen in Besitz genommen, die es unter vielem Kichern schafften, nebeneinander Platz zu nehmen.

Chan bahnte sich einen Weg durch die Menge, bis er einen schmalen Gang erreichte. Gegenüber war der Fächerladen. Er blieb stehen, um sich eine Zigarette anzuzünden. Ihm wurde sehr mulmig. Der Nottreff war nur ein einziges Mal benutzt worden. Damals hatte die Erklärung gelautet, daß der Gesichtslose aufgehalten worden sei. Chan sah zu den bunten Fächern hinauf, die neben der Tür aufgehängt waren. Er würde einen letzten Versuch machen. Er ließ die Zigarette in den Rinnstein fallen und trat sie aus, ehe er den Gang überquerte.

Ein alter Mann hob den Kopf von einer Zeitung, als Chan den Raum betrat. Chan nickte ihm zu und trat zu der einen

Wand, um die vielen Dutzend Fächer zu betrachten, die dort angebracht waren. Als dem alten Mann bewußt wurde, daß er keine Kaufabsichten hatte, warf er ihm einen mißmutigen Blick zu und las dann weiter in seiner Zeitung. Chan steckte die Hände in die Taschen und schaute zu den Fächern, die von der Decke hingen. Er nahm die Hände aus den Taschen und verließ den Laden. Jetzt lag es bei dem Gesichtslosen, erneut Kontakt aufzunehmen. Er würde keine Risiken mehr eingehen.

Fang fuhr langsam die Serpentinen zum Victoria Peak hinauf. Er steuerte mit einer Hand und hatte die andere, die mit dem verletzten Daumen, im Schoß liegen. Als er die Zufahrt der Villa erreichte, bog er ein und stöhnte, da er wieder seine beiden gebrochenen Rippen spürte.

In der Küche standen noch die Überreste der Mahlzeit, die er vorgestern abend mit Candy geteilt hatte. Er legte die Hand auf den Tisch und lehnte sich an die Platte. Er schaute sich wie benommen um. Das Mädchenzimmer im Dachgeschoß hatte ausgesehen, als wäre es in größter Eile geräumt worden. Er hatte vage gehofft, alles sei nur ein böser Traum gewesen, aber das leere Haus bewies das Gegenteil. Er zündete sich eine Zigarette an. Das Telefon läutete, und er fuhr heftig zusammen. Er ging in den kleinen Küchenvorraum und nahm ab.

»Mr. Fang?«

»Ja, ich bin's.«

»Miss Lai wird nicht zurückkommen.«

Fangs Hand zitterte. Sie mußten ihn beobachten. Sie waren ihm irgendwie gefolgt, obgleich er den ganzen Weg den Berg hoch den Rückspiegel im Auge gehabt und aufgepaßt hatte. Er räusperte sich. »Wo ist sie? Ich muß mit ihr sprechen.«

»Ich fürchte, sie kann mit niemandem mehr sprechen, Mr. Fang. Sie hatte leider einen Unfall.«

Fang verlor die Nerven. »Ihr habt sie umgebracht. Ihr . . .«

Es klickte. Fang schloß die Augen und ließ sich gegen die Wand sinken.

Die Blumen, die er Candy bei seinem letzten Besuch mitgebracht hatte, waren verwelkt. Er ging durchs Wohnzimmer und bückte sich, um eines der auf den Boden gefallenen Blütenblätter aufzuheben. Er betrachtete es. Es war ein Zeichen. Er richtete sich auf, ging zum Fenster und schaute hinaus auf die Terrasse. Für den Augenblick mußte er gegenüber den Männern, die ihn mißhandelt hatten, weiterhin vorgeben, er sei Mui Shenlu. Er mußte auf irgendeine Weise dafür sorgen, daß er regelmäßig künstliche Diamanten von Chan bekam, ohne den leisesten Verdacht zu erregen. Er mußte Pa Jiaming weiter täuschen, den Vetter, der ihn so selbstlos an seinem lukrativen Unternehmen teilhaben ließ. Beschämt ließ er den Kopf sinken. Vielleicht sollte er seinem Leben ein Ende setzen, die Qualen ein für allemal beenden. Er schaute auf das Blütenblatt in seiner Hand. Aber was würde dann aus seiner Frau und seinen Kindern werden? Er schloß die Finger um das Blütenblatt. Sie würden unter seinem Tod leiden, nicht davon profitieren. Er warf das Blütenblatt fort und hastete aus dem Zimmer.

Chan Chunling ging zur Tür seines Büros und vergewisserte sich, daß niemand in Hörweite war. Er kehrte zu seinem Schreibtisch zurück und nahm den Hörer hoch. »Ja, Genosse. Ich war wie vereinbart im Tempel, aber Sie waren nicht da.« Er drückte den Hörer dichter ans Ohr. Fangs Stimme klang schwach und sonderbar bebend. »Ja, Genosse, ich habe einen Anruf von James Wu bekommen. Es geht alles nach Plan. Drei Lots Diamanten sind verkauft worden. Ich erwarte morgen die Bestätigung hinsichtlich des vierten.« Er schloß die Augen. »Bei allem Respekt, Genosse, es ist schwierig für mich, nach so kurzer Zeit schon wieder zum Tempel zu gehen. Ich kann es mir nicht leisten, Verdacht zu erregen.« Als er hörte, daß ihm viel Schlimmeres widerfahren würde, wenn er es nicht täte, riß er erschrocken die Augen auf. »Ja, Genosse, ich werde ganz bestimmt tun, was Sie sagen, aber es wird eine Weile dauern. Wenn Sie wünschen, daß ich Ihnen ein Lot Diamanten bringe, muß ich nach Anshan. Ja, Genosse, ich werde am Montag mit den Diamanten im Tempel sein.« Chan legte auf. Er starrte auf das Telefon. Abermals überkamen ihn düstere Vorahnungen. Er schüttelte heftig den Kopf, als wolle er sie auf diese Weise vertreiben. Er nahm wieder ab und wählte die Nummer von Professor Li in Anshan.

Martina streckte unter dem Klapptischchen die Beine aus. Sie sah sich in der Kabine des Privatjets um. Mit Beni zu fliegen, bot gewisse Vorteile gegenüber der Business Class. Einer davon war Platz. Sie blickte zu ihm hinüber. Er studierte einen Report, der mindestens zwanzig Seiten zu umfassen schien. Sie schrieb ihren Brief weiter.

Als sie gestern abend James Wu angerufen hatte, um ihm zu sagen, daß das erste Lot Diamanten verkauft sei, hatte er sie überschwenglich gelobt. Als sie ihn kurz vor dem Abflug von Paris ein zweites Mal angerufen hatte, um ihm mitzuteilen, daß eine bestätigte Bankanweisung in Höhe des Kaufpreises für die Steine deponiert sei, hatte er ihr Glück für ihre Verhandlung mit Tony Bergman gewünscht.

Sie sah wieder von dem Brief auf, den sie ihrem Vater schrieb, und starrte aus dem Bullauge neben sich. Sie brauchte mehr als Glück bei Tony Bergman. Er galt als ungewöhnlich hartgesottener Bursche. Sie kaute am Ende ihres Füllhalters. Kühlen Kopf bewahren. Keine Angst bekommen. Stell dir einfach vor, es sei eine der vielen langweiligen Transaktionen an einem der vielen langweiligen Tage bei Van den Fleet.

Beni legte seinen Füllhalter hin und streckte die Arme vor. »Ich muß eine Pause machen. Möchten Sie einen Drink, Martina?«

»Ja, vielen Dank.«

Er stand auf. »Sie entschuldigen mich einen Moment.« Er ging die paar Schritte zur Tür der Kabine, schob sie auf und rief dem Steward etwas zu, während er sie wieder schloß.

Martina verlagerte ihr Gewicht. Sie bog den Rücken durch und reckte sich. Beni war ein sonderbarer Mann. Sie hatte in den letzten beiden Stunden mehr über ihn erfahren als in den fünf Jahren vorher. Er war ein Nomade. Den Libanon, die Heimat seiner Vorfahren, gab es praktisch nicht mehr. Er war geschieden. Es war keine von den Eltern arrangierte Ehe gewesen, aber seine Frau und er hatten sich irgendwie verpflichtet gefühlt zu heiraten, und der gute Wille und die vorhandene Zuneigung hatten nicht ausgereicht. Er hatte zwei Kinder. Sie lebten bei ihrer Mutter und ihrem Stiefvater. Sein Leben war so unstet, daß er einen sehr schlechten Vater abgeben würde, und er kompensierte dies, indem er ihnen jeden Wunsch erfüllte. Vielleicht hatte er nur deshalb soviel von sich erzählt, weil sie gezwungen waren, all die Stunden auf engem Raum miteinander zu verbringen. Sie runzelte die Stirn. Andererseits sagte Beni nie irgend etwas zu irgend jemandem, ohne einen guten Grund dafür zu haben.

Beni kam mit dem Steward im Schlepptau zurück. »Martina, was würden Sie gern trinken?«

»Irgend etwas ohne Alkohol, bitte.«

»Sehr gescheit. Ich nehme einen Eistee. Möchten Sie sich anschließen?«

»Ja, das klingt sehr gut.«

Beni fing an, seine Papiere in die Aktenmappe zu tun. »Martina, ich bestehe darauf, daß Sie heute abend mit mir essen.«

»Danke.«

»Würden Sie mir auch einen Gefallen tun?«

»Wie sähe er aus?«

»Kommen Sie bitte mit auf eine Cocktailparty. Nur für zehn Minuten, der Form halber, dann können wir uns aus dem Staub machen.«

»Vor wem wollen Sie sich aus dem Staub machen?«

»Vor der lärmenden Menge. Ich bin nicht in Stimmung für eine Party von Christian Debilius.«

Sie blickte beunruhigt drein. »Äh, Beni, ich glaube, ich sollte nicht ohne Einladung hingehen.«

»Sie sind eingeladen. Christian hat darauf bestanden, daß ich nicht allein komme.«

Sie sah ihn zweifelnd an. »Ich bin kein reguläres Mitglied der Diamantenbörse.«

»Es ist eine private Party. Sie hat nichts mit der IDB zu tun.« Er sah sie mit feinem Spott an. »Sie haben nicht zufällig ein klein wenig Angst vor ihm?«

»Natürlich nicht.«

»Gut.« Er klappte seine Aktenmappe zu. Es war genau die Antwort, die er erwartet hatte. »Dann gibt es ja kein Problem. Ich hole Sie um halb sechs Uhr in Ihrem Hotel ab.«

Sie landeten.

Fang langte zum Hörer und ließ die Hand dann schnell sinken. Er schenkte sich noch einen doppelten Cognac ein und trank ihn in einem Zug.

Er griff wieder zum Hörer. Diesmal würde er es tun. Seine Hand zitterte, als er endlich wählte. Erleichterung überkam ihn, als er das Besetztzeichen hörte. Eine kurze Gnadenfrist. Er wartete einen Moment und wählte noch einmal. »Guten Abend, Jiaming. Ich bin's, Ka-Shing.« Er nahm die Flasche und schenkte sich erneut ein. »Nein, nein, es ist nichts passiert. Ich habe mich nur ein bißchen erkältet.« Er räusperte sich. »Es geht alles nach Plan. Kein Grund zur Sorge. Ich dachte nur, du wüßtest vielleicht gern, daß die *gweilos* die Schätze des Leuchtenden Berges gesehen haben und ihnen erlegen sind.« Er lachte schrill. »Ja, ja, drei von den Sendungen sind verkauft worden. Ich erwarte die Bestätigung über den Verkauf der vierten.« Seine Wangen färbten sich tiefrot. »Jiaming, deine Komplimente machen mich verlegen. Ich habe nur das getan, worum du mich gebeten hattest. Mehr nicht. Ganz bestimmt. Ja, ich werde dich auf dem laufenden halten. Nein, nein, Chan Chunling hat genau das gemacht, was ihm aufgetragen wurde. Der Erlös wird im Moment überwiesen.

Du brauchst keine Angst zu haben, Jiaming. Ich ruf dich wieder an, sobald ich etwas Neues weiß.« Fang legte auf und wischte sich mit dem Taschentuch die Stirn trocken. Er ging mit unsteten Schritten zu seinem Sessel und ließ sich hineinfallen. Er schreckte hoch, als er draußen ein Geräusch zu hören glaubte. Er hielt einige Sekunden die Luft an und atmete dann keuchend aus. Die Stille dröhnte in seinen Ohren.

Er drückte das Glas an die Brust. Tausend Foltern konnten nicht schlimmer sein als das, was er jetzt durchmachte.

Tony Bergman trank einen Schluck Kaffee und schnitt eine Grimasse. »Roz, ist das wieder diese verdammte entrahmte Milch?«

»Ich fürchte ja, Tony.«

»Geben Sie mir bitte eine Tasse schwarzen, ja? Ich finde diesen Geschmack wirklich abscheulich. Haben Sie Yoshino schon erreicht, und wann kommt Martina Van den Fleet?«

Roz lächelte. »Mr. Yoshinos Leitung ist besetzt. Martina Van den Fleet kommt in einer halben Stunde.«

»Versuchen Sie's noch mal bei Yoshino, ehe Martina da ist. Sagen Sie Max, er soll sich bereithalten. Ich brauche ihn vielleicht.«

»Sofort.« Roz nahm ab und wählte die Nummer in Tokio noch einmal. »Es ist frei.«

»Legen Sie es in mein Büro, ja?«

»Leitung drei, Tony.«

Tony setzte sich auf seinen Schreibtischsessel und nahm den Hörer. »Mr. Yoshino? Hier Tony Bergman, New York. Danke, kann nicht klagen. Und Ihnen? Freut mich zu hören. Hören Sie, man hat mir ein Lot angeboten, das ich vor ein paar Wochen selbst begutachtet habe. Sie kennen Van den Fleet in Antwerpen? Ja, nun, die Steine werden von Martina Van den Fleet verkauft. Die Dame handelt nie mit Schund. Interessiert?« Sein Gesicht legte sich in Falten, als er breit lächelte. »Gut, Mr. Yoshino, ich werde mein Bestes für Sie tun. Die üblichen Bedingungen. Ich rufe Sie so schnell wie möglich wieder an.« Er legte auf und ging wieder ins Vorzimmer.

Roz legte die Hand auf die Sprechmuschel. »Martina Van den Fleet kommt gerade rauf. Sie ist etwas zu früh dran.«

»Kümmern Sie sich solange um sie. Und geben Sie mir bitte Don Reynolds, ehe ich mit Martina rede.«

»Sofort.«

Tony marschierte zurück in sein Büro. Er pfiff vor sich hin.

Als Martina die Schwingtür öffnete, war Roz bereits aufgestanden und ging ihr mit ausgestreckter Hand entgegen. »Miss Van den Fleet? Guten Tag, ich bin Roz, Tonys Assistentin.«

Martina gab ihr kurz die Hand.

»Tony telefoniert gerade, aber es wird nicht lange dauern. Wie war der Flug von Antwerpen?«

»Ich komme aus Paris.«

»Oh, ich verstehe.« Roz lächelte strahlend. »Möchten Sie vielleicht eine Tasse Kaffee?«

»Nein, im Moment nicht, vielen Dank.«

»Würden Sie mich kurz entschuldigen? Tony hat gerade aufgelegt. Ich sage ihm, daß Sie da sind. Nehmen Sie doch bitte Platz.«

Martina blickte sich um und setzte sich in die Sofaecke. Sie stellte ihre Aktentasche neben sich hin. Diesmal hatte sie wenigstens nicht mit einer der High-Tech-Taschen von James Wu zu kämpfen. Die Zeit hatte gereicht, um einen Kurier mit den Steinen nach New York zu schicken. Als Tony die Tür zum Vorzimmer öffnete, langte sie wieder nach der Tasche. Ihr Magen zog sich zusammen. Er hatte Humor, aber er konnte einen bis auf die Haut ausziehen.

»Martina, Sie sehen fabelhaft aus. Schön, Sie zu sehen.« Tony kam zum Sofa und streckte die Hand aus. Er hielt Martinas Finger einen kleinen Moment zart zwischen den seinen. »Entschuldigung, daß ich Sie habe warten lassen. Wie geht es Erasmus? Seine Pensionierung ist ein schwerer Schlag für den

Verband.« Er nahm ihren Ellbogen und führte sie zu seinem Büro. »Einen Kaffee? Wie war der Flug? Wie man hört, machen Sie neuerdings tolle Sachen in Hongkong.« Er stieß die Tür auf und trat zur Seite. »Sagten Sie, Sie möchten einen Kaffee?«

Sie unterdrückte ein Lächeln. Sie hatte bisher noch keine Chance gehabt, ein einziges Wort hervorzubringen. »Schwarz, ohne Zucker, bitte.«

»Übrigens, fällt Ihnen nichts an mir auf?«

Sie musterte ihn beunruhigt. Sie fand, daß er genauso aussah wie sonst, aber die Höflichkeit erforderte, daß sie irgendeinen Unterschied registrierte. Sie warf einen Blick auf Roz. Roz lächelte und tippte sich auf den Bauch. Martina atmete erleichtert aus. »Äh . . . Ich fürchtete, Sie würden mich für unhöflich halten, wenn ich Ihnen sagte, daß Sie einige Pfunde abgenommen haben.«

»Nein, ich würde Sie keineswegs für unhöflich halten. Finden Sie das wirklich?«

»Aber ja. Es ist mir gleich aufgefallen.«

Er lächelte zufrieden.

Martina machte es sich in ihrem Sessel bequem, während Tony seine gewohnte Nummer abspulte, indem er Roz per Sprechanlage befahl, kein Gespräch durchzustellen, während er mit ihr konferierte. Dann lehnte er sich zurück und lächelte. »So, Martina, und jetzt zu den schmutzigen Dingen.«

Sie starrte ihn an und wurde sich bewußt, daß er Geld meinte. »Zwei Millionen Dollar.«

»Ich habe Ihren Humor schon immer geschätzt. Fünfhunderttausend. «

Sie sah ihn lange an. Dies paßte ihr gar nicht. »Ich bin hier, um ein Geschäft zu machen, Tony. Nicht, um Spiele zu spielen.«

»Na gut, Zeit ist Geld. Siebenhundertfünfzig.«

»Ich habe meine Anweisungen, Tony.«

Er zuckte mit den Schultern. »Wer hätte die nicht?«

»Sie haben die Steine mit einer Million Dollar begutachtet.«

»Na und?«

»Fangen wir also da an.«

»Auf keinen Fall. Nehmen Sie's mir nicht übel, Schatz, aber Sie verkaufen, und ich kaufe. Und wir fangen da an. Siebenhundertfünfzig. «

»Sie kaufen Ware mit Ihrem Namen darunter, Tony. Sie sind nicht gerade Bloomingdale's, aber fast. Zwei Millionen Dollar.«

Er lehnte sich zurück. »Wissen Sie, mein großes Problem ist, daß ich es nie so recht geschafft habe, weibliche Logik zu kapieren. Sie sagen mir, ich müßte den doppelten Preis für die Steine bezahlen, nur weil ich sie begutachtet habe.«

»Ich verstehe das als eineinhalb Millionen Dollar.«

»Tun Sie das bitte nicht, junge Dame. Das war nur eine Formalität. Siebenhundertfünfzigtausend Dollar. Letztes Angebot.«

»Man kauft keine Superqualität für siebenhundertfünfzigtausend.«

»Hören Sie, solche Steine kann ich jederzeit auf der Straße bekommen.«

»Ich habe mit sechs aufgehört, an Märchen zu glauben, Tony. So etwas wie dies hier ist seit ungefähr zehn Jahren nicht mehr auf den Markt gekommen, und Sie wissen es.«

Er verschränkte die Hände hinter dem Kopf. »Sie haben Glück. Sie haben mich an einem guten Tag erwischt. Sagen wir, eine Million Dollar.«

»Ich kann für eindreiviertel Millionen abschließen.«

Er schüttelte den Kopf. »Sieht so aus, als hätten Sie das Geld für das Flugticket umsonst ausgegeben, Schatz.«

»Nicht unbedingt, ich halte nur James Wus Versprechen, Ihnen die Steine als erstem anzubieten. Für mich spielt es im Grunde keine Rolle, wer sie hier in New York kauft.«

Er starrte sie an. »Bleiben wir höflich, Martina.«

»Und bleiben wir vernünftig. Eindreiviertel Millionen Dollar. Die Steine sind hochfein, keiner hat Einschlüsse, alle haben das beste Finish, das man sich vorstellen kann.«

»Schon gut. Ich will Ihnen sagen, wie ich abschließen kann. Eineinviertel Millionen Dollar.«

»Eindreiviertel oder gar nicht.«

Er zuckte mit den Schultern. »Sie brechen mir das Herz.«

Sie verhakte die Finger ineinander. Sie würde Glück haben, wenn sie eineinhalb Millionen Dollar von ihm bekam. Viel Glück. Sie könnte die Steine wahrscheinlich Beni verkaufen, aber darunter würde ihr Prestige bei James Wu leiden. Sie mußte ihm ihr Können beweisen, indem sie mit Tony Bergman abschloß.

Tony öffnete eine Schreibtischschublade und nahm eine Zigarre heraus. Sie sah unverhohlen auf die Uhr, um zu signalisieren, daß ihre Zeit bemessen war. Er rollte die Zigarre langsam zwischen den Fingern hin und her. Sie konnte warten. Sie würde erst gehen, wenn sie die Steine verkauft hatte, sagte er sich. Martina stand auf und streckte die Hand aus. »Tut mir leid, daß wir diesmal nicht zusammengekommen sind, Tony, aber vielleicht ein andermal.«

Er lächelte vor sich hin. Nicht übel, Martina, aber das zieht bei mir nicht. Er erhob sich ebenfalls und schritt langsam zur anderen Seite des Schreibtisches. »Mir auch, Martina, aber es war schön, Sie wiederzusehen.«

»Können wir Ihre Kaufoption als erledigt betrachten? Ich habe meinem anderen Kunden versprochen, ihn nicht warten zu lassen.«

»Möchten Sie ihn anrufen?«

Sie spannte die Bauchdecke, als ihr Magen anfing, leise zu grummeln. »Hm . . .«

Er zeigte aufs Telefon. »Bedienen Sie sich.«

Sie schürzte die Lippen. Der verdammte Kerl. Er signalisierte, daß er ihr Verhalten für einen Bluff hielt. »Vielen Dank, ich suche nur schnell die Nummer raus.« Sie nahm ihre Tasche hoch und holte ihr Adreßbuch heraus.

Tony setzte sich auf die Schreibtischecke. Sie verdiente eine Oscar-Nominierung für ihre Nummer, aber es gab keinen anderen Kunden. Er würde darauf wetten. »Kann ich Ihnen irgendwie behilflich sein?«

»Er wohnt im Regency. Ich muß die Nummer irgendwo hier drin haben.« Sie spürte, daß die Information einen gewissen Eindruck machte.

Tony zündete eine Zigarre an. »Muß 'ne Menge Geld haben.«

»Mmm. Ah, da ist sie.« Sie lächelte strahlend. »Es macht Ihnen wirklich nichts aus, wenn ich Ihr Telefon benutze?«

»Kein bißchen.«

Sie holte tief Luft und betete, daß Beni nicht in seiner Suite sein möge. »Hallo, bitte die Suite von Mr. Yasim. Hier Martina Van den Fleet. Er erwartet meinen Anruf.«

Tony langte nach ihrem Arm. »He, nicht so schnell. Ich denke, Sie und ich sollten noch ein paar Worte reden, ehe Sie sich Yasim in die Arme werfen.« Er nahm ihr den Hörer aus der Hand und knallte ihn auf die Gabel. »Setzen Sie sich, junge Dame.« Seine Augen funkelten zornig. »Sie sind zu verdammt ausgebufft. Ich habe eine Kaufoption, und sie ist noch nicht abgelaufen. Ich weiß nicht, was Ihr Vater Ihnen beigebracht hat, aber Sie werden es garantiert nicht mit mir machen und nicht hier in New York.«

»Entschuldigung, ich verstehe Sie nicht.«

»Dann werde ich es buchstabieren, Martina.« Er hielt ihr die rechte Hand vors Gesicht und rieb Daumen und Zeige- und Mittelfinger aneinander. »Provision. Sie machen einen privaten Deal mit Ihrem Mr. Yasim, aber zuerst müssen Sie mich aus dem Rennen werfen. Sie setzen den Preis so verdammt hoch an, daß ich die Option nicht ausüben kann. So daß Sie eine Gewinnspanne haben, die so breit ist wie der Hudson.« Er lachte auf. »Ich bin dreißig Jahre in diesem Geschäft, Martina. Ich kenne alle Tricks.« Er drückte seine Zigarre im Aschenbecher aus. »Eineinhalb Millionen Dollar.«

Sie starrte ihn an und konnte nicht recht glauben, was er gesagt hatte. Sie setzte sich langsam wieder in den Sessel. Sie hatte es geschafft. Sie hatte den großen Tony Bergman an der Angel. Sie verschränkte die Hände. »Abgemacht.«

»Okay. Abgemacht.«

»Zuzüglich mein Honorar.«

»Reden wir darüber.« Der Zorn, der so schnell aufgewallt war, legte sich, und Bergman lächelte. Er setzte sich wieder auf die Schreibtischecke. »Bitte eine schlichte Zahl. Ich bin ein armer Mann.«

Sie lachte mehr erleichtert als belustigt. Es war haarscharf gewesen. Sie hätte jetzt ebensogut auf dem Weg zum Fahrstuhl sein können.

»Fünfzigtausend Dollar, Tony.«

»Fünfundzwanzig.«

»Tony, wollen Sie mich aus dem Geschäft drängen?«

»Teilen wir die Differenz?«

»Einverstanden.«

Tony drehte sich um und sah angewidert auf den Aschenbecher hinunter. »Bin ich das gewesen?«

Sie blickte auf die mißhandelte Zigarre. »Ich glaube.«

»Sehen Sie, was Sie mit mir machen, Martina? Sie haben mich dazu gebracht, eine erstklassige Havanna zu versauen.« Er schüttelte den Kopf. »He, was ich vorhin sagte, nehmen Sie's mir nicht übel, ja?«

»Ich freue mich, daß wir zusammengekommen sind.«

Tony ging mit ihr zur Tür und machte auf. »Sollen wir den Papierkram morgen früh erledigen?«

»Ich wäre Ihnen dankbar. Ich muß zurück nach Hongkong.«

»Okay, Martina.« Er nahm ihre Hand und drückte sie herzlich. »He, hören Sie, ich habe eine Idee. Frühstücken wir doch zusammen. Bei Lila's. Sagen Sie dem Taxifahrer einfach, zu Lila's. Selbst die verdammten Hispanos wissen, wo Lila's ist. Acht Uhr, ja?«

»Danke, Tony.«

Die Partygäste, denen es im Wohnzimmer zu eng geworden

war, sammelten sich im Empfangsraum von Christian Debilius' Wohnung in Manhattan. Martina hielt sich an Benis Ärmel fest und schritt vorsichtig zwischen den dicht beieinanderstehenden Gruppen durch. Sie drehte sich um, als sie eine Hand auf ihrer Schulter fühlte.

»Wen haben wir denn da? Martina!« Christian sah sie neugierig an.

»Ja, ich bin's.« Sie zupfte an Benis Ärmel. »Ich habe unseren Gastgeber gefunden.«

Beni wandte sich um. »Christian, schön Sie zu sehen. Ihre Party scheint ein großer Erfolg zu sein.«

Christian hielt den Blick auf Martina gerichtet. »Ich freue mich, daß Sie hier sind, Martina.«

»Ich komme mir ein bißchen vor, als hätte ich mich eingeschlichen. Beni hat mich mitgenommen. Ich hoffe, Sie haben nichts dagegen?«

»Im Gegenteil. Warum haben Sie mich nicht wissen lassen, daß Sie in New York sind?«

»Ich bin nur vierundzwanzig Stunden hier.« Sie blickte sich um und stellte beunruhigt fest, daß Beni sich entfernt hatte und mit einer blonden Frau redete.

Christian nahm ihren Arm. »Kommen Sie, ich besorge Ihnen einen Drink. Es sei denn natürlich, Sie wollen Beni bewachen. «

Sie sah ihn verwirrt an. »Warum sollte ich?«

Er lächelte. »Nur so.« Er gab einem der Kellner ein Zeichen. »Sagen Sie, Martina, was führt Sie nach New York?«

»Geschäfte.«

Christian Debilius nahm zwei Gläser Champagner von dem Tablett, das der Kellner ihm hinhielt. »Wie kommen Sie mit James Wu klar?«

»Bis jetzt sehr gut.«

»Schön.« Er gab ihr ein Glas. »Er ist einer von den kommenden Männern. Wir erwarten große Dinge von ihm. Könnten wir einen Moment unter vier Augen sprechen?«

»Mmm.«

Christian führte sie in eine Ecke bei den Fenstern. Er drängte sie unabsichtlich zu dicht an einer Topfpalme vorbei, und die Wedel streiften ihre Schulter. Sie blickte sich zu dem Gewächs um. »Ist hier hinten wirklich Platz für zwei?«

Er lachte und trat einen Schritt zurück, um ihr mehr Raum zu lassen. »Entschuldigen Sie, daß ich Sie hier buchstäblich in die Ecke drücke, aber Hendrik scheint ziemlich besorgt zu sein über den Lauf der Dinge.«

Sie schnitt eine Grimasse. »Im allgemeinen oder im besonderen?«

»Ich fürchte, im besonderen. Er scheint zu denken, Sie hätten einen teuflischen Plan geschmiedet, um ihm alle Kunden von Van den Fleet abspenstig zu machen.«

»Hendrik benimmt sich wie ein Anfänger. Wir haben lang und breit darüber gesprochen, und ich habe klargestellt, daß ich absolut nicht die Absicht habe, Insider-Wissen der Firma zu benutzen, das seine Marktposition bedrohen könnte. Leider scheint ein Wort von einer Van den Fleet bei ihm nicht mehr zu gelten. Im übrigen: Die Entscheidung, wo und von wem ein Kunde kaufen will, liegt bei ihm.«

Er warf einen Blick über seine Schulter. »Wie ich sehe, hat sich einer schon entschieden.«

»Oh, Sie meinen Beni?«

»Es überrascht mich nicht. Verzeihen Sie, aber Hendrik ist nun mal nicht so attraktiv wie Sie.«

Sie lächelte knapp. »Er ist auch nicht so schlau. Er bläht diese ganze Geschichte über die Maßen auf. Sie wissen doch, wenn ich irgend etwas unter der Hand täte, würde es sofort ans Licht kommen, wenn die IDB die Bücher von James prüft.«

»Sehr richtig. Hm, ich bin froh, daß wir dieses kleine Gespräch führen konnten, Martina.« Er trank einen Schluck Champagner. »Wie geht das Geschäft mit Beni?«

»Beni?«

»Deshalb sind Sie doch wohl in New York?«

»Nein, nicht wegen Beni. Er hat mich nur in seinem Jet mitgenommen, das ist alles.«

Er sah sie zweifelnd an. Sie bemerkte aus den Augenwinkeln heraus, daß Tony Bergman sich einen Weg zu ihnen bahnte. Es hatte keinen Sinn, es weiter zu verheimlichen. »Nein, ich bin wegen Tony Bergman gekommen.«

Er sah ihr in die Augen. »Dann weiß ich nicht, warum Hendrik sich Sorgen macht. Sie brauchen offensichtlich weder die Kunden von Van den Fleet noch die von irgend jemand anderem.«

Sie blickte ihn warnend an. »Tony steht genau hinter Ihnen.«

Er drehte sich in dem Moment um, in dem Tony ihm auf die Schulter klopfen wollte.

»Hallo, hier sehen wir uns also wieder, ausgerechnet auf der Party von diesem Burschen hier.«

Christian lächelte. »Martina hat eben Geschmack, Tony.«

»Ich weiß, ich weiß, deshalb macht sie ja auch Geschäfte mit mir, aber ich sage Ihnen, Christian, nehmen Sie sich vor ihr in acht. Sie ist tödlich.«

Martina sah Tony mißtrauisch an. Sein Gesicht war von Alkohol gerötet.

Christian nickte langsam. »Ich werde es beherzigen, Tony, aber ich nehme an, Sie haben es überlebt?«

Tony hob mahnend den Finger. »Mit knapper Not, mein Junge, mit knapper Not.« Er wandte sich um und legte Martina einen Arm um die Schultern. »Aber wir haben einen schönen kleinen Deal gemacht, nicht wahr, mein Kind?«

Sie löste sich freundlich aus der väterlichen Umarmung. »*Sie* haben einen guten Deal gemacht, Tony.«

»Hören Sie, das können Sie mir nicht übelnehmen. Das ist mein Job. Es ist nicht persönlich.« Er schwankte leicht. »Ich habe alle Achtung vor Ihnen. Wirklich.«

Sie sah über Tonys Schulter hinweg und bemerkte zu ihrer Erleichterung, daß Beni ihr zuwinkte und auf seine Uhr tippte. »Wenn Sie mich jetzt bitte entschuldigen würden, meine

Dinner-Einladung wartet.« Sie reichte Christian die Hand. »Nochmals Entschuldigung, daß ich mich eingeschlichen habe.«

»Ich bitte Sie, aber Sie müssen mir versprechen, mir Bescheid zu geben, wenn Sie wieder in New York sind. Wir müssen zusammen essen.«

»Danke.« Sie zwängte sich an Tony vorbei. »Schön, Sie wiederzusehen, Tony.«

»Gleichfalls, mein Kind.« Er trank einen großen Schluck Champagner und beobachtete, wie sie sich einen Weg zu Beni bahnte. »Wer ist der Kerl, den sie im Schlepptau hat?«

»Beni Yasim.«

Tonys Augen weiteten sich plötzlich. »Sie kennen ihn?«

»Recht gut.«

Tony trank noch einen Schluck. »Sieht nicht übel aus.«

»Das kann man wohl sagen.«

Tony sah auf die Uhr. »Ich darf meine Dinner-Einladung auch nicht warten lassen.« Er stellte sein Glas auf den Fenstersims. »Fabelhafte Party, Christian, hab mich lange nicht mehr so amüsiert.«

»Das freut mich.« Christian folgte ihm zur Mitte des Zimmers.

Dort blieb er kurz stehen und überblickte die Gäste wie ein General ein Schlachtfeld. Hendrik war sehr töricht gewesen. Er hatte die Tür des Käfigs offengelassen, und der kleine Vogel war davongeflogen. Er ging rasch zur Diele und erwischte Martina und Beni kurz vor der Wohnungstür. »Beni, tut mir leid, daß wir keine Zeit für ein paar Worte hatten. Kann ich Sie überreden, noch ein wenig zu bleiben?«

»Wir müssen in zehn Minuten in Ihrem Restaurant sein, Christian.«

»Hm, dann guten Appetit und vergessen Sie nicht, zu erwähnen, daß Sie ein sehr guter Freund von mir sind.«

Beni lächelte. »Das habe ich schon getan. Was glauben Sie, wie ich sonst einen Tisch bekommen hätte?« Er warf

Tony Bergman, der ihn eben gestreift hatte, einen ärgerlichen Blick zu.

»Oh, ich bitte um Entschuldigung.« Tony war stehengeblieben und zwinkerte ihm zu. »Nicht sauer sein, okay? Sie haben wenigstens das Mädchen.« Er winkte kurz und ging weiter zur Tür. »Nicht vergessen, Schatz. Wir haben morgen eine Verabredung. Um acht bei Lila's.«

Beni zog die Augenbrauen hoch. »Kann mir jemand sagen, was das sollte?«

»Ich leider nicht.« Christians Augen funkelten boshaft. »Vielleicht kann Martina es.«

Martina holte tief Luft und nahm sich vor, Christian Debilius bei der nächsten Gelegenheit umzubringen. Sie hakte sich bei Beni unter. »Er war mein Geschäftstermin. Wir frühstükken morgen um acht.«

»Aha, ich verstehe. Nun, gehen wir?« Er nickte kurz in Christians Richtung.

»Viel Spaß und guten Abend.« Christian lächelte vor sich hin, als er den beiden nachsah. Es gab schöne Frauen, und es gab gescheite Frauen, und Martina Van den Fleet gehörte zur zweiten Kategorie.

Die Limousine hielt vor dem Regency Hotel. Beni nahm den Arm von der Rückenlehne. »Nehmen wir noch einen Drink zusammen, Martina.«

Sie schaute sich um. Sie hatten so viel gelacht und geredet, daß ihr nicht bewußt geworden war, in die Richtung gefahren zu sein, wo sein Hotel lag. Sie zog ihre Tasche an sich und fühlte sich plötzlich wie ausgelaugt. Es war Zeit, daß der Abend endete. »Ich glaube, ich möchte keinen Drink mehr, Beni. Es war ein sehr schöner Abend. Ich bin sehr beeindruckt von Christians Restaurant.«

Er nahm ihre Hand und fuhr mit dem Mund über ihre Finger. »Vergessen Sie Christian. Ich möchte, daß Sie von mir beeindruckt sind, nicht von ihm.«

Sie starrte ihn überrascht an. Seine Berührung hatte ihren

ganzen Arm erfaßt und in ein erwartungsvolles Prickeln versetzt. Sie konnte sich nicht erinnern, irgendwann einmal ein solches Gefühl gespürt zu haben. Er wandte ihr das Gesicht zu. »Wir kennen uns nun schon eine lange Zeit, Martina.« Er nahm sie in die Arme und küßte sie. Seine Lippen glitten zu ihrem Hals hinunter. »Bleiben Sie heute nacht.«

Sie löste sich von ihm. »Das ist keine gute Idee, Beni.«

Er zog sie wieder an sich. »Doch.«

Sie legte die Hände an seine Brust und stemmte sich ein kleines Stück von ihm fort. Sie mußte jetzt schnell hier hinaus, sonst würde sie der rasch wachsenden Versuchung erliegen. »Sie sagten, Sie verwechselten Arbeit nie mit Vergnügen.«

»Das stimmt, aber unsere Arbeit ist beendet, wenigstens für den Moment. Nun ist Zeit für das Vergnügen.«

»Beni, ich mag Sie sehr, aber . . .«

Er legte ihr einen Finger auf den Mund. »Sie sind frei vom Schatten Ihrer Familie. Leben Sie nicht mehr in der Vergangenheit.«

Sie schob seinen Finger fort. »Was meinen Sie damit, frei von meiner Familie?«

»Ihren Vater, ihren Bruder. Ich glaube, Sie haben sich immer von ihnen beherrschen lassen. Jetzt sind Sie frei.«

Sie war entsetzt über seine Worte. »Glauben Sie das wirklich?«

»Ja.«

Sie wandte den Kopf und schaute durch das Fenster zu der diskreten, aber freundlich wirkenden Hotelbeleuchtung. »Ich muß Ihnen ja furchtbar spießig vorkommen.«

»Nein. Pflichtbewußt, nicht spießig, Martina.«

Sie preßte die Lippen aufeinander. Das klang noch schlimmer. Die Lichter des Hotels blitzten lockend. Warum nicht? Sie brauchte mehr als eine kleine Erinnerung daran, wie es war, eine Frau zu sein. Sie berührte seine Hand. Er hob ihre Finger an den Mund und küßte sie, langte dann an ihr vorbei und machte die Tür auf.

Die Suite war mit imitierten Louis-quinze-Möbeln eingerichtet, und auf allen Tischen standen Schalen oder Vasen mit Blumen. Beni schenkte zwei Gläser Cognac ein. Er hatte in der Limousine einen spannenden Augenblick lang geglaubt, einen Fehler gemacht zu haben, dieses eine Mal von seinem Instinkt für den rechten Zeitpunkt und den rechten Ort verlassen worden zu sein. Aber irgend etwas hatte sie veranlaßt, es sich anders zu überlegen. Er war sehr froh darüber. Sie war drauf und dran gewesen, ihm einen Korb zu geben. Er ging mit den Gläsern zum Sofa und gab ihr eines. »Du bist so still. Du hast deine Meinung doch nicht geändert?« Sie schüttelte den Kopf.

Beni setzte sich neben sie und legte ihr den Arm um die Schultern. »Sag mir, was du denkst.«

Sie drehte das Glas zwischen den Fingern. Sie konnte es ihm nicht sagen. »Ich mußte gerade denken, wie sonderbar alles ist. Ich kenne dich, und doch kenne ich dich nicht. Klingt das nicht dumm?«

Er lachte. »Ja.« Er fuhr ihr mit der Hand durchs Haar. »Entschuldige, ich habe nur Spaß gemacht. So ist es, wenn ein Mann und eine Frau zu lange Freunde waren, ehe sie Liebende werden.«

Sie lächelte. »Das klingt wie eine gut einstudierte Antwort.«

»Vielleicht, aber es ist zufällig wahr. Ich bin in solchen Dingen nicht gerade unerfahren, Martina.« Er küßte sie zart auf die Wange. »Aber es ist vielleicht an der Zeit, daß du dich selbst vergewisserst.« Er stellte sein Glas hin und stand auf. »Mach bitte drei Minuten die Augen zu.« Er tippte an ihre Nase. »Und denk nicht mal daran, vom Sofa aufzustehen.«

Martina schloß gehorsam die Augen, wandte jedoch den Kopf zur Seite, als sie aus dem Badezimmer das Geräusch hastiger Waschungen hörte. Sie zuckte zusammen, als sich zwei Hände leicht auf ihre Schultern legten. Sie machte die Augen auf und sah, daß Beni vor ihr kniete. Sie hatte eigentlich damit gerechnet, daß er sie überraschte, indem er vollkommen nackt vor sie hintrat, aber er hatte nur sein Jackett ausgezogen und die Krawatte abgebunden. Er beugte sich vor und küßte sie. Sie schmeckte den Pfefferminzgeschmack von Zahnpasta. Sie löste sich von ihm. »Ich muß mich frisch machen.«

Er hielt ihre Hände fest. »Nein. Zerstör es nicht.« Er zog sie hoch.

Er drehte sie zu sich und umfaßte ihre Taille. Er tastete zwischen den Chiffonfalten und hakte geschickt den Rückenverschluß ihres Kleids auf. Er schob das Kleid von ihren Schultern, und seine Finger streichelten ihre Arme, als er das Gewebe hinunterstreifte, bis es zu Boden fiel. Sie schlüpfte aus einem Schuh und strauchelte leicht, als sie zurücktrat, um den anderen auszuziehen. Er legte die Hände an ihre Hüften und hielt sie fest, und dann kniete er sich hin und fuhr mit den Lippen über ihren Slip, ehe er ihn auszog. Er stand wieder auf und sah sie an. Der Blick, der jeden Makel, jede Unvollkommenheit zu registrieren schien, machte sie einen Moment lang verlegen.

»Du bist schön.« Er legte ihr die Hände auf die Schultern. Sie griff nach der Hand an ihrer Brust und zupfte leicht an seinen Fingern, als sie sich zum Bett drehte.

Der Baldachin war an der Unterseite mit blauem Damast ausgeschlagen und erinnerte an einen nächtlichen Himmel. Martina starrte zu ihm empor und fuhr mit den Fingern über Benis feste gespannte Muskeln. Sie schloß die Augen und reagierte erregt auf seine kraftvollen Liebkosungen.

Hendrik setzte sich auf, als er das Telefon läuten hörte. Er war im Sessel eingenickt, ohne es zu merken. Er langte zur Seite, nahm die Fernbedienung, schaltete den Fernseher aus und stand auf, um abzunehmen. »Oh, guten Abend, Christian, wie geht es Ihnen?«

»Danke, ich kann nicht klagen. Ich hoffe, ich störe Sie nicht?«

»Nein, nein, ich bin gerade ein paar Papiere durchgegangen.« Hendrik rieb sich den Nacken und reckte sich.

»Ich dachte, ich sollte Sie anrufen, damit wir uns ein bißchen unterhalten können. Ich hatte heute abend das Vergnügen, Ihre Schwester zu treffen und mit ihr zu plaudern.«

Hendrik fuhr empor, und bei dem Wort »Schwester« verkrampfte er sich unwillkürlich. »Ach, wirklich?«

»Ja, sie schaute kurz bei meiner Cocktailparty herein. Sie sah blendend aus.«

Hendrik sah sich verzweifelt nach seinen Zigaretten um. Christian versuchte, ihm etwas Bestimmtes zu sagen. »Was macht sie in New York?«

»Oh, haben Sie es nicht gewußt? Geschäfte, soweit ich weiß.«

»Ich hoffe, sie hat nichts angestellt.«

»Ich glaube nicht. Tony Bergman und sie scheinen ausgezeichnet miteinander zurechtzukommen.«

Hendrik legte den Kopf zurück und blickte zur Decke. Hör auf, Katze und Maus zu spielen, Christian. Raus damit.

»Martina und ich konnten ein paar Worte unter vier Augen reden. Es war sehr nett. Wissen Sie, wir sehen sie wirklich nicht oft genug hier in New York.«

»Worüber?«

»Entschuldigung?«

»Darf ich fragen, worüber Sie mit ihr gesprochen haben?«

»Oh, dies und jenes. Übrigens fiel mir danach ein, daß Sie sich ihrethalben wirklich keine Sorgen zu machen brauchen. Sie scheint sehr gut zurechtzukommen.«

Hendrik entdeckte auf dem Kaffeetisch seine Zigaretten und das Feuerzeug. »Äh, Christian, entschuldigen Sie bitte eine Sekunde.« Er legte den Hörer hin, rannte zum Tisch, nahm die Zigaretten und das Feuerzeug und eilte zum Sessel zurück. »Entschuldigen Sie, Christian. Was sagten Sie doch gerade?«

»Martina scheint sehr gut zurechtzukommen. Der neue Job macht ihr offensichtlich Spaß, aber sie war ja schon immer ein vernünftiges und kluges Mädchen. Läßt sich keinen Stein in den Weg legen. Sie hat betont, daß sie Ihre Befürchtungen hinsichtlich Van den Fleet sehr gut versteht, und ich glaube deshalb wirklich nicht, daß Sie sich in der Hinsicht zu sorgen brauchen, Hendrik.«

»Tut mir leid, wenn Martina Sie behelligt hat. Dies ist eine Sache zwischen ihr und mir. Sie hatte kein Recht, das Thema bei Ihnen anzuschneiden«, sagte Hendrik förmlich.

»Hat sie auch nicht. Es ergab sich von selbst. Oh, übrigens, Tony Bergman läßt grüßen. Wünscht Ihnen alles Gute als neuer Chef von Van den Fleet.«

Hendrik blinzelte krampfhaft. Das war der zweite Wink. »Was hatte Martina bei Tony Bergman zu tun?«

»Geschäfte. Ich hab es nicht ganz mitbekommen. Ich glaube, sie schließen morgen einen Deal ab. Tony scheint sehr von ihr angetan zu sein.«

Hendriks Mund verkrampfte sich.

»Hm, Hendrik, ich will Sie nicht länger von Ihren Papieren abhalten. War nett, mit Ihnen zu reden. Wir sehen uns dann nächste Woche, ja?«

»Ja, ich dachte, ich würde schon einen Tag vor der Sicht kommen.«

»Gut. Ich freue mich.«

Martina erwachte zu Klängen von Mozart. Sie reckte den Hals und starrte auf den Radiowecker. Sie hob den Arm und sah auf die Uhr. Ihr wurde bewußt, wie spät es bereits war. Sie stöhnte und sprang aus dem Bett. Sie hatte eine halbe Stunde, um zu Lila's zu kommen, wo immer das sein mochte. Sie sammelte hastig ihre Kleidungsstücke vom Boden auf und lief ins Bad.

Beni wandte den Kopf und sprang dann ebenfalls aus dem Bett. Er ging zum Badezimmer und stieß die Tür auf. »Liebling, ich wünschte, wir könnten den ganzen Tag hier bleiben, aber ich habe um halb neun eine Besprechung.« Er ging zu ihr und nahm sie in die Arme.

»Beni, bitte, ich muß los. Ich habe eine Verabredung zum Frühstück.« Sie sah wieder auf die Uhr. »Bitte nicht. In siebenundzwanzig Minuten!« Sie zappelte sich von ihm los und hastete ins Schlafzimmer.

Er folgte ihr, zog sie an sich und vergrub den Kopf an ihrer Schulter. Sie suchte den Boden ab. Ein Schuh. Sie sah nur einen Schuh. »Beni, bitte, ich darf nicht zu spät kommen. Händler müssen auf die Minute pünktlich mit der Ware erscheinen. Es ist eine eiserne Regel.«

»Es gibt keine eisernen Regeln.«

Sie schob ihn fort.

»Liebling, was hast du? Habe ich dir letzte Nacht nicht gefallen?«

Sie ging in die Hocke. »Doch. Es war wunderbar. Danke.« Sie hob den Bettvolant. »Oh, Gott sei Dank.« Sie langte nach dem Absatz des fehlenden Schuhs und richtete sich wieder auf.

Er hielt sie wieder fest. »Das stimmt nicht. Ich lese es in deinen Augen.«

Sie schlüpfte in die Schuhe und zog sich gleichzeitig das Kleid an. »Beni, das einzige, was man im Moment in meinen Augen lesen kann, ist Panik.«

»Aber du kannst nicht einfach so gehen.«

Sie sah an sich hinunter; das elegante Kleid, die Abendschuhe. Sie hatte keine Wahl. Sie glättete sich mit den Händen das Haar. »Werde ich draußen ein Taxi bekommen?«

»Ich bestelle dir eine von den Hotellimousinen.«

»Oh, danke, Beni.« Sie schaute ihn an. Er blickte enttäuscht drein. »Beni, ich komme mir heute morgen vor wie die Prinzessin, die aus hundertjährigem Schlaf erwacht ist.«

Ein Lächeln huschte über sein Gesicht. Er streckte die Arme aus, aber sie trat beiseite. »Beni, ich muß wirklich gehen.« Sie warf ihm eine Kußhand zu und lief aus dem Zimmer.

Im Wohnraum blieb sie wie angewurzelt stehen. Die Tasche. Sie hatte ihre Tasche nicht. Sie blickte sich verzweifelt um. Das Sofa. Sie hastete zum Sofa und zog ihre Tasche unter einem Kissen hervor. Beni stand bereits an der Tür der

Suite. »Unten wartet ein Wagen auf dich. Nur ein Kuß, ehe du gehst. Ich habe ein Recht darauf.«

Sie erwiderte rasch seinen Kuß, drängte ihn fort und langte nach dem Türknauf.

»Martina, wann sehen wir uns wieder?«

»Ruf mich an, wenn du Zeit hast.«

»Wirst du in Hongkong sein?«

»Ja.«

Er hielt sie am Arm fest.

»Beni, ich muß los. Ich hasse es, so zu gehen, aber ich muß. Versteh das bitte.«

»Ich werde so schnell ich kann nach Hongkong kommen.«

»Danke, Beni. Es war wunderbar, und ich werde die Tage zählen, bis du da bist.« Sie warf ihm noch eine Kußhand zu und eilte hinaus. Er machte hinter ihr die Tür zu und lehnte sich dagegen. Er blickte zur Decke hoch. Noch nie hatte eine Frau ihn buchstäblich im Türrahmen stehengelassen. Er ging langsam ins Schlafzimmer zurück. Es war eine sehr beunruhigende Erfahrung.

Als die Fahrstuhltür aufglitt und den Blick in das Foyer freigab, das schon sehr belebt war, hatte Martina sich den Mantel bis zum Kinn zugeknöpft und atmete wieder normal. Sie bog den Rücken durch und verließ den Fahrstuhl in dem Gefühl, nicht mehr so auszusehen, als sei sie gerade eben aus dem Bett eines Mannes gehüpft.

Der Fahrer bremste und hielt. Martina blickte angstvoll über seine Schulter hinweg auf den Verkehrsstau vor ihnen. Sie kaute an den Fingerknöcheln. Lieber Gott, mach bitte, daß ich rechtzeitig bei Lila's bin, und ich werde dies nie wieder tun. Die Limousine rollte ein paar Meter weiter und hielt wieder. Sie tippte dem Fahrer auf die Schulter. »Wie weit ist es noch bis Lila's?«

»Ungefähr fünf Häuserblocks.«

»Wie lange dauert es zu Fuß?«

Er drehte sich um und sah sie an. »So acht bis zehn Minuten. Je nachdem, ob die Ampeln nett zu einem sind.«

Sie öffnete ihre Tasche. »Ich steige hier aus und gehe zu Fuß weiter. Ich habe es furchtbar eilig. Was schulde ich Ihnen?«

»Nichts.«

»Oh, hm, nehmen Sie bitte das hier für Ihre Mühe.«

»Vielen Dank, Ma'am.«

Sie machte die Tür auf und sprang hinaus.

Sie schaute ein letztes Mal auf ihre Uhr. Vier Minuten nach acht. Sie stieß die Tür des Lokals auf und warf einen Blick auf die besetzten Tische.

Tony Bergman zog gerade den Mantel aus. Noch leicht außer Atem ging sie auf ihn zu, und sie begrüßten sich. Nach zwei Tassen frischgebrühten Kaffees und einem mit Rührei und Räucherlachs belegten Croissant hatte Martina das Gefühl, die Welt drehte sich wieder im normalen Tempo. Tony wischte sich mit der Serviette den Mund ab und lehnte sich zurück. »Hatten Sie noch einen netten Abend gestern?«

»Ja. Wir waren in Christians Restaurant. Sehr beeindrukkend.«

»Stimmt.« Er beugte sich vor. »Wann möchten Sie zur Bank gehen?«

»Wann es Ihnen paßt.«

»Wie wär's jetzt gleich?«

»Gut.«

»Tut mir leid, wenn ich Sie dränge, aber mein Kunde will unbedingt sehen, was er gekauft hat.«

Sie lachte. »Sie verschwenden keine Zeit, Tony.«

»Hören Sie, Steine, die in einem Safe rumliegen, zahlen keine Unkosten. Ich habe sie gestern sofort verkauft, keine drei Minuten, nachdem Sie fort waren.«

»Gut für Sie.«

»Gut für mich, solange es dauert.«

»Was meinen Sie damit?«

Er beugte sich näher zu ihr. »Ich mache eine Menge Deals mit den Japanern.«

»Aha. Ich verstehe.«

»Wissen Sie, in den ersten beiden Quartalen habe ich 50 Prozent meines Umsatzes mit Japan gemacht.«

»Sie scheinen eine Obsession für Diamanten zu haben.«

»Von Obsessionen verstehe ich nichts. Ich habe den starken Verdacht, daß die Japaner in aller Ruhe horten. Sie bestreiten es, aber ich zähle es mir an fünf Fingern ab.«

»Und wenn sie aufhören?«

Er hob den Arm und ließ zwei Finger im Sturzflug auf die Tischplatte sausen. »Zusammenbruch des japanischen Marktes, Schatz. Ich hab mit Unterricht in Holzschnitzen angefangen.«

Sie lachte.

»Möchten Sie einen Kaffee?«

»Wenn Sie auch noch einen nehmen.«

»Warum nicht?« Er streckte die Hand aus und berührte eine vorbeikommende Kellnerin an der Schürzenschleife. »Kaffee, bitte.«

Martina stützte das Kinn in die Hände. Die Unterhaltung mit Tony näherte sich offenbar dem Herzen der Interkontinentalen Diamantenbörse. »Sie verlassen sich nicht allzusehr auf den japanischen Markt, Tony?«

»Ich wäre ein Narr, wenn ich das täte. Ich streiche nur meine Profite ein, solange ich kann, genau wie alle anderen. Allerdings nicht mehr lange.« Er gab ihr mit dem Zeigefinger ein Zeichen, sich näher zu ihm zu beugen, und senkte die Stimme fast zu einem Flüstern. »Ich höre auf der Straße, daß eine Menge Leute bei der nächsten Sicht enttäuscht sein werden.«

Sie zog die Augenbrauen hoch.

»Meine Quellen sagen mir, daß Debilius die Rohware der Börse zurückhalten wird, um den Markt abzukühlen. Wenn die Japaner dann versuchen, uns den Teppich unter den Füßen wegzuziehen, müssen wir nur die Nerven behalten und es aussitzen.«

Sie sah ihn nachdenklich an. Vielleicht hätte sie gestern

nicht unter zwei Millionen Dollar gehen sollen. »Wenn die japanischen Bestände hoch genug sind, könnten die Preise in den Keller gehen, sobald sie aufhören zu kaufen.«

»Das ist Schwarzseherei, Martina. Es wird nichts passieren, wenn alle kühlen Kopf bewahren und nicht um jeden Preis verkaufen müssen. Man muß wie gesagt die Nerven behalten und es aussitzen. Hören Sie, Ihr Vater hat in den achtziger Jahren praktisch ganz Europa vor dem Zusammenbruch bewahrt, indem er genau das gleiche predigte.« Er grinste. »Na ja, vielleicht mit ein bißchen Hilfe von Christian Debilius.«

»Ja, wenn irgend jemand eine Lawine aufhalten kann, dann ist es Christian.«

»Hoffen wir's.«

Die Kellnerin kam mit einer neuen Kaffeekanne zurück. Tony strahlte sie an. »Danke, Sie sind ein Engel.«

»Bitte, Mr. Bergman.«

Martina schenkte ein. »Sie haben gesagt ›Hoffen wir's‹, Tony. Hoffnung ist kein sicheres Fundament.«

»Na ja, Sie wissen doch, daß Debilius die Besitzer der Diamantenminen so hat.« Er ballte die Hand zur Faust. »Die Leute glauben, wir Händler schmierten unsere Kunden an ...« Er lachte auf. »Ich sollte es anders ausdrücken. Händler sind nicht so leicht unter die Knute zu kriegen. Es sind immer noch haufenweise Steine auf dem Markt, die kein Moos ansetzen, wenn Sie das Bild verzeihen. Wenn nicht, würden Leute wie Sie und ich nicht hier sitzen und Geschäfte machen, stimmt's?«

»Ja.«

»Also rennen wir nicht, wenn Debilius mit den Fingern schnippt.«

»Was tun wir?«

»Wir gehen.«

Sie lachte.

Pa Jiaming steckte sich eine Zigarette an, während er den menschenleeren Platz in Zhongnanhai überquerte. Er schaute zum Himmel und entdeckte eine Sternschnuppe, die im Westen zum Horizont hinunterstürzte. In alten Zeiten war das ein Zeichen für bevorstehenden Tod.

Chen Chih war ein bemerkenswert kleinwüchsiger Mann. Er richtete sich zu seiner ganzen Höhe auf und fixierte Pa mit undurchdringlichem Gesicht. Pa verschränkte die Hände. Die Sternschnuppe war ein Omen gewesen. Er hatte angenommen, Ma Yun hätte ihm befohlen, ins Büro des Vorsitzenden der Führungsgruppe für Hochtechnologie zu kommen. Der Mann, der ihn anstarrte, war aber nicht Ma. Er hatte ihn noch nie gesehen. Chen nahm ein Dokument vom Schreibtisch und gab es Pa. »Ich bin auf Anweisung des Zentralkomitees zum Vorsitzenden der Führungsgruppe für Hochtechnologie ernannt worden.«

Pa überflog das Dokument. Es sagte alles, was gesagt werden mußte. Ma Yun war mit keinem Wort erwähnt. Pa las die kurze Mitteilung über Chens Ernennung noch einmal. Die Konservativen mußten wieder eine Schlacht gewonnen haben. Das bedeutete, daß grundlegende Fortschritte an jeder Front gestoppt, wenn nicht rückgängig gemacht werden würden. Er gab Chen das Dokument zurück. »Ich darf Sie als Stellvertretender Vorsitzender der Führungsgruppe willkommen heißen, Vorsitzender. Darf ich auch fragen, was mit dem Vorsitzenden Ma Yun geschehen ist?«

Chen starrte ihn an wie einen Narren. »Ma Yun ist nicht mehr Vorsitzender. Haben Sie das Dokument nicht gelesen?«

Pa senkte den Kopf und starrte auf den Boden. Sein Instinkt hatte ihn nicht getrogen. Vielleicht mußte er Ma Yun auf dessen unbekanntem Weg folgen. Er beobachtete Chen aus den Augenwinkeln heraus, als dieser sich an den Schreibtisch setzte und die Arme ausstreckte.

»Stellvertretender Vorsitzender, ich brauche bis morgen mittag einen ausführlichen Bericht über die Aktivitäten der Gruppe.«

»Ja, Vorsitzender.«

»Sie können gehen.«

Pa senkte gehorsam den Kopf und verließ leise den Raum.

Der helle Schein des Mondes brach sich auf der Oberfläche des Sees. An jedem anderen Abend wäre Pa stehengeblieben, um ihn in seiner vollkommenen, leuchtenden Schönheit zu bewundern. Statt dessen bog er den Kopf nach hinten und starrte zum Himmel hinauf. Sein Atem ging schneller, als er eine zweite Sternschnuppe sah, die dicht über dem Horizont dahinzog. Er machte auf dem Absatz kehrt und eilte zu seinem Wagen zurück. Die erste Sternschnuppe hatte Mas Verhängnis signalisiert. Die zweite signalisierte sicher das seine. Vielleicht war noch Zeit, daß der Leuchtende Berg ihm ein letztes Mal half, ehe Chen ihn abservierte.

Professor Li zupfte nervös an einem losen Faden am Ärmel seines weißen Kittels. Er blickte Pa Jiaming von der Seite an. Pa war unangemeldet gekommen, und zuerst hatte er das Schlimmste befürchtet.

Pa zündete sich eine Zigarette an und lehnte sich zurück, obgleich er alles andere als entspannt war. »Ich dachte, ich sollte Sie informieren, daß es einen Wechsel im Vorsitz der Gruppe gegeben hat.«

Li hörte auf, an dem Faden zu zupfen.

»Der neue Vorsitzende heißt Chen Chih.«

Lis Augen weiteten sich. »Ein sehr kleiner Mann?«

Pa nickte. Er beugte sich vor. »Es ist möglich, daß ich meinen Posten bei der Gruppe räumen muß, um einen anderen einzunehmen.«

Li schluckte nervös. Das konnte nur eines bedeuten – eine Säuberung.

»Ich habe noch einen Auftrag für Sie, Professor Li. Wahrscheinlich ist es der letzte. Ich möchte, daß Sie mir in zwei Tagen den größten Diamanten machen, den Sie schaffen können.«

Li zog an dem Faden. »Sie sagen ›wahrscheinlich der letzte‹. Was hat das zu bedeuten?«

»Sie werden nie wieder einen solchen Auftrag bekommen,

und Sie werden nie mit irgend jemandem über den Leuchtenden Berg sprechen.«

Li stand auf und ging in dem kleinen Büro auf und ab. Er prüfte im Geist jedes Wort, das Pa gesagt hatte, während er versuchte, die Gründe und Konsequenzen der Forderung auszuloten, und gleichzeitig stieg eine würgende Furcht in ihm hoch. Chen Chih. Es war eine Katastrophe. Er würde gedemütigt werden. Er würde alles verlieren. Er blieb stehen und starrte zu Boden. Er mußte seine Haut retten, wenn er konnte. »Ich kann nicht tun, worum Sie mich bitten, Stellvertretender Vorsitzender. Es ist unmöglich.«

»Sie lügen.«

Li zuckte zusammen, als er die Anschuldigung hörte. »Sie verstehen nicht, Stellvertretender Vorsitzender.« Er sah sich verzweifelt um. »Wenn Chen herausfindet, was geschehen ist . . .«

»Werden Sie streng bestraft, Professor Li.«

Li sah zu Pa. »Und Sie auch.«

Pa schüttelte den Kopf. »Nein, Professor Li. Ich werde dafür belohnt werden, daß ich den Verrat, den Sie und Chan Chunling am Staat begangen haben, aufgedeckt habe.«

Lis Atem ging schneller. Er hatte immer gewußt, daß es mit einer Katastrophe enden würde. Er kehrte zu seinem Schreibtisch zurück und setzte sich. Er senkte den Kopf. »Wenn ich es mache, müssen Sie mir dafür einen Gefallen tun. Ich bitte darum.« Er schloß die Augen. »Ich flehe Sie an, daß Sie mir dafür einen Gefallen tun.«

Pa sog an der Zigarette. Bitten. Flehen. Das waren die Worte eines Mannes, der große Angst hatte. »Sie werden den Diamanten machen?«

Li nickte.

»Dann sagen Sie mir den Grund für den Gefallen, den ich Ihnen tun soll, und ich werde es mir überlegen.«

Li beugte sich über den Schreibtisch und vergrub das Gesicht in den Händen. »Ich muß an ein anderes Institut versetzt werden. Irgendwohin. Es ist mir gleich, welche Arbeit ich tun soll.«

»Warum?«

Li stieß einen langen, bebenden Seufzer aus.

»Sie müssen es mir sagen, Professor Li.«

Li fuhr sich mit beiden Händen über das Gesicht. »Chen. Es ist schon lange her, aber er hat es bestimmt nicht vergessen. Ich wurde während der Kulturrevolution gezwungen, ihn zu denunzieren.«

»Warum?«

»Ich mußte es. Ich mußte mich und meine Arbeit schützen, meine Existenz.«

Pa zuckte mit den Schultern. »Das ging vielen so, aber es ist lange her.«

Li schüttelte langsam den Kopf. »Sie verstehen nicht. Er war im Begriff, meine Arbeit zu denunzieren. Ich sollte beschuldigt werden, ein revisionistischer Kapitalist zu sein. Ein bourgeoiser Akademiker.«

Pa zündete die Zigarette an. »Und?«

»Ich hatte Freunde, die meine Arbeit wichtig fanden. Sie warnten mich.« Li hob seine zitternde Hand an den Mund. »Ich habe eine Lüge verbreitet. Ich habe gesagt, er hätte sich eines Plagiats schuldig gemacht, er hätte die Arbeit anderer für sein eigenes akademisches Fortkommen gestohlen. Ich habe ihn beschuldigt, er hätte Mittel für wissenschaftliche Untersuchungen erschlichen, die er gar nicht gemacht hätte. Ein Freund half mir, Dokumente zu fälschen, um seine Schuld zu beweisen.« Er befeuchtete seine Lippen. »Und so wurde Chen aufs Land geschickt, nicht ich.«

Pa verdrehte die Augen. Er hatte überflüssigerweise Energie verschwendet. Die Angst vor Chen war mehr als ausreichend, um Li zu einem winselnden Hund zu machen. »Machen Sie den Diamanten, Professor, und ich werde sehen, was ich tun kann.«

Li schüttelte wieder den Kopf. »Ich lebe nur für meine Arbeit. Für nichts anderes.« Plötzlich hob er den Kopf und sah

Pa an. »Ich werde mich umbringen. Das ist besser, als darauf zu warten, daß Chen es tut.«

Pa sog nervös an seiner Zigarette. Der Mann war in einer so schlimmen Verfassung, daß er es wahrscheinlich tun würde. »Beruhigen Sie sich, Professor Li. Ich denke, ich kann etwas arrangieren. Der Leiter des Instituts in Lhasa tritt in den Ruhestand. Ich werde dafür sorgen, daß Sie sein Nachfolger werden.«

Li sah ihn an, und seine Lippen zuckten vor innerer Bewegung. Er stand auf. »Entschuldigen Sie mich bitte, Stellvertretender Vorsitzender, aber ich muß mich fassen. Entschuldigung.« Er lief an Pa vorbei aus dem Zimmer.

Pa schritt fast so nervös im Raum auf und ab wie vorher der Professor. Li war schon fast fünf Minuten fort. Er sah auf die Uhr und rechnete halb damit, einen Schuß zu hören. Er fuhr herum, als Li leise die Tür öffnete und zurückkam. Li nickte ihm zu, wie um zu sagen, daß nun alles in Ordnung sei. Als er an Pa vorbeiging, fing dieser seinen Atem auf, der nach Erbrochenem roch.

»Machen Sie den Diamanten. Packen Sie Ihre Sachen und seien Sie reisefertig, sobald der Diamant fertig ist.«

Li hob den Kopf und starrte zu Pa auf, wie wenn er einer machtvollen Gottheit huldigen wollte. »Ich werde Ihnen als Dank für diesen Gefallen den schönsten Diamanten der Welt machen.«

Pa lächelte.

Vor der Tür der Wohnung in Cheung Chau angelangt, bückte Martina sich und tastete unter dem Fußabstreifer nach dem Schlüssel. Sie seufzte ärgerlich, als sie die Matte hochnahm und feststellte, daß der Schlüssel nicht da war.

»Miss Van den Fleet?«

Martina wandte den Kopf und richtete sich rasch auf, als sie ihre Nachbarin sah. »Oh, guten Tag.«

Frau Bachmann hielt den Wohnungsschlüssel hoch. »Ihre Sachen sind gestern gekommen. Ich habe den Leuten gesagt, sie sollten alles in die Wohnung bringen. Ich hielt es für gefährlich, den Schlüssel draußen liegen zu lassen.«

»Oh, vielen Dank. Das war sehr umsichtig.«

Frau Bachmann sah sie neugierig an. »Und ein Strauß Rosen ist abgegeben worden. Ich habe ihn mit zu mir genommen und in eine Vase gestellt.«

Martina lächelte dankbar. »Sie haben meinetwegen schon Umstände, noch bevor ich eingezogen bin. Vielen Dank für alles. War eine Karte bei den Blumen?«

»Ja, hier.« Frau Bachmann zog einen kleinen Umschlag aus der Schürzentasche.

»Danke.« Martina steckte den Umschlag in die Tasche. »Würde es Ihnen passen, wenn ich in einer halben Stunde käme?«

»Ja, jederzeit.«

Martina schloß auf und öffnete die Tür. Das rote Licht am Anrufbeantworter blitzte in regelmäßigen Abständen auf. Das Gerät hatte Anrufe aufgezeichnet. Martina drückte auf die Wiedergabetaste und nahm den Umschlag aus der Tasche. Auf der Karte stand »Bis ganz bald, B.«. Sie steckte die Karte in den Umschlag zurück. Seit der Liebesnacht mit Beni schwelgte sie in erotischen Erinnerungen. Sie hatte erst auf dem Rückweg in der Maschine nach Hongkong Zeit gehabt, diese Entdeckung auszukosten. Sie ließ die Anrufe noch einmal abspielen und machte rasch Notizen auf dem Block neben dem Apparat. Erwin Klein war für drei Tage im Ausland, aber wenn Martina etwas brauche, möge sie sich ruhig an Frau Bachmann wenden. Sie lauschte Benis ein wenig rauchiger Stimme und lächelte über die Bilder, die sie heraufbeschwor. Sie notierte die Telefonnummer in Kuwait, da er erläuterte, über diese Nummer würde ihn eine Nachricht erreichen, wo immer er auch wäre, obgleich es ihm lieber sei, wenn sie nur in einem dringenden Fall anriefe.

Martina nahm das Verzeichnis der internationalen Vorwahlnummern und schlug die Vorwahl für Belgien nach und schrieb sie auf den Block. Sie wußte nicht recht, ob sie Hendrik anrufen sollte oder nicht. Als James sie vom Flughafen abgeholt hatte, hatte sie die erste Gelegenheit benutzt, um Tony Bergmans Verdacht zu erwähnen, daß die Japaner horteten. James hatte genickt und gesagt, er habe das Gerücht ebenfalls gehört. Man könnte sich leicht die Finger verbrennen, wenn man nicht gut aufpaßte. Sie sah auf die Uhr. In Antwerpen war es fast Zeit zum Abendessen. Sie nahm ab und wählte die Nummer ihres Vaters. Es klingelte so oft, daß Panik in ihr hochstieg und sie glaubte, ihm müsse etwas passiert sein. Sie atmete erleichtert auf, als die Haushälterin sich meldete. »Hallo, ja, danke, mir geht es gut. Könnte ich bitte meinen Vater sprechen, oder wenn nicht, ist Hendrik zu Haus?« Sie runzelte die Stirn, als sie ein leises Flüstern hörte, und dann war Hendrik am Apparat. »Hallo, Hendrik? Wie geht es Vater?«

»Immer das gleiche. Die Haushälterin sagt, er ist gerade vor dem Fernseher eingeschlafen.«

»Oh, hm, stör ihn bitte nicht, Hendrik, ich wollte eigentlich mit dir sprechen.«

»Ach ja?«

Sie schnitt eine Grimasse, da seine Stimme patzig geworden war. »Hör zu, ich mußte die Woche nach New York, und ...«

»Ich weiß. Ein Vögelchen hat es mir gesungen.«

Sie blinzelte überrascht. »Wer hat es dir erzählt?«

»Christian.«

Sie zog die Augenbrauen hoch. Christian verschwendete wirklich keine Zeit. »Hendrik, ich weiß nicht, ob du es gehört hast oder nicht, aber ich habe in New York mit Tony Bergman gesprochen, und er hat gesagt, er sei ziemlich sicher, daß die Japaner Steine horten.«

»Na und?«

Sie holte tief Luft und fragte sich, warum sie sich überhaupt die Mühe machte. »Es könnte sein, daß die Preise abstürzen, sobald sie aufhören zu kaufen und zurückhalten. Dann wird es Druck geben und kein Ventil.«

»Nicht unbedingt. Es ist ja sowieso nur ein Gerücht.«

»Ja, aber ich habe den Eindruck, die Japaner bereiten sich seit einiger Zeit auf einen Kampf mit der Diamantenbörse vor. Ihr Markt ist stark genug, um das Boot gefährlich ins Schaukeln zu bringen.«

»Hm, freut mich zu hören, daß der Besuch in New York dich plötzlich zu einer Expertin in Sachen Japan gemacht hat.«

Sie seufzte wieder. »Hendrik, ich habe es nur erwähnt, weil du sagtest, du wolltest auf den japanischen Markt vorstoßen.«

Hendrik lachte verächtlich. »Jedenfalls vielen Dank, daß du an mich gedacht hast, Martina. Ich weiß nicht, wie ich Van den Fleet ohne dich leiten sollte. Wirklich.«

»Hör zu, vergiß das Gespräch einfach, Hendrik. Grüß bitte Vater von mir.«

»In Ordnung.«

Sie starrte auf den Hörer, als die Leitung unterbrochen wurde, und schüttelte langsam den Kopf. Sie war eine Närrin. Sie hätte wissen sollen, daß es Zeitverschwendung war, Hendrik einen Gefallen tun zu wollen.

Chan Chunling starrte aus dem Fenster des Taxis, dessen Fahrer sich hupend einen Weg zwischen den vielen Radfahrern hindurch bahnte, die müde von den Fabriken in Anshan heimfuhren. Er sog an seiner Zigarette. Professor Li war sonderbar aufgeregt gewesen, als er mit ihm telefoniert hatte. Nach dem Grund des Anrufs gefragt, hatte er nur gesagt, der Diamant werde übermorgen fertig sein. Erst als er, Chan, aufgelegt hatte, war ihm bewußt geworden, daß Li in der Einzahl gesprochen hatte. Er drückte die Zigarette aus, als das Taxi in die Straße bog, die zum Institut für Ton und Oszillation führte. Vielleicht war es nur ein Ausrutscher gewesen, aber Li pflegte sich sonst sehr präzise auszudrücken. Außerdem neigte er nicht dazu, Emotionen zu zeigen, schon gar nicht Aufregung. Chan zuckte unbewußt mit den Schultern.

Vielleicht war einer von seinen seltsamen Versuchen wider Erwarten erfolgreich verlaufen.

Professor Li lief im Zimmer herum, bot Chan dann einen Stuhl an. Chan setzte sich und fragte sich, ob Lis Hektik sich irgendwann legen würde. Li ging zur Tür, öffnete sie, spähte nach links und rechts und schloß sie dann wieder. Er eilte zu seinem Schreibtisch und nahm ein kleines Päckchen aus der Tasche seines Kittels. Er wickelte es aus und legte den Diamanten vor Chan auf den Schreibtisch.

Chan starrte den Stein mit offenem Mund an. Ein furchtbarer Verdacht keimte in ihm auf. Li sah ihn mit sonderbar funkelnden Augen an. »Was halten Sie davon?«

»Er ist wunderschön.«

»Ja, nicht wahr?« Li nahm den Diamanten und legte ihn auf das Seidenpapier. »Er wiegt 200 Karat. Ungeschliffen hat er sogar 375 Karat gewogen.«

Chan beugte sich vor. »Warum haben Sie einen so großen Stein gemacht?«

»Ich hatte Anweisung, und Sie haben Anweisung, ihn zu verkaufen.«

Chan starrte ihn sprachlos an.

Li fuhr mit dem Finger über den tropfenförmigen Diamanten. Er lachte sonderbar schrill. »Wissen Sie, ich habe selbst nicht geglaubt, daß ich etwas so Schönes herstellen könnte.«

Chan starrte ihn an. »Sie sind verrückt. Der ist doch niemals zu verkaufen, ohne daß wir alle vor einem Erschießungspeloton enden. Unser geschätzter Genosse ist ebenfalls verrückt.«

»Dann sind wir eben verrückt. Was spielt es für eine Rolle? Sie haben Anweisung, ihn an den Meistbietenden zu verkaufen. Der Ausgangspreis ist zehn Millionen Dollar.«

Chan fühlte, wie ihm der kalte Schweiß ausbrach. »Sie wissen ja nicht, was Sie da sagen. Man kann einen so großen Stein nicht zum Verkauf anbieten. Es ist Irrsinn. Die Leute werden Fragen stellen. Wichtige Fragen, die beantwortet werden müssen. Woher kommt er? Warum soll er verkauft werden?«

Li zuckte mit den Schultern. »Das ist Ihr Problem, nicht meines.«

»Darf ich Sie daran erinnern, daß es *doch* unser Problem ist, Professor Li. Ich sage Ihnen, daß es nicht geht.«

»Es muß gehen. Hören Sie, Direktor Chan, ich werde Sie in ein Geheimnis einweihen. Es wird der letzte Verkauf sein.« Li lachte wieder schrill auf. »Den Leuchtenden Berg wird es nicht mehr geben.«

»Was soll das heißen?« Chan musterte ihn mißtrauisch.

Li erhob sich und baute sich vor ihm auf. »Dies ist das letzte Mal, daß wir uns sehen. Pa Jiaming wird uns von unserem Auftrag entbinden, wenn der Diamant verkauft ist.«

Chan holte tief Luft. Das war also der Name des Gesichtslosen. Pa Jiaming. »Warum will er keine Diamanten mehr verkaufen?«

»Ich glaube, es ist wegen des neuen Leiters der Führungsgruppe für Hochtechnologie. Die Dinge ändern sich, Direktor Chan. Ich verlasse dieses Institut und trete eine andere Stelle an.«

»Und was geschieht mit mir?«

Li zuckte mit den Schultern. »Soweit ich weiß, nichts. Es sei denn, Sie sind dumm genug, etwas sehr Törichtes zu tun. Sich zum Beispiel weigern, den Stein zu verkaufen.«

Chan sah sich im Büro um. Er würde ja gern glauben, was Li sagte, aber es war zu schön, um wahr zu sein. Li schüttelte ihn am Arm. »Hören Sie mir zu, Direktor Chan. Ich bin ermächtigt, Ihnen zu sagen, daß dies der letzte Verkauf sein wird. Danach gibt es keinen Leuchtenden Berg mehr. Wenn wir beide unseren Auftrag erledigt haben, wird man uns nicht mehr brauchen, wir werden frei sein. Begreifen Sie nicht, was das bedeutet?«

Chan nickte langsam. »Und wenn wir es nicht schaffen, Professor Li? Was ist dann?«

»Dann werden wir beide erschossen. Also tun wir, was uns

aufgetragen worden ist. Ich habe meine Aufgabe getan. Jetzt müssen Sie die Ihre tun.«

Chan starrte mutlos zur anderen Wand und versuchte fieberhaft, sich wenigstens das Gerippe eines Plans zurechtzulegen, der ihm helfen konnte, diese letzte und selbstmörderische Arbeit zu verrichten.

»Es ist Ihnen doch klar, daß ein Stein von diesem Gewicht und dieser Güte über die Interkontinentale Diamantenbörse verkauft werden muß?«

»Nein, nein, Sie dürfen nur unsere üblichen Kanäle benutzen.«

Chan zog die Augenbrauen so weit hoch, daß sie fast seinen Haaransatz berührten. Das bezweifelte er sehr. Li griff seinen Arm. »Sie haben keine Wahl, wenn Sie frei sein wollen.«

Chan ließ den Kopf nach hinten fallen und schloß die Augen. »Können wir uns wirklich auf Pas Wort verlassen?«

»Ja. Ich habe Ihnen doch gesagt, er wird uns danach nie wieder behelligen.«

Chan senkte den Kopf. »Schön und gut, aber ich weiß nicht, wie ich die Existenz des Diamanten erklären soll.«

Li machte ein zischendes Geräusch zwischen den Zähnen hindurch. »Seien Sie logisch, Direktor Chan. Sie haben die anderen Diamanten verkauft. Was haben Sie über sie gesagt?«

»Ich habe James Wu gesagt, sie seien aus Kambodscha, aber das müsse unter uns beiden bleiben.«

»Na, erzählen Sie ihm das gleiche einfach noch einmal.«

»Wie kann ich? Jetzt sind Sie derjenige, der nicht logisch denkt. Wie kann ich plötzlich mit einem Diamanten nach Hongkong kommen, der vermutlich der größte der Welt ist, und einfach sagen, er sei aus Kambodscha?«

Li wußte ehrlich keine Antwort auf die Frage.

Chan rieb sich die Stirn und fuhr sich mit den Fingern über ein Auge. Freiheit von dieser Tortur, dieser Angst vor Entdeckung, war das größte aller Risiken wert. Schluß mit diesen verhaßten Besuchen im Tempel. Schluß mit diesen Nächten, die er zitternd im Bett lag und sich die schrecklichen Dinge ausmalte, die ihm, seiner Frau, seinen Kindern jederzeit widerfahren konnten. Er stand auf. »Ich werde mein Bestes tun. Die Götter werden uns entweder beschützen oder nicht.«

Li sah ihn angewidert an. »Was soll dieser Unsinn mit den Göttern? Nur der Mensch erreicht mit seinen Bemühungen ein Ziel.«

Chan nickte. »Ich muß so schnell wie möglich zurück nach Schanghai. Ich werde die übliche Sendung Diamanten mitnehmen und die als erstes loswerden.«

Li sah ihn verblüfft an. »Wovon reden Sie?«

»Von den Diamanten. Unser geschätzter Genosse hat mich angerufen und gesagt, ich solle eine weitere Sendung abholen.«

»Ich habe keine Anweisungen. Mir ist nur gesagt worden, diesen einen Diamanten zu machen. Mehr nicht.«

Chan kratzte sich am Kopf. »Und ich habe Anweisung, unverzüglich eine Sendung Diamanten abzuholen. Man hat mir gesagt, was mir zustoßen würde, wenn ich es nicht täte.«

»Einen Moment. Sie müssen sich geirrt haben. Ich werde Pa Jiaming sofort anrufen. Er wird das, was Sie sagen, bestätigen oder dementieren.«

Chan sah ihn beinahe neidisch an. »Sie haben eine Nummer, unter der Sie ihn erreichen können?«

»Selbstverständlich. Wie könnte ich ihn sonst anrufen?« Li schüttelte den Kopf, als verzweifelte er ob Chans Dummheit.

Li legte auf und sah zu Chan hinüber. »Das wäre erledigt. Ich habe mit Pa Jiaming gesprochen. Vergessen Sie die Sendung Diamanten. Er hat nur einen Diamanten autorisiert.«

»Aber . . .«

»Aber nichts, Direktor Chan. Sie sollen alle Anweisungen ignorieren, die Sie bisher bekommen haben.« Lis Stimme nahm einen befehlenden Ton an. »Sie werden nur Anweisungen von mir entgegennehmen und von niemand anderem, bis der Stein verkauft ist. Das sind Pas eigene Worte.«

»Sehr gut.« Chan langte über den Tisch und nahm den Diamanten. Mochten die Götter ihn beschützen.

James klappte seine Aktentasche zu und lächelte. »Ich lasse James Wu and Company in Ihren tüchtigen Händen, Martina.«

»Keine Sorge, James. Ich verspreche Ihnen, nichts zu tun, was Sie nicht auch tun würden.«

»Äh . . . Bis wir von dem Großen Einen hören.«

»Von wem?«

James griente. »So nenne ich Christian Debilius. Der Große Eine.«

»Sehr passend. Tut mir leid, ich habe Sie unterbrochen. Was wollten Sie sagen?«

»Wenn Anfragen aus Japan kommen, halten Sie sie hin. Ich müßte morgen abend aus New York zurück sein. Ich weiß nicht, was Debilius wegen der Japaner unternehmen will, ich muß erst seine Ansprache zur Eröffnung abwarten, aber die Japaner haben sich zunehmend darauf verlegt, die Rohware zu kaufen, und wenn Debilius der schlaue Fuchs ist, als den ich ihn kenne, wird er den Preis für große Ungeschliffene am Optionstag wieder erhöhen. Vielleicht versucht er auch, eine größere Menge davon zurückzuhalten und sie auf den Markt zu werfen, sobald die Japaner versuchen, ihn zu manipulieren.«

»Was die Japaner lehren wird, nicht zu spekulieren.«

»Ja, aber ich möchte es vermeiden, zusammen mit ihnen in die Patsche zu geraten. Debilius läßt sich von niemandem reinlegen, aber seine Schritte brauchen Zeit, um auf den Markt durchzuschlagen. Wie dem auch sei, sobald ich mehr weiß, rufe ich Sie an. Ich hatte übrigens einen Anruf von Tony Bergman. Er hat uns alle gebeten, an einer Besprechung bei ihm teilzunehmen.«

»Worum geht es?«

Er zuckte mit den Schultern. »Er hat es nicht gesagt. Ich glaube, was immer Debilius tut, Tony bemüht sich um ein schlagkräftigeres Handeln von unserer Seite. Um eine konzertierte Aktion der Händler.« James sah auf die Uhr. »Hm, ich muß los. Danke, daß Sie sich für mich um Anna kümmern.«

Martina lachte. »Ich glaube offen gesagt nicht, daß Anna einen Schutzengel braucht, James. Sie ist eine erwachsene Frau.«

»Sie wissen, was ich meine. Sie ist ganz aus dem Häuschen wegen dieses Auftrags von Beni Yasim, aber sie ist immer schüchtern, wenn sie Fremde zum erstenmal sieht.«

»Sie brauchen sich keine Sorgen zu machen. Ich begleite Beni zur Boutique und werde die beiden in aller Form miteinander bekannt machen. Anna wird nicht in Verlegenheit geraten.«

Pa Jiaming runzelte ärgerlich die Stirn. Er ging zum Zimmer seines Sohnes und hämmerte gegen die Tür. »Stell die Musik leiser!« Doch der Lärm wurde nur wenig leiser. Er seufzte vor sich hin. Warum sein Sohn eine solche Leidenschaft für westliche Musik hatte, war ihm ein Rätsel. Er schaltete den Fernseher ein.

Als das Gerät lief, verschränkte er die Arme und ging ans Fenster. Er schaute hinunter auf die drei obersten Zweige des Kirschbaums unten im Hof. Nur einer der drei Männer konnte versuchen, ihn zu betrügen. Wenn es Li und Chan gewesen waren, oder einer von ihnen, hätten sie es vor ihm geheimgehalten. Sie hatten zu viel Angst, um etwas anderes zu tun als das, was ihnen gesagt wurde.

Seine Frau kam ins Zimmer. »Wann möchtest du essen, Jiaming? Ich würde gern meine Schwester besuchen, wenn wir gegessen haben.« Er antwortete nicht, und sie trat neben ihn. »Jiaming, ist etwas nicht in Ordnung?«

»Ja, aber mach dir deshalb keine Sorgen.«

»Dann laß uns essen, Jiaming.«

»Ich komme sofort.«

Pa wandte sich wieder dem Fenster zu. Ka-Shing. Er war der einzige der drei Männer, der ihn hinterging. Li hatte erklärt, Chan habe Befehl, eine weitere Sendung Diamanten abzuholen. Ein Befehl, der nicht von ihm gekommen war. Er drehte sich um und schaltete den Fernseher ab. Ka-Shing hatte ihn getäuscht und versucht, ihn zu bestehlen. Sein Vetter hatte Schande über sich und seine Familie gebracht. Er drückte die Finger an die Lider. Ka-Shing würde nicht mehr an seinen Geheimnissen teilhaben, und er würde nicht mehr von ihnen profitieren.

Martina wartete am Fähranleger. Sie war lächerlich früh gekommen, aber sie hatte keinen Moment länger in der Wohnung bleiben können. Sie wäre fast durchgedreht. Der plötzliche Anruf von Beni, daß er auf dem Weg nach Hongkong sei, um mit Anna zu sprechen, hatte sie so in Aufregung versetzt, daß sie rastlos hin und her gelaufen war.

Beni ging von Bord und blickte sich rasch um. Er sah Martina winken und bahnte sich geschickt einen Weg durch die Menge vor ihm. Als er sie erreicht hatte, küßte er sie auf die Wange und nahm ihren Arm. »Ich kann dir gar nicht sagen, wie ich mich nach diesem Augenblick gesehnt habe. Ich glaube, ich werde dir nie verzeihen, daß du neulich so fortgelaufen bist.«

»Tut mir leid. Danke für die herrlichen Rosen.«

»Ah, du hast sie bekommen. Gut.« Er schaute sich um, als sie die Straße zu ihrer Wohnung hochgingen. »Wann geht die letzte Fähre zurück in die Stadt?«

Sie fühlte einen Stich der Enttäuschung. »Gegen halb zwölf, glaube ich.«

Beni betrat das Wohnzimmer und schaute sich um. Martina biß sich auf die Lippe. Es gefiel ihm hier nicht. Er streckte die Hände nach ihr aus. »Heißt das Wort nicht *bijou*?«

Sie mußte wider Willen lachen. »Ich glaube, ja.«

»Komm und laß dich in die Arme nehmen.« Er küßte sie und vergrub das Gesicht in ihrem Haar. »Jetzt geht es mir schon viel besser.«

»Möchtest du einen Drink?«

»Ich sterbe, wenn ich nicht gleich einen bekomme.«

Die Umarmung war alles andere als leidenschaftlich gewesen. Nicht wie in New York. Sie schenkte ein Glas Whisky ein und gab es ihm. »Setz dich bitte, Beni.«

»Danke.«

Sie sah zu, wie er es sich in einem Sessel am Fenster bequem machte. Sie schenkte sich ein Glas Wermut ein und setzte sich auf das Sofa. Sie lächelte gezwungen und nippte hastig an ihrem Drink. Er hielt Distanz.

»Paßt es, wenn mir morgen früh zu Anna Wu gehen?«

Sie hob den Kopf. »Ja, es ist alles vorbereitet.« Sie lächelte wieder und war froh, ein sicheres Thema zu haben. »Sie freut sich sehr auf deinen Besuch.«

Beni wandte den Kopf und sah aus dem Fenster. »Du hast eine schöne Aussicht von hier.«

»Mmm.« Sie drehte das Glas erneut hin und her. »Wenn du dir gern den Hafen ansehen möchtest, er ist ganz interessant.«

»Eine gute Idee. Ja, sehr gern.« Er leerte sein Glas und stand auf.

»Ich hole nur schnell meinen Mantel.«

Der Besitzer eines der Fischrestaurants lächelte ihnen freundlich zu, während er mit Kreide die Spezialitäten des Tages auf eine schwarze Tafel am Eingang schrieb.

»Magst du chinesisches Essen, Beni?«

»Mögen ist nicht das richtige Wort. Ich bewundere immer, wie sie es schaffen, absolut frische Zutaten zu verwenden, obgleich die Zutaten nicht immer nach meinem Geschmack sind.« Er schob ihren Arm unter seinen. »Sollen wir am Wasser entlanggehen? Dort ist es vielleicht etwas ruhiger als hier.«

»Ja, wenn du möchtest.«

»Martina, vielen Dank, daß du mich hierher eingeladen hast, aber ich muß zurück in die Stadt.«

»Ja, natürlich. Ich glaube, in einer halben Stunde geht eine Fähre.«

»Komm mit, Martina.« Er blieb stehen und wandte sich ihr zu. »Ich möchte dich wieder lieben, aber nicht bei dir.«

»Du magst die Wohnung nicht, nicht wahr?«

»Sie ist ganz hübsch, aber sie ist nicht der richtige Ort für dich und mich.«

»Und dein Hotel ist es.«

»Ja, ich glaube. Und nimm es bitte nicht persönlich.« Seine Augen flehten sie an zu verstehen. Er nahm ihre Hand. »Nimm es bitte nicht persönlich.«

Sie nickte, und sie kehrten zurück zur Wohnung. Sie hakte sich fester bei ihm unter.

Fang eilte durch die Tiefgarage zu seinem Auto. Als er die Tür öffnete, wurde er gegen die Seite des Wagens gestoßen. Er stöhnte, als die Oberkante der Tür in seine Schulter schnitt. Sein Kopf wurde nach hinten gerissen, und er starrte hilflos auf die Neonröhren an der Decke.

»Mr. Heung möchte Sie mit der Ware sehen. Übermorgen.« Busy schaute sich in der Tiefgarage um, während er sprach.

»Ich muß zuerst nach Schanghai. Ich kann nicht rechtzeitig zurück sein.«

»Mr. Heung legt Wert auf Pünktlichkeit. Er ist ein sehr beschäftigter Mann.«

Fang versuchte, den Kopf zu drehen, als er hörte, wie ein Fahrzeug sehr schnell, mit kreischenden Reifen, näher kam. Er keuchte, als eine Kraft, die er nicht sah, ihn erfaßte und in die Knie drückte. Busy preßte ihn mit dem Gesicht zuerst auf das Auto und stieg dann hinten in dem wartenden Fahrzeug ein. Fang umklammerte den Türgriff und richtete sich rechtzeitig genug auf, um die rotglühenden Rücklichter des anderen Wagens zu sehen, der nun scharf bremste und in einem eleganten Bogen um einen Betonpfeiler herum fuhr. Fang stieg in sein Auto und mühte sich mit bebenden Händen, den Schlüssel ins Zündschloß zu stecken.

Chan Chunling knipste seine Schreibtischlampe aus und schob den Armstuhl zurück. Er ging ans Fenster und starrte hinaus auf die breite Prachtstraße. Er zündete eine Zigarette an und lehnte sich an die Wand. Die Habgier der *gweilos.* Das war das einzige, das er einsetzen konnte, um den Diamanten an den Mann zu bringen. Sie konnten ihrem krankhaften Drang nach Besitz nie widerstehen. Er drehte sich schnell um, als das Telefon klingelte.

Er zog leise den Stuhl an den Schreibtisch, während er der Stimme des Gesichtslosen lauschte. Er langte zum Aschenbecher und drückte seine Zigarette aus, während Fang ihn mit stockender Stimme aufforderte, ihn am nächsten Tag im Buddha-Tempel zu treffen. Wenn er nicht kam oder die Diamanten nicht brachte, würde er bestraft werden. Schwer bestraft. Chan zögerte einen Moment und legte dann auf. Er ließ die Hand am Hörer, während er darüber nachdachte, ob er eben einen großen Fehler gemacht hatte. Er nahm wieder ab und wählte hastig Professor Lis Nummer.

Fang trank seinen Cognac aus und schenkte sich nach. Er zitterte am ganzen Körper, abwechselnd gepackt von Zorn und von einer unerträglichen Angst. Er nahm den Hörer und rief Chan wieder an. Er holte tief Luft, als er Chans Stimme hörte. »Chan, hören Sie zu.«

»Nein. Jetzt hören Sie mir zu. Ich weiß nicht, wer Sie sind, aber ich nehme keine Anweisungen mehr von Ihnen entgegen.«

Fangs Hand krampfte sich um den Hörer. »Passen Sie auf, was Sie sagen, Chan«, zischte er. »Es sei denn, Sie wünschen sich die Rattenfolter.«

»Sagen Sie das Pa Jiaming.«

Fangs Augen weiteten sich vor Furcht, als Chan einfach auflegte. Er drückte den Hörer an die Brust, während ihm Chans Worte im Kopf herumwirbelten. Pa Jiaming. Eines der Glieder der Kette war gebrochen und hatte ihn gefährlich verwundbar gemacht. Sei vorsichtig. Du mußt jetzt ganz vorsichtig sein.

Er umklammerte mit der freien Hand die Tischkante, um sich zu beruhigen. »Guten Abend, Jiaming. Ich hoffe, dir und deiner Familie geht es gut.«

»Ja, danke. Ich hoffe, du kannst das gleiche von dir sagen.« Fang verstärkte seinen Griff um den Hörer. Jiaming klang kühl und reserviert, als redete er mit einem Fremden.

»Ja, ich freue mich, sagen zu können, daß es uns sehr gut geht. Äh . . . Jiaming, wann soll die nächste Sendung autorisiert werden? Ich kann morgen in Schanghai sein.«

»Es gibt keine Sendung mehr.«

Fang schloß die Augen.

»Es hat Änderungen gegeben, wichtige Änderungen. Der Leuchtende Berg muß aufhören zu existieren.«

Fang lehnte sich an den Tisch, um Halt zu finden. »Aber warum, Jiaming?«

»Professor Li wird versetzt und muß Anshan verlassen.«

»Kannst du es nicht verhindern?«

»Nein.«

»Aber . . . Aber was sollen wir tun, Jiaming?«

»Tu nichts, Ka-Shing. Tu nicht mehr, als du bereits getan hast.«

Fang faßte sich mit der freien Hand an den Kopf. Er schluckte laut. »Was ist mit Li und Chan? Können wir uns auf sie verlassen?«

Pa lachte scharf. »Keine Angst, Ka-Shing. Du wirst feststellen, daß sie über den Leuchtenden Berg schweigen werden.«

»Ja, Jiaming.«

»Gute Nacht.«

»Gute Nacht.« Fang legte auf und ließ sich zu Boden sinken. Er zog die Knie an die Brust und wiegte vor und zurück. Diamanten. Er brauchte unbedingt Diamanten. Unvorstellbare Schmerzen erwarteten ihn, wenn er keine beschaffte.

Fang bewahrte das einzige Foto von Candy, das er besaß,

in einem gefütterten Umschlag hinten in seinem Safe auf. Er langte in den Safe und nahm den Umschlag heraus. Er zog das Foto aus dem Umschlag und betrachtete es liebevoll. »Meine geliebte Candy und mein Glück, ihr seid beide zerstört.« Er stieß einen wimmernden Laut aus, als er das Bild an die Brust drückte. »Ich kann es nicht länger ertragen, Candy.« Er taumelte und hielt sich an der Safetür fest. Dann griff er erneut in den Safe und holte eine kleine automatische Pistole heraus. Er schloß die Hand um den Kolben. Er hob das Foto und küßte es, während er die Mündung an seine Schläfe drückte und abzog.

Anna trat vom Fenster zurück, als eine Limousine vor dem Geschäft hielt und Martina, gefolgt von Beni, ausstieg. Ihre Wangen röteten sich. Der Mann war sehr attraktiv. Sie hob die Hand, um ihr Haar nach hinten zu streifen, und strich mit der anderen ihr Kleid glatt.

Martina kam durch die Tür geeilt. »Entschuldigen Sie bitte, Anna, wir kommen etwas zu spät.« Sie drehte sich halb zu Beni. »Darf ich vorstellen, Beni Yasim, Anna Wu.«

Anna streckte die Hand aus. »Guten Morgen, Mr. Yasim. Ich freue mich, Sie kennenzulernen.«

Beni lächelte höflich. »Ganz meinerseits, Miss Wu.«

»Darf ich Ihnen einen Kaffee anbieten oder einen Tee? Oder möchten Sie lieber Fruchtsaft?«

»Kaffee wäre sehr gut. Du auch, Martina?«

»Ja, bitte. Soll ich ihn vielleicht machen, Anna? Dann haben Sie und Mr. Yasim Zeit, miteinander zu sprechen.«

Anna sah Martina ängstlich an, da sie so kurz nach dem Kennenlernen nicht gern allein mit Beni sprechen wollte.

»Ich würde sehr gern einige Ihrer Arbeiten sehen, Miss Wu.« Beni blickte auf seine Uhr. »Leider habe ich nicht allzuviel Zeit.«

Anna lächelte höflich. »Ja, natürlich. Ich verstehe. Würden Sie bitte mitkommen in meine Werkstatt?«

»Danke.«

Martina balancierte das Kaffeetablett durch die schmale Tür zur Werkstatt. Beni hatte sich auf das Ende der Werkbank gesetzt und verschränkte die Arme, während Anna die einzelnen Schmuckstücke präsentierte. Martina lächelte vor sich hin. Wenn Anna über ihre Arbeit sprach, vergaß sie sich selbst und hörte auf, sich wie ein Mauerblümchen zu benehmen. Martina gab Beni eine Tasse Kaffee. Seine Finger streiften die ihren, als er sie nahm. »Du hast es wieder geschafft, du kluges Kind. Ich bin sehr beeindruckt von Miss Wus Arbeiten. Sehr beeindruckt.«

Anna wurde rot. Martina gab ihr eine Tasse Kaffee. »Haben Sie erklärt, wie Sie die Harmonien der Natur benutzen, Anna?«

Anna senkte den Kopf. Beni sah Martina an und lächelte ein klein wenig. Anna räusperte sich kaum hörbar. »Ich versuche, mit meinen Entwürfen ein Gefühl der Harmonie zu schaffen. In China nennen wir das *da tung*, die große Harmonie, die zu erreichen wir uns alle bemühen müssen. Die . . .«

»Anna, verzeihen Sie, wenn ich Sie unterbreche.« Martina hängte sich ihre Tasche um. »Ich muß jetzt ins Büro. James ist nicht da, und einer von uns muß die Stellung halten. Ich lasse euch allein, dann könnt ihr das Gespräch ungestört fortsetzen.« Sie lächelte Anna aufmunternd zu. »Bis nachher.«

Anna nickte. Sie wandte sich ab und sah auf eines der Schmuckstücke hinunter, um nicht dabei ertappt zu werden, wie sie ihre Gäste beobachtete. Sie legte das Armband ein wenig anders hin. Sie taten es wieder. Sprachen mit den Augen miteinander. Wie Verliebte. Er interessierte sich gar nicht für ihren Schmuck. Er interessierte sich nur für Martina.

Frankie nahm die Zigarre aus dem Mund, während er auf die Zeitung starrte. Er drückte die Gegensprechanlage. »Suchen Sie Busy. Sofort.« Er legte die Zeitung vor sich auf den Tisch und strich sie glatt.

Busy klopfte und wartete, bis Frankie ihn hineinrief. »Guten Morgen, Mr. Heung.«

»Komm her.« Frankie zeigte auf die Zeitung. »Würdest du mir bitte erklären, was zum Teufel da passiert ist.«

Busy beugte sich über seine Schulter. Seine Lippen bebten kaum merklich, als er vorlas: »›Fang Ka-Shing, Direktor des Außenhandelsverbandes der Volksrepublik China, erschossen aufgefunden . . .‹«

Frankie nahm die Zeitung fort. »Ich habe gesagt, *erklären.* Lesen kann ich selbst.«

Busy schüttelte schwach den Kopf. »Ich bin nicht sicher, daß ich das kann, Mr. Heung.«

Frankie ruckte den Stuhl zurück und stand auf. »Ich aber. Du hast es vermasselt. Was um Himmels willen hast du mit ihm gemacht?«

»Nichts, Mr. Heung.«

Frankie stemmte die Hände in die Hüften. »Du mußt etwas gemacht haben. Busy? Kein Mensch jagt sich ohne guten Grund eine Kugel in den Kopf.«

»Vielleicht war es ein Unfall, Mr. Heung?«

Frankie sah zur Decke. »Sicher. Er hat russisches Roulett gespielt. Okay. Okay. Eins nach dem anderen. Der Kerl hatte heute abend eine Verabredung mit mir, stimmt's?«

»Ja.«

»Du bist zu ihm gegangen, um ihm zu sagen, wann die Verabredung ist, stimmt's?«

»Ja.«

»Was ist also passiert?«

»Nichts, Mr. Heung.«

Frankie seufzte laut. »Was hast du zu ihm gesagt?«

»Was Sie mir gesagt haben, Mr. Heung. Er soll die Ware mitbringen. Er hat gesagt, er kann nicht rechtzeitig von Schanghai zurück sein, um die Verabredung einzuhalten. Ich habe ihn darauf hingewiesen, daß Sie Wert auf Pünktlichkeit legen.«

»Und?«

»Das ist alles, Mr. Heung.«

»Hm, war der Kerl hysterisch oder so?«

Busy starrte einen Moment nachdenklich auf seine Schuhe hinunter. »Ich würde sagen, er war überrascht, daß ich ausgerechnet in dem Augenblick aufgekreuzt bin.«

Frankie nickte. »Was ist dann passiert?«

»Der Transport kam, und ich bin weggefahren.«

Frankie setzte sich hin und legte die Hände auf die Schenkel. »Vielleicht habe ich Candy Lai etwas zu eilig von der Gehaltsliste gestrichen.«

»O nein, Mr. Heung, das würde ich nicht sagen. Sie hatten Fang in der Falle. Kein Problem.«

Frankie starrte zu ihm auf. »Aber jetzt ist er tot.« Er rieb sich die Stirn. »Herrgott, wie oft muß ich es dir noch sagen, Busy? Ein bißchen Angst ist gut. Aber nicht so viel, daß der andere nur noch den Ausweg sieht, nach der Knarre zu greifen und Schluß zu machen. Verstehst du, was ich meine, Busy?«

»O ja, Mr. Heung.«

»Gut, dann bemüh dich, auch das folgende zu verstehen. Wenn so was noch mal vorkommt, solltest du ernsthaft erwägen, selbst Schluß zu machen. Hast du kapiert, Busy?«

»Aber ich habe dem Burschen nichts getan. Ehrlich, Mr. Heung.«

»Okay. Vielleicht hatte der Bursche andere Probleme. Versuch herauszufinden, wer Fangs Nachfolger wird. Ich kann meine Kunden nicht ewig warten lassen. Und noch was. Sag Ronnie Lee, er soll mich sofort anrufen. Ich möchte ihn noch mal sehen, ehe wir die Tagesordnung für die Vollversammlung der Bruderschaft festsetzen.«

»Mach ich sofort, Mr. Heung.«

Frankie nahm die Zeitung und legte sie wieder auf den Schreibtisch. Er zupfte an seiner Unterlippe, während er auf das Bild von Fang hinunterstarrte. Sie haben mir soeben ein verdammtes Problem eingebrockt, Mr. Fang.

Martina sah auf die Uhr. Im Büro war alles still, und jetzt war eine gute Zeit, um zu Haus anzurufen und zu sehen, wie es ihrem Vater ging, aber in Antwerpen war es noch ziemlich früh am Tag. Sie sah auf, als James' Sekretärin anklopfte und den Kopf ins Zimmer steckte. »Miss Van den Fleet, ein Mr. Chan Chunling wartet draußen.«

»Hat er einen Termin? James hat nichts davon erwähnt.«

»Nein, Miss Van den Fleet. Ich habe ihm gesagt, daß James in New York ist, aber er fragte, ob er mit Ihnen reden könnte.«

»In Ordnung.« Martina stand auf und kam um den Schreibtisch herum.

Chan reichte ihr die Hand. Sie nahm sie und stellte fest, daß sie heiß und verschwitzt war. »Ich fürchte, James ist nicht da, Mr. Chan. Morgen ist Sicht bei der Interkontinentalen Diamantenbörse.«

»Ach ja.« Chan blickte sich um.

»Nehmen Sie doch bitte Platz. Kann ich vielleicht etwas für Sie tun?«

»Ja, ich glaube.« Er setzte sich auf den Rand des Stuhls. »Ich habe Anweisung, einen Diamanten verkaufen zu lassen.«

Sie nickte.

»Es ist ein ganz besonderer Diamant.« Er holte ihn hervor. »Vielleicht möchten Sie ihn gern näher betrachten.« Er reichte ihn ihr.

Sie umschloß ihn vorsichtig mit beiden Händen. Sie warf einen faszinierten Blick auf ihn und legte ihn vor sich auf den Tisch. Sie hielt einen Moment den Atem an. Wenn es keine Fälschung war, lag da einer der größten Steine, die seit der Entdeckung des Richmond-Diamanten in den siebziger Jahren auf den Markt gekommen waren.

Chan umklammerte den Bügel seiner Aktentasche. Das Spiel lief zu seinen Gunsten. Er konnte die *gweilo*-Habgier praktisch riechen. Martina nahm ihr Vergrößerungsglas heraus. »Sie entschuldigen mich kurz, Mr. Chan.« Sie ging zum Sichttisch hinüber und knipste das Licht an. »Sie haben Zertifikate für den Stein?«

»Nein.«

Sie drehte sich um und sah ihn an. »Es ist äußerst ungewöhnlich, für einen solchen Stein keine zu haben.«

Sie untersuchte den Diamanten fünf Minuten lang, und dann tränten ihre Augen so sehr, daß sie aufhören mußte. Sie richtete sich auf und rieb sich die Augen. »D«, Hochfein plus. Lupenrein. Raffinierte Fälschung. Oder? Sie legte den Stein auf die Waage und wog ihn. Zweihundert Karat. Wenn es aber keine Fälschung war, würde James sich einige Zeit keine Sorgen mehr machen müssen. Sie kehrte zum Schreibtisch zurück und tat den Diamanten wieder in den Lederbeutel. »Möchten Sie Wu and Company beauftragen, auf Ihre Rechnung zu verkaufen?«

»Ja.«

»Ich bin nicht ermächtigt, den Auftrag in James' Abwesenheit anzunehmen, aber er müßte übermorgen zurück sein.«

»Wie wird er ihn verkaufen?«

»Wahrscheinlich auf einer Auktion, aber ich denke, dieser Stein braucht wenigstens zwei Echtheitszertifikate von angesehenen westlichen Händlern, ehe wir auch nur daran denken können, eine Versteigerung zu organisieren. Sein Hintergrund, seine Geschichte müssen geklärt werden.«

»Mein Klient möchte absolut anonym bleiben.«

Sie lächelte ironisch. »Verständlich. Aber ohne ein paar Hintergrundinformationen wird er kaum eine Chance haben, ihn zu verkaufen.«

Er starrte sie an. »Was soll das heißen? Was für eine Rolle sollte seine Geschichte spielen, wenn er ein Zertifikat hat?«

»Verzeihen Sie, aber wenn er nirgendwo dokumentiert ist, muß man in Betracht ziehen, daß er eine raffinierte Fälschung sein kann oder auf kriminellen Wegen erworben wurde.«

»Ich kann Ihnen versichern, daß beides nicht der Fall ist.«

»Bei allem Respekt, Mr. Chan, aber Ihre Versicherung

wird nicht genügen. Meine übrigens auch nicht, und nicht einmal die von James.«

Chan langte über den Tisch und nahm den Beutel. »Vielleicht hätte ich auf Mr. Wu warten sollen.«

»Ich kann Ihnen jetzt gleich einen Termin geben, Mr. Chan, aber wenn ich mir einen Hinweis erlauben darf, er wird Ihnen das gleiche sagen, was ich Ihnen eben gesagt habe.«

Er suchte in seinen Taschen nach Zigaretten und Feuerzeug. »Ich kann Ihnen nur sagen, was ich über den Diamanten weiß.« Er zündete eine Zigarette an und atmete tief den Rauch ein. »Er wurde vor vielen Jahren von jemandem gekauft, der Thailand besuchte. Der Diamant soll ursprünglich aus Kambodscha kommen. Aus einer privaten Sammlung. Er ist sehr alt. Mein Klient hat gehört, daß er Anfang des 19. Jahrhunderts gefunden und geschliffen wurde.«

Sie nickte nachdenklich. »Wann ist er in den Besitz Ihres Klienten gekommen?«

»Soweit ich weiß, erst vor kurzer Zeit. Es war ein Geschenk von einem Sterbenden. Die näheren Umstände kenne ich nicht. Mein Klient hat gesagt, es müsse geheim bleiben.«

»Man hat Ihnen gesagt, er sei Anfang des 19. Jahrhunderts in Kambodscha gefunden und geschliffen worden?«

»So ist es.«

Sie stützte das Kinn auf die Fingerspitzen. »Man müßte ihn genauer prüfen, aber wenn er echt ist, würde ich eher auf das frühe 20. Jahrhundert und auf die russische Schule tippen.«

Er blickte rasch auf. »Russisch?«

»Mmm. Die Facettierung erinnert mich an den Gortschakow-Stil. Gortschakow war *der* Diamantenschleifer des Zarenhofs und arbeitete Anfang des Jahrhunderts. Er vervollkommnete den Schleifstil, den man Facettierung des inneren Feuers nennt. Es ist außerordentlich schwierig, einen Stein so von Hand zu schleifen. Ich nehme an, das ist der Grund, warum er so wenig Nachahmer hatte. Selbst Gortschakow brauchte angeblich bis zu einem Jahr, um einen Stein perfekt zu schleifen. Sein Stil bewirkt jedoch, daß das Licht sich am schönsten in den einzelnen Facetten bricht.«

Chan legte den Lederbeutel in seinen Aktenkoffer zurück. Der Diamant war in zehn Minuten mit dem Laser geschaffen worden.

»Was wäre ein angemessener Preis, wenn der Diamant verkauft wird?«

»Das kann ich nicht sagen, Mr. Chan. Abgesehen vom Marktwert müßte man das Interesse des Käufers berücksichtigen. Falls zwei oder mehr Interessenten gegeneinander bieten, gibt es nach oben keine Grenze.«

»Eine ungefähre Schätzung?«

Sie schürzte die Lippen. »Mit einwandfreien Dokumenten vermutlich mindestens zwölf Millionen Dollar. Mit einem Herkunftsnachweis leicht das doppelte. Aber ich stelle nur Vermutungen an, verstehen Sie?«

»Wer würde sich Ihrer Ansicht nach für den Diamanten interessieren?«

»Japaner und Araber, ganz sicher. Möglicherweise könnte man auch amerikanische Interessenten gewinnen.«

»Ich verstehe.«

Chan zündete sich wieder eine Zigarette an. »Sie scheinen überzeugt zu sein, daß der Diamant eine Fälschung ist.«

Sie lächelte. »Ich bin nicht überzeugt, Mr. Chan, aber in diesem Stadium würde ich mich auch nicht für seine Echtheit verbürgen. Doch wie dem auch sei, es ist eine Sache, die James in die Hand nehmen muß. Ich bin nur in beratender Funktion hier.«

»Angenommen, er wird verkauft, dann möchte mein Klient so wenig Aufsehen wie möglich, verstehen Sie?«

Sie lachte belustigt. »Auch der Käufer würde darauf bestehen, Mr. Chan. Die Leute, die sich für den Stein interessieren könnten, geraten schon bei dem Wort Aufsehen in Panik.«

»Das ist gut.« Diese Information war ihm sehr willkommen.

Beni öffnete selbst die Tür der Hotelsuite. Er faßte Martina um und zog sie hinein. »Gott sei Dank, du bist da.«

Sie sah ihn besorgt an. »Wieso, was ist geschehen?«

Er küßte sie und nahm sie in die Arme. »Du hast mich davor bewahrt, den Verstand zu verlieren. Nachdem ich mir eine halbe Stunde lang Miss Wus konfuzianische Theorien über das Leben angehört habe, hatte ich es dringend nötig, gerettet zu werden.« Er küßte sie wieder und zog sie zum Sofa. »Ich finde ihre Entwürfe wunderbar, aber sie selbst ist weniger wunderbar.«

»Warum nicht? Ich verstehe nicht.«

»Ich kann diese arrogante Überheblichkeit der Chinesen einfach nicht ausstehen. Diese Überzeugung, nur sie verstünden das Leben und das Universum!«

»Ich kann nicht glauben, daß du von Anna redest. Sie ist sonst der stillste und bescheidenste Mensch, den ich kenne, aber es tut mir leid, wenn sie dich vor den Kopf gestoßen hat.«

»Sie hat mich nicht vor den Kopf gestoßen, Martina, sie hat mich einfach gelangweilt.«

»Hast du ihr den Auftrag für das Collier gegeben?«

»Ja. Ich habe ihr gesagt, sie möge sich bitte mit dir in Verbindung setzen, wenn es fertig ist. Macht es dir etwas aus?«

»Nicht im geringsten.«

»Gut. Nehmen wir vor dem Essen einen Drink und reden wir von wichtigeren Dingen als von Miss Wu.«

»Zum Beispiel?«

»Zum Beispiel von uns beiden.« Er hob ihre Hand an die Lippen und küßte sie. »Ich fürchte, jetzt bin ich derjenige, der überstürzt fort muß. Ich kann nicht über Nacht bleiben. Es ist ein Problem aufgetaucht, um das ich mich kümmern muß. Ich muß heute nachmittag nach Paris.«

»Ich werde kein Wort sagen und nur furchtbar enttäuscht sein.«

»Danke. Es tut mir wirklich sehr leid, daß ich nicht länger bleiben kann. Hm. Würdest du lieber vor dem Lunch mit mir schlafen oder danach?«

»Beni, ich habe nur eine Stunde Zeit. Ich muß zurück ins Büro. James ist nicht da.«

»Was machen wir dann? Lunch oder Liebe?«

Sie schürzte die Lippen. »Schwierige Entscheidung.«

Er stand auf und zog sie auf die Füße. »Dann nehme ich sie dir ab.«

Chan klemmte den Hörer mit der Schulter ans Ohr und hob die Schale an die Lippen, um etwas von der Hühnersuppe zu trinken. Als Professor Li in der Leitung war, stellte er die Schale hastig ab. »Ah, Professor Li, ich dachte, ich sollte es Ihnen erzählen. Ich werde noch ein paar Tage in Hongkong bleiben müssen. James Wu ist in New York. Ich habe mit seiner Beraterin gesprochen, einer Martina Van den Fleet.«

»War das klug? Wer ist sie?«

»Eine Händlerin aus Europa. Sie hat eine der früheren Sendungen der Ware begutachtet. Ich glaube, sie war sehr beeindruckt von diesem speziellen Stück, aber sie wollte unbedingt etwas über seine Geschichte erfahren.«

»Was haben Sie ihr gesagt?«

»Ich habe behauptet, es komme aus Kambodscha. Ich hätte mir die Mühe sparen können. Sie schien überzeugt, daß es aus Rußland ist.«

»Dann seien Sie sehr vorsichtig, Direktor Chan.«

»Warum?«

»Wenn ich schon zugeben muß, daß ich etwas falsch gemacht habe, dann vielleicht, daß ich zu schlau gewesen bin. Ich wußte nicht, was für einen Schliff unser geschätzter Genosse haben wollte, und so wählte ich selbst einen aus. Ich habe eine Sammlung von alten französischen stereoskopischen Dias. Bilder von allen möglichen Dingen, vom Eiffelturm bis zu den britischen Kronjuwelen. Alles, was dreidimensional besonders wirkt. Sie waren um die Jahrhundertwende sehr beliebt. Hat sie gesagt, warum sie glaubt, daß der Diamant aus Rußland ist?«

»Sie sprach von einem Diamantenschleifer am Zarenhof. Einem Mann, der Gortschakow hieß.«

»Oh, sie ist eine sehr kluge Frau. Ich hatte mich gefragt, ob jemand so viel von Diamanten verstünde, um darauf zu kommen. Es ist tatsächlich ein Entwurf von Gortschakow.«

Chan schob seine Schale mit Suppe fort. »Ich wünschte, Sie hätten mich vorher darüber informiert, Professor Li. Ich stehe jetzt wie ein Narr da, mit meiner Geschichte über Kambodscha. Sie haben meine Lage sehr schwierig gemacht.«

»Warum denn? Sie haben jetzt zwei Versionen. Die *gweilos* können wählen, welche sie glauben wollen.«

»Darum geht es nicht. Ich muß sie überzeugen.«

»Das werden Sie sicher tun, Direktor Chan. Ich habe keinen Zweifel.«

»Danke, Professor Li. Aber um weitere Komplikationen zu vermeiden – wie genau ist die Kopie?«

»Außerordentlich genau. Ich habe die stereoskopischen Bilder separiert und jedes Bild einzeln mit einem Digitalscanner registriert. Die Informationen wurden in unser CAD/CAM-Computerprogramm eingegeben, um eine dreidimensionale Darstellung zu erhalten, und dann wurden die Koordinaten in den Computer eingegeben, der den Laser steuert.«

»Ich verstehe.« Er verstand gar nichts, aber das zuzugeben, würde ihn auch nicht weiter bringen. »Gut, wenn Sie meine Information an unseren geschätzten Genossen weitergeben würden.«

»Das werde ich tun. Auf Wiedersehen, Direktor Chan.«

Chan legte auf und starrte auf das Tablett mit dem Essen. Er hatte auf einmal keinen Appetit mehr. Es war ein beliebter Zeitvertreib, den Russen die Schuld an allem zu geben, aber einen künstlichen Diamanten als ein Meisterwerk von Gortschakow auszugeben, war eine andere Sache.

Die Büros der Interkontinentalen Diamantenbörse waren unauffällig im Tiefgeschoß eines Neorenaissance-Gebäudes im mittleren Manhattan untergebracht. Die meisten Passanten, die einen Moment Zeit gehabt hätten, das Bauwerk zu betrachten, hätten wohl nur das große Messingschild mit den Namen Florenz, Stevens, deMagio, Houston Ass. bemerkt. Diese Herren waren die Teilhaber einer Werbeagentur.

Bill Stevens war der Seniorpartner von Florenz, Stevens, deMagio, Houston Ass. und verwaltete persönlich den Werbeetat der IDB. Er saß mit verschränkten Armen da, während Christian telefonierte.

»Entschuldigung, Bill.« Christian legte auf und stützte die Unterarme auf den Schreibtisch. »Mir ist durchaus bewußt, daß Sie nicht genug Zeit für diese Kampagne haben, aber sie muß im Eiltempo durchgeführt werden.«

»Sicher.« Bill stand auf und trat zu einigen Tafeln mit Werbekonzepten, die auf einem Sofa aufgereiht waren. »Wir haben entsprechend Ihren Anweisungen mit einer größtmöglichen Menge von kleinen Steinen gearbeitet. Das Konzept der Kampagne ist Phantasie. Phantasie wird im Moment wirklich ganz groß geschrieben, Christian. Das Konzept basiert auf der alten Legende der tausend Lotosblüten.« Bill hielt inne und wartete darauf, daß Christian fragte, was für eine Legende es sei.

»Was ist das für eine faszinierende Legende?« Christian sprach mit einem resignierten Unterton.

Bill grinste. »Sehen Sie. Sie sind bereits interessiert. Die Legende der tausend Lotosblüten ist die Geschichte eines schönen jungen Prinzen, der von seiner grausamen Stiefmutter aus seinem ihm rechtmäßig zustehenden Königreich vertrieben wird. Er zieht in fernen Ländern umher, bis er eines Tages von Räubern überfallen wird, die ihn seiner geringen Habe berauben und für tot liegen lassen. Ein schönes junges Bauernmädchen findet ihn vor einer Höhle liegen. Der Prinz hebt mit letzter Kraft die Hand und bittet um Wasser. Sie verliebt sich auf den ersten Blick in ihn und eilt den steilen Hang zu einer Quelle hoch und schöpft mit einem großen Blatt frisches Wasser und bringt es dem sterbenden Prinzen. Sie bettet seinen Kopf in ihren Arm und gibt ihm ein paar Schluck Wasser zu trinken. Er stirbt in ihren Armen, und sie weint bittere Tränen um den schönen Prinzen. Während sie das tut, erblühen an dem Hang tausend Lotosblumen. Eine Blüte für jede Träne, die das schöne junge Bauernmädchen vergießt. Von jener Zeit an erblüht dort, wo eine Träne der Liebe hinfällt, eine Lotosblume, bis ans Ende der Zeit.« Bill trat zum Schreibtisch und schenkte sich ein Glas Wasser ein. »Wie Sie auf der ersten und zweiten Konzepttafel sehen, fängt der Fernsehspot mit einem jungen Paar an, das sich streitet. Das Mädchen läuft weinend davon, und der junge Mann wendet sich zornig ab.«

»Hören Sie, Bill, ich will auf keinen Fall, daß Diamanten mit solchen negativen Emotionen assoziiert werden.«

Bill hielt die Hand hoch. »Ich weiß, ich weiß. Warten Sie ab. Die dritte und vierte Tafel. Die nächste Einstellung zeigt das Mädchen allein, sie sitzt am Kamin und liest ein Buch mit orientalischer Poesie. Sie starrt in die Flammen und sieht dort den schönen Prinzen und das hübsche Bauernmädchen. Das wird sehr, sehr unscharf gezeigt werden. Es wird Ihnen gefallen. Der junge Mann klingelt, und als das junge Mädchen aufmacht . . .«

»Wie jung ist jung, Bill? 75 Prozent der Zuschauer müssen sich mit den Rollenmodellen identifizieren können.«

Bill machte eine Handbewegung. »Undefinierbar. Gut 20, gut 30. Also. Das Mädchen macht die Tür auf, und er steht zerknirscht da und gibt ihr ein Geschenk. Sie öffnet es und sieht einen Lotos-Brillantschmuck. Wir wissen nur noch nicht genau, was. Wir müssen darüber reden.«

»Vielleicht ein Ring?«

»Gute Idee, Christian.« Bill zeigte auf die letzte Tafel. »Das Mädchen umhalst den jungen Mann. Die letzte Einstellung zeigt das glückstrahlende junge Mädchen mit einer einzelnen Träne auf der Wange. Ich wiederhole, Christian, das glückstrahlende Gesicht des Mädchens. Sie weint Tränen des Glücks, nicht des Kummers.« Bill hielt einen Moment inne. »Christian, Sie haben mich eben auf eine grandiose Idee gebracht.«

»Ich dachte, ich zahle *Sie* dafür, Ideen zu haben?«

Bill lachte. »Wie wäre es damit? Der Schmuck ist ein Ring. Punktum. Der Spot endet mit einer Nahaufnahme von ihrer Hand um den Hals des Jungen und dem Ring, und dann kommt die Stimme aus dem Off. Liebe blüht ewig mit einem Lotosblüten-Brillanten.«

Christian nickte langsam.

»Dieses Konzept ist sehr stark, Christian. Die Steine können als einzelne Lotosblüten oder als Trauben von Lotosblüten vermarktet werden. Das modische Potential ist enorm. Eine Träne oder viele. Ein Typ kann einen ganzen Wasserfall von Tränen kaufen, wenn er will. Was meinen Sie?« Bill sah Christian mit hochgezogenen Augenbrauen an, als könnte er seine Zustimmung kaum erwarten.

Christan stand auf und trat zu den Konzepttafeln. Er schlug sein Jackett zurück und stemmte die Hände in die Hüften. »Die Tränen des Mädchens müssen unbedingt mit Glück assoziiert werden, nicht mit Trauer.«

»Das ist es.«

Christian steckte die Hände in die Taschen. »Was ist hier die Motivation? Schuldgefühle?«

Bill nickte. »Genau. Du bist unartig gewesen. Diamanten geben dir ein besseres Gefühl.«

Christian beugte sich nach unten und betrachtete die letzte Tafel. »Das hier gefällt mir sehr, Bill.«

Bill entkrampfte seine Schultern. Der Etat der Diamantenbörse war der Eckpfeiler des Agenturumsatzes, und deshalb hatten er und zwei Assistenten die halbe Nacht dagesessen und das Konzept entwickelt. »Ich hab alles organisiert. Wir können morgen anfangen zu drehen, Christian.«

»Warum nicht heute?«

»Wir könnten auf jeden Fall anfangen.«

»Ich brauche so schnell wie möglich ein Demo-Video,

Bill. Meine Händler müssen wissen, daß sie sich ohne Risiko auf kleine Rohdiamanten legen können.«

»Verstehe. Ich lasse es Ihnen so bald wie möglich bringen, zusammen mit Plakaten und Annoncenmaterial.«

»Vielen Dank, Bill. Ich habe vor Beginn der Sicht eine Besprechung mit den Leitern der verschiedenen Händlerverbände. Könnten Sie diese Präsentation vor ihnen wiederholen? Um neun Uhr?«

»Klar, kein Problem.«

Tony Bergman legte einen Arm nach hinten über die Lehne seines Stuhls, als Bill Stevens die Präsentation für die Leiter der Händlerverbände wiederholte. Bill trat in die Mitte des Raums. »Meine Herren, wir sind überzeugt, daß das Glückstränenkonzept enorme Möglichkeiten der Vermarktung von kleinen bis sehr kleinen Steinen bietet. Wie Sie an den Konzepttafeln sehen können, haben wir die Kampagne so unmittelbar wie möglich gestaltet. Wir hoffen, in Kürze ein Demonstrationsvideo zu haben.«

Tony lehnte sich zurück. »Das Konzept gefällt mir. Es ist echt stark. Was für Umsatzprognosen haben wir, Christian?«

»Wir lassen den Computer immer noch rechnen, aber es dürfte so bei eins Komma fünf Milliarden Dollar liegen.«

Tony nickte. Er stand auf und ging zum Schreibtisch und betrachtete das Foto noch einmal. »Ich weiß nicht, was die Kollegen meinen, aber ich glaube, ich finde dies besser als die Kampagne mit den Herzen.«

Ein zustimmendes Murmeln erhob sich.

Christian kehrte zu seinem Schreibtisch zurück und setzte sich darauf. »In Ordnung, Tony, vielleicht sollten wir uns irgendwann darüber unterhalten, wenn Ihnen daran liegt. Bill, es gibt doch keinen Grund, warum diese Kampagne nicht erweitert werden könnte, oder?«

»Absolut keinen, Christian. Wir sind momentan noch im Entwicklungsstadium der Kampagne, aber wir wollten ohnehin Material vorschlagen, das auf reife Frauen abzielt. Die

Meilensteine in ihrem Leben, Geburt, Silberhochzeit, Enkelkind und so fort.«

Tony nickte. »Sehr gut. Wirklich. Wissen Sie, wir sollten uns wirklich mehr um die älteren, betuchteren Kunden kümmern. Es läuft jede Menge davon herum.«

Christian nickte nachdrücklich. »Wir werden ein präzises Kundenprofil dazu entwickeln, Tony.« Er sah auf seine Uhr. »Nun, meine Herren, ehe wir in den Sichtraum gehen, möchte ich kurz wiederholen, was ich vorhin ausgeführt habe. Es gibt zwar keine konkreten Beweise dafür, daß die Japaner große Rohware horten, aber ich nehme Ihre diesbezüglichen Besorgnisse zu Herzen. Ich habe die Boxen deshalb diesen Monat ausschließlich mit kleinen bis sehr kleinen Rohdiamanten füllen lassen. Wenn die Japaner sich tatsächlich vom Markt fernhalten sollten, haben wir meiner Meinung nach deutlich gezeigt, daß die IDB die Absicht hat, nicht nur ihre Produzenten, sondern auch ihre Händler uneingeschränkt zu unterstützen. Ich denke, Sie alle werden mit mir darin übereinstimmen, daß die Glückstränenkampagne den Markt für kleine Rohware stimulieren wird.« Christian nickte kurz, um zu signalisieren, daß er fertig war.

Tony stand auf und zog sein Jackett glatt. »Und diese verdammten Japaner werden auf einem Haufen Rohen sitzenbleiben, die niemand haben will.«

»Sehr richtig.«

»Gute Arbeit, Christian.«

Christian erlaubte sich ein feines Lächeln. Tony grinste. »Vergessen Sie nicht meine Provision, Christian. Ich bin derjenige, der Ihnen die besten Argumente liefert.« Christian schaffte es, unverändert weiterzulächeln.

In dem großen Sichtraum stellten Angestellte vor jeden Händler eine Schachtel hin. Die Stille wurde nur durch ein gelegentliches Räuspern oder Stuhlrücken durchbrochen. Die Angestellten traten zurück, und ein Gong ertönte. Die Optionsberechtigten griffen rasch zu ihrer Schachtel. Christian

Debilius stand mit verschränkten Armen am anderen Ende des Raums. Sein Blick wanderte über die gesenkten Köpfe der Händler. Dann wurden Stimmen laut. Hände hoben sich, als ein Händler nach dem anderen zu verstehen gab, daß er seine Schachtel akzeptierte. Einige zogen Funktelefone aus der Tasche und fingen an, hastig in die Sprechmuschel zu reden. Andere eilten zu den Türen zur Empfangshalle, an deren Ende eine ganze Reihe von Telefonen installiert war.

Hendrik starrte auf die Schachtel vor sich, als könne er nicht recht fassen, was er sah. Er ballte die Hände, während heißer Zorn in ihm aufstieg. Debilius hatte versprochen, er würde die Box für Van den Fleet besser bedienen. Der Mistkerl. Sie enthielt keinen einzigen großen Rohdiamanten. Als eine Stimme aus dem Lautsprecher der Sprechanlage verkündete, die Optionszeit werde in einer Minute zu Ende sein, blickte er auf. Er hob widerwillig den Arm, um zu erkennen zu geben, daß er die Box angenommen hatte. Ein Angestellter trat vor und verschloß die Schachtel mit geübten Griffen. »Die Diamantenbörse dankt Ihnen für die Ausübung Ihrer Option, Mr. Van den Fleet.«

Hendrik stand langsam auf und ging zu Christian.

Christian sah ihn aus den Augenwinkeln heraus näher kommen. Er drehte ihm den Rücken zu und verwickelte den leitenden Sicherheitsmann in ein Gespräch. Hendrik blieb in zwei Metern Entfernung stehen und wartete ungeduldig. Christian beendete die Unterhaltung mit dem Sicherheitsmann, drehte sich zu Hendrik um und sah ihn überrascht an, als hätte er ihn erst in diesem Moment erblickt. »Hendrik, schön Sie zu sehen. Tut mir leid, daß wir gestern abend nicht zusammen essen konnten. Mein Terminkalender hat es einfach nicht erlaubt.«

»Könnte ich kurz mit Ihnen sprechen, Christian?«

»Ja, selbstverständlich. Kommen Sie.« Christian ging voran in das Foyer und betrat ein kleines, davon abgehendes Büro.

Hendrik schüttelte den Kopf, als Christian ihn aufforderte,

Platz zu nehmen. »Ich glaube, bei der Box von Van den Fleet muß es einen Irrtum gegeben haben, Christian.«

»Ich hoffe nicht, Hendrik. Das wäre noch nie dagewesen.«

»Hm, Sie haben mir versprochen, unsere Zuteilung ab diesem Monat zu vergrößern, und es ist kein einziger großer Rohdiamant dabei.«

»Ja, das trifft zu.«

»Aber Sie haben gesagt, Sie würden unsere Zuteilung verbessern. Ich brauche unbedingt einen Vorrat von großer Rohware.«

Christian zog die Brauen ein klein wenig zusammen. »Äh, Sie haben das Rundschreiben bekommen, ja?«

»Ja.«

»Nun ja, ich denke, ich habe deutlich gemacht, daß es diesmal keine große Rohware geben wird. Die IDB ist aufgefordert worden, mit allem Nachdruck auf die Bedrohung durch das Horten der Japaner zu reagieren.«

Hendrik rieb sich die Stirn. »Ja, das weiß ich, aber wir haben vereinbart, daß ich diesen Monat einen größeren Anteil großer Steine bekommen würde. Ich brauche sie dringend, um den Umsatz von Van den Fleet zu steigern.«

»Aber das war, ehe sich das japanische Problem abzeichnete.«

»Ich muß jetzt auf den japanischen Markt vorstoßen. Ich muß jetzt Gewinne machen. Van den Fleet ist wegen der Qualität seiner Zuteilungen hinter andere Händler zurückgefallen.«

Christian musterte ihn kühl. »Das ist eine Verdrehung der Tatsachen, Hendrik. Die Probleme von Van den Fleet beruhen darauf, daß es seine Optionen nicht ausgeübt hat.«

Hendrik atmete stoßweise ein. »Ich hatte gedacht, Sie verstünden die Schwierigkeiten, die ich bei der Übernahme der Firma geerbt habe, Christian.«

»Das tue ich.«

»Dann müssen Sie auch verstehen, daß ich mehr große Rohware brauche.«

Christian wandte sich zur Tür. »Ich denke, Sie werden bei näherem Hinsehen feststellen, daß der Inhalt Ihrer Box mehr als ausreichend ist, Hendrik. Die Glückstränenkampagne wird den Absatz kleiner Rohdiamanten beträchtlich steigern. Sie werden nicht auf der Strecke bleiben. Ich kann Ihnen versichern, daß die IDB alles getan hat und weiterhin alles tun wird, um die Interessen ihrer Mitglieder zu schützen.«

»Das weiß ich, Christian, aber ich rede von etwas ganz anderem. Ich rede nicht davon, daß ich auf der Strecke bleiben werde. Sondern davon, daß ich schon auf der Strecke geblieben bin. Ich muß die entgangenen Gewinne reinholen.«

Christian legte die Hand auf den Türknauf. »Ich bin sicher, Sie werden es schaffen, Hendrik.«

»Aber ich brauche einen Bestand an großer Rohware, um es zu schaffen. Ich muß auf den japanischen Markt, ehe er zusammenbricht.«

»Das würde ich Ihnen nicht raten, Hendrik.«

»Warum nicht? Vielleicht wird es gar nicht so weit kommen.«

»Warten Sie immer, bis es regnet, ehe Sie einen Regenschirm mitnehmen?«

»Hören Sie, Christian, es ist im Moment nur ein Gerücht.«

»Es gibt Indizien. Die Japaner haben in letzter Zeit nur große Rohware gekauft.«

»Ich bin bereit, das Risiko einzugehen. Ich habe keine Wahl. Können Sie unter diesen Umständen keine Ausnahme machen? Ich meine, unter den Umständen, die Van den Fleet betreffen?«

»Eine Ausnahme«, sagte Christian mit geheucheltem Entsetzen. »Das ist unmöglich, Hendrik. Alle Mitglieder müssen gleich und fair behandelt werden. Ich bin sicher, Sie wären selbst sehr ungehalten, wenn die IDB einem anderen Mitglied wegen seiner spezifischen Umstände eine Vorzugsbehandlung zuteil werden ließe.« Er drehte den Knauf nach links und öffnete die Tür. »Die IDB kann auf keinen Fall so arbeiten. Sie berücksichtigt die Interessen aller Mitglieder, Hendrik. Aller.

Wenn Sie mich jetzt bitte entschuldigen würden, ich muß zu einer Besprechung.«

Martina lief ins Wohnzimmer und nahm den Hörer ab.

»James, ich dachte mir schon, daß Sie es sind.«

»Martina, wir haben kleine Rohware bekommen. Halten Sie die mittleren und großen Rohen zurück, ja?«

»Wird gemacht.«

»Debilius ist gezwungen worden, die japanische Bedrohung ernst zu nehmen. Er startet eine neue Werbekampagne. Sie ist sehr vielversprechend. Großes Potential.«

»Gut. Mehr Umsatz bringt Gewinn für alle.«

»Stimmt. Ich habe übrigens Ihren Bruder gesehen, Hendrik. Er hat mir allerdings keine Gelegenheit gegeben, mit ihm zu reden.«

Sie schlug die Augen gen Himmel. »Ich hoffe, er war nicht allzu unhöflich zu Ihnen?«

»Nein, keine Sorge. Wie läuft es in Hongkong?«

»Ich habe fast den ganzen Tag Japaner abgewimmelt. Ich glaube, da ist wirklich etwas im Busch, James. Sie hatten recht.«

»Natürlich.« Er lachte. »Ich habe immer recht.«

»James, gestern ist Mr. Chan gekommen. Er hat eine einzelne Ware, die sein Klient verkaufen möchte. Ich habe uns zu nichts verpflichtet und behalte mir mein Urteil über die Echtheit vor, aber wenn sie es wirklich ist, haben wir es mit doppelten Telefonnummern zu tun.«

»Martina, ich hab im Moment viel um die Ohren. Ich rufe wieder an, wenn ich im Hotel bin. Dann können wir darüber reden.«

Sie merkte, daß er einen bestimmten Grund hatte, so unverbindlich zu sein. »In Ordnung, James.«

»Ungefähr in einer halben Stunde.«

»Bis dann.«

Als das Telefon erneut klingelte, schaltete sie den Fernseher ab und nahm den Hörer. »Hallo, James.«

»Entschuldigung, daß ich vorhin so abrupt Schluß gemacht habe, Martina. Ich traue den Telefonen in der IDB nicht.«

»Warum nicht?«

»Ich glaube, sie schneiden alle Gespräche mit. Die kostenlose Benutzung der Telefone ist nur ein Anreiz. Nun, was ist mit Mr. Chan?«

»Er hatte einen geschliffenen Stein dabei, Farbe ›D‹, River, absolut lupenrein, Gewicht 200 Karat, in hervorragendem Zustand.«

»Würden Sie das noch mal sagen?«

»›D‹, River, absolut lupenrein. 200 Karat.«

Er lachte schwach. »Also habe ich recht verstanden.«

»Ich glaube, er ist echt, aber ich bin ein bißchen mißtrauisch. Keine Zertifikate, keine Dokumentation. Chan ist nicht sehr mitteilsam, was seine Geschichte betrifft.«

»Das ist er nie.«

»Er sagt, er sei vermutlich Anfang des 19. Jahrhunderts gefunden und geschliffen worden und komme aus Kambodscha. Ich würde ihn auf Anfang dieses Jahrhunderts datieren, allenfalls Ende des neunzehnten. Die Facettierung weist auf die russische Schule hin. Ein Gortschakow oder eine brillante Kopie.«

»Ich verstehe.« James' Stimme klang plötzlich sehr leise. »Was haben Sie mit ihm vereinbart?«

»Er kommt noch mal, wenn Sie wieder da sind. Ich habe ein bißchen recherchiert. Soweit ich feststellen konnte, gibt es zehn dokumentierte Schmuckstücke von Gortschakow, aber man schätzt, daß sich weitere zwei oder drei in Privatbesitz befinden. Gortschakows eigene Bücher sind während der Oktoberrevolution teilweise vernichtet worden, so daß es schwer ist, etwas Genaues zu sagen.«

»Faszinierend.«

»Sie werden noch faszinierter sein, wenn Sie ihn vor sich haben, James. Ich habe so etwas seit dem Richmond-Diamanten nicht mehr gesehen. Wenn er echt ist, ist es eine bemerkenswerte Arbeit. Der Stein ist annähernd tropfenförmig, und die Facettierung ist auf allen Seiten absolut identisch, jedenfalls für mein Auge. Man kann sich nicht vorstellen, wie selbst der erfahrenste Schleifer so präzise arbeiten kann.«

»Hören Sie, Martina, ich komme sofort zurück. Ich wollte zu einer Besprechung bei Tony Bergman, aber ich werde sie sausenlassen. Ich versuche, die nächste Maschine nach Hongkong zu bekommen.«

»Ich glaube, das sollten Sie, James.«

»Äh, haben Sie sich um Mr. Chan gekümmert?«

Sie lachte. »Ich habe ihn nicht fortgescheucht, wenn Sie das meinen. Aber im Ernst, ich habe nur gesagt, ich könnte ihm in meiner Eigenschaft als Beraterin nichts Verbindliches sagen, es sei eine Angelegenheit, die er mit Ihnen regeln müsse.«

»Danke, Martina. Wir sehen uns dann, so schnell ich es schaffen kann.«

Martina legte auf und schaltete den Fernseher wieder an. Sie betrachtete die Gestalten auf dem Bildschirm, ohne sie wahrzunehmen. Der Scheich würde für diesen Stein töten. Sie stand auf und ging in die Küche, um sich etwas Warmes zu trinken zu machen. Aber wenn er versteigert wurde, würde Beni mit den Japanern kämpfen müssen.

Hendrik band die Krawatte ab und knöpfte sich das Hemd auf. Er setzte sich aufs Bett und starrte auf das Telefon, als wollte er es hypnotisieren, damit es läutete. Er langte nach der Whiskyflasche auf dem Nachttisch und schraubte sie auf. Er schenkte sich ein Glas ein. Diese Arschlöcher. Sie hielten ihre Steine alle zurück, weil sie es sich leisten konnten. Er trank einen Schluck. Er würde das gleiche tun, wenn er in einer so glücklichen Lage wäre. Er stellte das Glas auf den Nachttisch, als das Telefon läutete.

»Ihr Anruf nach Zaire, Mr. Van den Fleet.«

»Danke. Gerry, bist du's?«

»Hallo. Schön, dich zu hören. Wie läuft es in der großen weiten Welt?«

»Danke. Hör zu, Gerry, du mußt mir einen Gefallen tun.«

»Schieß los.«

»Ich brauche dringend einen Haufen großer Rohware. Kannst du liefern?«

»Kann ich dem entnehmen, daß es eine private Transaktion ist? Nicht über die IDB?«

»Du kannst.«

»Tut mir leid, Hendrik. Das geht nicht. Wenn die IDB dahinterkommt, wäre ich weg vom Fenster, ehe ich Luft holen kann.«

»Hör zu, wie sollte sie dahinterkommen?«

»Tut mir leid, Hendrik, ich kann das Risiko nicht eingehen.«

»Es wäre nicht das erstemal.«

»Damals vielleicht, aber jetzt, wo alles computerisiert ist, laufen die Dinge anders.«

»Vergiß, daß ich dich gefragt habe.«

»Moment, Hendrik, sei nicht sauer. Hör zu, ich werde mich umhören. Ich ruf wieder an.«

»Ich werde mich revanchieren, wenn du es schaffst.«

»Gut.«

Hendrik legte auf. Debilius hatte alle in der Schlinge. Er fühlte, daß er müde wurde, und rieb sich die Kinnbacke. Wenn Vater nicht so stur gewesen wäre, wäre er jetzt nicht in dieser Bredouille. Er schleuderte seine Schuhe von sich und schwang die Beine aufs Bett. Er mußte einen schnellen Gewinn machen. Ganz gleich, was Debilius empfahl. Regeln oder keine Regeln. Er rieb sich die Augen. Ohne Gewinn konnte er keine Diamanten kaufen. Ohne Diamanten konnte er keinen Gewinn machen. Er schloß die Augen. Sogar Martina hatte dieses grundlegende Gesetz verstanden.

Das Telefon läutete. Er drehte sich auf die Seite und nahm ab.

»Mr. Gerry Walden aus Zaire, Mr. Van den Fleet.«

»O ja, danke – Gerry?«

»Hendrik, ich hab was für dich. Es war verdammt schwer,

das kann ich dir sagen. Du kannst hier im Moment alles kriegen, nur keine großen Rohen, aber ich habe einen Händler in Kinshasa gefunden, der welche besorgen kann.«

»Gott segne ihn.«

»Ich weiß nicht, ob Gott das tun würde. Der Typ ist nicht unbedingt astrein.«

»Du meinst, es ist heiße Ware?«

»Nein, aber ich wäre sehr, sehr vorsichtig. Man sagt, er wackelt finanziell. Vielleicht hält er seine großen Rohen deshalb nicht zurück. Er heißt Duiss, mit zwei s.«

»Augenblick, Gerry, ich schreib es schnell auf. Ich glaube übrigens, ich kenne ihn oder habe von ihm gehört.« Hendrik notierte hastig den Namen und die Telefonnummer des Händlers. »Gerry, ich werd's nicht vergessen. Danke.«

»Keine Ursache. Wie geht es deinem Vater?«

»Sehr gut, ich wünschte, ich könnte das gleiche von mir sagen. Noch mal vielen Dank.« Hendrik legte auf.

James ließ sein Vergrößerungsglas sinken und rieb sich das Auge. Dann senkte er wieder den Kopf und prüfte den Diamanten erneut. Chan blickte zu Martina hinüber. Sie lächelte ihm ermutigend zu.

»Möchten Sie noch etwas Kaffee, Mr. Chan?«

»Ja, vielen Dank.«

Martina stand auf und trat, so leise sie konnte, zum Schreibtisch und nahm die Kaffeekanne. James' Sekretärin steckte den Kopf ins Zimmer und gab ihr ein Zeichen. Martina schenkte Chan Kaffee nach. »Entschuldigen Sie mich bitte einen Moment, Mr. Chan, ich werde im Vorzimmer gebraucht.«

Er nickte.

Die Sekretärin reichte ihr den Hörer. »Ein Mr. Daniel Schmidt. Er hat gesagt, er würde warten, bis ich Sie geholt hätte.«

Martina nahm den Hörer. »Daniel, wie geht es Ihnen? Schön, eine Stimme aus der guten alten Zeit zu hören.«

»Mir geht es gut. Und Ihnen?«

»Blendend.«

»Martina, ich würde meinen rechten Arm für ein paar kleine Rohdiamanten geben, und wenn sie noch so mickerig wären.«

»Daniel, es ist sehr schwierig für mich. Mein Bruder und ich haben vereinbart, daß ich in Hongkong nicht mit Kunden von Van den Fleet handle. Sie sollten sich wirklich mit ihm in Verbindung setzen.«

»Ich habe es versucht. Er ist nicht in Antwerpen. Sehen Sie, ich verstehe Ihr Problem, aber betrachten Sie es mal von meinem Standpunkt. Ich brauche Nachschub. Ich kann nicht herumsitzen und darauf warten, daß irgendein Händler sich dazu herabläßt, Geschäfte mit mir zu machen. Wenn er nicht verfügbar ist, muß ich mir einen anderen Händler suchen. Ich bin wirklich in einer verzweifelten Lage, Martina. Ich muß mich an jemanden wenden, dem ich vertrauen kann. Wen gäbe es außer Ihnen?«

Sie lachte. »Sie Schmeichler.«

»Bitte, es ist mein Ernst.«

»Ich werde mit James reden und Sie so schnell wie möglich zurückrufen.«

»Tausend Dank, Martina.«

Sie gab der Sekretärin den Hörer zurück. »Bitte keine Anrufe mehr, bis Mr. Chan gegangen ist.«

Martina ging wieder ins Hauptbüro. Sie betete stumm, daß Hendrik bald wieder in Antwerpen sein möge. Daniel Schmidt hatte sie in eine heikle Situation gebracht.

James ließ das Vergrößerungsglas wieder sinken und knipste die Speziallampe aus. Chan umklammerte den Handgriff der Aktentasche, die auf seinen Knien lag. »Wenn Sie mich bitte kurz entschuldigen würden, Mr. Chan, ich möchte mit Miss Van den Fleet sprechen.«

»Ja, natürlich.«

James erreichte die Tür in dem Augenblick, in dem Martina sie öffnete. »Ein Wort unter vier Augen.«

»Mmm.« Sie trat zurück.

James ging zum anderen Ende des Vorzimmers. »Ich habe alle Tests gemacht. Er ist echt.«

Ihr Magen zog sich vor Aufregung zusammen. »Was schwebt Ihnen vor? Eine Auktion?«

»Es wäre das Beste, aber ich muß mein Ergebnis natürlich verifizieren lassen.«

»Wen wollen Sie fragen?«

»Das ist schwierig. Ich schließe Sie aus, Martina, weil ich annehme, daß Sie sich an Mr. Yasim wenden werden, falls er interessiert ist. Es muß jemand sein, bei dem nicht die Wahrscheinlichkeit besteht, daß er einen ernsthaft interessierten Kunden hat. Es geht hier um eine sehr große Summe.«

»Ich weiß.«

»Ich brauche jemand mit einem erstklassigen Ruf.«

»Ich würde Tony Bergman vorschlagen, aber er wird garantiert ein Angebot machen wollen.«

James kratzte sich hinter dem Ohr. »Die einzigen Namen, die mir einfallen, sind Chaim Eichler und Mark Singh.«

»Ich denke, Singh hat den besseren Ruf von den beiden.«

»Das meine ich auch, und Eichler könnte uns durchaus überraschen und uns einen Kunden präsentieren. Ich werde Singh sofort anrufen. Und ihn überreden herzukommen.«

»Vorausgesetzt, er ist interessiert.«

James lachte. »Ich kenne Singh. Er würde nie eine Gelegenheit auslassen, sein enormes Wissen zu zeigen.« James rieb sich die Hände. »Dann teilen wir Mr. Chan die gute Nachricht mit.«

Chan saß kerzengerade auf seinem Stuhl und war überzeugt, daß jeder Blutstropfen seines Körpers in seinen Kopf gestiegen war. Das erste Hindernis war überwunden. James legte die Finger so zusammen, daß sie ein Zeltdach bildeten. »Miss Van den Fleet und ich sind wie gesagt von der Qualität des Steins überzeugt, und ich bin bereit, ein Zertifikat auszustellen. Es ist jedoch ratsam, ihn von einem anderen international angesehenen Händler begutachten zu lassen.«

Chan warf ihm einen mißtrauischen Blick zu. »Genügt dazu nicht das Wort von Miss Van den Fleet?«

James lächelte. »Vollauf, Mr. Chan, aber wir müssen andere Gesichtspunkte berücksichtigen. Ich glaube, Miss Van den Fleet hat Ihnen schon gesagt, daß der Diamant versteigert werden müßte, um den bestmöglichen Preis zu erzielen. Da sie einen Kunden hat, der sie beauftragen wird, bei einer solchen Auktion für ihn zu bieten, hat sie mich gebeten, ein etwaiges Zweitgutachten nicht von ihr ausstellen zu lassen.«

Chan entspannte sich. »Ah, jetzt verstehe ich.«

»Dies ist übrigens unser Hauptproblem, Mr. Chan. Einen angesehenen Händler zu finden, bei dem nicht die Wahrscheinlichkeit besteht, daß er den Auftrag bekommen wird, für den Stein zu bieten.«

Martina beugte sich vor. »Entschuldigen Sie bitte, wenn ich unterbreche, aber wir sollten vielleicht darauf hinweisen, daß wir nur einige ausgewählte Händler zu der Versteigerung einladen wollen, um Aufsehen zu vermeiden und keine Zeit zu verschwenden. Händler, von denen wir wissen, daß sie Kunden mit den finanziellen Mitteln haben, die nötig sind, um den Stein zu kaufen.«

Chan lächelte, da es ihm wie Schuppen von den Augen fiel. »Ah ja! Ich verstehe die Situation.«

James nahm seinen Füllhalter und drehte ihn hin und her. »Hm. Wir haben also beschlossen, Mr. Mark Singh aus Bombay zu bitten, den Diamanten zu begutachten. Es ist natürlich möglich, daß er ablehnt, aber wir rechnen nicht damit. Und wir glauben, daß er keinen Kunden hat, der in Frage kommt. Er ist ein sehr angesehener Händler. Er arbeitet sogar als Berater der Interkontinentalen Diamantenbörse.«

»Sehr gut.« Chan nahm eine Zigarette aus der Schachtel auf dem Schreibtisch. »Ich überlasse diese Dinge ganz Ihnen, Mr. Wu.«

»Danke. Wir werden der Form halber auch ein Gebot von der Diamantenbörse einholen.«

Chan verkrampfte sich. »Ist das notwendig?«

»Ja, ich denke. Es wird das Ereignis noch ein bißchen sensationeller machen, wenn sie beschließt, mitzubieten. Die Barrücklagen der Diamantenbörse sind nicht genau bekannt, aber man sagt, sie seien ganz erheblich. Das könnte den Preis noch höher treiben. Hm . . . hätten Sie noch weitere Fragen, Mr. Chan?«

»Nein, ich bin mehr als zufrieden mit den Informationen, die Sie mir gegeben haben.« Chan nahm die Aktentasche von seinen Knien und stand auf. »Sie werden mich auf dem laufenden halten?«

»Über alles, Mr. Chan.«

Martina begleitete James und Chan bis zur Tür und machte sie hinter ihnen zu. Eine innere Hochstimmung hatte sie erfaßt, und sie trat ans Fenster. Sie schaute hinaus auf den wie immer dichten Strom von Fahrzeugen und Passanten auf der Straße. Das war der große Coup. Es würde sicher der Verkauf des Jahrhunderts werden. Als James ins Büro zurückkam, drehte sie sich um.

»Ich habe ein Gespräch mit Mark Singh angemeldet.«

Martina hielt die Hand hoch und kreuzte Zeige- und Mittelfinger. »Viel Glück.« Er lächelte ein wenig. »Ich glaube, ich habe momentan eine Glückssträhne.« Er nahm rasch ab, als das Telefon klingelte. »Oh, Mr. Singh, ich freue mich, daß ich Sie erreiche. Ich hatte mich gefragt, ob Sie vielleicht interessiert wären, einen Diamanten zu begutachten, mit dessen Verkauf ich beauftragt worden bin?«

Martina wandte sich wieder zum Fenster und lauschte mit einem Ohr auf James' Worte. Ein Wolkenbruch nahm ihr die Sicht auf das Geschehen unten auf der Straße. Sie trommelte mit den Fingern auf das Fensterbrett. Mark Singh würde sich in Hongkong wie zu Hause fühlen, jedenfalls, was das Wetter betraf. Sie schaute über die Schulter hinweg zu James, als er auflegte.

»Er wird morgen hier sein.«

Hendrik strich die Krawatte glatt und starrte dann wieder auf die Spitze seines rechten Schuhs. Der Geschäftsführer der Bank tat wahrscheinlich nur deshalb so, als fiele ihm eine Entscheidung schwer, weil die Usancen seiner Branche es verlangten. Er bog die Zehen hoch. Vielleicht hätte er Banker werden sollen und nicht Diamantenhändler. Es hatte etwas für sich, davon zu leben, daß man mit dem Geld anderer Leute arbeitete. Es war sicher viel besser, als von anderen abhängig zu sein. Er verschränkte die Arme. Martina hatte immerhin den Anstand besessen, im Büro Bescheid zu sagen, daß Daniel Schmidt sich an sie gewendet hatte, obgleich es zu spät gewesen war, um ins Geschäft zu kommen. Schmidt hatte inzwischen jemanden in London gefunden.

Der Geschäftsführer räusperte sich. »Ich denke, wir wären bereit, Ihnen ein kurzfristiges Darlehen von 200 000 Dollar zu geben. Die Frage einer Sicherheitsleistung wäre natürlich zu regeln.«

»Herr Miekle, Ihre Bank hat seit zweihundert Jahren Geschäfte mit meiner Familie gemacht. Sie wissen, daß es Sicherheiten gibt. Was für eine Frage wäre also zu regeln?«

Miekle blickte zu ihm auf. Hendrik war ein schroffer junger Mann. Das Gegenteil von seinem Vater. Er nahm das Exemplar der Jahresbilanz von Van den Fleet, das Hendrik mitgebracht hatte. »Die Zinsen für die Summe wären natürlich vollständig bei Ablauf des Darlehens fällig.«

Hendrik rutschte in seinem Armstuhl hin und her. »Ich habe einen Käufer, der auf die Diamanten wartet, Herr Miekle. Das Darlehen und die Zinsen werden binnen einer Woche bezahlt werden, wahrscheinlich schon früher.«

Miekle nickte. »Darf ich die Bilanz hier behalten?«

»Ja.«

»Sehr gut, Herr Van den Fleet. Ich werde der Geschäftsleitung empfehlen, Ihren Darlehensantrag positiv zu beantworten.«

Hendrik stand auf. »Danke, Herr Miekle. Ich werde bis heute nachmittag eine Bankanweisung brauchen.«

Miekle zog die Augenbrauen hoch. »Ich werde sehen, was sich tun läßt, Herr Van den Fleet. Guten Tag.«

Hendrik ging mit raschen Schritten die Straße hoch. Sobald das Depot in Kinshasa bestätigte, daß Duiss die Steine hinterlegt hatte, würde er sein Geld bekommen. Der Deal mit Yoshino konnte in achtundvierzig Stunden über die Bühne gegangen sein. Dieser blöde Miekle würde seiner Bank weniger Zinsen verschaffen, als er gedacht hatte. Und Hendriks Vater brauchte nichts davon zu erfahren.

Die Mitglieder des Direktoriums der Interkontinentalen Diamantenbörse wurden unruhig, als die Vorhänge zurückgezogen wurden. Christian stand auf. »Sollen wir vielleicht eine Kaffeepause einlegen, meine Herren? Ich bin sicher, daß Sie die Gelegenheit nutzen werden, um Ihre Meinung über die Glückstränenkampagne auszutauschen.« Er blickte zur Seite, als seine persönliche Assistentin neben ihn trat. »Ja, Margaret?«

»Wenn ich kurz stören dürfte, Mr. Debilius?«

Er sah sie an. Kurz stören war die Umschreibung von dringend.

»Ja, natürlich. Wenn Sie mich zwei Minuten entschuldigen würden, meine Herren.« Er drehte sich um und folgte Margaret zu einer Tür am hinteren Ende des Sitzungszimmers.

Er ließ sie in sein Büro vorangehen und machte die Tür zu. »Probleme?«

»Ich glaube, Mr. Debilius. Die Finanzabteilung hat eine Beschwerde gegen Duiss and Company in Zaire bekommen. Verstoß gegen die Händlervorschriften. Eine Zahlung ist überfällig. Die Finanzabteilung sagt, es sei die zweite Beschwerde. Die erste kam vor drei Monaten. Als die Finanzabteilung sich an Duiss wandte, wurde die Zahlung sofort getätigt, aber diesmal sagt sein Büro, er sei in Urlaub. Sie können ihn nicht erreichen. Ich habe selbst in Zaire angerufen, aber ich habe dieselbe Antwort bekommen. Ich habe die Finanzabteilung angewiesen, Duiss sofort unter die Lupe zu nehmen.«

»Sehr gut, Margaret.« Christians Gesicht wurde drohend. »Drehen Sie ihm den Hahn ab. Faxen Sie an alle Mitglieder, sie sollen ab sofort aufhören, mit Duiss and Company zu handeln.«

»Ja, Mr. Debilius.«

Er ging hinaus.

Er wartete, bis die Mitglieder des Direktoriums wieder Platz genommen hatten. »Ehe wir die japanische Geschichte besprechen, möchte ich Sie auf einen anderen Punkt hinweisen. Wie ich soeben erfahren habe, hat Duiss and Company aus Zaire zum zweitenmal gegen die Händlervorschriften verstoßen. Wir lassen die Firma bereits prüfen und werden von nun an nicht mehr mit ihr handeln.« Einige der Männer nickten und murmelten Zustimmung.

»Und jetzt zu den Japanern, meine Herren. Ich denke, sie hatten seit der Sicht und der Benachrichtigung über die neue Werbekampagne der IDB genug Zeit, um die Konsequenzen zu bedenken. Allem Anschein nach haben die Japaner beschlossen, diese Konsequenzen zu ignorieren. Deshalb schlage ich vor, alle Mitglieder dahingehend zu unterrichten, daß die IDB es für angebracht hält, alle Verkäufe an die Japaner umgehend auszusetzen. Ich betrachte diesen Schritt als angemessen. Hoffen wir, daß die IDB nicht dulden wird, daß man ihre Handelsstruktur untergräbt.«

»Warum kein uneingeschränkter Boykott?« fragte jemand am anderen Ende des Tisches.

»Das halte ich im Moment noch nicht für notwendig. Ich denke, eine ausdrückliche Empfehlung an die Mitglieder wird genügen. Wir werden jedoch nicht zögern, nötigenfalls einen Boykott zu erlassen. Wollen wir jetzt noch einmal über die Glückstränenkampagne sprechen, meine Herren?«

Die Herren des Direktoriums stimmten zu und wandten ihre Aufmerksamkeit der viel wichtigeren Frage zu, wie sie möglichst schnell möglichst viel Geld verdienen könnten.

Mark Singh akzeptierte eine Tasse Kaffee. Er wandte sich halb um und wischte den Rand der Tasse verstohlen mit dem Taschentuch ab. Martina verzog die Lippen. In Hongkong war man mindestens so hygienisch wie in Bombay. Er trank einen winzigen Schluck und stellte die Tasse wieder hin. »Es ist ein außergewöhnlicher Stein, Mr. Wu.«

James strahlte. »Wir haben Anweisung, ihn zu versteigern. Darf ich fragen, ob wir Ihnen Bescheid geben sollen, wo und wann es geschehen soll?«

»Ich würde mich sehr dafür interessieren, aber es ist unwahrscheinlich, daß ich einen Bietauftrag bekomme.«

James warf Martina einen Blick zu. James hatte wieder recht gehabt. Schlauer Bursche.

Mark öffnete seine Aktentasche und nahm ein Blankozertifikat heraus. »Ich habe immer einige Blankodokumente dabei. Das spart Zeit.«

»In der Tat, Mr. Singh. Ich mache das gleiche.« James lächelte. »Vielleicht werden Sie heute abend zusammen mit Miss Van den Fleet und mir eine Kleinigkeit essen, Mr. Singh?«

»Nein, danke. Ich möchte schon heute nachmittag nach Bombay zurückfliegen. Meine Frau erwartet übermorgen unser viertes Kind. Ich muß dasein.«

Martina verschränkte die Hände hinter dem Rücken. James hatte recht. Singh war kalt wie ein Fisch. Sie beobachtete den Inder. Sein gekünsteltes Benehmen wirkte ein wenig lächerlich: Er gab sich alle Mühe, Gleichgültigkeit angesichts eines Diamanten zu heucheln, den er, wenn er die Gelegenheit und das Können hätte, gern selbst verkaufen würde. Sie wandte sich angewidert ab.

Als James den Händler erleichtert hinausbegleitet hatte, kam er mit ernster, fast niedergeschlagener Miene ins Büro zurück. Martina starrte ihn an. »Ist was nicht in Ordnung, James?«

»Hmm. Ich habe eben zwei Faxe von der Diamantenbörse bekommen. Der Handel mit Duiss and Company soll ab sofort eingestellt werden.«

»Schulden sie Ihnen etwas?«

»Nein, nein. Ich glaube sogar, ich habe noch nie mit ihnen zu tun gehabt.«

»Was ist dann das Problem? Sie sehen aus, als machten Sie sich Sorgen über etwas.«

»Mein Glaube an meine Glückssträhne war unbegründet. Wir können den Diamanten nicht versteigern.«

»Wie bitte?«

»Da, lesen Sie. Es kam zusammen mit dem Fax über Duiss. Die IDB empfiehlt allen Mitgliedern, vorerst nicht mehr mit den Japanern zu handeln.«

Martina überflog das Blatt Papier. »Nun ja, ich denke, Sie könnten die Japaner ausschließen.«

»Und wie soll ich dafür sorgen?«

Sie schürzte die Lippen. »Wenn jemand ohne Ihr Wissen für einen Japaner bietet, kann man Ihnen keinen Vorwurf machen.«

»O doch. Die IDB würde es als eine Art geheime Absprache betrachten, und ich könnte nicht das Gegenteil beweisen.«

»Aber es ist nur eine Empfehlung, James. Es ist keine Anweisung.«

Er starrte bekümmert auf seine Schuhe hinunter. »Wenn die Versteigerung stattfindet, könnte es bereits eine sein. Außerdem ignorieren nur Narren oder Verzweifelte die Empfehlungen der IDB. Empfehlungen an die Mitglieder sind praktisch das gleiche wie Befehle.«

Sie legte das Blatt auf den Schreibtisch.

James sah auf seine Uhr. Er nahm das Zertifikat und steckte es in einen Umschlag. »Gehen wir etwas essen, und dann versuchen wir, ein richtiges Geschäft zu machen. Wir haben mit dieser ganzen Sache nur Zeit und Geld verschwendet.«

Sie las die Nachricht noch einmal. Armer James. Daß das ausgerechnet jetzt passieren mußte. Der Stein war echt. Er hatte die besten Zertifikate, die es geben konnte. Nur die Diamantenbörse stand zwischen ihnen und der gewaltigen Provision. Sie starrte auf die Unterschrift von Christian Debilius, und ihr Atem ging plötzlich schneller. »James.«

»Ja?«

»Wir haben etwas übersehen. Ich bin ja nicht optionsberechtigt.«

Er starrte sie an, ohne zu begreifen.

»Ich bin kein Mitglied der Diamantenbörse, James.«

Sie sah ihn aufgeregt an. Seine Augen begannen zu funkeln. »Sie können den Stein verkaufen!«

»Mit Ihrem Einverständnis.«

»Ja. Nein, Moment. Das geht nicht. Sie arbeiten für mich. Man würde James Wu and Company verantwortlich machen.« Er hob die Hand. »Augenblick. Auch dafür gibt es eine Lösung. Sie arbeiten nicht für mich, Sie sind meine Beraterin.« Er schüttelte den Kopf. »Nein. Das würde auch nicht funktionieren. Die IDB würde die Firma trotzdem für Ihr Vorgehen verantwortlich machen, da Sie in ihrem Namen handeln.«

Martina überlegte einen Moment. »Hören Sie, James, ich glaube, ich habe es. Ich habe bis jetzt noch kein Gehalt und keine Provisionen von Ihnen bekommen. Wir könnten unsere Vereinbarung als null und nichtig betrachten. Dann wäre James Wu and Company überhaupt nicht an der Sache beteiligt, jedenfalls, was die IDB angeht.«

James starrte sie an. »Der Verstand einer Frau ist wie ein Labyrinth.«

»Nein, James. Er nimmt nur zwei Stufen auf einmal.«

Er kratzte sich hinter dem Ohr. »Ich sehe ein künftiges Problem. Wenn der Stein von den Japanern ersteigert wird, könnte die IDB Sie inoffiziell auf die schwarze Liste setzen. Sie könnte alle Mitglieder davor warnen, Sie einzustellen oder als Beraterin zu engagieren.«

»Das würden sie nicht wagen.«

»Sie kennen Christian Debilius nicht. Wenn er etwas mit einer Methode nicht erreicht, versucht er es mit einer anderen. Und er ist alles andere als zimperlich in der Wahl seiner Mittel.«

Sie lachte gereizt. »Ich kann es langsam nicht mehr ertragen, daß alle so tun, als wäre Christian Gottvater persönlich. Er ist es nicht. Ich will Ihnen etwas sagen, James. Christian hat keinerlei Macht über mich. Er hat sich konsequent geweigert, mich oder irgendeine andere Frau als Optionsträgerin zuzulassen. Er kann nicht alles haben. Wenn Sie wollen, werde ich den Stein verkaufen, und machen Sie sich bitte keine Sorgen um die Konsequenzen, denn ich tue es auch nicht. Wenn ich den Stein verkaufe, dann wird kein Mensch ehrlichen Gewissens sagen können, ich sei ungeeignet als Händlerin. Es sei denn, man benutzt den Verkauf als Vorwand, um mich zu diskriminieren. In dem Fall würde ich nicht zögern, die IDB und Christian selbst zu verklagen.«

»Würden Sie das wirklich tun?«

»Ohne Zögern. Es wäre natürlich unwahrscheinlich, daß es zu einem Prozeß käme. Ich bezweifle, daß die IDB an einer öffentlichen Verhandlung interessiert ist.«

Er schüttelte wieder den Kopf. »Ich glaube, Sie würden es fertigbringen.«

»Das Wort eines Van den Fleet gilt, James.«

»In der Tat.« Er streckte die Hand aus. »Und meines auch.«

Sie schlug ein. »Wenn ich den Stein verkaufen sollte, werden Sie natürlich eine Provision annehmen.«

Er lächelte breit. »Wie kommen Sie darauf, daß ich es nicht täte?«

»Fifty-fifty?«

Er gab ihr wieder die Hand. »Sie sind sehr fair als Händlerin, Martina.«

»Chan ist Ihr Kunde.«

Er lachte. »Und von jetzt an gehört er Ihnen.«

Hendrik sah Astrid finster an, als sie auf Zehenspitzen ins Büro kam. »Ich habe doch gesagt, ich möchte nicht gestört werden.«

»Ich dachte, Sie sollten diese beiden Faxe von der Diamantenbörse sehen, Hendrik. Das eine ist zur sofortigen Kenntnisnahme bestimmt, das andere ist dringend.«

Er streckte die Hand aus. »Geben Sie her und dann bitte keine weiteren Störungen. Ich erwarte einen sehr wichtigen Anruf.«

»Ja, Hendrik.« Sie zögerte einen Moment. »Und wenn Ihr Vater . . .«

»Selbst er wird warten müssen.«

»Gut.«

Hendrik blickte auf das Fax mit der Überschrift »Sehr dringend« und atmete langsam aus. Er hatte den Deal gerade noch rechtzeitig über die Bühne gebracht. Duiss & Co. war den Bach runtergegangen. Die Leute in Kinshasa hatten ihm vor einer knappen Stunde mitgeteilt, daß die Diamanten hinterlegt worden seien. Er wüßte gern, wo die 200 000 Dollar jetzt waren. Ganz bestimmt nicht auf dem Firmenkonto von Duiss & Co. Er überflog das andere Fax und warf es in den Papierkorb. Er konnte es sich nicht leisten, Debilius' Empfehlung, keine Geschäfte mit den Japanern zu machen, zu befolgen.

Pa Jiaming schob die Papiere zusammen und legte sie in die Akte. Er blickte hinüber zu Chen Chih. Der Mann war dümmer, als er aussah. Er hatte versucht, der Führungsgruppe für Hochtechnologie etwas anzuhängen, und nichts gefunden. Er hatte versucht, ihm, Pa Jiaming, etwas anzuhängen, und nichts gefunden. Pa lächelte vor sich hin. Chen war so sehr darauf erpicht, Anzeichen von Korruption zu finden, daß er sich nicht die Mühe machte, nach Anzeichen von »privatem Unternehmertum« zu suchen.

Chen richtete sich auf seinem Stuhl auf. »Ihr geplanter Besuch in Genf, Stellvertretender Vorsitzender. Ich finde es nicht notwendig, daß Sie länger als zwei Tage bleiben.«

Pa sah ihn an. »Verzeihen Sie, Vorsitzender Chen, aber ich wollte nur einen bleiben.« Er konstatierte befriedigt, daß sein Gegenüber ein Grinsen unterdrückte.

Chen verlagerte sein Gewicht. »Es ist gut, zu sehen, daß Sie anderen ein Beispiel geben, Stellvertretender Vorsitzender.«

Pa neigte bescheiden den Kopf.

Chen schob seinen Stuhl zurück, stand auf und sah die Männer am Tisch der Reihe nach an. »Die Besprechung ist beendet. Denken Sie daran, daß es ohne Einschränkung der persönlichen Freiheit keinen wahren Fortschritt geben kann. Ohne Einschränkung der persönlichen Freiheit ist Fortschritt nichts weiter als kapitalistische Ausbeutung der Ressourcen des Staates.« Er wandte sich um und stolzierte aus dem Raum.

Pa nahm seine Akte und kehrte in sein Büro zurück. Er blieb vor dem jungen Mädchen stehen, das am Schreibtisch vor der Tür saß. »Ich möchte, daß Sie heute länger bleiben.«

Sie lächelte. »Selbstverständlich, Stellvertretender Vorsitzender.«

»Länger als sonst, wenn Sie Überstunden machen. Ich fürchte, Sie werden Ihr Abendessen nicht zur gewohnten Zeit einnehmen können.« Er legte dicht neben ihrem Arm die Hand auf den Schreibtisch. »Die Küche des Restaurants ›Neue Peking-Ente‹ wird sehr empfohlen.«

Sie schlug den Blick nieder. »Sie sind sehr freundlich, Stellvertretender Vorsitzender.«

Er lächelte und ging in sein Büro.

Er setzte sich an den Schreibtisch und legte die Akte vor sich hin. Er zündete sich eine Zigarette an. Ein Tag in Genf bedeutete, daß er zwei Tage in Österreich sein konnte. Er blies einen Ring in die Luft. Er fragte sich, ob Chen wußte, daß es in Österreich um diese Jahreszeit oft sehr neblig war, so daß die Flugpläne der Luftfahrtgesellschaften heillos durcheinandergerieten. Er schlug die Akte auf und fing an, Notizen am Rand des zuoberst liegenden Dokuments zu machen. Eine Stunde Arbeit, dann ein schönes Essen in der Neuen Peking-Ente und dann ein kleines Vergnügen, wenn ihn nicht alles täuschte. Er hielt kurz inne und hob den Kopf. Professor

Lis Nachricht, daß der Diamant zweimal positiv begutachtet worden war, war hochwillkommen. Er lächelte vor sich hin und senkte wieder den Kopf. Die Nachricht, daß der Versteigerungserlös sicher auf seinem Bankkonto deponiert war, würde noch willkommener sein.

Christian Debilius kam zufrieden vom Lunch zurück, doch seine gute Laune drohte sich zu verflüchtigen, als er seine Bürosuite betrat und Margarets warnenden Blick auffing. Er seufzte. »Margaret, ich hoffe, Sie werden mir nicht den Nachmittag verderben?«

»Nein, Mr. Debilius, aber ich glaube, Sie sind drauf und dran, anderen den Nachmittag zu verderben.«

Er lachte.

Sie trat neben ihn, als er den Computerausdruck überflog. »Unser Vertreter im Nahen Osten hat angerufen, als Sie beim Lunch waren, und gesagt, er habe Beschwerden bekommen, daß die Israelis an die Japaner verkauften.«

Christian stöhnte. »Doch nicht wieder die Kuwaitis.«

»Ich fürchte, ja, und die Israelis haben sich beschwert, daß die Kuwaitis immer noch mit den Japanern handeln.«

Er fuhr sich mit der Hand über den Hinterkopf. »Das hat mir gerade noch gefehlt. Verdammter Mist. Die IDB kann machen, was sie will, um beide Seiten zu schützen, sie betrachten es als einen Vorwand, um sich gegenseitig zu bescheißen, wenn Sie den Ausdruck entschuldigen.«

»Da Sie nicht im Haus waren, habe ich Mr. Evans gebeten, einen Computer-Check zu veranlassen.« Sie beugte sich vor und zeigte auf die letzte Seite des Ausdrucks. »Die Kuwaitis scheinen sauber zu sein, aber da sind die Ergebnisse über die Israelis. Sie haben zweifellos weiter gehandelt.«

Er schüttelte wie ungläubig den Kopf. »Wissen Sie, vielleicht sollte ich mich nur noch als Gastronom betätigen.«

Sie unterdrückte ein Lächeln.

Er gab ihr den Ausdruck zurück. »Teilen Sie den Mitgliedern mit, daß wir ab sofort alle Verkäufe an die Japaner verbieten. Uneingeschränkter Boykott.«

»Sofort, Mr. Debilius.«

»Und unterrichten Sie das Direktorium davon.«

»Ja, übrigens, Mr. Yasim hat angerufen und wollte kurz mit Ihnen sprechen.«

»Ist das Leben nicht voller kleiner Überraschungen, Margaret?«

Sie lachte. »Ich verbinde Sie gleich mit ihm, Mr. Debilius.«

Christian drehte seinen Sessel vom Schreibtisch fort und schlug die Beine übereinander. »Beni, schön, Sie zu hören. Hm . . . Wenn ich Sie unterbrechen darf? Ich habe eine kleine Information, die Sie vielleicht interessieren wird. Sie wissen wahrscheinlich, daß wir den Mitgliedern empfohlen haben, alle Verkäufe an die Japaner zu suspendieren. Wir haben Stichproben gemacht und ein paar heimliche Transaktionen entdeckt. Deshalb haben wir jetzt einen Boykott erlassen.«

»Eben deshalb wollte ich mit Ihnen reden, Christian. Man hat mich gebeten, mich inoffiziell an Sie zu wenden.«

Christian lachte. »Offenbar haben wir Ihnen die Arbeit abgenommen. Im Ernst, Beni, Ihre Auftraggeber können versichert sein, daß niemand, der gegen die IDB-Vorschriften verstoßen hat, ausgeschlossen wird, und das gilt natürlich auch für Sie.«

»Das freut mich zu hören.«

»Wann sind Sie wieder in New York?«

»Möglicherweise Ende des Monats. Ich weiß es noch nicht genau.«

»Wir müssen zusammen essen.«

»Danke. Ich muß jetzt Schluß machen. Meine Maschine geht gleich. Auf Wiedersehen.«

James' Sekretärin stand auf, als Martina durch den Haupteingang hereinkam. »James telefoniert gerade, Miss Van den Fleet. Wenn Sie ihm dies bitte mitnehmen würden? Es ist eine sehr dringende Mitteilung von der Diamantenbörse.«

»Ich werde dafür sorgen, daß er es liest.« Martina nahm das Blatt im Vorbeigehen und blieb stehen, als sie die ersten Worte überflogen hatte. Sie zog die Augenbrauen hoch und ging in James' Büro.

James legte auf und nahm das Fax, das Martina ihm reichte. Er sah zu ihr hoch. »Jetzt liegt es ganz allein bei Ihnen, Martina. Angesichts des Handelsboykotts gegen die Japaner müssen wir die Sache sehr vorsichtig erledigen. Sie werden mich sicher verstehen, wenn ich sage, daß ich meine Stellung auf keinen Fall gefährden darf.«

»Ich habe schon darüber nachgedacht. Was sagen Sie dazu, wenn ich Hongkong fürs erste ganz verlasse? Auf diese Weise wäre eine Menge Luft zwischen Ihnen und mir. Zum Beispiel Genf.«

Er überlegte einen Moment. »Ich muß zugeben, der Vorschlag hat seinen Reiz. Warum ausgerechnet Genf?«

»Die Sicherheitsmaßnahmen sind dort die besten der Welt. Wir werden genug um die Ohren haben und müssen uns nicht sorgen, daß jemand den Diamanten stiehlt.«

»Das stimmt. Gut. Dann auf nach Genf.« Er kratzte sich am Ohr. »Was ist mit dem finanziellen Aspekt? Es darf nicht herauskommen, daß ich beteiligt bin.«

»Keine Sorge. Ich habe genug Geld, um die laufenden Kosten zu tragen. Alles andere machen wir mit dem Erlös von der Auktion.«

Er langte nach dem Hörer. »Ich werde Chan gleich anrufen und ihm die gute und die schlechte Nachricht mitteilen.«

»Warten Sie bitte, ich habe noch eine Idee. Ich denke, wir sollten eine Dokumentation samt Videofilm vorbereiten und an alle in Frage kommenden Händler schicken, um ihren Appetit zu wecken. Wir bitten sie, Angebote in geschlossenen Umschlägen einzureichen. Die fünf höchsten Bieter werden zu einer Sicht gebeten, um den Stein in Augenschein zu nehmen. Wenn sie dann noch interessiert sind – und ich zweifle nicht daran –, kann die Versteigerung unmittelbar danach stattfinden. Was halten Sie davon?«

»Ausgezeichnet. Ich rufe Chan an und bitte ihn um sein Einverständnis.«

»Möchten Sie eine Tasse Kaffee?«

»Ich denke, ich werde sie brauchen. Dieser Boykott gegen die Japaner wird weh tun.«

»Ich bin sicher, Sie können ein bißchen Schmerz aushalten, James.«

Er lachte.

Als Martina mit dem Kaffeetablett zurückkam, hielt James die Hand auf die Sprechmuschel. »Er ist einverstanden, aber er möchte mit Ihnen sprechen. Er sagt, er hat Anweisung, daß der Verkauf so schnell wie möglich über die Bühne gehen muß.« Er nahm die Hand von der Muschel. »Mr. Chan, Miss Van den Fleet ist gerade gekommen und kann jetzt mit Ihnen sprechen.«

Martina nahm den Hörer. »Guten Tag, Mr. Chan. Stimmt es, daß Sie mit unseren Vorschlägen einverstanden sind?«

»Ja und vielen Dank, daß Sie den Verkauf übernehmen werden, Miss Van den Fleet. Mr. Wu hat mich über den Boykott informiert. Ich verstehe nur eines nicht recht. Wenn es einen Boykott gibt, werden andere Händler dann überhaupt an der Versteigerung teilnehmen?«

»Aber sicher, Mr. Chan, wir nehmen die Anweisungen der Diamantenbörse ganz wörtlich. Der Boykott bezieht sich auf Verkäufe an die Japaner, nicht auf Käufe. Es ist eine Formalität, aber es steht schwarz auf weiß da. Ich bin der Verkäufer. Die Leute, die an der Versteigerung teilnehmen, sind Käufer.«

»Ah, jetzt verstehe ich. Der Boykott betrifft Sie nicht?«

»Nein, Mr. Chan. Ich bin eine Frau, und Frauen werden nicht als Mitglieder der Diamantenbörse aufgenommen. Die Anweisungen der Diamantenbörse gehen mich deshalb nichts an.«

Chan schmunzelte. »Vielleicht wird man sich bald um Ihre Mitgliedschaft bemühen, Miss Van den Fleet.«

»Wir werden sehen.«

»Ich muß noch etwas sehr Wichtiges klarstellen. Mein Auftraggeber möchte, daß der Diamant unverzüglich verkauft wird. Wird der Verkauf in Genf eine Verzögerung bedeuten?«

»Nein, im Gegenteil. Wenn Sie den Diamanten ins Büro bringen könnten, können wir ihn gleich filmen und per Kurier nach Genf bringen lassen.«

»Sie werden ihn nicht selbst hinbringen?«

»Nein, Mr. Chan, er ist bei einem Diamantenkurier sicherer aufgehoben. Machen Sie sich bitte keine Sorgen. Jeden Tag werden große Mengen sicher um den Globus befördert. Ich werde dafür sorgen, daß Sie Zweitausfertigungen aller Dokumente bekommen. Soll ich Ihnen in Genf ein Hotelzimmer bestellen, oder möchten Sie sich lieber selbst darum kümmern?«

Chan gab einen keuchenden Laut von sich. »Ich muß nach Genf?«

»Sie müssen nicht, Mr. Chan, aber ich dachte, Sie würden gern dabeisein.«

»Ich verstehe. Ich kann es im Moment nicht sagen, ich muß erst mit meinem Klienten darüber sprechen.«

»Sehr gut, Mr. Chan, sagen Sie mir bitte Bescheid, wenn Sie sich entschieden haben. Könnten Sie den Stein zu uns ins Büro bringen? Je eher wir anfangen, um so weniger Zeit verschwenden wir.«

»Ich werde in zwanzig Minuten da sein.«

»Danke, Mr. Chan.« Martina legte auf und lächelte James zu. »Wir sind auf dem Weg, James.«

Hendrik nahm das Fax und las es noch einmal. Wenn Yoshino ihn um die Zeit zurückgerufen hätte, die er zugesagt hatte, hätte er den Deal noch vor Inkrafttreten des Boykotts abschließen können. Aber die IDB verurteilte einen nicht zum Tode, wenn man eine Empfehlung nicht beachtete. Er schob seinen Drehsessel zurück und stand auf und schritt auf und ab. Er hatte die letzten vier Stunden lang versucht, die Diamanten an den Mann zu bringen. Alle Antworten lauteten gleich. Händler hatten genug Probleme damit, ihre eigene Rohware zurückzuhalten, und wollten nicht noch dazukaufen. Er zuckte zusammen, als sein Magen sich in einem scheußlichen Krampf zusammenzog. Er mußte die Steine verkaufen. In fünf Tagen war das Bankdarlehen fällig. Er rieb sich den Bauch. Wenn er nicht zahlen konnte, war Van den Fleet pleite. Selbst wenn die Bank das Darlehen prolongierte – er würde sich nicht einmal die Zinsen leisten können.

Astrid klopfte und steckte den Kopf ins Zimmer.

»Raus!«

»Hendrik . . .«

»Ich habe gesagt, raus!«

»Mr. Yoshino.«

»Was?«

»Ich glaube, Ihr Apparat ist nicht in Ordnung. Ich habe Mr. Yoshino in der Leitung, aber ich kann ihn nicht zu Ihnen durchstellen.«

Hendrik hätte sie um ein Haar umgestoßen, als er an ihr vorbeirannte. Er nahm den Hörer, der auf dem Schreibtisch lag. »Mr. Yoshino? Ja, hier Hendrik Van den Fleet. Entschuldigung, daß ich Sie warten ließ, aber mein Telefon scheint nicht in Ordnung zu sein. Ja, die Ware ist noch verfügbar.« Er wickelte die Telefonschnur um seine Hand. »Mr. Yoshino, ich habe Ihre Zeit nicht verschwendet, also verschwenden Sie bitte meine nicht. Der Preis für Sie ist achthunderttausend Dollar.« Er ballte die Hand um die Schnur zusammen. »Das ist der Preis, Mr. Yoshino. Wenn Sie woanders Qualitätssteine bekommen können, kaufen Sie sie. Wir wissen aber beide, daß Sie es nicht können. Ja, einverstanden. Abgemacht, Mr. Yoshino. Zahlung übermorgen? Einverstanden. Schön, Geschäfte mit Ihnen zu machen, Mr. Yoshino.« Hendrik legte auf, und plötzlich wurde ihm schwummrig.

Astrid sah ihn besorgt an. »Geht es Ihnen nicht gut, Hendrik?«

Er lächelte schwach. »Im Gegenteil.«

Hendrik ging langsam in sein Büro zurück und machte leise die Tür hinter sich zu. Er setzte sich an den Schreibtisch und vergrub das Gesicht in den Händen. Es kam ihm plötzlich vor, als durchlebte er den längsten Tag in seinem ganzen Leben. Er richtete sich auf und lehnte sich zurück. Er hatte es getan. Jetzt konnte er nur noch hoffen, daß Duiss daran interessiert war, die Transaktion geheimzuhalten. Yoshino würde nichts sagen. Er schloß die Augen. Er hatte nichts zu befürchten, wenn er das Geschäft nicht durch die Bücher laufen ließ.

Martina probierte das Fischgulasch, das Frau Bachmann ihr gebracht hatte. Sie rieb sich die Augen. Sie war fast zu müde, um einen Bissen zu sich zu nehmen. Der Nachmittag war hektisch gewesen, und sie hatte zuletzt kaum noch gewußt, wo ihr der Kopf stand. Sie hatte Vorsorge getroffen, daß der Diamant nach Genf gebracht wurde. Der Direktor der Bank Christian Oertli war höflich und entgegenkommend wie immer. Sie war sofort auf seinen Vorschlag eingegangen, die Versteigerung in den Räumen der Bank durchzuführen, da sie sich vorzüglich für einen solchen Zweck eigneten. Er könne die notwendigen Sicherheitsmaßnahmen gewährleisten. Bei den Videoaufnahmen wäre ihr dann fast der Kragen geplatzt. Die Aufnahmecrew hatte schnell und gut gearbeitet, aber das Mädchen, das im Off sprach, war eine Katastrophe gewesen. Sie sprach sehr gut Englisch, aber der singende chinesische Akzent war unverkennbar. Die Interkontinentale Diamantenbörse würde sofort darauf kommen, daß der Videofilm in Hongkong gedreht worden war. Nach fünf Versuchen mit dem Mädchen hatte sie den Text schließlich selbst gesprochen. Sie rieb sich wieder die Augen. Sie war sich nie bewußt gewesen, wie unzusammenhängend sie sprach. Sie stöhnte laut.

Frankie Heung schob seinen Stuhl vom Tisch zurück und stand auf. »He, Ronnie, ich hab schon gedacht, ich rieche oder so.«

Ronnie Lee gab ihm die Hand und setzte sich. »Ich bin dir nicht aus dem Weg gegangen, Frankie. Ich habe deine Nachricht bekommen, aber du bist ein vielbeschäftigter Mann, und ich wollte mich erst dann verabreden, wenn ich dir was mitbringen könnte.«

»Sehr gut, Ronnie. Wie sieht es aus?«

Ronnie stützte die Ellbogen auf den Tisch und beugte sich vor. »Die Verwandten haben sich endlich mit den Bedingungen einverstanden erklärt.«

Frankie nickte. »Sehr schön.«

»Es war nicht leicht, sie zur Vernunft zu bringen, aber ich habe es schließlich geschafft.«

»Trinken wir einen darauf.« Frankie gab dem Kellner ein Zeichen.

»Äh . . . Nur eins, Frankie.«

Frankie starrte ihn an. »Aha.«

»Es ist eigentlich nicht ein Problem, nicht mal meines, aber ich muß plötzlich Kinderschwester spielen. Eines der jungen Mädchen führt sich seit dem Dahinscheiden von Mr. Song ein bißchen sonderbar auf. Ihrer Mutter gefällt das nicht. Die Tochter geht offenbar mit einem Burschen, der für die Bande des Dritten Mondes arbeitet.«

»Und?«

Ronnie lächelte nervös. »Da du gerade mit dem Dritten Mond verhandelst, dachte ich, du könntest vielleicht ein Wort mit einer bestimmten Person reden. Den Burschen veranlassen, sie nicht mehr zu sehen.«

Frankie nahm sein Glas und leerte es. »Okay, Ronnie, du kannst Mrs. Song sagen, daß der Bursche ab morgen kein Problem mehr sein wird.«

»Danke, Frankie, man wird das sehr zu schätzen wissen.«

Frankie nickte. »Schon gut. Du mußt mir aber auch einen Gefallen tun.«

»Klar, Frankie.«

»Hast du in den letzten Tagen Zeitung gelesen?«

»Ja.«

»Dann weißt du, daß ein Typ namens Bai Hao der neue Direktor des Außenhandelsverbandes der Volksrepublik ist?«

»Ich hab was darüber gelesen.«

»Wie ich höre, verwandelt er sich in einen großen Hongkong-Fan?«

Ronnie sah ihn einen Moment an, dann grinste er breit.

»Ich habe Vierohren-Fu lange nicht mehr gesehen, Ronnie.«

»Er ist krank gewesen.«

»Richte ihm Grüße aus, wenn du ihn siehst. Sag ihm, ich würde gern irgendwann mal mit ihm reden.«

»Kann ich sagen, worüber?«

»Sag ihm, ich habe einen Freund, der gerade aus Peking gekommen ist. Steht auf Schulmädchen, würde ihm gern einen Gefallen tun.«

»Bai?«

»Habe ich einen Namen gesagt?«

Ronnie grinste wieder. »Ich werd's ausrichten.«

Chan Chunling saß in seinem Hotelzimmer auf dem Bett. Er klemmte den Hörer zwischen Schulter und Kinn und steckte sich eine Zigarette an. Als am anderen Ende der Leitung eine Stimme ertönte, nahm er die Zigarette schnell aus dem Mund.

»Wir können Professor Li nicht finden.«

Chan fluchte. »Er muß irgendwo im Haus sein. Suchen Sie ihn.« Er drückte den Hörer fester ans Ohr, als er im Hintergrund eine andere Stimme zu hören glaubte.

»Professor Li ist eben in sein Büro zurückgekommen.«

»Danke.«

»Direktor Chan, sind Sie es?«

»Ja, Professor. Sie wollten mich doch anrufen. Warum haben Sie es nicht getan?«

»Ich bin sehr beschäftigt. Ich muß hier alles mögliche organisieren, ehe ich gehe.«

»Haben Sie von Pa Jiaming gehört?«

»Ja, ja, ich hätte Ihnen schon noch Bescheid gegeben. Er sagt, Sie sollen nicht mit Miss Van den Fleet nach Genf fahren. Er wird es selbst tun.«

»Ich verstehe.« Chan blickte düster auf seine Zigarette. Er hatte sich auf die Reise ins Ausland gefreut.

»Haben Sie Miss Van den Fleet die Genfer Telefonnummer gegeben?«

»Ja.«

»Dann hat Pa noch gesagt, Sie sollten so schnell wie möglich nach Schanghai zurückfliegen.«

»Gut.«

»Ich fahre morgen nach Lhasa. Haben Sie die Nummer auswendig gelernt, die Sie anrufen sollen, wenn Sie Informationen haben?«

»Ja, Professor Li.«

»Das wäre alles.«

Chan legte auf. Er hatte gehofft, wenigstens noch in Hongkong bleiben und seine Bekanntschaft mit Anna Wu vertiefen zu können.

Martina nannte der Dame am Empfangstresen der Bank Christian Oertli ihren Namen. »Ich habe einen Termin mit Monsieur Henri Chillon.«

»Ja, Mademoiselle Van den Fleet, er erwartet Sie.« Die Empfangsdame wandte sich um und gab einem livrierten Angestellten ein Zeichen. »Führen Sie Mademoiselle Van den Fleet bitte zu Monsieur Chillon.«

Martina folgte dem Mann in den Fahrstuhl. Hoffentlich sahen sich bestimmte Leute gerade den Videofilm an und griffen zum Telefon. Die Türen glitten auf. Sie verließ den Fahrstuhl und folgte dem Mann den Korridor hinunter zu einer Tür am anderen Ende. Er klopfte und öffnete. »Mademoiselle Van den Fleet, Monsieur Chillon.«

Henri Chillon kam hinter seinem Schreibtisch hervor, um Martina zu begrüßen. »Willkommen in Genf, Mademoiselle Van den Fleet. Wie geht es Ihnen?«

»Danke, ausgezeichnet.«

»Darf ich Ihnen einen Kaffee anbieten?«

»Ja, gern.«

»Gut, aber Sie möchten natürlich vorher den Diamanten sehen?«

»Ja, danke.«

Henri wandte sich an den livrierten jungen Mann. »Sagen Sie der Sicherheit Bescheid, daß Mademoiselle Van den Fleet und ich den sogenannten Kambodscha-Diamanten sehen möchten, den wir allerdings den Schanghai-Diamanten nennen wollen.«

Sie sah Henri überrascht an. »Sie nennen ihn so?«

Er lächelte. »Ich dachte, dieser Name sei viel treffender.«

»Sie haben recht.«

»Hier ist Ihr Hausausweis, Mademoiselle Van den Fleet.«

»Danke.« Sie steckte die Plastikkarte an das Revers ihrer Kostümjacke.

»Und Ihr Tresorausweis.«

Sie drehte die Plastikkarte um. »Haben Sie das System geändert? Sie sieht anders aus als die, die ich letztesmal hatte.«

»Nicht geändert, wir haben nur die Funktion modifiziert. Alle unsere Systeme sind sicher, aber der Schutz des Schanghai-Diamanten erforderte unserer Ansicht nach besondere Vorkehrungen.«

»Ich verstehe.«

Am Eingang des Korridors zum Tresorraum standen vier bewaffnete Männer. Henri beugte sich zu ihr und flüsterte: »An dem betreffenden Tag wird die Sicherheit nicht so auffällig sein, aber genauso effektiv.«

»Ich verstehe.«

»Wenn Sie jetzt bitte die Karte mit dem Stimmprofil in den Schlitz hier stecken und laut und deutlich Ihren Namen sagen würden.«

Sie schob die Karte in den Schlitz. »Martina Van den Fleet.«

Die Karte wurde zur Gänze in die Öffnung gesogen. Das rote Licht leuchtete einige Male auf.

Sie nahm die Karte wieder und sah zu, wie die Tür zur Seite glitt. Sie trat schnell über die Schwelle. Am Ende des kurzen Korridors waren zwei weitere bewaffnete Sicherheitsmänner postiert.

Henri lächelte, als er wieder zu ihr trat. Sie folgte ihm zur nächsten Tür und betrat nach der gleichen Kartenprozedur den eigentlichen Tresorraum.

Henri hob die Hand. »Da wären wir, Mademoiselle Van den Fleet.«

Sie blickte sich in dem Raum um, der abgesehen von einem kleinen Tisch leer war. »Wo ist der Diamant?«

»Sie werden ihn gleich sehen.«

Sie nahm eine Bewegung wahr, und dann stand plötzlich ein kleiner Stahlbehälter auf dem Tisch. Sie stieß einen überraschten Ausruf aus. »Das war eben noch nicht da.«

Er lächelte. »Er ist die ganze Zeit da gewesen. Wir machen ihn mit einem technischen Trick unsichtbar.«

Sie zog die Augenbrauen hoch. »Raffiniert. Ich habe einmal einen Film über Diamantenräuber gesehen. Sie kamen in den Tresorraum, indem sie an der Decke gingen.«

Er lachte leise. »Das würden sie an dieser Decke nicht schaffen.«

Sie schaute hoch. »Was haben Sie damit gemacht?«

»Das kann ich Ihnen leider nicht verraten, Mademoiselle Van den Fleet, aber mir täte es um jede Fliege leid, die versuchen sollte, sie zu überqueren.«

Nachdem sie in Henris Büro Kaffee getrunken hatten, wurde sie in das Vorstandszimmer geführt, das als Auktionsraum dienen sollte. Sie sah sich um und betrachtete die Fenster. Als hätte er ihre Gedanken erraten, zeigte Chillon darauf. »Kugelsicheres Spezialglas.«

Sie nickte und blickte sich wieder im Raum um. »Ich denke, er wird sich hervorragend eignen, Monsieur Chillon. Vielen Dank für die Vorbereitungen. Ich bin sehr beeindruckt.«

»Die Bank Christian Oertli bemüht sich immer, ihr Bestes zu tun, Mademoiselle.«

»In der Tat.« Sie sah auf die Uhr. Jede Minute seiner Zeit war eingeteilt und nach irgendeinem Kostenfaktor kalkuliert. »Ich erwarte eine Reihe von Geboten in verschlossenen Umschlägen. Würden Sie so freundlich sein, als Zeuge zu dienen, wenn ich sie öffne?«

»Mit Vergnügen.«

»Hm, ich muß wieder los. Ich rufe Sie an.«

Chillon neigte höflich den Kopf und begleitete sie ins Foyer.

Christian starrte auf den Briefkopf. Er blinzelte. Die Worte »Martina Van den Fleet, Genf« schienen ihn förmlich anzuspringen. Er beugte sich zur Sprechanlage. »Kommen Sie bitte, Margaret. Jetzt gleich.« Er wandte seine Aufmerksamkeit wieder der formellen Aufforderung an die IDB zu, ein Gebot für einen Diamanten von außergewöhnlicher Größe und Güte abzugeben. Er ließ das Blatt auf den Tisch fallen. Das unverschämte kleine Biest.

Margaret kam ins Büro geeilt. »Ja, Mr. Debilius?«

»Spielen Sie diesen Videofilm bitte ab.«

Margaret nahm die Kassette. Sie betrachtete sie neugierig und ging dann zum Videorecorder und steckte sie hinein.

Christian lehnte sich zurück. Nach dem ersten Blick auf den Diamanten sprang er auf und starrte wie hypnotisiert auf den Bildschirm.

Margaret warf ihm einen Blick zu und fuhr dann fort, den Film zu betrachten. Sie hielt den Atem an, als sie beobachtete, wie der Stein sich langsam drehte, so daß man seine meisterhaft geschliffenen Facetten würdigen konnte. Als der Film zu Ende war, brauchte sie eine Sekunde, um sich zu fassen und wieder zu ihrem Chef zu sehen. Er stand einige Augenblicke wie angewurzelt, ging dann langsam zum Apparat und nahm die Kassette heraus. »Verbinden Sie mich mit James Wu in Hongkong, bitte sofort.«

Sie eilte hinaus in ihr Büro.

Wenig später legte Christian auf und nahm den Brief von Martina. Sie war mehr als ein unverschämtes kleines Biest. Er lehnte sich zurück und verschränkte die Arme. Sein Gespräch mit James Wu war kurz und freundlich gewesen. Martina Van den Fleet sei nicht mehr in seiner Firma beschäftigt. Ja, er habe den Diamanten begutachtet. Auch Mark Singh aus Bombay habe ihn begutachtet. Abgesehen davon, habe James Wu & Co. nichts mit dem Verkauf zu tun.

Margaret kam wieder herein. »Mr. Debilius, ich fürchte, Mr. Bergman ist nicht im Büro.«

»Wann kommt er zurück?«

»Sie können es nicht genau sagen.«

»Was soll das heißen, nicht genau? Wo ist er?«

»Er ist offenbar nach Genf geflogen.«

Christians Mund wurde zu einer dünnen Linie; »Geben Sie mir Max Bergman.«

Er stapfte vor seinem Schreibtisch auf und ab. »Max, mir persönlich ist es schnurz, was Martina zu Ihrem Onkel gesagt hat. Wenn er für diesen Stein bietet, lasse ich Sie beide aus der IDB ausschließen.«

»Ich glaube nicht, daß Sie das tun können, Mr. Debilius, und Sie glauben es sicher selbst nicht.«

»Ich verbitte mir diesen Ton, Max. Wenn Sie mit Ihrem Onkel sprechen, und ich würde Ihnen vorschlagen, es möglichst bald zu tun, dann erinnern Sie ihn bitte daran, daß ein Verkaufsboykott gegen die Japaner besteht.«

»Und?«

In Christians Wange zuckte ein Muskel. »Wenn ich herausfinde, daß Ihr Onkel für die Japaner bietet, werde ich das als einen schwerwiegenden Verstoß gegen die Satzung betrachten.«

»Das werden Sie bestimmt, Mr. Debilius. Aber wer sagt denn, daß wir das tun werden? Wenn wir beschließen, einen Diamanten zu kaufen, irgendeinen Diamanten, ist das allein unsere Sache. Sie könnten sich höchstens dafür interessieren, an wen wir ihn verkaufen.«

»Max . . .«

»Und drohen Sie mir bitte nicht, Mr. Debilius. Die Bergmans haben nichts Unrechtes getan und haben nicht die Absicht, etwas Unrechtes zu tun. Noch etwas, Mr. Debilius, mein Onkel hat mir ausdrücklich erlaubt, Ihnen zu sagen, Sie möchten uns gefälligst in Ruhe lassen.«

Christian knallte den Hörer auf. Seine Gesichtsmuskeln arbeiteten heftig, während er versuchte, seinen Zorn unter Kontrolle zu bekommen. Martina Van den Fleet wollte sehr, sehr clever sein, und man mußte ihr eine Lektion erteilen, die sie ihr Lebtag nicht vergessen würde. Er ging zur Tür und riß sie auf. »Margaret, George Forrester soll in fünf Minuten in meinem Büro sein.«

George Forrester saß gelassen in dem Sessel, als nähme er Christians Laune gar nicht zur Kenntnis. Er las Martinas Brief noch einmal und überflog dann die Instruktionen, die an die IDB-Mitglieder gefaxt worden waren. »Aus diesem Text geht eindeutig hervor, daß der Boykott sich nur auf Verkäufe an die Japaner bezieht, Christian. Wenn Sie nicht beweisen können, daß jemand die Absicht hat, an einen Japaner zu verkaufen, können Sie niemanden daran hindern, für diesen Stein zu bieten.«

»Was wollen Sie damit sagen, George?«

»Vermutlich wird der Boykott gegen die Japaner irgendwann aufgehoben. Die Händler werden wieder anfangen zu verkaufen. Wenn Sie also nicht die Absicht nachweisen können, können Sie nichts dagegen unternehmen, daß ein Händler diesen Klunker kauft und einfach wartet, bis der Boykott aufgehoben wird, und ihn dann an die Japaner verkauft.«

»Warum nicht?«

»Weil Sie es dann bei allen Steinen tun müßten, nicht nur bei diesem einen. Und wie wollen Sie beweisen, daß ein bestimmter Diamant in der Absicht gekauft worden ist, ihn an die Japaner zu verkaufen, und ein anderer nicht? Viele von unseren Händlern halten Bestände zurück, bis der Boykott aufgehoben wird, nicht wahr?«

»Ja.«

»Werden Sie sie daran hindern, eben diese Steine an die Japaner zu verkaufen, weil sie sie zurückgehalten haben, bis der Boykott aufgehoben worden ist? Tut mir leid, Christian, aber das wäre absurd. Sie würden ein Chaos heraufbeschwören.«

»Ich werde höchstens ein Chaos für Martina Van den Fleet heraufbeschwören. Sie hat die Unverschämtheit, die IDB aufzufordern, für diesen Stein zu bieten, wo sie genau weiß, daß wir von allen Mitgliedern erwarten, die IDB beim Verkauf eines Diamanten von« – er wedelte mit der Hand – »einer solchen Größenordnung zu konsultieren.«

George schlug die Beine übereinander. »Ich bin sicher, daß sie es weiß, aber sie ist nicht *verpflichtet*, die IDB zu konsultieren.«

Christian seufzte. »Ich frage mich manchmal, auf welcher Seite Sie eigentlich stehen, George.«

»Ich sehe die Fakten nur vom juristischen Standpunkt, Christian. Die Vorschriften der IDB haben keine Geltung für Martina Van den Fleet. Sie ist kein Mitglied.«

Christian verschränkte die Arme. »Wissen Sie, sie tut es extra, weil wir ihre Bewerbung, Optionsträgerin zu werden, abgelehnt haben.«

»Dann wäre ich vorsichtig, Christian. Sie sollten sie sich nicht zur Feindin machen.«

Christian starrte ihn finster an. »George, Sie werden dafür bezahlt, daß Sie mich juristisch beraten, und nicht dafür, daß Sie drittklassige Witze machen.« Er trat zu seinem Schreibtisch und setzte sich hin. »Na ja, soll sie ihre kleinen Spiele spielen, und wenn sie damit fertig ist, wird sie nie wieder für irgendein Mitglied der IDB arbeiten.«

George sah ihn besorgt an. »Seien Sie sehr vorsichtig, Christian, sonst könnten Sie dabei reinfallen. Wenn sie beweisen könnte, was Sie vorhaben, wäre das persönliche Diskriminierung. Womöglich müßten wir ihr Schadenersatz zahlen. Wenn sie beweisen könnte, daß es Diskriminierung aufgrund ihres Geschlechts ist, wäre das sehr schlimm für uns. Wir sind eine der wenigen Organisationen dieses Landes, in denen es immer noch keine weiblichen Mitglieder gibt.«

»Sehr schön, George, danke, daß Sie Ihre Zeit geopfert haben.«

George stand auf. »Kommen Sie mit zum Lunch?«

»Nein. Ich muß ein paar Anrufe erledigen.«

Hendrik hatte ein schlechtes Gefühl, als er abnahm. Christian Debilius pflegte nicht ohne guten Grund anzurufen, und er glaubte den Grund zu wissen: Duiss. »Hallo, Christian, wie geht es Ihnen?«

»Nicht so gut, wie ich wünsche.«

»Tut mir leid zu hören. Was ist los?«

»Es geht um Ihre Schwester, Martina. Sie haben vermutlich auch einen Videofilm bekommen, offenbar haben alle einen gekriegt.«

Hendrik runzelte die Stirn. Er war nicht wenig erleichtert, daß Martina der Grund für Christians Anruf war und nicht Duiss. »Äh, was für einen Videofilm?«

»Das Video von dem Schanghai-Diamanten.« Christian sprach langsam und geduldig wie mit einem begriffsstutzigen Kind.

»Tut mir leid, ich verstehe nicht.«

»Entschuldigung, wir scheinen aneinander vorbeizureden. Soll das heißen, daß Sie nicht aufgefordert worden sind, in Genf für den Schanghai-Diamanten zu bieten?«

»In der Tat, aber nun sagen Sie endlich, was das für ein Schanghai-Diamant ist?«

»Der, den Ihre Schwester in Genf versteigern will. *Der* Schanghai-Diamant.«

O Gott, was hatte dieses Unglücksweib jetzt wieder vor? »Ich habe nichts von einem solchen Diamanten gehört, Christian.«

»Sie werden, Hendrik, Sie werden. Ich habe Ihnen doch früher mehr als einen Gefallen getan, nicht wahr?«

Hendrik nahm eine Zigarette. Aber das ist lange her, dachte er. »Was kann ich für Sie tun, Christian?«

»Ich möchte, daß Sie die IDB in Genf vertreten und für den Diamanten bieten. Martina hat uns mitgeteilt, daß sie zuerst nur Gebote in verschlossenen Umschlägen akzeptiert. Da Sie in Europa sind, werden wir Zeit sparen, wenn Sie für die IDB auftreten.«

Hendrik kratzte sich die Stirn. »Ich glaube, ich kann das nicht machen, Christian. Sie ist meine Schwester, und die Leute würden denken, wir stecken unter einer Decke.«

»Das bezweifle ich, Hendrik. Ihre Schwester verteilt bestimmt keine milden Gaben, jedenfalls nicht diese Woche.«

»Haben Sie mit ihr gesprochen?«

»Nein.«

Hendrik zog die Augenbrauen hoch. Die Antwort war kurz und sehr scharf ausgefallen. »Na ja, wenn Sie wirklich möchten, daß ich es für Sie mache, dann tue ich es.«

»Danke, Hendrik. Fliegen Sie bitte sofort nach Genf. Ich werde Ihnen unser Gebot gleich rüberfaxen.«

Hendrik schnitt eine an das Telefon gerichtete Grimasse, als es in der Leitung klickte. Er stand auf und trat ans Fenster. Was hatte seine kleine Schwester jetzt wieder vor? Und was, zum Teufel, war der Schanghai-Diamant?

Pa Jiaming hatte seit über zwanzig Minuten im Vorzimmer gewartet, obgleich er um zehn Uhr einen Termin mit Chen Chih hatte. Ein junger Mann kam aus Chens Büro und gab ihm ein Zeichen. »Der Vorsitzende Chen wird Sie nun empfangen.«

Chen blieb mit verschränkten Händen sitzen, als Pa den Raum betrat. Pa blieb vor dem Schreibtisch stehen und wußte, daß er mit dem Schlimmsten rechnen mußte, als er nicht aufgefordert wurde, Platz zu nehmen. Chen räusperte sich. »Stellvertretender Vorsitzender Pa, Sie sind ab sofort von Ihrer Funktion als Stellvertretender Vorsitzender der Führungsgruppe für Hochtechnologie entbunden.«

Pa schaffte es, eine überraschte Miene aufzusetzen. »Sie sind nicht mit meiner Arbeit zufrieden, Vorsitzender Chen?«

Chen tippte seine Finger aneinander. »Ich meine, daß Ihre künftige Arbeit für die Gruppe aufgrund Ihrer anderen Verpflichtungen leiden wird. Als Leiter der Zentralen Militärkommission zur Förderung der Wissenschaft werden viele Anforderungen an Sie gestellt. Aus diesem Grund werden Sie von Ihren Pflichten bei der Führungsgruppe entbunden.«

Pa starrte ihn an. Der Grund für seine Absetzung war, daß Chen den Posten einem von seinen Männern zuschanzen wollte.

»Ich kann Ihnen versichern . . .«

»Versicherungen sind nicht genug. Fortschritt gründet sich nicht auf Versicherungen.« Chen langte nach einer Akte, die vor ihm lag. »Da Sie von Ihrer Funktion entbunden sind, wird Ihr Besuch in Genf nicht notwendig sein.«

»Wenn ich Ihnen widersprechen darf, Vorsitzender Chen, vielleicht nicht für die Gruppe, aber meine Pflicht als Leiter der Zentralen Militärkommission verlangt, daß ich an der UNCTAD-Konferenz teilnehme.«

Chen nickte. »Dann sorgen Sie dafür, daß nicht die Führungsgruppe, sondern eine andere Stelle mit den Kosten belastet wird.«

»Sehr wohl, Vorsitzender Chen.«

»Sie können jetzt gehen. Ich bin sicher, daß Sie in Ihrer anderen Funktion ein großes Arbeitspensum haben.«

»Danke, Vorsitzender Chen.«

Pa schritt rasch den mit rötlichem Marmor getäfelten Korridor hinunter. In einem hatte Chen immerhin recht. Er hatte tatsächlich ein großes Arbeitspensum. Er eilte die Stufen zum Platz hinunter und gab seinem Chauffeur ein Zeichen.

Die Frau am Empfangstresen der Bank Christian Oertli erwiderte Hendriks Blick. Sie sah ihn strafend an, weil er die

Kühnheit besessen hatte, sie so anzusehen. Hendrik wandte den Blick ab. Häßliche alte Ziege. Er sah sich in dem holzgetäfelten Foyer um. Er kam sich vor wie eine Hure, die auf eine Privataudienz beim Papst wartete. Wenn ich einmal sterbe, dann bitte nicht in Genf, dachte er. Die Genfer sind genauso kalt und häßlich wie ihre Stadt.

Die Empfangsdame blickte auf, als Henri Chillons Assistent erschien. Sie nahm ihren Kugelschreiber und zeigte damit auf Hendrik. »Monsieur Van den Fleet, Monsieur Bianchi.«

Bianchi nickte. »Monsieur Chillon hat gerade eine Besprechung. Kann ich Ihnen helfen, Monsieur Van den Fleet?«

Hendrik musterte ihn mißmutig. »Und ob, Monsieur. Ich habe ein Gebot von der IDB für Mademoiselle Martina Van den Fleet. Sie können mir helfen, indem Sie mir eine kleine Empfangsbestätigung dafür geben.«

Bianchi musterte ihn von oben bis unten. Hendrik zog einen Umschlag aus der Brusttasche und reichte ihn ihm. Bianchi nahm ihn mit zwei Fingerspitzen. »Einen Augenblick, Monsieur Van den Fleet, wir werden das sofort regeln.«

Hendrik wandte sich angewidert ab. Bianchi flüsterte der Empfangsdame etwas zu, und sie öffnete eine Schublade ihres Schreibtisches und nahm einen Quittungsblock heraus. Bianchi schrieb rasch und riß den Bogen vom Block ab. Er gab ihn Hendrik. »Ihre Empfangsbestätigung, Monsieur Van den Fleet.«

»Danke. Hm, haben Sie vielleicht eine Telefonnummer, unter der ich Mademoiselle Van den Fleet erreichen kann? Ich hatte keine Zeit, mich mit ihr in Verbindung zu setzen, ehe ich aus Antwerpen abflog.«

Bianchi sah ihn mißtrauisch an. »Wir sind nicht befugt, Mademoiselle Van den Fleets private Telefonnummer herauszugeben.«

Hendrik holte tief Luft. »Das verstehe ich, aber ich bin zufällig ihr Bruder.«

Die Bemerkung schien keinerlei Eindruck auf Bianchi zu machen. »Können Sie sich ausweisen?«

Hendrik zog seine Brieftasche und klappte sie auf. »Suchen Sie sich etwas aus. Führerschein. Kreditkarte.«

»Dürfen wir bitte beides sehen?«

Hendrik gab ihm das Gewünschte.

»Einen Moment bitte, wir werden Mademoiselle Van den Fleet fragen.«

Hendrik sah ihn mit wachsender Gereiztheit an. Er würde den Kerl am liebsten erwürgen. Er nahm den Führerschein und die Kreditkarte wieder an sich und steckte beides in die Brieftasche zurück. Er beobachtete, wie Bianchi sich entfernte. Ein widerlicher arroganter kleiner Schreiberling.

Als Bianchi zurückkam, stand Hendrik auf und konstatierte erleichtert, daß der Bankangestellte ein Blatt Papier in der Hand hatte. »Mademoiselle Van den Fleet hat uns erlaubt, Ihnen ihre Telefonnummer zu geben.«

»Danke.« Hendrik warf einen Blick darauf und steckte das Blatt in die Tasche.

»Guten Tag, Monsieur Van den Fleet.«

»Gleichfalls.« Hendrik drehte sich um. Als er die Drehtüren erreicht hatte, sah er zurück. Bianchi und die Empfangsdame standen mit gesenktem Kopf da und schienen in ein Gespräch vertieft. Ein Gespräch, das die Empfangsdame offenbar sehr lustig fand. Hendrik versetzte einer der Türen einen heftigen Stoß, so daß sie sich noch drehte, als er schon im Freien stand.

Martina zahlte hastig das Taxi und eilte die Eingangsstufen zur Bank hoch. Henri Chillon hatte sie höflich gebeten, sich der Gebote anzunehmen wie auch der Männer, die wie ein Rudel hungriger Wölfe in die Bank eingefallen waren und sie und den Diamanten sehen wollten. Außerdem habe er einen dringenden Anruf ihres Bruders bekommen, bei dem dieser ihm mitgeteilt habe, er sei aufgefordert worden, die Interkontinentale Diamantenbörse zu vertreten, und werde so bald wie möglich in Genf sein. Hendriks Anruf in ihrer Wohnung war nicht so höflich gewesen. Sie hängte sich die Tasche um. Sie hatten sich schon nach wenigen Sekunden angeschrien.

Chillons Lächeln zeigte sehr wenig Wärme. »Vielen Dank, daß Sie so schnell gekommen sind, Mademoiselle Van den Fleet. Die Bank Christian Oertli bemüht sich zwar nach Kräften, die Wünsche ihrer Kunden zu erfüllen, aber ich muß doch sagen, daß es angemessen gewesen wäre, etwas mehr Zeit für die Vorbereitungen der Auktion einzuplanen. Ich spreche natürlich nicht für uns, sondern für die Personen, die an der Versteigerung teilnehmen wollen, Mademoiselle.«

»Sie haben vollkommen recht, Monsieur Chillon.« Sie schenkte ihm ein bestrickendes Lächeln. »Vollkommen, aber ich muß mich leider nach den Wünschen meines Auftraggebers richten.«

Er nickte kurz. »Hier sind die Gebote, die wir bis jetzt bekommen haben, und hier sind die Karten der Herren mit den Telefonnummern.«

Sie zählte die Umschläge nach. Alle Einladungen waren angenommen worden. Ein nervöses Kribbeln durchlief sie. Die Fische hatten den Köder geschluckt. Sie ging die Geschäftskarten durch und zog die Augenbrauen hoch, als sie die von Beni sah. Er reiste nur dann irgendwohin, wenn garantiert war, daß er Erfolg hatte.

Henri räusperte sich. »Wenn Sie die Umschläge vielleicht öffnen könnten, Mademoiselle Van den Fleet?«

»Ja. Danke.«

Er zeigte auf Bianchi, der am Fenster stand. »Ich habe meinen Assistenten gebeten, zu protokollieren, was geschieht.«

Sie nickte und öffnete den ersten Umschlag und zog das Papier darin vorsichtig heraus.

Sie notierte die einzelnen Gebote, reichte sie dann Henri, der sie mit lauter Stimme bestätigte und Bianchi gab, der das gleiche tat. Als das letzte Gebot verlesen und bestätigt war, suchte Martina die fünf höchsten Gebote heraus. »Die Namen der Meistbietenden sind Yasim, Bergman, Bardy, Emerson, Van den Fleet. Monsieur Yasim hat mit 50 Millionen Dollar das höchste Gebot abgegeben, und deshalb wird die Versteigerung mit einem Ausrufpreis von 50 Millionen beginnen.« Sie sah zu Henri hoch.

Seine Augen funkelten. »Ich denke, es wird eine sehr interessante Auktion werden, Mademoiselle Van den Fleet.«

Sie lächelte. Sie senkte wieder den Kopf und sah auf die Gebote. Es gab noch eine Hürde. Wer und wie viele in diesem Stadium aussteigen würden. Benis Scheich ging mit seinem Gebot von 50 Millionen Dollar kaum Risiken ein. Sie sammelte die Gebote ein.

»Darf ich Ihnen eine Tasse Kaffee anbieten, Mademoiselle Van den Fleet?«

»Danke, sehr gern.«

»Und erlauben Sie mir bitte, Ihnen mein Büro zur Verfügung zu stellen.«

Sie lächelte fein. Chillons Stimme war nun mehr als ein bißchen herzlich. Er hatte sicher schon ausgerechnet, was die Bank für ihre Dienste liquidieren konnte und welche Publicity die Versteigerung ihr bringen würde.

»Und vielleicht möchten Sie sich den Diamanten noch einmal ansehen?«

»Danke.«

»Ich hoffe, Sie sind mit unseren Arrangements zufrieden, Mademoiselle?«

»Ja, sehr. Sie waren äußerst hilfreich und, wenn ich so sagen darf, beruhigend.«

Pa Jiaming wartete auf sein Gespräch mit dem Sicherheitsbüro in Anshan. Beim ersten Klingeln nahm er ab. »Ah ja. Sie werden verstehen, wenn ich am Telefon nicht zuviel sage? Gut. Sie haben die Sendung Waschmaschinen und Kühlschränke bekommen? Ausgezeichnet. Ich hoffe, die Empfänger werden mit ihnen zufrieden sein, übrigens, man hat mir mitgeteilt, daß Professor Li vom Institut für Ton und Oszillation morgen nach Lhasa reisen wird. Sorgen Sie dafür, daß er unauffällig begleitet wird. Setzen Sie sich mit mir in Verbindung, wenn Sie den Auftrag erledigt haben. Danke.« Er legte auf und nahm eine Zigarette aus der Schachtel, die auf dem Schreibtisch lag. Jetzt mußte er nur noch Cao im Sicherheitsbüro in Schanghai anrufen.

»Cao, haben Sie die angeforderte Ware bekommen? Ausgezeichnet. Nein, nein, machen Sie im Augenblick noch nichts. Ich rufe Sie wieder an, wenn es soweit ist.« Er legte auf und lehnte sich wieder zurück. Ein Lächeln huschte über sein Gesicht. Selbst wenn sie kaum genug Kleidungsstücke hatten, um eine Waschmaschine zu füllen, oder kaum genug Eßbares, um einen Kühlschrank zu füllen, änderte das nichts an ihrer Habgier und ihrem Eifer, ihm zu Gefallen zu sein.

Die vier Herren unterhielten sich über Dinge, die nichts mit dem Grund zu tun hatten, weshalb sie sich in dem komfortablen Zimmer versammelt hatten, das die Bank Christian Oertli zu einem Präsentationsraum umfunktioniert hatte. Als Warren Emerson zurückkam, verstummten sie. Tony Bergman stand auf und zog sich die Hose ein Stück höher. »Ist er die Reise wert, Warren?«

Emerson nickte kurz. Bianchi trat ins Zimmer und blickte sich um. »Monsieur Van den Fleet, wenn Sie mir bitte folgen würden?«

Beni beobachtete Hendrik, während dieser mit Bianchi hinausging.

Die fünf Bieter hatten die Erlaubnis bekommen, den Diamanten in der alphabetischen Reihenfolge ihrer Namen allein zu prüfen. Beni streckte die Beine aus und schlug sie in Höhe der Knöchel übereinander. Der Scheich und Martina hatten seinen Terminplan für den ganzen Monat durcheinandergebracht. Dem Scheich mußte er verzeihen, nicht aber Martina. Er hatte den Verdacht, daß sie es insgeheim genoß, ihn nach ihrer Pfeife tanzen zu lassen. Sie hatte die Freuden des Boudoirs auf die lange Bank geschoben, desgleichen alle anderen Kontakte mit Ausnahme der rein geschäftlichen. Er sah auf, als Hendrik ins Zimmer zurückkam. Er zupfte seine Manschetten zurecht. Jetzt war er an der Reihe, und es war höchste Zeit.

Martina blieb vor den fünf Männern stehen und legte die Hände leicht zusammen. »Sie haben die Gelegenheit gehabt, den Diamanten zu begutachten, meine Herren. Darf ich annehmen, daß Sie alle mit seinem Zustand zufrieden sind?«

Sie nickten.

»Würden Sie bitte die Hand heben, wenn Sie an der Versteigerung teilnehmen möchten?« Sie holte schnell Luft, als alle fünf die Hand hoben. »Dann würde ich vorschlagen, daß wir jetzt eine Lunchpause machen, meine Herren. Die Versteigerung wird um zwei Uhr beginnen. Wir haben ein kaltes Buffet anrichten lassen, und ich wünsche Ihnen guten Appetit.« Sie lächelte kurz.

James Wu nahm die Fernbedienung, stellte mit einer Hand den Ton des Fernsehers leiser und langte mit der anderen nach dem Hörer. »James Wu.«

»Hallo, James, hier Martina.«

Er stemmte sich aus den Tiefen des Sofas hoch. »Wie läuft es?«

»Wir fangen in einer halben Stunde mit der Versteigerung an.«

»Wer bietet?«

»Beni Yasim, Tony Bergman, Warren Emerson, Pierre Bardy und, ob Sie es glauben oder nicht, mein Bruder Hendrik – für die IDB.«

Er lachte. »Ein typischer, geschickter Schachzug von Debilius, nicht wahr?«

»In der Tat. Bei Warren Emerson bin ich nicht sicher. Ich weiß, daß Beni für die Kuwaitis bietet. Tony bietet bestimmt für die Japaner. Er hat übrigens gesagt, daß Christian angerufen und gedroht hat, er dürfe nicht für den Stein bieten.«

»Scheint ihm nichts ausgemacht zu haben.«

»Ich glaube, er muß wegen seiner engen geschäftlichen

Verbindung zu den Japanern mit einer Reaktion gerechnet haben, denn er hat seinen Neffen angewiesen, Christian zu sagen, er könne ihm mal im Dunkeln begegnen, natürlich in etwas höflicherer Form.«

James schmunzelte. »Ich wünschte, ich wäre dabeigewesen.«

»Wie dem auch sei, Beni und Tony sind hier, genau wie ich gedacht hatte. Soweit ich weiß, handelt Pierre Bardy gewöhnlich im Auftrag der Saudis. Nur aus Warren Emerson kann ich mir keinen Reim machen. Was denken Sie?«

Er kratzte sich hinter dem Ohr. »Emerson vertritt immer nur rein amerikanische Interessen. Wenn Hendrik für die IDB bietet, dann bietet Emerson sicher für irgendeinen Privatsammler.«

»Wahrscheinlich haben Sie recht. Hören Sie, ich muß jetzt hin. Ich rufe Sie an, sobald ich das Ergebnis habe.«

Das Vorstandszimmer der Bank Christian Oertli war als Auktionsraum hergerichtet worden. Martina schaute sich um. Sie nickte den vier Wachmännern in grauen Anzügen, die paarweise links und rechts von dem Tisch standen, wo der Diamant präsentiert war, kurz zu. Als sie sich umwandte, um hinauszugehen, öffnete ihr einer der beiden Sicherheitsleute, die den Zugang bewachten, die Tür.

Sie blieb im Flur stehen, um dem leitenden Sicherheitsmann Bescheid zu geben: »Ich denke, wir sind gleich soweit.«

»Ich gebe es weiter.« Er hob sein Sprechfunkgerät und sagte etwas ins Mikrofon.

Martina ging in den Auktionsraum zurück und setzte sich auf einen der Stühle an der hinteren Wand. Die Tür ging wieder auf, und die Bieter kamen, angeführt von Beni, ins Zimmer. Sie unterhielten sich angeregt und nahmen Platz.

Martina stand auf und ging zu dem Tisch. Sie wollte anfangen, aber das Telefon in der anderen Ecke klingelte. Einer der Sicherheitsmänner nahm ab, sagte etwas und legte fast im selben Moment wieder auf und nahm wieder seinen Platz am

Tisch ein. Er sah sie an und nickte kaum merklich. Sie richtete ihren Blick auf die Männer, die vor ihr saßen. Jeder von ihnen sah sie wie gebannt an. »Können wir jetzt anfangen, meine Herren?« Von der geladenen Atmosphäre überwältigt, trat sie unwillkürlich einen Schritt zurück. Totenstille hatte die Unterhaltung und das Lachen abgelöst. Sie starrten sie an wie angriffslustige Tiere, die Witterung aufgenommen hatten.

Der Auktionator, ein kleiner, recht unscheinbar aussehender Herr, kam in den Raum und ging zum Podium. Er lächelte und begrüßte die vor ihm sitzenden Männer förmlich der Reihe nach. Martina trat neben die Gruppe und lehnte sich an die Wand.

»Meine Herren, ich schlage vor, ich setze als Ausrufpreis für den Schanghai-Diamanten den Betrag von 50 Millionen Dollar fest. Ich werde Gebote in Mehrfachen von 500 000 Dollar akzeptieren.« Er schaffte es, den Eindruck zu erwekken, als blicke er jeden einzelnen an, obgleich er in Wahrheit auf einen Punkt hinter ihnen sah. Eine leichte Unruhe entstand. Bardy und auch Emerson änderten ihre Stellung, als fänden sie es plötzlich bequemer, mit breit gespreizten Schenkeln dazusitzen.

In wenigen Sekunden war man bei 200 Millionen Dollar angelangt. Abgesehen von dem Auktionator, der die schwindelerregenden Beträge mit monotoner Stimme wiederholte, blieben alle Anwesenden totenstill. Martina nahm die Hände hinter den Rücken und kreuzte die Finger für Beni, obgleich das Anfangsgebot sich inzwischen lächerlich gering ausmachte. Er hielt Blickkontakt zu dem Auktionator, als hinge sein Leben davon ab.

Als man bei vierhundert Millionen Dollar angekommen war, traf Martina eine Wolke von säuerlichem Männerschweiß, gemischt mit dem Geruch von abgestandenem Rasierwasser. Sie wischte sich unauffällig die feuchten Handflächen hinten am Rock ab. Obgleich sie gar nicht an dem erbitterten stummen Kampf teilnahm, der vor ihr stattfand, schwitzten ihre Hände nun heftig. Der Auktionator schwieg einige Sekunden und sah die Männer dann der Reihe nach fragend an.

Pierre Bardy gab unvermittelt zu verstehen, daß er ausstieg, kurz danach auch Warren Emerson. Der Auktionator wiederholte die Gebote, die die restlichen drei Männer machten. Bei 500 Millionen Dollar gab Hendrik sich geschlagen. Martina krampfte hinter dem Rücken die Hände umeinander. Wie sie erwartet hatte, war es nun ein Duell zwischen Beni und Tony.

Bei 600 Millionen Dollar senkte Beni den Blick und sah in eine andere Richtung. Er holte tief Luft. Der Scheich wäre enttäuscht. Aber. Er befeuchtete sich die Lippen. Begierde kennt keine Vernunft, und er fand, daß die Schwelle zum Absurden nunmehr überschritten war. Der Auktionator sah sich in dem Raum, in dem nur das schwere Atmen der Anwesenden zu hören war, um. »600 Millionen Dollar. Zum Ersten, meine Herren.« Er hielt einen Moment inne und klopfte mit seinem Hammer auf das Pult, als würde ihm plötzlich klar, daß Warten nichts mehr bringen würde. »Zum Zweiten.« Er klopfte wieder auf das Pult. »Und zum Dritten. Der Schanghai-Diamant ist für 600 Millionen Dollar verkauft an Mister Tony Bergman aus New York. Ich danke Ihnen, meine Herren.«

Tony warf einen Augenblick lang den Kopf zurück und atmete rasselnd ein. Beni stand als erster auf und reichte ihm die Hand. Martina trat vor und merkte, daß die Muskeln in ihren Oberschenkeln zuckten. Beni wandte sich zu ihr und lächelte kurz und zog eine Schulter hoch, wie um zu sagen, daß man nicht immer gewinnen könne. Sie sah sich im Raum um. Es war sonderbar still, als stünden alle noch unter Schock von dem, was sich abgespielt hatte. Tony lockerte seine Krawatte und zeigte mit dem Daumen auf den Diamanten. »Sie brauchen sich nicht die Mühe zu machen, ihn in Geschenkpapier zu wickeln.«

Ein rauhes Gelächter ertönte, und Martina fuhr zusammen. Die Reaktion, mit der sich die angestaute Spannung Bann brach, klang wie ein Donnerschlag. Die Sicherheitsmänner am Tisch erlaubten sich ein kleines Lächeln, wandten ihre Aufmerksamkeit aber nicht von dem Stein ab.

Warren Emerson stand auf und reckte sich. Er trat zu Bergman und klopfte ihm auf den Rücken. »Mein Glückwunsch. Ein irrer Preis, Tony.«

Bergman zuckte mit den Schultern. »Ich habe einen verrückten Kunden, aber er ist jetzt bestimmt auch ein glücklicher Kunde.«

Martina trat zu den beiden und reichte Tony die Hand. »Ich gratuliere, Tony.«

Er schlug ein und beugte sich dann zu ihr. »Ich hab wieder nur den Diamanten bekommen, nicht? Das Mädchen wäre mir viel lieber.«

Sie lachte, mehr erleichtert als belustigt. Sie wandte sich ab und ging zum Tisch und drehte sich um. »Wenn Sie bitte die Freundlichkeit hätten, noch kurz dort zu bleiben, wo Sie jetzt sind, bis der Diamant hinausgebracht worden ist, meine Herren. Im Speisezimmer wird gleich Champagner gereicht. Telefone und Fernschreiber sind im Zimmer nebenan.«

Einer der Sicherheitsleute wandte sich zum Tisch und nahm den Diamanten. Ein zweiter brachte ihm eine Stahlkassette. Tony trat vor, um sich genauer anzusehen, was sie machten.

Als der Diamant weggebracht worden war, öffneten die Sicherheitsleute die Doppeltüren und traten zur Seite wie Zoowärter, die einen Käfig geöffnet haben. Martina ging als erste hinaus, und Tony Bergman folgte dichtauf. Während sie den Korridor entlanggingen, sah sie sich um. Die feindselige Spannung war verschwunden. Sie unterhielten sich wieder, als sei der Kampf, nachdem der Sieger feststand, vollkommen gleichgültig geworden. Tony berührte sie am Arm. »Martina, könnte ich schnell jemanden anrufen?«

»Ja, natürlich. Die Telefone sind im nächsten Raum.«

Hendrik trat zu ihr. Er drückte leicht ihre Schultern. »Gut gemacht, Schwesterherz. Du mußt sehr mit dir zufrieden sein.«

»Ja.«

»Ich möchte nicht in Tonys Haut stecken, wenn Christian es erfährt.«

»Warum nicht? Was kann Christian machen? Er ist nicht der liebe Gott, obgleich er es sich gern einbildet.«

»Stimmt. Übrigens, Emerson hat gesagt, es gebe da ein Gerücht, daß die Japaner ein europäisches Konsortium eingesetzt haben, um Tony zu finanzieren.«

»Wirklich?«

»Ja, soweit ich weiß. Sehr schlau, um den Boykott zu umgehen.« Er machte ihr die Tür auf.

»Meine Güte, Hendrik, ich muß sagen, deine Manieren sind nicht wiederzuerkennen.«

»Ich bemühe mich nur, einen guten Eindruck zu machen. Bring mich zu dem Champagner. Ich würde alles geben für einen Drink.«

Martina sah in ihr Glas und beobachtete, wie die winzigen Perlen an die Oberfläche stiegen und zerplatzten, ein kleiner Abklatsch von dem Aufruhr, der in ihr stattfand. Sie hatte es geschafft. Sie hatte den Verkauf des Jahrhunderts gemacht. Jemand berührte sie leicht am Ellbogen, und sie blickte auf. Beni stand neben ihr. »Darf ich jetzt mit dir reden?«

Sie lächelte. »Ja, natürlich. Entschuldige, wenn ich ein bißchen unnahbar gewesen bin.«

»Ein bißchen? Du hast dich aufgeführt wie eine Hohepriesterin.«

»Das ist nicht fair. Wenn ich nicht unparteiisch gewesen wäre, hättest du mich nicht respektiert, nicht wahr?«

Er sah sich im Zimmer um. »Abendessen und dann feiern wir ein wenig unter vier Augen, ja?«

»Aber du hast den Stein nicht bekommen.«

»Dann feiern wir eben deinen erfolgreichen Verkauf.«

Sie trank einen kleinen Schluck Champagner. »Oh ... Warum bin ich nicht darauf gekommen?«

Er lachte.

Pa Jiaming saß an einem Fenstertisch in dem Café gegenüber von der Bank Christian Oertli. Als zwei Männer aus der Bank kamen und in ein Taxi stiegen, ließ er die Zeitung sinken. Er nahm den Löffel und rührte seinen Kaffee um, als ein großgewachsener blonder Mann auf den Bürgersteig trat und die Straße hinunterging. Als ein vierter Mann eine der beiden Drehtüren verließ, näherte sich ein Taxi und hielt. Der Mann stieg ein, und das Taxi fuhr rasch davon. Während Pa seinen Kaffee trank, fuhr er fort, so zu tun, als schaute er uninteressiert, wie jemand, der allein ist und sich langweilt und dankbar ist für alles, was sich draußen auf der Straße abspielt. Er wartete einige Augenblicke und griff dann wieder zu der Zeitung.

Einige Minuten später hielt eine Limousine mit dunklen Scheiben vor der Bank. Pa ließ die Zeitung sinken. Die Drehtüren der Bank drehten sich. Pa glaubte eine Frau zu sehen, war aber nicht sicher. Die Limousine stand in seinem Blickfeld. Er stand auf und steckte die Hand in die Tasche, als suchte er Kleingeld. Er starrte zu der Frau und dem schwarzhaarigen Mann, die die Bank verließen. Er faltete die Zeitung sorgsam zusammen und nahm seinen Trenchcoat. Er beobachtete, wie der Chauffeur den hinteren Wagenschlag öffnete und die Frau und der Mann einstiegen. Aha. Das also war Martina Van den Fleet.

Christian Debilius warf den Videofilm von dem Schanghai-Diamanten in den Papierkorb. Ihm persönlich hatte der Stein nicht gefallen. Typischer vulgärer russischer Schliff. Er setzte sich an den Schreibtisch und verschränkte die Hände, bis die Knöchel weiß hervortraten. Martina Van den Fleet war ein äußerst lästiger Störfaktor. Eine Sirene, die die Tony Bergmans und Warren Emersons dieser Welt glauben machte, sie könnten den Willen der Interkontinentalen Diamantenbörse ignorieren.

Margaret klopfte und kam ins Zimmer geeilt. »Der neueste Bericht unseres Ermittlers in der Sache Duiss, Mr. Debilius.«

»Ich nehme an, es ist naiv zu fragen, ob es schon ein Zeichen von Duiss selbst gibt?«

»Duiss machte die Buchführung offenbar zum größten Teil selbst, aber der Büroleiter sagt, sein Chef habe ihn angewiesen, große Rohsteine für 200 000 Dollar zur Bank bringen zu lassen, die als Depotstelle dient. Für Van den Fleet in Antwerpen.«

Christian starrte zu ihr hoch. »Und?«

»Die Transaktion ist nicht in den Büchern verzeichnet.«

Christian atmete seufzend aus. »Ich weiß nicht, was mit diesen Van den Fleets los ist. Unsere Empfehlungen scheinen auf taube Ohren gestoßen zu sein. Nur ein kompletter Narr würde in einer solchen Situation große Rohe kaufen. Und wer sich dafür noch verschuldet, muß schon ein Irrer sein. Van den Fleet könnte es sich nicht leisten, diese Menge zu kaufen, ohne einen Kredit aufzunehmen oder hinter unserem Rücken einen Deal mit jemandem zu machen. Sagen Sie der Finanzabteilung, sie sollen sofort den Umsatz von Van den Fleet prüfen. Ihre Bücher werden zeigen, wohin die Zahlung für Duiss gegangen ist.«

»Soll ich mich höflichkeitshalber zuerst mit Mr. Van den Fleet persönlich in Verbindung setzen?«

»Zwecklos. Er ist im Augenblick irgendwo zwischen Genf und Antwerpen. Lassen Sie es sofort prüfen, Margaret. Ich möchte Duiss festnageln und seinen Skalp über den Eingang der IDB hängen.«

Martina blickte auf das Blatt Papier, während sie eine Genfer Nummer wählte. Chans Auftraggeber übertrieb es mit der Anonymität. Sie drückte den Hörer ans Ohr. »Hier Martina Van den Fleet. Wenn der Herr mich wie vereinbart zurückrufen würde? Danke.« Sie legte auf und setzte sich, um zu warten. Wenn der geheimnisvolle Herr umgehend zurückrief, hatte sie noch Zeit, sich die Haare zu waschen, ehe sie Beni traf. Sie rieb an dem Nagel. Der Plan, den Verkauf des Diamanten zu feiern, hätte fast zu einem großen Streit geführt. Sie wünschte, er könnte verstehen, daß sie ihm nicht jedesmal in ein Hotel folgen würde. Sie hatte keine Lust mehr, von Hotelangestellten gemustert zu werden, als wäre sie irgendein Luxus-Callgirl, das er in seine Suite zitiert hatte. Wenn er wirklich interessiert war, könnte er mitkommen und die Nacht bei ihr verbringen. Wenn nicht . . . Sie zuckte mit den Schultern. Wahrscheinlich war sie ohnehin nur so etwas wie eine Eintagsfliege. Was Frauen betraf, war Benis Begeisterung ohne Zweifel intensiv, aber mehr oder weniger kurzlebig.

Das Läuten des Telefons unterbrach ihre Gedanken. Sie nahm schnell ab. »Martina Van den Fleet.«

»Sie haben mich gebeten zurückzurufen, Miss Van den Fleet. Es ist kalt für die Jahreszeit, nicht wahr?«

Sie lächelte spöttisch. Das war der vereinbarte Code, und er gehörte nicht gerade zur James-Bond-Kategorie. »Soll ich Ihnen die Einzelheiten berichten?«

»Ja, bitte.«

Beim Klang der englischen Worte, die mit einem unverkennbaren leichten Lispeln ausgesprochen wurden, drückte sie den Hörer fester ans Ohr. »Die Ware ist für 600 Millionen Dollar zugeschlagen worden.« Beim hörbaren Atemholen am anderen Ende der Leitung hielt sie kurz inne. »Mehr als geschätzt, aber das ist natürlich nicht schlecht. Die Ware wurde einem Mr. Tony Bergman aus New York zugeschlagen. Ich habe heute nachmittag eine Bankanweisung über 600 Millionen Dollar von Mr. Bergman bekommen. Alle vereinbarten Unkosten und Provisionen sind nunmehr berechnet und in Abzug gebracht, und ich habe den restlichen Erlös auf Ihr . . ., an die Bank in Österreich überwiesen.«

»Danke, Miss Van den Fleet. Ich hoffe, wir werden das Vergnügen haben, irgendwann einmal wieder Geschäfte zu machen.«

»Danke.« Es klickte in der Leitung. Sie zog die Augenbrauen hoch und legte ebenfalls auf. Wieder ein zufriedener

Kunde. Sie nahm die Tasche und ging ins Schlafzimmer. Als sie James angerufen hatte, war er so aufgeregt und begeistert gewesen, als hätte er den Stein selbst verkauft. Sie blieb vor dem Spiegel der Frisierkommode stehen und starrte sich an. Ihr war auf einmal nicht mehr danach, irgend etwas zu feiern. Die Spannung des Tages hatte sie ausgelaugt.

Christian legte die Hände wie im Gebet an die Brust. Margaret beugte sich zu ihm, um besser verstehen zu können, was er sagte. Er redete leise, wie mit sich selbst. »Wenn der Beweis nicht vor mir läge, würde ich es nicht glauben.«

»Vielleicht gibt es eine ganz einfache Erklärung, Mr. Debilius.«

»Gibt es so was wirklich, Margaret?«

Er stand auf und steckte die Hände in die Taschen. Er kam um den Schreibtisch herum und lief auf und ab. »Ich hätte es allen Firmen zugetraut, aber nicht Van den Fleet.«

»Soll ich es sicherheitshalber noch einmal nachprüfen?«

»Nein, danke, Margaret, das ist nicht nötig. Wir haben die Fakten schwarz auf weiß. Aus Van den Fleets Büchern geht hervor, daß sie einen Bankkredit von 200 000 Dollar bekommen haben. Das Darlehen wurde vier Tage später zurückgezahlt, aber es gibt keinen Beleg für den Anlaß des Kredits oder dafür, wie oder warum es zurückgezahlt wurde. Duiss and Company behaupten, sie hätten große Rohe für 200 000 Dollar für Van den Fleet hinterlegt. In den Büchern steht nichts davon, daß Van den Fleet solche Steine in ihren Bestand genommen haben, und nichts von einer Transaktion zwischen ihnen und einem Käufer.« Er drehte sich um und sah Margaret an.

Sie setzte den Gedankengang für ihn fort: »Außer, daß der Büroleiter von Duiss and Company behauptet, Van den Fleet habe Duiss and Company instruiert, die Steine nach Japan zu schicken.«

Er kehrte zu seinem Schreibtischsessel zurück. »*Nachdem*

die IDB einen Boykott aller Verkäufe an die Japaner erlassen hat.«

»Sie haben die Beendigung laufender Transaktionen nach Inkrafttreten des Boykotts erlaubt, Mr. Debilius.«

»Dies war kein laufendes Geschäft. Wahrscheinlich liegt zwischen dem Erlaß des Boykotts und der Transaktion zwischen Van den Fleet und den Japanern ein Zeitraum von wenigstens 24 Stunden. Eine geheime Transaktion, Margaret. Die klare Absicht, die Transaktion zu verbergen. Geben Sie die übliche Mitteilung heraus, daß das Direktorium der IDB offizielle Ermittlungen durchführen wird. Berufen Sie das Direktorium für, sagen wir, Freitag ein. Sagen Sie George Forrester, er soll heute abend bei mir vorbeikommen. Nein, lassen Sie das. Ich werde ihn selbst anrufen. Haben wir eine Nummer in Genf, unter der wir Martina Van den Fleet erreichen können?«

»Nur die Nummer der Bank Christian Oertli.«

»Rufen Sie James Wu an. Vielleicht hat er ihre Privatnummer. Sagen Sie ihm, wir müßten in einer privaten Angelegenheit mit ihr reden, die Van den Fleet betrifft. Dann ist er vielleicht zuvorkommender. Danke, Margaret.«

Beni ging über Martina in die Hocke und drückte ihre Hände an seine Brust. »Ich finde dich viel reizvoller, wenn du keine Diamantenhändlerin bist.«

»Ich finde dich viel reizvoller, wenn du nicht in deinem Jet herumfliegst und Geschäfte machst.«

»Ein Punkt für dich, aber das ist nun mal mein Job.«

»Und Diamanten sind meiner.«

Er beugte sich vor und küßte ihre Schulter. »Schluß damit. Setzen wir unsere Feier fort, solange wir noch Zeit haben.« Er murmelte einen Fluch, als das Telefon klingelte.

Martina wand sich unter ihm hervor und langte nach dem Hörer. Er nahm ihr Handgelenk. »Nimm nicht ab.«

»Ich denke, ich sollte.« Sie tastete nach dem Hörer. »Hallo, hier Martina Van den Fleet.« Beim Klang von Christians Stimme verkrampfte sie sich unwillkürlich.

»Martina, ich hoffe, ich rufe nicht zu einer unpassenden Zeit an?«

Sie starrte zur Decke und verzog den Mund. Wie kam er bloß auf diese Idee? Sie lag nur nackt im Bett, mit einem Mann, der alles mögliche tat, um sie abzulenken. Sie stützte sich auf einen Ellbogen hoch. »Aber nein, Christian.« Sie legte allen Nachdruck auf den Namen, sah Beni vielsagend an und knuffte ihn mit der freien Hand in die Rippen.

»Martina, darf ich Ihnen im Namen der IDB zu der Auktion gratulieren, die nach allem, was ich höre, höchst erfolgreich war. Es tut uns natürlich leid, daß wir den Stein nicht bekommen haben.«

Sie konzentrierte sich auf die betont freundliche, ein wenig schleppende Stimme. Je sanfter der Ton, um so tödlicher die Absicht. Sie setzte sich auf. »Übrigens hat jemand nach der Auktion gesagt, Begierde kennt keine Vernunft, und soeben sei die Schwelle zum Absurden überschritten worden.«

Christian lachte. »Ich weiß nicht, ob Begierde absurd sein kann, aber mit 600 Millionen Dollar kommt sie natürlich teuer zu stehen.«

»Worüber wollten Sie mit mir sprechen, Christian?«

Er lachte wieder. »Immer gleich zur Sache, Martina. Wir haben die Bücher von Van den Fleet geprüft, die übliche Routineprüfung, die einmal im Jahr gemacht wird. Kann ich davon ausgehen, daß wir mit Ihrer Hilfe rechnen können, wenn wir ein paar Fragen haben?«

»Ja, natürlich. Aber Sie sind sich bewußt, daß ich nicht mehr zur Firma gehöre. Justus, der Büroleiter, müßte alle Fragen beantworten können, die sich auf die Bilanz des letzten Jahres beziehen, aber wenn er Probleme hat, sagen Sie ihnen, sie können sich jederzeit an mich wenden. Ich bin übermorgen wieder in Hongkong.«

»Ich habe gewußt, daß ich mich auf Sie verlassen kann, Martina. Ich weiß es zu schätzen. Es gibt noch etwas, worum ich Sie bitten möchte. Könnten Sie Ihre Rückkehr nach Hongkong vielleicht um einen Tag verschieben?«

»Warum?«

»Könnten Sie über New York fliegen, damit wir uns treffen können? Ich würde gern mit Ihnen über Ihren Status bei der IDB reden, vorerst natürlich noch inoffiziell.«

»Ich habe keinen Status bei der IDB.«

»Eben. Darüber möchte ich mit Ihnen sprechen. Das Direktorium hat einen Report von unserem Beirat bekommen, der sich damit auseinandersetzt, daß Frauen künftig eine konkrete Rolle bei der Weiterentwicklung der IDB spielen sollten.«

Sie zog die Augenbrauen hoch.

»Wir haben uns offenbar in eine Art Zwickmühle gebracht, indem wir im Interesse unserer alten Mitglieder verlangten, daß künftige Mitglieder eine ausreichende finanzielle Basis haben müssen. Es ist natürlich klar, daß tüchtige Mitglieder nicht für untüchtige geradestehen dürfen. Das bedeutet aber ein Handikap für die Frauen, die außerordentlich tüchtig sind, zum Beispiel für Sie.«

»Ich verstehe nicht ganz, was Sie sagen wollen, Christian.«

»Erlauben Sie, daß ich Sie weiter als Beispiel benutze. Ihre Arbeit bei Van den Fleet hat viel positives Aufsehen erregt. Sehr viel. Aber die Firma ist entsprechend der Familientradition auf Hendrik übergegangen, da er der älteste beziehungsweise der einzige Sohn ist. Wir sind uns bei der IDB durchaus bewußt, daß diese Tradition, so bewährt sie in anderer Hinsicht sein mag, Frauen wie Sie daran hindert, ihr Potential auszuschöpfen.«

»Ah, jetzt verstehe ich . . .«

»Gut. Nach Prüfung des Reports unseres Beirats haben wir beschlossen, Mittel und Wege zu suchen, um Frauen künftig verstärkt als Optionsträgerinnen zu berücksichtigen.«

»Das freut mich zu hören, Christian.«

»Ich habe mir gedacht, daß es Sie freuen würde. Es ist im Moment natürlich noch vertraulich, Martina, aber ich möchte

Sie wissen lassen, daß Ihr Name in der Sache als erster auf der Liste stehen wird. Ich kann Ihnen sogar sagen, daß das Direktorium empfehlen wird, Sie als Optionsträgerin aufzunehmen.«

Sie warf einen Blick auf Beni, der inzwischen auf dem Rand des Bettes saß und sich sichtlich langweilte. Ihr schossen die verschiedensten Gedanken durch den Kopf. Das Direktorium hatte eine leichte Aufgabe gehabt. Soweit sie wußte, gab es nur zwei Namen, zwischen denen es entscheiden mußte.

»Martina, sind Sie noch da?«

Sie schwang die Beine vom Bett und richtete sich auf. »Entschuldigen Sie, Christian, aber ich wäre beinahe tot umgefallen.«

Er lachte. »Ich bitte um Verzeihung. Es wäre schrecklich, wenn man mich für das vorzeitige Ende des ersten weiblichen Mitglieds der Diamantenbörse verantwortlich machte.«

»Ich denke, ich werde wieder auf die Beine kommen.«

»Großartig. Nun, wäre es Ihnen möglich, nach New York zu kommen? Das Direktorium muß zwar noch seine offizielle Zustimmung erteilen, aber ich denke, es ist wichtig, daß Sie und ich unter vier Augen über alles reden.«

»Ja, sicher, ich könnte morgen da sein. Das heißt, am späten Nachmittag oder frühen Abend.«

»Ich werde Sie vom Flughafen abholen lassen, und vielleicht könnten wir dann ein kleines Arbeitsdinner haben.«

»Danke.«

»Hm, dann auf Wiedersehen bis morgen.«

Sie legte auf. Optionsträgerin. Der Gedanke, daß die Versteigerung des Schanghai-Diamanten etwas mit diesem Sinneswandel zu tun hatte, war verlockend. Sie lächelte triumphierend. Brave Mädchen kommen in den Himmel, und unartige Mädchen kommen in die IDB.

Sie krabbelte aufs Bett und umarmte Beni. »Du wirst nie erraten, was er wollte.«

»Dann sag es mir.«

»Sie werden mich wahrscheinlich zur Optionsträgerin der

IDB ernennen. Er braucht nur noch die offizielle Zustimmung des Direktoriums.«

»Ich gratuliere.«

Sie umhalste ihn. »Jetzt haben wir noch mehr zu feiern, nicht wahr?«

Er streifte ihre Wange mit den Lippen. Sie ignorierte die leise warnende Stimme irgendwo in sich. Sie küßte ihn. »Ich wette, du hast noch nie mit einer Optionsträgerin geschlafen.« Sie sah ihn an. »Was ist?«

»Nichts.« Er streichelte ihre Finger. »Wenn du morgen nach New York willst, mußt du ausschlafen. Es wird sehr anstrengend werden.«

Sie sah ihm in die Augen und rückte ein Stück von ihm fort. Seine Begierde war erloschen, wie eine Kerze. Sie nahm die Hand weg. »Ich nehme an, du hast recht.« Sie stand auf und zog ihren Bademantel an. Sie sah auf seinen Rücken, seine Schulterlinie. Verdammt. Zorn stieg in ihr auf und drängte das unangenehme Gefühl, abgewiesen worden zu sein, zurück. Sie hatte den Drang, auf ihn einzuschlagen. Sie zupfte an dem Bademantel, zog ihn enger um sich. Er hatte beschlossen, ihre Arbeit zwischen sich und sie treten zu lassen. Sie strich sich das Haar aus dem Gesicht und drehte sich um. Sie nahm an, es war ein ganz willkommener Vorwand, um sie ohne großes Trara aus seinem Leben zu streichen.

Sie trat aus der Duschkabine und hüllte sich in das Badetuch. Als sie aufsah, stellte sie fest, daß er sie beobachtete. Sie zog das Badetuch enger, wie bei einer peinlichen Begegnung mit einem Fremden. Er war schon angezogen. »Martina, ich denke, ich fahre besser zurück in mein Hotel. Ich muß morgen auch früh los.«

»Ja, natürlich.«

»Äh, ich ruf dich an. Ich weiß noch nicht genau, wann. Ich hab die ganze nächste Woche einen Termin nach dem anderen.«

»Ich auch. Vielleicht können wir es arrangieren, daß wir irgendwann wieder in derselben Stadt zu tun haben.«

»Ja. Es wird immer eine Zeit und einen Ort für uns geben, Martina.« Er trat zu ihr und küßte sie auf die Wange.

Sie sah, wie er sie anlächelte, als er die Tür erreicht hatte, hörte dann, wie er die Schlafzimmertür zumachte. Beni hatte nicht gerade ihr Leben geändert, aber er würde ihr fehlen.

George Forrester saß in Christians Wohnung. Christian nahm eine Flasche Gin vom Sideboard. »Das Übliche, George?«

»Ja, danke. Die Bronze da drüben, ist die neu?«

»Ja. Ich gebe gern zu, daß ich zuviel dafür bezahlt habe, aber ich konnte nicht widerstehen.«

George lächelte. Christian liebte es ungemein, sich kleine Schwächen, einen menschlichen Zug anzudichten. Christian reichte ihm ein Glas Gin Tonic. »Ich danke Ihnen, daß Sie dieser kurzfristigen Einladung gefolgt sind, George.«

»Keine Ursache. Haben Sie schon eine Entscheidung bezüglich Van den Fleet getroffen?«

»Darüber wollte ich mit Ihnen sprechen, George. Die Vorschriften müssen eingehalten werden. Wir müssen ein Exempel statuieren. Ich würde vorschlagen, daß das Direktorium eine Geldbuße festsetzt und Van den Fleet öffentlich verwarnt.«

George senkte den Kopf. »Van den Fleet ist noch nie verwarnt worden. Es würde den alten Herrn wahrscheinlich umbringen.«

Christian machte es sich in dem Sessel gegenüber bequem. »Das ist genau das, was mir Sorge macht. Ich möchte nicht, daß die Leute denken, die IDB sei schuld an jemandes Tod.«

»Was schlagen Sie dann vor?«

»Die schlechte Nachricht mit einer guten zu lindern?«

»Wie das?«

»Ich denke darüber nach, ob es vielleicht klug wäre, Martina Van den Fleet als Optionsträgerin zu empfehlen, und würde gern Ihre Meinung dazu hören, George.«

George betrachtete ihn eine ganze Weile. Dann hob er das Glas an die Lippen. Christian hatte bereits darüber nachgedacht und brauchte seine Meinung gar nicht. »Was hat Sie zu diesem überraschenden Kurswechsel bewogen?«

Christian lächelte fein. »Nicht so überraschend, wie es scheinen mag. Zwei Dinge. Erstens halte ich es für unklug, sie weiterhin außerhalb der IDB wirken zu lassen. Diese Auktion wird ihr ein enormes Prestige und viele Vorteile verschaffen. Ich habe übrigens mit Tony Bergman gesprochen. Er war sehr beeindruckt von der Art und Weise, wie sie alles abgewickelt hat. Hochprofessionell, sagt er.«

»Als wir das letzte Mal zusammen sprachen, hatte ich den Eindruck, Sie wollten ihm die Eier abreißen.«

Christian zuckte mit den Schultern. »Wir vertragen uns wieder. Offenbar lief die Versteigerung streng nach den Vorschriften. Sie hatte alles und jeden fest in der Hand.« Er beugte sich vor. »Eine hübsche kleine Geschichte am Rande, George. Beni Yasim war angeblich alles andere als erfreut über den Gang der Sache. Tony hat gesagt, Beni habe eine ganze Weile gebraucht, um zu begreifen, daß er keine Vorzugsbehandlung von Martina zu erwarten hatte.«

»Ich dachte, Sie sagten, er schliefe mit ihr.«

»Aber offenbar nicht so gut, um ihren Blick zu trüben. Ich habe auch mit Warren Emerson gesprochen. Er erwägt anscheinend allen Ernstes, ihr einen Job als Beraterin anzubieten. Ich denke, es wird Zeit, daß das Lamm zur sicheren Herde zurückgeholt wird, nicht wahr, George?«

George nickte nachdenklich. »Sie sagten, es gibt zwei Dinge.«

»Ach ja. Lassen Sie mich zuerst nachschenken.« Christian stand auf und ging mit den beiden Gläsern zum Sideboard. »Sie wissen, daß wir wieder Kontakt zu den Chinesen aufgenommen haben?«

»Mmm.«

»Ich glaube, diesmal haben sie ernsthaft die Absicht, der IDB beizutreten. Sie haben die Initiative zur Wiederaufnahme der Gespräche ergriffen.«

»Bieten wir ihnen etwas Neues?«

»Natürlich nicht.« Christian kam zurück und stellte die Gläser auf den Tisch. »Wie wir schon versprochen haben, werden wir das Know-how und die technische Unterstützung liefern, um ihnen bei der Entwicklung ihrer Minen zu helfen. Aber es gibt eine bezeichnende Änderung, George. Man hat mir gesteckt, daß sie die Möglichkeit haben wollen, mit der IDB zu handeln und Hongkong als ihre Basis zu benutzen, wenn es 1997 unter die Herrschaft der Volksrepublik kommt.«

»Das dürfte den Diamantenhändler-Verband Hongkong freuen.«

Christian lächelte. »Sogar sehr. Es gibt jedoch ein kleines Problem. Alle Mitglieder sind Chinesen und neigen deshalb dazu, irgendwann mal auf Peking zu hören, wenn Sie verstehen, was ich meine.«

»Sie möchten ein paar von unseren Leuten einschleusen?«

»Aber auf die leise Tour. Die Chinesen sind äußerst empfindlich gegen jede Art fremder Einmischung. Es geht mehr darum, die Europäer einzusetzen, die wir bereits in Hongkong haben.«

»Martina Van den Fleet.«

»Ich habe an sie gedacht.«

»Wir haben da unten unseren eigenen Vertreter.«

»Aber er ist kein unabhängiger Händler. Er ist Angestellter der IDB. Eine Tatsache, auf die die Chinesen sofort hinweisen würden. Martina würde eine geeignete Kandidatin abgeben. Sie wird von James Wu aufgefordert, nach Hongkong zu kommen. Wenn die Chinesen in der Lage sind, mit dem Handel zu beginnen, wird sie schon eine ganze Zeit dort gearbeitet haben. Die Chinesen könnten sich nicht beschweren, wir hätten sie ihnen vor die Nase gesetzt.«

George trank wieder einen Schluck Gin Tonic. »Und wenn sie optionsberechtigt wäre, könnte sie für die IDB handeln.«

»Sie wissen, wieviel ich auf Ihren Rat gebe, George, und

ich habe Sie hierhergebeten, um ihn zu hören. Was meinen Sie?«

George rieb sich die Backe. »Es hätte eine ernüchternde Wirkung auf einige unserer widerspenstigen Minenbesitzer, wenn die Chinesen der IDB beiträten. Ihre Idee ist verlokkend, aber wen auch immer wir in Hongkong beauftragen würden, er oder sie müßte etwas Kantonesisch oder Mandarin oder was auch immer sprechen.«

Christian zuckte mit den Schultern. »Martina ist Belgierin. Sie spricht schon mindestens drei Sprachen. Ich bin sicher, sie könnte noch eine dazu lernen.«

»Sie übersehen eine Kleinigkeit, wenn ich mir die Bemerkung erlauben darf.«

»Und das wäre?«

»Womöglich will sie gar nicht Optionsträgerin werden. Vielleicht lehnt sie es ab, nur um Ihnen eins auszuwischen.«

»Ich kann Ihnen versichern, daß es kein Problem sein wird, George. Sie wird überglücklich sein.«

George sah ihn wieder eine Weile an. »Sie haben schon mit ihr gesprochen?«

»Wir haben darüber gesprochen, miteinander zu sprechen, ja. Also, was halten Sie von der Idee?«

George streckte die Beine aus. »Brillant, Christian. Was kann man mehr sagen?«

Christian lächelte. »Danke, George. Kann ich dem entnehmen, daß Sie dem Direktorium meinen Vorschlag unterbreiten werden?«

»Ich werde.«

Hendrik starrte aus dem Fenster. Er krümmte seine Finger nacheinander, bis die Knöchel knackten. Astrid betrat leise das Büro. »Möchten Sie eine Tasse Kaffee, Hendrik?«

»Nein. Das heißt, doch. Bitte.« Er ruckte den Kopf zur Tür hin. »Sind sie immer noch in der Buchhaltung?«

»Ja. Mr. Dwyer hat gesagt, sie müßten in zehn Minuten fertig sein. Er sagte, Sie sollten bitte noch solange hierbleiben.

Er möchte Ihnen einige Fragen stellen.« Hendrik schluckte. Wenn dieser Idiot Duiss nicht abgetaucht wäre, hätte er es schaffen können. Er holte hörbar Luft.

Astrid biß sich auf die Lippe. Hendrik war weiß wie ein Gespenst. Als sie beiläufig erwähnt hatte, die IDB habe darum gebeten, eine Routineprüfung der Bücher vorzunehmen, hatte sie gedacht, er würde sie umbringen. Sie berührte seinen Arm. »Es tut mir wirklich leid, daß ich nicht versucht habe, Sie in Genf anzurufen, Hendrik. Sie sagten, es sei wegen der Transaktion eines anderen Mitglieds. Ich habe einfach gedacht, es hätte Zeit, bis Sie wieder hier sind.«

Er zuckte mit den Schultern. »Es hätte keinen großen Unterschied gemacht, wenn Sie mich angerufen hätten.« Er langte in die Tasche seines Jacketts und holte eine halb zerknüllte Schachtel Zigaretten heraus. »Würden Sie mir eine neue Schachtel holen, bitte?«

»Mr. Dwyer hat gesagt, niemand dürfe das Büro verlassen.«

»Dann vergessen Sie's. Bringen Sie mir den Kaffee.« Hendrik hob die Hand und rieb sich die Augen. Diese Sache würde seinen Vater umbringen. Er legte die Stirn an die Fensterscheibe. Seine einzige Chance war, alles zu leugnen. Wenn er konnte.

Dwyer klopfte höflich an die Tür von Hendriks Büro. »Darf ich hereinkommen, Mr. Van den Fleet?«

»Sie sind schon in allen anderen Zimmern gewesen. Warum fragen Sie?«

Dwyer machte leise die Tür hinter sich zu. »Ich hoffe, daß wir uns wie zivilisierte Menschen unterhalten können, Mr. Van den Fleet. Ich tue nur meine Arbeit.«

»Dann schlage ich vor, daß Sie sie beenden. Sie haben den Betrieb fast einen ganzen Tag lahmgelegt.« Hendrik richtete sich auf. »Was ist nun mit diesen Anschuldigungen, wir hätten illegale Geschäfte gemacht?«

»Die IDB hat am achtzehnten um Punkt zwölf Uhr Mittag einen Boykott gegen Verkäufe an die Japaner erlassen. Der

Büroleiter von Duiss and Company hat uns mitgeteilt, Sie hätten am selben Nachmittag Rohdiamanten für 200 000 Dollar gekauft und Order erteilt, daß sie bis auf Ihre weiteren Instruktionen in einem Banksafe in Kinshasa hinterlegt werden sollten. Stimmt das?«

»Ich habe die Steine nicht an dem Tag gekauft. Ich habe den Kauf nur *bestätigt.* Ich habe am siebzehnten von Duiss persönlich gekauft.«

»Können Sie das beweisen?«

»Nein.«

»Ist es nicht üblich, Telefongespräche durch ein Telex oder ein Fax zu bestätigen?«

Hendrik seufzte übertrieben. »Haben Sie schon mal in Zaire gearbeitet, Mr. Dwyer?«

»Nein.«

»Dann lassen Sie mich erklären, daß es dort unten nicht so läuft wie hier bei uns. Telexe und Faxe sind nutzlos, es sei denn, die Person am anderen Ende macht sich die Mühe, sie ordnungsgemäß zu registrieren. Wenn sie die verdammten Geräte überhaupt bedienen kann.«

»Sehr gut, Mr. Van den Fleet. Einen Moment, ich möchte mir das notieren.«

Hendrik zündete die letzte Zigarette an, die noch in der Schachtel gewesen war. »Würden Sie meiner Sekretärin vielleicht erlauben, mir Zigaretten zu holen?«

Dwyer nickte. Hendrik langte zur Sprechanlage und drückte zornig auf die Vorzimmertaste. »Astrid, Mr. Dwyer erlaubt Ihnen, mir eine Schachtel Zigaretten zu kaufen. Aber bleiben Sie nicht länger als fünf Minuten weg, sonst werde ich hier als Geisel genommen oder so ähnlich.«

Dwyer schürzte die Lippen. Er wartete, bis Hendrik sich wieder zurückgelehnt hatte, ehe er weiterredete. »Am 19., also einen Tag, nachdem die IDB den Boykott erlassen hatte, haben Sie Duiss instruiert, die Diamanten nach Japan zu schicken. Stimmt das?«

»Ja.«

»Trotz des Boykotts der Diamantenbörse?«

»Ich habe es als eine Transaktion betrachtet, die bereits angelaufen war und nicht unter den Boykott fiel.«

Dwyer nickte. »Wenn ich nun von etwas anderem sprechen darf, Mr. Van den Fleet. Ihren Büchern zufolge hat Ihre Firma am 16. einen Bankkredit über 200 000 Dollar aufgenommen.«

»Ja.«

»Was war der Verwendungszweck des Kredits?«

»Den Kauf der Diamanten von Duiss zu finanzieren.«

»Der Kredit wurde am 20. an die Bank zurückgezahlt. Stimmt das?«

»Ja.«

»Sie sagten, die Diamanten sollten an die Japaner weiterverkauft werden. Warum ist diese Transaktion nicht in den Büchern verzeichnet?«

»Ein Versehen meinerseits, für das ich die volle Verantwortung übernehme.«

»Wie kam es dazu?«

»Ich hatte ein Fax von der IDB bekommen, in dem die Mitglieder mit sofortiger Wirkung vor allen Geschäften mit Duiss gewarnt wurden. Ich war sehr beunruhigt und dachte nur noch daran, so schnell wie möglich nach Zaire zu fliegen, um zu sehen, was zum Teufel dort los war.«

»Sind Sie nach Zaire geflogen?«

»Nein. Ich bekam einen Anruf aus Japan, und man sagte mir, daß die Diamanten eingetroffen seien.«

»Gibt es dafür irgendeinen Beleg hier im Büro?«

Hendrik seufzte wieder übertrieben laut. »Es gibt einen großen Zeitunterschied zwischen Antwerpen und Tokio, Mr. Dwyer. Ich bekam den Anruf zu Hause.«

»Ich verstehe. Haben Sie Duiss für die Diamanten bezahlt?«

»Ja.«

»Aber die Transaktion ist nicht in Ihren Büchern festgehalten worden, Mr. Van den Fleet.«

»Wie schon gesagt, ein Versehen meinerseits, für das ich die volle Verantwortung übernehme.«

»An wen haben Sie die Zahlung geleistet?«

»An Duiss selbst.«

»Ist das nicht ein bißchen merkwürdig, Mr. Van den Fleet?«

»Nicht in Zaire, wirklich nicht.«

»Als Sie wußten, daß die Diamanten nach Japan geschickt worden waren, warum haben Sie da nicht die Gelegenheit ergriffen, um Ihre Bücher auf den laufenden Stand zu bringen?«

»Weil Mr. Debilius persönlich mich bat, sofort nach Genf zu fliegen und für die IDB an einer Auktion teilzunehmen, Mr. Dwyer.« Hendriks Augen funkelten zornig. »Und, Mr. Dwyer, ich kann auch das nicht beweisen. Vielleicht sollten Sie Christian Debilius fragen.«

Dwyer starrte ihn einen Moment lang an. »Ich weiß, daß diese Unterredungen sehr schwierig sind, Mr. Van den Fleet, aber ich denke, wir werden es leichter haben, wenn Sie ruhig bleiben. Diese Ermittlungen müssen durchgeführt werden. Es liegt in Ihrem Interesse, daß diese Angelegenheit restlos aufgeklärt wird.«

Hendrik drückte seine Zigarette aus. »Entschuldigung.« Er glaubte, eine leichte Unsicherheit in Dwyers Auftreten registriert zu haben. »Hören Sie, ich bitte um Entschuldigung. Ich bin in den letzten Tagen so viel rumgereist, daß ich staune, überhaupt noch was behalten zu haben. Meine Hauptsorge galt Duiss. Wenn er den Abschluß widerrufen hätte, wäre Van den Fleet möglicherweise bankrott gewesen. Wir hätten den Kredit unter den gegenwärtigen geschäftlichen Bedingungen nicht bedienen können. Ich . . .«

»Lassen Sie mich das bitte notieren, Mr. Van den Fleet.« Dwyer senkte den Kopf und schrieb rasch. »Eine abschließende Frage, Mr. Van den Fleet. Wie heißt der japanische Käufer?«

»Yoshino.«

Dwyer nickte. Er steckte sein Notizbuch in seine Aktentasche. »Vielen Dank, daß Sie Ihre Zeit für mich geopfert haben.«

»Das wäre es also?«

Dwyer lächelte kurz. »Ja, das wäre es.«

»Was passiert jetzt?«

»Ich werde einen Bericht schreiben und ihn der Finanzabteilung der IDB vorlegen.«

»Könnten Sie mir eine Vorstellung davon geben, was in dem Bericht stehen wird?«

»Mr. Van den Fleet, Sie wissen, daß ich das nicht darf.«

»Inoffiziell? Diese ganze Geschichte ist sehr beunruhigend. Wirklich sehr beunruhigend. Ich habe schon ohne dieses Damoklesschwert genug Probleme, mit denen ich fertig werden muß.«

Dwyer überlegte einen Augenblick. »Ich darf Ihnen vielleicht sagen, daß Sie eine Geldbuße wegen unvollständiger Buchführung bekommen werden, aber die Finanzabteilung wird sicher berücksichtigen, daß Sie in dem betreffenden Zeitraum für Mr. Debilius tätig waren.«

»Und die andere Sache?«

Dwyer schürzte die Lippen. »Unter uns, Mr. Van den Fleet. Gibt es irgendeinen Grund, weshalb Mr. Yoshino nicht bestätigen wird, was Sie mir gesagt haben?«

»Nicht daß ich wüßte.«

»Dann glaube ich, daß Sie sich nicht allzu viele Sorgen machen müssen. Es wird Disziplinarmaßnahmen geben, weil Ihre Handelspraktiken nicht absolut korrekt waren.« Dwyer nahm seine Aktentasche. »Wissen Sie, Mr. Van den Fleet, es liegt wirklich in Ihrem eigenen Interesse, dafür zu sorgen, daß die Sendung und der Empfang von Telexen und Faxen sorgfältig registriert werden. Wenn nicht, bringen Sie sich selbst in eine schwierige Lage.«

Hendrik lachte kurz. »Als ob ich das nicht wüßte.«

Dwyer streckte die Hand aus. »Dann darf ich mich von Ihnen verabschieden.«

»Ja. Tut mir leid, daß ich vorhin ein bißchen grob war. Nehmen Sie es mir nicht übel.«

Dwyer lächelte erschöpft. »Ich bin es gewohnt.«

Als Astrid wieder ins Büro kam, hatte Hendrik den Kopf auf die Arme gelegt, als schliefe er. »Hendrik, geht es Ihnen nicht gut?«

Er hob den Kopf und stierte sie an.

»Geht es Ihnen nicht gut, Hendrik?«

»Im Gegenteil. Ganz im Gegenteil.« Er richtete sich auf. »Sie können jetzt Feierabend machen, Astrid. Im Moment ist hier nichts mehr zu tun.«

Als sie die Tür hinter sich zugemacht hatte, nahm Hendrik den Hörer und wähle Yoshinos Nummer in Tokio. »Hallo, Mr. Yoshino, hier Hendrik Van den Fleet. Äh ... Ich scheine ein kleines Problem mit dem Zeitpunkt unseres Geschäfts zu haben.«

»Wie das?«

»Soweit ich mich erinnere, haben wir am siebzehnten abgeschlossen, aber die Diamantenbörse scheint zu glauben, ich hätte das Geschäft am 18. getätigt. An dem Tag, als der Boykott gegen Sie in Kraft getreten ist. Ich habe noch einmal über die Transaktion nachgedacht, Mr. Yoshino, und ich bin zu dem Schluß gekommen, Ihnen die Steine eventuell zum Einstandspreis zuzüglich Unkosten zu geben, also für 300 000 Dollar statt 800 000.«

»Ich würde mich sehr freuen, wenn Sie diese Möglichkeit hätten, Mr. Van den Fleet. Sagten Sie, wir hätten am 17. abgeschlossen?«

»Ja.«

»Dann haben Sie sicher recht, Mr. Van den Fleet.«

»Äh ... Es ist möglich, daß die IDB bei Ihnen nachfragen wird.«

»Dann werde ich ihr das gleiche sagen wie Ihnen. Daß Mr. Van den Fleet recht hat.«

»Danke, Mr. Yoshino. Ich werde gleich jetzt genau kalkulieren und Ihnen den betreffenden Betrag morgen früh als erstes anweisen lassen.«

»Ich bedanke mich, Mr. Van den Fleet.«

Es gab keinen Grund für Yoshino, ihn in die Pfanne zu hauen. Er bekam einen Bonus von einer halben Million Dollar. Van den Fleet machte immerhin noch einen kleinen Gewinn. Wenn die IDB Duiss ausfindig machte, stand Duiss' Wort gegen seines, mehr nicht.

Martina schaute gelassen zu, wie Christian beim Kellner bestellte. Er behandelte alle Leute ausgesucht höflich, es sei denn, sie tanzten aus der Reihe. Sie sah sich im Restaurant um. Als sie zuletzt hier gewesen war, hatte Beni ihr gegenübergesessen. Sie drehte das Glas zwischen den Fingern. Es war sehr schön gewesen, solange es gedauert hatte, was leider nicht lange gewesen war. Sie wandte ihre Aufmerksamkeit wieder Christian zu. Seinen früheren Erobercharme hatte er durch onkelhafte Güte ersetzt.

»Noch einen Aperitif, Martina?«

»Ja, bitte.«

»Hm, wo waren wir stehengeblieben? Ach ja, was halten Sie von meiner Idee, in Antwerpen eine kleine Feier für Erasmus zu veranstalten? Vielleicht ein Mittagessen im Haus des Diamantenhändler-Verbands? Ich sollte ohnehin öfter in Europa sein.«

»Ich finde das eine hervorragende Idee. Ich weiß, daß Vater sich sehr geehrt fühlen wird.«

»Gut, können wir jetzt über Ihre Zukunft reden, Martina?«

»Meine Zukunft?«

»Ja. Ich möchte, daß Sie das Gefühl haben, sich absolut auf mich verlassen zu können, was die Durchführung betrifft.« Er legte leicht die Hand auf ihre. »Sehen Sie, Sie werden das jüngste Mitglied der IDB sein. Ich fürchte, daß es gewisse Ressentiments wecken wird. Es wird Leute geben, die meinen, sie hätten ein größeres Recht, Optionsträger zu werden.

Betrachten Sie mich also als Ihren Mentor, Martina. Nun, was sind Ihre Pläne?«

Sie machte den Mund auf, um zu antworten, aber er redete weiter.

»Ich denke, Sie sollten Ihren Beratervertrag bei James Wu and Company erneuern. Wir von der IDB erwarten große Dinge von Ihnen beiden.« Er beugte sich vor. »Darf ich Ihnen etwas im Vertrauen sagen, Martina?«

»Bitte.«

»Wir sind im Begriff, die Aufnahme der Chinesen in die IDB vorzuschlagen.« Er sah sie ernst an. »Ich betone, daß dies eine vertrauliche Information ist. Das wird natürlich bedeuten, daß Hongkong ein äußerst wichtiger Handelsplatz werden wird.«

Sie machte große Augen. Das war die Untertreibung des Jahres. »Und was wird nach 1997?«

Er machte eine Handbewegung. »Dann wird er noch wichtiger.«

Der Kellner kam mit ihren Drinks. Wenn das, was Christian sagte, wahr war, konnte Hongkong die Stadt sein, in der sie wirklich Karriere machen konnte. Der Verkauf des Schanghai-Diamanten war eine einmalige Sache gewesen. Er war bereits Schnee von gestern.

»Was denken Sie, Martina?«

Sie sah ihn an. »Entschuldigung, ich habe gerade über das, was Sie sagten, nachgedacht. Ich würde gern wieder in Hongkong arbeiten, aber es hängt von James ab. Vielleicht will er mich nicht wieder unter Vertrag nehmen.«

Er seufzte schwach. »Es ist wirklich nicht nötig, dieses Spiel weiter zu spielen. Ich weiß sehr wohl, daß die Auflösung Ihres Vertrages ein raffiniertes kleines Manöver von Ihnen und James war, um den Boykott der IDB zu umgehen. Ich habe Ihnen beiden verziehen, aber nur dieses eine Mal, merken Sie sich das.«

Sie nahm ihr Glas und trank einen Schluck. Es war die Auktion, die Christians Sinneswandel bewirkt hatte. Wenn sie nicht den Mut gehabt hätte, den Schanghai-Diamanten zu verkaufen, würde sie jetzt nicht hier sitzen. »Wissen Sie, es gibt wirklich nichts, was Sie verzeihen müßten.«

Christian lehnte sich zurück. Frauen waren rechthaberisch und mußten immer das letzte Wort haben. Das war der Grund, warum er noch nie eine Frau in die IDB aufgenommen hatte. Er sah sie an. »Ich denke, es gibt doch etwas, aber wir haben über wichtigere Dinge zu sprechen. Ich habe mit James telefoniert, und er möchte unbedingt, daß Sie wieder in seine Firma eintreten. Wie ich seinen Worten entnehmen konnte, haben Sie beide sehr gut zusammengearbeitet, und er wird Ihnen in einem halben Jahr vorschlagen, seine Partnerin zu werden. Wenn ich Ihnen einen Vorschlag machen darf, Martina, dann bewerben Sie sich am besten in einem Jahr um die Aufnahme in den Diamantenhändler-Verband Hongkong. Das wäre natürlich eine Formalität.«

Sie trank langsam. Sie begann zu begreifen, wohin das Gespräch führte. Er wollte James und sie manipulieren, um irgend etwas für die IDB zu erreichen. »Spielen Sie Schach, Christian?«

»Wie bitte?«

»Spielen Sie Schach?«

Er starrte sie einen Moment lang verwirrt an. »Nein, leider nicht.«

»Ich glaube, Sie wären ein sehr guter Spieler.«

»Ich nehme an, ich soll jetzt fragen, warum?«

Sie lachte.

Er beugte sich wieder vor. »Sie sind eine sehr attraktive junge Dame, Martina, aber ich werde Sie nicht mehr so attraktiv finden, wenn Sie weiter in Anspielungen reden.«

»Entschuldigung. Ich mußte nur denken, daß Sie bestimmt einen guten Schachspieler abgeben würden, da Sie es so geschickt anstellen, andere Leute zu manipulieren, als wären sie Schachfiguren.«

Er lächelte fein. »Diplomatie, Martina, nicht Manipulation. Ich habe etwas gegen dieses Wort.«

»Warum wollen Sie mich in Hongkong haben?«

»Habe ich das gesagt?«

»Nein, aber ich höre es laut und deutlich.«

»Ich möchte Sie in Hongkong haben, weil es der Ort ist, wo ich Sie haben möchte.«

Sie warf ihm einen Blick zu. Es wäre töricht, den stählernen Ton seiner Stimme zu ignorieren.

»Darf ich Sie daran erinnern, daß das Direktorium Ihr Gesuch um Aufnahme als Optionsträgerin einzig und allein aufgrund meiner Empfehlung behandelt?«

Sie nahm ihr Glas. »Waren Sie jemals in Hongkong?«

»Nein.«

»Sie sollten einmal hinfahren. Es ist eine faszinierende Stadt. Man braucht eine Weile, um sich einzugewöhnen, aber es ist trotzdem sehr interessant. Ich freue mich richtig darauf zurückzukehren.«

Er begegnete einige Sekunden ihrem Blick. »Ich freue mich, daß wir einander verstehen, Martina.«

Sie nahm wieder einen Schluck Wermut. Nicht halb so sehr wie sie. »Wenn ich wieder da bin, muß ich unbedingt Kantonesisch lernen.«

»Ich denke, es wird später nützlicher sein, wenn Sie Mandarin können.«

Sie nickte. Seine Stimme hatte wieder den Unterton, der es geraten erscheinen ließ, nicht zu widersprechen. »Das ist die Amtssprache in China, nicht wahr?«

»Jedenfalls in Peking. Es ist unmöglich, geschäftliche Verhandlungen zu führen, wenn man nicht ein bißchen Mandarin kann.«

»Mit wem verhandeln Sie in Peking?«

»Mit einem Mann namens Pa Jiaming. Er ist sehr gut. Westlicher, als er aussieht.«

Sie dachte einen Moment nach. »Der Name kommt mir bekannt vor.«

Er sah sie überrascht an. »Sie kennen ihn?«

»Nein, aber ein Bekannter von mir kennt ihn.«

»Wie heißt der Bekannte?«

»Erwin Klein. Er vertritt dort die deutschen Interessen. Soweit ich weiß, verhandelt er oft in Peking.«

Er zog die Augenbrauen hoch. »Also ein nützlicher Kontakt.«

»Das habe ich mir auch gedacht.«

Er verschränkte die Finger und legte sie auf den Tisch. »Die Chinesen sind sehr sonderbar. Ich betrachte es als eine interessante Herausforderung, mit ihnen zu verhandeln. Wissen Sie, es ist schwer, sie in Kategorien einzuordnen. Unser Vertreter in Peking sagt, daß Pa auch der Leiter der Zentralen Militärkommission zur Förderung der Wissenschaft sein soll.«

»Schwer, einen Zusammenhang zwischen dem Militär und der Diamantenförderung zu sehen.«

»Das kann man wohl sagen.«

»Erwin sagt, er redet nur dann mit jemandem in Peking, wenn er einen teuren Anzug trägt und eine Limousine mit Chauffeur hat.«

Er sah sie durchdringend an. »Sie scheinen sehr beeindruckt zu sein von diesem Erwin Klein. Ich will mich nicht in Ihr Privatleben einmischen, aber . . .«

Sie lachte. »Ziehen Sie keine voreiligen Schlüsse, Christian. Er ist sechzig und Großvater.«

»Oh, ich verstehe. Wo haben Sie ihn kennengelernt?«

»Auf einer Party bei einem britischen Ehepaar in Hongkong.«

Er verzog keine Miene mehr, als fände er die Neuigkeit nicht sehr erbaulich. »Ich denke, es wäre besser, wenn Sie Distanz zu den Briten hielten, Martina. Sie verstehen, was ich meine?«

»Sehr gut. Ich mochte sie sowieso nicht sehr. Der Mann ist ein Geschäftspartner von Beni Yasim. Beni gab mir eine Empfehlung an ihn mit, als ich zum erstenmal hinfuhr.«

»Was gut für Beni ist, ist nicht immer gut für andere. Ich weiß nicht, was für Interessen er in Hongkong hat, aber er findet sie vermutlich lukrativ.«

»Soweit ich weiß, schlachtet er Paulinson Pacific aus.«
»Hat er es Ihnen gesagt?«
»Nein, Erwin Klein.«
»Sehr interessant, und ein Grund mehr, Distanz zu den Briten zu halten. Die Chinesen sind sehr empfindlich, was die Entwicklung in Hongkong betrifft. Es wäre unklug, sich den Weg zu ihnen zu verbauen.«
»Ich weiß.«
»Darf ich Sie um einen Gefallen bitten?«
»Ja.«
»Sie werden mich über alles auf dem laufenden halten, was Sie über Pa Jiaming hören? Es könnte sehr nützlich sein. Das Sammeln von Informationen ist eine wichtige Voraussetzung für erfolgreiches Verhandeln.«
»Ich verstehe.«
Er lächelte. »Ich denke, Sie werden ein Gewinn für die IDB sein, Martina.«
Sie trank ihren Wermut aus. Sie konnte es sich nicht leisten, kein Gewinn zu sein.

Pa Jiaming wandte sich zu der Frau, die in der Schlange am Check-in-Schalter des Flughafens hinter ihm stand. »Gehen Sie bitte vor.« Er deutete nach vorn, um seine Worte zu unterstreichen. Die Frau lächelte ihm dankbar zu, während sie mit dem greinenden Baby in ihren Armen vortrat.
Der Mann hinter dem Schalter gab Pa den Paß zurück. »Ich hoffe, Sie hatten einen angenehmen Aufenthalt in Wien, Mr. Wu.«
Pa lächelte höflich. »Ich habe mich sehr gut amüsiert. Danke.« Er folgte den Leuten, die zu der Sperre gingen, wo das Handgepäck kontrolliert wurde. Er blickte sich interessiert um. Er hatte seinen Aufenthalt in der Tat genossen. Martina Van den Fleet hatte sich als eine äußerst zuverlässige Helferin erwiesen. Der Erlös des Schanghai-Diamanten, wie die törichten *gweilos* ihn nannten, war bis zum letzten Dollar seinem Bankkonto gutgeschrieben worden.

Die Frau, der er in der Schlange den Vortritt gelassen hatte, drehte sich um und lächelte wieder dankbar. Er erwiderte das Lächeln und nickte. Er sah in das Gesicht des Babys, das nun in den Armen seiner Mutter schlief. Jetzt waren nur noch zwei geschäftliche Dinge zu erledigen. Er nahm seinen zusammengelegten Trenchcoat von einem Arm auf den anderen. Dinge, die erledigt sein würden, wenn er nach Peking zurückkam.

Chan Chunling parkte den Wagen neben dem Mietshaus, in dem er wohnte. Er verschloß die Fahrertür und wandte sich um, um das kurze Stück zum Hauseingang zu gehen. Er fuhr herum, als jemand seine Arme packte und nach hinten riß. Jemand anders hielt ihm einen Ausweis vors Gesicht.

»Amt für öffentliche Sicherheit. Kommen Sie mit.«

Chan starrte furchtsam auf den Ausweis. »Was ist los? Was habe ich getan?«

»Sie sollen vernommen werden, kommen Sie mit.«

Er gehorchte dem Mann, den er nicht sehen konnte, und ließ sich fortführen.

Der Wagen fuhr in gemächlichem Tempo den Bund entlang. Chan starrte verzweifelt vor sich hin und war nicht imstande, Ordnung in die verworrenen Gedanken zu bringen, die ihm durch den Kopf schossen. Professor Li hatte gesagt, sie würden endlich frei sein. Sie würden keine Befehle mehr befolgen müssen. Der Wagen bog in die Ringstraße nach Zhonghua-Renmin.

Chan schauderte, als der Wagen in dem alten Stadtviertel von Schanghai hielt. Er mußte aussteigen, und jemand packte wieder seine Arme und stieß ihn eine schmale, dunkle Straße entlang. Sie bogen in einen düsteren Gang mit Kopfsteinpflaster. Eine Stimme befahl ihm, die Stufen zu der Tür links von ihm hochzugehen und zweimal zu klopfen. Chan versuchte, den Kopf zu drehen, um ein letztes Mal zu flehen. »Ich mußte sie verkaufen. Ich mußte. Er hat gesagt, man würde mich erschießen, wenn ich die Diamanten nicht verkaufte.« Er kam ins Taumeln, als seine Arme plötzlich losgelassen wurden und sie ihn weiterstießen. Er machte ein paar Schritte und blickte sich um, aber die Stimme befahl ihm, weiterzugehen. Als er die Tür erreichte, knallte ein Schuß. Er schrie auf und sackte zu Boden. Einer der Männer trat zu ihm und beugte sich nach unten, um ihn zu untersuchen. Er blickte auf und nickte seinem Begleiter zu.

Martina hüllte ihr Haar in ein Frottiertuch und setzte sich aufs Bett. Sie sah sich im Hotelzimmer um. New York konnte ein sehr einsamer Ort sein. Sie senkte den Kopf und rubbelte sich die Haare trocken. So einsam, daß sie Tony Bergman angerufen und eine Dinnereinladung bei ihm zu Hause angenommen hatte. Jetzt war sicher eine gute Zeit, um Hendrik anzurufen. Sie wählte die Nummer und wappnete sich für einen Monolog der Haushälterin. »Oh, Hendrik, hallo. Ich bin's, Martina.«

»Das hätte ich nie erraten.«

»Wie geht es Vater?«

»Sehr gut. Er war heute zu einer Nachuntersuchung im Krankenhaus. Alles in Ordnung.«

»Oh, Gott sei Dank. Hat Christian dich schon angerufen?«

»In welcher Sache?«

Sie schnitt eine Grimasse. Seine Stimme war auf einmal scharf geworden. Das bedeutete nichts Gutes. »Ist Vater bei dir?«

»Nein.«

»Nun ja, Christian hat mir gesagt, daß er nach Europa kommt und einen Empfang mit Mittagessen für Vater geben möchte. Ich finde, es ist eine nette Geste. Was meinst du?«

»Ja, sehr großzügig.«

»Es soll eine Überraschung sein, erzähl Vater also bitte nichts davon.«

»In Ordnung.«

»Möchtest du die andere Überraschung hören?«

»Schieß los.«

»Ich bin zur Optionsträgerin berufen worden. Das Direktorium ist heute zusammengetreten und hat mich aufgenommen.« Sie wartete, aber das Schweigen am anderen Ende der Leitung dauerte an. »Bist du noch da?«

»Soll das ein Witz sein?«

»Nein.«

»Dann muß ich dir wohl gratulieren. Wie hast du es geschafft, Christian kleinzukriegen?«

Sie lachte. »Das war nicht nötig. Ich glaube, er hat endlich eine Verwendung für mich gefunden.«

»Was wirst du machen?«

»Ich gehe wieder nach Hongkong und arbeite weiter bei James Wu.«

»Aha, ich verstehe.«

Sie lächelte über die Erleichterung in seiner Stimme. »Keine Sorge, Hendrik, wir werden uns nicht wieder ins Gehege kommen.«

»Daran habe ich nicht gedacht. Wenn du da unten glücklich bist, alles Gute. Was machen die Geschäfte?«

»Im Moment ist Flaute. Ich habe vorhin mit James gesprochen. Er sagt, es ist so wenig los, daß er daran denkt, das Büro renovieren zu lassen.«

Hendrik lachte kurz auf. »Das könnte ich hier auch tun.«

»Es müßte besser werden, wenn die Glückstränenkampagne erst mal in Schwung gekommen ist. Dann werden die Leute nach kleinen Rohen Schlange stehen.«

»Hoffentlich. Der Boykott gegen die Japaner ist ein echtes Problem.«

»Hm, sag mir Bescheid, was du mit Christian beschlossen hast, ich meine hinsichtlich des Essens für Vater. Ich würde gern kommen.«

»In Ordnung, und noch mal, Glückwunsch.«

»Danke.« Sie legte auf und lächelte vor sich hin. Hendrik hatte immer noch geklungen, als hätte er einen Schlag mit einem stumpfen Gegenstand an den Kopf bekommen.

Sie schaltete den Fön an und fuhr sich mit den Fingern

durchs Haar. Nicht einmal Hendriks kühle Reaktion konnte ihre freudige Erregung dämpfen. Es war wie die Vorfreude, die sie immer zu Silvester spürte. Sie wandte den Kopf zur Seite und fönte ihre Haare zu einer duftigen Masse. Aber bisher war jedes neue Jahr genauso geworden wie das alte. Beni hatte gesehen, was ihr nicht bewußt gewesen war. Sie hatte im Schatten ihres Vaters gelebt. Sie liebte ihn immer noch sehr, aber er war immer ein herrischer Mann gewesen, auch gegenüber ihrer Mutter. Die Veränderung, vor der sie sich so gefürchtet hatte, hatte sie davon befreit.

Professor Li marschierte zum Empfangszentrum der Zweiten Stadt. Er zog seine Jacke enger um sich herum, um sich vor dem eisigen Wind zu schützen. Normalerweise achtete er nicht groß auf seine Umgebung, aber Lhasa war ein Platz des Exils. In einem kalten, ausgehungerten und verarmten Land. Seine Unterkunft im Empfangszentrum der Zweiten Stadt war nicht mehr als eine Zelle mit einer Matratze auf einem eisernen Bettgestell und einem Ofen, der erst um sechs Uhr abends angezündet werden durfte. Er rieb sich die Hände. Er hätte daran denken sollen, Handschuhe mitzunehmen.

Als er um die Ecke bog, wurde er auf einmal von zwei Männern in die Mitte genommen. Er blickte sie kurz an und beschloß, sie zu ignorieren. Er kannte sie beide nicht. Als er die Einmündung eines Gangs zwischen zwei Häusern überquerte, stießen sie ihn plötzlich hinein. Er schrie erschrocken auf, als sie seine Arme packten.

»Amt für öffentliche Sicherheit, Professor Li, wir haben Anweisung, Sie festzunehmen.«

Er wehrte sich, aber sie warfen sich gegen ihn, so daß er kaum noch atmen konnte. Chen. Seine Augen weiteten sich vor Entsetzen. Chen hatte sie geschickt. »Hören Sie, bitte. Ich bin dazu gezwungen worden, ihn zu verraten. Sie haben mich dazu gezwungen. Sie haben mich gefoltert.«

Einer der Männer schob ihm einen Lappen in den Mund, und sie zerrten ihn weiter. Auf halber Höhe des Gangs stießen sie ihn in einen Schuppen. Er schlug verzweifelt um sich, als eine Drahtschlinge um seinen Hals zugezogen wurde. Der Mann hinter ihm ließ ihn langsam zu Boden sinken. Lis Körper zuckte, blieb dann regungslos liegen. Der Mann beugte sich hinunter und nahm die Drahtschlinge an sich. Er sah zu seinem Begleiter hoch. »Was machen wir mit ihm?«

»Wir haben keine Anweisung. Bringen wir ihn zum Kloster, den Rest können dann die Krähen besorgen. Das ist hier so Sitte.«

Christian legte die Finger zusammen. Er blickte zu George Forrester hinüber. »Was meinen Sie?«

»Es gibt nicht viel, was Sie tun könnten oder sollten, Christian. Ich denke, das Direktorium hat das Richtige getan, als es Van den Fleet bloß eine Buße für mangelhafte Buchführung auferlegte. Es gab keinen schlüssigen Beweis für einen Verstoß gegen den Boykott.«

»Hmm.«

»Und es hat Ihnen nicht gerade geholfen, daß Sie zugeben mußten, Hendrik darum gebeten zu haben, er möge alles stehen und liegen lassen und auf der Stelle nach Genf fliegen.«

Christian nickte. »Wissen Sie, George, ich hätte nie gedacht, daß ich dies einmal über einen Van den Fleet sagen würde, aber ich bin nicht sicher, daß ich Hendrik noch traue.«

»Yoshino bestätigte das Datum der Transaktion.«

»Yoshino würde alles bestätigen, wenn es ihm in den Kram paßt. Wir müssen diesen verdammten Duiss erwischen. Er ist der Schlüssel zu der Affäre.«

»Er wird über kurz oder lang wieder auftauchen, Christian. Nur eine Frage der Zeit.«

»Ja, aber ich werde die Sache nicht bis dahin ruhen lassen. Ich werde den jungen Herrn Van den Fleet sehr aufmerksam im Auge behalten. Nun zu etwas erfreulicheren Dingen, George. Ich möchte Sie um einen Gefallen bitten. Würden Sie bitte noch ein paar Minuten bleiben? Ich erwarte jeden Moment Martina Van den Fleet. Ich dachte, ein kleines Empfangskomitee wäre angebracht. Wir hatten gestern abend beim Dinner ein sehr nützliches Gespräch. Wissen Sie, sie ist wirklich ein absolut vernünftiges Mädchen. Und äußerst charmant.«

»Womit hat sie sich einverstanden erklärt, Christian?«

Christian sah ihn mit einem erschrockenen Gesichtsausdruck an. »Was wollen Sie andeuten, George?«

George lächelte leicht. »Haben Sie ihr gegenüber die Affäre Van den Fleet erwähnt?«

»Ja, natürlich. Sie hat gesagt, Hendrik sei zwar ein bißchen verrückt, aber nicht so verrückt.«

»Glauben Sie ihr?«

»Soweit ich weiß, lieben die beiden sich nicht gerade innig. Sie hätte die Situation ausnutzen können, aber sie schien wirklich bestürzt zu sein, als ich durchblicken ließ, ihr Bruder könnte etwas Ungesetzliches getan haben.«

Margaret machte die Tür einen Spalt weit auf. »Mr. Debilius, Miss Van den Fleet ist da.«

»Sie soll gleich reinkommen.«

Christian stand auf und ging schnell zur Tür. »Martina.« Er gab ihr einen Kuß auf die Wange. »Ich denke, ich darf mir das Recht herausnehmen. Wissen Sie, ich kannte Sie schon, als Sie ein kleines Mädchen waren und eine Zahnspange trugen.«

Martina lächelte höflich. Sie nahm die Umhängetasche von der Schulter und schob sie unter den Arm. Christian hatte bei Frauen entschieden den Bogen raus. Er nahm ihren Arm. »Darf ich Sie mit unserem juristischen Guru bekannt machen. George Forrester, Martina Van den Fleet.«

»Guten Abend, Mr. Forrester.«

George streckte die Hand aus. »Ich freue mich, Sie kennenzulernen, Miss Van den Fleet.« Er betrachtete sie neugierig. Sie war attraktiv, aber nicht übertrieben attraktiv. Er kam zu dem Schluß, daß es die Augen waren. Der offene und stete Blick enthielt irgendeine Botschaft. Er war nicht sicher, was für eine, aber was immer es war, es war sehr interessant. Christian gab Margaret ein Zeichen. »Bitte ein paar Drinks, Margaret. Was möchten Sie, Martina?«

»Wermut, wenn Sie welchen haben, bitte.«

Margaret brachte ein Tablett mit gefüllten Gläsern und stellte es auf den Schreibtisch. »Miss Van den Fleet, Ihr Wermut. Mr. Forrester. Mr. Debilius.« Sie lächelte freundlich in Martinas Richtung. »Kann ich sonst noch etwas tun, Mr. Debilius?«

»Im Moment nicht, danke, Margaret.«

Christian nahm sein Glas. »Ein Toast auf die erste Optionsträgerin der Interkontinentalen Diamantenbörse – Martina Van den Fleet.«

George lächelte und hob ebenfalls das Glas.

Christian trat an seinen Schreibtisch. Er nahm eine kleine Schachtel aus einer Schublade. »Ehe ich es vergesse, Martina. Das ist gewissermaßen Ihr Ehrenabzeichen.«

Sie nahm die Schachtel und öffnete sie. Sie holte eine vergoldete Anstecknadel heraus und befestigte sie an ihrem Revers.

»Tragen Sie es mit Stolz«, sagte Christian feierlich. »Viele Frauen werden Sie darum beneiden.«

»Aber nicht lange, Christian. Viele werden mir folgen.«

Christian lachte leise. »Wir wollen die Dinge nicht überstürzen.«

»Es gibt für alles einen richtigen Moment und einen richtigen Ort, Christian.«

Er lächelte und krauste die Stirn. Er hatte das schon mal irgendwo gehört, konnte sich aber nicht genau erinnern, in welchem Zusammenhang. George begegnete Martinas Blick. Ihre Augen glänzten. Er sah auf sein Glas hinunter. Er hatte den starken Verdacht, daß Christian sich da mehr eingehandelt hatte, als seine Absicht gewesen war. Martina Van den Fleet war alles andere als eine dumme Gans. Christian starrte auf seinen Drehsessel und nahm hastig darin Platz, als fürchtete er, jemand könnte ihm zuvorkommen.

Martina trat aus dem Fahrstuhl und schritt durchs Foyer. Als sie an dem Sicherheitsbeamten vorbeikam, begrüßte er sie mit ihrem Namen und wünschte einen angenehmen Abend. Sie schaute sich um. Alles war in Schwarz und Weiß gehalten, und die allgemeine Nüchternheit wurde nur durch die luxuriöse graue Auslegware gemildert. Sie lächelte vor sich hin. Sehr dezent. Typisch Christian. Sie holte Luft, als atmete sie die kostbare Aura der Macht ein.

Es waren noch einige Angestellte in der Börse. Der Mann am Empfang betrachtete sie einen Moment und wandte sich ab und nahm den Hörer seines Telefons. Martina war sich bewußt, daß einige Herren sie, die Alibifrau der IDB, unauffällig beobachteten. Ihre Blicke waren neugierig. Oder mißtrauisch. Sie hielt den Kopf unwillkürlich höher. Sie würde nicht lange eine Alibifrau bleiben. Als sie am Empfang vorbeikam, wünschte der Mann ihr einen guten Abend und sagte, ihre Limousine warte draußen. Sie sah ihn eine Sekunde lang verwirrt an. Sie hatte kein Taxi bestellt, aber vielleicht hatte Christian es getan. Solche Kavaliersgesten schienen ihm Spaß zu machen, jedenfalls ab und zu.

Als sie auf den Bürgersteig trat, stieg ein Chauffeur aus der Limousine und öffnete den hinteren Wagenschlag. Er tippte sich an die Mütze. »Miss Van den Fleet.«

Sie zögerte einen Augenblick und schritt dann langsam zum Wagen. Als sie an der offenen Tür stehenblieb, langte eine Hand nach ihr. Sie zuckte überrascht zusammen. Sie würde diesen Siegelring überall erkennen. Sie stieg ein und starrte Beni an. Er lächelte und nahm ihre Hand.

»Was beim Himmel machst du hier?«

»Ich warte auf dich.«

»Warum?«

»Wir waren letztesmal beide ein bißchen zornig aufeinander. Ich denke, wir sollten reden, Martina.«

Sie lehnte sich zurück. Vielleicht hatte er recht. Sie schaute aus dem Fenster, während die Limousine anfuhr und sich in den abendlichen Verkehr in der Madison Avenue einfädelte. »Wohin fahren wir?«

»Nach Newport.«

Sie starrte ihn wieder überrascht an. »Newport?«

Er hob ihre Hand an die Lippen. »Da du Hotels partout nicht ausstehen kannst, habe ich übers Wochenende ein Haus gemietet, aber du mußt mir versprechen, daß du im Bett keine geschäftlichen Anrufe entgegennehmen wirst.«

Sie streichelte seine Wange, und er zog sie an sich.

Pa Jiaming schenkte sich einen Cognac ein und schaltete den Fernseher ein. Er setzte sich in den Sessel und zündete sich eine Zigarette an. Die Nachrichtensprecherin verlas die internationalen Nachrichten.

Die erste Meldung kam aus den USA, dem Zentrum des internationalen Diamantenmarktes. Pa beugte sich vor, als der Bildschirm von einem Foto von Martina eingenommen wurde. Die Sprecherin teilte einige Einzelheiten über die erste Frau mit, die zur Optionsträgerin der Interkontinentalen Diamantenbörse gewählt worden war, dann wurde das Foto durch ein Bild des Schanghai-Diamanten ersetzt. Die Stimme im Off sagte, er sei im Westen für 600 Millionen Dollar von Martina Van den Fleet versteigert worden, und der Mann, der das Höchstgebot abgegeben habe, habe im Auftrag eines unbekannten und geheimnisvollen Klienten gehandelt. Wie um die Absurdität der westlichen Besitzgier zu unterstreichen, wurde darauf verwiesen, daß der Preis dem Jahreslohn von Millionen Bürgern der Volksrepublik China entspreche. Das Bild verschwand, und es kam eine Luftaufnahme von Manhattan und dann eine Sequenz aus den Geschäftsräumen von Tiffany. Während die Kamera langsam an Schaukästen mit Brillantschmuck vorbeifuhr, sagte die Nachrichtensprecherin, die IDB habe im letzten Jahr Diamanten für mehr als zehn Milliarden Dollar umgesetzt.

Ein Foto von Christian Debilius erschien auf dem Schirm, und die Stimme der Sprecherin bekam einen feierlichen Unterton, als sie Einzelheiten der historischen Vereinbarung zwischen der Volksrepublik China und der Interkontinentalen Diamantenbörse mitteilte. Die Vereinbarung, die der Volksrepublik alle Rechte eines regulären Mitglieds zugestand, würde Ende des Monats in Peking unterzeichnet werden. Ein Team von Fachleuten der IDB sei bereits auf dem Weg in die Volksrepublik, um beim Ausbau der bereits bestehenden Diamantengruben und der Erschließung und Entwicklung neuer Minen zu helfen.

Pa sog an der Zigarette und blies einen perfekten Rauchring in die Luft.

Band 12170

Bernard Cornwell

Der Lord muß sterben

Eine spannende Mischung aus Krimi und Seeabenteuer

John Rossendale, Earl of Stowey, ist ein Stromer – Titel und Status interessieren ihn nicht. Lieber zigeunert er mit seinem Segelboot auf den Weltmeeren herum. Erst als seine Mutter stirbt, kehrt er nach England zurück. Doch dies erweist sich als Fehler. Seine Familie beginnt eine alte Affäre aufzuwärmen: John soll vor Jahren den einzig wertvollen Familienbesitz, ein Van-Gogh-Gemälde, gestohlen haben. Und es bleibt nicht bei dem Verdacht. Nur knapp entgeht Rossendale mehreren Anschlägen auf sein Leben, ehe er in einem dramatischen Showdown die Attentäter und den Dieb stellen kann.

BASTEI
LÜBBE